De uitnodiging

Van dezelfde auteur

Over!
Wegwezen!
Moeder gaat op stap
Bedonderd

Sheila O'Flanagan

DE UITNODIGING

the house of books

Oorspronkelijke titel
Bad Behaviour
Uitgave
HEADLINE REVIEW, an imprint of Headlines Publishing Group, Londen
Copyright © 2007 by Sheila O'Flanagan
Copyright voor het Nederlandse taalgebied © 2010 by The House of Books,
Vianen/Antwerpen

Vertaling
Ellis Post Uiterweer
Omslagontwerp
marliesvisser.nl
Omslagillustratie
Masterfile
Foto auteur
Hazel McManus
Opmaak binnenwerk
ZetSpiegel, Best

ISBN 978 90 443 2576 8
D/2010/8899/30
NUR 302

www.thehouseofbooks.com

Graag wil ik de volgende mensen bedanken omdat ze me in mijn carrière als auteur zo goed hebben geholpen:

Carole Blake, die overal ter wereld mijn belangen in het oog houdt.
Marion Donaldson, voor de vele, vele correcties waar een boek beter van wordt.
Iedereen bij Headline, en vooral degenen die zo ontzettend aardig voor me waren toen ik een glamorize (en soms niet erg glamoureuze) tournee maakte.
Mijn geweldige familieleden die na al die jaren nog steeds voor me duimen.
Mijn vrienden en buren, die zo geweldig voor me zijn.
Colm, die me dwingt met vakantie te gaan.

In het bijzonder dank aan het personeel van het Ulster Hospital voor hun vriendelijkheid en steun.

En natuurlijk iedereen die mijn boeken koopt, en iedereen die afkomt op signeersessies of lezingen, of die me een mailtje heeft gestuurd via mijn website, www.sheilaoflanagan.net. Jullie weten niet hoe fijn het is om iets van jullie te horen, uit al die verschillende landen. Ik beschouw het als een hele eer dat jullie de moeite nemen mij iets te schrijven. Het betekent veel voor me dat jullie van mijn boeken genieten. Dank jullie hartelijk!

Wiskunde is net als de liefde; zo op het oog eenvoudig, maar bij nader inzien soms toch erg ingewikkeld.

– R. Drabek

I

Darcey McGonigle deed niet meer aan verjaardagen. Daar zag ze tegenwoordig het nut niet meer van in.

Toen ze nog een klein meisje was, was dat natuurlijk heel anders. Toen bestonden verjaardagen uit lawaaiige partijtjes met veel snoep en priklimonade in felle kleuren. Toen waren er mooi ingepakte cadeautjes en misschien een uitstapje naar de bioscoop, met als extra traktatie nog meer snoep. Toen waren verjaardagen nog leuk en hadden ze iets betoverends.

Maar de laatste tijd brachten verjaardagen haar alleen maar in herinnering dat ze alweer een jaar ouder was geworden en dat het leven niet was geworden wat ze ervan had verwacht toen ze zich nog een prinsesje voelde. Die prinsessenperiode had overigens minder dan een jaar geduurd, een paar maanden waarin ze roze jurken had gedragen en ze haar moeder toestemming had gegeven leuke speldjes en linten in haar haar te doen. Daarna had ze besloten dat prinsessen uit de tijd waren en had ze haar haar met een nagelschaartje afgeknipt, tot grote schrik van haar moeder, en geweigerd ooit nog een jurk te dragen. Uiteraard was ze teruggekomen op dat van die jurken, maar die waren nooit meer roze.

Terwijl ze onder de douche stapte, een gesmoorde kreet slaakte en gauw aan de warme kraan draaide omdat het water ijskoud was, dacht ze dat het leven voor niemand verliep zoals verwacht. Ze was niet zo stom om te verwachten dat ze ook echt zou krijgen waarom ze vroeger voor haar verjaardag had gevraagd, zoals een beroemd zangeres worden (toen ze tien werd), grotere tieten krijgen (toen ze veertien werd), of de Ware tegen het lijf lopen (vanaf haar vijftiende, maar de laatste paar jaar niet meer). Ze besefte dat wat ze had willen hebben toen ze tien, twintig of zelfs dertig werd, niet per se was wat ze op dit moment graag wilde. Maar op de ochtend dat ze vierendertig werd, een leeftijd die tot haar schrik

9

heel wat ouder klonk dan drieëndertig, had ze het akelige gevoel dat de tijd voortdurend sneller verstreek, en dat ze nog steeds niet de volwassene was geworden die wist wat ze wilde. Niets was gelopen zoals ze het had gepland. En dat was misschien niet zo heel erg, dacht ze terwijl ze douchegel met honing en amandelen op haar schouders spoot, maar het zou wel fijn zijn als ze voor één keertje iets kon bedenken wat ging zoals ze wilde. Ze had er vrede mee dat ze niet kon zingen en dat haar behamaat een beschaafde 75B was gebleven, en zelfs dat ze de Ware nog niet had leren kennen, maar toch zou het fijn zijn iets te bereiken wat op het verlanglijstje van haar jeugd stond.

Verdomde verjaardagen ook, dacht ze toen ze uit de douche stapte, zich aankleedde en met moeite de klitten uit haar haren kreeg, ook al deed ze alles volgens voorschrift met veel antiklitshampoo en de föhn. Verjaardagen werden gebruikt door multinationals om geld uit iedereens zak te kloppen voor veel te dure kaarten met sullige rijmpjes erop.

En dus keek ze niet in het postvakje in de lobby van het appartementencomplex om te zien of daar misschien een verjaarskaart in lag, maar beende ze er gewoon langs. Ze wist al dat er vier kaarten zouden zijn. Eentje van haar moeder, meestal met VOOR MIJN DOCHTER erop, veel bloemen en strikjes en een uiterst zoetig versje. In tegenstelling tot Darcey was Minette dol op verjaardagen. Er zou er ook eentje zijn van de tweeling. Een ouderwetse in sepiatinten als Tish hem had gekocht, en een grappige als Amelie aan de beurt was geweest om er eentje uit te zoeken. De tweeling, die slechts één jaar ouder was dan Darcey, stuurde altijd samen een kaart. Er zou er ook eentje zijn van haar vader, altijd dezelfde met binnenin de datum, alsof ze zelf niet wist wat die was. En dan als laatste een kaart van Nerys, de beste vriendin van haar moeder, met VOOR MIJN PEETDOCHTER erop, en erbij ingesloten een kraslot, plus een berichtje dat als het een winnend lot was, Darcey het geld moest besteden aan iets frivools. Deze kaart ontroerde Darcey altijd, omdat het cadeautje impliceerde dat ze om geld verlegen zat. Ook al had ze Nerys heel vaak verteld dat ze financieel onafhankelijk was – ja, ook met die hoge hypotheek, en ook al trok ze veel te vaak haar creditcard tevoorschijn – toch bleef Nerys op meelevende toon beweren dat iedere vrouw best geld voor zichzelf kon gebruiken, vooral wanneer ze niemand meer had om voor haar te zorgen. Wanneer Nerys dat zei, knarsetandde Darcey altijd, maar ze zei niets. Tot dusver had ze met die krasloten in totaal vijf pond gewonnen, en die had ze natuurlijk uitgegeven aan nog meer krasloten, hoewel ze daarmee nooit iets had gewonnen. Dat verbaasde haar niet. Ze was nu eenmaal niet zo iemand die loterijen won, dus verwachtte ze ook niets. En daarom maakte ze ook geen lijstje van wat ze zou doen als ze wel won. Net zoals bij de verlanglijstjes voor haar verjaardag was ze daar overheen gegroeid.

Snel verliet ze het moderne appartementencomplex dicht bij het Grand Canal Dock en stak de straat over om in de zon te kunnen lopen. Dit appartement in een van de meest gewilde buurten van Dublin had ze twee jaar geleden gekocht, ze was er dol op, ondanks de griezelig hoge hypotheek en ondanks het feit dat haar moeder het veel te koud en onpersoonlijk vond met al dat staal en glas. De tweeling pestte haar en beweerde dat ze zichzelf opsloot door te gaan wonen op de vijfde verdieping van een hoog en smal gebouw. En alle drie vonden ze dat ze tegenwoordig beter af zou zijn in Galway dan in de stressvolle heksenketel die Dublin was geworden. De aankoop van dit appartement had ook geleid tot de torenhoge bedragen die ze de creditcardmaatschappij schuldig was. Ze had niet beseft dat ze zoveel geld kwijt zou zijn aan meestal ongebruikt blijvende, handige apparaatjes voor in de keuken, of aan de volmaakte verlichting in de woonkamer, of aan de vele kussens en kussentjes op haar immens grote bed. Maar ze wist dat ze ooit die schulden zou afbetalen, want per slot van rekening had ze een goed betaalde baan. En ze vond het heerlijk om in Dublin te wonen, op vijf minuten lopen van het Dart-station en maar een kippeneindje met de trein naar haar werk in het Financial Services Centre.

Normaal gesproken kwam Darcey elke ochtend om halfacht aan bij het alledaags ogende kantoorgebouw, maar op de ochtend van haar verjaardag was ze te laat. Dat kwam omdat zodra de forenzen op het station van Grand Canal Dock waren ingestapt, de conducteur iets te opgewekt naar Darceys zin aankondigde dat er een defect was en dat ze bleven waar ze waren. Darcey bleef niet wachten totdat de treinen weer zouden gaan rijden en iedereen als haringen in een ton zou worden vervoerd, maar ging terug naar Grand Canal Street en zocht naar een taxi, al was ze zich ervan bewust dat het misschien sneller was om te gaan lopen. Maar ze droeg haar strakke zwarte pakje met de L.K. Bennett-laarzen van suède en heel hoge hakken, en daarop meer dan honderd meter lopen was geen optie.

Er was geen taxi te bekennen. Ze liep zo voorzichtig mogelijk verder op die torenhoge hakken en vroeg zich af waarom er altijd taxi's waren wanneer je er geen nodig had, en nooit taxi's wanneer je erom zat te springen. Als ik blaren krijg, dacht ze mopperig, smeer ik het openbaar vervoersbedrijf een proces aan de broek vanwege al die storingen. Ze zag zichzelf al in de rechtszaal toen ze ineens iets geels zag. Een taxi! Ze zwaaide uit alle macht en het lukte haar de taxi in te pikken net voor iemand anders, die kwaad naar haar keek terwijl ze met een lief lachje het portier dichttrok, blij dat ze niet al te laat op haar werk zou komen.

Eigenlijk hoefde ze niet klokslag halfacht present te zijn. Maar iedereen die het goed deed bij Global Finance was vroeg, en hoewel ze geen ochtendmens was, vond ze dat ze ook vroeg moest zijn. Darcey was manager business development bij het bedrijf in internationale financiële dienstverlening. Tish en Amelie noemden haar plagerig hun ambitieuze zusje. Natuurlijk was dat grote onzin. Zo belangrijk was haar baan nou ook weer niet. Het was een interessante baan. Eigenlijk hoefde ze alleen maar aardig te zijn tegen anderen, en dat kon iedereen.

Ze had dan wel een taxi te pakken gekregen, maar die kwam vast te zitten in het verkeer omdat er in Pearse Street een waterleiding was gesprongen. Zodoende duurde de reis van huis naar haar werk drie kwartier in plaats van het gebruikelijke kwartiertje. In de marmeren lobby van het Global Finance-gebouw drukte ze op het knopje bij de liften. Ze nam slokjes van haar kartonnen beker koffie en wachtte totdat de cafeïne haar zou veranderen van iemand die geen ochtendmens was in iemand die op elk moment van de dag vriendelijk in de omgang was. Ze lachte naar de andere werknemers die bij de liften kwamen staan, allemaal met van die bekers in hun hand. Op elke verdieping was een koffieautomaat, maar iedereen – ook Darcey – was het erover eens dat daar bruine drab uit kwam en dat de koffie van de Italiaan op de hoek stukken beter was.

De anderen lachten terug. Haar collega's mochten haar graag, al waren veel van hen behoorlijk onder de indruk van haar belachelijk hoge IQ en wist iedereen dat Peter Henson, de directeur, een beetje bang voor haar was. Maar ze schepte nooit op over dat IQ. Ze had zelfs een keer gezegd dat intelligentie iets heel anders was dan gezond verstand. Ze was prettig om voor te werken en ze schold nooit iemand uit omdat die een fout had gemaakt, ook niet als het verdiend was. Toch waren er ook mensen die het simpele feit dat ze geduldig accepteerde dat niet iedereen zo perfect was als zij, al erg genoeg vonden.

Darcey werkte op de zesde verdieping. Terwijl de lift haar naar boven bracht, luisterde ze naar Margaret Rooney en Mylene Scott die het vol ongeloof over de zoveelste stukgeslagen relatie tussen twee beroemdheden hadden, en was het met hen eens dat het allemaal aan hém lag. Ook al had ze de romance tussen de sexy zanger en de nog sexyer filmster niet gevolgd. Margaret en Mylene hadden het er nog steeds over toen ze samen met de anderen uitstapten op de derde verdieping, die van de administratie, zodat Darcey even alleen was. Ze keek naar zichzelf in de spiegelwand voordat ze uitstapte. Dat deed ze altijd om er zeker van te zijn dat ze geen snor had gekregen van de koffie, of om te checken dat ze niet ineens puistjes op haar voorhoofd had gekregen. Het hogere kader werd geacht een efficiënte en nette indruk te maken, en ook al beschouwde Darcey zichzelf niet als echt belangrijk, ze vond het stiekem een prettige gedachte dat ze het toch maar mooi ver had geschopt. Helaas werd het beeld dat ze van zichzelf had als succesvolle zakenvrouw vaak verpest doordat haar rok was opgekropen, of doordat er een ladder in haar panty schoot. Haar ergste nachtmerrie was struikelen over haar eigen voeten en op de grond vallen. Als kind was ze onhandig geweest, ook in de prinsessenperiode. Ze deed haar uiterste best om niet meer zo onhandig te zijn.

In de spiegel zag ze er prima uit, afgezien van een lokje haar dat ondanks de behandeling met stylinglotion nog weerbarstig was. Ze plakte het glad, hoewel ze wist dat het zinloos was. Haar haar had een heel eigen willetje. Maar de make-up was goed in orde, een gekleurde moisturizer op haar gave huid zonder plots ontstane puistjes, een neutraal gekleurde oogschaduw en een beetje mascara op haar toch al lange en volle wimpers. Op haar lippen had ze een rozige lippenbalsem. Met haar lippen was ze het minst tevreden, die hadden best wat voller mogen zijn, een beetje gezwollen, zoals filmsterren en fotomodellen ze tegenwoordig hadden. Maar haar lippen waren heel gewoon en leken dus te dun. Een van de meisjes van corporate finance liet ze regelmatig opspuiten en had Darcey aangeboden een afspraak voor haar te regelen, maar omdat Darcey meestal al flauwviel wanneer ze maar een injectiespuit zág, en ze die dikke lippen bij de meesten geen verbetering vond, was ze niet op het aanbod ingegaan. Ze moest maar vrede hebben met haar dunne lippen, en met het feit dat haar ooit was verteld dat ze goed kon zoenen. Trouwens, zulke opgespoten lippen hoorden niet echt bij een zakenvrouw. Ze straalden iets kwetsbaars uit, en dat wilde Darcey niet.

Terwijl ze in de spiegel keek, was ze zich ervan bewust dat ze een karaktervol gezicht had, dus niet mooi. Ook toen ze jonger was, nog voordat ze haar goudkleurige lokken had afgeknipt, was ze niet echt mooi geweest; gewoon een klein meisje met helderblauwe ogen en een iets te grote neus. Veel was ze niet veranderd. Ze was gewoon. Ze had niets aan haar neus laten doen, en ze had nog steeds moeilijk haar. Tegenwoordig droeg ze het schouderlang, een beetje een streng kapsel. Uiteraard was ze zich ervan bewust dat het veel werk was om van kroezend haar steil haar te maken, en dat ze volledig afhankelijk was van haar straightener, maar dat strenge beviel haar goed. Met dat strenge uiterlijk werd ze niet lastiggevallen. Gestoken in het zwarte pakje met de strakke rok en het getailleerde jasje over een antracietkleurig topje maakte ze een griezelig efficiënte indruk. Het was fijn om er efficiënt uit te zien, beter dan mooi.

Ooit had ze met haar moeder gediscussieerd over de voordelen van het mooi zijn, erin berustend dat mooie meisjes de leukste jongens kregen en de beste banen, dat ze meer opvielen, en dat gewone meisjes op alle fronten meer werk moesten verzetten. Ze had erbij gezegd dat het niet eerlijk was. Minette McGonigle had niet gezegd dat ze onzin uitkraamde, maar had haar gelijk gegeven dat het niet eerlijk was. Minette was altijd eerlijk tegen haar kinderen. Daar moest Darcey vaak aan denken wanneer haar verjaardag naderde. Maar het kon haar niet meer zoveel schelen. Terwijl ze naar haar bureau liep, verdrong ze die herinneringen. Ze ging zitten, logde in op de computer en hing haar jasje over de rugleuning van haar stoel. Omdat ze later was dan gewoonlijk, waren er al een paar berichten ingesproken op haar voicemail.

Er waren ook al een hoop mailtjes. De meeste waren nieuwsbrieven, andere waren van cliënten, en er was er ook eentje van het hoofd van HR van Global Finance. Dat mailtje opende ze, en vervolgens klikte ze op de link. Meteen schalde er muziek over de zesde verdieping, en over het scherm huppelden drie beertjes met vlaggetjes waarop stond: HAPPY BIRTHDAY. Haar collega's keken grijnzend op en zwaaiden. Darcey trok een gezicht en klikte alles weg. Daarna toetste ze een intern telefoonnummer in.

'Heel toepasselijk,' zei ze tegen Anna Sweeney, het hoofd van HR. 'Altijd fijn om de dag te beginnen met vreselijke muziek waarvan de oren van je collega's gaan tuiten.'

'Een vrolijk wijsje,' protesteerde Anna opgewekt. 'Leuk, toch?'

'Heel leuk,' beaamde Darcey.

'Toevallig weet ik nu eenmaal precies wanneer iedereen jarig is. Dat hoort bij mijn verheven functie,' ging Anna verder.

'Jawel,' zei Darcey. 'Maar ik dacht dat we vorig jaar én het jaar daarvoor hadden afgesproken dat ik geen opgewekte boodschap van human resources zou krijgen om te memoreren dat ik alweer een jaar ouder ben en nog dieper in de schulden zit.'

Anna lachte. 'Weet ik. Maar het hoort nu eenmaal bij mijn werk.'

'Je hoort het personeel te steunen.' Het klonk lichtelijk geamuseerd. 'En ze niet om de oren te slaan met gedachten aan de eerste grijze haar.'

'Je boft, Blondie. Niemand kan de jouwe zien.'

Darcey lachte. 'Was het maar waar.'

'In elk geval: gefeliciteerd,' zei Anna.

'Dank je.' Darcey vertrok haar gezicht omdat er steeds meer mailtjes binnenfloepten. 'Ik hang maar op. Iedereen stuurt me mailtjes. Ik spreek je nog.'

'Wat denk je van de bespreking vandaag?'

'Hè?' Darcey hield op met scrollen. 'Welke bespreking?'

'Er is een mail van Peter,' zei Anna. 'Ik dacht dat je die wel zou hebben gelezen. Doe je je werk nog wel? Blijkbaar gaat die overname toch door. En blijkbaar heeft InvestorCorp gewonnen van Assam Financial.'

Darcey opende gauw de e-mail waarover Anna het had.

Aan: Personeel
Van: Peter Henson, MD
Onderwerp: InvestorCorp
Om 12 uur is er een bespreking in de personeelskantine, met als onderwerp InvestorCorp en hun bedoelingen met dit bedrijf.
Iedereen wordt verzocht aanwezig te zijn.

'O,' zei Darcey.

'Ja, o,' zei het hoofd van HR.

Iedereen bij Global Finance was ervan op de hoogte dat ze waarschijnlijk zouden worden overgenomen door een groter bedrijf. Dat was onvermijdelijk, want Global Finance was een winstgevend visje in de zee van de financiële dienstverlening, en daarom een mooi bedrijf om over te nemen. Al maanden gingen er geruchten, en een paar weken geleden had er iets over in de krant gestaan. Toen Minette dat had gelezen, had ze meteen Darcey gebeld en gezegd dat er in Galway nog heel veel banen waren.

'Jij weet er net zoveel van als ik,' had Darcey gezegd. 'En zover zal het vast niet komen.'

Maar echt zeker kon ze daarvan niet zijn. Ze had Minette dan wel gerustgesteld, maar ze maakte zich toch zorgen. Misschien deed het er niet veel toe dat het InvestorCorp was. Dingen bleven niet aldoor hetzelfde, mensen kwamen en gingen. Maar toch had ze liever een overname door een ander bedrijf gezien.

Ze draaide een lokje haar om haar vinger terwijl ze het mailtje nog eens las. Misschien kon ze weggaan voordat de overname rond was. Misschien was het tijd voor iets nieuws. Toen ze hier net was gekomen, was ze onervaren geweest. Maar dat was veran-

derd, ze had naam gemaakt. Ze werd gerespecteerd. Maar toch...
Ze veegde haar ineens klam geworden handen af aan haar rok. InvestorCorp was een heel ander verhaal. En niet alleen omdat zelfs de receptionistes in hun Amerikaanse vestigingen waren afgestudeerd aan Harvard.

Ik had niet moeten toegeven, dacht ze. Ik had nooit carrière moeten maken. Ik ben niet geschikt om een krengerige carrièrevrouw te zijn, wat anderen daar ook van denken. Het was stom van me om te denken dat ik dolgraag manager business development wilde worden.

De honderd werknemers bij Global Finance kwamen op de afgesproken tijd bij elkaar in de kantine. Darcey ging op de rand van een houten tafel zitten en zei geen woord tijdens het wachten. Peter Henson was vijf minuten te laat. Daarom mopperden de mensen van de boekhoudafdeling dat hij er maar het eerst uit moest vliegen, en daar moesten ze erg om lachen. Maar toen beende hij de kantine in, lang en vol zelfvertrouwen, gevolgd door alle andere bestuursleden, die er allemaal erg vergenoegd uitzagen.

Peter kondigde aan dat de overname een feit was en dat er uiteraard veranderingen zouden plaatsvinden, maar dat niemand zich zorgen hoefde te maken want er zouden geen ontslagen vallen.

'Als je dat gelooft, ben je wel heel goedgelovig,' fluisterde Mylene Scott naast Darcey.

'Natuurlijk verdwijnen er banen,' beaamde Darcey. 'Ik weet precies wat er gaat gebeuren. Er komen een paar hoge pieten en die gaan het hebben over rationaliseren en inkrimpen. Maar zelf worden ze niet gerationaliseerd en ingekrompen.'

Tersluiks keek Mylene haar aan, verrast door zo'n cynische opmerking van de vrouw die dan wel prettig in de omgang was, maar die ze toch beschouwde als iemand die het ver had geschopt.

'Nou, jij hoeft je geen zorgen te maken,' zei ze na een poosje. 'Met die baan van jou.'

Darcey huiverde. Iedereen dacht dat haar baan geweldig was en dat zij briljant was, maar eigenlijk was het puur geluk dat ze was gekomen waar ze was. Eerlijk gezegd verwachtte ze elk moment dat haar een vraag zou worden gesteld waarop ze het antwoord niet kende, en dat iedereen dan meteen zou beseffen dat ze niets meer voorstelde dan een omhooggeklommen tikgeit, en dat ze eigenlijk van toeten noch blazen wist.

Om de waarheid te zeggen was ze best gelukkig geweest als uitzendkracht. Dat had haar meer vrijheid gegeven dan een vaste baan. Ze had zich niet met zoveel mensen hoeven te bemoeien, en zij niet met haar. Bovendien verveelde Darcey zich gauw, meestal al na een paar maanden op dezelfde werkplek, en dat betekende dat ze erg geschikt was voor het werken als uitzendkracht. Toen ze een paar jaar geleden naar Dublin was gekomen, nadat haar leven was ingestort en ze zich helemaal onmogelijk had gemaakt, had ze een tijdelijke baan gekregen als invaller voor iemand die met zwangerschapsverlof was gegaan. Dat was bij een grote bank geweest, en haar taak had bestaan uit het controleren op fouten in de dagelijkse verslagen. Iemand kon een tijdslimiet hebben overschreden, of abusievelijk dollars in plaats van euro's afgeboekt.

De vrouw van het uitzendbureau had gezegd dat het hard werken was bij Amabank, maar dat ze uitstekend betaalden en dat Darcey er veel zou opsteken. Het had Darcey allemaal niet uitgemaakt. Het had haar niet kunnen schelen of ze moest zoeken naar fouten die een verschil van miljoenen konden uitmaken, of dat ze bonnetjes moest invullen. Ze had het alleen maar zó druk willen hebben dat ze niet kon nadenken, en elke week betaald krijgen. Dus had ze drie dagen later op de boekhoudafdeling van de bank gezeten, met twee nieuwe collegaatjes, Jayne en Sinead, die alles over haar hadden willen weten.

'Ben je getrouwd of single?' had Jayne gevraagd.

Die vraag had Darcey verrast.

'Jayne gaat volgende maand trouwen,' had Sinead verteld. 'Daarom denkt ze aldoor aan de huwelijkse staat.'

'Ik ben niet zo van het trouwen,' had Darcey gezegd, en dat had een eind aan het gesprek gemaakt. Jayne had beledigd gekeken en had toen voor de zoveelste keer de site van het hotel bezocht waar de receptie zou worden gehouden, om nog eens naar alles te kijken.

Het was een drukke afdeling geweest, maar niet zo druk als waarop Darcey had gehoopt. Ze had het werk gemakkelijk aangekund, en had nooit bezwaar gemaakt als ze iets extra's moest doen. Ze had zich erg impopulair gemaakt door dingen te doen die haar niet waren gevraagd, maar ze had nu eenmaal liever iets omhanden dan dat ze uit het raam moest kijken en denken aan dingen waaraan ze niet wilde denken. Of erger nog: te worden ondervraagd door Jayne en Sinead over de mannen in haar leven. Wanneer ze terugkeek op die periode, besefte ze dat ze gruwelijk afstandelijk was geweest. Maar daar had ze niets aan kunnen doen, en ze had het Jayne en Sinead dan ook niet kwalijk genomen dat ze blij hadden gekeken toen ze werd overgeplaatst.

Bernard Hickey, het hoofd van de afdeling, had gevraagd of ze ooit had nagedacht over een vaste baan nadat ze binnen het kwartier een fout op een spreadsheet had ontdekt waar hij al de hele dag naar op zoek was geweest.

'Nee,' had ze gezegd.

'Maar jij vond die fout bijna meteen. En ik maar zoeken.'

'Dat komt omdat jij op het scherm naar iets zocht,' had ze gereageerd. 'En de fout zat in de originele getallen, niet in de getallen die waren ingevoerd.'

'Dat had ik moeten zien,' had hij gezegd. 'Heb je soms wiskunde gestudeerd?'

Ze had gelachen. 'Dit had niets met wiskunde te maken,' had ze gezegd. 'Het was gewoon maar hoofdrekenen.'

Hij had haar grijnzend aangekeken. 'Nou ja, tegenwoordig, met al die computers en zakjapanners, zijn er maar weinig mensen die nog kunnen hoofdrekenen.'

'Mijn vader was wiskundeleraar,' had Darcey verteld. 'Hij liet ons oefenen.'

'Aha.' Bernard had geknikt. 'Nou ja, als je toch liever een vaste baan wilt, moet je het maar zeggen.'

'Ik denk niet dat ik dat wil,' had Darcey gezegd. 'Maar toch bedankt.'

Twee weken later, de dag dat ze werd overgeplaatst naar ondersteunende taken, veranderde dat. En dat had niets met rekenen of wiskunde te maken.

In haar lunchpauze had ze achter haar bureau over een extreem moeilijke sudoku in de krant gebogen gezeten toen Mike Pierce, die in trade bonds deed en een luid en geërgerd telefoongesprek voerde, plotseling was opgestaan en had uitgeroepen: 'Is hier dan verdomme niemand die Duits spreekt?'

Darcey had opgekeken. Mike had de headset van zijn hoofd gerukt en vertwijfeld om zich heen gekeken. Ze had haar keel geschraapt. 'Ja, ik,' had ze gezegd.

'Geweldig.' Mike had de headset naar haar uitgestoken. 'Kun je in dat geval even uitleggen waar die vent het over heeft? Engels is toch de taal waarin zaken worden gedaan, je zou zeggen dat...'

Darcey was opgestaan en had de headset opgezet.

'Guten Tag, mein Herr,' had ze gezegd, om in rap Duits te vervolgen met: 'Ten eerste wil ik graag mijn excuses aanbieden omdat mijn collega zo grof was. Kan ik u misschien ergens mee van dienst zijn?'

De Duitser, die Dieter Schmidt bleek te heten, had gezegd dat er een probleempje was met de rente van een obligatie in Mikes portefeuille, en dat hij belde om te vragen welke stappen er moesten worden genomen. Zijn Engels sprekende collega was die dag ziek, maar volgens de gegevens was het personeel van de Amabank de Duitse taal machtig.

'Niet iedereen, zo blijkt wel,' had Darcey gezegd terwijl ze aantekeningen maakte op een blocnote. 'Maar nu is alles in orde. Danke und auf Wiedersehen.'

Ze had haar aantekeningen aan Mike overhandigd, die haar verbaasd had aangekeken.

'Je spreekt vloeiend Duits!' had hij uitgeroepen.

Ze had haar hoofd geschud. 'Niet echt. Jou klinkt het misschien goed in de oren, maar het lijkt niet op het Duits van een echte Duitser.'

'Wat ben je toch een parel.' Hij had breed gegrijnsd. 'Goed in wiskunde én in Duits!'

Verwonderd had ze hem aangekeken.

'Kom op!' had hij gezegd. 'Bernard heeft het al dagen over jou en die verdwenen vijf ton. Hij vindt je geniaal.'

'Dan is hij knap stom,' had Darcey gereageerd. 'Iedereen had die fout kunnen opsporen. Ze dachten alleen allemaal de verkeerde kant op.'

'Misschien.' Nadenkend had Mike haar aangekeken. 'Beschik je over nog meer talenten waarvan we niks weten?'

Darcey had haar schouders opgehaald. 'Dat betwijfel ik.'

'Spreek je nog meer talen?' had hij gevraagd.

'Een paar,' had ze niet op haar gemak geantwoord.

'Zoals?'

'In Frans ben ik best goed,' had ze na een poosje gezegd. 'Italiaans iets minder, en Spaans redelijk.'

'Allemachtig, je hebt je licht wel goed onder de korenmaat verborgen gehouden,' had hij gezegd. 'Heb je talen gestudeerd of zo?'

'Mijn moeder is Zwitserse,' had ze uitgelegd. 'Ze spreekt Duits, Italiaans en Frans, maar wel met een accent. Nou ja, daar spreken ze een ander soort Frans. Toen ze met mijn vader trouwde, kwam ze naar Ierland, en ze vond het zeker een goed idee ons al die talen te leren. Ik heb een paar maanden als au pair in Spanje gewoond, daar heb ik een beetje Spaans opgepikt.' Ze had gezwegen, zich ervan bewust dat ze in deze paar minuten meer over zichzelf had verteld dan in al die tijd dat ze hier al was.

'Heb je nog ander werk in het buitenland gedaan?' had Mike gevraagd.

'Zoals wat?'

'Kantoorwerk? Iets administratiefs? Omgang met klanten?'

Ze had haar hoofd geschud. 'Nee.'

'Hm.' Mike had haar zo lang nadenkend aangekeken dat ze ervan had gebloosd.

'Jeetje,' had ze ineens bits gezegd. 'Misschien kun je beter gaan doen wat Dieter voorstelde, zodat die rente wordt overgeboekt.'

'Wiskunde, talen en karakter,' had hij gezegd. 'Dat zie ik graag in een meisje.'

De dag daarna werd Darcey bij de directeur geroepen.

'Ik zal er geen doekjes om winden,' had Cormac Ryan gezegd. 'Ik zou het fijn vinden als je meer voor ons zou gaan werken, Darcey. Je beschikt over diverse talenten. Ik begrijp niet dat we niet wisten dat je je talen zo goed spreekt.' Het had een beetje geërgerd geklonken, alsof ze belangrijke informatie had achtergehouden.

'Het leek me niet nodig dat te vertellen,' had ze gezegd. 'Per slot van rekening ben ik maar de uitzendkracht.'

'Maar je was ervan op de hoogte dat we wereldwijd zakendoen.'

'Uiteraard. Maar het leek me niet belangrijk. En ik blijf hier nog maar een maand.'

'We willen je een vaste baan aanbieden met een proeftijd van een halfjaar,' had Cormac gezegd. 'Iedereen is onder de indruk van je kennis van onze financiële producten. En van je kennis van wiskunde, en van talen. Dat lijkt ons erg handig voor de Europese markt.'

'Echt?' Nadenkend had ze hem aangekeken.

'We denken dat je goed zou kunnen samenwerken met onze Europese klanten. Sommigen vinden het erg prettig om met iemand in zijn eigen taal te kunnen spreken.'

'Of in haar eigen taal,' had Darcey opgemerkt.

Cormac had met zijn ogen geknipperd. 'Of in haar eigen taal. Weet je, soms sturen we mensen naar het buitenland om een presentatie te doen, maar na afloop zitten de potentiële klanten dan maar een beetje te kwekken in het Duits of in het Frans. En het zou fijn zijn om te weten wat ze dan zeggen.'

'Wil je dat ik als een soort spion optreed?' had Darcey ontzet gevraagd.

'Jezus, nee!' had Cormac uitgeroepen. 'Je hoeft niet te doen alsof je ze niet verstaat, hoor. Je hoeft ze alleen maar te begroeten in hun eigen taal, zodat ze weten dat we hen goed begrijpen. Dat we moeite hebben gedaan hen te begrijpen.'

'Maar die moeite doen we dus niet,' had Darcey opgemerkt. 'Anders zouden er hier zat mensen rondlopen die hun talen spreken.'

Toen had Cormac geërgerd gekeken. 'Wil je die baan of niet?' had hij bars gevraagd.

'Niet speciaal,' had Darcey geantwoord. 'Ik heb het zo ook prima naar mijn zin.'

En toen had hij ongelovig gekeken. 'Prima naar je zin terwijl je maar een derde van je hersens gebruikt? Prima naar je zin terwijl je maar een derde verdient van wat je zou kunnen verdienen?'

Dat had beelden uit het verleden opgeroepen. Alleen was haar toen verteld dat ze slechts een achtste van haar hersens gebruikte.

Ze had er schoon genoeg van dat haar werd gezegd dat ze maar een klein deel van haar potentieel gebruikte, en dat ze niet ambitieus was. Van ambitie werd je nog niet aardig, vond ze.

'Je bent slim, je bent getalenteerd, en je bent daar niet op je plek,' was Cormac verder gegaan. 'Maar als je dat prettig vindt, vind ik het best. Maar wel zonde.'

'Een derde van wat ik anders zou verdienen?' Ze had het peinzend gevraagd.

'Nou ja, dat hangt ervan af hoe het zich ontwikkelt...' had Cormac snel gezegd. 'Na de opleiding of zo. Maar als vaste medewerker met een vaste baan zou je uiteraard meer verdienen.'

Even had Darcey haar ogen gesloten. Misschien was het tijd voor verandering. Misschien moest ze niet meer van baantje naar baantje zwerven. Misschien moest ze eens de regie in handen nemen. De afgelopen maanden was ze veranderd, misschien werd het tijd dat eens te bewijzen.

'Vertel er eens iets meer over,' had ze na een poosje gezegd. 'Zoals... wat zou ik dan gaan verdienen?'

Ze had de baan genomen omdat ze vond dat ze het extra geld verdiende. Haar persoonlijke leven was dan wel een chaos, maar ze kon zich volledig storten op haar werk. Professioneel. Alleen voelde ze zich niet professioneel. Ze had geen idee hoe het voelde om professioneel te zijn.

Ze was twee jaar bij Amabank gebleven en toen waren er headhunters van Global Finance gekomen. Dat was een merkwaardige ervaring geweest. Ze had nooit verwacht dat ze zomaar zou worden gebeld en dat haar een andere baan zou worden aangeboden. Hoewel ze meer zelfvertrouwen had gekregen, vond ze zichzelf geen echte expert. Ze had immers geen economie of zoiets gestudeerd, hoewel ze het meeste van deze tak van sport wel snapte. Alleen ontging haar soms het nut van wat ze deed, en voelde ze zich er niet altijd even gemakkelijk bij.

Maar Peter Henson van Global Finance, die ze tijdens een congres had leren kennen, was heel overtuigend geweest.

'Kom in elk geval eens praten,' had hij gezegd. 'Ik weet zeker dat we voor iemand met jouw capaciteiten de juiste baan hebben.'

Haar taak zou eruit bestaan op zoek te gaan naar nieuwe, Europese cliënten en hun producten en diensten van Global Finance aan te smeren. Ze kreeg er uitstekend voor betaald. Het was een belangrijke functie. Hoewel ze vond dat ze zich moest inzetten voor haar carrière, was ze totaal niet commercieel aangelegd. Ze las graag, voor haar plezier, en niet omdat ze financiële verslagen in vier talen kon begrijpen. Ze loste graag wiskundige puzzels op, voor haar plezier, niet om voor het bedrijf een nieuwe manier te vinden om geld te verdienen. Geld verdienen had ze nooit belangrijk gevonden.

En toch, had ze gedacht terwijl ze luisterde naar Peter Henson die het had over alweer opslag, misschien was ze best goed in geld verdienen. Niet in het maken van vrienden. Niet in bed. Alleen maar in geld verdienen. Misschien was ze toch niet zo anders dan anderen als ze altijd had gedacht. Ze wist niet wat haar moeder tegenwoordig allemaal aan de buren vertelde over haar, maar het zou fijn zijn als het gerucht zich verspreidde dat Darcey McGonigle het helemaal had gemaakt.

Dus was ze van werkkring veranderd, en omdat ze meer ging verdienen, had ze eindelijk een appartement durven kopen. Minette en de tweeling zeurden haar al heel lang aan het hoofd dat ze dat moest doen. Ze vonden het zonde dat ze elke maand huur betaalde, weggegooid geld, noemden ze dat. Darcey wist dat ze gelijk hadden. Bovendien was het een statement om een eigen huis te hebben. Dat betekende dat ze haar leven weer onder controle had. Dat toonde aan dat ze het weer aankon. Dat ze niemand nodig had om... Nou ja, gewoon dat ze niemand nodig had.

'Je zult er geen spijt van krijgen,' had Peter Henson gezegd toen ze op zijn aanbod inging.

Maar nu kreeg ze dan toch het gevoel dat ze er wel spijt van had.

2

Na deze aankondiging van Peter Henson beraadslaagde Darcey met een paar collega's over de toekomst van Global Finance en ging toen aan haar bureau bellen met een aantal cliënten die al op de hoogte bleken te zijn. De oerwoudtamtam werkt snel, dacht ze terwijl ze ophing.

Ze keek op haar horloge. Ze moest over een week of twee naar Barcelona, maar ze kon zich niet echt concentreren op het regelen van die trip. Ze kon alleen maar denken aan de hoge pieten van InvestorCorp die binnenkort hier zouden rondwandelen. Ze slikte moeizaam. Och kom, er zou niets gebeuren. Overnames waren aan de orde van de dag, en waarschijnlijk werkten daar al heel andere mensen. Er zou echt niets gebeuren. Ze hoefde zich heus geen zorgen te maken.

Het zijn gewoon twee bedrijven die samen één worden, dacht ze. Niets om bezorgd over te zijn. En toch beet ze op haar lip toen ze de computermuis bewoog.

Onzeker hield ze haar handen boven het toetsenbord. En toen werd het haar te machtig. Ze tikte de naam Neil Lomond in en keek naar de hits. Niks. Toen tikte ze achter die naam: InvestorCorp. Nog steeds niks. Vervolgens tikte ze: ProSure Neil Lomond. Weer niks. Ze haalde diep adem. Wat deed het er ook toe waar hij tegenwoordig werkte?

Ze tikte haar eigen naam in en glimlachte toen er hits waren. Dat had ze al verwacht, want Minette had dat ook eens gedaan en had haar trots de hits laten zien. Er was een hit bij Global Finance, met haar functie en e-mailadres. Er was ook een link naar een interview op tv. Gelukkig stond er niet bij dat ze maar in een panel had gezeten en nauwelijks een mond had durven opendoen. En dan was er nog iets over een debat over zakenvrouwen. Haar team had gewonnen.

Drie hits voor haar, nul voor Neil. Dat was een troostrijke gedachte.

Ze zou tot laat hebben doorgewerkt als Anna Sweeney haar niet tegen zessen had uitgenodigd iets te gaan drinken.

'Het is nergens voor nodig om hier te blijven,' zei ze tegen Darcey. 'Je hoeft je verjaardag niet te vieren, maar overwerken is behoorlijk sneu. Bovendien gaat iedereen weg om het over de overname te hebben.'

Darcey zette de computer uit. Anna had gelijk, maar omdat ze toch geen andere plannen had en ze nog veel werk moest verzetten, had het haar logisch geleken op kantoor te blijven.

Er was inderdaad niemand meer op de zesde verdieping, en dat was hoogst ongebruikelijk.

'Je hebt gelijk,' zei ze. 'Maar laten we het niet hebben over InvestorCorp. We weten er nog niks van, en ik heb de pest aan speculaties.'

Verwonderd keek Anna haar aan. Ze had verwacht dat Darcey het heerlijk zou vinden om te gissen naar wat hen boven het hoofd hing. Maar Anna vond een ander onderwerp ook best.

'Zaterdag gaan we met een hele groep naar een nostalgisch concert,' zei ze terwijl ze plaatsnamen bij het raam van de Excise Bar en witte wijn bestelden. 'Er komt een Duran Duran-tributeband. Er zijn nog kaartjes over. Ga je mee?'

'Ik zou wel willen,' zei Darcey na een korte aarzeling, 'Maar ik heb mijn moeder beloofd naar Galway te komen, en ik moet ook nog veel doen voordat ik naar Barcelona vertrek.'

'Dat voor Barcelona kun je op kantoor doen,' zei Anna. 'Het wordt hartstikke leuk. Kom nou ook. Je gaat bijna nooit mee met een bedrijfsuitje.'

'Omdat het voor mij niet echt belangrijk is,' reageerde Darcey met een grijns. 'Mijn cliënten zitten allemaal in het buitenland.'

Anna lachte. 'Jawel, maar je kunt hier toch ook een sociaal leven hebben? Er bestaat meer dan werk alleen, zoals andere mensen leren kennen en lol maken.'

'Ik hoef niet nog meer lui van Global Finance te leren kennen,' zei Darcey. 'Ik ken er al genoeg.'

'Dat bedoel ik niet,' zei Anna.

'Wat bedoel je dan? Vorig jaar ben ik meegegaan voor dat weekend. Kerry McLaughlin snurkt en Norman Quentin gebruikt geen deodorant. Meer hoef ik niet over ze te weten.' Triomfantelijk keek ze Anna aan.

'Nou, maar je zou best meer lol kunnen maken.'

'Ik heb geen behoefte aan lol,' reageerde Darcey. 'Ik vind het prima zo.'

Bezorgd keek Anna op.

'Wat nou weer?' vroeg Darcey iets te bits.

'Soms maak ik me zorgen over je.'

'Nergens voor nodig.'

'Nou ja, je werkt zo hard,' zei Anna. 'En ik ben nu eenmaal de manager van HR.'

'Geweldig, je maakt je zorgen om de werknemers!' riep Darcey uit. 'Kom op, Sweeney, we zijn toch vriendinnen?'

'Nou ja, ik zou niet willen dat je een burn-out kreeg en daar Global Finance de schuld van gaf,' zei Anna verdedigend.

'Ik stort heus niet in,' stelde Darcey haar gerust. 'En ik ben dol op mijn baan.' Nou ja, niet echt dól, maar toch...

'En je bent hartstikke goed,' zei Anna. 'Je kunt met iedereen opschieten, alleen...'

'Alleen wat?'

'Nou, je hebt geen echte vrienden of vriendinnen.'

'Ik heb jou toch?' reageerde Darcey verwonderd.

'Jawel.' Het speet Anna dat ze dit niet handiger kon aanpakken. 'Je lijkt soms zo ver weg.'

'Jij zou ook ver weg lijken als je aldoor moest reizen voor Global Finance!' riep Darcey uit. 'Wat heb je toch ineens?'

'Misschien omdat je jarig bent en wilde overwerken en... Nou ja.'

'Dan vind je me maar sneu.' Darcey grijnsde breed. 'Maar echt, ik vind het niet erg. Over een poosje zit ik in Barcelona, wat wil een mens nog meer?'

'Misschien heb je wel gelijk.' Toch had Anna het gevoel dat ze niet echt tot Darcey was doorgedrongen. Waarom vierde Darcey toch niet uitbundig haar verjaardag? Waarom vond ze het belangrijker om die trip naar Barcelona tot in de puntjes voor te bereiden?

'Ik kan niet net als jij een heleboel dingen tegelijk doen,' ging Darcey verder. 'Jij hebt je kind en je baan, en je bent een echt feestbeest.'

'Dat zeggen ze toch niet over me? Dat ik een feestbeest ben?' vroeg Anna geschrokken. 'Want dat ben ik niet, ik wil alleen maar...'

'Rustig nou maar,' zei Darcey. 'Ik wilde er alleen maar mee zeggen dat jij veel dingen tegelijk in de lucht kunt houden.'

Anna trok een gezicht.

'Jeetje, soms is het me al te veel om mijn werk te doen en mijn huis netjes te houden, en jij doet veel meer.'

'Ik heb geen keus,' merkte Anna droog op.

'Hoe is het met Meryl?' vroeg Darcey na een korte stilte.

'Goed,' antwoordde Anna. 'Ze wordt zo snel groot dat het eng is. En een eisen die ze stelt...' Ze haalde haar schouders op. 'Weet je, juist vanwege Meryl maak ik me zorgen om de overname. Je kent de reputatie van InvestorCorp. Stel dat ze me ontslaan?'

'Waarom zouden ze?' vroeg Darcey. 'Je doet je werk toch goed?'

'Jawel, maar misschien hebben ze iemand anders,' zei Anna. 'Of misschien kan ik niet meer zo flexibel zijn. Ik bedoel, mijn moeder haalt Meryl dan wel uit school, maar ik moest deze maand twee keer weg omdat Meryl ziek was geworden. Misschien stelt InvestorCorp dat niet op prijs, en wat moet ik dan?' Het klonk angstig.

'Anna, ze ontslaan je heus niet. Bovendien zijn er zat andere banen.' Het drong tot Darcey door dat ze tegen Anna zei wat ze eerder die dag zichzelf had voorgehouden.

'Jawel, maar hoeveel werkgevers zitten te wachten op een alleenstaande moeder?' jammerde Anna.

'Wat maakt het eigenlijk uit of een moeder alleenstaand is of niet?' vroeg Darcey. 'Een vrouw met een partner is meestal ook degene die gauw naar huis moet als er iets is.'

Anna lachte zuur. 'Klopt.'

'Kom op, er gebeurt je niks.'

'Dat hoop ik dan maar.'

'Ik ben ervan overtuigd.' Darcey keek op haar horloge. 'Nemen we er nog eentje?'

Anna knikte. 'Eigenlijk zou ik dit niet moeten doen. Ik vind het niet prettig dat mijn moeder steeds moet inspringen, maar zelf zegt ze dat ze het niet erg vindt.'

Darcey stak haar hand op en bestelde nog twee wijntjes.

'In elk geval steunt ze je,' zei ze toen hun drankjes op tafel werden gezet.

'Ja.' Anna nam verlekkerd een slokje van de koude witte wijn. 'Maar kijk, ik ben zesendertig en woon met mijn tienjarige dochter bij mijn moeder omdat er iemand voor mijn kind moet zorgen. Ik wil niet thuis wonen, ik wil een man en een eigen huis. Het is allemaal zo moeilijk.'

'Dat is het altijd,' zei Darcey. 'Het is veel lastiger om de Ware te vinden dan een goede baan.'

Anna lachte. 'Ja. En toch vind ik het erg dat ik wel een goede baan heb, maar geen liefdesleven.'

'Jij hebt Meryl,' merkte Darcey op. 'En Meryl is top.'

'Ik hou zielsveel van haar,' zei Anna na nog een slokje wijn. 'Ze is geweldig, maar ik zou liever geen alleenstaande moeder zijn. Het was allemaal mijn schuld. Eén nachtje... Ik bedoel, het is toch ongelooflijk dat je in één nachtje alles kunt verpesten?'

'Je hebt het niet verpest,' zei Darcey zacht.

'O jawel,' zei Anna. 'Ik kan nu geen carrièrevrouw meer zijn, zoals jij. En ik ben ook niet zo'n appeltaart bakkende moeder zoals die bij mij in de buurt. En ik kan ook niet echt op zoek naar een man. Ik moet aan Meryl denken...' Ze schudde haar hoofd. 'Dat meen ik allemaal niet, hoor. Ik ben dol op Meryl en er is niks mis met mijn leven. Alleen, die overname maakt me zo onzeker.'

'Dat geldt voor wel meer mensen,' merkte Darcey op.

'Jou gebeurt niets,' stelde Anna haar gerust. 'Jij bent superefficiënt.'

'Doe niet zo mal.' Niet op haar gemak verschoof Darcey op haar stoel.

'Doe niet zo bescheiden,' zei Anna. 'Je bent al twee keer achter elkaar tot Medewerker van het Jaar uitgeroepen.'

'Dat betekent niets. Bovendien was er weinig concurrentie.' Darcey vertrok haar gezicht. 'Mark Johnson had de pech dat er zoveel cliënten weggingen, anders was hij het geworden.'

'Hou op!' zei Anna op felle toon. 'Niet zo bescheiden! Mark Johnson is gewoon lang niet zo goed als jij.'

Darcey grinnikte. 'Oké, ik ben geniaal.'

Anna moest ook lachen, en toen kneep ze haar ogen tot spleetjes. 'Zeg, heb jij nog een man op het oog?'

'Nee.'

'Niet dat ik je goede raad kan geven, hoor.' Anna sprak een beetje met dubbele tong na twee wijntjes, en nadat ze de lunch had overgeslagen. 'Maar het enige waar je niet zoveel succes hebt gehad, is op het gebied van de liefde.' Ze stak een hand op toen Darcey iets wilde zeggen. 'Goed, je hebt het veel te druk en je bent de Ware nog niet tegen het lijf gelopen. Maar als je de lat te hoog legt, gebeurt dat ook niet. Kom op, Darcey, begin iets. Laat je gaan!'

Darcey lachte. 'Ik laat me niet gaan. Ik heb geen zin in gezeur.'

'Nee,' verzuchtte Anna, 'één wilde nacht kan een hoop gezeur opleveren...'

'Alle mannen zijn gezeur.' Darcey leegde haar glas wijn. 'Ik moet weg,' zei ze. 'Ik wil eerst in bad en dan naar een suffe film kijken.'

'Een prima manier om je verjaardag te vieren,' reageerde Anna. Ze propte haar mobieltje in haar tas. 'Maar als er toch een man je pad kruist, laat je dan vooral gaan.'

Er stond een straffe wind, en allebei liepen ze rillend naar het station.

'Het wordt vast weer zo'n natte zomer,' zei Anna terwijl ze haar jas stevig dichtknoopte. 'Dat vind ik nou zo stom aan de opwarming van de aarde; het wordt helemaal niet warmer!'

'Nee, hè?' Darcey stak haar handen diep in haar zakken. 'Ooit emigreer ik naar een lekker warm land.'

'Zwitserland?' opperde Anna. 'Daar heb je familie wonen.'

'Maar daar is het 's winters steenkoud.'

'Maar het regent er niet zo vaak,' zei Anna. 'Het is er niet grijs en grauw, en je kunt er skiën.'

'Daar kan het ook grijs en grauw zijn, en ik kan niet skiën,' reageerde Darcey. 'Nee, niet Zwitserland. Italië misschien. Een mooi huis in Toscane. Dan ga ik olijfolie verkopen en schildercursussen organiseren.'

'Hè ja, nóg een schildercursus in Toscane,' merkte Anna geamuseerd op toen ze het station in liepen.

Darcey lachte. 'Och, ik kan toch niet schilderen.'

'Nou, tot morgen.' Anna, die in Drogheda woonde, liep naar het ene perron, en Darcey naar het andere.

'Tot morgen, en de groeten aan Meryl.'

'Veel plezier in bad en met de film.'

'Dank je.'

'En nog een fijne verjaardag verder.'

'O, ja...' Toch liep Darcey glimlachend over het perron.

Het was bijna acht uur toen Darcey thuiskwam, en het was een heel stuk frisser geworden. Huiverend in haar wollen jasje toetste ze de code in om de deur naar de lobby te openen, en het was een hele opluchting om uit de kille wind te zijn.

Ze haalde de post uit de brievenbus. Er waren de vier kaarten die ze al had verwacht, en nog drie enveloppen. Een afschrift van haar creditcard, een brief van de beheerders van het appartementencomplex, en een roomwitte envelop met een geprint adres erop en een Amerikaanse postzegel. Het adres was dat in Galway, haar moeder had hem doorgestuurd.

Een Amerikaanse postzegel... Ze verstijfde en klemde haar kaken op elkaar. Minette had niets extra's op de envelop geschreven. Had zij zich ook afgevraagd wat het kon zijn?

Darcey nam de lift naar boven. Eenmaal binnen sloot ze de gordijnen, hoewel niemand naar binnen kon kijken. Ze deed het eerder om de druilregen buiten niet te zien, en het binnen gezelliger te maken. Vervolgens haalde ze diep adem en maakte de post open, te beginnen met de verjaarskaarten. Het kraslot van Nerys legde ze weg, zonder te krassen, om langer de gedachte te hebben dat ze misschien iets had gewonnen. De kaarten zette ze netjes neer in de boekenkast. Toen was de beurt aan de andere post. Het afschrift van de creditcard viel mee, en de brief van de beheerders van het appartementencomplex ging over het verbod op huisdieren. Maar Darcey wist dat minstens drie bewoners stiekem een kat hadden. In de laatste envelop zat ook een kaart, dat voelde ze door de envelop heen. Ze kende niemand in Amerika die haar een kaart zou willen sturen. Misschien moest ze de envelop maar eens open-maken, waarschijnlijk was het gewoon reclame. En toch wist ze dat het geen reclame was.

Deze envelop hoefde ze niet open te maken. Ze wilde hem niet openmaken. Ze gooide hem in de vuilnisbak. Toen ging ze in bad, waar ze met gesloten ogen naar de muziek luisterde en haar geest probeerde leeg te maken, zodat ze niet aan enveloppen uit Amerika hoefde te denken, of aan overnames. Toen ze uit bad was gekomen, bestelde ze eten bij de Chinees en at dat gehuld in een dikke badjas op voor de tv. Daarna belde ze haar vader om hem te bedanken voor de kaart, maar moest een berichtje inspreken op zijn voicemail. Toen deed ze de kruiswoordpuzzel in de krant, ook al was ze daar niet erg goed in, en ging vervolgens naar bed met de bestseller die ze een paar dagen geleden had gekocht. Na een paar hoofdstukken kroop ze diep onder de dekens en knipte het lampje uit. Toen sloot ze haar ogen en deed haar best nergens aan te denken.

Een uur later ging ze rechtop zitten. Ze had gewoeld dat het een lieve lust was en kon absoluut de slaap niet vatten. Ze stapte uit bed, aarzelde even en haalde toen toch maar die envelop uit de vuilnisbak. Die rook een beetje naar foeyonghai, en ze trok haar neus op.

Ze maakte de envelop open en haalde daar de verjaarskaart uit. Er stond op: Sorry dat ik je verjaardag ben vergeten.

Verrast keek ze daarnaar, en toen sloeg ze de kaart open. Er viel een wit envelopje uit. Dat raapte ze op en las toen wat er op de binnenkant van de kaart stond geschreven.

Natuurlijk ben ik je verjaardag niet vergeten, stond er. *Maar de afgelopen jaren heb ik er heel wat gemist. Het is jammer dat we geen contact hebben gehouden. Ik hoop zo dat je dit leest! Er is veel tijd verstreken, en ik hoop heel erg dat je op onze bruiloft komt. Je bent trouwens ook uitgenodigd voor het etentje vooraf. Hierbij stuur ik je de verdere details. Het is allemaal behoorlijk Amerikaans, maar ja, zo gaat dat nu eenmaal. En uiteraard mag je iemand meenemen!*

Vol ongeloof keek Darcey naar de kaart. Toen opende ze het andere envelopje, en daar zat de uitnodiging in.

Er stond: *Na al die tijd wagen we de sprong. En we geven jullie alle tijd om jullie voor te bereiden op onze bruiloft.*

In zilveren letters stonden er twee namen onder. Darceys hart klopte in haar keel toen ze ze las, en pas toen besefte ze dat haar hand trilde.

Ze las de tekst nog eens door. Ze gingen trouwen. Nou, dat had ze altijd wel verwacht. Eigenlijk had ze gedacht dat ze jaren geleden al waren getrouwd. Dat was toch de bedoeling geweest? Ze koesterden hartstochtelijke gevoelens voor elkaar en wilden altijd bij elkaar zijn. Dan ging je toch trouwen? En nu ineens deze uitnodiging... Het was ongelooflijk dat dat kreng haar durfde uit te nodigen. En toch verbaasde het haar niet. Dat mens schrok nergens voor terug.

Maar als ze soms dacht dat Darcey op haar verdomde bruiloft zou komen, of naar dat verdomde etentje vooraf, dan had ze het goed mis!

3

De zon scheen al door de jaloezieën van het huis in Palo Alto toen Nieve de waterkoker vulde en aanzette. Haar vriendinnen dronken 's ochtends meestal koffie, maar zij had liever thee. Gewone thee, geen groene of met fruitsmaakje. Gewone thee, lekker sterk en met een scheut melk en soms een schepje suiker. Ze zat er totaal niet mee dat anderen dat maar raar vonden; als ze geen kopje thee had gehad, was de dag nog niet echt begonnen.

Terwijl ze wachtte totdat het water kookte, trok ze de jaloezieën open. De lucht was al blauw, en de bougainville naast het raam bewoog een beetje in het briesje. Aan de overkant reed Sienna Mendez haar gloednieuwe Lexus de straat op en tufte weg. Iedereen reed altijd heel langzaam omdat ze moesten oppassen voor de kinderen, hoewel er in Pueblo Bravo nauwelijks kinderen waren. De meeste inwoners hadden het veel te druk met hun werk in Silicon Valley om gezinnen te stichten, maar ze wilden ook niet op het plaatselijke nieuws komen omdat ze andermans hartendief hadden overreden.

Nieve keek naar haar vuurrode Acura NSX. Dat was geen kindvriendelijke auto. Maar die had ze dan ook niet nodig, aangezien zij een van die mensen was die het te druk hadden om een gezin te stichten.

Ze zette de tv aan. Die stond afgestemd op Bloomberg Business News, en ze luisterde naar het nieuws over de Europese en Aziatische beurzen terwijl ze de theepot omspoelde met warm water. Vervolgens deed ze er twee schepjes theeblaadjes in. De beurzen waren hoger gesloten, en China had een handelsovereenkomst met de Verenigde Staten getekend. Ze goot water over de theeblaadjes. Van theezakjes hield ze niet, en deze ochtendthee was een heel ritueel.

Terwijl ze wachtte totdat de thee was getrokken, zag ze nog drie auto's wegrijden. Ze beschouwde zichzelf als een rebel omdat ze niet snel het huis verliet in de ochtend en op haar werk verscheen met een kartonnen beker in de hand. Ze ging op tijd van huis en wanneer ze naar binnen liep bij Ennco, waar ze werkte, deed ze dat kordaat en efficiënt, en dat bleef ze de hele dag.

Dat moest ook wel. Als hoofd van de juridische afdeling moest ze nagaan wat traders die zichzelf The Bear of The Stuffer noemden, en die nog niet de moderne zakenethiek omarmden, allemaal uitspookten. Traders zoals The Bear en The Stuffer waren luidruchtig en ouderwets, en seksistische macho's. Toch mocht ze hen wel. In het begin hadden ze geprobeerd haar uit haar tent te lokken, maar toen ze erachter kwamen dat dat niet lukte, kregen ze respect voor haar.

Respect, dacht ze terwijl ze eindelijk een slokje thee nam. Respect was belangrijk. Er reden nog twee auto's langs. Twee gloednieuwe Mercedessen. Iedereen in Pueblo Bravo had altijd wel het nieuwste model van iets.

Ze dronk haar kopje leeg en zette het in de afwasmachine. Vervolgens ging ze naar buiten, stapte in de auto en reed naar het kantoorgebouw waar ze werkte. De afdeling compliance, waar ervoor werd gezorgd dat niemand gekke dingen deed met de biljoenen dollars die hier omgingen, was niet erg glamoureus, maar Nieve had als leidinggevende al heel wat bonussen opgestreken. En die konden ze goed gebruiken, want het huis in Palo Alto was niet goedkoop geweest, en het luxe leven daar ook niet. Natuurlijk leidden ze allebei dat luxe leven, maar zij bekostigde het voornamelijk. Ze had altijd goed verdiend, afgezien van de periode waarin de technologie-lui zo goed hadden geboerd, maar voor de meesten was dat slecht afgelopen. Nieve was er al snel achtergekomen dat financiële dienstverlening veiliger was, en misschien ging het dan minder goed met effectenmakelaars, maar de cliënten betaalden nog prima.

Daarom was haar baan bij Ennco ook zo geweldig. De afgelopen maand was de waarde van Nieves aandelen verdrievoudigd. Ze hadden nu – op papier – voldoende geld om hun hele verdere leven te kunnen bekostigen.

Ze had altijd geweten dat ze het ver zou schoppen. Sinds haar vader was thuisgekomen met het bericht dat ze naar een kleiner huis moesten verhuizen omdat hij was ontslagen bij de banketbakkerij, had ze op haar kans gewacht. Het was vreselijk geweest om haar moeder te zien huilen, terwijl haar vader haar geruststelde en zei dat hij heus wel ander werk zou vinden.

Ze huiverde. In de jaren tachtig was er in Ierland geen ander werk geweest. In elk geval niets voor een man van middelbare leeftijd, en zeker niet voor hetzelfde salaris als eerst. Hoewel hij altijd hoopvol was gebleven, had ze gezworen dat zij nooit in een dergelijke positie zou terechtkomen.

Daar had ze aan moeten denken toen het mis ging met de technologiejongens, maar het was toch niet zo beangstigend geweest als toen. In de jaren tachtig ging iedereen ervan uit dat een baan iets voor het leven was, en in Silicon Valley werd veel geswitcht.

Maar deze ochtend had ze op tv gezien dat de aandelen Ennco alweer hoger stonden. Dat betekende dat de werknemers hun aandelen minimaal vier maanden moesten vasthouden, maar uiteraard wilde niemand verkopen. Er werd gefluisterd dat de waarde nog kon verdubbelen. Dat was het moment waarop ze wilde verkopen.

Het enige extravagante wat ze vast had gedaan, was het organiseren van de bruiloft. Ze glimlachte bij de gedachte aan haar terugkomst in Ierland, als ware heldin, voor een bruiloft in een exclusief, tot hotel verbouwd kasteel. Kosten nog moeite zouden gespaard blijven. Iedereen moest weten dat Nieve Stapleton het helemaal had gemaakt.

Ze wilde niet zo iemand zijn die na een periode in het buitenland terugkwam in Ierland en merkte dat niemand haar meer kende en dat niemand onder de indruk was van haar verhalen over de Verenigde Staten of Australië. Want Ierland was nu ook een van de rijke landen geworden. Hoewel er daar nu ook goede banen waren, waren de huizenprijzen erg hoog en kon je je van je salaris geen dure sportauto veroorloven. Dus was ze zelf nooit teruggegaan. Waarom zou ze ook?

Haar vrienden en vriendinnen die wel af en toe een bezoekje aan Ierland brachten, kwamen terug met verhalen over uitgaansgelegenheden die ze niet kende, en soms vroeg ze zich af of ze wel juist had gehandeld. Maar ze verdiende uitstekend bij Ennco, en dat zou ze bewijzen met de dure bruiloft.

Sommigen verbaasde het misschien dat ze niet al eerder was getrouwd. Ze had gezegd dat ze met hem zou trouwen wanneer ze haar droom had verwezenlijkt, wanneer er een bedrag met zeven nullen veilig op de bank stond en ze een bruiloft kon betalen die helemaal over de top was. Hij had haar uitgelachen en gezegd dat er meer aan een huwelijk vastzat dan een extravagante bruiloft. Dat was ze met hem eens. Maar ze had ook gezegd dat geld het leven een stuk prettiger maakte. En dat deze bruiloft haar eigen sprookje moest worden.

Ze draaide de parkeerplaats van Ennco op. Daar stond het al vol. Om halfacht was ze een van de laatsten. Ze vroeg zich vaak af of haar collega's eigenlijk wel ooit thuis waren.

Alles was al in volle gang toen ze binnenkwam. The Bear en The Stuffer stonden tegen elkaar te schreeuwen, maar dat was niet ongebruikelijk. Jasmine Becker deelde koffie en donuts uit aan de traders.

Nieve rilde toen The Bear een hap van zijn donut nam, een slok koffie dronk, iets naar The Stuffer riep en de telefoon beantwoordde, allemaal tegelijkertijd. Die twee waren hier een soort anachronisme, dacht ze terwijl ze naar haar glazen hokje liep. Tegenwoordig waren traders geen opvliegende zonderlingen meer. Mensen zoals Nieve waren juist heel voorzichtig, zodat ze geen gekke dingen konden doen. Ze zou blij zijn als die twee met pensioen gingen. Moderne traders waren heel anders, die droegen dure pakken en hadden zichzelf goed in de hand. Zoals Jaden Andersen bijvoorbeeld, die de donut en koffie had afgeslagen en nipte van een beker kruidenthee. Jaden had meer geld ingebracht dan The Bear en The Stuffer samen, en dat was te zien aan zijn bonus.

Eigenlijk was Nieve daar wel jaloers op geweest, en ze had zich afgevraagd of als zij ooit zo'n bonus kreeg, ze nog wel op haar werk zou verschijnen. Maar Jaden had de volgende dag gewoon weer achter zijn bureau gezeten, met zijn dure jasje over de rugleuning en de mouwen van zijn dure overhemd opgehouden door ouderwetse mouwophouders.

Ze zag hem een telefoongesprek beëindigen, de headset afdoen en zijn hals masseren. Toen zette hij de headset weer op. Zij had ook trader kunnen zijn, maar dat soort werk had haar interesse niet. Bovendien waren traders een heel ander soort mensen. Zij was een pietje precies. En traders, ook beheerste traders zoals Jaden, hadden toch iets roekeloos in zich.

Nieve was niet roekeloos. Nooit geweest ook. Zij zorgde er op een vastberaden manier voor dat er geld binnenkwam.

Op haar zesde had ze voor het eerst winst gemaakt, toen ze nog in het grote huis woonden, voordat haar vader werkeloos was geworden. Hij had een doos grappige chocoladerepen meegenomen voor Nieve en Gail. Nieve wist wat die repen kostten in de buurt-super waar de kinderen snoep kochten. Ze verkocht de repen voor net iets minder aan die kinderen. Toen Gail op een avond vroeg waar de repen waren, gaf Nieve haar een handje geld.

'Maar pap had ze ons gegeven,' zei Gail. 'Het was niet de bedoeling dat we ze zouden verkopen.'

'Maar het is wel beter dan ze allemaal opeten,' reageerde Nieve. 'En zo kan ik sparen voor dingen die ik echt graag wil.'

Steeds weer had ze dingen verzonnen om haar zakgeld aan te vullen. Ze liet de honden van de buren uit, ze wiedde onkruid en ze deed boodschappen. Voor geld. Als tiener ging ze ook oppassen.

In de bovenbouw van de middelbare school had ze leiding gegeven aan een project waarbij de leerlingen iets moesten bedenken om geld in te zamelen voor de school. Het jaar daarvoor hadden leerlingen sleutelhangers verkocht. Dat vond Nieve behoorlijk uit de tijd. Ze vroeg de anderen dan ook iets beters te bedenken. Carol, Rosa en Darcey hadden haar met een lege blik aangekeken.

Dat was niet omdat ze dom waren. Absoluut niet, zelfs. Ze waren allemaal slim, maar ze konden niets beters bedenken dan sleutelhangers of haarspeldjes. Nieve was met het idee gekomen een video te maken, vol tips over hoe zonder al te veel moeite te slagen voor het eindexamen. Nieve dacht dat veel leerlingen die video wel zouden willen kopen, want niemand wilde echt graag blokken voor het examen. Ze zou er dan ook een pittige prijs voor vragen. Ze bood aan haar eigen geld te steken in het reclame maken, in ruil voor een gedeelte van de opbrengst. De anderen stemden daarmee in.

De video was een groot succes. De school had nog nooit zoveel verdiend aan een project, en ook Nieve maakte flink winst. Alle leerlingen hadden de video gekocht, en leerlingen van andere scholen wilden hem ook graag hebben.

Dat was Nieves eerste commerciële project geweest. Een doorslaand succes.

Ze glimlachte hij de herinnering. Toen logde ze in op de computer en ging aan de slag. Ondertussen hield ze de ticker in de gaten. Haar aandelen Ennco waren met twee procent in waarde gestegen, dus was ze op papier een paar duizend dollar rijker. Haar glimlach werd breder.

4

Zoals altijd was het 's ochtends druk op het vliegveld. Er stonden al rijen voor de balies. Een zakenman met een laptoptas over de schouder en een regenjas over de arm botste tegen haar op, bood haar kortaf zijn excuses aan en beende toen op zijn horloge kijkend weg.

Darcey snapte niet waarom al die mensen zo'n haast hadden. Zij had tijd genoeg. Haar vader had het er bij haar in geramd dat ze altijd op tijd moest zijn, omdat te laat komen gebrek aan respect toonde. Uiteraard had hij het gehad over te laat komen op een afspraak, maar het zat er zo goed in bij haar dat ze nergens ooit te laat voor was. Terwijl ze het vluchtnummer intoetste om in te checken, dacht ze dat het merkwaardig was dat er zoveel blijft hangen van wat je ouders je hebben geleerd. Lastig was dat. Het lag aan haar vader dat ze bang was om te laat te komen.

Dankzij hem had ze echter ook de tijd om zoals gewoonlijk een beker koffie en een croissantje te kopen. Het was druk in de koffietent, en de vrouw voor haar schuifelde ongeduldig met haar voeten terwijl ze wachtte op haar bestelling. Toen ze eindelijk haar beker koffie kreeg, dronk ze die in een paar gulzige slokken leeg. Toen Darcey haar bestelling kreeg, ging ze aan een tafeltje zitten en las op haar gemak een krantje. Er stond niets meer in over de overname door InvestorCorp, terwijl die toch de afgelopen dagen het economiekatern had beheerst. Tot dusver had niemand van de Europese vestiging in Edinburgh een bezoek gebracht aan Dublin, hoewel iedereen verwachtte dat de nieuwe eigenaren elk moment hun opwachting zouden maken. Anna Sweeney had Darcey een mailtje gestuurd waarin ze schreef dat ze zich zorgen maakte over haar baan bij human resources, en in de kantine werd nauwelijks over iets anders gesproken dan over de eventuele veranderingen die zouden kunnen worden doorgevoerd. Vooral als er Amerikanen bij betrokken waren.

De structuur van InvestorCorp verschilde aanzienlijk van die van Global Finance. InvestorCorp had wereldwijd vestigingen, maar die in Edinburgh was de grootste omdat de Schotten eerst het Engelse ProSure hadden overgenomen. Het leek Darcey lastig met al die vestigingen. Geen wonder dat veel mensen de zakenwereld zo ingewikkeld vonden. Maar eigenlijk was er niets ingewikkelds aan. De Schotten en Amerikanen zouden binnenkort naar Dublin gaan en dan zou alles veranderen.

Terwijl ze aan die veranderingen dacht, haalde ze diep adem. Toen dronk ze haar koffie op en vouwde de krant op, om vervolgens naar de gate te slenteren. In de wachtruimte waren de meeste stoelen bezet, voornamelijk door zakenlui met laptops die druk in hun mobieltje praatten, hoewel het pas zeven uur 's ochtends was. Ze zagen er belangrijk uit. Darcey vroeg zich af of zij er ook belangrijk uitzag in dit pakje van marineblauwe zijde en het witte, katoenen blouseje. Of zag iedereen dat ze vanbinnen geen echte zakenvrouw was, dat ze maar deed alsof?

Ze deed niet eens moeite om op het vliegveld te werken. Dat zou een ramp zijn geworden omdat haar laptop voortdurend crashte, dus peinsde ze er niet over die in het openbaar te gebruiken. Toch voelde ze zich nooit op haar gemak met alleen maar *Newsweek* of *The Economist* tussen al die ijverige mensen.

Minette vond het wel leuk dat haar dochter een echte globetrotter was, ook al zei Darcey nog zo vaak dat ze uitsluitend naar Europese bestemmingen reisde, en dat het tegenwoordig niets bijzonders meer was om te vliegen. Tegenwoordig was het eerder een nachtmerrie met al die controles.

'Niet zo ondankbaar,' zei Minette dan. 'Je hebt het goed gedaan, en daar gaat het maar om. Je bent een echte doorzetter, en het is fijn voor je dat je gratis eersteklas mag reizen.'

Dan moest Darcey lachen en legde ze uit dat Global Finance niet groot was geworden door het personeel eersteklas te laten reizen, en dat haar reisjes zakenreizen waren waarbij daadwerkelijk werd gewerkt.

'Altijd beter dan in een kantoor te zitten,' zei Minette dan. Darcey wist dat haar moeder toch graag iets van succes wilde horen. 'En je verblijft in mooie hotels.'

Dat was waar. Ze logeerde in prima hotels, en daar was ze dankbaar voor. Vroeger had ze in vreselijke hotelletjes overnacht, en het was fijn ergens te zijn waar shampoo en douchegel klaarstonden die het waard waren om mee te nemen.

Ze moesten aan boord, en iedereen stond op. De man naast haar klikte zijn laptop dicht en ging in de rij staan. Darcey wachtte totdat bijna iedereen weg was en stapte toen pas in. Er was nog net genoeg plek voor haar tas in het bagagevak boven haar hoofd.

Ze zat alweer naast iemand met een laptop. Hij had hem open op schoot, om meteen aan de slag te kunnen zodra ze waren opgestegen. Zelf leunde ze naar achteren, sloot haar ogen en deed die pas open toen het cabinepersoneel met trolleys door het gangpad liep. Ze vroeg om een kop thee, en terwijl ze daarvan dronk, keek ze naar wat de zakenman naast haar allemaal deed. Ze had graag willen zeggen dat hij een tikfout had gemaakt in kolom D. Maar in plaats daarvan vouwde ze de krant uit en begon aan de sudoku. Toen ze die had opgelost, had het vliegtuig de landing al ingezet.

In Barcelona was het een stuk warmer dan in Dublin, en Darcey vond dat een baan waarbij je de dag begon onder een grauwe hemel en onder een blauwe eindigde, een goede baan was. Haar moeder had gelijk, soms bleef ze veel te veel stilstaan bij dingen die verkeerd gingen, en te weinig bij alles wat goed ging. En plotseling voelde ze zich minder bedrukt door de overname door InvestorCorp.

Ze keek in haar agenda naar de afspraken die ze had. Sommigen vonden het maar raar dat ze een papieren agenda gebruikte en niet iets elektronisch, maar zij had liever iets zwart op wit staan dan op een apparaatje dat er de brui aan kon geven. Bovendien vond ze haar in bruin leer gebonden agenda erg mooi, veel aantrekkelijker dan een apparaatje.

Ze nam een taxi en ging op weg naar de eerste afspraak. Ze dwong zichzelf te ontspannen, ook al was ze bezig met de bespreking die zou komen. Ze vond het altijd fijn om in Barcelona te zijn, ze vond het hier cool, en ze was gesteld op haar Spaanse cliënten. Milaan was dan wel stijlvoller, moest ze toegeven terwijl de taxi halt hield voor het gebouw waar Joaquin Santiago werkte, maar Barcelona was leuker.

Nergens had ze ooit een leukere tijd gehad dan in Barcelona. Dat was de laatste stad op het vasteland die zij en haar vriendinnen hadden bezocht toen ze na het eindexamen een jaartje vrij namen. Allemaal hadden ze het hier te gek gevonden. Het was ook de stad waar ze de meeste moeite had gehad om zich verstaanbaar te maken, en dus hoefde ze hier niet alles te regelen, zoals ze dat in Frankrijk, Duitsland en Italië had moeten doen. Ze was daar niet anders geweest dan de anderen. Maar ze had het niet fijn gevonden om geen Spaans te kunnen spreken, daarom was ze later teruggegaan.

Het was fijn om zo'n vriendinnenclubje te hebben. Op school had ze niet echt ergens bij gehoord, ze had gewoon haar vriendinnen gehad. Maar Nieve was altijd meer een groepsmens geweest, en ook al waren Darcey en zij hartsvriendinnen, toch had ze erop gestaan met een groep te gaan reizen.

Het was ook leuker geweest dan met z'n tweetjes. Het fijnste was nog wel geweest dat ze niets hoefde te bewijzen. Op school waren er altijd examens, daar moest je je best doen. Maar in Parijs, Frankfurt en Milaan had ze gewoon plezier gemaakt.

Een van de redenen dat Darcey het zo fijn had gevonden om gewoon plezier te maken, was dat ze werd beschouwd als een intellectueeltje, en niemand van haar verwachtte dat ze lol trapte. Toen haar vader had beseft dat ze bijzonder intelligent was, had hij haar opgejut steeds beter te presteren. Als wiskundeleraar was hij opgetogen dat ze zo handig met getallen was. En dat ze een welhaast fotografisch geheugen had, was ook belangrijk. Dat van die talen lag natuurlijk aan Minette. Hij zei vaak tegen Darcey dat ze haar talenten niet mocht verspillen. Dat ze was voorbestemd voor grote dingen, dat ze succesvol zou zijn. Dus moest ze steeds harder werken op school, hij verwachtte steeds betere resultaten van haar. Het probleem was echter dat niemand op school zo'n slim meisje zag zitten. De andere leerlingen vonden het niet cool als je altijd het juiste antwoord paraat had. Alleen haar hechte vriendschap met Nieve Stapleton maakte haar schooltijd draaglijk.

School was een lastig iets. Niet vanwege de leerstof, maar vanwege de andere leerlingen. Ze mocht niet te slim zijn, niet te stom, niet te mooi en niet te onaantrekkelijk. Anders viel je op, en Darcey wilde niet opvallen. Maar het was moeilijk als docenten je vroegen dingen uit te leggen, of je ingewikkelde vragen stelden. Ze had heel goed door dat de andere meisjes daardoor een hekel aan haar kregen, en deed haar best niet op te vallen.

Maar gedurende dat jaar was ze opgevallen. Ze had zich vermaakt. En toen ze uit de taxi stapte en voet zette op het warme trottoir van de Via Laietana, kwam dat plezierige gevoel helemaal terug, en ze liep het door Gaudí ontworpen gebouw dan ook bijna huppelend in.

De bespreking met Joaquin Santiago verliep prettig. Ze deed waar ze goed in was en prees zijn bedrijf, en wees er ook op dat hij veel geld verdiende en bespaarde door samen te werken met Global Finance. Toen ze klaar was, vroeg hij naar de overname en wat dat zou gaan betekenen.

'Er verandert niets,' beweerde ze met stelligheid. 'We zijn alleen groter en dat is voor alle partijen voordelig. Ook voor u,' voegde ze eraan toe. 'Zodra ik meer weet over andere diensten, kom ik u daar graag meer over vertellen.'

Datzelfde zei ze ook tegen de cliënten met wie ze daarna een afspraak had, onder wie Francisco Ortiz, de laatste cliënt van die dag.

'En ik zie je graag terug,' zei hij terwijl hij met zijn donkere ogen haar blik vasthield.

'Hoe is het met Inez?' Dat was zijn echtgenote.

Er verscheen een trotse blik in zijn ogen. 'Ze is in verwachting.'

'Dat is geweldig nieuws!' Darcey lachte opgetogen naar hem.

Hij knikte. 'We zijn er heel blij mee.'

'Uiteraard.'

Ineens veranderde de uitdrukking op zijn gezicht. 'Wíj hadden ook zo gelukkig kunnen zijn.'

'O nee,' zei ze snel. 'Dat weet je best, Francisco. Het was leuk, maar...'

'Maar je wilt je niet binden.' Dat had ze een paar jaar eerder tegen hem gezegd.

'Och, het was het verkeerde moment,' zei ze. 'Ik had het moeilijk, en jij verdiende beter. Jij verdiende Inez. Trouwens,' voegde ze eraan toe, 'het duurde maar een paar weken.'

'Maar het waren wel geweldige weken.' Zijn ogen fonkelden, en ze bloosde.

'Ja, maar...'

Hij lachte. 'Heb je al iemand, Darcey?'

'Je kent me toch?' antwoordde ze. 'Nee, dus.'

Toen hij haar vol genegenheid aankeek, zei ze gauw dat ze weg moest. Ze schudden elkaar de hand, ze zoenden elkaar op de wang. Aftershave van Cerruti. Als ze die rook, moest ze altijd aan hem denken. Hij had haar goed gedaan, er was veel passie geweest. Maar dat was niet voor altijd geweest.

'*Hasta luego,*' zei ze.

'*Hasta pronto,*' zei hij.

Zonder nog achterom te kijken liep ze weg.

Verder had ze geen besprekingen meer, maar ze ging wel dineren met een potentiële nieuwe cliënt. Pas na enen was ze terug in het hotel bij Passeig de Gracía. Ze was negentien uur aan de slag geweest, en was doodmoe.

Op een tafeltje in de hoek van haar kamer stond een flesje rioja op een zilveren blaadje. Ze maakte de fles open en schonk zichzelf in. Vervolgens ging ze in de met rood leer beklede fauteuil zitten en sloot haar ogen. Terwijl ze langzaam ontspande, kwamen er gedachten in haar op. Gedachten aan InvestorCorp. En gedachten aan de bruiloft.

Ze wist niet wat ze erger vond: dat ze niet eerder waren getrouwd, of dat ze dat nu pas van plan waren.

Nieve Stapleton en InvestorCorp. Twee verschillende dingen in haar leven waarvan ze dacht dat ze die achter zich had gelaten. En nu waren ze ineens weer opgedoken. Het was toch niet te geloven dat dat tegelijkertijd gebeurde...

Ze kende Nieve al bijna haar hele leven. Gail en Stephen, Nieves ouders, waren op een heel zwoele dag verhuisd naar het huis naast dat van Minette, Martin en hun drie dochters. Tegen de tijd dat de Stapletons hadden uitgepakt, waren ze moe en warm. Ze waren dan ook blij dat Nieve naar een koel plekje onder de bomen was gegaan, waar Darcey een boek zat te lezen.

Ze waren toen zeven jaar.

'Wat lees je?'

Darcey merkte Nieve pas op toen ze dat vroeg.

'Waarom wil je dat weten?'

'Nou, misschien wil ik het wel lenen.'

'Misschien kun je het wel niet lezen.' Darcey drukte het boek tegen zich aan. 'En hoe weet ik dat ik het terugkrijg?'

'Ik kan heel goed lezen,' zei Nieve. 'Ik lees hartstikke veel. Ik ben op nummer 10 komen wonen. Ik wilde helemaal niet verhuizen. Nu ben ik mijn beste vriendin kwijt.'

Het viel Darcey op dat het meisje bijna huilde.

'Ik woon naast nummer 10. Op nummer 8.'

'Mag ik je boek dan zien?'

Schouderophalend overhandigde Darcey haar het boek. Met een frons keek Nieve erin.

'Het is niet in het Engels.'

'Het is in het Frans,' zei Darcey. 'Mijn moeder heeft het in Zwitserland voor me gekocht.'

'Waarom is het dan niet in het Zwitsers?'

'Omdat ze in Zwitserland Frans spreken.'

'Wat stom.'

'Ik heb dit boek ook in het Engels,' zei Darcey. 'Dat mag je wel lenen.'

'Hoe heet het?'

De Vijf weer op Kirrin-eiland.

'Ken ik al.' Nieve keek triomfantelijk. 'Heb je nog iets anders?'

'Ik heb stapels boeken.' Darcey lachte. 'Kom mee naar binnen, dan laat ik ze zien.'

Wanneer Darcey eraan terugdacht, vermoedde ze dat ze zulke dikke vriendinnen waren geworden omdat ze naast elkaar woonden en elkaar dagelijks zagen. Hoewel ze sterk van elkaar verschilden, leek dat er niet toe te doen.

Nieve was de kleinste, bedrieglijk frêle, met lang ravenzwart haar tot op haar billen en donkere ogen die te groot leken voor haar ovale gezichtje. Ze had een goede houding en bewoog zich sierlijk, maar ze ging dan ook elke zaterdagochtend naar balletles, totdat ze daar een punt achter zette omdat ze er toch niet haar carrière van wilde maken.

In tegenstelling tot bij de meeste meisjes paste het schooluniform Nieve perfect omdat haar moeder Gail elk schooljaar een nieuw voor haar kocht. Haar steile haar zat altijd keurig in een glanzend paardenstaartje. Haar boeken waren mooi gekaft met plakplastic. In haar etui zaten potloden en pennen in dezelfde kleur als het etui. Wanneer ze ging zitten aan haar tafeltje, legde ze haar boeken en schriften op een keurig stapeltje.

Nieve zag er altijd heel onschuldig uit, ook wanneer ze een streek had uitgehaald. Wanneer ze op het matje werden geroepen, moest Nieve altijd het woord doen omdat ze zo engelachtig was dat iedereen haar wel moest geloven.

Darcey was een stuk steviger, zelfs ietsje te zwaar, haar haar was honingblond en in haar blauwe ogen stond veelvuldig een paniekerige blik. Vaak zei ze tegen Nieve dat ze elkaars tegengestelde waren. Nieve was netjes, Darcey was slordig. Haar schooluniform was te lang, of na een groeispurt te kort, haar haren hingen rommelig langs haar gezicht, en haar boeken waren niet gekaft en kregen altijd ezelsoren. Ze deed niet aan ballet, daar was ze ook niet sierlijk genoeg voor, ze was eerder lomp.

Nieve was een spontane meid, vol zelfvertrouwen, ook over haar schoolprestaties. Darcey hield zich liever op de achtergrond. Meestal zaten ze in dezelfde klas, volgden dezelfde vakken en kregen dezelfde cijfers. De docenten deden hun best Darcey nog beter te laten presteren, maar Darcey vond al die extra aandacht vervelend. Nieve echter was dol op aandacht. Op de basisschool genoot ze van de sterretjes die de onderwijzers in haar schrift plakten. En ze vond het heerlijk om beter te zijn dan Darcey, want Gail zei vaak dat Darcey zo slim was en dat Nieve haar best moest doen haar bij te blijven.

Darcey was blij dat Nieve haar vriendin was en wist dat Nieve graag de beste wilde zijn. Ze wist ook dat Gail altijd achter Nieve aan zat en dat Gail het belangrijk vond dat haar dochter het goed deed op school. Dus maakte Darcey er geen wedstrijdje van. Ze vond het best dat Nieve hogere cijfers haalde, als ze daarmee vriendinnen konden blijven. De tweeling Tish en Amelie ging prima met elkaar om, en vaak voelde Darcey zich buitengesloten. Totdat Nieve naast hen was komen wonen, had Darcey geen vriendinnen gehad. Ze was altijd bang dat die haar zouden buitensluiten zoals Tish en Amelie dat deden. Maar Nieve deed dat niet. Het leek wel alsof Nieve meer naar Darceys vriendschap hunkerde dan Darcey naar die van Nieve. Dat vond Darcey ook best. Soms dacht ze dat ze Nieve beter kende dan de tweeling.

De twee meisjes liepen in en uit bij elkaar. Minette kon net zo goed Nieve lezend op Darceys bed aantreffen als haar eigen dochter. En Gail kon vaak Darcey aan de keukentafel aantreffen terwijl die wachtte totdat Nieve terugkwam van muziekles.

Ze deelden alles: speelgoed, kleren en later make-upspulletjes. Soms zelfs een vriendje, al zouden er zonder Nieve überhaupt geen vriendjes zijn geweest. Op dat terrein was Nieve de absolute winnaar.

Darcey snapte niet hoe Nieve het deed, maar die leek moeiteloos jongens aan te trekken. Het had niets met uiterlijk te maken, want Nieve was niet echt mooi. Het had met karakter te maken. Nieve liet anderen denken dat ze belangrijk waren, en dat vonden jongens fijn. Darcey kon het haar niet nadoen, zij vond de meeste jongens sukkels.

Wanneer Nieve genoeg had van een jongen, vroeg ze hem eens een afspraakje met Darcey te maken. Ze zei dan dat Darcey erg aardig was en er ook niets aan kon doen dat ze zo slim was. Ze zei er ook bij dat Darcey heel goed kon zoenen. Dat wist ze omdat ze toen ze twaalf waren, in het diepste geheim op elkaar hadden geoefend. Geen van beiden had dat erg fijn gevonden, maar toen Nieve dan eindelijk eens met een jongen had gezoend, kon ze Darcey vertellen dat zij veel beter had gezoend, en niet zo ruig.

Die jongens maakten nooit meer dan twee afspraakjes met Darcey. Het zouden er meer kunnen zijn geweest als Darcey met hen zou hebben gezoend, maar, zoals ze tegen Nieve zei, als ze niet zoenden, moesten ze praten, en ze had geen idee wat ze tegen die jongens moest zeggen.

'Gewoon, normale dingen,' had Nieve gezegd. Maar Darcey had hoofdschuddend gemompeld dat je met die jongens nergens over kon praten.

Na het eindexamen had Nieve de reis met de anderen geregeld, hoewel Darcey het woord moest doen omdat ze haar talen sprak. Na hun studie had Nieve voorgesteld nog zo'n reis te maken, met z'n tweetjes ditmaal omdat ze Rosa en Carol uit het oog waren verloren. Dus hadden ze als serveerster gewerkt in Parijs en in een bar in Berlijn, en in Toscane hadden ze olijven geplukt. Daarna waren ze bij Darceys Zwitserse familie op bezoek gegaan om vervolgens op Darceys verzoek af te reizen naar Marbella, waar ze als au pair bij twee verschillende gezinnen hadden gewerkt. Nieve was in dienst genomen door de vrouw van een rijke zakenman met een jacht omdat de ouders in de zomervakantie geen last wilden hebben van de kinderen. Ze betaalden niet erg goed, maar het huis dicht bij het strand was schitterend, en bovendien kreeg Nieve een auto tot haar beschikking. Darcey paste op vier extreem goedgemanierde kinderen. De ouders stonden erop dat de kinderen elke dag een paar uur leerden, dus had Darcey veel tijd om blootsvoets over het strand te lopen en haar Spaans te oefenen.

Nieve had minder vrije tijd, maar zo vaak ze konden, spraken ze af op terrasjes, waar ze in de zon zaten en zich afvroegen of ze hier moesten blijven, of teruggaan naar Ierland voor een 'echte baan'.

'Het is hier geweldig,' had Nieve op een middag bij de tapas en de wijn gezegd. 'Maar het wordt tijd om eens echt geld te verdienen. De banen liggen voor het oprapen. Ik voel me gewoon schuldig door hier te zitten.'

'Ik niet.' Peinzend keek Darcey haar vriendin aan. Ze wist dat Nieve dol was op materiële bezittingen. Minette had ooit zelfs gezegd dat Nieve hebberig was. Nieve vond het dan ook erg jammer dat ze niet uit een steenrijke familie kwam. En ze zouden rijk zijn geweest als haar vader niet werkeloos was geworden, had Nieve Darcey ooit toevertrouwd. Als haar vader maar een beetje meer zijn best had gedaan, zou Nieve zijn opgegroeid in een huishouden met een au pair, in plaats van zelf de au pair te zijn. Maar haar ouders waren blij geweest toen Stephen niet lang na de verhuizing een baan had gevonden in een garage.

'Het is fijn om dingen te hebben, maar gelukkig zijn is beter,' zei Darcey.

'Kom op, Darcey,' reageerde Nieve. 'We leven in de jaren negentig, hoor. Alles is nu anders, we moeten onze kans grijpen. En dat kan niet als we hier in de zon op ons gat blijven zitten.'

Schouderophalend zei Darcey: 'Ik vind het wel fijn om op mijn gat te zitten.'

Ineens lachte Nieve naar haar. 'Je bent soms zo onambitieus voor een heel slim iemand.'

'Weet ik. Zonde van de hersens die ik van God heb gekregen, zoals mijn vader zegt.' Darcey giechelde. 'Kijk jij maar welke baan het best bij me past. Ondertussen houd ik het wel uit bij mijn Duitsers.'

'Wat doet meneer Schroeder eigenlijk?' vroeg Nieve.

'Iets hoogs bij een technisch bedrijf,' antwoordde Darcey achteloos.

Met een cocktailprikker volgde Nieve de lijntjes op het tafelkleed. 'Max Christie is financieel expert,' zei ze. 'Ik weet niet precies wat hij doet, maar hij zegt steeds dat andere bedrijven moeten inkrimpen als ze ergens willen komen.'

'Een soort verwoestende manier om geld te verdienen,' merkte Darcey op.

'Misschien. Maar kijk eens naar hoe de Christies leven.'

'Nou en?'

'Je snapt het niet, hè?'

'Jawel.' Darcey haalde haar schouders op. 'Maar eigenlijk wil ik alleen maar gelukkig zijn. Ik hoef al die spullen niet.'

'Ik zou gelukkig zijn met een huis als dat van de Christies,' zei Nieve. 'En een jacht.'

'Ik zou gelukkig zijn met nog een wijntje.' Darcey dronk haar glas leeg en keek lachend naar haar vriendin, die een ober wenkte.

'Ik niet meer,' zei Nieve. 'Ik moet vanavond oppassen.' Dus bestelde ze bronwater. Vragend keek ze Darcey aan. 'Trouwens, mag ik misschien je ketting lenen?' Het klonk verontschuldigend. 'Morgen heb ik een afspraak, en ik moet een beetje mooi zijn. Ik trek de jurk aan die ik vorige week heb gekocht, maar ik heb daar niets bij, besef ik opeens.'

'Met wie?' vroeg Darcey.

'O, met de zoon van de buren. Voor tapas en bier. Niks bijzonders. Maar ik ben al een hele poos nergens meer geweest.'

'Je bent met mij naar openluchtconcerten geweest,' zei Darcey terwijl ze het gouden kettinkje met het diamantje losmaakte. Dat had ze van haar ouders gekregen toen ze was afgestudeerd. 'Waarom koop je niet iets goedkoops op de markt?'

'Ik hou niet van goedkoop,' antwoordde Nieve. 'Goedkope oorbellen doen pijn aan mijn oren, ik kan alleen deze oorknopjes verdragen. Dank je wel voor de ketting, Darcey, je bent top.'

Darcey glimlachte. 'Hopelijk heb je er iets aan.'

'Ach, het gaat om de verpakking,' zei Nieve.

'Nee, het gaat om de inhoud.' Darcey had pretlichtjes in haar ogen. Dit gesprek hadden ze al zo vaak gevoerd.

Nieve lachte. 'Glitters vanbuiten, glitters vanbinnen.' Ze maakte het kettinkje vast om haar hals. 'Volgende keer geef ik het je terug.'

'Veel plezier,' zei Darcey.

'Daar twijfel ik niet aan,' zei Nieve.

5

Ook al had Darcey weinig behoefte aan bezittingen, toch had ze er heel wat vergaard. Het was onmogelijk in het moderne Dublin te wonen en niets te kopen van de fraaie spulletjes die overal lagen uitgestald. Maar een auto had ze niet. Dat hoefde ook niet omdat ze vlak bij het centrum woonde, op loopafstand van een station. Vaak nam ze een taxi, en naar Galway het vliegtuig. Dat deed ze ook in het weekend nadat ze uit Barcelona was teruggekomen. Ze vond het altijd erg fijn om de lappendeken van groene velden diep beneden te zien liggen.

Amelie, met donkerder haar en iets meer frêle dan haar zusje, maar met dezelfde blauwe ogen, haalde haar af van Galway Airport en reed haar naar huis. Darcey vond het maar raar dat ze het twee-onder-een-kaphuis nog steeds als haar thuis beschouwde, terwijl ze toch heel gelukkig was met haar appartement. Maar thuis bleef alles hetzelfde, hoe vaak Minette ook de wanden verfde of nieuwe meubels kocht. Aan de muren hingen nog dezelfde schilderijtjes, op de planken stonden nog dezelfde prullaria, en ze voelde zich er altijd welkom en veilig.

'Dag chérie.' Minette zoende haar op beide wangen. 'Goede reis gehad?'

'Ja hoor,' zei Darcey terwijl ze haar moeder omhelsde.

Amelie snoof. 'Staat er iets in de oven?'

'Ik heb apfelstrudel voor Darcey gemaakt,' antwoordde Minette.

'Jeetje, dat doe je nou nooit voor mij!' Maar Amelie zei het lachend en liep achter haar moeder en zus aan naar de warme keuken. 'Mm, wat ruikt dat lekker.'

'Darcey eet niet goed,' zei Minette. 'Jou en Letitia kan ik in de gaten houden, maar Darcey niet.'

'Dacht je soms dat Tish en ik regelmatig apfelstrudel maken?'

vroeg Amelie spottend. 'Wanneer zouden we dat moeten doen? We maken lange dagen als slaaf van de IT.'

'Ik weet best dat Tish en jij hard werken,' reageerde Minette. 'Te hard. Jullie moeten jezelf niet verwaarlozen.'

Amelie lachte. 'Och, de meisjes McGonigle zorgen goed voor zichzelf. Mag ik een stuk?'

'Natuurlijk,' antwoordde Minette. 'Met een beker warme chocolademelk.'

'Mam, ik hou ontzettend veel van je,' zei Darcey.

'Dat is je maag die spreekt,' reageerde haar moeder.

'Jawel,' zei Darcey, 'maar toch is het liefde.' Ze lachte. 'Ik zet mijn tas even boven.'

Net als altijd wanneer ze in Galway was, vond ze het jammer dat ze hier niet vaker kwam. Maar dat was onmogelijk. Ze vormden een hecht gezin. Afgezien van hun vader. Darcey vertrok haar gezicht bij de gedachte aan hem en zijn nieuwe vrouw Clem, en hun achtjarige dochter Steffi, haar stiefzusje. Hoewel ze wist dat ze een band moest voelen met het kind, kon ze dat niet. Ze had Clem en Steffi een paar keer gesproken, maar voelde zich bij hen niet op haar gemak. Steffi kon ze niet als familielid beschouwen. Dat ergerde haar vader, maar ze kon er niets aan doen. Ze gaf Steffi nergens de schuld van, maar Clem wel. Waarom had dat mens gestookt in een huwelijk? Dat had ook invloed gehad op de levens van Darcey en de tweeling. Het had geen zin dat Clem kwalijk te blijven nemen, maar het was erg moeilijk het niet te doen.

Toen ze weer beneden kwam, was Letitia, Amelies iets langere tweelingzusje, ook gekomen en keek ze naar Minette, die stukjes van de apfelstrudel sneed.

'Hier, voor jou.' Minette bood Darcey een bord aan.

'Maar mam, hiervan slibben de aderen dicht,' zei Darcey terwijl ze het bord aannam met het stuk apfelstrudel dat schuilging onder een laag slagroom. 'En dan ook nog warme chocolademelk...'

Minette had een geheim Zwitsers recept voor chocolademelk, een romig drankje gemaakt met brokken donkere chocola die ze altijd meenam na een bezoekje aan haar familie in Lausanne.

'Dat is goed voor je,' meende Minette. 'Vertroostend.'

'*Très, très* vertroostend,' beaamde Darcey. 'Maar niet bepaald goed voor het figuur.'

Amelie grinnikte. 'Maak je geen zorgen. Amelie en ik zeiden laatst nog dat je zo mager was als een lat.'

'Nou ja, ik moet er wel mijn best voor doen.' Darcey trok een gezicht. 'Weet je nog, die schoolfoto? En weet je nog in de jaren negentig?'

Ze knikten allemaal. Wie kon de foto vergeten waarop de dertienjarige Darcey voor het beeld van de Heilige Maagd bij de ingang van St. Margaret's School stond, bolrond in een niet erg flatteus flessengroen schooluniform, met haar voor haar ogen hangende haren en afgezakte groene kniekousen? Tot dan had ze geen last gehad van neuroses over uiterlijk, kleding, puistjes en gewicht, zoals de andere meisjes. Maar vanaf het moment dat ze die foto had gezien, weigerde ze Minettes sachtertorten en boeuf stroganoff, en at liever salades en fruit. Ze had zelfs weer deelgenomen aan de gymnastiekles, in plaats van stiekem ergens haar huiswerk te maken.

'Na een crisis komt altijd een terugval,' zei Amelie, die niet aan de schoolfoto dacht. 'Dus de jaren negentig tellen niet.'

'Ha, jij hebt makkelijk praten. Jij hebt paps genen, jij bent van nature slank.'

'Nou, maar jij bent te veel afgevallen,' zei Minette op strenge toon. 'Jij bent niet in de wieg gelegd voor fotomodel.'

'Nou ja, ik geef toe dat ik van maat veertig naar achtendertig ben gegaan,' gaf Darcey toe. 'Maar dat is toch niet erg?'

'Ik weet het niet, hoor.' Tish fronste haar voorhoofd. 'Je lijkt nu een beetje op Renee Zellweger na Bridget Jones. Te veel botten en niet genoeg vlees erop.'

'Kom op, zeg!' Geërgerd keek Darcey haar familieleden aan.

'*Bien*. We zullen het niet meer over je gewicht hebben. Dus vertel ons maar eens over de overname, *chérie*.' Minettes stem klonk zacht, en de tweeling keek Darcey meelevend aan.

Darcey haalde haar schouders op. 'Tot nu toe merken we er nog niks van,' zei ze. 'Er zijn een paar kerels uit Schotland geweest die een beetje hebben rondgekeken.'

'En niets over Neil gehoord?' Dat was Amelie.

'Nee.' Darcey schudde haar hoofd. 'Misschien heeft hij er wel niets mee te maken. Of misschien is hij daar vertrokken. Dat zou uiteraard fijn zijn.'

'Spreek je hem helemaal nooit?'

'Waarom zou ik? En ik wil het ook niet over hem hebben.' Darcey klonk vastbesloten. 'Kijk, vroeger maakte hij deel uit van mijn leven, maar nu niet meer. Als hij ineens voor mijn neus staat, kan ik daar best tegen. Maar omdat hij niet ineens voor mijn neus zal staan, maakt het verder geen bal uit.'

Amelie, Tish en Minette wisselden blikken uit.

'Hij was niet zomaar iemand, Darcey,' zei Amelie zacht.

'Dat is lang geleden,' bracht Darcey haar in herinnering. 'Nu maakt het allemaal niet meer uit, en ik zou het er liever niet meer over willen hebben.'

'Nou...' Even leek het erop dat Minette niet wist wat ze moest zeggen. 'Zeg, heel ander onderwerp, maar heb je die brief nog gekregen?'

'Welke brief?' Darcey deed haar best niets te laten merken.

'Uit Amerika,' antwoordde Minette. 'De brief die ik heb doorgestuurd.'

Tish keek Darcey aan. 'Een brief uit Amerika? Toch niet van... van haar, hè?'

'Het was niks belangrijks,' zei Darcey.

'*Chérie...*'

Darcey besefte dat haar geen rust zou worden gegund voordat ze alles had verteld. 'Het was een uitnodiging voor een bruiloft. In Ierland, ergens op een of ander kasteel. Ik snap niet waarom ze me heeft uitgenodigd. Waarschijnlijk om het me eens lekker in te wrijven. En ik ga niet.'

'Bedoel je...'

'Ik dacht dat ze allang getrouwd waren!'

Dat zeiden Amelie en Tish tegelijkertijd.

'Dat dacht ik ook,' zei Darcey. 'Ik weet ook niet waarom ze toen niet meteen zijn getrouwd, en het kan me ook niet schelen hoe ze dat nu willen doen. Dus laten we erover ophouden.'

'Oké.' Tish knikte. 'We houden erover op. Voorlopig. Als je toch niet gaat. Jezus, ze heeft wel lef, zeg!'

Een stilte die Darcey niet wilde verbreken. Uiteindelijk zei Amelie: 'Zeg, Darcey, hoe was het in Barcelona? En ga je binnenkort weer op reis?'

De verdere avond kwamen onderwerpen ter sprake waarbij niemand zich ongemakkelijk voelde.

Maar toen ze in haar oude eenpersoonsbed lag, iets wat ze vervelend vond aan hier logeren omdat ze was gewend aan een groot bed voor zich alleen, moest ze toch aan het verleden denken. Het probleem met het verleden, dacht ze terwijl ze keek naar de lichtgevende sterretjes die haar vader op het plafond had geplakt toen ze tien was, was dat het deel uitmaakte van het heden. Je kon dingen niet wissen alsof ze er niet meer toe deden. Dat probeerde ze wel, maar wanneer ze dacht aan bepaalde gebeurtenissen in haar leven waarover ze geen macht had gehad, of waarbij zij of anderen de verkeerde beslissing hadden genomen, vroeg ze zich af of alles beter zou zijn gelopen als het anders was gegaan. Maar wat had dan beter moeten zijn? Want eigenlijk was ze best gelukkig met haar baan en met haar leven, ook al zeiden haar moeder en zusjes nog zo vaak dat ze ongelooflijk was veranderd, en dan hadden ze het niet over de pondjes die ze was kwijtgeraakt. Dus eigenlijk was alles goed afgelopen, toch?

Ze vroeg zich af of haar moeder ook die mening toegedaan was. En of Minette ook vrede had met hoe háár leven was verlopen.

Darcey dacht aan het moment dat Amelie haar in Spanje had gebeld met de mededeling dat hun vader Martin was vertrokken. Toen was alles veranderd, het verleden, het heden en de toekomst.

Ze herinnerde zich nog goed dat haar zusje diep geschokt had geklonken, en dat ze ook nog had verteld dat Minette helemaal was ingestort. Dat ze zich in de slaapkamer had opgesloten en weigerde eruit te komen. Dat ze niets meer zei en niets meer at, en dat de tweeling zich grote zorgen om haar maakte.

'Kom alsjeblieft naar huis,' had Amelie gesmeekt. 'We zijn ten einde raad.'

Darcey wist nog dat ze boos was geweest omdat ze haar niet eerder hadden gebeld.

'Ik dacht dat het misschien met een sisser zou aflopen,' had Amelie zich verdedigd. 'Maar dat is dus niet zo...'

Met gesloten ogen herinnerde Darcey zich dat ze Nieve had gebeld in de hoop dat haar vriendin, die immers graag terug naar Ierland wilde om een echte baan te zoeken, zou zeggen dat ze met Darcey meeging. Het verbaasde haar dat Nieve vond dat ze de Christies niet in de steek kon laten, maar ze had geen tijd gehad om daar verder bij stil te staan omdat het haar was gelukt een vlucht te boeken en ze zich moest haasten om die te halen.

Het was allemaal heel anders dan op de heenreis met Nieve. Toen het vliegtuig deze keer opsteeg, werd ze opeens woedend op haar vader, die deze familiecrisis had veroorzaakt. Geen moment was het in haar opgekomen dat het niet goed zou aflopen en dat hij niet zou terugkomen. Eigenlijk had ze verwacht dat hij in de deuropening zou staan om haar te verwelkomen.

Maar dat was niet het geval geweest.

Tish had haar binnengelaten en haar gauw op de hoogte gebracht van de laatste ontwikkelingen. 'Hij zegt dat hij niet terugkomt,' zei ze tegen Darcey. 'Hij is hoteldebotel van die meid. Ze is maar twee jaar ouder dan Amelie en ik. Jezus, wat ranzig!'

'Je houdt me voor de gek!' Darcey was ontzet.

'Was het maar waar.'

'Het is toch niet te geloven. Páp!'

'Toch is het zo.'

'Maar...' Darcey wist niet wat ze moest zeggen. Haar vader, een serieuze man, een rots in de branding, had hun moeder in de steek gelaten voor een hittepetit die haar zusje had kunnen zijn. 'Waar kent hij haar van?' vroeg ze na een poosje.

'Van een seminar voor onderwijzend personeel, of een congres of zoiets. Weet ik het? Ze hebben gewipt en nu is hij smoor op haar.'

'Tijdelijk,' reageerde Darcey hoopvol.

'Misschien,' zei Tish, 'maar dat maakt het niet draaglijker voor mam.'

'Nee...'

'Ze heet Clementine,' vertelde Tish. 'Clem.'

'Heb je haar gezien?'

'Nee,' antwoordde haar zuster. 'Ze zijn naar Cork gegaan, waar hij in september op een school aan de slag kan.'

'Je meent het!'

'Ja, natuurlijk meen ik dat.'

'Sorry, dat snap ik ook wel. Het is alleen allemaal zo ongelooflijk.'

'Dat vindt mam nu ook. En Amelie.'

'Ik kan beter even gedag gaan zeggen,' zei Darcey, en ze stapte de woonkamer in.

Minette, die die dag eindelijk de slaapkamer uit was gekomen, lag opgekruld in de fauteuil in de hoek. Haar ogen waren rood en haar gezicht was vlekkerig. Toen ze Darcey zag, barstte ze meteen weer in huilen uit.

Darcey wisselde een veelzeggende blik met haar zussen. Geen van hen had hun moeder ooit zo zien huilen. Er biggelden weleens tranen over haar wangen bij een ontroerende film, en ze had gehuild op de begrafenis van haar schoonvader. Maar ze had zichzelf altijd in de hand gehad. Dit was een heel ander huilen.

'Zo is ze nu al dagen,' zei Amelie. Ze boog zich over haar moeder heen. 'Toe, mam, doe niet zo. Hij is het niet waard.'

'Maar ik dacht dat hij dat wél was!' Minettes stem trilde en haar Franse accent was opeens goed hoorbaar. 'Ik vond hem de beste echtgenoot van de wereld! Voor hem ben ik weggetrokken uit mijn geboorteland! Ik heb alles opgegeven! En nu?'

'Het is hier prima,' reageerde Tish. 'Je vindt het hier fijn. Jezus, je woont hier al vijfentwintig jaar!'

'Ja, jij hebt nog een heel leven voor je.' Minette snifte. 'Ik heb mijn leven achter de rug. Vijfentwintig jaar! Ze was nog maar nauwelijks geboren toen ik hier aankwam! En nu heb ik niets meer!'

'Mam...' Darcey kwam bij haar moeder zitten en sloeg een arm om haar heen. 'Je hebt het hier prima. Dat weet je best.'

'Ja, het is hier zo fijn dat je bent weggegaan,' jammerde Minette. 'Eerst jij, en nu je vader.' En meteen begon ze nog harder te huilen.

De tweeling zuchtte eens diep, en Darcey keek hulpzoekend

naar hen op. Ze herkenden hun moeder niet meer en wisten niet wat ze met haar aan moesten.

Minette had altijd voor hen klaargestaan. Als de meisjes thuiskwamen uit school, stond Minette in de keuken en rook het naar versgebakken brood en scones. Omdat hun moeder zo goed kon naaien, liepen ze rond volgens de laatste mode. Als er iets met hen was, troostte hun moeder hen. Ze was een warme, liefhebbende persoonlijkheid, en de meisjes vonden haar de beste moeder die ze zich maar konden wensen. Niets was haar te veel, ze liet zich nergens door uit het veld slaan. Ze zei dat overal wel een oplossing voor was. Nou, daar leek het nu niet erg op.

'Ik maak wel warme chocolademelk,' zei Darcey. 'Dat zal je goeddoen.'

Ze ging naar de keuken en pakte de grote brok chocola uit het keukenkastje. Vervolgens smolt ze een stuk in een pannetje warme melk, klopte het op en voegde er een paar druppeltjes vanille bij. Daarna schonk ze de mokken vol, bestoof ze met kaneel en nam alles op een blaadje mee naar de woonkamer.

'Hier,' zei ze. 'Drink dit maar.'

Amelie en Tish pakten elk een mok.

'Lekker,' zei Tish. 'Mam, neem ook een mok.'

Minette schudde haar hoofd.

'Kom op, mam,' zei Darcey streng. 'Ik ben speciaal voor jou teruggekomen uit Spanje. En nu ik chocolademelk voor je heb gemaakt, kun je die ten minste opdrinken.'

Geschrokken van Darceys strenge toon keek Minette op. 'Je had niet thuis hoeven komen.'

'Natuurlijk wel,' zei Darcey. 'Tish en Amelie zijn vreselijk bezorgd om jou.'

'Dat is dan nergens voor nodig,' zei Minette.

'O nee?' vroeg Amelie.

'Je hebt al drie dagen niets meer gegeten,' zei Tish.

Minette streek een vochtige lok haar uit haar gezicht. 'Ik heb geen honger.'

'Dat snap ik,' reageerde Darcey. 'Maar jij zegt altijd dat warme chocolademelk voedsel voor de ziel is. En dat heb je nu nodig.'

Minette keek haar dochter aan. Ze hielden elkaars blik een

poosje vast, en toen glimlachte Minette flauwtjes en nam een slokje chocolademelk.

'Het is niet lang genoeg geklopt,' zei ze. 'En er zit niet genoeg vanille in.'

'Weet ik,' zei Darcey. 'Maar ik had haast.'

'Dank je.' Minette ging rechtop zitten en nam nog een slokje. 'Dank je wel,' zei ze weer.

'Jeetje, mam, als ik had geweten dat je alleen maar warme chocolademelk wilde, had ik Darcey niet hoeven laten komen,' merkte Tish op.

'Ik was toch al van plan terug te komen,' zei Darcey snel toen ze weer tranen in Minettes ogen zag blinken. Vragend keek ze haar zusjes aan. 'Hebben jullie nog iets van pap gehoord?'

'Die eerste avond heeft hij gebeld,' antwoordde Amelie niet op haar gemak.

'Alleen maar gebeld?' vroeg Darcey ongelovig. 'Verder niets?'

Tish schudde haar hoofd. 'Hij zei dat dit een emotionele periode was. En dat hij met ons zou afspreken wanneer het stof was gaan liggen.'

'Jeetjemina!' Met een klap zette Darcey haar lege mok terug op het blaadje. 'Hij is gek geworden!'

'Precies,' beaamde Minette.

'Wist je van dat mens?' vroeg Darcey. 'Of kwam het als een totale verrassing?' Ze zette een stoel naast de fauteuil van haar moeder en ging dicht bij haar zitten. Amelie en Tish namen plaats op de bank tegenover hen.

Weer streek Minette een lok haar weg. 'Ik wist wel dat er iets was,' zei ze na een poosje. 'Hij werkte tot laat door. Hij zei dat hij bijles gaf, en dat hij vaker vergaderingen moest bijwonen. Nou, dat begreep ik wel, maar toch ook weer niet. Ik dacht... Nou ja, eigenlijk denk je niet aan zoiets, toch?'

De meisjes zwegen.

'En toen vertelde hij het ineens.' Minette beet op haar lip. 'Hij kwam thuis en zei dat het fini was. Ik vroeg wat er dan fini was, en hij zei met ons. Hij zei dat hij een ander had en heel erg verliefd was.'

'Dat zei hij ook tegen ons,' zei Amelie.

'Hij zei dat hij dat... dat meisje had leren kennen op een congres en dat het meteen raak was. Hij zei dat hij al zijn hele leven op haar had gewacht. Hij zei dat het zo was voorbestemd.'

'Allemachtig!' riep Darcey uit. 'Wat heeft hij toch? Een gelukkig huwelijk van vijfentwintig jaar, en nu loopt hij ineens zijn grote liefde tegen het lijf? Die man is niet goed bij zijn hoofd! Hij is *fou*, *loco*, *verrückt*!'

'Hij zei dat het een *coup de foudre* was,' merkte Amelie spottend op.

'Ja hoor, hij zou toch beter moeten weten,' zei Darcey. 'Hij is geen tiener meer.'

'Het is een midlifecrisis,' beweerde Tish. 'Door die meid voelt hij zich weer jong.'

'Ooit was hij helemaal weg van mij,' zei Minette klaaglijk.

'Zou je hem terug willen?' vroeg Darcey opeens. 'Als hij over een paar dagen belt en zegt dat het een vergissing was?'

Weer beet Minette op haar lip. 'Ik ben Zwitserse, geen Française,' zei ze. 'Ik geloof niet in een coup de foudre.'

'Maar als hij nou zijn excuses aanbiedt,' zei Tish. 'Zou je het hem dan vergeven?'

'Dat doet hij niet,' zei Minette. 'Maar als hij dat wel zou doen, zou ik dat zeker overwegen.'

'In dat geval,' zei Amelie, 'kun je beter eens gaan douchen en je aankleden, zodat je er niet zo verschrikkelijk uitziet als hij terugkomt.'

'Goed idee.' Een beetje onhandig stond Minette op en keek toen haar dochters om de beurt aan. 'Dank jullie wel,' zei ze.

Ze omhelsden elkaar, en toen ging Minette naar boven.

'Ik kan het nog steeds niet geloven,' zei Darcey zodra Minette weg was.

'Toch is het zo,' reageerde Tish.

'Ik wil hem spreken,' zei Darcey vastberaden. 'Ik wil een beetje gezond verstand in hem rammen.'

Ze keek er zo kwaad bij dat Amelie nerveus moest giechelen. 'Als je hem maar niet echt iets aandoet.'

'Je weet maar nooit,' zei Darcey terwijl ze dacht aan het fijne leventje dat ze in Marbella achter zich had gelaten.

Er werd niet geramd, en de reis naar Cork leverde niets op. Martin liet er geen twijfel over bestaan dat Clem nu de belangrijkste persoon in zijn leven was. En dat het niet uitmaakte dat hij bijna twee keer zou oud was als zij. Hun liefde steeg boven zulke pietluttigheden uit.

Zodra de meisjes weer thuis waren, vertelden ze Minette dat ze Martin maar uit haar hoofd moest zetten. En ze lieten Minette gewoon uithuilen.

6

Nieve reisde graag businessclass. De paar uur durende vlucht naar Vancouver zou ze doorbrengen zonder lastig kind dat tegen de rugleuning schopte of jammerde dat het dorst of honger had, of zich verveelde. Ze nestelde zich in de met leer beklede stoel, strekte haar benen en was dankbaar dat Ennco werknemers altijd businessclass liet reizen, en dat er geen reden was om dat zelf ook niet te doen wanneer ze niet op zakenreis was. Waarom geld besparen? Waarom vrede hebben met iets goedkoops?

Ze wist heel goed dat niet iedereen dacht zoals zij. In Pueblo Bravo waren er genoeg gefortuneerde mensen die op internet naar koopjes zochten en opschepten over wat ze allemaal voor korting hadden bedongen. Ooit was Nieve ook op koopjes uit geweest, maar tegenwoordig was haar tijd te kostbaar om die te verspillen aan rondhangen op eBay.

'Nog een glaasje champagne?' vroeg de steward beleefd.

'Nee, dank je.' Ze schudde haar hoofd. 'Maar jus d'orange zou fijn zijn.'

'Een moment, mevrouw.'

In de businessclass waren ze beleefd tegen je. Logisch, want er waren minder passagiers, en zodra de gordels los mochten, ging iedereen aan de slag op een laptop.

Nieve nam het glas jus d'orange aan. Zou ze ook nog businessclass reizen als ze een kind had? Zou ze dat durven, een kind loslaten op passagiers die juist extra hadden betaald voor een kindvrije omgeving?

Ze was ooit naar Chicago gevlogen op een vlucht waarbij een man met zijn vijfjarig zoontje businessclass had genomen. Ze wist nog hoe erg ze geschrokken was bij het zien van dat kind. Ze wist nog dat ze zich had voorbereid op het onontkoombare moment waarop ze tegen de man zou moeten zeggen dat hij zijn kind stil moest houden. Maar het jongetje had zich voorbeeldig gedragen, ze was zelfs vergeten dat het er was.

Ons kind gaat zich ook zo voorbeeldig gedragen, dacht ze, hoewel ze zich afvroeg of ze wel het geduld had om een kind op te voeden. Maar een van nature rustig en stil kind... Misschien zou dat niet zo erg zijn. Ze werd er niet jonger op, en ze had altijd kinderen willen hebben. Maar er waren andere dingen, belangrijker dingen, en dat was nog steeds zo.

Ze dronk haar jus op en klikte de laptop open. Eigenlijk hoefde ze niet te werken, maar niets doen was ook geen optie met die man tegenover haar met dat pak papier waarop hij dingen met rood omcirkelde.

Je weet maar nooit wie er meereist, dacht ze. Ze kon een medepassagier zomaar terugzien achter een vergadertafel, en dan mocht die zich haar niet herinneren als dat luie mens op de vlucht van San Francisco naar Vancouver.

Ze klikte een document open, het rooster van de conferentie. Dat kende ze al uit haar hoofd, maar toch las ze het door. De conferentie begon pas de volgende dag, dus deze avond kon ze besteden aan dingen kopen voor de bruiloft. Ze wist alleen niet wat.

Eenmaal in haar fraaie hotelkamer met de grote ramen en het spectaculaire uitzicht had ze eigenlijk geen zin om nog ergens naartoe te gaan. Dus schopte ze haar schoenen uit, strekte zich uit op het bed en belde naar huis. Ze hoorde zichzelf zeggen dat ze een bericht moest inspreken. Ze hing op en toetste een mobiel nummer in. Weer kreeg ze de voicemail. Uiteindelijk stuurde ze maar een sms'je met de inhoud dat ze veilig was aangekomen en later nog eens zou bellen.

Om te ontspannen ging ze naar de fitnessruimte, waar ze een halfuur op een loopband liep en toen in het zwembad stapte, waarin door de speelse vorm niet echt kon worden gezwommen. Na een koude douche te hebben genomen ging ze terug naar haar kamer. Ze bestelde een belegd stokbroodje bij de roomservice en at dat op terwijl ze naar het economisch nieuws op tv keek. Je moest altijd goed op de hoogte blijven.

Nieve moest zich ook altijd veilig voelen. Maar echt veilig zou ze zich pas voelen als ze eindelijk haar aandelen te gelde kon maken en de opbrengst op de bank stond. Nog een paar maanden... Terwijl ze aan al dat geld dacht, speelde er een glimlach om haar lippen en hief ze haar glas op zichzelf. Ik heb al die tijd al gelijk gehad, dacht ze. Ik weet hoe ik voor mezelf moet zorgen. Ik ben alles en iedereen altijd een stapje voor. Ik grijp altijd mijn kans.

Eerst had ze niet beseft dat ze haar kans kon grijpen. Het was de dag geweest voordat Darcey opeens terugging naar Ierland. 's Middags waren ze iets gaan drinken, want Darceys Duitse familie maakte een uitstapje, en het was Nieves vrije middag. Ze herinnerde zich nog dat ze samen op een terrasje hadden gezeten en de zon zagen schijnen op het blauwe water van de Middellandse Zee. Daar zaten ze, gekoesterd door de zonneschijn en het heerlijke briesje, maar eigenlijk had Nieve het gevoel gehad dat ze iets moest dóén. Niet dat Marbella niet fijn was, en de Christies waren best aardig, maar dit leventje was niet wat ze echt wilde. Ze had mensen gezien die veel geld bezaten, en ze vond dat zij ook zo'n leven verdiende.

Maar Darcey was anders. Nieve dacht weleens dat Darcey heel gelukkig zou zijn als ze hier kon blijven, om op de kinderen te passen, heel veel te lezen en alle puzzels te maken die maar in de Spaanse en Engelse kranten stonden. Nieve zelf dacht erover terug te keren naar Ierland en op zoek te gaan naar een 'echte' baan. Daar dacht ze nog steeds over toen ze terugging naar het schitterende huis waar ze nu al een paar maanden verbleef.

Binnen was het merkwaardig stil. Normaal gesproken kon je de kinderen horen joelen bij het zwembad of horen hollen over de tegelvloer, maar zodra ze voet over de drempel had gezet, besefte ze dat de kinderen er niet waren. Ze fronste haar voorhoofd. Waar waren ze? Ze had niet ook nog de avond vrij.

Op haar teenslippertjes liep ze naar de keuken. Wanneer de kinderen erg stil waren, zaten ze meestal daar. Maar deze keer lag er alleen een briefje van Lilith Christie waarin stond dat ze met Guy en Selina naar een vriendin was gegaan en dat de kinderen daar zouden blijven logeren, en dat Nieve dus deze avond vrij had in plaats van de volgende.

'Stom mens,' mopperde Nieve terwijl ze het briefje verfrommelde en in de vuilnisbak mikte. 'Snapt ze dan niet dat ik ook een eigen leven heb? Ze kan echt niet zomaar mijn vrije avonden omwisselen.' Ze schonk een glas water in. 'Hoe heeft ze die kinderen eigenlijk mee gekregen? Zeker na twee uur van drammen en jengelen.' Ze dronk het glas leeg en zette het in de vaatwasser. Het was hoogst irritant dat de Christies dachten dat ze altijd maar voor hen klaarstond. Het kon hun vast niet schelen dat ze plannen had voor de volgende avond. Ze vroeg zich af of ze het afspraakje met Diego naar deze avond kon verzetten en besloot hem te bellen.

Net toen ze de hoorn van de haak wilde nemen, schrok ze van een geluidje. Ze had gedacht dat ze alleen thuis was. De keuken was brandschoon, dus nam ze aan dat Maria, de huishoudster die ook de maaltijden verzorgde, al naar huis was. Max Christie was rond deze tijd meestal aan het golfen. En zonder Lilith en de kinderen zou er hier niemand moeten zijn. Ineens schoot haar te binnen dat het alarmsysteem niet ingeschakeld was geweest. Daar had ze daarnet niet over nagedacht omdat ze iemand thuis verwachtte.

Er deden verhalen de ronde over inbraken in deze dure buurt. Meestal werd er ingebroken aan het begin van de avond. Er zou hier toch geen inbreker rondsluipen? Op haar tenen liep ze naar de keukendeur en zette die op een kiertje. Als er inbrekers waren, kon ze die maar beter niet storen; de Christies waren toch verzekerd.

En toen hoorde ze giechelen. Het kwam uit Max Christies werkkamer. Inbrekers giechelen niet, maar kleine kinderen wel. Waren ze thuisgekomen en speelden ze in Max' werkkamer? Max zou een hartverzakking krijgen als hij daarachter kwam.

Niet meer bang beende ze door de gang en gooide de deur open. Verwonderd bleef ze staan. Max zat op zijn dure leren bureaustoel met Maria op schoot. Max droeg een wit overhemd en zijn broek hing om zijn enkels. Maria had helemaal niets aan.

'Godallemachtig,' zei Nieve terwijl ze zich vastklampte aan de deurknop.

Met een ruk draaide Max de stoel. Ze keken elkaar aan. 'Wat doe jij nou hier?' vroeg hij. Ondertussen verborg Maria haar gezicht in zijn hemd, alsof ze daardoor onzichtbaar zou worden.

'Lilith heeft mijn vrije avonden omgewisseld,' zei Nieve, die haar best deed hem te blijven aankijken en haar blik niet op iets anders te richten. 'Ik wist niet...' Gauw vluchtte ze weg, en om meer vaart te kunnen maken trok ze haar slippertjes uit en rende daarmee de treden voor het huis af, stapte in haar auto en reed weg. Ze stopte bij een cafeetje, waar ze wijn bestelde en haar best deed haar gedachten op orde te brengen.

Ze had nooit kunnen vermoeden dat Max Lilith bedroog. Maar ze wist dan ook niets over hun relatie. En Max zou het misschien geen ontrouw noemen dat hij wipte met de huishoudster. Droit de seigneur. Dat had ze op school geleerd. Het betekende dat de baas alles mocht doen wat hij maar wilde met zijn ondergeschikten. Ze vroeg zich af of Max Christie haar ook als ondergeschikte beschouwde. Bij die gedachte dronk ze haar glas in één teug leeg en bestelde nog een wijntje.

Toen ze terugging naar het huis, was het al donker. De tuinverlichting stond aan, en er kwam ook licht uit een raam op de bovenverdieping. Nadat Nieve diep adem had gehaald, ging ze naar binnen.

Het alarmsysteem was nog steeds uitgeschakeld. Dat betekende zeker dat Max nog thuis was. Ze vroeg zich af of Maria al naar huis was gegaan.

Ze sloop de trap op naar haar kamer, en toen de deur piepte, vertrok ze haar gezicht. Vervolgens ging ze op bed zitten en haalde diep adem.

Tien minuten later werd er op de deur geklopt. Toen ze opendeed, stond Max in de gang. Hij droeg een vrijetijdsbroek en een poloshirt, en hij had gedoucht, want ze rook de Fa-douchegel die Lilith haar altijd vroeg te kopen als ze boodschappen moest doen.

Hij stapte naar binnen en ging op de enige stoel zitten. Nieve was liever blijven staan, maar nam toch maar plaats op het bed en keek haar werkgever nadenkend aan.

'Dat was een ongemakkelijk moment,' zei hij. 'Ik wist niet dat je thuis zou zijn.'

'Gaat u me nou ontslaan?' vroeg ze. Er stond een harde blik in haar ogen.

Hij aarzelde. 'Waarom zou ik?'

'Omdat ik te veel weet,' antwoordde Nieve.

'Nou overdrijf je,' reageerde Max. 'Je weet van niets.'

'Ik weet dat Lilith het niet fijn zou vinden als ze wist dat u met de huishoudster rommelt.'

'Denk je dat ze je zou geloven?'

'O ja.' Nieve glimlachte. 'Ze zou me zeker geloven.'

'Wat wil je van me?' vroeg Max.

Hij is bang, dacht ze. Hij is bang voor de problemen die ik zou kunnen veroorzaken. Dat gaf haar een veilig gevoel, maar het maakte haar ook angstig. Ze moest dit goed aanpakken.

'Ik wil een baan,' zei ze na een poosje.

Hij fronste zijn wenkbrauwen. 'Je hebt al een baan.'

'Ik wil een andere baan,' verduidelijkte ze. 'Ik denk dat u zich prettiger zou voelen als ik hier niet meer rondliep. Ook al had ik beloofd niets te verklappen. U zou toch altijd bang zijn dat ik iets losliet.'

'Misschien zou dat me niets kunnen schelen,' zei Max.

'In dat geval zou u hier niet zijn.'

Hij haalde zijn schouders op.

Na een tijdje schraapte ze haar keel. 'Ik wil een baan binnen een van uw bedrijven. Maakt niet uit welk. Een goede baan, met verantwoordelijkheden. Een baan waarbij ik mijn deskundigheid kan gebruiken.'

'We hebben weinig banen voor oppassers,' zei hij.

'Kom op, Max,' zei Nieve. 'Ik ben niet achterlijk.' Ze had hem nog nooit Max genoemd. De Christies waren behoorlijk formeel. 'Ik heb economie gestudeerd. Ik ben slim, en dit jaar was gewoon om er even uit te zijn. Ik ben heus niet van plan mijn hele leven op kinderen te passen. Ik ben van plan senior manager te worden.'

Hij zette grote ogen op.

'Ik dacht dat een salarisverhoging wel voldoende zou zijn,' zei hij. 'En een soort gouden handdruk.'

'Maar ik wil niet weg,' zei ze. 'Ik heb geen andere baan.'

'Je zei toch dat je economie had gestudeerd en dat je niet eeuwig op kinderen wilt passen?'

'Ik vertrek wanneer ik dat zelf wil,' zei ze.

'Volgens mij hecht je te veel gewicht aan de zaak. Lilith en ik...'

'Nee, hoor,' onderbrak Nieve hem. 'Ik vraag alleen maar om een baan, en dat is helemaal geen slecht voorstel. Als ik voor jou ga werken, is het niet waarschijnlijk dat ik mijn baan op het spel ga zetten door Lilith het een en ander te vertellen. Ik zou een aanwinst zijn voor welk bedrijf dan ook. Max, dit is een goede deal. Je zou erop in moeten gaan.'

'Dit is chantage,' zei Max.

'Nee, hoor,' reageerde Nieve. 'Dan zou ik om geld vragen. En ik vraag om een baan. Iets heel anders.'

'En als je er niets van bakt?'

'Dan ontsla je me,' antwoordde ze.

Een hele poos bleef hij haar aankijken, toen knikte hij. 'Geef me twee weken om het een en ander te regelen,' zei hij. 'Ik vertrouw erop dat je in de tussentijd geen stomme dingen tegen Lilith zegt. Want dan...'

'Hou maar op,' viel ze hem weer in de rede. 'En je krijgt een week.'

Ze wist niet zeker of hij echt flauwtjes glimlachte.

'Misschien zou je inderdaad een aanwinst kunnen zijn,' merkte hij zuur op. 'Je bent bikkelhard, hè?'

'Je hebt geen idee,' zei ze.

Nieve kreeg niet de kans Darcey dit allemaal te vertellen, want Darcey had net gehoord dat haar vader Martin het gezin in de steek had gelaten. Dat was niet het moment.

Toen haar mobieltje geluid maakte, kwam ze terug in het heden. Ze las het sms'je: *Wordt laat. Spreek je morgen. Veel plezier tijdens het congres. XXX.*

Ze wiste het bericht en keek weer naar het laptopscherm. De volgende dag zouden ze beginnen met risicowaardering in de huidige markt. Ze had een paar vragen, maar wilde er eerst helemaal zeker van zijn dat ze het antwoord niet over het hoofd had gezien. Soms was het echt moeilijk alles en iedereen een stapje voor te blijven.

7

Niet lang nadat Darcey was teruggekomen uit Barcelona, moest ze naar Milaan, waar ze eenzelfde soort besprekingen voerde en 's avonds ging eten met Rocco Lanzo, die ooit cliënt was geweest bij Global Finance, maar nu een delicatessenwinkel bestierde.

Toen ze het restaurant binnenkwam, zat hij al aan een tafeltje met een glas rode wijn.

'Darcey!' begroette hij haar, en hij zoende haar op beide wangen. '*Ciao, bella.*'

Ze lachte. 'Hoi Rocco. *Come stai?*'

'Heel goed,' zei hij. 'En met jou? Je ziet er beeldschoon uit.'

Weer lachte ze. 'Allemaal vleierij.'

'Geen vleierij, maar de waarheid.'

Ze keek naar zichzelf in de spiegelwand. Haar blonde haar viel sluik en glanzend om haar gezicht, haar ogen straalden dankzij de druppeltjes die ze erin had gedaan, en de blusher deed haar wangen er blozend uitzien. Ze droeg een laag uitgesneden turquoise jurk met spaghettibandjes, met bij de hals fonkelende kristalletjes.

'Wat heb jij allemaal meegemaakt, inamorato?' vroeg ze.

'Och, het gebruikelijke.' Hij schonk wijn voor haar in, en op dat moment verscheen de ober met twee borden pasta. 'Ik heb vast besteld. Pasta, en dan *fritto misto*. Dat eet je hier toch altijd?'

'Ja.' Ze glimlachte. 'Ik ben erg voorspelbaar.'

'Niet voorspelbaar genoeg.' Hij hief zijn glas. 'Proost.'

'*Alla salute.*'

Ze was dol op Rocco. Ze was sowieso dol op Italiaanse mannen. Die gaven je het gevoel dat je werd gewaardeerd en beeldschoon was. Ze bestelden dan wel het eten voor je, maar verder waren ze balsem voor de kwetsbare ziel. En Darcey was kwetsbaar, vooral op mannengebied. Ze liet Rocco vertellen over zijn succesvolle nering, films die hij had gezien en modeshows die hij had bezocht. Rocco's zuster was modeontwerpster, maar Darcey wist dat hij niet alleen vanwege Sofia in mode was geïnteresseerd. Hij was zelf zeer modieus, en droeg dan ook een Armani-pak.

'Wat gaat er met jouw bedrijf gebeuren nu de wolven van InvestorCorp voor de deur staan te huilen?' vroeg hij toen ze na het eten nog iets dronken in de hotelbar.

'Geen idee.' Ze haalde haar schouders op. 'Hopelijk niets ingrijpends.'

'Misschien krijg je een belangrijker functie.' Rocco vertrok zijn gezicht tot een grimas. 'En dan kom je niet meer naar Milano.'

'Voor jou heb ik altijd tijd,' reageerde ze.

'*Molte grazie.*' Hij drukte een kus op haar hand. Bij ieder ander zou dat overdreven zijn, maar bij Rocco paste het.

'Ik heb een barretje op mijn kamer,' zei ze zacht.

'Perfetto.'

Ze namen de lift naar de vijfde verdieping. Nog voordat de deur van haar hotelkamer achter hen dichtviel, had hij de rits van haar jurk al naar beneden getrokken.

Hij vertrok na enen. Ze zoende hem op beide wangen en vervolgens op de mond, en hij zei dat ze moest bellen wanneer ze weer naar Milaan zou komen.

Zodra hij weg was, nam ze een lekker warm bad en keek naar de druppeltjes die langs het witte marmer op de wand naar beneden gleden. Ze was dol op Rocco. Iedere man beschikte zo over zijn eigen charmes, maar Rocco bezat wel heel veel charme. In vier steden kende ze mannen. Francisco, Rocco, Jose en Louis-Philippe. Barcelona, Milaan, Lissabon en Parijs. Ze had hen leren kennen op haar zakenreizen. Francisco en Rocco als cliënt, Jose en Louis-Philippe zomaar. Nu Francisco getrouwd was, had ze in Barcelona niemand meer. Ze had niet gezocht naar vervanging. En ze vroeg zich af of ze wel naar vervanging zou zoeken als een van de anderen er een punt achter zou zetten, of als zij dat besloot. Ze kon ook geen contact meer opnemen met Rocco, dan zou het afgelopen zijn.

Maar dat wilde ze niet. Ze was niet van plan geweest het bed in te duiken met hem, maar hij was zo lief geweest. Ze had zich echt gewaardeerd gevoeld. Bovendien waren er tegenwoordig nog maar weinig vrijpartijtjes. In Dublin had ze niemand. In heel Ierland niet. Ze ging alleen met mannen naar bed tijdens haar reisjes. Dit leek niet op het actieve seksleven waar vrouwen volgens de *Cosmo* recht op hadden.

Vier schatjes in vier stadjes. En nu nog maar drie schatjes. Het ging allemaal goed omdat ze ook bevriend met hen was, omdat ze niet meer wilden van haar en zij niet van hen. Ze voelde zich bij hen op haar gemak, ook in bed.

Het draaide niet om de seks. Dat hield ze zichzelf vaak voor omdat ze het angstige gevoel had dat anderen zouden denken dat het haar puur om de seks ging als ze zouden horen dat ze in drie stadjes een schatje had. Maar daar ging het haar niet om. Natuurlijk was het fijn om met hen te vrijen, maar dat was niet de enige reden. Het was fijn dat ze er voor haar waren, dat ze van hen kreeg wat ze wilde en dat ze haar dan verder met rust lieten. Omdat ze hen niet vaak sprak, hoefden ze het nooit over saaie, alledaagse dingen te hebben. Bovendien was ze op geen van hen verliefd. Dat maakte het allemaal een stuk makkelijker. Want in liefde geloofde ze niet meer.

Misschien klonk het een beetje kaal, maar dat was het niet. In elke stad had ze iemand, en dat maakte de zakenreizen spannend. Uiteraard moest ze oppassen vanwege haar zakelijke relaties, ze zou niet graag haar carrière op het spel zetten. Maar bij deze mannen was dat geen probleem. Ze glimlachte zuur. Ze was goed in los-vaste verhoudingen. Verhoudingen die dat niet waren, vormden een probleem.

Ze stapte uit bad en sloeg de enorme, witte handdoek om zich heen. Los-vast was tegenwoordig prima. Maar misschien moest ze eens op zoek naar nieuwe mannen, want je kon niet eindeloos een los-vaste verhouding met iemand hebben. En meer dan los-vast wilde ze niet, dit voorzag in haar behoefte.

De volgende middag kwam ze terug op kantoor. Er waren vijftien berichten ingesproken op haar voicemail, en er waren veel e-mails binnengefloept. Op het computerscherm waren gele Post-its geplakt. Ze peuterde ze eraf en legde ze op een stapeltje.

Ze was moe en wreef in haar ogen. Ondanks de vrijpartij en het warme bad had ze niet goed geslapen. Met haar kin op haar hand en met gesloten ogen dacht ze na over een technisch probleem van een van haar cliënten, waarvoor ze een oplossing moest vinden.

'Moe? Verveeld? Of allebei?'

Door die opmerking werd ze uit haar gedachten gerukt. En dat lag niet aan de opmerking zelf, maar aan de stem.

'Hoi,' zei ze.

Haar hart ging tekeer en haar oren suisden. Moeizaam slikte ze, want haar mond was ineens kurkdroog.

'Hoe gaat het?' vroeg ze.

De man tegen wie ze dat zei, stond pal voor haar, geflankeerd door collega's. Hij stak een kop boven hen uit en was minstens tien jaar jonger. Zijn ogen waren donkerblauw en zijn haar roetzwart zonder spoortje grijs.

'Dit is Marcus Black,' zei hij met een knikje naar de man links van hem. 'Hij is van de vestiging van InvestorCorp in New York. En dit is Douglas Lomax uit Edinburgh. En mij ken je natuurlijk al. Ik werk ook op het hoofdkantoor in Edinburgh.'

Ze bevochtigde haar lippen, stond op en stak haar hand uit. 'Leuk je weer eens te zien, Neil.'

'Insgelijks. Het is lang geleden.'

Hij schudde haar hand steviger dan ze had verwacht, en ze vertrok haar gezicht toen hij haar hand iets langer vasthield dan strikt noodzakelijk was.

'Zo,' zei Marcus met een sterk Amerikaanse tongval. 'Moe, verveeld of allebei?'

'Ik dacht na,' zei ze snel. 'Moe ben ik nooit, en verveeld al helemaal niet.'

Hij lachte. 'Prettig kennis te maken, mevrouw...'

'McGonigle,' zei ze snel. 'Manager business development.'

'Darcey McGonigle,' zei Neil.

'Aha,' zei Douglas. 'Prettig kennis met je te maken, Darcey.'

'Insgelijks,' zei ze. 'We willen natuurlijk allemaal graag weten hoe het uitpakt met de fusie.'

'De overname,' verbeterde Neil haar.

'O ja,' zei ze, 'de overname.'

'Neil en jij kennen elkaar al,' zei Marcus. 'Hij heeft veel over je verteld.'

'O,' zei Darcey. Ze vroeg zich af wat hij Marcus dan precies over haar had verteld. 'Maar dat is eh... zeker tien jaar geleden.'

'Het lijkt wel gisteren,' merkte Neil gladjes op.

'De tijd vliegt,' zei ze. Ze keek van Douglas naar Marcus. 'Ik verheug me erg op de samenwerking. Volgens mij brengt de overname heel wat voordelen met zich mee.'

'Inderdaad,' reageerde Douglas. 'Ik ben van plan jullie te laten toetreden tot voor jullie nieuwe markten waardoor jullie dubbel zo winstgevend zullen zijn.'

'Geweldig.' Stralend keek ze naar hem op.

'Jullie zijn te veel op Europa gericht,' zei hij. 'Daar zullen we eens goed naar kijken met ons nieuwe business managementteam, en we zullen jullie uiteraard ook betrekken bij de besluitvorming.'

'Geweldig,' herhaalde ze.

'Over een paar maanden kom ik hier werken,' zei Neil. 'Ik ben de nieuwe manager worldwide business. Ik heb een poosje met Marcus gewerkt in de Verenigde Staten en ben daarna naar Schotland gegaan, maar nu kom ik naar Dublin om onze operatie te herstructureren.'

'Herstructureren.' Haar mond voelde weer droog.

'Jij krijgt daar vast een belangrijk aandeel in,' merkte Neil op. 'Het management hier is verbazend goed over je te spreken.'

Ja, dat zou hem inderdaad hebben verbaasd, dacht ze, dat iemand vond dat ze ergens goed in was.

'Nou, we moeten weer verder.' Marcus glimlachte. 'Fijn kennis met je te hebben gemaakt, Darcey, we zien elkaar vast vaker.'

'Insgelijks,' zei ze.

Na nog een laatste glimlach liep het trio weg. Stiekem keek ze hen na, en haar hart ging minder tekeer.

Het was jammer dat ze haar hadden betrapt met haar ogen dicht. Dat was niet best, ook al had ze gezegd dat ze niet moe of verveeld was. Hoge pieten zoals zij hadden hun ogen altijd open. Echt iets voor Neil trouwens om iets te zeggen over verveling. Geërgerd balde ze haar vuisten.

De telefoon ging.

'Je bent terug,' zei Anna Sweeney. 'Ik wil je even waarschuwen dat...'

'Ik weet het al,' onderbrak Darcey haar. 'Lui van InvestorCorp. Ze betrapten me toen ik met mijn ogen dicht zat.'

'Shit.'

'Ik zei dat ik zat te denken,' zei Darcey. 'Ik denk niet dat ze me geloofden, maar het toont wel aan dat ik snel een oplossing kan verzinnen.'

Anna lachte. 'Ze vallen best mee,' zei ze. 'Ik heb een lang gesprek met ze gehad over het personeel en de sfeer en zo. Ik stuur je wel een verslag.'

'Vroegen ze nog naar mij?' Het klonk als een soort piep.

'Die Lomond vroeg naar je,' antwoordde Anna. 'Dat was het eerste wat hij wilde weten, of je hier nog werkte. Hij beweerde dat hij je kende van vroeger.'

'Van heel erg lang geleden,' bevestigde Darcey.

'Een oude vlam?' raadde Anna meteen.

'Niet echt.'

'Is hij getrouwd? O, sorry, vergeet dat ik dat heb gevraagd.'

'Hoezo?'

'Ik wil niet het type vrouw zijn dat zich meteen afvraagt of een knappe man nog beschikbaar is,' zei Anna. 'Dat is net zoiets als kerels die vrouwen rapportcijfers geven. Ik wil mannen als gelijken beschouwen, niet als eventuele echtgenoot.'

'Mooi van je,' reageerde Darcey.

'En?'

'En wat?'

'Of hij getrouwd is, oen.'

'Weet ik het?' antwoordde Darcey.

'Nou, dan kan ik nog dromen.' Anna zuchtte eens diep. 'Hij lijkt me erg geschikt als echtgenoot. Maar als vader? Dat weet ik nog niet.'

'Knappe mannen zijn over het algemeen niet zo geschikt als echtgenoot,' reageerde Darcey droog.

'Hm...' Anna zuchtte weer. 'Daar heb je gelijk in. Maar een mens mag hopen. Zeg, hoe was het eigenlijk in Milaan?'

'Best.' Darcey deed haar best niet meer te denken aan Neil Lomond en zijn huwelijkse staat. Gek, dacht ze, ik heb nooit aan hem gedacht als getrouwd. Echt nooit. Wat zegt dat over mij? 'Het was er zelfs top.'

'Fijn. Zullen we na het werk iets gaan drinken? Dan kun je me er alles over vertellen.'

'Lijkt me leuk, maar ik kan vandaag niet,' zei Darcey. 'Ik ben de laatste tijd veel van huis geweest, en heb nu heel veel slipjes die dringend moeten worden gewassen.'

'De moderne vrouw ten voeten uit,' reageerde Anna. 'Zullen we morgen dan gaan lunchen?'

'Dat laat ik je morgenochtend weten,' beloofde Darcey.

Ze legde de hoorn op de haak en steunde haar kin weer op haar hand, maar deze keer met open ogen.

Om acht uur 's avonds zat ze nog steeds achter haar bureau. Ze had verslag uitgebracht over de besprekingen met haar cliënten, en een oplossing naar de helpdesk gemaild voor het probleem waarmee een cliënt worstelde, en ze had gekeken naar de bedragen die ze had binnengebracht met nieuwe cliënten. Ze kon tevreden zijn. Ze zette haar tasje op het bureau, maar toen het belletje van de lift klonk, schrok ze zo dat ze door een onverhoedse beweging haar tasje van het bureau sloeg en de hele inhoud zich verspreidde over het zachtgrijze tapijt.

'Shit,' foeterde ze terwijl ze achter een wegrollende lippenstift aanging.

'Ben je er nog?' Neil Lomond keek naar haar terwijl ze de lippenstift opraapte.

'Ja, ik ben er nog,' antwoordde ze. 'Maar ik ga nu weg.'

'Heb ik je net op tijd te pakken gekregen.'

'Nee hoor,' zei ze. 'Ik ga weg. Het is al laat.'

'Inderdaad,' zei hij. 'Ik hoor je nog zeggen dat iemand met ook maar een greintje gezond verstand nooit na zessen op de werkplek blijft.'

'Misschien beschik ik niet over gezond verstand.' Dat flapte ze er zomaar uit. Ze deed haar best een achteloze indruk te maken terwijl ze een paar tampons opraapte en in haar tasje propte.

'Ik help je wel.' Ook Neil raapte van alles op. Hij overhandigde haar haar sleutels en de sirene die ze altijd bij zich had.

'Bang te worden overvallen?' vroeg hij.

'Die krijgen we van het bedrijf,' legde ze uit. 'Voor de veiligheid.'

Hij knikte en bukte vervolgens om een kaartje op te rapen dat onder haar bureau terecht was gekomen. Toen hij het haar wilde teruggeven, keek hij ernaar. Er verscheen een verbaasde uitdrukking op zijn gezicht.

Ze griste het uit zijn hand. 'Hoor eens,' zei ze, 'dat je hier nu zo'n beetje aan het hoofd staat, betekent nog niet dat je privédingen van mij mag bekijken.'

'Sorry,' zei hij. 'Maar... Nou ja, het is een uitnodiging voor een bruiloft.'

'Goh, nog steeds even opmerkzaam.'

'Maar Darcey, dat zijn toch die mensen die...'

'Ja. Blijkbaar zijn ze nog niet eerder in het huwelijksbootje gestapt,' viel ze hem gespannen in de rede.

'Als ik het mis heb, moet je het zeggen, maar...'

Ze haalde haar schouders op. 'Ik zat fout.'

Verwonderd vroeg hij: 'Pardon? Jíj zat fout?'

'Ik dacht dat ze getrouwd waren,' zei ze. 'Ik weet niet waarom dat niet het geval was.'

'Ik... ik weet niet wat ik moet zeggen.' Met grote ogen keek hij haar aan. 'Je zei dat ze ervandoor waren gegaan om te trouwen... Al dat gedoe!'

'Het ging er niet om dat ze trouwden,' zei ze.

'Nee. Je hebt gelijk.'

'En nu is het alweer lang geleden.'

'Jezus, nooit gedacht dat ik je dát ooit zou horen zeggen!'

'Nou, nu heb je het gehoord.' Ze glimlachte, niet op haar gemak. 'Kunnen we het dan nu laten rusten? Het is allemaal al zo lang geleden.'

'Ja,' beaamde hij. 'Enne... Hebben jij en zij het nog een beetje goedgemaakt?'

'Dat zou een beetje te veel gevraagd zijn.'

'Waarom nodigt ze je dan uit?'

'Dat heb ik me ook al afgevraagd. En misschien ga ik daarom toch maar.' Ze haalde haar schouders op. 'Ik zie wel.'

'Als ik je een goede raad mag geven...'

'Neil!' onderbrak ze hem. 'Geen goede raad, graag.'

'Je hebt nooit naar goede raad willen luisteren.'

'Hou op,' zei ze.

Hij knikte peinzend. 'Misschien ben je toch niet heel erg veranderd.'

'Echt wel. Ik heb carrière gemaakt. Is dat niet genoeg verandering?'

Hij glimlachte flauwtjes toen ze de kaart in haar tasje stopte. 'Hoor eens,' zei hij, 'ik heb er natuurlijk niks mee te maken, maar...'

'Klopt, dat je er niks mee te maken hebt,' zei ze op vastberaden toon. 'Dus bemoei je er alsjeblieft niet mee omdat je vindt dat...' Opeens brak ze de zin af. 'Wat zeg ik daar nou? Uiteraard wil je je er niet mee bemoeien, en je wilt me ook niet echt goede raad geven. Dat ligt allemaal achter ons.'

'Ja.' Plotseling klonk hij kwetsbaar. 'Ik zou niet durven. En je hebt gelijk, je bent veranderd.'

'Misschien ben ik eindelijk verstandig geworden,' zei ze schaapachtig. 'Ik heb er lang over gedaan. Maar ik ben blij dat het je is opgevallen. Met jou gaat het vast ook goed. Met jou ging het altijd goed.'

'Darcey...'

'Hier werk ik dus,' zei ze. 'En jij nu ook. Ik wil geen intieme gesprekken op de werkplek. Je weet waartoe dat kan leiden. Dus kunnen we het vanaf nu zakelijk houden? Voor jou zal het een schok zijn, maar tegenwoordig ben ik zakelijk. Dus maak je maar geen zorgen.'

Met grote ogen keek hij haar aan.

'Dus laten we nou maar doen alsof we elkaar nog maar pas kennen en dat ik me doodschaam omdat de inhoud van mijn tasje over de grond verspreid ligt, maar jij bent een geschikte vent van het nieuwe bedrijf, dus doet het er niet toe.'

Hij stak een hand op. 'Oké, wat je maar wilt. Ik wilde heus geen oude wonden openrijten of zo.'

'Dank je.' Ze klonk echt opgelucht. 'Iedereen doet weleens iets stoms, toch? En wij moeten ervoor oppassen dat wij door zulke stomme dingen niet weer van slag raken.'

'Eh... ja.'

'En je hoeft je geen zorgen te maken over hoe ik mijn werk doe,' ging ze verder. 'Zoals je zei, waren ze verbazend goed over me te spreken.' Een beetje bezorgd vroeg ze: 'Of...'

'Of wat?'

'Of moet ik me zorgen maken?'

'Zorgen? Waarover?'

'Herstructureren,' zei ze toonloos. 'Dat betekent meestal niet veel goeds.'

'Ik wilde een briefje op je bureau leggen waarin staat dat we je een iets andere opdracht geven. Maar je hoeft je geen zorgen te maken over je baan.'

Opgelucht slaakte ze een zucht. 'Je had me ook een mailtje kunnen sturen.'

'Och, dat is zo onpersoonlijk.'

'Wat wordt er dan veranderd?'

'Dat weten we nog niet precies. Je zult een paar rapporten moeten schrijven. Ik e-mail je daar nog over. Ondertussen moet je verantwoording afleggen bij mij. Is dat een probleem?'

Zo achteloos mogelijk schudde ze haar hoofd.

'Ik ben heel gemakkelijk om voor te werken. En Darcey, als je baas heb ik een zakelijke reden om te hopen dat je privéleven op orde is. Ik wil niet dat mijn werknemers zenuwinzinkingen krijgen van dingen waarvan ze in het verleden zenuwinzinkingen kregen.'

'Nou overdrijf je,' zei ze. 'En sindsdien laat ik me nergens meer door kleinkrijgen.'

'Ik ben blij dat te horen.'

Ze dacht dat het oprecht klonk, maar ze wist ook dat ze wat hem betrof niet op haar oordeel kon vertrouwen.

Hij knikte, glimlachte en liep naar de lift. Toen bukte hij opeens en raapte iets op van de grond. 'Van jou, denk ik,' zei hij terwijl hij nog een tampon op haar bureau legde.

Het verbaasde haar dat hij haar niet hoorde knarsetanden toen ze hem in de lift zag stappen. Dat had ze indertijd in haar slaap gedaan, en misschien deed ze dat nog wel. Er was niemand om haar dat te vertellen.

Ze ritste haar tasje dicht, zette de computer uit en trok haar jas

79

aan. Vervolgens liep ze het kantoor uit, in de hoop dat ze Neil Lomond deze avond niet meer tegen het lijf zou lopen.

Gelukkig trof ze beneden alleen de beveiliger die haar goedenavond wenste. Ze knikte hem toe en beende toen naar het station. Terwijl ze liep, dacht ze bewust niet aan privézaken. In plaats daarvan dacht ze aan de verslagen die ze voor haar cliënten moest maken en aan de succesvol verlopen reisjes naar Barcelona en Milaan. Zodra ze veilig in de wagon zat, ritste ze haar tasje open en haalde er de uitnodiging uit.

Neil had gelijk gehad dat hij verbaasd was die uitnodiging te zien. Per slot van rekening had ze in het verleden die verhouding van veel dingen de schuld gegeven. En hier was het bewijs dat ze niet eens de moeite hadden genomen te trouwen. Dat verbaasde haar, en het kwetste haar vooral.

Ze had besloten niet naar de bruiloft te gaan. Daar had ze niets aan. Het verbaasde haar ook dat ze überhaupt was uitgenodigd, en maakte zich zorgen over de een of andere bijbedoeling. Ze kon geen reden bedenken om dat mens naar het altaar te willen zien lopen. En toch kon ze het niet van zich af zetten, en vroeg ze zich af of ze misschien toch maar moest gaan. Om alles af te sluiten.

Ze lachte schril. Afsluiten. Wat hield dat in? Dat je alles maar moest vergeven en vergeten? Dat zou ze nooit kunnen, en zeker niet als ze hen na al die jaren weer zou zien. Of misschien...

Ze verfrommelde de uitnodiging. Eigenlijk had ze die envelop helemaal niet willen openen. Het speet haar dat ze hem niet in de vuilnisbak had laten liggen. Ze had ook gehoor kunnen geven aan haar eerste ingeving en de boel kunnen terugsturen met in grote letters erop: OPZOUTEN. Maar daarmee zou ze zich belachelijk hebben gemaakt. De beste wraak was je gewoon nergens iets van aantrekken en je eigen leven leiden. Ze had haar best gedaan dat te doen. Goed, er waren problemen, maar die had iedereen. Alleen waren haar problemen in gang gezet door iemand van wie ze dat het minst had verwacht: Nieve.

8

Misschien was het niet helemaal eerlijk de schuld voor haar problemen bij Nieve te leggen. Dat was het probleem met het verleden, achteraf gezien leken dingen vaak heel anders dan je had gedacht. Het begon ermee dat Darcey naar huis moest om bij Minette te zijn, en dat ze dus niet kon luisteren naar Nieves verhaal over Max en Lilith Christie, en dus ook niet tot de conclusie kon komen dat Nieve egocentrischer en vastberadener was dan ze had gedacht. En dat Nieve over lijken ging als ze iets wilde. Dat zou prettig zijn geweest om te weten. Aan de andere kant kon je het Nieve niet heel erg kwalijk nemen dat ze Max' gedrag gebruikte om een betere baan te krijgen dan ze strikt genomen verdiende.

'Kom op, Darcey,' zei Nieve later, toen Darcey door de telefoon aarzelend had gezegd dat ze vond dat Nieve Max had gechanteerd om die baan te krijgen. 'Ik heb die man met zijn broek rond zijn enkels gezien, daar hoort iets tegenover te staan. Wat moest ik dan? Me laten ontslaan?'

Darcey besefte dat Nieve gelijk had. Het zou onrechtvaardig zijn geweest als ze was ontslagen omdat haar werkgever iets had met de huishoudster. Maar zelf zou Darcey nooit zo hebben gehandeld.

Terwijl Nieve dit allemaal beleefde, wist Darcey van niets omdat ze in Ierland zat met de nasleep van Martins plotse vertrek. Terwijl Nieve zich moeizaam inwerkte, deed Darcey haar best haar moeder ervan te overtuigen dat het leven nog best zin had zonder haar echtgenoot. Minette was totaal van de kaart, geschokt dat ze het niet had zien aankomen. Maar ze huilde slechts één dag toen de meisjes waren teruggekomen uit Cork met het bericht dat Martin niet zou terugkomen. Ze zei tegen Darcey dat ze allemaal de draad maar weer moesten oppakken en stond erop dat haar dochter zou teruggaan naar Spanje als ze dat wilde.

En dat wilde Darcey. Maar ze voelde zich erg schuldig toen ze Nieve belde om te vertellen dat ze binnenkort zou terugkomen naar Marbella. Pas toen hoorde ze het van Max en Maria, en ook dat Nieve een baan bij Christie Corporation had geëist.

'Kom maar terug naar Marbella, hoor,' zei Nieve. 'Maar ik ga waarschijnlijk naar Londen. Daar bevindt zich het hoofdkantoor van Max' bedrijf, en hij gaat binnenkort ook terug.'

Het was geen aanlokkelijk idee om in haar uppie in Marbella te zijn. Eigenlijk vond Darcey het wel prettig dat ze zelf geen keuze hoefde te maken en dat ze bijna werd gedwongen bij Minette te blijven. Ze vond ook dat het tijd werd om net als Nieve op zoek te gaan naar een echte baan, ook al zou ze dat op een meer normale manier doen. Ze had geen idee wat voor soort werk ze zocht. Nieve had gelijk, Darcey was niet erg ambitieus. Darcey wilde niet graag in het middelpunt van de belangstelling staan, en ze vond dat carrière maken een beetje op aandachttrekkerij leek. Ze had Nieves vader over politieke spelletjes op de werkvloer horen praten, en daar hield ze zich liever verre van. Ooit had ze gespeeld met de gedachte aan een boerderijtje in Toscane. Maar zoiets was misschien meer iets voor in de verre toekomst. Nu was ze in Ierland en moest ze een baan hebben. Maar banen lagen niet voor het oprapen, en zeker geen leuke banen.

Ze vond het geen fijne gedachte om een kantoorbaan te hebben. Ze wist dat Nieve extreem lange dagen maakte om Max Christie te bewijzen dat ze er helemaal voor ging, en omdat alle anderen daar dat ook deden. Nieve zei dat ze het harde werken helemaal niet erg vond omdat ze werkte aan haar toekomst, en dat ze Max Christie voorbij zou streven. Darcey moest er niet aan dénken om twaalf uur lang opgesloten te zitten in een kantoor. Ook al stond er een spreekwoordelijke pot vol goud op haar te wachten, ooit, ergens in de verre toekomst.

Wanneer ze de personeelsadvertenties doornam, leek het erop dat haar vaardigheden niet erg gevraagd werden. Het was allemaal prima om uit je hoofd de wortel van 1864 te kunnen uitrekenen, maar tegenwoordig gebruikte iedereen daar een rekenmachientje voor. En in Galway had je ook niet veel aan het beheersen van vier talen. Ze zou meer hebben aan Iers, maar net zoals zoveel Ierse schoolkinderen had ze tijdens die lessen niet erg opgelet. In andere talen was ze beter.

Het was jammer dat ze niet precies wist wat ze wilde, zoals Nieve. Darcey wist alleen maar wat ze níét wilde.

Na een paar weken van personeelsadvertenties doornemen en elke baan als ongeschikt verwerpen, zeer tot ongenoegen van Minette, ging Darcey dan toch op sollicitatiegesprek bij een call-center op een bedrijventerrein op een kwartier lopen afstand. Daar waren ze op zoek naar mensen die hun talen spraken.

'Op je lijf geschreven,' zei Minette, die de advertentie had ontdekt.

'Maar mam, dat is gewoon de hele dag aan de telefoon zitten!' had Darcey gejammerd.

'In het begin, maar je klimt vast op,' had Minette beweerd.

Darcey besefte dat ze niet eeuwig op Minettes zak kon teren. Ze las de andere advertenties en vroeg zich af waarom zij geen gemotiveerde starter kon zijn. Het klonk eerder als een auto-onderdeel dan als een persoon.

Toch ging ze naar het sollicitatiegesprek bij Car Crew, gevestigd in het moderne gebouw met schitterend uitzicht over Lough Atalia. Ze waren onder de indruk van haar talenkennis, en het leek hen totaal niet te kunnen schelen dat haar werkervaring bestond uit olijven plukken en op kleine kinderen passen. Ze was nog niet eens thuis toen ze belden dat ze was aangenomen. Minette stond dan ook stralend in de deuropening met de mededeling dat ze maandag meteen kon beginnen.

Een paar weken later werd ze tot haar verrassing bevorderd tot supervisor. Ze was goed in haar werk omdat ze gemakkelijker met mensen sprak door de telefoon dan in hun gezicht, en ze verhielp altijd snel het probleem waarover werd gebeld. En toch had ze nooit gedacht dat ze op zou klimmen tot supervisor.

Het verbaasde haar dat ze het fijn vond om leiding te geven, en dat ook goed deed. Nooit eerder was ze leider geweest, dat was Nieve. Misschien was het toch ergens goed voor geweest dat ze naar huis had moeten komen en dat Nieve voor Max Christie was gaan werken. Maar ze miste Nieves gezelschap, en de blauwe luchten van Marbella.

Er waren echter ook leuke dingen, zoals de gezelligheid op het werk en de uitstapjes in het weekend met collega's. Het was een heel nieuwe ervaring om uit Nieves schaduw te stappen, en ook een prettige.

De meisjes bij Car Crew waren allemaal op zoek naar de Ware. Iedere man die ze zagen, kreeg een rapportcijfer, ieder vriendje werd uitgebreid besproken. Er waren discussies over hoe aan de man te komen en die vast te houden. Darcey dacht dat ze daarover meer had geleerd tijdens de paar maanden bij Car Crew dan ooit daarvoor. Ze wist zeker dat ze een leuke man zou leren kennen, en dat ze die met haar pas opgedane kennis aan zich zou kunnen binden. Ze zou niet meer verlegen zijn, ze zou niet meer met haar mond vol tanden staan. Ze zou zich volwassen gedragen en een volwassen relatie opbouwen.

'Mannen zouden om je vechten,' zei Emma, de andere supervisor, op een dag. 'Als je maar een beetje je best doet met je uiterlijk, en ze niet bang maakt.'

'Waar heb je het over?' vroeg Darcey verwonderd.

'Nou, je bent blond met blauwe ogen en hebt een perfect gebit!' riep Emma uit.

Darcey snoof. 'Het klinkt alsof je het over een paard hebt.'

'Nou ja, je lijkt dan ook meer op een paard dan op een mens.' Emma wond er geen doekjes om. 'Laat je haar doen, koop leuke kleren, en maak kerels niet bang door te doen alsof je een omgevallen boekenkast bent. Niet iedereen weet zoveel als jij.'

Zuchtend moest Darcey toegeven dat Emma gelijk had. Ze wilde altijd maar bewijzen dat ze geen dom blondje was, en kon heel arrogant overkomen, ook al was dat niet haar bedoeling. Dus volgde ze Emma's raad op. Ze ging naar de duurste kapper van Galway, ruilde haar spijkerbroeken en slobbertruien om voor belachelijk dure designkleding, en deed haar best niet te kritisch te zijn over de mannen die ze leerde kennen.

Maar ondanks de metamorfose, het vele uitgaan en de goede

raad van de andere meisjes, kon ze de Ware maar niet vinden omdat ze de meeste mannen ontzettend saai vond.

En toen leerde ze Aidan kennen.

Ze leerde hem niet kennen in een pub, maar op kantoor. Hij werkte op de IT-afdeling en kwam bij haar langs omdat er een probleem was met haar computer. Toen hij naar haar bureau liep, keek iedereen hem na, want met zijn lengte kon je hem niet echt over het hoofd zien. Darcey had nog nooit zo'n knappe man gezien. Hij had blond, warrig haar, een gebruind gezicht en een gespierd lijf. Zijn ogen waren zo blauw als de Middellandse Zee. Hij ging gekleed in spijkerbroek en T-shirt. En in zijn rechteroorlel zat een diamantje.

'Hoi,' zei hij. Zijn stem klonk een beetje hees en hij sprak met een Dublins accent. Ze smolt. 'Ik ben Aidan. Wat mankeert er allemaal aan?'

'De computer doet het niet.' Ze wees op het zwarte scherm. 'En zeg nou maar niet dat ik moet kijken of de monitor wel aanstaat of dat alle kabeltjes goed zijn verbonden, want dat heb ik al gedaan.' Het klonk barser dan de bedoeling was, en hij keek haar met opgetrokken wenkbrauwen aan.

'Rustig nou maar,' reageerde hij. 'We moeten wel zulke vragen stellen, want in negentig procent van alle gevallen is dát het probleem.'

'Nou, ik ben de andere tien procent,' zei ze.

Hij grijnsde. 'Vast. Nou, laat eens zien...'

Hij was even bezig op het toetsenbord en verdween toen onder haar bureau, zodat ze goed uitzicht had op zijn in een gebleekte spijkerbroek gehulde kontje. Het was een mooi, strak kontje. Darcey wilde er niet naar kijken, maar ze kon niet anders.

'Oké.' Hij kwam weer tevoorschijn en lachte naar haar. 'Jij kunt er niks aan doen. Er moet een nieuw kabeltje komen.'

'Kun je er eentje voor me halen?' vroeg ze. 'Het is een drukke dag en ik moet op de computer werken.'

'Nou...' Hij aarzelde. 'Op de IT-afdeling is het ook druk, ik weet niet of ik tijd heb om al die kabels te controleren.'

'Doe niet zo mal.' Het speet haar dat ze zo bits klonk, maar ze wilde niet dat deze man wist dat ze hem leuk vond, en bovendien had ze echt heel veel te doen.

85

'Geintje.' Weer grijnsde hij breed. 'Ik ben over een kwartiertje terug.'

Zodra hij in de lift was gestapt, griste Darcey haar tas mee en haastte zich naar de toiletten, waar ze een borstel door haar haar haalde en lipgloss opdeed. Het speet haar dat ze niet meer make-up bij zich had, want een beetje blusher en mascara zouden goed van pas komen. Maar ze had alleen de lipgloss, en een camouflagestift voor wanneer ze puistjes op haar neus had. Gelukkig waren er deze dag geen puistjes, en gehaast besproeide ze zich met het laatste restje Paloma Picasso, de parfum die ze in Spanje had gekocht. Hopelijk kwamen er geen puistjes opzetten binnen nu en een kwartier...

Na een halfuur kwam Aidan terug. In dat halfuur had ze de lipgloss er al af gekregen, en gedachteloos haar haar door de war gemaakt toen ze met een Italiaanse klant in gesprek was die in Frankrijk met zijn huurauto van de weg was geraakt.

'Non si preoccupi,' sprak ze de klant geruststellend toe. 'Maak u geen zorgen, signor. We maken alles voor u in orde. Ik bel u binnenkort terug.'

Ze beëindigde het gesprek en keek op. Daar kwam Aidan aan. Allemachtig, dacht ze, hij is echt geweldig. Ze vroeg zich af of er een sprankje hoop bestond dat hij haar ook leuk zou vinden. En toen zag ze haar warrige haar en lipglossloze mond weerspiegeld in de monitor. Ze zuchtte.

Hij plaatste het kabeltje, en even later kwam de monitor tot leven.

'Molte grazie,' zei ze. 'Ik bedoel: bedankt.'

'Ben jij dat talenwonder?' vroeg Aidan. 'Ik heb al veel over je gehoord. Indrukwekkend.'

'Hoezo? Er zijn er hier wel meer die hun talen spreken.' Ze fronste haar wenkbrauwen.

'Maar jij spreekt ze allemaal.'

Ze haalde haar schouders op. 'Niet echt. Een paar talen. Weet je, straks hebben we mensen nodig die Pools, Hongaars en Lets spreken. En daar sta ik dan met mijn Frans, Duits, Spaans en Italiaans.'

Hij lachte. 'Ik ben dol op talen.'

'Welke spreek je?'

'Engels,' antwoordde hij. 'En Iers. Dat spraken we thuis. Maar ik heb een paar jaar in Dublin gewoond, en daar had ik er niets aan.'

'Wij spraken thuis nooit Iers,' vertelde ze. 'Uiteraard spreek ik het wel, maar ik moet tot mijn schande bekennen dat mijn Frans stukken beter is.'

'Ach, zo gaat dat.' Hij controleerde het kabeltje nog eens. 'Niemand hecht waarde aan het Iers, dus het wordt al snel vergeten. Maar het is een prachtige taal.'

Ze glimlachte. 'Nou en of! Maar persoonlijk vind ik Italiaans het mooist.'

'Zeg eens iets in het Italiaans?' vroeg hij.

'Wat dan?'

'Geeft niet. Gewoon iets.'

'*Tre persone su due non capiscono le proporzioni in matematica,*' zei ze.

'Watte?'

'Drie van de twee personen begrijpen wiskundige evenredigheid niet,' vertaalde ze.

'O... Ik dacht aan iets een beetje minder eh... technisch.' Hij grijnsde erbij.

Even dacht ze na. '*Non fidarti di una donna che si toglie tutto tranne il cappello.*'

Hij fronste zijn voorhoofd. '*Una donna* betekent toch een vrouw?'

Ze knikte.

Hij schudde zijn hoofd. 'Verder weet ik het niet.'

'Vertrouw geen vrouw die alles af doet behalve haar hoed,' vertaalde ze.

Even keek hij haar aan, toen barstte hij in lachen uit. Boven de scheidingswanden verschenen nieuwsgierige gezichten.

'Hoe zeg je: wil je straks iets met me gaan drinken?' vroeg hij.

'Wil je straks iets met me gaan drinken?'

'Ja.'

'Ik? Met jou?'

'Ja.'

'Graag!'
'Geweldig! Acht uur? In dat cafeetje bij de Spanish Arch?'
'*Perfetto*,' antwoordde ze.
'Tot straks,' zei hij.

Wanneer ze eraan terugdacht, vond ze altijd dat het eerste af-spraakje met Aidan had geleid tot de mooiste avond van haar leven. Het was de avond waarop ze alles goed had gedaan, de avond waarop ze besefte dat het terecht was geweest alle andere mannen te bestempelen als betekenisloze lichtgewichten. Met Aidan waren alle puzzelstukjes op hun plaats gevallen.

Ze waren naar zo'n gezellig en goedkoop eettentje gegaan, waar ze tomatensaus van de pizza op haar kin had gekregen. Aidan had erom moeten lachen, maar het was geen uitlachen geweest. Ze hadden er samen plezier om.

Later hadden ze hand in hand door de kronkelige straatjes ge-lopen en muntjes gegooid in de gitaarkoffer van een straatzanger. Ze had Aidan verteld waarom ze was teruggekomen naar Ierland, en dat het een grote schok was geweest dat haar vader zomaar was vertrokken.

'Je arme moeder,' merkte hij meelevend op. 'Is je vader een lul?'
'Vroeger vond ik dat niet,' antwoordde Darcey. 'Maar nu wel.'

Hij vertelde haar dat zijn ouders uit elkaar waren gegaan toen hij zes was, en dat hij had moeten kiezen bij welke ouder hij wilde wonen, en dat hij dat niet had gekund. Uiteindelijk had hij steeds heen en weer moeten pendelen tussen Galway en Dublin, en dat had hij verschrikkelijk gevonden. Hij had wel geleken op een tro-fee waar zijn ouders allebei mee wilden pronken.

'Misschien hielden ze heel erg veel van je,' opperde Darcey.
'Nee, ze hielden van zichzelf,' zei Aidan. 'Maar helaas niet van elkaar.'

Ze ging dichter tegen hem aan lopen zodat ze zijn lichaams-warmte voelde.

Ze liepen helemaal terug naar Darceys huis, en onder de plataan kuste hij haar. Meteen besefte ze dat zijn kus anders was dan ze gewend was. Het was een openbaring dat een man zulke gevoelens in haar kon oproepen. Het speet haar dat ze voor haar huis stonden, ze had dit liever beleefd op een verlaten strand met sterren die fonkelden aan de hemel met op de achtergrond het geluid van kabbelende golfjes, en niet het geraas van het verkeer in de verte.

Hij beëindigde de kus en keek haar diep in de ogen.

'Wauw,' zei hij.

'Wauw,' zei ze.

'Ik geloof dat ik van je hou.'

'Ik... ik geloof dat ik van jou hou.'

'Ik kom morgen die computer nog eens repareren.'

'Maar dat hoeft niet... O, ja, graag.'

Ze wilde hem niet laten gaan. Ze kon zich geen leven zonder hem voorstellen. Ze legde haar hoofd tegen zijn borst en vroeg zich af hoe het zou zijn geweest als ze hem nooit had leren kennen, nooit verliefd op hem was geworden.

'Tot dan,' zei hij, toen hij haar eindelijk losliet.

'Tot dan.'

'Tot morgen.'

'Tot morgen.'

Hij sloeg zijn armen weer om haar heen. *'Oíche mhait, coladh sámh.'*

'Jij ook goedenacht en welterusten,' zei ze.

'Sueños dulces.'

Met een glimlach legde ze haar vinger op zijn lippen. 'Ik wist niet dat je Spaans sprak.'

'Ik spreek ook geen Spaans,' reageerde hij. 'Ik heb het van een maat geleerd, en ik was altijd bang dat het iets betekende van: je bent een klojo. Maar ik heb het opgezocht voordat ik naar je toe kwam.'

'Sogni d'oro,' zei ze zacht.

'Droom mooie dromen.' Weer kuste hij haar. 'Je bent heel bijzonder.'

'Jij ook.'

Ze had gehoord dat je je kon voelen alsof je zweefde. Ze zweefde het huis in. En hoewel ze die nacht geen oog had dichtgedaan, was ze helemaal niet moe geweest toen ze de volgende ochtend opstond om naar haar werk te gaan.

Ze had zich wel een beetje schuldig gevoeld dat ze zo gelukkig was terwijl haar moeder zich nog wentelde in verdriet. De tweeling was weer naar hun appartement vertrokken, en Darcey was zich ervan bewust dat ze was teruggekomen naar Ierland om haar moeder te troosten, maar dat ze vanwege Aidan niet vaak thuis was.

'Ik vind het niet erg,' zei Minette op een avond dat Darcey thuisbleef omdat Aidan moest overwerken aangezien er iets mis was met het systeem wat snel verholpen moest worden. 'Je hebt er recht op je eigen leven te leiden, *chérie*.'

'Jawel,' zei Darcey met een lach, 'maar... Nou ja, als dit niet allemaal was gebeurd, zou ik niet naar huis zijn gekomen en dan had ik Aidan niet leren kennen en... Het is zo oneerlijk!'

'Als er nog iets goeds is voortgekomen uit het vreselijke gedrag van je vader, kunnen we daar maar beter dankbaar voor zijn,' reageerde Minette.

'O, mam...'

'Ik kom er al een beetje overheen,' zei Minette. 'Eerlijk gezegd had ik dat niet verwacht.'

'Ik kan het nog steeds niet geloven. Ik dacht dat hij van je hield.'

'Dat dacht ik ook.' Minette trok een gezicht. 'Misschien had ik meer moeite moeten doen. Misschien was ik te zelfgenoegzaam. Misschien ligt het daaraan, dat ik niet voldoende mijn best deed.'

'Onzin!' riep Darcey kwaad uit. 'Is het soms jouw schuld dat hij een lul is? Deed hij moeite? Deed hij zijn best? Jeetjemina, hij is víjftig! Hij heeft een buikje en hij is grijs geworden.'

'Maar toch heeft hij een jonge meid aan de haak geslagen,' merkte Minette somber op.

'Verblind door het feit dat hij zo volwassen leek. Het heeft met macht te maken, het is niet lichamelijk en het zal niet lang duren.'

Minette glimlachte. 'Misschien. Maar ik moet aan lichamelijke dingen gaan denken. Ik ben aangekomen. En ik verf mijn haar wel, maar dat doe ik zelf. Ik zou eens naar de kapper moeten en het goed laten doen. Ik zou meer aan make-up moeten besteden en dat soort dingen. Ik ben negenenveertig, geen negenennegentig.'

'Toch vind ik het fout,' zei Darcey opstandig. 'Waarom zou jij je aldoor aantrekkelijk voor hem moeten maken terwijl hij nooit enige moeite deed er leuk uit te zien? Hij is met je getrouwd, dat zou genoeg moeten zijn.'

'Nu kraam je onzin uit,' zei Minette. 'Toen hij met me trouwde, was ik een slank meisje met bruin haar en een gave huid. Nu ben ik mollig met grijs haar en rimpeltjes.'

'Je bent helemaal niet dik,' beweerde Darcey vol vuur. 'Goed, je bent aangekomen, maar dat hoort erbij. Goh, je hebt drie kinderen gekregen! Je kunt niet verwachten er eeuwig als vijfentwintig uit te zien.'

'Maar ik zie er niet bijzonder goed uit voor mijn leeftijd,' wierp Minette tegen. 'Je zou me nooit dertig schatten.'

'Getsie.' Darcey vertrok haar gezicht. 'Ik wil helemaal niet dat je eruitziet als dertig. Je bent mijn moeder! Je hoort er goed uit te zien voor je leeftijd, maar niet... niet als iemand tegen wie ik het moet opnemen.'

Minette lachte. Het was de eerste keer in al die tijd dat Darcey haar had horen lachen. 'Je hoeft het niet tegen me op te nemen,' zei Minette. 'Maar ik wil iets aan mezelf doen.'

Darcey knikte.

'Ik ga lid worden van de WeightWatchers, en ik ga mijn haar echt goed laten doen. En als je vader me dan ooit nog te zien krijgt, zal hij me niet herkennen,' zei Minette. 'En ik ga ook minderen met de chocola.' Dat kwam er verlangend uit. 'Dus geen warme chocolademelk meer voor het slapengaan.'

'Dat is misschien wel goed voor ons allebei.' Darcey kneep in haar zwembandje. 'Misschien moet ik ook maar ophouden met chocola snoepen.'

'Ga je met me mee naar de WeightWatchers?' vroeg Minette.

'Misschien.' Darcey trok een gezicht. 'Vroeger dacht ik altijd dat afvallen te maken had met je aantrekkelijk maken voor mannen. Daarom was ik fel tegen de WeightWatchers en zo. En dat vind ik eigenlijk nog steeds wel een beetje, als je naar zoiets toe gaat om mannen aan te trekken.'

'Hoezo?' Nieuwsgierig keek Minette haar aan. 'Jij bent naar de kapper geweest, jij hebt allemaal nieuwe kleren gekocht...'

'Jawel, maar dat was omdat de meisjes op mijn werk zeiden dat

dat moest,' zei Darcey. 'Zij denken dat je op die manier aan de man kunt komen. Maar ik deed het voor mezelf.'

'En toch kwam daarna ineens Aidan.'

'Weet ik.' Darcey zuchtte eens diep. 'Ik wil echt niet oppervlakkig overkomen, maar hij viel me op omdat hij er zo geweldig uitziet. Pas later vond ik hem aardig. Dus het zou ook andersom kunnen gaan, toch?'

Minette glimlachte. 'Hij is een lieve jongen,' zei ze tegen haar dochter. 'Maar je bent nog jong. Verlies je hart niet aan hem.'

'Mijn hart is veilig, hoor.' Maar zodra ze dat had gezegd, drong het tot haar door dat ze haar hart al had verloren.

9

De aandelen Ennco werden steeds meer waard, zag Nieve op tv terwijl ze de dag na het congres haar thee dronk. Het had iets onwerkelijks dat zij, Nieve Stapleton, eigenaar was van aandelen die haar miljonair zouden maken. Uiteraard was het met vallen en opstaan gegaan, maar ze had het overleefd. Ze had haar droom verwezenlijkt. De droom van een heel vette bankrekening.

Zodra haar thee op was, ging ze naar haar auto. Nog een paar maanden, dan kon ze de aandelen verkopen en investeren in obligatietrackers en veilige schatkistpromessen, en nog het een en ander in een hedgefund of zo waarmee ze haar inleg kon verdubbelen. En als ze daarmee de mist in ging, was het nog niet heel erg, want ze wilde een gespreide portefeuille waardoor de winsten de verliezen zouden compenseren.

Max Christie had haar geleerd gespreid te beleggen. Max Christie had haar geleerd rijk te worden, een paar maanden nadat hij haar zijn personal assistent had gemaakt.

Natuurlijk wilde ze zijn personal assistent helemaal niet zijn. Dat was niet de baan die ze in gedachten had toen ze haar eisen stelde.

'Ik wil een belangrijke baan,' had ze gezegd.

'Het ís een belangrijke baan,' had hij gezegd. 'Het is een felbegeerde baan. En je voorganger was er beter voor opgeleid.'

'Dat is niet zo moeilijk,' had Nieve gereageerd. 'Ik heb economie gestudeerd, ik beschik niet over een typediploma.'

'Daniel Weston kon uitstekend overweg met een toetsenbord,' zei Max rustig. 'Ik hoop dat jij dat ook leert.'

'Daniel?' Spottend keek ze hem aan. 'Een mannelijke personal assistent? Ik dacht dat het Samantha Brooks was.'

'Samantha is mijn personal organiser,' zei Max. 'Ze houdt mijn agenda bij en overlegt uiteraard met de personal assistent. De personal assistent is voor zakelijke dingen. Daniel staat nu aan het hoofd van een buitenlandse vestiging.'

'O.'

'Ik houd dus woord,' zei Max. 'Ik heb je een belangrijke baan gegeven. Ik verwacht van jou dat je ook woord houdt.'

'Het zou knap stom zijn als ik dat niet deed,' had Nieve gereageerd.

Het was alsof ze in een andere wereld was gestapt. Ze had in Spanje gezien hoe prettig de Christies leefden, maar ze had niet beseft dat ze zo steenrijk waren. En ze had ook niet beseft hoe het was om voor iemand als Max Christie te werken, en voor een dergelijk bedrijf. In de krant had ze gelezen over Liliths verjaardagsfeest, waarvoor Elton John was ingehuurd, maar ze had niet gedacht dat Max een serieuze zakenman was. Ze had gedacht dat hij gewoon geluk had gehad en snel rijk was geworden.

Onderweg naar een bespreking in Amsterdam was ze erachter gekomen dat het allemaal heel anders lag.

De reis ging per privéjet, en ze logeerden in een ongelooflijk duur hotel dicht bij de Dam. In de Daimler op weg naar de bespreking vroeg ze: 'Hoe komt het dat je zo hebt geboft?'

Hij keek op van de documenten die hij aan het doornemen was. 'Het is geen bof, maar zakelijk inzicht. En ik praat niet over koetjes en kalfjes wanneer ik werk.'

Ze knikte en keek uit het raampje naar de smalle straatjes.

'Overnames,' zei hij toen hij na een kwartier de map had dichtgeslagen. 'Ik koop bedrijven op, ontmantel ze en verkoop er gedeelten van.'

'Zoals Richard Gere in *Pretty Woman*?'

'Nee, niet zoals Richard Gere,' antwoordde hij gespannen. 'Ik ga niet met hoertjes naar bed.'

Ze hield haar mond maar. Per slot van rekening was Maria huishoudster. Maria was trouwens meteen vertrokken, de dag nadat Nieve het stel had betrapt, en was in Malaga bij een kennis van Max gaan werken.

'Jij hoeft niets te zeggen,' zei hij toen ze het tweehonderd jaar oude pand in liepen waar het bedrijf was gevestigd dat hij wilde kopen. 'Je hoeft alleen maar aantekeningen te maken en op het juiste moment te knikken.'

Dat aantekeningen maken en knikken had ze goed gedaan. Later die avond, toen ze op bed lag te denken of ze iets moest bestellen van de roomservice of dat Max van haar verwachtte dat ze naar het restaurant beneden zou komen, werd er op de deur geklopt. Het was Max, met een fles champagne en twee glazen.

'De zaak is rond,' zei hij blij. 'Dat gaan we vieren.'

Na de champagne was ze een beetje licht in het hoofd en behoorlijk giechelig. Ze vroeg zich af of hij met haar naar bed wilde en vroeg op de man af wat hij van plan was. Geschokt zei hij dat als ze niet tegen champagne kon, ze die maar nooit meer moest drinken. Hij zei dat hun verhouding puur zakelijk was. En dat als hij er ooit achter kwam dat ze met cliënten of collega's naar bed ging, ze op staande voet zou worden ontslagen. Nieve had graag willen zeggen dat hij met twee maten mat, maar omdat ze haar baan graag wilde houden, deed ze dat maar niet. En ze zei ook niets toen hij haar nog eens inschonk en beweerde dat ze het samen ver konden schoppen.

Natuurlijk bedoelde hij dat zij aantekeningen moest maken en knikken terwijl hij het geld verdiende. Hij was van plan te gaan investeren in nieuwe technologieën. Hij had al aandelen in Amazon en in andere pas opgestarte internetbedrijfjes, maar die zou hij verkopen voordat die markt zou instorten. Zodra de luchtbel dreigde te worden doorgeprikt, moest je maken dat je wegkwam. Een paar jaar later had ze zich dat herinnerd toen haar aandelen in de technologiesector daalden, en ze had ze gauw verkocht. Met winst, maar niet zoveel als ze had gehoopt. Toch gaf het haar een veilig gevoel iets achter de hand te hebben voor als het bedrijf waarvoor ze werkte onverhoopt ineens failliet ging.

Dat ze zich had laten verleiden door de aandelenmarkt deed haar beseffen dat ze niet zoveel van Max Christie had opgestoken als ze had gedacht. Maar dat deed er niet toe, ze waren een goed koppel geweest, ook al had ze niet zoveel ervaring als Daniel Weston. Maar zij had over meer glamour beschikt, en dat was een prettige gedachte.

'Mannen kunnen behoorlijk stom zijn,' had Max ooit gezegd

toen de directeur van een bedrijf erop had gestaan naast haar te zitten tijdens een etentje en haar meer had verteld over zijn bedrijf dan verstandig was. Gewapend met al die informatie had Max een betere deal kunnen krijgen dan hij had verwacht. 'Het lijkt wel of sommigen nooit eerder een vrouw hebben gezien.'

'Er zijn niet genoeg vrouwen die een hoge functie bij Christie's bekleden,' had ze gezegd. 'Allemaal mannelijke directeuren. Geen wonder dat ze gaan kwijlen wanneer er een vrouw de vergaderzaal in loopt.'

'Ik hou niet van zakenvrouwen,' zei Max.

'Ook niet van eentje zoals ik?' vroeg Nieve.

'Dat is iets anders,' antwoordde hij. 'Jij bent mijn personal assistent, geen rivaal.'

Daar had hij gelijk in, en toch stak het haar. Niet dat ze zijn rivaal wilde zijn, maar wel zoiets. Daar wilde ze echter geen moeite voor doen, het moest net zo gaan als in de romannetjes die ze zo graag las, met heldinnen die hele bedrijven erfden en in het bestuur kwamen te zitten. Ze wist ook dat er veel aan het veranderen was in de zakenwereld. Je hoefde geen superzakenman te zijn om veel te verdienen, je hoefde alleen maar op het juiste moment op de juiste plek te zijn. En dat wilde ze. Het ging haar om het geld, niet om plezier in het werk, en als je niet heel veel verdiende, was je stom bezig. Je werkte je niet uit de naad als daar niet iets tegenover stond. Geld, dus.

Niet dat ze niet genoeg verdiende als Max' personal assistant, maar Daniel had aanzienlijk meer verdiend. Toen ze daarachter kwam en Max erop wees, moest hij hard lachen.

'Ik zei toch dat Daniel beter gekwalificeerd was?' zei hij. 'Vergeleken met hem stel jij niks voor.'

'Ik heb economie gestudeerd,' reageerde ze kwaad. 'En ik doe mijn werk toch goed?'

'Jawel, maar je voegt niets toe, zoals hij dat wel deed.'

'Wat maakt dat nou uit?' vroeg ze boos. 'Je weet altijd precies wat je gaat doen. Ik kan je nooit op andere gedachten brengen, en Daniel kon dat vast ook niet.'

'Misschien voeg je weinig toe op het gebied van analyse,' merkte Max op, 'maar soms lijkt het leven hier wel heel erg op het leven thuis. Je zeurt voortdurend aan mijn kop, zoals iedere vrouw.'

'Ik zeur niet,' zei ze. 'Ik maak je op dingen opmerkzaam. Dat doe ik veel vaker dan Weston. Ik wijs je erop dat je veel meer autoriteit uitstraalt in een donker pak met een rode stropdas dan met een blauwe. En ik wijs je erop dat het heel onverstandig is om een bedrijf te kopen dat speelgoed met loodhoudende verf verkoopt. Dat was jou niet opgevallen, maar mij wel. Ik heb je behoed voor een miljardenfout. Dus zeg nou maar niet dat ik niets toevoeg!'

'Miljoenen,' wees hij haar terecht. 'En het zou mij ook wel zijn opgevallen.'

'Miljoenen, miljarden... Ik heb er geen cent van gezien. Mooie manier om je dankbaarheid te betuigen.'

'Jij denkt altijd dat je recht hebt op een aandeel van wat er hier wordt verdiend,' zei Max. 'Jezus, je bent een onervaren meid van begin twintig!'

'Jawel, maar tegenwoordig is de jeugd in opkomst,' reageerde ze. 'Die technologiebedrijven, de internetbedrijven waarin je belegt? Allemaal opgericht door jongeren, jonger zelfs dan ik. Maar allemaal kerels. Is dat het grote verschil?'

'Kerels met talent,' zei hij. 'Dát is het grote verschil.'

'En ik beschik niet over talent?' Nu werd ze echt kwaad.

'Voor een vrouw beschik je over ballen,' zei hij. 'Jammer dat je niet altijd over hersens beschikt.'

'Hufter,' reageerde ze woedend.

Met grote ogen keek hij haar aan. 'Daarvoor moet je me onmiddellijk je excuses aanbieden,' zei hij gespannen.

Bijna had ze gezegd dat hij kon opzouten. In plaats daarvan bood ze haar excuses aan.

Later die avond, toen hij een bespreking had met een vastgoedmagnaat, zat ze in haar werkkamer te overpeinzen wat ze kon doen om haar rol als personal assistent uit te bouwen. Ze wilde niet toegeven dat Daniel Weston beter was geweest dan zij omdat hij MBA achter zijn naam mocht zetten. Zoiets kon zij ook bereiken, maar daar zou ze hard voor moeten werken. Bovendien betwijfelde ze of het wel zin had, want met ervaring en gezond verstand kon je ook een heel eind komen.

Ze ging over de derde verdieping drentelen. Er waren nog een hoop mensen aan het werk, ze lazen dossiers door, analyseerden en waren bezig presentaties voor te bereiden. Misschien moet ik ook zoiets doen, dacht ze. Misschien moet ik niet steeds aan geld denken, maar harder gaan werken. Eigenlijk hou ik wel van aanpakken, dat was ik een beetje vergeten.

Ze liep terug haar werkkamer in en keek naar de stapel dossiers op haar bureau. Die bevatten informatie voor Max, rapporten die hij moest lezen, kostenramingen, van alles en nog wat dat die andere werknemers voor hem bij elkaar hadden gesprokkeld. En zij moest geen medelijden met zichzelf hebben omdat Weston meer had verdiend dan zij, maar iets dóén met die dossiers, de belangrijkste punten eruit lichten zodat Max dat niet hoefde te doen.

Ze sloeg het eerste dossier open. Dat ging over hedgefunds in Zuid-Europa. Ze geeuwde.

Tegen middernacht had ze zich door een stuk of vijf dossiers geworsteld. Tot haar verbazing kon ze ze goed samenvatten en het belangrijkste eruit lichten. Ze was net bezig een mogelijk zwakke plek bij een Zuid-Amerikaans nutsbedrijf toe te lichten toen Max binnenliep.

Verwonderd keek hij haar aan. 'Ben je hier nog?'

'Ik ben aan het werk,' zei ze. 'Je had gelijk, ik moet harder werken.'

Hij trok zijn wenkbrauwen op.

Met een glimlach ging ze verder. 'Je zult zien dat ik meer waard ben dan ik nu verdien.'

Daar moest hij om lachen. 'Hier heb ik iets van de concurrent van die lui met wie ik in bespreking ben over dat project aan de Côte d'Azur. Morgenochtend wil ik daar een samenvatting van op mijn bureau hebben liggen.' Het was een hemelsblauwe brochure.

Nadat ze er even in had gekeken, zei ze: 'Het is in het Frans.'

'Hè?'

'Frans,' verhelderde ze. 'De taal die ze in Frankrijk spreken.'

'Als je niet oppast, snijd je je nog eens aan die scherpe tong van je,' merkte hij op. 'En in het Frans? Is er geen Engelse versie?'

'Nee.' Ze stak hem de brochure toe.

'Shit,' zei hij. 'Ik wilde dat morgenochtend rond hebben.'

'Is het belangrijk?' vroeg Nieve. 'Je gaat morgen toch naar Genève? Ze zullen niet verwachten dat je morgen al met een reactie komt.'

'Ik wil het rond hebben voordat ik vertrek,' zei hij. 'Ze zijn in gesprek met een ander consortium, en ik wil niet betrokken raken bij een strijd om het hoogste bod, maar ik wil ook niet een te laag bod uitbrengen.'

'Dus als ik een Engelse vertaling op je bureau kan leggen voor...' Ze keek in haar agenda. 'Voor zevenen, dan zou het in orde zijn?'

'Als je om deze tijd nog een vertaler denkt te vinden.'

'O, dat lukt me wel,' reageerde ze vol vertrouwen.

Lachend zei hij dat als hij de vertaling voor zevenen had en hij een weldoordacht bod kon uitbrengen, ze een bonus van tien procent van haar salaris kon verwachten.

'Oké,' zei ze. 'Afgesproken.'

Max ging naar huis, en Nieve belde naar Darcey.

Minette nam op. 'Leuk je stem weer eens te horen, *chérie*,' zei ze tegen Nieve. 'Maar Darcey ligt al in bed. Ze moet morgen vroeg op haar werk zijn.'

'Maar dit is echt heel belangrijk,' zei Nieve. 'Mag ik haar alstublieft spreken?'

'Een zaak van leven of dood?' vroeg Minette.

'Nou, dat niet,' gaf Nieve toe. 'Maar ik weet zeker dat Darcey het zal begrijpen.'

Darcey begreep niet echt waarom Nieve wilde dat ze midden in de nacht door de telefoon zes pagina's van een brochure vertaalde, maar Nieve legde uit dat het echt heel belangrijk was voor haar carrière, en dat ze Darcey een beetje van de bonus zou toespelen.

'Ik hoef er niets voor te hebben,' zei Darcey slaperig. 'Ik wil alleen maar slapen, ik ben bekaf.'

'Had je een afspraakje met je nieuwe vriend?' vroeg Nieve plagerig. Het had haar verbaasd toen Darcey belde met dat grote nieuws, maar ze was blij voor haar, al kon ze zich nauwelijks voorstellen dat Darcey hoteldebotel van iemand was.

'Eh... ja,' antwoordde Darcey. Maar ze vertelde Nieve niet dat ze zo doodmoe was van het heerlijke potje vrijen. 'Kan het niet wachten tot morgen?'

'Toe, Darcey,' smeekte Nieve. 'Ik moet het echt nu hebben.'

'Nou, vooruit dan maar.' Darcey deed haar best de slaap te verdrijven. 'Kom maar op.'

Nieve tikte Darceys vertaling simultaan uit op de computer. Ze waren er een uur mee bezig, en af en toe klaagde Darcey dat het allemaal wel heel erg bijzonder saai was. Maar Nieve stond erop dat ze het helemaal afmaakte.

'*Merci beaucoup*,' zei ze toen het eindelijk klaar was. 'Je bent helemaal top.'

'Ja hoor.' Toch was Darcey blij dat ze had kunnen helpen.

Nieve was nog veel blijer. Per koerier liet ze de vertaling naar Max' huis brengen. Twee weken later kreeg ze haar bonus.

10

'Ik moet naar Edinburgh,' zei Anna tegen Darcey tijdens de lunch in een Italiaans restaurantje. Het was een warme dag en de zon scheen naar binnen, waardoor Darcey haar ogen tot spleetjes moest knijpen. 'Ze willen me spreken over de toekomst van human resources in Dublin.'

Ontzet keek Darcey op van haar bord pasta. 'Hoezo?' vroeg ze. 'Er is toch niets mis met de afdeling HR in Dublin?'

'Ik zei het toch?' zei Anna terneergeslagen. 'Ze willen alles samenvoegen. In Edinburgh.'

'Mooi niet!' riep Darcey uit. 'Er zijn veel te grote verschillen tussen de twee bedrijven. Goed, het is een overname en zij zijn nu de baas, maar we houden vast aan onze eigen ethiek.'

Anna lachte zuur. 'Je klinkt als een management consultant. Ethiek! Je weet best dat dat bedrijfskwaakspraak is.'

'Kom op.' Bemoedigend keek Darcey haar aan. 'Kwaakspraak, oké, maar ze hebben ons goed behandeld.'

'Als je bedoelt dat ze zich niet met ons hebben bemoeid: ja. Maar nu willen ze blijkbaar aan de slag. Peter Henson gaat naar New York, en wij krijgen een nieuw iemand voor management development. Neil Lomond blijft nog een paar maanden, maar dat wisten we al. Wie weet wat ze nog meer voor ons in petto hebben.'

'Met wie heb je die bespreking in Edinburgh?' vroeg Darcey.

'Met hun manager HR,' antwoordde Anna. 'Neil gaat mee, en ook die Schot die bij ons rondsluipt. Het enige fijne is dat ik in het vliegtuig een plekje heb naast Lomond.'

'Allemachtig!' Darcey snoof. 'Je beschouwt hem toch niet als potentiële echtgenoot, hè?'

'Je weet maar nooit.' Anna grijnsde breed. 'Kom op, geef maar toe dat jij hem ook een kanjer vindt.' Toen Darcey haar schouders ophaalde, zei Anna: 'Jij ziet zeker meer in mannen van over het water.'

'Hoezo?' vroeg Darcey ontzet.

'Nou, je gaat in Dublin nooit uit met een man, maar ik weet heel goed dat je dat op je reisjes wel doet. Heb je soms een geheime minnaar in Milaan of Barcelona?'

Darcey bloosde diep.

'Zie je wel!' riep Anna triomfantelijk uit.

'Nou ja, af en toe gebeurt er weleens wat,' gaf Darcey toe.

'En waarom ook niet?' zei Anna. 'Als je je in een romantische stad bevindt, waarom dan niet genieten van een beetje romantiek?'

Darcey grijnsde. 'Ik dacht dat iedereen dat wel zou afkeuren...'

'Waarom? Die kerels van InvestorCorp rommelen vast ook. Waarom jij dan niet?'

'Omdat het vrouwen niet alleen om de seks te doen is, denkt men,' antwoordde Darcey rustig.

'En jou is het daar wel om te doen?'

Darcey haalde haar schouders op en trok een gezicht. 'Niet helemaal. Ik bedoel, het is best fijn. Maar ik zou er niet van genieten als ik die mannen niet heel graag mocht.'

'"Die mannen"? Hoeveel zijn het er dan?'

'Eerst vier, en nu nog maar drie.'

'Dat had ik niet achter je gezocht. Je bent me er eentje!'

Niet op haar gemak schoof Darcey op haar stoel heen en weer. 'Het heeft allemaal niets om het lijf.'

'En als je ooit verliefd wordt op een van hen?'

'Dat gebeurt niet.'

'Zeker weten?'

'Heel zeker,' zei Darcey. 'De tijd van verliefd worden ligt ver achter me.'

'Vertel op.'

Darcey schudde haar hoofd. 'Volslagen oninteressant.'

'Heel erg interessant,' weerlegde Anna. 'Toe, we zijn toch vriendinnen? Ik ben nooit bemoeizuchtig geweest, maar... maar jij weet alles van mijn treurige liefdesleven. Vertel nu eens over het jouwe.'

Peinzend keek Darcey Anna aan. Toen haalde ze de verkreukte

uitnodiging voor de bruiloft uit haar tasje. 'Waarschijnlijk zijn mijn problemen op relatiegebied hieraan te wijten,' zei ze.

Verwonderd keek Anna van de uitnodiging naar Darcey. 'Hoe bedoel je?' vroeg ze. 'Ga je er niet naartoe?' Ze boog zich naar Darcey toe. 'Is het een geheim? Heb je iets met de bruidegom gehad en weet zij dat niet?'

'Nee, zo zit het niet in elkaar,' antwoordde Darcey.

'Hoe dan wel?' Vol verwachting keek Anna haar aan. 'Ik weet niet of ik wel verhalen over dat arrogante mens wil horen. Maar misschien wordt het tijd dat je me eens meer over haar vertelt.'

Vroeger had Darcey Nieve niet arrogant gevonden. Goed, door al dat zelfvertrouwen kon ze arrogant overkomen. Nieve was vaak ongeduldig als anderen niet meteen begrepen wat ze zei of wilde. Maar ze was Darceys beste vriendin, en ze bleven vriendinnen toen Darcey terug naar huis was gegaan om Minette gezelschap te houden, en Nieve carrière maakte bij Christie's.

Darcey wist dat zij aan Nieves succes had bijgedragen. Ze had nog meer nachtelijke vertalingen gedaan, ook al vond ze het vervelend dat Nieve altijd belde wanneer ze doodmoe was, maar dat weerhield haar er niet van goede vertalingen af te leveren. En het viel haar ook op dat er twee keer een rekenfout was gemaakt. Nieve zei dat Max erg blij was toen ze hem daar opmerkzaam op maakte.

'Blij dat ik iets voor je kon betekenen,' zei Darcey. 'En mag ik dan nu gaan slapen?'

'Waarom neem je geen andere baan, ergens waar je meer verdient?' vroeg Nieve. 'Ik kan je er eentje bij Max bezorgen...'

'Nieve, het is bijna middernacht en je bent nog aan het werk. Wie wil nou zo'n baan?'

'Ik word er goed voor betaald,' antwoordde Nieve.

'In het leven draait niet alles om geld,' reageerde Darcey geërgerd. 'In een callcenter zeker?'

Darcey zei maar niets. Eigenlijk was ze het wel met Nieve eens. Het werk bij Car Crew was behoorlijk saai, steeds hetzelfde. Maar daar stond veel tegenover. Zoals Aidan Clarke.

Het lag er niet alleen aan dat ze helemaal smoor op Aidan was.

Bij Aidan was ze iemand anders. Bij hem was ze een Darcey McGonigle die lachte om alles, ook om zichzelf. Ze was een Darcey McGonigle die hem haar diepste gedachten toevertrouwde en niets voor hem verborgen hield. Hij wist dat ze het vervelend vond als intellectueeltje te worden beschouwd, maar dat ze het stiekem wel fijn vond om slimmer te zijn dan anderen. Hij wist dat ze de pest had aan haar krullende haar, maar dat ze ook een hekel had aan vrouwen die aldoor maar voor de spiegel stonden om zich mooi te maken. Hij wist dat ze zich als kind buitengesloten had gevoeld omdat Tish en Amelie elkaar zo na stonden, en dat ze intiemer was met Nieve dan met haar zusjes. Hij wist dat Nieve de enige andere persoon was met wie Darcey vertrouwelijk omging. Over Nieve wist hij bijna net zoveel als over Darcey, en hij vond het wel grappig om zoveel te weten over een meisje dat hij helemaal niet kende, al leek ze hem erg veeleisend. Bij Aidan kon Darcey zich echt ontspannen. Wanneer ze bij hem was, voelde ze zich pas compleet. Voordat ze Aidan had leren kennen, telde alleen het heel veel weten over van alles en nog wat. Mensen vond ze minder belangrijk. Maar dat was veranderd, ze was mensen belangrijker gaan vinden dan feitjes. En van alle mensen was Aidan de belangrijkste.

Wanneer ze alleen was, maakte ze zich zorgen dat zij meer van hem hield dan hij van haar. Ze had ooit gelezen dat er in een verhouding altijd iemand was die liefhad en eentje die zich liet liefhebben. Ze hoopte dat Aidan zich niet alleen liet liefhebben. Ze hoopte dat hij hetzelfde voelde voor haar als zij voor hem.

Wanneer ze bij hem was, twijfelde ze niet. Hij kon nauwelijks zijn handen van haar afhouden, en ze schaamde zich niet voor haar iets te mollige buikje en billen. Toch was het niet alleen de seks. Er was meer. Hij was er trots op dat ze zoveel wist. Darcey vond Aidan de beste vriend van de hele wereld, en ze vroeg zich af hoe ze ooit zonder hem had gekund. En toch maakte ze zich zorgen dat ze meer van hem hield dan hij van haar. Op de avonden dat ze niet met hem had afgesproken, bleef ze thuis. Met Minette keek ze dan tv, of ze bleef alleen wanneer Minette naar een cursus ging, waar ze meteen mensen leerde kennen. Dat waren de avonden dat Aidan naar de fitness ging, of met maten naar een café. Hij zat bijna nooit alleen thuis. Ze vond het vervelend dat hij socialer was dan zij, maar ook al was ze een stuk socialer geworden bij Car Crew, ze was nu eenmaal een beetje op zichzelf.

En toen vertelde Emma Jones dat ze heel zeker wist dat Aidan echt heel veel van Darcey hield. Emma kende Conor, een huisgenoot van Aidan, en Conor had Emma verteld dat Aidan erover dacht Darcey ten huwelijk te vragen. Emma had moeten zweren het geheim te houden, dus had ze het meteen doorverteld aan Darcey. Volgens Conor was Aidan smoorverliefd op Darcey, en ging hij alleen maar op woensdag en vrijdag iets met zijn vrienden doen om het maar niet te laten merken. Maar Aidan had gezegd dat hij er vrijwel zeker van was dat Darcey de Ware was, en dat hij het een prettige gedachte vond zijn verdere leven met haar te delen.

Darcey was bijna flauwgevallen toen ze dat hoorde. Voordat ze Aidan had leren kennen, had ze er eigenlijk nooit over gedacht te trouwen. Ze meende dat ze het soort meisje was met wie mannen niet echt in het huwelijksbootje willen stappen. Ze vleide hen niet. Ze was niet echt mooi, ook niet als ze haar best deed. En ook al kon ze goed zoenen en werd ze steeds beter in bed, toch was ze niet het soort vrouw waarvoor mannen vallen. Daar was ze zich terdege van bewust.

Toch wilde Aidan met haar trouwen. Het was het spannendste wat ze ooit had meegemaakt, spannender nog dan slagen voor het eindexamen en haar foto in de krant zien staan omdat ze het het best had gedaan van alle eindexamenkandidaten, spannender dan afstuderen in de economie. Ze had die studie gekozen omdat Nieve dat wilde doen, en omdat haar vader had gezegd dat ze daar meer aan zou hebben dan aan alleen wiskunde. Eigenlijk vond ze dat het opwindender moest zijn om af te studeren dan ten huwelijk te worden gevraagd, maar het was heel natuurlijk dat je graag wilde dat iemand van je hield. Daar was je niks minder om, dat je verliefd was geworden op iemand die ook verliefd was op jou. Het enige wat haar dwars zat, was dat hij het wel een prettige gedachte vond zijn verdere leven met haar te delen. Ze zou het fijner hebben gevonden als hij dat een geweldige gedachte vond.

Emma dacht dat Aidan haar op zijn verjaardag een aanzoek wilde doen. Emma dacht dat hij al een ring had uitgekozen, maar dat wist ze niet zeker. Dat van die ring verbaasde Darcey, want ze dacht niet dat Aidan zoiets zou uitkiezen zonder haar. Maar het was een heel romantische gedachte dat hij dat had gedaan.

Ze moest steeds aan Aidans verjaardag denken. Hem kennende zou hij waarschijnlijk willen gaan eten in een duur restaurant en haar daar die ring geven. Echt iets voor hem. Maar eigenlijk zou ze de ring liever ergens krijgen waar ze alleen waren. Dat leek haar een stuk intiemer. Het moest iets van hen beidjes zijn, dat moment.

Toen Minette vertelde dat ze rond die tijd een paar dagen naar Belfast ging om bij Nerys te logeren, besloot Darcey Aidan bij haar thuis uit te nodigen voor een intiem verjaardagsdinertje dat ze helemaal zelf zou verzorgen.

Ze hoopte dat het sexy zou zijn om voor hem te koken. Ze vroeg zich wel af of het verstandig was hem de producten van haar kookkunst voor te schotelen voordat hij haar had gevraagd, want ze wilde hem niet afschrikken. Gelukkig ging zijn liefde niet door de maag. Ze vroeg zich echter vaak af hoe het toch kon dat de dochter van een ware keukenprinses die moeiteloos de heerlijkste gerechten op tafel wist te toveren, zelf niet veel verder kwam dan aangebrande blikgroenten. Omdat Aidan, Conor en Pat ook niet veel voorstelden in de keuken, hoopte ze dat Aidan haar een geweldige kok zou vinden.

Ze was van plan iets lekkers voor hem te koken en hem de gelegenheid te geven zijn huwelijksaanzoek in een intieme omgeving te doen. Zodra zij ja zou hebben gezegd, konden ze met elkaar naar bed gaan zonder bang te hoeven zijn gestoord te worden door Conor of Pat.

Het verbaasde Darcey dat ze het allemaal zo opwindend vond. Ze belde Nieve om te vragen hoe je het best kon ingaan op een huwelijksaanzoek, maar werd voortdurend doorverbonden met de voicemail, en ze vond dit niet iets om in te spreken. De hele week probeerde ze recepten uit, en tot diep in de nacht schreef ze 'Darcey Clarke' in een notitieboekje. Uiteraard verscheurde ze daarna de bewuste bladzijden, want misschien bracht het ongeluk om zo op de zaken vooruit te lopen.

Terwijl ze in Minettes recepten neusde, en zich zorgen maakte dat hij zijn aanzoek al zou doen voor de avond vol lekker eten en vrijen, hoopte ze dat ze iets geweldigs zou vinden om de man die haar echtgenoot zou worden als eerste maaltijd voor te zetten. Was het eigenlijk niet erg onfeministisch om heel moederlijk voor hem te koken? Och, als je daarna met hem naar bed ging, zou de *Cosmo* het toch wel goedkeuren? Als ze eenmaal verloofd waren, zou ze evenveel aandacht besteden aan het bereiden van maaltijden als aan haar carrière, net zoals de vrouwen op wie ze soms zo jaloers was.

Minettes recepten kwamen overal vandaan; uit kookboeken, kranten en tijdschriften, en ze veranderde er meestal zelf iets aan. Darcey was op zoek naar iets makkelijks, iets waarvan ze niet zenuwachtig zou worden, en waarvan je niet vies werd tijdens het bereiden.

Het was lastig een geschikt voorgerecht te vinden. Misschien zou het sowieso makkelijker zijn iets kant-en-klaars te kopen en te doen alsof ze het zelf had gekookt. Maar dan zou ze het opgeven, en dat was niets voor haar. Dus besloot ze te gaan voor een voorgerecht van eend met cranberry.

Het hoofdgerecht zou bestaan uit kalfsvlees met parmaham. Dat had Nieve in Spanje vaak gemaakt, en ze had toen gezegd dat dit gerecht onmogelijk kon mislukken. Nieve was een goede kok en had als kind veel opgestoken van Minette. Dit recept had Nieve gekregen van Maria, de huishoudster van de Christies, en het was verrukkelijk. Aidan zou ervan smullen, en als het niet helemaal gelukt was, zou hij dat nauwelijks merken.

Voor de sfeer later op de avond had ze geurkaarsen gekocht. En ook een flesje massageolie. Darcey hoopte dat ze na die avond eindelijk de hokjes kon aanvinken bij zo'n quiz in een tijdschrift, bij de vraag of je weleens meerdere orgasmen achter elkaar had ervaren. Ze dacht dat alleen die verlovingsring daarvoor eigenlijk al voldoende zou zijn.

Misschien was ze in het voordeel omdat ze op de hoogte was van Aidans plannen. Dat was niet helemaal eerlijk, maar juist daardoor kon ze hier een onvergetelijke avond van maken. Het zou allemaal volmaakt worden. Ze zag er reikhalzend naar uit.

11

Jaren later zag Darcey Nigella Lawson op tv en besefte dat ze op zo'n manier voor Aidan had willen koken. Heel vrouwelijk en ongelooflijk sexy. Uiteraard was Nigella mooi en een veel betere kok, maar ze deed precies wat Darcey had willen doen.

Op Aidans verjaardag maakte Darcey zich echter geen zorgen om haar kookkunsten. Ze was ervan overtuigd dat ze iets eetbaars in elkaar kon flansen, al zou het er misschien niet zo mooi uitzien als op de foto. Ze begon ruim van tevoren, zodat ze in haar haast niets zou verprutsen. Het was een troostrijke gedachte dat tijdens hun eerste maaltijd samen, toen er tomatensaus op haar kin had gezeten, hij die heel romantisch met zijn vinger had weggehaald.

Tegen zessen dacht ze tevreden dat ze toch wel op haar moeder leek. Doen wat er in een recept stond, was net zoiets als een wiskundig probleem oplossen: stapje voor stapje. Goed, ze had de vijzel laten vallen zodat er scherven en kruiden op de keukenvloer hadden gelegen, maar dat had ze opgelost door de boel op te vegen en het eendenvlees gewoon maar met kruiden te bestrooien. Toen dat eenmaal veilig in de oven stond, nam ze een warm bad met een hele scheut van die heerlijk geurende olie die ze had meegenomen uit Marbella. Alles liep op rolletjes. Het zou een geweldige avond worden. Loom mompelde ze voortdurend voor zich uit: 'Darcey Clarke.'

Toen de bel ging, sprong ze uit bad en trok haastig haar badjas aan, waarbij ze uitgleed op de natte en gladde vloer. Ze klampte zich vast aan het handdoekenrekje dat haar vader twintig jaar geleden had opgehangen, en dat niet voor zulke dingen was bedoeld. Het schoot uit de muur, waardoor Darcey alsnog op de vloer belandde. Tot overmaat van ramp had ze op haar tong gebeten en was er een tand door haar lip gegaan. De tranen sprongen in haar ogen.

Weer ging de bel.

'Ja, ja, ik kom al,' mopperde ze terwijl ze overeind krabbelde. Ze voelde haar lip opzwellen.

En weer ging de bel.

'Aidan?' vroeg ze verbaasd.

'Jezus, Darcey!' Hij zette grote ogen op. 'Wat is er met jou gebeurd?'

Ze keek in de spiegel naast de voordeur. Haar lippen waren opgezwollen tot twee keer hun oorspronkelijke formaat. 'Tand door mijn lip,' zei ze.

'Ziet er pijnlijk uit.' Hij stak zijn hand uit, maar ze trok haar hoofd weg.

'Och, het gaat wel over,' zei ze. 'Maar nu doet het nog behoorlijk pijn. En ik heb ook op mijn tong gebeten.'

'Wat deed je dan?'

'Ik stapte uit bad.'

'Shit, dan is het mijn schuld, hè? Ik ben te vroeg. Maar de anderen keken naar het voetbal op tv, en daar maal ik niet om. Dus dacht ik: ik ga alvast naar Darcey.' Lachend zoende hij haar op haar wang.

'Jij kon er niets aan doen.' Ze bood hem haar andere wang aan. 'Ik lette niet goed op, en je weet hoe onhandig ik kan zijn.'

'Valt best mee. Sorry dat ik je uit bad haalde.' Hij stapte de gang in en snoof. 'Wat ruikt het hier lekker!'

Ze keek in de richting van de keuken. 'Ik ben voor je aan het koken.'

'Ja, je had gezegd dat je dat zou doen, maar ik dacht dat we een tosti zouden eten, of misschien iets van de afhaalchinees.' Met zijn armen om haar heen liepen ze de keuken in. 'Ben je al druk bezig? Zoveel moeite hoefde je niet te doen, hoor.'

'Er gaat veel tijd in zitten,' gaf ze toe. 'Maar het gaat allemaal prima.' Toen dacht ze er opeens aan dat de eend nog uit de oven moest worden gehaald, in stukjes moest worden gesneden en moest afkoelen, en dat de cranberrycompote ook nog moest worden gemaakt. Dat was een stressvolle gedachte. Ze had dat allemaal willen doen voordat Aidan zou komen, zodat hij het niet zou merken als ze weer iets stoms deed.

'Het ruikt lekkerder dan iets van de afhaalchinees,' zei hij. 'En jij ook.' Hij trok de badjas van haar schouder. 'Ik kan mijn handen niet van je afhouden, en mijn lippen ook niet.'

'Nou, als je met je lippen maar uit de buurt blijft van de mijne,' reageerde ze.

'Uiteraard,' zei hij. 'Er zijn zat mannen die vallen op vrouwen met opgespoten lippen, maar ik hoor daar niet bij.'

'Dank je,' merkte ze zuur op.

'O, maar er zijn genoeg andere plekjes waar ik je wil kussen.' Hij trok de badjas nog verder naar beneden. 'Opgespoten lippen of niet, je bent erg verleidelijk zo lekker schoon, met blozende wangen en je haar tegen je voorhoofd geplakt.'

'Nee toch?' Ze trok een gezicht. 'Ik moet het nog drogen, anders gaat het kroezen.'

'Met kroes ben ik ook nog dol op je.' Weer kreeg ze een zoen. 'Het liefst zou ik nu meteen met je vrijen.'

'In de keuken?' Het kwam er geschokt uit.

'In films doen ze het ook vaak in de keuken,' zei hij. 'Heel erotisch.'

Eerder die dag had ze zich erotisch gevoeld, maar nu niet meer. Haar lip en haar tong deden echt pijn. 'Ik ben nog niet klaar met koken,' zei ze.

Zijn ogen fonkelden. 'Wie zegt dat je daarmee klaar moet zijn?'

'Niemand. Maar... maar dit is de kéúken. Waar mijn moeder kookt.'

'Nou en?'

'Nou, dan...'

'Vrijen in de keuken is top. In films doen ze het op het aanrecht.'

Plotseling moest ze giechelen. 'Niet dat ik niet wil vrijen, maar dit is de keuken van mijn móéder. Ik krijg er vast een trauma van als...' Weer giechelde ze. 'Nou, vooruit.'

Hij trok haar tegen zich aan. Terwijl ze haar best deed haar pijnlijke lip te negeren, vond ze dat hij gelijk had. Het was fijn met al die heerlijke geuren, ze moest maar niet denken aan Minette die aan deze aanrecht wortels en uien stond te snijden. Maar toen kwam haar voet terecht op een vergeten scherf van de vijzel. Ze gilde het uit. 'Shit!' kreunde ze terwijl ze op één been rondsprong.

'Wat is er?' Verwonderd keek hij naar haar, en toen pas zag hij het bloed dat op de grond drupte. Hij trok wit weg. 'O, Darcey, sorry... Ik kan niet tegen bloed, ik word er helemaal duizelig van.'

Hij zag inderdaad erg bleek. Gauw hielp ze hem naar een stoel, waar ze zijn hoofd tussen zijn knieën duwde.

'Sorry,' mompelde hij. 'Ik voel me echt hartstikke stom.'

'Het geeft niet. Je kunt er niets aan doen. En ik verlies heus geen liters bloed, hoor.' De keukenvloer zag er anders nogal bloederig uit, zag ze. 'Even een pleister erop.'

Toen ze eenmaal een pleister uit de doos had gehaald en die onder haar voet had geplakt, leek de keuken wel het decor van een horrorfilm. 'Klaar!' zei ze tegen Aidan.

'Sorry,' zei hij nogmaals terwijl hij beverig overeind kwam. 'Ik word misselijk van bloed. Daarom ben ik niet geschikt voor contactsporten.'

'Dat geeft toch niet?' zei ze. 'Maar het is geen goed begin van je verjaardagsdiner.' Ze ging op zijn schoot zitten. 'Maar daar valt misschien wel iets aan te doen.' Ze boog zich naar hem toe.

'Ik zou wel willen,' zei hij terwijl hij een arm om haar heen sloeg. 'Maar ik moet nog even bijkomen. Ik weet dat kerels zich niks van bloed en zo horen aan te trekken, maar ik kan er echt niet tegen. De vorige keer dat er bloed bij me werd afgenomen, viel ik flauw. Heel hinderlijk. Alle omaatjes hadden geen centje pijn, en ik ging onderuit. Niet erg macho, hè?'

Ze grinnikte. 'Maakt niet uit, voor mij ben je een echte macho. Ik ga wel even naar boven om mijn haar te drogen en me aan te kleden. Vervolgens ga ik verder met koken, en tegen de tijd dat alles klaar is, ben je vast weer zo fris als een hoentje.'

'Dank je.' Hij glimlachte flauwtjes, en het drong tot haar door dat hij wel heel erg bleek zag.

'Wil je soms een kopje thee?' vroeg ze. 'Dat is toch goed na een grote schrik? Dan is het vast ook goed voor iemand die een ander bijna heeft zien doodbloeden.'

'Hou op!' zei hij. 'Ik kan ook niet tegen grapjes over bloed.'

'Oké.' Ze sprong van zijn schoot af.

'Maar een kop thee zou fijn zijn.'

Ze zette thee en deed extra suiker in zijn kopje tegen de schrik. Hij bleef maar zo witjes.

'Ik voel me echt heel stom,' bekende hij. 'Een slapjanus. Jij was een kei, een rots in de branding, en je had alleen maar een badjas aan. Ik ben diep onder de indruk.'

Blozend drukte ze een zoen op zijn wang. 'Dank je. En dan ga ik nu mijn haar drogen en iets meer aantrekken dan alleen die badjas.'

'Voor mij hoeft dat niet, hoor.' Hij glimlachte weer zo zwakjes.

Toen ze de keuken uit liep, besefte ze dat de avond niet erg goed was begonnen. Nou ja, het kon er alleen maar beter op worden, en hopelijk gauw.

Op de trap zag ze Aidans jasje over de reling hangen. Zou de ring in zijn jaszak zitten? Zou ze durven kijken? Aarzelend bleef ze staan. Als ze zou kijken, was het straks geen verrassing meer. Als er geen ring zou zijn, was hij misschien niet van plan haar een aanzoek te doen. Misschien had Emma Jones een geintje gemaakt. Bij die gedachte werd Darcey knalrood. Maar waarom zou Emma dat doen? Emma en zij waren vriendinnen, waarom zou Emma tegen haar liegen?

Ze móést het weten. Die ring kon natuurlijk ook in zijn broekzak zitten, maar ze kon gewoon niet langs dat jasje lopen zonder even te kijken. Ze klopte op de zakken. Leeg. Meteen voelde ze zich ontzettend teleurgesteld. En toen dacht ze aan de binnenzak. Toen ze haar hand daarin stak, voelde ze iets vierkants. Met trillende vingers haalde ze het uit de binnenzak. Het was een rood doosje.

Ze mocht er niet in kijken, toch? Was er niet iets met ongeluk brengen en verlovingsringen? Ze had geen idee, maar ze wist wel dat ze móést kijken. Stel dat het geen verlovingsring was? Dan zou ze mooi voor gek staan als hij haar het doosje gaf en er bleken alleen maar oorbelletjes in te zitten. Waarom zou hij haar op zíjn verjaardag iets willen geven als hij niet van plan was haar ten huwelijk te vragen?

Vanuit de woonkamer hoorde ze een sportcommentator op tv iets zeggen, en Aidan iets terugzeggen. Ja, ze móést kijken wat er in dat doosje zat. Met ingehouden adem maakte ze het open.

Het was een schitterende ring. Hij wist precies wat ze mooi vond. Het was een dunne, gouden ring met drie diamanten die fonkelend afstaken tegen de zwartfluwelen bekleding. Ze had nog nooit zo'n prachtige ring gezien.

Ze had er een droge mond van gekregen. Mevrouw Clarke. Darcey Clarke. Zo zag de toekomst eruit, en dat was de toekomst die ze wilde. Ze wilde niet dat intellectueeltje zijn voor wie mannen bang waren. Ze wilde geen carrièrevrouw zijn zoals Nieve. Ze wilde mevrouw Clarke zijn en haar hele verdere leven bij Aidan zijn. Nadat ze moeizaam had geslikt, deed ze het doosje weer dicht en stopte het terug in de binnenzak. Vervolgens sloop ze de trap op en de badkamer in.

Het bad stond nog vol lauw water waar een laagje viezig spul op dreef. Dapper trok ze de stop uit het bad en ging op de rand zitten. Ze was dolblij. Hij hield dus toch net zoveel van haar als zij van hem. Ze had niet aan hem moeten twijfelen. Dat deed ze dan ook niet meer. Ze dacht al aan zichzelf als aan mevrouw Clarke, want ze was niet feministisch genoeg om haar eigen achternaam te willen aanhouden. Er leken allerlei nieuwe mogelijkheden voor haar te liggen. Of misschien ook niet. Waar het om draaide, was dat ze de Ware had leren kennen en dat hij ook van haar hield.

Terwijl het badwater gorgelend wegliep, dacht ze bij zichzelf dat ze Nieve had verslagen. Zij zou eerder voor het altaar staan dan Nieve. Uiteraard was het geen wedstrijd geweest wie als eerste haar jawoord zou geven, maar het was toch fijn om de eerste te zijn. Ze kreeg een beetje genoeg van Nieves opschepperij over haar carrière bij Max Christie en de bakken met geld die ze verdiende. Deze keer had Darcey iets om over op te scheppen. Bovendien kon ze Nieve nu eens bewijzen dat er daadwerkelijk belangrijker dingen waren dan geld.

Ze stond op van de rand van het bad en bekeek zichzelf in de spiegel van het badkamerkastje. Haar lip was gezwollen, maar misschien al ietsje minder. Hè, wat was ze soms toch onhandig.

Ze ging naar de slaapkamer, opende de kast en haalde daar het leuke nieuwe jurkje uit dat ze met twintig procent korting had gekocht in een boetiekje. Terwijl ze dat aantrok, dagdroomde ze over een toekomst met Aidan. Misschien zou ze van baan veranderen, hoewel het ook wel leuk was om eeuwig samen voor hetzelfde bedrijf te werken. Maar misschien kon ze interessanter werk vinden, of een opleiding volgen, of een gezin stichten. Ze wist dat hij dol was op kinderen. Vooruit, ze zouden twee kinderen nemen. De jongen zou Wolfgang heten, naar haar Zwitserse grootvader. Maar ze noemden de jongen Wolfie. Een Iers kind kun je niet opzadelen met een naam als Wolfgang, maar Wolfie was jongensachtig en krachtig. Voor het meisje wist ze nog geen naam, maar ze wist wel dat het iets heel vrouwelijks moest zijn. Ze glimlachte. Haar dochter moest volmaakt zijn. Waarschijnlijk wilde iedere moeder dat. Nietsziend keek ze een poosje in de spiegel terwijl ze dacht aan Wolfie die met zijn zusje in de tuin speelde. En toen ging de bel en kwam ze ruw terug in het heden.

Verdomme, dacht ze. Als het Amelie en Tish waren, konden ze meteen oprotten. Ze had echt geen zin in de tweeling die ervoor zou zorgen dat het moment werd uitgesteld waarop Aidan haar zijn eeuwige liefde zou verklaren en haar die schitterende verlovingsring zou geven.

'Laat maar, ik doe wel open,' riep hij beneden.

Even aarzelde ze, toen besloot ze gauw haar haar te drogen en dan naar beneden te gaan om haar zusjes de deur uit te werken. De tweeling mocht Aidan graag en was in staat de hele verdere avond met hem te kletsen. Maar dat mocht niet gebeuren, niet op deze avond!

Ze droogde haar haar niet echt goed, deed gehaast een beetje make-up op en kleedde zich aan. Vervolgens ging ze naar beneden, een beetje mank lopend omdat haar voet nog pijn deed. Ze deed de deur naar de woonkamer open en bleef stokstijf staan. Het waren Tish en Amelie niet, maar wel een heel mooi meisje dat haar lachend aankeek. Sinds wanneer was ze zo glamoureus geworden?

'Nieve!' riep Darcey uit. 'Wat doe jij nou hier?'

'Gastvrij, hoor,' merkte Aidan droog op.

'Wat leuk je te zien!' Darcey omhelsde haar vriendin. 'Het verbaast me alleen. Je had niets gezegd.'

'Voor mij kwam het ook als een verrassing,' zei Nieve. 'Er is iets veranderd, daarom ben ik hier. Ik had je willen bellen, maar toen vond ik het leuker om je te verrassen.' Ze grijnsde breed. 'Alleen had ik niet gedacht dat ik ook voor een verrassing zou komen te staan.'

'Geeft niet.' Darcey was er nog niet helemaal van bijgekomen. 'Ik vind het fijn dat je er bent.'

'Aidan heeft goed voor me gezorgd,' zei Nieve met een ondeugende knipoog. 'Waarom heb je me nooit verteld dat hij zo'n kanjer is?'

Even dacht Darcey dat Aidan bloosde. Maar ze had hem nog nooit zien blozen, dus zou ze het zich wel hebben verbeeld. 'Och, voor vanavond heeft hij zich mooi aangekleed,' zei ze. 'Meestal ziet hij er niet uit.' Ze pakte Aidans hand en kneep erin om hem duidelijk te maken dat ze het niet meende.

'Jij bent ook al zo mooi,' merkte Nieve op. 'In een jurk!'

'En jij ziet er ook geweldig uit,' zei Darcey. 'Je bent veranderd.'

'Ach...' Nieve haalde haar schouders op. 'Ik heb inderdaad iets aan mijn uiterlijk gedaan.'

Een heleboel zul je bedoelen, dacht Darcey. Opeens werd ze jaloers op haar vriendin.

'Een grote verandering,' zei Aidan. 'Ik zei al tegen haar dat ze er een stuk sexyer uitziet dan op die foto die je me hebt laten zien.'

Nieve lachte.

'Ze is inderdaad sterker veranderd dan ik,' gaf Darcey toe. 'Bij mij gaat het zeker moeilijker.'

'Jij ziet er ook schitterend uit,' reageerde Aidan braaf. 'Mooie jurk.'

Darcey wist niet of ze hem moest geloven. Op kantoor droeg ze altijd een rok en een blouse, en thuis een spijkerbroek. Door die twintig procent korting had ze zich laten verleiden tot de aanschaf van dit jurkje met de rode roosjes op het witte lijfje en rok, in de hoop er dan heel lief en romantisch uit te zien wanneer Aidan haar zou vragen. Maar eigenlijk betwijfelde ze of ze wel het type was voor lieve, romantische jurkjes.

Weer lachte Nieve. 'Zoals je ziet, ben ik ook niet zo geschikt voor jurkjes.' Ze gebaarde naar de uiterst strakke spijkerbroek en het vuurrode topje dat ze aanhad, en die haar heel sexy stonden. Darcey vroeg zich af of Nieve misschien zo was veranderd omdat haar ravenzwarte haar nu in losse krullen om haar gezicht viel en niet meer voor haar gezicht. En omdat ze zo superslank was geworden. En omdat ze op laarzen met extreem hoge hakken liep, mooie sieraden droeg en ineens heel lange nagels had die gelakt waren in hetzelfde vuurrood als het topje. Nieve zag eruit als een heel verleidelijke, volwassen vrouw. En Darcey speelde dat ze volwassen was, in een meisjesachtig jurkje.

Nieve haalde een doosje uit haar tasje.

'Wat is dat?' vroeg Darcey.

'Maak maar open.'

Darcey maakte het doosje open. Op een plukje watten lag het kettinkje met het diamantje dat ze in Spanje aan Nieve had geleend. Samen met fonkelende oorknopjes. Verwonderd keek ze op.

'Sorry van je kettinkje,' zei Nieve. 'Je was zo snel weg dat ik het je niet kon teruggeven. En de knopjes zijn om je te bedanken voor al het vertaalwerk.'

'Mooi,' zei Darcey. 'Maar dat was toch niet nodig, ze zijn vast heel duur.'

'Welnee, je hebt ze verdiend! Ik zei toch dat ik je zou bedanken? En ik kan het me prima veroorloven.'

'Echt?'

'Echt,' zei Nieve ongeduldig. 'Doe nou niet zo raar, ik heb ze speciaal voor jou gekocht.'

'Nou, in dat geval: dank je wel.' Darcey haalde het kettinkje uit het doosje en deed het om. Het was fijn het terug te hebben. Af en toe had ze zitten tobben hoe ze dat onderwerp moest aansnijden zonder krengerig over te komen. Ze haalde haar oorringetjes uit haar oren en deed de knopjes in. Ze fonkelden in het licht, en ineens voelde ze zich erg schuldig omdat ze had gedacht dat Nieve haar het kettinkje niet zou teruggeven, en ook omdat ze Nieve vaak had vervloekt als die 's avonds laat weer met een tekst kwam die vertaald moest worden. Nieve had het haar dubbel en dwars terugbetaald, en deze sieraden zouden perfect passen bij de ring in Aidans binnenzak.

'Ben je hier voor een kort bezoekje?' vroeg ze. Eigenlijk hoopte ze dat Nieve niet lang zou blijven. Ze wilde best bijpraten, maar niet deze avond.

'Nee,' antwoordde Nieve.

'O?' nieuwsgierig keek Darcey haar aan.

'Ik werk niet meer voor Max.'

'O Nieve, hoe komt dat? Ik dacht dat je het daar heel erg naar je zin had. Je beklom toch de ladder naar het succes?'

'Jawel, het ging allemaal prima, maar toen was er een bespreking en Max was zo veeleisend en sluisde heel veel werk door naar mij...' Nieve keek steeds kwader. 'En ondertussen waren er ook nog onderhandelingen gaande over een deal in de vastgoedsector... Nou ja, ik wilde aantonen dat ik alles aankon. Ik wist wie er onderzoek had gedaan naar die deal in het vastgoed, dus toen heb ik op een avond een beetje geneusd in zijn computer en zijn werk als het mijne gepresenteerd aan Max.'

Ontzet staarde Darcey haar aan. 'Je hebt andermans werk gepikt!'

'Doe niet zo gek,' reageerde Nieve geërgerd. 'Jerome had dat dossier toch aan mij moeten geven. Ik was hem gewoon een stapje voor. Helaas stond er een fout in de calculatie. Ik had het eerst moeten doornemen met jou, Darcey. Die fout viel Max op, maar dat was niet het probleem. Het probleem was dat Jerome die ochtend in de lift tegen Max had gezegd dat hij werkte aan dat project, en dat er een fout was gemaakt die hij had gecorrigeerd. Toen wist Max dus dat ik erachter zat.'

'Is dat dan zo erg?' Aidan haalde zijn schouders op. 'Zo gaat het er toch overal aan toe in de zakenwereld?'

'O ja,' beaamde Nieve. 'Het is daar ieder voor zich. Maar Max deed er moeilijk over en vroeg of ik wel vaker met andermans veren pronkte. Het vervelende is dat dit de eerste keer was. Maar hij vond nu alles verdacht, en toen zei hij dat hij me zou ontslaan.'

'Hè nee!' Darcey was ontzet.

Nieve grijnsde. 'En toen zei ik dat als hij me de laan uit zou sturen, ik Lilith over Maria zou vertellen. Dat was hij geloof ik vergeten.'

'Lilith en Maria?' vroeg Aidan.

Nieve vertelde over de keer dat ze Max met de huishoudster had betrapt.

Aidan schoot in de lach. 'Geweldig! Hij neukte haar en jij dreigde ermee hem te verneuken.'

'Aidan!' riep Darcey geschokt uit.

'Zulke dingen gebeuren, Darcey,' zei Nieve.

'Dat weet ik ook wel, maar... Nou ja, zulke dingen gebeuren met anderen, je denkt nooit dat het mensen overkomt die je kent. Als ik eraan denk dat jij hem betrapte en hem vervolgens chanteerde... Nou ja, het klinkt allemaal zo triest.'

'Als hij niet zo stom was geweest zijn vrouw te bedriegen, zou er niets zijn gebeurd,' reageerde Nieve. 'Weet je, ik heb me voor hem uit de naad gewerkt, en daarvoor heeft hij me nooit voldoende beloond.'

'De sukkel,' zei Aidan.

'Wat nu?' vroeg Darcey.

'Nu heb ik een poosje vrij totdat ik naar Jugomax California ga,' antwoordde Nieve.

'Jugomax?' Vragend keek Aidan Nieve aan.

'Een nieuw bedrijf in de Verenigde Staten,' legde Nieve uit. 'Een internetbedrijf dat in speelgoed doet. Max denkt dat het geweldig gaat lopen. De details moeten nog worden uitgewerkt, maar ik ga er binnenkort dus naartoe.'

'De volgende sport op de ladder, hè?' zei Darcey.

'Nou ja, dat heb ik toch altijd gewild?'

'Het is niet alleen die baan bij Jugomax, maar ook je uiterlijk, je gedrag.' Darcey besefte dat het jaloers klonk, hoewel er niets was waarom ze Nieve benijdde. Per slot van rekening had zíj een kanjer als vriend, en kreeg zíj straks een schitterende verlovingsring. Dat Nieve er ineens zo goed uitzag, deed er niets toe. Darcey was degene wie het geluk toelachte.

Nieve lachte zacht. 'Je had de andere meisjes bij Christie's moeten zien. Dan zou je pas echt jaloers worden.'

'Toch ben je veranderd,' zei Darcey. 'Vroeger interesseerden kleren je niet. Je zag er zo fatsoenlijk uit met dat steile haar waar ik zo jaloers op was.'

Schouderophalend bekeek Nieve haar vuurrode nagels. 'Max zei dat ik er piekfijn uit moest zien. Dus heb ik mijn haar laten doen en mijn wenkbrauwen laten epileren, en ik ben een beetje afgevallen. En inderdaad werd ik toen eerder serieus genomen tijdens besprekingen.' Ze voegde eraan toe: 'Gek, hè, dat uiterlijk zo'n verschil maakt. Ik deed precies hetzelfde werk, maar met zo'n zakelijk uiterlijk kwam ik geloofwaardig over. Raar maar waar.'

Darcey ging met haar hand door haar krullen. 'Misschien moet ik ook eens een metamorfose doen om carrière te maken bij Car Crew.'

'Maar daar wil je toch geen carrière maken?' merkte Aidan op. 'Je zegt heel vaak dat je het saai werk vindt.' Hij fronste zijn wenkbrauwen. 'Je zei dat je erover dacht iets anders te gaan doen.'

'O ja?' vroeg Nieve.

'Misschien.' Darcey haalde haar schouders op. 'Maar ik krijg vast niet iets in Californië.'

Nieve glimlachte. 'Het is maar hoe je het speelt,' zei ze. 'Je zou ook carrière kunnen maken in de autoverhuur. Hoewel, in de autoverhuur? Maar ik ga zeker carrière maken in Californië.'

'Wauw,' zei Aidan. 'Een vastberaden meid.'

'Dat is ze altijd geweest,' bevestigde Darcey. 'Weet je nog, Nieve, tijdens onze opleiding...'

'Hè bah, geen verhalen over vroeger,' zei Nieve. 'Hoor eens, Darcey, ik kan maar beter gaan. Ik kwam zomaar binnenvallen omdat ik dacht dat je thuis zou zijn met je moeder. Ik had haar graag ook even gezien.' Ze lachte. 'Maar uiteraard vind ik het geweldig om eindelijk te hebben kennisgemaakt met jou, Aidan. Ik belde haar vaak nadat ze net bij jou was geweest, en dan hoorde ik haar bijna spinnen.'

'Nieve!' riep Darcey ontzet uit. Aidan grinnikte alleen maar.

'Nou, dan ga ik maar. Bel je me morgen?' zei Nieve.

'Waarom blijf je niet?' vroeg Aidan. 'Dan kun je mee-eten.'

'O nee, ik wil niet storen...' Vragend keek Nieve Darcey aan.

'Geen probleem,' zei Darcey, maar ze vroeg zich wel af waarom Aidan Nieve had gevraagd te blijven. Hij wilde toch zeker ook met z'n tweetjes zijn zodat hij haar ten huwelijk kon vragen? 'Aidan is jarig, ik kook voor hem.'

'Is dat je verjaardagscadeau?' Nieve schoot in de lach. 'Dat je voor hem kookt? Aidan, weet je wel dat ze de slechtste kok op aarde is?'

'Nou, in de keuken rook het anders verrukkelijk,' zei Aidan. Hij snoof eens en fronste vervolgens zijn wenkbrauwen.

'Shit, de eend! Ik heb vergeten de oven uit te doen!' Darcey rende de woonkamer uit en de keuken in. Ze trok de ovendeur open. In de schaal lag iets onappetijtelijks.

'O jee,' zei Nieve, die achter Darcey aan was gekomen.

'Och, ik ben toch niet zo gek op eend,' zei Aidan, die ook een kijkje kwam nemen.

'O...' Darcey wist niet goed wat ze moest zeggen. 'Nou ja, het was maar het voorafje.'

'En waaruit bestaat de hoofdmaaltijd?' vroeg Nieve.

'Eh... Kalfsvlees met parmaham,' antwoordde Darcey.

'Míjn kalfsvlees met parmaham?' Nieve sperde haar ogen wijd open.

'Ja, jouw recept.'

'Laat mij dan maar koken.' Stralend keek Nieve van de een naar de ander. 'Dan gaan jullie gezellig iets drinken. Weet je wat, het is míjn verjaardagscadeautje voor Aidan, zonder zoveel stress voor Darcey.'

'Ik...' Wat moest Darcey daarop zeggen? Er bestond geen twijfel over dat het eten veel en veel lekkerder zou zijn als Nieve kookte. Maar ze had zelf graag willen koken. Ze had het akelige gevoel dat alle romantiek zou verdwijnen met Nieve erbij.

'Goed idee,' zei Aidan. 'Kom op, Darcey, wij nemen het ervan met een glaasje terwijl Nieve zich uitslooft.'

'Maar...'

'Niks te maren,' onderbrak Nieve haar. 'Tegenwoordig krijg ik nauwelijks nog de kans iets te koken. Het is aldoor maar uit eten of iets laten bezorgen. Ik vind koken fijn.'

'Ja?' vroeg Darcey aarzelend.

'Zeker weten,' zei Nieve. 'Vooruit, de keuken uit, jullie.'

Darcey kon niet weigeren.

Terwijl ze een wijntje dronken, vertelde Darcey over nog meer avonturen die ze met Nieve had beleefd totdat het eten klaar was.

'Heerlijk!' Aidan keek Nieve waarderend aan.

'Ik heb alles van Darceys moeder geleerd,' zei Nieve met een lach naar hem. 'Maar Darcey wilde nooit opletten.'

Schouderophalend zei Darcey: 'Ik was er niet zo in geïnteresseerd.'

'Wat interesseerde je dan wel?' vroeg Aidan. 'Tegenwoordig is het talen en wiskunde. Is er soms iets wat ik nog niet weet?'

'Wat wil je nou nog meer?' Darcey had niet geërgerd willen klinken. Maar ze was geërgerd omdat alles anders was geworden sinds Nieve hier was. Aidan leek door haar betoverd te zijn, hij luisterde aandachtig naar haar en gaf haar veel te veel complimentjes. Bovendien voelde Darcey zich niet meer mooi. Ze voelde zich eerder onbeholpen, een kneusje. Dat effect had Nieve nog niet eerder op haar gehad. Het eten smaakte haar dan ook niet, en dat kwam mede omdat ze zo gefixeerd was op de verlovingsring die ze zou krijgen.

'Ze was geweldig toen we op reis waren,' zei Nieve. 'Ze kon iedereen te woord staan, snapte het plaatselijke geld en loste alle probleempjes in een handomdraai op.'

'Tegenwoordig spreekt toch bijna iedereen Engels?' vroeg Aidan. 'Ik bedoel, op reis heb je geen talenkennis meer nodig.'

'Waar wij waren wel,' reageerde Nieve. 'Ik vond het best om in de steden te blijven, maar Darcey en de anderen wilden graag naar kloosters in de bergen en zo.' Ze lachte naar Darcey. 'Zonder haar zouden we nergens zijn geweest.'

'Ze is een toffe meid,' beaamde Aidan.

Dat klonk behoorlijk neerbuigend. Tersluiks keek Darcey naar Aidan. Wat bezielde hem ineens?

'Wanneer vertrek je naar Californië?' vroeg Aidan aan Nieve.

'Over een paar weken.' Nieve zuchtte diep. 'Zo lang houd ik het hier net uit, hoewel ik nu al gek word van mijn moeder.'

'Je moet haar de kans geven,' zei Darcey.

'Kom nou toch!' Er verschenen rode vlekken op Nieves wangen. 'Je weet toch hoe ze is? Niks is goed genoeg.'

Darcey knikte meelevend. Ze mocht Gail Stapleton graag, maar moest toegeven dat die lastiger was dan Minette. Soms dacht Darcey dat Nieve misschien zo graag carrière wilde maken omdat Gail haar altijd achter de vodden zat om beter te zijn dan Darcey.

'Nou ja, ze heeft niets te klagen,' merkte Nieve opgewekt op. 'Ik ga naar Amerika waar ik een baan krijg met goede vooruitzichten. Ik kom echt niet gauw terug.'

'Zeg dat nou niet! Je zult ons missen, en wij jou.'

'Misschien.' Nieve keek haar met een lach aan. 'Of misschien zeg je je baan bij dat suffe callcenter op en kom je ook naar Amerika.'

'Zo erg is het niet, hoor,' zei Darcey.

'Maar zou het niet veel fijner zijn in Californië?'

'Lijkt mij absoluut geweldig,' zei Aidan.

'Ik dacht dat je niet zoveel had met Amerika,' merkte Darcey op. 'Ik dacht dat je je hart had verloren aan Galway.'

'Jawel,' beaamde Aidan. 'Maar Californië... Altijd mooi weer, Hollywood, Silicon Valley...'

'En siliconentieten.' Darcey gaf hem een por. 'Vergeet het maar!'

Nieve giechelde. 'Misschien laat ik mijn borsten ook wel vergroten als ik er toch ben.'

'Nee!'

'Waarom niet?' Nieve schudde haar hoofd zodat haar haren om haar gezicht vielen. 'Daar doet iedereen het.'

'Maar jij bent niet iedereen,' reageerde Darcey fel. 'Jij bent Nieve Stapleton en die heeft zo'n ingreep niet nodig!'

'Rustig nou maar,' zei Nieve lachend. 'Je laat je altijd zo makkelijk op de kast jagen. Relax.'

'Dat zeg ik ook vaak tegen haar,' zei Aidan.

Darcey keek van de een naar de ander. 'Hou toch op.'

'Arme Darcey.' Nieve knuffelde haar even. 'Je neemt alles veel te zwaar op.'

'En jij te licht.'

De twee meisjes keken elkaar met fonkelende ogen aan. Toen lachte Nieve ineens. 'Zeg Darcey, we gaan toch geen ruzie maken?'

'Natuurlijk niet.' Darcey legde haar mes en vork neer. 'Sorry, maar je ziet er al geweldig uit. Je hebt niets meer nodig.'

'Darcey heeft gelijk,' zei Aidan.

Nieve bloosde. 'Dank je.'

'Hoor eens, ik ga even een paracetamol slikken.' Darcey stond op. 'Ik ben zo terug.'

'Voel je je niet lekker?' vroeg Aidan bezorgd.

'Een beetje hoofdpijn,' biechtte ze op. 'En mijn lip, en mijn voet...'

'Hè?' Vragend keek Nieve naar haar op.

'Lang verhaal,' zei Darcey.

Ze deed haar best niet mank te lopen toen ze naar de keuken ging, maar dat was knap lastig met die pijnlijke voet. Ze schonk een glas vol water en nam een paracetamol. Die hoofdpijn had niets te maken met haar lip of haar voet, maar met de stress van het wachten op het moment dat Nieve zou weggaan zodat eindelijk datgene kon gebeuren waar ze op wachtte. Maar Nieve bleef maar plakken, en Aidan deed ook niet erg zijn best haar de deur uit te werken. Ze wist dat hij daarvoor te beleefd was, en het speet haar dat de gelegenheid zich niet voordeed om zelf tegen Nieve te zeggen dat ze beter een andere keer kon terugkomen. Snapte Nieve dan niet dat Darcey liever alleen was met Aidan?

Toen Darcey even later terugkwam in de woonkamer, zaten Nieve en Aidan te lachen. 'Wat is er zo grappig?' vroeg ze.

'O, niks,' antwoordde Nieve opgewekt. 'We hadden het over de problemen binnen de IT. Daarvan moet ik goed op de hoogte zijn omdat Jugomax een internetbedrijf is.'

Darcey knikte en ging weer zitten. Ze deed haar best ook iets bij te dragen aan het gesprek, maar het was allemaal erg technisch. Ze had niet beseft dat Nieve zo zakelijk was geworden. Ze merkte aan Aidan dat hij onder de indruk was.

Pas na middernacht ging Nieve eindelijk weg. Ze had beloofd gauw eens met Darcey te gaan lunchen om helemaal bij te praten. Darcey reageerde enthousiast. Nieve zou vast veel te vertellen hebben over Californië en zo, maar zíj zou kunnen pronken met die prachtige verlovingsring.

Zodra Nieve weg was, zei Darcey verontschuldigend tegen Aidan: 'Ze is heel leuk, maar soms een beetje overdonderend.'

'Ik vond haar aardig,' zei Aidan. 'Zo energiek en vastberaden. Zelf ben ik niet zo, maar door haar krijg ik ineens zin ook naar Californië te gaan en carrière te maken binnen de IT.'

'Ja, ze kan anderen goed dingen laten doen die ze eigenlijk niet willen,' beaamde Darcey. Ze liep de kamer uit om even later terug te komen met een mooi ingepakt cadeautje. 'Eigenlijk ben je nu niet meer jarig, maar toch hartelijk gefeliciteerd,' zei ze, terwijl ze het hem gaf.

Het was het nieuwste Wolfenstein-spel voor op de computer, iets wat hij heel graag wilde hebben.

'Dank je wel. Lief van je.'

'Je weet dat ik er de pest aan heb omdat het zo bloederig is,' zei ze. 'Gek eigenlijk dat jij het zo leuk vindt terwijl je niet tegen bloed kunt.'

'Ja, maar dit is geen echt bloed,' reageerde hij lachend. 'In het echt durf ik nog niet eens een pistool te láden.'

'Toch ben je mijn held.' Ze kuste hem. Hij kuste haar vanwege haar lip heel voorzichtig terug, en plotseling lagen ze op de bank te vrijen. Na afloop zei hij dat dat het mooiste verjaardagscadeautje was dat hij ooit had gekregen. En toen gingen ze naar boven om nog meer te vrijen. Na afloop, toen hij al was ingeslapen, lag zij nog lang wakker terwijl ze zich afvroeg wanneer hij haar die schitterende verlovingsring met de fonkelende diamantjes zou geven.

12

'Hebben jullie je toen verloofd?' vroeg Anna toen Darcey zweeg. 'Blijkbaar zijn jullie niet getrouwd, maar...'

'Nee, we hebben ons niet verloofd.' Er verscheen een gekwelde uitdrukking op Darceys gezicht. 'Ze zette me voor gek. Ze wist precies waar ze mee bezig was.'

Meelevend keek Anna haar aan. Darcey had nooit iets verteld over de tijd voordat ze bij dit bedrijf was komen werken, maar Anna had wel het een en ander geraden omdat Darcey op haar hoede was voor mannen. Darcey was dus bijna verloofd geweest, maar wel erg lang geleden. Het verbaasde haar dat Darcey er kennelijk nog zo mee zat.

'Die avond kwam de ring niet ter sprake,' vertelde Darcey verder. 'En de dag daarna ook niet. Ik was vroeg opgestaan om stiekem naar beneden te sluipen en te voelen of de ring nog in zijn binnenzak zat. Ik dacht dat ik het misschien had gedroomd van die ring. Maar nee, hij was er nog en hij is niet uit die binnenzak gekomen.'

Ze had niet geweten wat ze moest doen. Als hij die ring bij zich had, moest hij toch van plan zijn geweest haar die te geven. Maar ondanks een paar hints over dat ze eigenlijk nog iets moest hebben dat bij het kettinkje en de oorknopjes met diamantjes paste, had hij alleen maar geglimlacht. En nadat ze hadden ontbeten, zei hij dat hij had afgesproken om met Pat en Conor naar een voetbalwedstrijd te gaan. Vond ze het heel erg als hij nu wegging? Hij zou haar gauw bellen, en anders zag hij haar wel op de werkplek.

Toen wist ze dat alles was misgegaan. Hij had de pest aan voetbal. Dat ze hartstochtelijk met elkaar hadden gevrijd, bracht geen troost. Hij was van plan geweest haar ten huwelijk te vragen, maar was van gedachten veranderd. En dat kwam door Nieve.

Wat had Nieve dan gedaan? Ze had er geweldig uitgezien en een beetje met hem geflirt. En Aidan had met Darcey gevrijd toen Nieve naar huis was gegaan. Dat zou hij niet hebben gedaan als Nieve en hij... Ja, wat? Wat kon er zijn gebeurd tussen haar bijna-verloofde en haar beste vriendin waar ze zelf bij was? Niets. Er was niets gebeurd, ze maakte zich alleen maar druk omdat hij haar die verlovingsring niet had gegeven. Misschien had hij het niet het juiste moment gevonden. Of misschien had hij het niet romantisch gevonden zo vlak na Nieves vertrek. Of misschien was die ring helemaal niet voor haar bestemd. Nee, onzin. Kerels liepen niet rond met verlovingsringen in hun binnenzak als ze niet van plan waren die te geven.

Ze sloot haar ogen en dacht aan die eerste kus met Aidan, onder die plataan. Een kus vol beloften. Sindsdien hadden ze samen een fijne tijd gehad. Er was niets mis, er was niets veranderd. Ondanks dat nare gevoel in haar buik wist ze zeker dat hij zou bellen. Maar het bleef stil, en toen zij hem uiteindelijk belde, werd er niet opgenomen. Ze dacht erover om even bij hem langs te gaan, maar dat leek erg zielig. Ze hadden elkaar wel vaker een paar dagen niet gesproken. Ze maakte van een mug een olifant. Toch?

Ze zag hem pas maandag op het werk. Lachend vertelde hij dat hij een leuke dag had gehad met de 'jongens', en dat het hem speet dat hij niet was langsgekomen, maar dat hij dat niet had gewild na zoveel biertjes. Zij vroeg of hij zin had om die avond naar de bioscoop te gaan, en hij zei dat hij moest overwerken. Maar de toon waarop hij dat zei, bezorgde haar nog meer buikpijn.

Emma Jones belde met de vraag of ze Darcey al mocht feliciteren. Darcey zei maar dat ze nog niet tot een beslissing waren gekomen, waarop Emma floot en zei dat als Darcey Aidan door haar vingers liet glippen, ze stommer was dan Emma had gedacht. Darcey vroeg Emma het er niet meer over te hebben, maar ze wist niet of Emma wel haar mond zou houden. Ze werd al misselijk bij de gedachte dat iedereen bij Car Crew aan het speculeren was over een eventueel huwelijk tussen Aidan en haar. Niemand zou geloven dat Aidan haar had gevraagd en dat zij er nog over moest nadenken.

Die avond belde ze naar het huis van de Stapletons. Gail vertelde dat Nieve de hort op was met vrienden, en Darcey vroeg zich af welke vrienden dat dan wel waren, en waarom Nieve haar niet ook had meegevraagd. Pas de dag daarna wipte Nieve bij haar langs.

'Een kanjer!' zei ze toen Darcey vroeg wat ze van Aidan vond.

'We denken erover om te gaan trouwen,' flapte Darcey eruit.

'Nee!' Nieve zette grote ogen op. 'Hij is top, maar hij past niet bij je.'

'Hoezo niet?'

'Hij wil graag reizen en zo,' antwoordde Nieve. 'Hij wil van alles beleven.'

'Ik ook.'

'Nee, dat wil je niet echt. Jij wilt reizen om eens ergens anders een kruiswoordraadsel op te lossen. Je geeft niks om carrière maken, je bent totaal niet ambitieus.'

'Ik ben veranderd.'

Nieve zei niets.

'Je gelooft me niet.'

'Ik denk alleen maar dat je niet geschikt bent voor het zakenleven,' zei Nieve.

'Waar ben ik dan wel geschikt voor?'

'Dat weet ik niet,' antwoordde Nieve. 'Meestal ben je erg dromerig. Je zou veel meer kunnen bereiken. Je gebruikt maar een fractie van je hersens.'

'Onzin!'

'Hm,' reageerde Nieve.

Het voelde alsof Darcey in een parallel universum leefde. Oppervlakkig gezien was er niets veranderd. Maar er waren krachtige onderstromen waardoor ze besefte dat alles wel degelijk anders was. Aan het eind van de week ging ze met Aidan iets drinken en vroeg hem wat er mis was.

'Mis?' Hij leek niet op zijn gemak.

'Mis.'

'Het heeft niets met jou te maken...' zei hij aarzelend.

'O, shit!' Ze had niet willen huilen, maar de tranen biggelden al over haar wangen. 'Je wilt het uitmaken, hè?'

'Darcey, we zijn allebei nog zo jong. Het was nooit de bedoeling dat het voor eeuwig zou zijn.'

'Je zei dat je van me hield. Je hebt met me gevrijd. Je...'

'Kom op,' zei hij, nu ineens niet meer aarzelend. 'Mensen die met elkaar vrijen, doen dat niet met de bedoeling voor eeuwig aan elkaar vast te zitten.'

'Je zei dat je van me hield,' herhaalde ze verdrietig. 'Ik dacht dat we zouden gaan trouwen.'

'Waarom dacht je dat?'

Ze kon hem niet vertellen dat Emma Jones haar dat had verteld, en dat ze de ring in zijn binnenzak had gezien. Dus zei ze maar niets.

'Het spijt me,' zei hij. 'Ik wil nog heel veel dingen doen voordat ik aan huisje, boompje, beestje begin. Ik kan gewoon niet...'

Toen hij haar met een spijtige uitdrukking op zijn gezicht aan- keek, stortte haar wereld in. Vroeger had het haar geen verdriet gedaan wanneer het uitging, omdat ze zich toch niet echt prettig had gevoeld bij de bewuste man. Maar dit was het ergste wat haar ooit was overkomen. Hoe kwam ze er toch bij dat ze Minette had kunnen opvrolijken nadat Martin de benen had genomen? Hoe had ze kunnen denken dat Minette zich er maar overheen moest zetten? Hoe kon je je over een gebroken hart heen zetten?

'Iedereen dacht dat we zouden trouwen,' zei ze.

'Doe niet zo maf. Waarom zouden ze dat denken?' Maar hij keek er niet op zijn gemak bij.

Meteen wist ze dat Emma het bij het rechte eind had gehad. Die ring in zijn binnenzak was voor haar bedoeld geweest. 'Is het Nieve?' vroeg ze plotseling.

'Natuurlijk niet.' Het klonk niet erg overtuigend.

'Ik geloof je niet.'

'Zij kan er niks aan doen,' zei hij. 'Maar toen ik haar leerde ken- nen, ben ik ineens heel anders naar de dingen gaan kijken.'

'Hoe dan?'

'O, Darcey, is dit nou echt nodig?'

'Ja.'

'Ik kan er ook niets aan doen dat ik de laatste paar dagen veel nadenk over wat ik eigenlijk wil. Je zou er juist blij om moeten zijn. Zo behoed ik je voor een vergissing.'

'Heb je haar nog gesproken?' vroeg Darcey.

Aidan zweeg.

'Rotzak!' Darcey gebruikte niet gauw lelijke woorden, maar deze keer kon ze zich niet inhouden. 'Jij bent een klootzak en zij is een bitch!'

'Dat is allemaal lang geleden gebeurd,' zei Anna terwijl ze een stukje brood in de olijfolie doopte. 'Je bent er nu toch wel overheen?'

Darcey speelde met de uitnodiging. 'Jawel,' zei ze, 'maar het heeft me heel lang dwarsgezeten. Ik had het gevoel dat ik achter mijn rug werd uitgelachen omdat mijn beste vriendin mijn vriend had afgepakt. Ik voelde me verraden door de twee mensen die ik het meest vertrouwde. Ik vond alle mannen hufters en alle vrouwen slettenbakken. Mijn vader had mijn moeder in de steek gelaten. De man met wie ik zou trouwen, had me bedrogen. En mijn beste vriendin maakte mijn geluk kapot.' Ze lachte zuur. 'Nu klinkt het overdreven, maar het verpestte mijn leven. Zie je, ik kon het haar niet vergeven, en hem ook niet. Het leek alsof er geen gerechtigheid meer bestond.'

'Dat van je ouders wist ik niet,' zei Anna. 'Maar...'

'Dat doet er niet toe.' Darcey haalde haar schouders op. 'Uiteraard maken dat soort dingen indruk op je. Ik vond het verschrikkelijk dat mijn vader de benen had genomen en nam me voor zelf een betere kerel te zoeken, maar uiteindelijk zat ik met net zo'n klojo. Ik ging er niet goed mee om. Ze zeggen dat de tijd alle wonden heelt, maar bij mij werd het elke dag erger. Ik moest steeds aan Nieve en Aidan denken. Ik zag voor me dat ze naar Amerika vertrokken, lachend omdat ze mij achterlieten. Die zielige, stomme Darcey die dacht dat ze zou gaan trouwen.' Ze trok een gezicht. 'Ik vond het verschrikkelijk dat ze misschien medelijden met me hadden. Ik had zo de pest aan ze! Nadat ik met Aidan had gesproken, ging ik bij Nieve langs. Ze zei dat het haar speet, maar dat hij nu eenmaal de Ware was. Dat was hij van míj! Ze zei ook dat ik bofte dat Aidan nu iets met haar had, want met mij zou het op een doffe ellende zijn uitgelopen. Ze zei dat ze zijn type beter kende dan ik, en dat hij een sterke vrouw nodig had om het beste in hem naar boven te halen. Wat een lef! Ik bén een sterke vrouw.'

Ze snoof. 'Nou ja, nu wel. Toch is het ironisch, hè? Hij is vanwege haar niet met mij getrouwd, maar ook niet met haar! Terwijl er toch zoveel passie in het spel was...'

'Passie hoeft niet altijd tot een huwelijk te leiden,' zei Anna zacht.

'Weet ik.' Darcey knikte. 'Maar hij was wel degelijk van plan met míj te trouwen. Dus hij heeft niets tegen het huwelijk. Ik vraag me af waarom hij niet met háár is getrouwd...' Weer keek ze naar de uitnodiging.

'Er kunnen allerlei redenen voor zijn,' merkte Anna op. 'Je gaat toch zeker niet naar de bruiloft? Wat heb je daaraan?'

'Om het af te sluiten?' opperde Darcey weifelachtig.

'Ach kom, je hebt je er allang overheen gezet. Toch? Je bent veranderd, want nu leid je een geweldig leven.'

'Jawel, maar... Ik moet er steeds aan terugdenken, aan hoe ik me toen voelde...'

'Darcey...' Het klonk waarschuwend.

'Hoor eens, ik ben heus niet van plan stomme dingen te doen,' zei Darcey. 'Ik denk er alleen zo vaak aan. Daarom denk ik dat het goed voor me zou zijn hen nog eens te zien. Meer niet.'

'Nou, ga dan maar, al vind ik het geen goed idee,' zei Anna. 'Een bruiloft is sowieso al emotioneel, en waarom zou je alles oprakelen?'

Darcey lachte. 'Jawel, maar...' Ze slaakte een diepe zucht. 'Ik ben al heel lang niet meer zo in de war geweest. Door me die uitnodiging te sturen, heeft ze me weer totaal van slag gemaakt.'

'Moet je luisteren,' zei Anna op strenge toon, 'je hebt een goede baan, je woont in een mooi appartement, je hebt in ieder stadje een schatje... Jezus, Darcey, daar zouden veel vrouwen een moord voor doen!'

'Misschien...'

'Bij je werk kun je altijd alles vanuit het perspectief van een ander bekijken, maar in je persoonlijke leven kun je geen afstand nemen,' zei Anna.

'Kennelijk kan ik mijn werk beter aan dan persoonlijke dingen,' reageerde Darcey. 'En dat is knap stom.'

'Kop op, je redt het wel,' zei Anna.

Darcey stopte de uitnodiging terug in haar tasje. 'Uiteraard,' zei ze. 'En jij? Jij moet naar Edinburgh. Overtuig ze maar dat je on-misbaar bent.'

'Ik doe mijn best,' zei Anna. 'Misschien helpt het als ik onder-weg Neil Lomond verleid.'

'Dat meen je niet!'

'Nee. Maar denken dat niemand je werk beter kan doen dan jij, wil ook niet altijd helpen,' zei Anna. 'Vrouwelijke verleidingskun-sten werken misschien beter. Maar ben ik wel verleidelijk?' Ze kneep in haar zwembandje. 'Ik moet echt afvallen, maar er schort iets aan mijn motivatie. Als ik het voor die Lomond doe, gaat het misschien beter.'

'Misschien is hij niet beschikbaar voor verleidingskunsten,' merkte Darcey op. 'Ben je er al achter of hij getrouwd is?'

'Volgens zijn gegevens is hij gescheiden,' antwoordde Anna. 'Aan de ene kant is dat goed, aan de andere juist niet. Niet ge-trouwd zijn is goed, bagage is niet goed. Geen kinderen, dat is goed. Alleen weet ik uiteraard niet of hij op dit moment iemand heeft, maar als dat niet het geval is...'

'Je bent toch niet echt in hem geïnteresseerd, hè?'

'Waarom niet?' zei Anna. 'Hij ziet er goed uit, met die ogen en die lach.'

'Allemachtig!' Darcey legde haar vork neer. 'Zo geweldig is hij nou ook weer niet, hoor!'

'Dat zeg je maar omdat hij je nieuwe baas is,' reageerde Anna. 'Ik ken jou, je vindt het vervelend dat er iemand boven je staat.'

'Onzin!'

'Ja hoor!' Anna lachte. 'Jij bent zeker niet de meest ambitieuze binnen het bedrijf. Zeg maar dat Nieve het helemaal mis had. Toe dan!'

'Ik ben niet ambitieus,' weerlegde Darcey. 'Anders zou ik nu wel een hoge functie hebben. En die heb ik niet.'

'Zie je nou wel!' riep Anna triomfantelijk uit. 'Je hebt er de pest over in dat er iemand boven je staat!'

'Nee, hoor,' zei Darcey geamuseerd. 'Ik zie alleen niet in waarom hij een paar maanden hier moet zijn terwijl hij net zo goed in Edinburgh zou kunnen zitten.'

'Bemoeit hij zich dan met je?' vroeg Anna.

'Niet echt,' antwoordde Darcey. 'Maar hij heeft het over veranderingen aanbrengen in mijn cliëntendossier, wat dat ook moge betekenen. Hij wil rapporten over mijn reisjes, en een businessplan voor volgend jaar. Dus mailde ik het plan dat ik al had opgesteld, en toen mailde hij terug met de boodschap dat er wel meer bij kon. Dus voelde ik me een luiwammes.'

'Dat ben je zeker niet!'

'Weet ik. Maar zo voelde ik me.'

'Als je nog meer werk moest verzetten, zou je helemaal nooit meer thuis zijn.'

'Weet ik.'

'De klojo,' zei Anna.

Darcey keek haar met tot spleetjes geknepen ogen aan. 'Dat meen je niet echt.'

'Nee,' zei Anna met een diepe zucht. 'Ik vind hem nog steeds geweldig.'

'Stom van je.' Darcey pakte haar vork weer op.

'Vertel me eens iets meer over hem, want het is wel duidelijk dat je hem kent.' Anna keek Darcey met een listige blik aan. 'Hij had immers naar je gevraagd?'

Toen Darcey niets zei, knipte Anna in haar vingers. 'Hallo? Iemand thuis?'

Darcey slikte haar hap pasta door en nam een slok water. 'Het is nu niet meer belangrijk.'

'Maar je kende hem dus al.' Anna's ogen fonkelden. 'Je hebt de vraag of hij een oude vlam van je is ontweken, maar ik heb sterk de indruk dat jullie elkaar heel erg goed kennen. En omdat je toch al zoveel hebt opgebiecht, kun je me nu ook best vertellen of hij ook zo'n schatje in een stadje is geweest. Zulke dingen moet ik toch weten als ik hem zelf wil verleiden!'

De zon scheen recht in Darceys ogen, daarom hield ze haar hand erboven. En toen ging haar mobieltje.

'Als je het over de duivel hebt...' zei ze toen ze de verbinding had verbroken. 'Hij heeft de deadline voor die rapporten naar voren gehaald, waarschijnlijk om de grond gelijk te maken met me voordat hij naar Edinburgh gaat.' Ze schoof haar bord weg. 'We kunnen maar beter gaan. Ik vraag wel om de rekening.'

Die middag werkte Darcey aan de rapporten, ook al vond ze dat tijdverspilling. Ze had de pest aan rapporten schrijven. Ze kon goed overweg met spreadsheets en statistische analyses, maar schrijven ging haar niet makkelijk af. Ze wilde echter niet dat Neil een verkeerde indruk van haar werk zou krijgen, dus stopte ze de rapporten vol gegevens. Ze besefte dat Neil dit van haar vroeg om zijn stempel op alles te zetten. Dat deden nieuwe managers vaak; eerst leuk doen met de ondergeschikten en hen dan flink aan het werk zetten om te laten zien wie de baas is. In elk geval maakte ze zich geen zorgen meer over haar baan. Als Neil haar om persoonlijke redenen wilde ontslaan, dan ging hij zijn gang maar.

Ze rekte zich uit. Er werd gezegd dat in zaken persoonlijke dingen geen rol mochten spelen. Dat was onzin, want zakendoen was mensenwerk. En zij had nu een baas met wie ze niet kon opschieten. Gek eigenlijk dat hij aan niemand had verteld wat er zich in het verleden tussen hen had afgespeeld.

Opeens moest ze niezen. Ze haalde een zakdoekje uit haar tasje, en toen viel de uitnodiging eruit. Ze stopte de kaart in haar bureaulade omdat ze die niet als een soort tijdbom voortdurend met zich mee wilde sjouwen.

Er kwam een berichtje binnen op haar computer. Het was van Neil, hij vroeg of ze even bij hem kon komen.

Ze schreef terug of dat nu meteen moest. Het antwoord was bevestigend.

Ze antwoordde dat ze pas over een uur hadden afgesproken en dat ze nog bezig was met die rapporten, en dat als ze nu meteen kwam, ze die misschien niet op tijd zou afkrijgen. Daar kon hij mee leven.

Neils werkkamer was een verdieping hoger. Eerst ging ze even naar het damestoilet, waar ze een beetje blusher opdeed en haar lippen bijwerkte. Vervolgens rende ze de trap op en klopte op de openstaande deur.

'Binnen.'

Toen hij haar met een lach begroette, sloeg haar hart over. Ooit was haar hart altijd sneller gaan kloppen wanneer Neil Lomond naar haar lachte, en waren haar knieën gaan knikken. Maar dat was lang geleden. Ook Aidan Clarke had dat effect op haar gehad.

De twee mannen in mijn leven, dacht ze, van wie ik nooit had gedacht hen ooit nog te zien. De ene beschouwde ik als de Ware, en de ander...

Aidan Clarke. Lang, blond en heel aantrekkelijk. Minette had ooit gezegd dat ze er meer uitzagen als broer en zus dan als geliefden. Neil Lomond, nog langer, maar donker. En ook heel aantrekkelijk. Niemand zou hen voor broer en zus kunnen aanzien.

'Ga zitten,' zei hij. 'Maak het je gemakkelijk.'

Het was onmogelijk om gemakkelijk te zitten op de leren stoel voor Neils bureau. Ze zat zo stil mogelijk terwijl ze om zich heen keek. Er hing een wereldkaart, met gekleurde push-pins die aangaven waar de verschillende vestigingen van InvestorCorp zich bevonden. De blauwe waren voor Global Finance, zag ze meteen, en de gele voor de cliënten van Global Finance. Ja hoor, al die steden waar ze was geweest... Daar had ze een hoop aardige mensen leren kennen, en veel geld binnengehaald voor het bedrijf.

Anna had gelijk gehad toen ze zei dat Darcey goed was in haar werk. Gek dat Darcey zelf altijd het gevoel had dat ze maar wat deed.

'Goed werk,' zei Neil, die haar blik had gevolgd. 'Maar we willen InvestorCorp een paar activiteiten laten overnemen.'

Ze luisterde terwijl hij vertelde dat dit betekende dat haar cliënten zouden worden overgeheveld naar Edinburgh. Hoewel ze niets zei, spookten de gedachten door haar hoofd. Zie je wel, hij wilde haar kwijt. Ze had zich in slaap laten sussen. Het verbaasde haar dat ze zich zo gekwetst voelde. Dit was niet zakelijk, dit was persoonlijk.

'De vestiging in Edinburgh gaat zich meer op Europa richten,' zei hij. 'Die in de Verenigde Staten richt zich op Canada en Latijns-Amerika, en we willen dat Dublin zich richt op de Aziatische markt.'

'Wat een onzin.' Dat flapte ze er zomaar uit. 'Dublin is veel meer op Europa gericht dan Edinburgh. Al jaren gebruiken we dezelfde munteenheid. Dat is gemakkelijk voor onze cliënten. We hebben totaal niets met Azië, het lijkt me beter dat via New York te doen.'

'Precies,' zei Neil. 'Voor jou is Europa te gemakkelijk. Omdat je zoveel talen spreekt, palm je de cliënten gemakkelijk in en zorg je voor veel transacties. Je bent succesvol.'

'Verbazend succesvol, zei je, geloof ik.'

'Je hebt het goed gedaan, hè?'

'Ik werk heel hard.'

'Af en toe kom ik je naam tegen,' zei Neil. 'Ik ben blij dat het zo goed met je gaat. Hoewel het me verbaasde dat je toch weer dit soort werk was gaan doen. Ik dacht dat je in Zuid-Frankrijk druiven wilde telen.'

'Olijven in Toscane,' verbeterde ze. 'En dat was maar een grapje.'

'O. Dus je meende het niet toen je vertelde over je droom van een zorgeloos bestaan in een streek met veel zonneschijn?'

'Een zorgeloos bestaan bestaat niet,' zei ze. 'Olijventelers in Toscane maken zich zorgen over de oogst, en druiventelers in Zuid-Frankrijk ook. Portugese vissers maken zich zorgen om de vangst. Iedereen maakt zich wel ergens zorgen over.'

'En waar maak jij je zorgen over?'

'Over cliënten binnenhalen voor Global Finance,' antwoordde ze meteen. 'Ik bedoel: voor InvestorCorp.'

Hij boog zich over het bureau heen en keek haar peinzend aan. 'Een grote verandering.'

'Niet echt,' zei ze. 'Ik ben volwassen geworden.'

'En dat vind je goed?'

'Het is goed voor het bedrijf,' antwoordde ze vol verve. 'Zonder mij zouden we vorig jaar niet zoveel winst hebben gemaakt. Dan zou Peter Henson niet in zo'n dikke auto hebben kunnen rijden en had hij naar minder dure restaurants gemoeten.'

Hij lachte en verschoof een paar paperassen die op zijn bureau lagen.

'InvestorCorp heeft een klein aantal cliënten in Azië,' zei hij. 'Maar die leveren niet voldoende op. Vanuit de vestiging in de Verenigde Staten werkt het niet. We denken dat jij meer zou kunnen binnenhalen. We beschouwen China als een groeimarkt voor ons.'

'Er is geen enkele Aziatische taal die ik spreek,' zei ze. 'Ook geen Chinees.'

'Het gaat niet om talenkennis, dat weet je ook wel,' zei hij snel. 'Waar het om draait, is dat het prettig zakendoen is met jou.'

'Maar het enige voordeel dat ik heb, is dat ik met de cliënten in hun eigen taal kan spreken,' reageerde ze. 'En in Azië kom je een heel eind met Engels. Daar heb ik niets aan mijn talenkennis.'

'Het gaat niet om je talenkennis,' zei Neil. 'Het gaat om jóú.'

Met grote ogen keek ze hem aan.

'Je komt sympathiek over,' zei hij. 'Mensen vertrouwen je van alles en nog wat toe. Mensen vinden je aardig. Dat is me althans verteld. Bovendien heb je een ontzettend goed geheugen. Je onthoudt elk detail van een voorstel of een deal.'

'Ik kom helemaal niet sympathiek over,' protesteerde ze. 'Bij Global Finance vertrouwt niemand me dingen toe.'

'Dat dacht ik al,' zei hij. 'We hebben het aan iedereen gevraagd. Ze zijn onder de indruk van je omdat je een IQ hebt van honderdvijfenveertig of zoiets.'

'Honderdvierenveertig,' verbeterde ze hem. 'Verbaal redeneren gaat me niet goed af.'

Hij glimlachte. 'Ze hebben groot respect voor je. Ze mogen je graag. En ze vinden dat je altijd eerlijk bent. De reacties vanuit het buitenland zijn heel anders. Daar zijn ze dol op je en vinden ze je helemaal top.'

'Dus je wilt me de cliënten afnemen die me top vinden en ze overdragen aan iemand anders. En daarna wil je me afsturen op een paar arme sloebers in Hongkong die wel iets beters te doen hebben met hun geld.'

'Er zit veel geld in Hongkong,' zei Neil. 'We denken dat het weleens een lucratieve markt zou kunnen worden. Singapore is een commercieel centrum waar we niet zoveel gedaan hebben als zou kunnen. En China biedt goede vooruitzichten. Maar we willen liever dat je begint met Singapore en Tokio.'

'Weet je zeker dat je me niet gewoon weg wilt hebben?'

'Waarom zou ik dat willen?'

'Ik zal me echt niet met je bemoeien,' beloofde ze. 'Als je je daar soms druk over maakt. Die fase ben ik ontgroeid.'

Hij zweeg.

'Ik ben dol op het vasteland van Europa,' ging ze verder. 'Ik vind het niet fijn om alles te moeten overdragen.'

'Dat begrijp ik,' zei hij. 'En wij... Eh, InvestorCorp begrijpt dat ook.'

'Mijn bonus is gebaseerd op wat ik inbreng. Als ik ergens anders aan de slag ga, komt daar vast verandering in.'

'Ik mag je een hoger basissalaris aanbieden ter compensatie van het extra werk dat je zult moeten verrichten om alles van de grond te krijgen,' reageerde hij. Hij krabbelde een bedrag op een papiertje en schoof haar dat toe.

Ze sperde haar ogen wijd open. 'Geld is niet alles,' zei ze.

'Maar zoals je zelf ooit zei: het maakt alles wel makkelijker.'

'Ik heb deze baan niet genomen voor het geld.' Dat was niet helemaal waar. Juist het feit dat ze bij Global Finance het dubbele zou verdienen, had haar over de streep getrokken.

'Waarom dan wel?' Hij leunde achterover en keek haar peinzend aan.

'Het was een uitdaging.'

'Wat afgezaagd om met uitdagingen te komen aanzetten.' Hij grijnsde er breed bij.

Ze glimlachte flauwtjes. 'Zeg eens, jij bent de baas. Ik hoor dat soort dingen te zeggen.'

'Niet tegen mij.'

'Nee?'

'Nee,' zei hij vastbesloten. 'Weet je, ik ben blij dat het zo goed met je gaat, en...' Hij haalde zijn schouders op. 'Ik wil graag met je werken.'

'Wil je dat ik naar Edinburgh ga en ze daar over mijn Europese cliënten vertel?' vroeg ze. 'Zijn al die rapporten daarvoor bedoeld?'

Hij knikte. 'Sorry dat ik je min of meer om de tuin heb geleid. Dat was oorspronkelijk niet mijn bedoeling. We hadden eerst nog niet besloten wat we met die relaties zouden doen. Maar nu vinden we dit de beste optie. Dus wil ik graag dat je iets op papier zet over wat je in Singapore van plan bent. Het zou fijn zijn als je al snel een paar mensen daar spreekt. Kijk wat voor mogelijkheden er zijn. De eerste paar maanden.'

'Ik doe mijn best.' Ze stond op. 'Dat was het?'

'Nog één vraagje.'

'Oké.'

'Heb je al besloten of je naar die bruiloft gaat?'

'Is dat niet een beetje een erg persoonlijke vraag?' Ze fronste haar wenkbrauwen.

'Ga niet,' merkte hij bijna smekend op. 'Niet vlak voor een zakenreisje.'

De frons verdween en ze lachte. 'Het is pas over een hele tijd. Maak je maar geen zorgen dat ik er een potje van maak bij die besprekingen.'

'Ik maak me geen zorgen om de cliënten, maar om jou.'

Ineens kreeg ze een brok in haar keel. 'Ik moet terug naar mijn werkplek,' zei ze snel. 'Maak je maar niet druk, ik zit er niet meer mee. En ik laat het je weten wanneer ik al dat andere op een rijtje heb gezet.'

13

Het was lastiger dan Nieve had gedacht om op afstand een bruiloft te organiseren. Ze had deze Ierse weddingplanner op internet gevonden en haar op het hart gedrukt dat kosten noch moeite mochten worden gespaard. Maar Nieve vond het moeilijk om het regelen uit handen te geven. Een bruiloft in de Verenigde Staten zou makkelijker zijn geweest. Ze vroeg zich dan ook af waarom ze ooit had gedacht dat trouwen in Ierland een goed idee zou zijn.

Om heel eerlijk te zijn wist ze heel goed waarom dat was: ze wilde iedereen de ogen uitsteken.

Voordat het besluit om te gaan trouwen was genomen, had ze er niet over gepeinsd terug te gaan naar Ierland, ook al was het daar nog zo swingend geworden. Nieve vermoedde dat de Ieren ten onrechte dachten dat ze zo cool waren geworden, want wat kon er nou op tegen de steden in de VS? Wanneer Gail en Stephen een enkele keer kwamen, vonden ze het hier geweldig, maar niet zo top als Ierland. Nieve geloofde er niets van.

De weddingplanner was gevestigd in Rathoath, niet in Dublin. Dat had Nieve pas later tot haar schrik beseft, want Rathoath was vast een sloom dorp waar niemand wist hoe een echt luxe bruiloft eruitzag. Haar moeder had haar uitgelachen en gezegd dat dit soort plaatsen juist helemaal in de lift zaten, en waarom had Nieve niet gekozen voor een weddingplanner in Galway?

Nieve vond het merkwaardig dat de enige aan wie ze zich stoorde, haar moeder was. Gail had haar altijd achter de vodden gezeten en geklaagd dat ze niet voldoende haar best deed. Maar uiteindelijk had Nieve carrière gemaakt zonder Gail. Ze had Darcey overtroefd en was iemand geworden die een weddingplanner in de hand neemt voor de mooiste dag van haar leven. Gail mocht zich er zijdelings mee bemoeien, zodat ze kon zien dat haar dochter iemand was die het geld gemakkelijk kon laten rollen. Een dochter die het helemaal had gemaakt.

Ze besefte dat mensen die Aidan en haar hadden gekend, waarschijnlijk dachten dat ze allang waren getrouwd, misschien zelfs gescheiden. Maar trouwen had niet boven aan hun lijstje gestaan toen ze in Californië waren aangekomen.

Nieve had zich meteen gestort op het werk bij Jugomax, waar iedereen dagen maakte van twaalf uur of zelfs langer. Ze had helemaal geen tijd om aan trouwen te denken. En Aidan had ook geen haast. Hij had voorgesteld even naar Las Vegas te gaan om daar snel te trouwen, maar toen had hij een hele fles wijn op, dus nam ze hem niet serieus. Bovendien hadden ze het zelfs voor een reisje naar Las Vegas te druk. Ze had gezegd dat ze ooit wel wilde trouwen, maar niet tussen de eenarmige bandieten. Hun bruiloft moest super-de-luxe zijn, en chic. Ze maakten daar vaak grapjes over, en hij had zich hardop afgevraagd waarom ze zouden willen trouwen als het nu ook prima ging.

Dat was ze met hem eens, maar toch was ze graag eerder met hem in het huwelijksbootje gestapt. Dat zou het min of meer rechtvaardigen dat ze haar beste vriendin was kwijtgeraakt. Daar dacht ze liever niet aan, hoewel ze ervan overtuigd was dat het tussen Darcey en Aidan niet blijvend zou zijn geweest. Dat had ze meteen gezien. Aidan dacht dat hij van Darcey hield, maar waarschijnlijk vond hij haar alleen maar intrigerend omdat ze zo zelfverzekerd en ongeïnteresseerd overkwam. Waarschijnlijk was hij er gauw achter gekomen dat ze dat niet was. Iemand als Nieve paste veel beter bij hem.

Het was alleen jammer dat Darcey er zoveel verdriet van had gehad. Het was nooit Nieves bedoeling geweest haar te kwetsen, maar dat was onvermijdelijk geweest. Ze had gehoopt dat Darcey zou begrijpen dat het voor haar eigen bestwil was, maar Darcey begreep het bepaald niet.

Darcey was langsgekomen om Nieve ermee te confronteren. Op dat moment was Nieve bij Aidan, en Darcey had een scène getrapt en gezegd dat ze wilde wachten tot Nieve thuiskwam. Uiteindelijk had Stephen haar de deur gewezen, en toen was ze op de stoep blijven wachten.

Nieve was zich een ongeluk geschrokken toen Darcey haar ineens aansprak. 'Darcey! Ik schrik me dood!'

'Leuke avond gehad?' vroeg Darcey. 'Met míjn vriend?'

'Kom op, Darcey,' zei Nieve. 'Doe nou niet zo...'

'Wat doe ik dan?'

'Je maakt dat ik me schuldig voel.'

'Jij, schuldgevoelens? Dat ligt niet in jouw aard.'

'Ik vind het echt heel naar voor je,' zei Nieve. 'Ik weet dat hij veel voor je betekende. Maar echt, het was niet mijn opzet. Weet je, ik...'

'Hou toch op,' zei Darcey.

'O, gaan we er als volwassenen over praten?'

'Het is toch niet te geloven dat je me dit aandoet,' zei Darcey. 'Ik heb je altijd geholpen, op school, tijdens onze studie en op je werk. En wat is mijn dank? Dat je mijn vriend van me afpikt.'

'Je moet het in perspectief zetten,' reageerde Nieve. 'Ik heb jou ook geholpen, tijdens onze studie en met vriendjes. Ik heb tegen hen gezegd dat je goed kon zoenen. Het is niet mijn schuld dat het niet klikte.'

'Dus toen heb je maar de vriend afgepikt met wie het wel klikte?'

'Zo ging het helemaal niet,' weerlegde Nieve. 'Echt, ik wist het meteen. En hij was zich er ook van bewust.'

'Hij houdt van me,' zei Darcey.

'Het spijt me,' zei Nieve. 'Maar dat is verleden tijd. Nu horen wij bij elkaar.'

'En er was geen andere man beschikbaar voor je?' vroeg Darcey kwaad.

'Aidan was beschikbaar,' antwoordde Nieve.

'We zouden gaan trouwen!' riep Darcey uit.

'Nee, hoor.'

'Nou en of!'

'Hij wist het nog niet zeker.' Nieve keek Darcey meelevend aan. 'Hij dácht dat hij van je hield, maar was daar niet honderd procent zeker van. En toen leerde hij mij kennen.'

'Ja, hoor.'

'Ik heb niets gedaan,' zei Nieve.

'Loop naar de hel!'

'Toe nou, Darcey.' Nieve had tegenover Darcey nog nooit zo'n smekende toon aangeslagen. 'Luister nou even... Het spijt me dat dit is gebeurd, het was niet de bedoeling. Maar gebeurd is gebeurd. En ik zou het heel erg vinden als ik hierdoor je vriendschap kwijtraak. We kennen elkaar al zo lang!'

'Je kent me helemaal niet,' snauwde Darcey. 'Ik snap niet waarom ik je vriendin ben geweest. En ik wil je ongemeende spijtbetuigingen niet!'

'Maar het spijt me echt!' riep Nieve uit. 'Ik was heus niet van plan hem van je af te pakken, maar we beseften meteen dat er iets heel bijzonders tussen ons was. Hij is degene op wie ik heb gewacht, hij is de Ware.'

'Als je echt een vriendin was geweest, had je het niet zover laten komen,' zei Darcey.

'Als jij echt een vriendin was, zou je er begrip voor hebben. Aidan zou zich niet laten afpakken als er niets mis was geweest.'

Darcey had zo gekwetst gekeken dat het tot Nieve doordrong dat dit geen gewone ruzie was. Dit was iets anders, dit was het einde van een vriendschap. Ze had nooit vermoed dat een man daar de oorzaak van kon zijn.

Later voelde ze zich pas echt rot, toen Gail haar in Amerika belde om te vertellen dat het slecht ging met Darcey, en dat Minette bang was dat ze aan een eetstoornis leed omdat ze dagen achter elkaar niets at en zich dan ineens volpropte. Haar gewicht ging snel op en neer. Nieve was dan ook blij geweest te horen dat Darcey naar Londen was vertrokken, want dat betekende vast dat ze zich eroverheen had gezet. Darcey wist niets van mannen, en Nieve wel. Nieve had meteen geweten dat Aidan en zij voor elkaar bestemd waren. Met Aidan voelde ze zich prettiger, veiliger.

Nieve leefde niet alleen voor haar werk. Ze was een carrière-vrouw met een aantrekkelijke man aan haar zijde. Het was fijn om bijna alles te hebben wat je hartje begeerde. Een huwelijk leek minder belangrijk, want ze woonden immers samen, en bovendien hadden ze geen tijd om een bruiloft te regelen. Aidan had een veeleisende baan, ook bij Jugomax.

'Zodra ik je zag, wist ik dat je heel bijzonder was,' had hij ooit gezegd toen ze op de grond van de IT-ruimte gauw een beker koffie dronken. 'Je straalde positieve energie uit.'

'Ik wist het ook meteen,' reageerde ze. 'Maar dat had niets met positieve energie te maken. Ik had gewoon nog nooit zo'n sexy kerel gezien.'

Hij lachte.

'Echt, hoor,' ging ze verder. 'En ik had al heel wat sexy kerels gezien. Toen Darcey en ik in Spanje waren...' Ze zweeg toen hij zijn wenkbrauwen optrok. 'Maak je geen zorgen, ik hield het netjes,' zei ze. 'Stel je eens voor, als Darcey niet naar huis was gegaan omdat haar vader de benen had genomen, en ze niet die suffe baan had aangenomen, zou ze jou nooit hebben leren kennen. En ik ook niet.'

'Heb je ooit nog iets van haar gehoord?' vroeg Aidan.

'Ik heb gebeld, maar ze hing meteen op.'

'Ze zet zich er wel overheen,' zei Aidan niet op zijn gemak. 'Je kunt zoiets niet je hele leven met je meedragen. En jullie zijn hartsvriendinnen.'

'Dat waren we,' reageerde ze. 'Darcey vergeeft niet gauw. Zo heeft ze nog maar nauwelijks contact met haar vader. Ik neem het haar niet kwalijk dat ze boos op me is, maar ze moet de feiten wel onder ogen zien. En daar is ze niet goed in.'

Aidan kon nog nauwelijks geloven dat hij iets met Nieve had en niet met Darcey. In één ogenblik was zijn leven op zijn kop gezet. Zodra hij Nieve op de stoep had zien staan, mooi, gedistingeerd en adembenemend. Toen hij met haar sprak terwijl Darcey boven was, had hij zich als betoverd gevoeld. Nieve maakte gevatte opmerkingen, ze was leuker dan Darcey, ook qua uiterlijk. Ze was mooi, intelligent en trok zich nergens iets van aan.

Ze bleek ook goed te kunnen koken. Onder het eten was hij zo onder de indruk van haar dat hij Darcey onmogelijk de ring kon geven die hij met zoveel zorg had uitgezocht. Bijna had hij de grootste fout van zijn leven gemaakt. Op dat moment had hij niet verwacht een langdurige verhouding met Nieve te krijgen. Ze had hem er alleen maar onbewust aan herinnerd dat er meer was in het leven dan Darcey, en dat hij te jong was om nu al aan huisje, boompje, beestje te beginnen.

Hij was op het nippertje ergens aan ontsnapt, dacht hij. Het lot was hem welgezind geweest.

Nieves vingers vlogen over het toetsenbord terwijl ze een vragenlijst van de weddingplanner invulde. Het kasteel met eigen kapel was geboekt. Er was nooit eerder een bruiloft gehouden, maar de weddingplanner kende de eigenaar. Er waren voldoende kamers voor gasten die wilden overnachten, en er was personeel.

Nieve was erg in haar sas met het kasteel dat ze op internet had bekeken. Het zag er vanbuiten grauw en onverbiddelijk uit, maar alles werd verzacht door de groene weilanden en het gorgelende beekje. De trouwfoto's konden worden opgevrolijkt met schapen op de achtergrond, had de weddingplanner geschreven, maar daar voelde Nieve weinig voor. Ze wilde meer weten over de bloemen en de cateraar, en vooral over wie er zou optreden. Het moest een grote naam zijn. Uiteraard kon ze zich iemand als Beyoncé niet veroorloven, maar er was vast wel iemand anders die ook heel bekend was. Deze bruiloft was om te vieren dat Aidan en zij triomfantelijk terugkeerden naar Ierland, en om Darcey te bewijzen dat het terecht was geweest dat Aidan haar had ingeruild voor Nieve, en dat je er niets aan had om superintelligent te zijn als je daar niets mee deed om vooruit te komen in de wereld.

Darcey had nog niet óp de uitnodiging gereageerd. Ze zou hem toch wel hebben gekregen? Nieve had hem naar het oude adres gestuurd, nadat ze eerst had gecontroleerd of Minette daar nog woonde. Zou Minette hebben geraden van wie hij afkomstig was en hem toen niet hebben doorgestuurd? En als Darcey de uitnodiging wel had gekregen, zou ze dan komen? Nieve vermoedde dat Darcey hen zou willen zien. Darcey zou verrast zijn door de uitnodiging. Maar na tien jaar? Dan zou Darceys woede toch wel gezakt zijn?

Ze had Darcey uitgenodigd om haar te bewijzen dat Aidan en zij een hecht koppel waren. Ze wilde dat Darcey erbij was wanneer ze elkaar het jawoord gaven. Darcey moest weten dat Nieve Aidan niet zomaar had afgepakt. Darcey moest weten dat Nieve de waarheid had verteld toen ze zei dat Aidan de Ware voor haar was. Misschien zou Darcey denken dat Nieve haar een poepie wilde laten ruiken. Maar Darcey zou zich er toch wel overheen hebben gezet? Gail had Nieve verteld dat Darcey de draad weer had opgepakt. Dus kon ze best op de bruiloft komen. Misschien konden ze het goedmaken. Dat zou Nieve graag willen, dat het weer goed was.

Ze had willen uitleggen dat ze meteen die eerste avond voor Aidan was gevallen, dat ze haar best had gedaan hem te vergeten maar hem toch opeens belde bij Car Crew en uitnodigde voor de lunch. Ze had er heel luchtig bij gezegd dat ze de vriend van haar beste vriendin ook weleens bij daglicht wilde keuren. Daar had hij om moeten lachen. Ze hadden afgesproken in een pub, maar toen ze daar waren, had hij bijna meteen voorgesteld naar zijn appartement te gaan.

Nieve had zich nog nooit laten overspoelen door wellust. Maar ze móést Aidan hebben. En dus lag ze even later in zijn onopgemaakte bed terwijl hij de kleren zowat van haar lijf scheurde. Het vrijen was snel en vol passie geweest, en dat vond ze fijn. Ze had gedacht dat Aidan langzaam en sensueel te werk zou gaan, maar ze bleek hem verkeerd te hebben ingeschat.

'Normaal gesproken neem ik er langer de tijd voor,' had hij na afloop gezegd, toen ze in elkaars armen lagen. 'Maar we hadden haast, en ik zal maar bekennen dat ik ook ongeduldig was. Dit heb ik al willen doen sinds ik je voor het eerst zag.'

'Hebben we nog steeds haast?' had Nieve gevraagd terwijl ze haar handen tussen zijn benen liet verdwijnen.

'Nou en of.' Hij had erbij gekreund.

'Kunnen we het niet nog eens heel snel doen?'

Hij was op haar gaan liggen. 'Als je dat wilt.'

'O ja,' had ze hijgend uitgebracht. 'Dat is precies wat ik wil.'

Eindelijk verstuurde ze het mailtje naar de weddingplanner en kon ze haar aandacht weer op haar werk richten. Meestal regelde ze geen persoonlijke dingen onder werktijd, maar de bruiloft was iets groots, en Ennco zou het haar vast niet kwalijk nemen. Even keek ze naar de aandelenkoers. De aandelen Ennco waren de vorige dag een paar cent gezakt, maar dat gold voor bijna alle aandelen. Je moest naar de lange termijn kijken, en wat haar betrof, zat daar een stijgende lijn in. Ze vroeg zich af of ze ook zoveel verdiend zou hebben als Jugomax niet failliet was gegaan. Ook als ze daar directeur zou zijn geworden, zou ze niet zoveel hebben gekregen als nu, met de overname. Iedereen dacht dat acteurs en popsterren veel verdienden, maar het grote geld kreeg je bij financiële instellingen. En dat wist bijna niemand, het grote publiek had er geen flauw benul van hoeveel geld daar werd omgezet. En dat vond ze prima. Pas in Ierland zou ze met geld gaan smijten.

Ze stuurde nog een mailtje, dat er geen gele bloemen moesten zijn omdat geel haar minst favoriete kleur was. Nadat ze het had verstuurd, glimlachte ze. Alles zou helemaal perfect zijn.

14

In het weekend vond Darcey het fijn om voor de tv te hangen. Door de week had ze daar meestal geen tijd voor, maar op zaterdag kon ze zich lekker nestelen op de bank met een afhaalmaaltijd en een dvd.

Ze speelde de dvd nog niet af omdat er een programma was over een gezin dat in Toscane een bouwval had gekocht met de bedoeling die tot een droomhuis te verbouwen. Darcey kende San Pietro, daar was ze met Nieve geweest, en ze herkende de smalle kronkelstraatjes en de huizen met groene luiken, tegen de heuvel aan gebouwd en met uitzicht over de laagvlakte. Wat bezielt dat gezin, vroeg ze zich af terwijl ze keek naar de mensen die nog in een camper woonden en voor de derde dag op rij zaten te wachten op de bouwvakkers die maar niet kwamen opdagen. Waarom laten ze alles achter zich om een nieuw leven op te bouwen in een land waarvan ze de taal niet spreken en de gebruiken niet kennen?

Met Anna Sweeney maakte ze vaak grapjes over een boerderijtje in Toscane, en nu ze de rode daken en de olijfbomen zag, kreeg ze het gevoel dat dit gezin ondernemender was dan zij. Maar zelf had ze toch ook van alles ondernomen? Na de vernedering van Aidan die met Nieve naar Amerika was vertrokken, had ze besloten zelf ook weg te gaan. Ze had de meelevende blikken van haar collega's bij Car Crew niet meer kunnen verdragen. Het leek alsof iedereen in Galway had geweten dat Aidan haar voor Nieve had gedumpt. Het had gevoeld alsof ze had gefaald. Minette had zich grote zorgen om haar gemaakt omdat ze zich dik vrat, en ook Tish en Amelie waren bezorgd.

Darcey had gedacht dat het beter zou zijn als ze wegging. Eerst had ze overwogen terug te gaan naar het vasteland van Europa, maar had toen toch gekozen voor Londen, waar ze het druk zou hebben en er geen tijd zou zijn om te treuren om haar verwoeste leven. Ze had zich op haar werk willen storten, misschien wel zakenvrouw worden zoals Nieve. Maar verder had ze in niets op Nieve willen lijken, o nee! Misschien zou ze ook de energie gaan uitstralen die Aidan bij Nieve zo aantrekkelijk had gevonden.

Het gezin op tv kwam erachter dat ze veel minder tijd hadden dan gedacht om de olijvenoogst binnen te halen, en dus moesten ze 's nachts doorwerken. Darcey duimde voor hen, maar vond ook dat ze zich beter hadden kunnen voorbereiden.

Vaak begonnen mensen zomaar aan iets in de hoop dat het wel zou lukken. Maar zo ging het niet. Naar Londen vluchten was voor haar ook geen oplossing geweest, dat was ook niet gegaan zoals ze had verwacht.

Zodra ze haar eten op had, zette ze het bord in de vaatwasser. In jaren had ze niet meer aan al deze dingen gedacht, en ze vond het niet fijn dat alles weer bovenkwam. Het deed niet meer zoveel pijn, maar het was een verdrietige gedachte dat ze zoveel tijd had verspild aan zich gekwetst voelen en niemand meer vertrouwen.

Op tv waren de olijven eindelijk geoogst en naar de plaatselijke pers gebracht. Het gezin was van plan flessen olijfolie aan toeristen te verkopen. Darcey zag het niet zitten. San Pietro was maar een klein plaatsje en trok weinig toeristen. Maar het gezin meende dat de toeristen zouden komen juist omdat San Pietro zo klein was. Hoewel Darcey steeds meer ging twijfelen aan het succes dat het gezin zou hebben, duimde ze toch voor hen.

Vroeger was ik misschien ook wel zo, dacht ze terwijl ze wijn in een glas schonk. Misschien dacht ik ook wel dat als je iets echt wilt, het ook gaat lukken. Maar zo gaat dat niet. Bij Aidan was het niet zo gegaan, ook al was ze nog zo smoorverliefd op hem geweest. En met Neil Lomond was het ook niet zo gegaan.

Met een spijtige zucht dacht ze aan Neil. Om heel eerlijk te zijn had ze pas weer door die uitnodiging aan Aidan en Nieve moeten denken, na jaren. De grote ramp in haar leven was niet dat Aidan haar had laten zitten. Ze had pas echt gefaald in haar relatie met Neil Lomond. En daar kon ze Nieve niet de schuld van geven.

Een week later kwam Anna terug uit Edinburgh en stuurde Darcey meteen een berichtje waarin ze vroeg of Darcey met haar wilde gaan lunchen.

Darcey stuurde een berichtje terug waarin stond dat ze heel hard werkte aan een businessplan in verband met de overdracht van haar cliënten, en dat ze 's middags een bespreking had met Neil Lomond.

Anna vond dat Darcey best een halfuurtje kon uittrekken voor een broodje.

Dat vond Darcey ook. Toen dat eenmaal was afgesproken, keek ze weer naar het Word-document op het scherm. Waarom stak ze toch zoveel tijd en energie in werk dat iemand anders ging doen? Ze dacht niet dat iemand zich uit de naad werkte om háár te voorzien van gegevens over de Aziatische cliënten. Zij zou blindelings te werk moeten gaan, terwijl haar opvolger enorm gediend zou zijn met alle informatie die ze in dat document verwerkte. Och, dacht ze, ik moet er maar het beste van hopen. Als zij op mij vertrouwen, moet ik maar vertrouwen hebben in hen.

Anna stond al een poos bij de receptie te wachten toen Darcey er eindelijk aankwam, met als excuus dat een Poolse relatie had gebeld net toen ze wilde weggaan.

'Hoe is het met je Pools?' vroeg Anna.

'Niet echt vloeiend, maar ik kan erin bedanken en zo.' Achter Anna aan liep Darcey door de draaideur. 'Wist je dat ze in Singapore vier talen spreken?'

Anna grinnikte. 'Och, die heb jij zo onder de knie.'

'Gelukkig is een ervan gewoon Engels. Ik zie mezelf nog niet vloeiend Maleis en Chinees spreken.'

'Kom op,' reageerde Anna. 'Denk aan de trofee voor Werknemer van het Jaar!'

Darcey lachte. 'Dit is allemaal een complot van jaloerse collega's.' Ze duwde de deur van het Italiaanse tentje open. Het was er druk omdat veel werknemers in het Financial Services Centre vroeg gingen lunchen, maar gelukkig waren er nog twee krukken vrij bij de granieten toog.

'Wat neem jij?' vroeg Anna.

'Een panini met tomaat en mozzarella,' antwoordde Darcey. 'En cappuccino.'

Anna bestelde de broodjes en kwam terug met de koffie.

'En?' vroeg Darcey zodra Anna naast haar was komen zitten. 'Hoe was de reis?'

Anna keek haar stralend aan. 'Geweldig!' zei ze opgelucht. 'Human resources blijven gescheiden, maar ik moet wel verslag uitbrengen aan Edinburgh. Maar de man van HR daar is een schatje, dus ik vind het helemaal niet erg.'

'Fijn,' zei Darcey. 'Zie je wel dat je je geen zorgen had hoeven maken?'

Anna nam een slokje koffie. 'Nou ja, in het ergste geval had ik natuurlijk elders aan de slag gekund, maar ik heb niet zo'n behoefte aan zulke veranderingen in mijn leven.' Ze trok een gezicht. 'Het was al erg genoeg dat ik naar Schotland moest. Mijn moeder zei dat Meryl verschrikkelijk was.'

'Je bent nog nooit een paar dagen weggeweest,' zei Darcey.

'Nee, misschien had ik dat vaker moeten doen,' reageerde Anna. 'Dat kind is door en door verwend.'

'Welnee,' zei Darcey. Op dat moment werden hun broodjes gebracht. 'Ze is hartstikke lief.' Ze pakte haar mes en vork op en sneed een stuk af van de panini.

'Ja...' gaf Anna toe. 'Maar ik weet niet wat Neil Lomond van haar zou vinden.'

Darcey verslikte zich.

'Gaat het?' vroeg Anna.

Darcey knikte en nam gauw een slok koffie. 'Wat is dat over Neil?' vroeg ze.

Anna lachte breed. 'Hij is ontzettend aardig,' zei ze. 'Maar Darcey, wat er tussen hem en mij speelt is voor een groot deel afhankelijk van wat er tussen jou en hem heeft gespeeld.'

Darcey deed er het zwijgen toe.

'Ik heb het hem gevraagd,' zei Anna.

'Wat heb je hem gevraagd?'

'Over jullie...'

'Jemig, Anna!' riep Darcey uit. 'Was dat niet een beetje opdringerig?'

'Nee, hoor,' reageerde Anna effen. 'We zaten te eten en toen kwam dat onderwerp ineens ter sprake.'

Weer verslikte Darcey zich. 'Zomaar ineens?'

'Hij wilde weten hoe het met je ging.'

Darcey kreeg blosjes op haar wangen. 'Daar heeft hij niks mee te maken.'

'Het was een ontspannen gesprek, hoor,' zei Anna. 'In elk geval, op een gegeven moment zei ik dat ik het gevoel had dat jullie elkaar van vroeger kenden. En toen zei hij dat ik jou daar maar naar moest vragen. En dat doe ik nu. Want als ik hem leuk vind, heeft het geen zin daar iets mee te doen als er nog iets onuitgesprokens is tussen jullie.'

'Er is niets onuitgesprokens tussen ons,' beweerde Darcey vastberaden. 'Wat er was, is helemaal afgelopen en voorbij.'

'Dus er was wel iets?'

'Wilde hij je dat niet vertellen?'

Anna wees met haar mes op Darcey. 'Ik kreeg de indruk dat het hem niet helemaal lekker zat, en daarom ging ik er niet verder op door. Kom op, Darcey, vertel!'

'Och...' Darcey schoof de half opgegeten panini over haar bord heen en weer. Ze staarde langs Anna heen naar het fonkelende water van de haven. Het was lang geleden dat ze het erover had gehad. Alleen haar familie wist dat er iets was geweest tussen Neil Lomond en haar. En die dachten dat ze zich eroverheen had gezet. En dat was ook zo. Na Aidan kon ze zich goed over mannen heen zetten. De tweede keer was dat veel sneller gegaan.

Ze had hem in Londen leren kennen.

Ze had geboft dat ze een huis kon delen met drie andere meisjes vlak bij Canary Wharf, met uitzicht op de Theems. Ook had ze genoeg geld om het twee maanden te kunnen uitzingen voordat de paniek zou toeslaan. Twee van haar huisgenoten, Helena en Gill, werkten in de City, en Darcey had gezegd dat ze daar ook een baan hoopte te vinden. Ze had haar ervaring bij Car Crew een beetje opgeblazen om maar als serieuze zakenvrouw te worden beschouwd die een goede huisgenoot zou zijn die de huur op tijd betaalde. Maar de anderen vonden het belangrijker dat ze netjes was en haar deel van het huishoudelijke werk op zich zou nemen.

Ze hadden ook gevraagd of Darcey een vriend had, en die vraag had ze ontkennend beantwoord. Het viel haar zwaar om hardop te zeggen dat ze geen vriend had, terwijl ze ooit had verwacht ten huwelijk te worden gevraagd. Iedereen zei dan wel dat de tijd alle wonden heelt, maar elke keer dat ze aan Aidan dacht, leek het alsof er een mes werd omgedraaid in haar hart.

Zodra de huisvesting was geregeld, ging ze naar een uitzendbureau. Ze zei dat ze iets zocht bij een financial, want als Nieve daar carrière kon maken, kon zij dat ook.

'Ik kan vanmiddag een gesprek regelen bij een internationaal opererende bank,' zei de intercedente.

Toen ze iets meer over die bank vertelde, sloeg de angst Darcey om het hart omdat ze niets begreep van de termen waarmee de intercedente strooide. Bij de bank zouden ze er gauw genoeg achter komen dat ze niets van financiële instellingen wist. Ze was dus toch geen Nieve Stapleton.

'Ik kan vanmiddag niet,' flapte ze eruit. 'Ik kan pas over een paar weken.'

'Maar je zei...'

'Weet ik,' zei Darcey. 'Sorry, maar ik moet eerst het een en ander regelen. Ik bel wel wanneer ik echt beschikbaar ben.' Gauw stond ze op en beende het kantoor uit.

Het leek wel of ze uit haar lichaam was getreden toen ze over straat liep. Ze zag er net zo uit als de bankmedewerkers die daar liepen, want ze had zich gekleed op het gesprek, in een marineblauw pakje, en een heleboel spul in haar haar om het in de plooi te houden. Ze zag er echt uit alsof ze al bij een bank werkte. Maar ze werd al misselijk bij de gedachte een zakenvrouw te moeten zijn. Ze kon het niet. Ze had haar kans op een goede baan meteen al verspeeld. Zie je wel? Ze was iemand als Aidan niet waard.

Ineens kwam ze terug in haar lichaam. Ze had honger. Razende honger. Waarom was zij niet zo iemand die niet kon eten als ze van slag was? Waarom at ze juist enorme hoeveelheden als ze last had van stress? Door de stress droeg ze nu een pakje in een grotere maat.

Bij een broodjeszaak stapte ze naar binnen en kocht een lekker vers broodje. Meteen voelde ze zich een stuk beter. En toen zag ze dat er een medewerker werd gevraagd.

Ik kan toch niet in een broodjeszaak gaan werken, dacht ze. Ik ben hier voor een goede baan, niet om broodjes te smeren.

Maar het was een lekker broodje, met gekruide kip, light mayonaise en sla. Ze likte haar vingers af en vroeg de bedrijfsleider te spreken.

Achterdochtig keek Barry Barnes haar aan. Meestal waren er studenten werkzaam in de zaak, en Darcey zag er niet uit als een student, en ook niet als actrice zonder werk, of als wannabe zangeres. Hij vroeg zich af of ze wel geschikt zou zijn. Maar toen lachte ze naar hem en zei dat de dragon de smaak van het broodje kip zo bijzonder had gemaakt. Het verbaasde hem dat ze wist dat dragon een van de ingrediënten was, en het viel hem op dat ze een innemende lach had en dat ze was gaan stralen. Dus nam hij haar in dienst, eigenlijk tegen beter weten in.

Hoewel ze wist dat ze met dit baantje haar aandeel van de huur niet zou kunnen betalen en helemaal niet in een broodjeszaak wilde werken, zei ze dat ze meteen de volgende dag kon beginnen.

Eigenlijk vond ze haar werk in de broodjeszaak erg prettig. Het was verrassend bevredigend om iets met je handen te doen, de klanten te leren kennen en niets mee naar huis te hoeven nemen. Na twee weken wist ze precies wie er ham en kaas op volkorenbrood wilde, of wie chicken tikka bestelde, en dan was er nog het meisje dat elke dag moeilijk een keuze kon maken en dan steeds hetzelfde bestelde: een broodje tonijn. Ze kon met iedereen opschieten. Het was net zoiets als praten met de klanten van Car Crew. Barry was blij met haar omdat ze snel werkte en de klanten steeds vaker terugkwamen.

De derde week viel hij haar op, toen hij zeven verschillende broodjes bestelde en een portie koekjes.

'Heb je honger?' vroeg ze met pretlichtjes in haar ogen.

'Het is voor het team,' reageerde hij. 'We zijn aan het brainstormen.'

De volgende dag kwam hij ook broodjes halen voor het team, deze keer zes. Een van hen kon niet tegen de stress, zei hij. Het ging hem allemaal te snel. 'Gisteren had ik haast en heb ik er niets van gezegd,' zei hij. 'Maar toen heb je het bedrag niet aangeslagen, dus weet ik niet of het wel klopt.'

'Je bent een Schot, hè?' zei ze.

Met een aangedikt accent zei hij: 'Nou ja, in de grote stad moet ik ook op de kleintjes letten.'

Ze schoot in de lach. 'Het klopt, hoor,' zei ze. 'Omdat je haast had, heb ik niet alles aangeslagen omdat dat langer zou duren. Maar daarna heb ik het wel gedaan. Ik heb niks in eigen zak gestoken.'

'Dat bedoelde ik niet,' zei hij. 'Alleen...'

'Moet ik het nog eens uitrekenen?' vroeg ze. Ze noemde alle broodjes op, met de prijs erbij en wat het totaal was. 'Zie je wel?'

Hij haalde zijn schouders op. 'Het zal wel.'

'Weet je wat? Als je morgen eerst belt, zorg ik dat de broodjes klaarliggen,' stelde ze voor. 'Dan hoef je niet te wachten en kun je eerder terug om te brainstormen.'

De volgende dag belde hij eerst en kwam vervolgens de broodjes ophalen.

'Hoe gaat het brainstormen?' vroeg ze.

Hij vertrok zijn gezicht tot een grimas. 'Vreselijk. Maar de broodjes zijn lekker.'

Ze lachte en overhandigde hem de bruinpapieren zak.

'Ha!' Triomfantelijk keek hij haar aan. 'Gesnapt! Deze keer is het vijfentwintig pence goedkoper dan gisteren, terwijl ik hetzelfde heb besteld.'

Ze lachte breed. 'Nee, hoor. Deze keer wilde je geen paprika in de salade. Dat scheelt vijfentwintig pence.'

'Allemachtig,' zei hij. 'Heb je weleens overwogen ergens anders te gaan werken? Waar je beter tot je recht komt als rekenwonder?'

'Waar had je in gedachten?'

Toen vertelde hij dat hij bij een levensverzekeringsmaatschappij werkte, dat ze mensen zochten en dat zij perfect zou zijn. Hij vroeg of ze erover wilde komen praten, en zij lachte en zei dat ze waarschijnlijk helemaal niet geschikt was, en hij vroeg of ze het toch niet wilde proberen, waarbij hij haar zo smekend aankeek dat ze zomaar ineens toestemde.

Tot haar verbazing was het een goed sollicitatiegesprek. Ze kon uitstekend uit haar woorden komen, en kreeg de baan.

Het speet Barry dat ze wegging. Zulk personeel was met een lantaarntje te zoeken. Ze zei dat ze om de hoek ging werken en elke dag broodjes zou komen halen, en dat ze zijn zaak zou aanbevelen bij alle anderen die bij ProSure werkten.

Toen ze terug was in het huis bij Canary Wharf, vroeg ze zich af of ze dan toch zakenvrouw zou worden, en of ze zou gaan werken met die aardige jongen die haar deze baan had bezorgd, Neil Lomond.

'Nou en?' zei Anna toen Darcey ophield met vertellen. 'Je hebt hem in Londen gekend en hij heeft een baan voor je geregeld. Is dat alles?' Vragend keek ze Darcey aan.

'Niet helemaal,' antwoordde Darcey.

'Hoe ging het dan verder?'

Niet op haar gemak keek Darcey Anna aan. 'Ik ben met hem getrouwd,' zei ze.

15

Anna staarde Darcey aan, die kruimels van haar panini plukte. 'Maar Darcey!' riep Anna na een poosje uit. 'Je was met hem getrouwd? Met Neil Lomond? Je houdt me voor de gek!'

'Nee, ik houd je niet voor de gek,' zei Darcey zacht. 'En we zijn overduidelijk niet meer getrouwd.'

Anna was met stomheid geslagen.

'Sorry.' Darcey was ook een beetje van slag. 'Ik had het je eerder moeten vertellen, maar... Nou ja, ik kon het zelf nauwelijks geloven toen hij ineens voor mijn neus stond en...'

'Je hebt nooit iets over een vroegere echtgenoot gezegd. Ik had nooit gedacht... Hoe had ik kunnen weten...'

'Och, het kwam nooit aan de orde,' zei Darcey. 'Het was een grote fout, iets van lang geleden. Waarom zou ik dat allemaal oprakelen?'

'Ik snap best dat je het niet over je huwelijk wilt hebben, maar allemachtig, Darcey, ik ben je vriendin! Voor míj hoef je zoiets niet geheim te houden.' Anna klonk gekwetst.

'Ik kon er niets aan doen,' reageerde Darcey. 'Toen je over hem begon, zei je dat hij zo knap was of zoiets. En toen kreeg ik het niet over mijn lippen. Het spijt me.'

'Zit je er nog mee?' Anna keek haar onderzoekend aan.

'Vraag je dat als vriendin of als hoofd van HR?'

'Maar Darcey, als je vriendin, natuurlijk! Dat hele bedrijf kan me geen fluit schelen, ik geef om jou.'

Darcey slikte moeizaam. 'Weet ik. Maar... je weet dat ik het moeilijk vind het over mezelf te hebben.'

'Geeft niet, dat snap ik best,' zei Anna, hoewel ze er eigenlijk niets van snapte, voornamelijk omdat ze zelf nooit iets geheim kon houden. En eigenlijk was ze ook nog een beetje gekwetst omdat Darcey haar niet eerder in vertrouwen had genomen. 'Begrijp me niet verkeerd, maar hij is wel je baas,' zei ze. 'En vroeger was hij je echtgenoot. Zit je daar echt niet mee? En weten ze het bij InvestorCorp?'

'Waarom zou ik ermee zitten?' Darceys stem trilde niet meer. 'Ik heb hem in geen jaren gesproken, dus het stoort me niet dat hij ineens hier is. Het enige waar ik me zorgen om maakte, was of hij er nog mee zou zitten, maar daar lijkt het niet op. Volgens mij weten ze het niet bij InvestorCorp. Indertijd heette het nog ProSure. Later is het overgenomen door InvestorCorp.' Ze bevochtigde haar lippen. 'Ik was alleen maar bang dat er nog lui van ProSure waren die het wisten en er niet blij mee zouden zijn.'

'Wat kan het ze schelen?'

Darcey trok een gezicht. 'Nou, dat we iets hebben gehad,' zei ze niet op haar gemak. 'Er is heel wat gebeurd bij ProSure.'

'Wat dan?'

'Nou ja, we waren getrouwd en werkten bij hetzelfde bedrijf. Toen het thuis misging, was het logisch dat het op het werk ook misging.' Niet op haar gemak schoof ze heen en weer op haar kruk. 'En het was mijn schuld, dus...'

'Het was vast niet allemáál jouw schuld,' merkte Anna op.

'Nou en of.' Darcey slaakte een zucht. 'Ik was met de verkeerde man getrouwd om de verkeerde redenen, dus uiteraard liep het mis.'

'Je was toch zeker niet zwanger?' Anna sperde haar ogen wijd open.

'Natuurlijk niet!' reageerde Darcey op scherpe toon. 'Weet je, voordat ik Aidan kende, had ik een hopeloos liefdesleven. En daarna was het ook hopeloos, maar nog iets erger omdat ik door hem was gekwetst en door Nieve ook. Ik had gezworen dat ik nooit meer een man zou vertrouwen en nooit meer iets met iemand op het werk zou hebben. En toen kwam Neil en vergat ik dat allemaal.'

Toen ze die eerste dag op haar werk kwam op de afdeling verzekeringsstatistiek, was ze niet van plan verliefd te gaan worden. Ze had alleen maar gedacht dat het wonderlijk was hoe de dingen je konden overkomen. Ze was laf weggerend bij het uitzendbureau en was in de broodjeszaak gaan werken, en ineens had ze toch een baan bij een financiële instelling. Ze bleek het zelfs prettig werk te vinden, al keken de andere werknemers behoorlijk neer op hun collega's bij statistiek. Ze zeiden dat die geen ruggengraat hadden en bang waren voor het echte werk op accountancy. Dan moest ze lachen en zei dat ze op haar plaats was. Dit werk lag haar en ze deed het goed. Langzamerhand voelde ze zich iets minder verdrietig.

Ze besefte dat ze geen erg flitsend leven leidde door elke dag naar haar werk te gaan, en in de weekends te lezen of kruiswoordraadsels op te lossen en soms een wijntje te gaan drinken met Jackie, haar andere huisgenoot. Dit was echter precies wat ze nodig had. Het fijne aan haar huisgenoten was dat ze hen weinig zag. Helena en Gill gingen in het weekend meestal naar huis, en Jackie had als verpleegkundige een wisselend rooster. Darcey vond het ook fijn dat ProSure een groot bedrijf was en ze niet iedereen kende. Af en toe kwam ze Neil Lomond tegen en dan maakten ze een babbeltje, en ze ging vriendschappelijk om met nog een paar collega's, maar verder stortte ze zich op haar werk.

Pas in december moest ze wel, in deze feestmaand waarin er kerstmutsen werden gedragen en in de lift 'Jingle Bells' werd gezongen. Er zou een feest komen voor iedereen die bij ProSure werkte.

'We moeten wel gaan, ze vinden ons hier toch al zo sneu,' zei James Hutton. 'Maar eerlijk gezegd vind ik zulke dingen verschrikkelijk.'

Ze glimlachte. James Hutton was van haar leeftijd, en als hij zijn mond opendeed, keek iedereen meteen verveeld. Maar als zelfs James naar het feest ging, kon Darcey het niet laten schieten.

Haar huisgenoten vonden het geweldig dat ze naar het feest ging, want die vonden dat Darcey best eens een sociaal leven mocht hebben. Jackie maakte van de gelegenheid gebruik om te opperen dat Darcey eens een metamorfose kon ondergaan.

'O, ik heb al eens een metamorfose ondergaan,' zei Darcey, denkend aan Car Crew. 'Maar ik hield het niet vol.'

Jackie wilde er niet van horen en belde de plaatselijke schoonheidssalon.

'Het is maar een feestje,' protesteerde Darcey zwakjes. 'Het is helemaal niet nodig om...'

'Hoor eens, ik weet best dat je een carrièrevrouw bent,' zei Jackie. 'Maar een beetje glamour is nooit weg, en je zult zien, als je je elke dag opmaakt...'

'Ik ben geen carrièrevrouw!' riep Darcey geschokt uit.

'Met die lange dagen die jij maakt?' Jackie keek haar sceptisch aan.

Darcey vond het maar gek dat ze als carrièrevrouw werd beschouwd omdat ze haar baan prettig vond. Carrièrevrouwen waren zoals Nieve, die lelijke plannetjes smeedden en anderen een dolkstoot in de rug uitdeelden.

Het was vervelend dat ze ineens aan Nieve moest denken. Van Minette wist ze dat Nieve het goed deed in Amerika, en Minette had het weer van Gail Stapleton gehoord. De twee moeders hadden geen ruzie gekregen over wat ze het schandalige gedrag van Nieve noemden. Gail had gezegd dat zulke dingen nu eenmaal gebeuren en dat Darcey er wel overheen zou komen. Minette had daarop gereageerd met het nieuws over Darceys baan in Londen, waarop Gail had verteld over het succes dat Nieve in Amerika had. Als buren vonden ze dat ze beleefd moesten blijven, maar stiekem was Minette erg opgelucht toen Gail vertelde dat ze naar Oughterard zouden verhuizen. En elke keer dat Minette het over Nieve had, voelde Darcey dat mes weer omdraaien in haar hart.

'Nou, ook als je geen carrièrevrouw bent, zul je toch iets aan je uiterlijk moeten doen,' zei Jackie. 'En je moet je mooi aankleden voor het feest.'

Dus liet Darcey zich overhalen, al vond ze het verspilling van tijd en geld.

Op de dag van het feest ging ze tot James' grote verbazing eerder weg om zich in de schoonheidssalon van lelijk eendje in een zwaan te laten veranderen. Toen ze door de glazen deur heen de ongelooflijk mooie receptioniste zag zitten, maakte ze bijna rechtsomkeert. Toch ging ze naar binnen en liet ze zich vertroetelen terwijl er hele preken tegen haar werden afgestoken over hoe belangrijk een goede huidverzorging was. Die middag raakte ze verslaafd aan haargel en straighteners.

Toen ze klaar was, had ze geen kroeshaar meer, maar steil en glanzend haar. Haar gezicht was opgemaakt zodat haar ogen blauwer leken en haar lippen voller, en voor het eerst sinds haar prinsessenperiode had ze gelakte nagels. Omdat Darcey haar nagels altijd kort hield, had ze acrylnagels gekregen. Ze knipperde met haar ogen toen ze zichzelf in de spiegel zag. Als ze er een paar maanden geleden zo had uitgezien, zou Aidan haar dan ook voor Nieve hebben gedumpt?

Haar huisgenoten werden helemaal opgewonden van haar nieuwe uiterlijk. En dat werd alleen maar erger toen ze haar jurk aantrok, een lange van groen fluweel met laag uitgesneden hals en rug.

'Jemig,' bracht Helena gesmoord uit.

'Ik had ook mooie schoenen moeten kopen,' merkte Darcey spijtig op. 'Daar heb ik niet aan gedacht.'

'Wij hebben toch dezelfde maat?' zei Gill.

Darcey knikte.

'Je mag mijn mooie schoenen wel lenen,' bood Gill aan. 'Die passen goed bij je jurk.' Gauw ging ze weg om de schoenen te halen van zwarte suède met een koket strikje voorop.

'Maar ik kan toch niet op jouw schoenen lopen!' riep Darcey uit.

'Heb je voetwratten?' vroeg Gill.

'Getsie, nee!'

'En je hebt toch een panty aan?'

Darcey knikte.

'Nou dan!'

'Eh... bedankt.' Darcey trok de schoenen aan, die perfect pasten.

'Zo, Assepoester,' merkte Helena giechelend op. 'Nu kun je naar het bal.'

Lachend liet Darcey zich uitzwaaien.

Het was al een drukte van belang toen ze aankwam in het hotel. Ze was blij dat ze zoveel moeite had gedaan, want alle vrouwen zagen er stijlvol uit, en het zou een ramp zijn geweest als ze was komen opdagen in het jaren oude, zwarte jurkje en haar meestal warrige haardos. Dan zou ze zich vreselijk hebben gevoeld, en nu voelde ze zich geweldig. Bij de bar bestelde ze een glas wijn. Niemand hoefde iets te betalen, en tegen de tijd dat ze gingen eten, was iedereen vrolijk. Na drie glaasjes chablis was Darcey ook niet meer zo gereserveerd en voelde ze zich eindelijk eens ontspannen. En zo kwam het dat toen ze Neil Lomond aan een tafeltje zag zitten, ze op de stoel naast hem plofte.

'Alles kits?' vroeg ze.

'Allemachtig!' Stomverbaasd keek hij haar aan. 'Darcey?'

'Wie anders?' vroeg ze.

Hij ging rechtop zitten. 'Je ziet er zo anders uit.'

'Het is feest,' legde ze uit.

'Mooi,' zei Neil. 'Anders zie je er ook leuk uit, maar nu kan ik alleen maar zeggen: wauw!'

Ze lachte. 'Dank je.'

Een poosje keken ze elkaar zwijgend aan.

'Hoor eens, Neil, dank je wel dat je die baan voor me hebt geregeld.'

'Daar heb je me al regelmatig voor bedankt.'

'Ik ben niet zo goed in gesprekjes, daarom zeg ik steeds hetzelfde.'

'Nou, ik ben blij dat het je bevalt op het werk.'

'Ik ben dol op mijn werk!'

Hij grinnikte. 'Hopeloos geval.'

'Erg, hè? Ik zou uitgaan leuk moeten vinden, maar ik vind het leuker om te worstelen met getallen.'

'Dat is wel heel erg sneu. Zoiets verwacht je niet van een blondje.'

Ze gaf hem een por. 'Niet alle blondjes zijn dom. En niet alle blondjes zijn van nature blond.'

Hij trok een wenkbrauw op. 'Ik zou een grapje kunnen maken over hoe ik daarachter kan komen, maar dat zou als seksuele intimidatie op het werk kunnen worden beschouwd,' zei hij.

'Precies.' Ze hield haar gezicht in de plooi.

'Het spijt me,' zei hij, hoewel hij er totaal niet spijtig uitzag. 'Maar een beetje intimidatie zou fijn zijn.'

'Neil!' riep ze blozend uit.

'Nou ja, geen echte intimidatie,' zei hij snel. 'Maar ik heb nu eenmaal een zwak voor blonde meisjes met blauwe ogen die gevat uit de hoek kunnen komen. En dat deed je in die broodjeszaak ook al.'

'Ik zei alleen maar hoeveel je had moeten betalen,' reageerde ze nog steeds blozend.

'Het ging om de manier waarop.'

'Grapje zeker?'

'Tuurlijk.' Hij lachte naar haar. 'Maar ik wist toevallig dat ze bij de afdeling statistiek zaten te springen om mensen die kunnen rekenen. Ik ben bevriend met het hoofd van die afdeling, en hij klaagt altijd dat de junior staff daar zowat analfabeten op rekengebied zijn.'

'Veel mensen zijn bang voor getallen,' beaamde Darcey. 'Ik weet niet waarom, ik vind getallen juist leuk. Het is allemaal zo logisch. Het geeft zekerheid.' Ze hikte. 'Sorry.'

'Geeft niet, hoor.'

Ze hield haar adem in.

'Werkt dat?' vroeg hij.

Ze trok haar neus op zodat er allemaal rimpeltjes in verschenen.

'Hoelang kun je je adem inhouden?'

Ze trok een gezicht.

'Besef je wel dat je knalrood ziet? Dat vloekt met je jurk.'

Giechelend liet ze haar adem los. Ze had de hik niet meer, en Neil moest ook lachen. 'Het werkt dus,' zei ze. 'Maar ik wil niet dat mijn gezicht vloekt bij mijn jurk.'

'Zullen we een dansje wagen?' vroeg hij.

'Waarom niet?'

Pas toen hij haar de dansvloer op leidde, drong het tot haar door dat dit sinds Aidan het langste gesprek met een man was geweest dat niet over het werk ging. En toen hij haar in zijn armen nam, drong het tot haar door dat Neil Lomond erg aardig was.

'En toen?' vroeg Anna.

'Hij was lief,' zei Darcey. 'Aantrekkelijk en aardig, geknipt voor me. Maar...' Ze zweeg even. 'Ik geloofde er niet in. Ik was steeds bang dat er iets zou gebeuren. Dat hij iemand anders zou tegenkomen. En ik voelde voor hem niet wat ik voor Aidan voelde. Daarom dacht ik dat Aidan degene was bij wie ik eigenlijk hoorde, dat Aidan de Ware was. Ik dacht dat ik beter mijn best voor hem

had moeten doen; ik heb hem zo'n beetje wéggegeven aan Nieve.'
In gedachten verzonken zweeg ze.

'Gaat het wel met je?' vroeg Anna.

Darcey haalde haar schouders op. 'Ik was niet echt verliefd op
Neil, maar meer op de gedachte van de liefde. Op de gedachte van
iemand die van me hield. Niet lang daarna zijn we in Gretna
Green getrouwd.'

'Maar, Darcey...'

'Ik wilde trouwen. Ik dacht...'

'Wat dacht je?'

'Ik dacht dat als ik niet met hem trouwde, iemand anders dat
zou doen.'

Vol begrip keek Anna haar aan. 'Dat je eerste echte vriend ervandoor gaat met je beste vriendin betekent nog niet dat je met de
volgende moet trouwen om te voorkomen dat die er met iemand
anders vandoor gaat.'

'Dat weet ik nu ook wel,' zei Darcey snel. 'Maar toen niet. Ik
vond het heel belangrijk om te trouwen. Ik dacht dat Nieve en
Aidan ook getrouwd waren, en dat als ik zelf ook getrouwd was,
alles weer in orde zou zijn.' Ze schudde haar hoofd. 'Hij wilde ook
trouwen. Ik denk dat hij oprecht van me hield.'

'Waarom hield jij dan niet van hem?'

'Ik denk dat ik nog niet echt over Aidan heen was. Ik voelde me
nog bestolen. Ik was nog niet in staat om van een ander te houden.'

'O, Darcey...'

'Ik heb me net zo schandelijk gedragen als Nieve,' zei Darcey. 'Ik
ben met Neil getrouwd zonder van hem te houden, en dat was
stom en wreed. Ik kan hem niet de schuld geven van hoe het is afgelopen. Het lag allemaal aan mij.'

In het begin had ze zich geen zorgen gemaakt over hoe het zich
zou ontwikkelen. Ze waren in Gretna Green getrouwd omdat Neil
dat altijd al zo graag had gewild. Minette was niet helemaal gelukkig geweest met dit nieuws, ook al mocht ze Neil graag. Maar
Darcey wist zeker dat ze Aidan ooit zou vergeten. Neil en zij
woonden in een appartement niet al te ver van een station van de
ondergrondse. Ze gingen samen naar hun werk en kwamen samen

weer thuis, en soms gingen ze ook nog samen lunchen. Darcey vond dat dat aantoonde dat ze gek op elkaar waren, dat ze zoveel samen deden.

Elke dag vroeg ze of hij wel blij en gelukkig was en of hij nog van haar hield, en elke dag zei ze dat er voor haar niemand anders bestond dan hij. Ze ging naar kookles om voor hem te leren koken, hoewel hij zei dat hij afhaalmaaltijden prima vond. Daarop stak ze een preek af over hoge bloeddruk en cholesterol, en verkondigde dat ze het beste met hem voorhad.

Dan lachte hij en noemde haar zijn kleine perfectionist, en daar moest zij dan weer om lachen. Het was een hele opluchting dat ze ondanks hun meningsverschillen met elkaar konden lachen.

Ze was dolblij toen hij promotie kreeg. Dat had hij als noeste werker verdiend. Maar het betekende ook dat hij vaak langer moest doorwerken en reisjes maken naar het buitenland, naar steden die ze zich herinnerde van haar reizen met Nieve. Eigenlijk was ze wel een beetje jaloers, want zelf zou ze die ook graag weer eens bezoeken, maar dan niet als toerist. Tot haar verbazing kon ze er niet goed meer tegen om alleen te zijn. In bed hield ze Neils hoofdkussen dan stevig tegen zich aan gedrukt, en het kostte haar moeite om in slaap te vallen zonder zijn rustgevende ademhaling te horen.

'Eigenlijk zou jij deze reisjes moeten maken,' zei Neil op een avond toen ze weer eens aan het pakken waren. 'Jouw Frans is stukken beter dan het mijne, en ze vinden het heel vervelend als ik niks snap van wat ze zeggen.'

'Maar jíj weet wat je tegen hen moet zeggen.' Darcey gaf hem een shirt dat hij zelf had gestreken, omdat hij dat nu eenmaal beter kon dan zij.

'Jij zou dat beter kunnen.' Hij keek haar aan. 'Jij weet alles over onze producten uit het hoofd nadat je er één keer over hebt gelezen. En je kunt goed uitleggen. Ik weet dat je liever met getallen speelt, maar je kunt ook heel goed je mondje roeren.'

'Dank je.'

'Echt, ik meen het. Het is haast verbijsterend hoe je omgaat met de mensen op het werk en ze op hun gemak stelt. En dat is gek, omdat...'

'Omdat wat?' Ze gaf hem een paar sokken.

'Nou, omdat je thuis niet zo open bent.'

'Wat wil je daarmee zeggen?' vroeg ze op hoge toon.

'Alleen maar dat je blijkbaar makkelijker over financiële zaken praat dan over gevoelens.'

Ze kneep haar ogen tot spleetjes. 'Over welke gevoelens moet ik dan praten?'

'Och, ik zei maar wat.' Hij lachte naar haar. 'Ik ga op reis, en ik wil dat je me omhelst en zegt dat je van me houdt.'

'Natuurlijk hou ik van je.' Ze sloeg haar armen om hem heen.

'Mooi zo,' zei Neil. 'Want voor mij bestaat er geen ander.'

De volgende dag liep ze op het werk Ricky Calvin tegen het lijf, Neils collega. 'Ik dacht dat je in Parijs zat,' merkte ze verrast op.

'Nee, heeft Neil het je niet verteld?'

'Ik heb niks gevraagd,' antwoordde ze. 'Is hij daar dan alleen?'

'Nee, met Jessica,' antwoordde Ricky.

'Met Jessica Hammond?' Verwonderd keek ze hem aan. 'Maar die werkt hier pas een week! Mag ze dan al mee naar Parijs?'

'Jessica is op weg naar de top,' zei Ricky zuur. 'Ze is mooi en intelligent, en ze weet wat ze wil. Nou ja, ze heeft ook veel ervaring, want ze heeft bij een ander bedrijf in een soortgelijke functie gewerkt.'

'Maar toch...' Darcey keek er peinzend bij.

Die avond belde Neil om te zeggen dat hij een dag langer in Parijs zou blijven, met als verklaring dat een cliënt niet bij een bespreking aanwezig had kunnen zijn en had gevraagd of die kon worden verplaatst naar de volgende ochtend. En opeens voelde Darcey zich enorm bedreigd.

'Ik was waanzinnig jaloers,' zei ze tegen Anna terwijl haar onaangeroerde koffie koud werd. 'Ik zag gróén! Ik dacht dat die Jessica alles was wat ik niet was, een carrièrevrouw als Nieve. En dat ze Neil wilde afpakken. Dus toen Neil terugkwam, onderwierp ik hem aan een kruisverhoor. En toen vroeg ik op de man af of hij iets met die Jessica had. Toen werd hij kwaad en vroeg waarom ik hem niet vertrouwde. Ik zei dat geen enkele man te vertrouwen was.'

'O jee...' zei Anna.

'Hij was diep gekwetst. Nu snap ik dat, maar toen niet. En omdat ik het niet over Aidan en Nieve wilde hebben en niet wilde uitleggen waarom ik zo buitengewoon jaloers was, werd het een zwerende wond.' Darcey schoof haar koffiebeker weg. 'Op een avond kwam het tot een uitbarsting toen zij tot laat doorwerkten en ik thuis tv keek. Er was een film over iemand die iets had met de secretaresse, en die deden het met elkaar op zijn bureau. En toen dacht ik dat Neil en Jessica... Nou ja, toen ging ik naar Pro-Sure, stormde zijn werkkamer in en beschuldigde hen ervan dat ze een verhouding hadden.'

'Darcey!'

'Ze keken me aan alsof ik volslagen gek was. Ze waren heel gewoon aan het werk, niks aan de hand. Neil zei dat ik maar beter naar huis kon gaan, en zij moest moeite doen om niet te gniffelen. Ik voelde me vreselijk vernederd, en hij ook.'

Bij de herinnering sloot ze haar ogen. Ze was naar huis gegaan zoals hij had gezegd, beschaamd vanwege haar overdreven reactie. Wat had ze toch? Ze was altijd een redelijk denkend mens geweest, maar ineens niet meer. In haar eentje thuis vroeg ze zich af waarom ze haar echtgenoot niet kon vertrouwen terwijl hij haar nooit aanleiding had gegeven dat niet te doen.

Het was al laat toen ze Neil de sleutel in het slot hoorde steken. Ze was opgelucht omdat ze had gedacht dat hij helemaal niet meer thuis zou komen.

'Ik heb geen verhouding met Jessica Hammond,' zei hij toen hij de woonkamer in stapte. 'Ik ben nooit ontrouw geweest. Ik hou heel veel van je. Maar jij hebt een probleem en daarvan ben ik de dupe.'

'Misschien,' zei ze.

Verbaasd dat ze toegaf een probleem te hebben, vroeg hij: 'Vertel dan wat er is.'

Dus vertelde ze hem over Aidan en Nieve, en dat ze zich zo verraden had gevoeld. En dat ze aldoor bang was dat iets dergelijks weer zou gebeuren.

'Ik ben iemand anders,' reageerde Neil kwaad. 'Die kerel lijkt me een ontzettende lul. Hij is het niet waard dat je ook nog maar één gedachte aan hem wijdt. Darcey, ik hou van je. Ik ben met je getrouwd.'

'Jawel, maar wat als je me zat wordt en er komt een leuker iemand voorbij?' Doodongelukkig keek ze naar hem op. 'Jessica is mooi en intelligent.'

'Jij ook.'

'Lieg niet tegen me.'

'Darcey, je bent helemaal top. Ik hou van je. En je weet best dat je intelligent bent.'

'Ik ben misschien wel slim,' gaf ze toe. 'Maar dat is iets heel anders dan intelligent op je werk. En laten we eerlijk zijn, Neil, ik ben niet mooi.'

'Ik word hier erg moe van.' Geërgerd keek hij haar aan. 'Ik hou van je, ik ben met je getrouwd, maar jij wilt me niet geloven.'

'Jawel.' Ze verborg haar gezicht in haar handen. 'Ik geloof je wel. Sorry.'

'Dat hoeft nou ook weer niet.' Hij sloeg zijn arm om haar heen. 'Het geeft niet. We moeten er maar aan werken.'

'Ja,' zei ze, 'en dan komt het allemaal wel goed.'

'Maar het kwam dus niet meer goed?' vroeg Anna.

'Eerst wel, maar toen gebeurde het wéér. Weet je, ik kon gewoon niet geloven dat een leuk iemand als hij op mij viel. Ik zat gewoon te wachten tot het mis zou gaan.'

'Maar Darcey, wat absurd!'

'Weet ik. Dat wist ik toen ook, maar ik was destructief bezig. Het was al erg genoeg geweest dat ik zijn werkkamer in stormde, maar later gebeurde er weer zoiets. Hij was gaan lunchen met Melinda McIntyre van onze nieuwe business division. Wat ik niet wist, was dat het een informeel gesprek was over of hij daar ook wilde werken. In elk geval, ik was daar ook met een paar collega's om te vieren dat een lastig project eindelijk was afgerond. En toen ik hen daar zag, ging ik naar ze toe en vroeg wat ze daar zo gezellig deden in dat hoekje. En toen hij zei dat ik moest opzouten, kieperde ik zijn bord in zijn schoot.'

'Jezus!'

'Ik werd ontslagen.' Darcey slaakte een diepe zucht. 'Ze zeiden dat als hij carrière wilde maken, hij van me moest scheiden of me naar een psychiater moest sturen.'

'En toen ging hij bij je weg?' vroeg Anna vol ongeloof.

'Hij deed vreselijk zijn best me te helpen,' vertelde Darcey bedroefd. 'Echt waar. Maar ik liet me niet helpen. Ik wilde er niet over praten, ik beschouwde alle mannen als overspelige hufters en alle vrouwen als bitches. Uiteindelijk kon hij daar niet meer tegen, en dat kan ik hem niet kwalijk nemen.'

'Wauw.' Anna keek Darcey met grote ogen aan.

Darcey glimlachte flauwtjes en vroeg: 'Ben je nu bang voor me?'

'Nee,' zei Anna. 'Hoe ben je er overheen gekomen?'

'Ik ben teruggegaan naar Ierland. Toen ik mijn moeder vertelde wat er was gebeurd, ging ze helemaal door het lint. Ze zei dat ik me schandalig had gedragen, maar dat het een rotstreek van hem was om me in de steek te laten.'

'Hm...'

'Ik zei dat ik hem niets kwalijk kon nemen, en dat ik misschien inderdaad een probleem had. En dat ik nooit echt van Neil had gehouden, maar met hem was getrouwd om Aidan en Nieve een poepie te laten ruiken. Daar schrok ze van, ze zei dat dat heel erg was. Eerst vrat ik me drie maanden lang vol zodat ik moddervet werd, onaantrekkelijker dan ooit. En toen pas zocht ik hulp.'

'Je bent heel hard voor jezelf,' merkte Anna op.

'Pas toen Tish en Amelie hard tegen me waren, ging ik er iets aan doen,' vertelde Darcey. 'Mijn moeder vond het prima om me vet te mesten omdat ik eerst zo mager als een lat was. Ik kon niet eten omdat ik me zo ellendig voelde.'

'Dat wist ik allemaal niet,' zei Anna meelevend. 'En ik ben nog wel je vriendin! Waarom heb je me dit nooit verteld?'

'Ik wil er zelf liever niet aan denken,' antwoordde Darcey. 'Weet je, nu gaat het goed met me. Ik heb er veel over gepraat met de therapeut, en toen ging ik naar Dublin om een baan te zoeken. Maar geen vaste baan. Ik ging via een uitzendbureau werken zodat ik met niemand op mijn werk veel te maken zou hebben. Want elke keer dat ik iets met iemand kreeg, kostte het me ook mijn baan. En ik wilde ook geen carrièrevrouw worden en me helemaal in het werk storten. Maar daar heb ik me overheen gezet.' Ze lachte. 'Gevallen voor het grote geld. In elk geval, ik ben veranderd. Ik besefte dat er nog andere dingen zijn in het leven dan op de verkeerde plek het geluk zoeken. Het enige waar ik nog bang voor ben, is dat ze erachter komen dat ik ooit compleet gestoord was.'

'Er waren verzachtende omstandigheden,' zei Anna.

'Kom op, zeg!' Darcey schudde haar hoofd. 'Er zijn zat meisjes die hun vriend kwijtraken en dan toch niet trouwen met de eerste de beste die langskomt. Er zijn zat meisjes die trouwen en dan niet hun echtgenoot ervan beschuldigen dat hij een verhouding heeft. De meeste meisjes houden van de man met wie ze trouwen. Ik bakte er allemaal niets van. Neil zei ooit dat ik een betere verhouding had met vierkantswortels dan met mensen.'

'Je kunt juist prima met mensen omgaan!' protesteerde Anna. 'Jeetjemina, als manager business development ga je dagelijks met anderen om.'

'Jawel, maar ik heb geen verhouding met ze,' zei Darcey. 'Een heel verschil.'

'En die schatjes in ieder stadje dan?'

Darcey trok een gezicht. 'Ik ga met hen naar bed omdat ik dat fijn vind, maar ik heb geen verhouding met ze.'

'Heb je daarom nooit een vaste vriend?'

'Ik ben er niet geschikt voor,' zei Darcey. 'Er ontbreekt zeker een gen aan mijn DNA of zoiets.'

'Nu je ouder en wijzer bent, zou je het toch eens moeten proberen,' opperde Anna.

'Ik denk niet dat er ooit verbetering in komt,' zei Darcey. 'Ik vind het prima zoals het nu gaat. Dus wat mij betreft mag je je pijlen op Neil Lomond richten. Hij verdient een aardige vrouw.'

Peinzend keek Anna haar aan. 'Weet je zeker dat je je eroverheen hebt gezet? Ik bedoel, je bent van slag door die uitnodiging voor de bruiloft, en nu is Neil hier ook ineens...'

'Het rakelt een hoop op,' beaamde Darcey. 'Maar daar heb ik geen last van. Echt niet.'

Anna keek niet helemaal overtuigd.

16

Nieve vond het prettig om haar verjaardag te vieren. Elk jaar dacht ze op de grote dag aan de hoogtepunten van het afgelopen jaar en stelde zich doelen voor het volgende. Dit jaar was het hoogtepunt de buy-out van Ennco, maar over een doel moest ze nog nadenken. Het zou moeilijk zijn iets te verzinnen wat beter was dan een bedrag met zes nullen te krijgen.

'Misschien kun je een eigen bedrijf beginnen,' stelde Courtney Crane voor, een van de vrienden en vriendinnen met wie Nieve en Aidan deze heuglijke dag vierden in Buck's Diner. 'Durf heb je genoeg.' Ze keek naar de anderen in de kitscherige ruimte. 'Misschien kun je hier nog iemand strikken om mee te doen.'

Nieve lachte. 'Wie weet. Maar het moet dan wel iets zijn waar ik echt om geef.'

'Dat wordt lastig,' merkte Aidan op. 'Want eigenlijk geef je vooral om jezelf.'

Er viel een pijnlijke stilte, maar Nieve moest hard lachen.

'Nee, hoor,' zei ze. 'Ik geef het allermeest om jou. Ik heb toch pas nog een Prius voor je gekocht?'

Er werd gegniffeld.

Met een grijns zei Aidan: 'Klopt.' Hij drukte een zoen op haar wang. 'Ik bedoelde niet dat je een egoïstische bitch bent, maar dat je altijd goed voor jezelf zorgt.'

'Wie zou dat anders moeten doen?' vroeg ze. Iedereen knikte instemmend. Het was prima om tegen een uitstekend salaris voor een bedrijf te werken, maar wat er ook gebeurde, je moest ervoor zorgen dat je je eigenbelang niet uit het oog verloor.

'Hoe is het met de voorbereidingen voor de bruiloft?' vroeg Mischa Jewell. 'Ik popel om op z'n Iers te feesten!'

'Het wordt top.' Nieve vertelde er nog meer over aan Mischa en Courtney, die bruidsmeisje zouden zijn.

'Dat kasteel is geweldig,' zei Mischa, die er op internet naar had gekeken. 'En het restaurant voor het etentje vooraf ziet er ook prima uit.'

'Lorelei, mijn weddingplanner, zegt dat het een uitstekend restaurant is,' zei Nieve. 'Ik maakte me zorgen omdat het zo afgelegen ligt, maar blijkbaar heb je tegenwoordig overal goede restaurants.'

'En we slapen in een echt Iers kasteel!' riep Courtney uit. 'Ik verheug me er erg op.'

'Verwacht er niet te veel van.' Nieve keek een beetje bezorgd. 'Per slot van rekening is het een oud kasteel, dus misschien, niet heel erg comfortabel.'

'Misschien moet je dát doen met je geld,' stelde Mischa voor.

'Wat? Een kasteel kopen?' vroeg Nieve.

'En er een luxe hotel van maken,' zei Courtney.

'Zien jullie me al 's ochtends het ontbijt klaarmaken?' Nieve lachte, en haar vriendinnen lachten met haar mee.

'Niet echt,' zei Mischa. 'Zeg, hopelijk gaan de aandelen Ennco gauw weer omhoog, zodat je het allemaal kunt betalen.'

Nieve trok een gezicht. De afgelopen weken ging het niet best met de beurs en het aandeel Ennco stond elke dag een beetje lager. Och, tegen de tijd dat ze kon verkopen, een paar weken na de bruiloft, zou het aandeel vast weer zijn gestegen. Met een verlies van een paar duizend dollar zat ze niet, al zou ze er liever iets meer voor krijgen. Ze had met The Bear en The Stuffer gesproken over wat zij dachten dat de beurs zou doen, en zij geloofden in een herstel. Omdat ze zich geen zorgen maakten, deed Nieve dat ook maar niet.

'Ik voel me nog helemaal geen vierendertig,' zei ze toen het bord met krab en gesmolten cheddar voor haar werd neergezet. 'Het lijkt nog pas gisteren dat ik vierentwintig was.'

'Je bent geen spat veranderd,' zei Aidan.

'Dank je.' Stralend keek ze hem aan.

'Op de volgende vierendertig jaren!' Hij hief zijn glas. 'Vooral omdat ze zo vol opties zijn.'

Later die avond, toen ze tegen elkaar aan op de schommelbank op de veranda zaten, vroeg ze wat hij had bedoeld met die opties.

De laatste tijd had hij het vaker over de toekomst, en ze wilde weleens weten wat hij daarmee wilde zeggen.

'O, niks specifieks,' zei hij. 'Maar zoals Courtney al zei, misschien wil je zelf iets opstarten.'

'Misschien, als het maar geen pensionnetje in Galway is! Als ik een goede keus maak, zouden we er dik aan kunnen verdienen.'

Hij knikte, maar ze merkte aan hem dat hij iets anders op het hart had. 'Maar dat is het niet, hè?'

Hij zette zijn margarita neer en keek haar aan. 'Nee.'

'Wat is het dan?'

'We gaan terug naar huis,' zei hij. 'Misschien wordt het tijd er te blijven.'

'Wat?' Ontzet keek ze hem aan. 'Ben je helemaal gek geworden? In Ierland blijven? Waarom?' Ze schudde haar hoofd. 'Dat kan ook helemaal niet, ik moet nog een halfjaar bij Ennco blijven.'

'Maar daarna zouden we naar huis kunnen gaan. Dit is thuis niet,' zei hij met een weids gebaar om zich heen. 'Dit is waar we van droomden. We hebben onze droom waargemaakt, dus nu is het tijd om naar huis te gaan.'

'Dit ís ons thuis,' reageerde ze fel. 'Het is geen droom, maar werkelijkheid. Ik heb er verdomme hard voor moeten werken, en nu vind je het niet genoeg?'

'Dat zeg ik niet,' zei hij. 'Ik zeg alleen maar dat nu je het grote geld gaat binnenhalen, we het een beetje rustiger aan zouden kunnen doen. We zouden een huis in Galway kunnen kopen en daar doen wat we willen.'

'Jeetjemina, jíj wilde weg uit dat "achtergebleven gebied", zoals je het noemde!' riep ze uit. 'Waarom zou je dan nu terug willen?'

'Omdat het hier altijd zo druk is,' antwoordde Aidan. 'Alles draait om geld, ze gaan over lijken. We willen alleen nog maar meer en groter en mooier...' Hij haalde zijn schouders op. 'Er moet toch méér zijn in het leven?'

'Heb je de laatste tijd nog iets over Ierland gelezen?' vroeg ze kil. 'Het financiële centrum van Europa. Dacht je dat het er daar anders aan toe ging?' Ze snoof. 'Het is daar precies hetzelfde, maar dan in de kou.'

Hij schoot in de lach. 'Misschien heb je wel gelijk. Maar wordt het niet eens tijd om aan een gezin te denken?'

'We gaan toch trouwen?'

'Jawel,' reageerde hij geduldig. 'Maar een gezin bestaat uit meer dan twee.'

Niet-begrijpend keek ze hem aan.

'Kinderen, Nieve. We hebben altijd gezegd dat er ooit kinderen zouden komen.'

'Daarvoor is nog tijd genoeg,' zei ze afwerend.

'Nou ja, je bent vandaag wel vierendertig geworden...'

'Bedoel je soms dat ik te oud ben?' vroeg ze kwaad.

'Natuurlijk niet,' zei hij snel. 'Maar als je echt graag kinderen wilt, zouden we daar eens rekening mee moeten gaan houden.'

Nieve zweeg. Ze had er spijt van dat ze dit gesprek was begonnen. Aidan had gelijk, ze wilden kinderen. Ooit. Wanneer ze daar klaar voor was. Goed, haar biologische klok tikte door, maar ze voelde zich nog net zo fit als tien jaar geleden. Ze kon best wachten.

'Eerst draaide alles om het werk,' zei Aidan, die begreep dat hij de eventuele kinderen maar moest laten rusten. 'Nu word je daarvoor beloond. Kun je het dan niet wat rustiger aan doen?'

'En jouw carrière dan?' vroeg ze.

'O, maar ik ben niet zo gedreven als jij. Ik ben te lui voor het grote geld. Er zijn mensen binnen de IT die bakken geld verdienen, maar niet met wat ik doe.'

'Jij verdient ook goed.'

'Maar dat valt in het niet bij wat jij gaat krijgen. Mijn carrière speelt geen rol.'

'Nee,' zei ze koppig. 'Toen we hier kwamen, zei je dat je het werk hier zo interessant vond. Goed, we verdienen niet evenveel, maar je hebt plezier in je werk. Dat kun je toch niet zomaar weggooien?'

'Ik heb inderdaad plezier in mijn werk, maar het is maar een baan, hoor. Ik speel een beetje met programma's, maar niet vanwege het geld, want dat verdien jij al. Ik wil niet de strijd met jou aangaan. En jij zou het nu rustiger aan kunnen doen.'

'Maar mijn carrière dan?' vroeg Nieve.

'Schat, je hebt al carrière gemaakt,' zei hij. 'We zouden kunnen gaan rentenieren.'

'Kom nou, dan zouden we zuinig moeten zijn,' reageerde ze fel. 'Van een paar miljoen kun je niet meer net zoveel doen als vroeger. En bovendien heb ik nog niet echt iets bereikt. Ik wil mezelf bewijzen.'

'Je hebt jezelf toch al bewezen?' Dit keer klonk hij wel ongeduldig. 'Allemachtig, Nieve, wat moet je dan nog meer doen?'

Ze stond zo plotseling op van de schommelbank dat Aidan zich moest vastgrijpen om er niet af te vallen. Hij keek naar haar terwijl ze door de keurige tuin beende en bleef staan naast de marmeren fontein die ze een jaar geleden hadden aangeschaft.

Ze was nog mooi, met een gladde huid, en de donkere krullen die om haar schouders vielen en die hem zo hadden ontwapend toen hij haar tien jaar geleden voor het eerst had gezien. Ze was nog steeds even energiek en ambitieus, de eigenschappen die Darcey hadden doen verbleken. Het waren ook de redenen waarom hij van haar hield, dat ze hem meetrok in haar kielzog en nooit klaagde dat hij meer dit moest doen of minder dat. Ooit had ze gezegd dat hij haar rots in de branding was. Dat ze alles aankon zolang hij er maar voor haar was. Maar hij had beseft dat hij niet altijd plankgas kon geven, en dat het tijd werd voor een rustiger leven. Hij had gedacht dat een huwelijk een eerste stap zou zijn, maar nu begon hij daar vraagtekens bij te zetten.

Zij was de baas, want zij verdiende het meest en nam de juiste beslissingen. Zij had hem gered toen het misging met de internetluchtbel. Ze hadden destijds schulden gehad omdat ze een groot huis hadden gekocht in de verwachting dat het geld zou binnenstromen. Zij had hen toen gered door een andere baan te vinden. Aldoor was ze optimistisch gebleven terwijl hij wanhoopte. Er waren zoveel mensen op zoek naar een baan, hij was een van vele duizenden. Het was een nachtmerrie geweest. Hij wist dat zij er ook littekens aan had overgehouden, dat het belangrijk voor haar was om zich veilig te voelen. Maar met de deal met Ennco zaten ze hun hele verdere leven snor, dat moest zij toch ook begrijpen.

Hij stond op en slenterde naar haar toe. 'Sorry,' zei hij, 'ik wilde je niet onder druk zetten.'

'Nee?'

'Nee,' bevestigde hij. 'Ik geef toe dat ik graag een gezin zou willen. Maar het kan me niet veel schelen waar, hier of in Ierland. Hoewel ik het fijn vind om weer eens in Ierland te zijn.'

'Er komen kinderen,' zei ze. 'Beloofd.'

Hij zoende haar op haar wang en sloeg een arm om haar heen. 'Je wordt vast een geweldige moeder.'

Later die avond, toen Aidan sliep, glipte Nieve het enorme bed uit en sloop naar hun schitterend ingerichte werkkamer, waar ze de computer aanzette en naar de koers van de aandelen Ennco keek. Aidan had gelijk, ze konden zich best kinderen veroorloven, ze kon best huismoeder worden, ook al was de koers iets gezakt.

Ze liet haar hoofd tegen het scherm rusten. Ze had gehoopt dat Aidan door de voorbereidingen voor de bruiloft niet meer steeds aan kinderen zou denken, maar hij dacht er juist meer aan. Zij was er alleen nog niet klaar voor. Ze had bij andere carrièrevrouwen gezien dat babylotion en luiers hun leven waren gaan beheersen. Zij was niet geïnteresseerd in scholen en ouderavonden, en ze vond het oneerlijk om je werk af te schuiven op je collega's omdat een kind waterpokken had of zoiets.

Konden ze niet een kindermeisje nemen? Ineens dacht ze aan haar tijd als au pair bij de Christies, en hoe blij ze was geweest om niet meer voor die verwende koters te hoeven zorgen. Zou ze wel een geweldige moeder zijn? Ze was geen beste au pair geweest, ze had altijd reikhalzend uitgekeken naar haar vrije middag, wanneer ze weg kon uit dat huis om met Darcey op een terras een wijntje te drinken.

Zouden Darcey en Aidan al eerder aan kinderen zijn begonnen? Dat was een schokkende gedachte. Ze had niet meer aan die twee als koppel gedacht sinds de eerste keer dat ze met Aidan naar bed was geweest en ze zeker wist dat hij niet meer zou teruggaan naar Darcey. Maar ze vroeg zich toch af of als Aidan en Darcey wel waren getrouwd, ze bij elkaar zouden zijn gebleven en een gezinnetje zouden hebben gesticht.

Nee, vast niet.

Ze had nog niets van Darcey gehoord, en dat verbaasde haar,

want Darcey had op z'n minst kunnen schrijven dat ze was verhinderd voor de bruiloft. Dat zou Nieve best begrijpen, al zou ze Darcey er graag bij hebben gehad.

Ze leunde naar achteren. Aidan hoopte dat Darcey niet zou komen en was over de rooie gegaan toen hij erachter kwam dat Nieve haar had uitgenodigd. Nieve had iets gemompeld over vergeven en vergeten en zand erover. Ze zei maar niet dat ze haar vroegere vriendin iets wilde bewijzen, want dat zou Aidan toch niet begrijpen.

Zou ze Aidan kwijtraken als ze het kinderen krijgen uitstelde? Ze beet op haar nagel. Ze hield echt van hem, hij gaf haar het gevoel dat ze alles goed in de hand had. En het was fijn dat hij altijd bereid was met haar mee te gaan, want op zijn zesendertigste was hij nog aantrekkelijker dan vroeger. Ze wilde hem niet kwijt, hij was van haar en dat moest zo blijven.

Ze zette de computer weer uit. Eerst moesten ze maar eens trouwen, en dan kon ze hem aan het lijntje houden wat die kinderen betrof. En terwijl hij wachtte, moest ze zorgen dat hij blij en gelukkig was.

Tot nog toe was dat haar gelukt. Ze wist precies hoe ze met hem moest omgaan. Zij was dan ook degene die een huwelijk had voorgesteld. Maar, vroeg ze zich af, was het misschien verstandig om op huwelijkse voorwaarden te trouwen? Voor het geval het later misging?

17

Nog vroeger dan anders kwam Darcey aan op het vliegveld, want ze wilde rustig haar koffie kunnen drinken voordat Neil Lomond zich bij haar voegde. Ze zouden samen naar Edinburgh vliegen waar zij een presentatie moest houden.

Neil had voorgesteld haar thuis op te pikken. 'Ik kom toch met de taxi,' had hij gezegd. 'Het is maar een klein eindje om.'

'Laat maar,' had zij gezegd. 'Ik ben er op tijd.'

Ze wilde niet dat Neil haar thuis afhaalde. Eigenlijk vond ze het ook helemaal niet prettig om met hem naar Edinburgh te gaan, ook al had ze nog zo stoer tegen Anna gezegd dat ze daar echt niet mee zat. Ze was bang dat ze het over persoonlijke dingen zouden hebben. Misschien was hij nog boos op haar. Eigenlijk was het bizar dat haar ex invloed kon uitoefenen op haar verdere carrière. Het was al zo lang geleden, ze was toen heel iemand anders geweest. Ze kon zich niet voorstellen ooit weer zo van slag te zijn door een kerel.

Nadat ze had ingecheckt, liep ze in haar zwartleren jasje, het zwarte topje en de zwarte broek door het poortje. Haar blonde haar zat in een keurig knotje in haar nek, en over haar schouder hing de vuurrode laptoptas.

'Darcey!'

Met een ruk draaide ze zich om. Daar stond Neil.

'Wat loop je snel,' zei hij. 'Doe je aan fitness of zo?'

'Niet echt.' Het zou fijn zijn als ze alles echt achter zich zou hebben gelaten, als ze zich niet zo ongemakkelijk zou voelen bij hem in de buurt.

'Ben je er klaar voor?' vroeg hij.

'Wat een domme vraag,' zei ze, terwijl ze in de rij gingen staan. 'Je weet toch dat ik al dagen mijn tijd verspil aan deze presentatie?'

'Het is geen tijdverspilling,' zei hij. 'Je deelt je kennis.'

'Vast.' Jezus, het klinkt alsof ik loop te mokken, dacht ze. Ik wil liever opgewekt klinken, als een werknemer die van wanten weet en niet als een groentje net uit de collegebanken.

Maar het was zo vreemd om met Neil op zakenreis te gaan. Het klopte niet. In zulke gevallen werd de werkneemster verliefd op de baas en leefden ze nog lang en gelukkig. Maar zij waren al gescheiden, en nu moest ze haar ex bewijzen dat ze geen wrak meer was. Het was al met al een lastige situatie.

'Koffie?' stelde Neil voor.

'Je bent vroeg,' zei ze onderweg naar het cafeetje.

'Ik kom niet graag te laat,' reageerde hij.

Dat wist ze nog. Indertijd had ze gedacht dat zulke overeenkomsten in hun karakter hun een band zouden geven. Maar uiteindelijk was dit een van de dingen geweest waarop het was stukgelopen, want elke keer dat hij te laat was, vermoedde ze dat hij bij een ander was.

Goh, ik heb het toen echt goed verpest, dacht ze terwijl ze een kopje espresso op haar blaadje zette. Blij dat ik nu niet meer zo overdreven reageer, en dat ik geen man nodig heb voor mijn zelfvertrouwen. Het is alleen jammer dat Neil net op het verkeerde moment kwam, want hij deugt. Hij verdiende al die ellende niet.

'Nog steeds dol op een sterk bakkie?' vroeg hij, onderweg naar een leeg tafeltje.

Ze glimlachte flauwtjes. 'Soms drink ik kruidenthee, maar het is gisteren laat geworden. Ik kan wel iets gebruiken.'

'Je ziet er niet uit als iemand die het laat heeft gemaakt,' merkte hij op.

'Make-up verbergt veel,' reageerde ze.

'Je ziet er goed uit. En zo te zien gaat het ook goed met je,' zei hij.

Gauw dronk ze haar kopje leeg. 'Hoor eens, als je het steeds over het verleden hebt, wordt dit reisje een ramp. Het gaat goed met me. Niet dat er eerst iets met me was, maar ik ben gewoon niet geschikt voor het huwelijk. Het spijt me dat het op zo'n manier is afgelopen, maar ik heb een fijne tijd met je gehad. Ik kan het je niet kwalijk nemen dat je me wilt jennen na alles wat ik je heb aangedaan, maar laten we het er alsjeblieft niet meer over hebben. Het is allemaal zó lang geleden, kunnen we niet gewoon verder?' Ademloos zweeg ze.

'Tuurlijk,' zei hij na een korte stilte. 'Er is niets wat ik liever wil.'

'En ik ook,' zei ze. 'Weet je, ik hoop echt dat ons verleden geen invloed heeft op het werk.'

'Dat hoop ik ook,' zei hij. 'Wil je een stuk van mijn koffiebroodje?'

Ze schudde haar hoofd, maar hij brak het toch in tweeën. En toen kreeg ze ineens nog veel meer spijt dat het tussen hen zo was afgelopen. Als ze hem nu had leren kennen, nu ze ouder en wijzer was, zou het dan anders zijn gegaan? Ze nam het stuk koffiebroodje aan. Waarschijnlijk zou ze nu niet meer van hem zijn gaan houden. Ze zou nooit meer van iemand gaan houden, ze wist niet meer hoe dat moest.

Het was onverwacht warm in Edinburgh. Onderweg naar Edinburgh Park, waar InvestorCorp gevestigd was, trok Darcey het leren jasje uit. Ze was zenuwachtig voor de presentatie. Alles stond dan wel op de laptop, maar omdat de moderne technologie zich vaak tegen haar keerde, werd ze overspoeld door angstige voorgevoelens. Stel dat het misging, zou ze dan geen Aziatische cliënten mogen werven? Of zou InvestorCorp sowieso van haar af willen? Ze raakte haar beste cliënten kwijt en moest maar zien hoe het in Azië zou gaan. Of ze konden haar ontslaan zodra ze alle informatie over haar Europese cliënten hadden. Hier had ze allemaal over liggen tobben in bed, en toen was de angst haar om het hart geslagen dat Neil Lomond dit zo had gepland, dat het wraak was voor die twee keer dat ze hem zo had vernederd.

Alweer brak het koude zweet haar uit.

Neil stelde haar voor aan een aantal keurig in pak gestoken mannen, en toen werd het tijd om met de presentatie te beginnen. Ze klikte op PowerPoint. Er gebeurde niets. Ze dubbelklikte. Het scherm werd zwart.

'De laptop heeft zichzelf uitgeschakeld,' zei Neil. 'Is de batterij wel opgeladen?'

'Ik dacht het wel.' Maar omdat ze de laptop maar weinig gebruikte, kon ze zich niet herinneren wanneer ze voor het laatst de batterij had opgeladen.

'Ik heb wel een snoer,' zei hij terwijl hij zijn koffertje open klikte. 'Probeer dat maar eens.'

'Dank je.' Met een lach nam ze het snoer aan, maar eigenlijk hoopte ze dat het probleem niet zou liggen aan zoiets stoms als een lege batterij.

Ze drukte op het knopje en de laptop kwam tot leven. En toen ze deze keer op het icoontje van PowerPoint klikte, opende het programma zich probleemloos.

'U hebt het prima gedaan op het vasteland van Europa,' zei Michael Banks, een van de senior managers, toen ze klaar was met de presentatie en ze rond de glanzende tafel in de vergaderzaal stonden. 'Indrukwekkende cijfers.'

'Och,' merkte ze schouderophalend op. 'Ik doe gewoon mijn werk.'

'We verheugen ons al op de volgende presentatie met gegevens van uw volgende werkterrein.'

'Ik hoop het allemaal waar te maken.' Shit, wat klonk dat sneu, alsof ze niet barstte van het zelfvertrouwen.

'Dat zal wel lukken.' Plotseling stond Neil naast haar. 'Je bent een kei.'

'Ik houd wel van een uitdaging,' zei ze. 'Ik vind het alleen jammer mijn beste cliënten aan een ander te moeten overdragen.'

Neil grinnikte. 'Ze zullen goed hun best moeten doen.'

'Dank voor je vertrouwen,' zei ze.

'Ik heb het volste vertrouwen in je,' zei hij toen Michael in gesprek raakte met een collega.

'Ja?'

'Natuurlijk. De cijfers liegen er niet om. Hoewel...'

'Hoewel wat?'

Zachter zei hij: 'Het verbaast me echt dat je zo zakelijk bent geworden, zo zelfverzekerd. Vroeger maakte je spottende opmerkingen over carrière maken en zo.'

Met pretlichtjes in de ogen keek ze hem aan. 'Ik klaagde toen dat vrouwen kil en berekenend moesten zijn om de top te bereiken. Toen was dat ook zo. Hoe het nu is, zou ik niet kunnen zeggen.' Ze glimlachte. 'Waarschijnlijk is er niets veranderd. Ik heb het ver geschopt, maar dat is eigenlijk meer toeval. Ik hoef niet zo nodig een plekje aan de top te veroveren.'

Hij grijnsde breed. 'Verlang je nog steeds naar dat boerderijtje in Toscane?'

'Och...'

'Het is een leuke droom.'

'Inderdaad,' beaamde ze. 'Mijn toekomst ligt bij InvestorCorp, en dat vind ik best.'

'Echt?' hij trok zijn wenkbrauwen op.

Ze fronste toen hij zich afwendde en iets tegen een collega zei. Hij was aardig en steunde haar. Maar stel dat dat aardige gedrag niet gemeend was? Stel dat hij de pest aan haar had? Stel dat hij van plan was haar te vernederen zoals zij hem had vernederd?

Aandachtig luisterde ze toen tijdens de lunch de toekomst van het bedrijf werd besproken. Zulke gesprekken had ze al vaker aangehoord, vol geniale ideeën, met een onderstroom van een strijd om de macht, en iedereen met een verborgen agenda.

'Waarom heb je besloten business development te gaan doen?' vroeg Neil ineens. Hij zat een heel eind van haar af en had zijn stem moeten verheffen.

'Pardon?'

'Eerst werkte je op de afdeling statistiek,' zei hij. 'Waarom ben je overgestapt?'

Shit, dacht ze, dat is vast een strikvraag. 'Omdat deze baan me werd aangeboden.' Ze lachte gespannen naar hem.

'Merkwaardig, van cijfertjes naar personen.'

'Zo liep het nou eenmaal,' zei ze. 'Het kwam door mijn talenkennis. Als ze bij Global Finance een statisticus hadden gezocht, was het misschien heel anders gelopen.'

'Nou, we zijn blij iemand met zoveel ervaring te hebben,' mengde Gordon Campbell, de directeur, zich in het gesprek. 'Iemand met uiteenlopende talenten.'

'Och, u hebt hier vast heel getalenteerde mensen rondlopen,' zei ze snel.

'Maar ik denk dat jij de veelzijdigste bent,' zei Neil.

'Dank je wel.' Eigenlijk zou ze nu moeten zeggen dat ze briljant was, maar zoals altijd voelde ze zich niet op haar gemak onder al die loftuitingen. En ze wist nog steeds niet of Neil een vriend of een vijand was. Dat was erg zorgelijk.

'Het is allemaal goed gegaan,' zei hij die avond in het vliegtuig terug. 'Dankzij jou.'

'Je prees me de hemel in,' zei ze. 'Als ik er niks van bak, sta jij straks voor aap.'

'Je doet het vast prima,' reageerde hij. 'Zij vonden je ook een aanwinst.'

'Wat kan het je eigenlijk schelen?' vroeg ze ineens met een frons.

Zwijgend keek hij haar een poosje aan. 'Ik ben je baas,' antwoordde hij toen. 'Ik heb graag dat mijn medewerkers als bekwaam worden beschouwd. Vooral wanneer er veranderingen op til zijn. Vooral wanneer het budget volgend jaar voor problemen kan zorgen. Ze moeten nu weten dat mijn mensen prima in staat zijn hun werk te doen.'

'O.' Peinzend zei ze: 'En los van mij denk je dat je mensen prima in staat zijn hun werk te doen?'

'Ik hoop het. Het team in Edinburgh is goed. Over Dublin weet ik nog niet zo veel.'

'Je bent bang.' Ineens was dat tot haar doorgedrongen. 'Je bent bang dat ik hopeloos zal blijken te zijn. Dat de cijfers niet kloppen of dat ik niet verantwoordelijk was voor de winst van Global Finance. Je wilt dat je eigen mensen het vasteland van Europa gaan doen, en mij offer je op door me nieuwe markten te laten aanboren.'

'Onzin,' reageerde hij. 'Iedereen vindt je geweldig. Ik heb navraag gedaan.'

'Maar jij weet wel beter omdat je me kent.'

'Nou, ik moet toegeven dat het me verbaasde dat je daar werkte,' biechtte hij op. 'En dat iedereen zo hoog van je opgaf. Maar het verbaast me niet dat je competent bent. Alleen dat het zo goed met je gaat.'

'Je denkt nog steeds dat ik gestoord ben.'

'Dat heb ik nooit gedacht,' weerlegde hij. 'Ik vond wel dat je problemen had en dat je daar iets aan moest doen. En het spijt me dat ik dat niet besefte voordat we trouwden.'

'Mij ook,' zei ze, en ze meende het oprecht. 'Het is jammer dat het zo is gelopen. Maar ach, iedereen maakt weleens een fout.'

'Ik zette je onder druk,' zei hij. 'Dat was mijn grote fout.'

'Kunnen we niet gewoon zeggen dat we allebei jong en dom waren, en dat het nu achter ons ligt?' vroeg ze.

'En dat we niet de pest aan elkaar hebben en elkaar niet in de wielen gaan rijden wat onze carrière betreft?' vroeg hij.

'Afgesproken.'

'Fijn.'

Opeens giechelde ze.

'Wat is er?'

'Je hebt het niemand verteld. Ze weten het niet van ons.'

Ongemakkelijk verschoof hij op zijn stoel. 'Dat was niet nodig. Ze zouden zich maar hebben afgevraagd of we wel konden samenwerken.'

'Eh... Heb je het geheimgehouden vanwege mij of vanwege jezelf?'

'Voor ons allebei,' zei hij. 'Ik houd mijn mond als jij dat ook doet.'

Ze knikte en zei toen: 'Anna Sweeney is ervan op de hoogte.'

'O.'

'Jij zei dat ze mij ernaar moest vragen,' bracht ze hem in herinnering. 'Dus toen ze ernaar vroeg, heb ik het haar verteld.'

'Hm.'

'Ze is manager HR,' zei Darcey. 'Ze kan goed dingen geheimhouden.'

'Ik mag haar wel,' zei Neil. 'Ze is vast heel discreet.'

'Zij mag jou ook,' zei Darcey geamuseerd. 'Ze vindt je knap om te zien.'

'Nou, en ik vind haar leuk om te zien.'

'Dat is dan fijn voor jullie.' Darcey pakte de krant uit haar tas en ging lezen.

18

Op de computer klikte Darcey door de bedrijven die in aanmerking kwamen om cliënt te worden. Hoewel ze het allemaal erg eng vond, vond ze het ook opwindend om een nieuwe markt aan te boren in Singapore. Het zou heel anders zijn dan even langs te wippen in Parijs of Milaan, maar ook bevredigender. Het kon wel even duren voordat ze resultaat boekte, maar het zou fijn zijn nieuwe cliënten aan te brengen en om ergens te zijn waar het totaal anders was. De mensen van InvestorCorp hadden gelijk, het vasteland van Europa was voor haar een makkie. Het werd tijd om de mouwen op te stropen.

Er floepte een mailtje binnen. Het was een uitnodiging voor de quiz die Global Finance altijd organiseerde voor de goede sfeer onder de werknemers. Leuk dat Anna dat na de overname ook nog mocht doen, zeker om de nieuwe mensen van InvestorCorp te laten integreren. Zo was Peter Henson naar Chicago vertrokken en had Douglas Lomax zijn taken op zich genomen.

Zodra ze klaar was met haar werk, belde ze Anna.

'Douglas wilde dat we iets organiseerden,' vertelde Anna. 'En toen stelde ik een quiz voor. Dat vindt iedereen leuk, en het voorkomt dat iedereen bij de bar gaat hangen.'

Darcey schoot in de lach. 'Onze collega's kunnen best een quiz doen én rondhangen bij de bar.'

Ook Anna moest lachen. 'Jawel, maar in elk geval is er ook iets te dóén. En er zijn mooie prijzen; die Schotten zijn bepaald niet krenterig. De eerste prijs is een overnachting in de K Club, met golfbaan. De tweede prijs is een etentje bij Patrick Guilbaud, en de derde prijs een fles champagne. En er zijn nog meer prijzen.'

'Ik win liever de tweede prijs,' merkte Darcey op. 'Golfen is niets voor mij.'

'In plaats van golfen kun je ook een schoonheidsbehandeling krijgen,' zei Anna. 'Dus doe je best maar.'

'De vorige keer zat ik aan een tafel zonder sportkenners, en heel veel vragen gingen over voetbal,' klaagde Darcey.

'Nou, speciaal voor jou komen er vragen met hoofdrekenen,' reageerde Anna.

'Ja hoor, hoera.'

'Waarom hang je nog aan de telefoon?' vroeg Anna. 'Als ik jou was, zou ik nu maar gauw een goede tafel organiseren.'

'Het lijkt me nog beter als ik de telefoon opneem,' zei Darcey met een blik op het andere toestel. 'Ik spreek je nog.'

Ze had een gesprek met een van haar cliënten verwacht, maar het was John Keneally van accountancy die haar vroeg voor zijn tafel. Darcey kon goed opschieten met John, die haar deed denken aan James Hutton in Londen, maar dan met meer karakter en een snelle geest.

'Als we niet winnen, eet ik de kasboeken op,' zei hij. 'Ik ga Sally van de receptie ook nog vragen, zij weet alles over films en soaps en zo. En ik heb Walter en Dec van investment management al voor muziek en sport, en Laura van het support team voor actualiteiten. Ik ben de literaire, jij de algemene ontwikkeling en alles waarbij rekenen van pas komt.'

'Je hebt het al helemaal voor elkaar, hè?' vroeg ze geamuseerd.

'Ik wil winnen,' antwoordde hij. 'Ik wil naar de K Club. Ik golf graag.'

'Ik doe mee,' zei Darcey.

'Zorg dat je de krant leest, en prent alle namen in je geheugen,' zei John. 'Er zijn altijd vragen over merkwaardige voorvallen, en jij onthoudt zulke dingen goed.'

De dag van de quiz ging Darcey vroeger naar huis om een verbleekte spijkerbroek en een oud wit T-shirt aan te trekken. Vervolgens ging ze naar Howth. Het was lang geleden dat ze op vrijdag was uitgegaan. Ze vond het prima om single te zijn, maar moest toch eens meer onder de mensen komen.

Binnen was het een drukte van belang. Werknemers van InvestorCorp verdrongen zich rond de bar voor een drankje om vervolgens plaats te nemen aan een van de vijftien tafels.

Darcey bestelde een biertje en zocht toen naar haar teamleden. Die zaten aan een tafel dicht bij zowel de bar als het scorebord. Helaas had John Sally niet kunnen strikken, die zat aan een andere tafel. Voor haar in de plaats had hij Thelma gekozen van de afdeling IT. Hij zei dat Thelma bijna net zo goed was als Sally.

'Hoe bedoel je: bijna net zo goed?' vroeg Thelma. 'Ik weet veel meer over tv!'

'Is dat goed?' vroeg Dec.

'Wel als er een quiz is,' antwoordde Thelma dreigend, en Dec stak zijn handen in de lucht in een gebaar van overgave.

Het team van de tafel aan de overkant kwam binnen, en Neil Lomond zwaaide naar Darcey. Ze zwaaide terug, en toen viel het haar op dat Sally bij zijn team hoorde. Ze vroeg zich af wie hem had getipt.

Anna heette iedereen welkom, bracht hen in herinnering dat plezier in het spel hebben belangrijker was dan winnen, en dat zij het laatste woord had mocht er een meningsverschil over een vraag ontstaan. 'En dan kunnen we nu beginnen!' besloot ze.

De teams hadden het moeilijk met de vragen en maakten ruzie over wat het populairste drankje ter wereld was (dat bleek koffie te zijn, tot ongenoegen van Darceys team, dat op water had gegokt), en over wie in 1970 wereldkampioen voetbal was geworden (Brazilië, wist John). Halverwege laste Anna een pauze in. Op dat moment stond Darceys team drie punten achter op het team van Neil.

'Kom op, we moeten hen verslaan,' merkte John grimmig op. 'We maken gehakt van ze.'

'John!' riep Thelma geschokt uit. 'Is dat niet een beetje al te fel?'

'Nou ja, die Lomond heeft me helemaal gek gemaakt door me te laten zoeken naar allerlei financiële verslagen. Ik vind dat Global Finance moet winnen.'

'Uiteraard,' zei Walter. 'Ik gun die Lomond dat rondje golf niet.'

'Precies,' zei Dec.

De meisjes wisselden een blik.

'Ik was vergeten dat kerels altijd zo op winnen gericht zijn,' klaagde Thelma.

'Nou, maar ik wil ook niet worden verslagen door Neil Lomond, hoor,' merkte Darcey op. 'John heeft gelijk. We halen een drankje en geven ze van katoen.'

'Er heerst nogal een gespannen sfeer, hè?'

Darcey stond te wachten bij de bar toen Neil haar aansprak.

'Ach ja, de lui van Global Finance zijn dol op een quiz,' zei ze zonder zich om te draaien.

'Toen ik een fout antwoord gaf, dacht ik dat mijn teamleden me zouden vierendelen,' zei hij.

'Welke vraag was dat?'

'Over de negen diensters van Odin.'

'Dat wist onze Walter,' zei ze. 'Hij is fan van de opera's van Wagner.'

'Amuseer je je?'

'O ja.'

'Je doet het verrassend goed.'

'Pardon?' Met een frons draaide ze zich om, maar in haar ogen blonken pretlichtjes. 'Verrassend?'

'Ik had niet gedacht dat dit iets voor je was.'

'Neil, ooit heb je gezegd dat mijn hoofd vol nutteloze weetjes zat,' merkte ze liefjes op. 'Ik weet niet meer waarom je op me zat te vitten, maar je hébt het gezegd.'

'Ik vitte nooit op je.'

'Jawel, je vitte voortdurend,' zei ze. 'Dat weet je toch nog wel? Over dat ik moest solliciteren op die andere baan, of lid worden van de schaakclub, of...'

'Je was geknipt voor die baan.'

'Ik zou er niks van terecht hebben gebracht,' zei ze. 'En van schaken ook niet.'

'Misschien niet, nee,' reageerde hij. 'Je deed heel merkwaardige dingen met je koningin, waardoor de arme koning open en bloot stond.'

'Och, een kerel kan best voor zichzelf zorgen.' Lachend pakte ze het blad vol glazen op. 'En nu ga ik terug naar mijn tafel en gaan we je de grond in stampen.'

'Zou je je daar beter door voelen?' vroeg hij ineens ernstig.

Ze kneep haar ogen tot spleetjes. 'Ik voel me best,' zei ze. 'Daarvoor hoef ik jou niet eerst te verslaan.'

'Nee, waarschijnlijk niet.' Het klonk gelaten, en nieuwsgierig keek ze hem aan. Maar toen knipoogde hij, en lachte ze maar naar hem.

Eenmaal terug aan haar tafel was ze zich bewust van zijn blikken. Toen Anna de volgende vraag stelde, zat ze nog steeds aan hem te denken, en pas toen er werd geruzied over waar Pascal precies beroemd om was, drong het tot haar door dat er een vraag moest worden beantwoord. Meteen wist ze te vertellen dat Pascal niets te maken had met computers en dat hij iemand was die het belang had ingezien van een wiskundig concept dat oorspronkelijk uit China kwam.

'Weet je dat heel zeker?' vroeg John omdat het zo lang had geduurd voordat ze met een antwoord kwam.

'Absoluut zeker.'

Het klopte, en ze kreeg schouderklopjes omdat alleen hun tafel het goede antwoord had gegeven en ze nog maar één punt achterliepen op tafel 9.

'Hou het vast,' zei John toen Anna begon aan de fotoronde. 'Neem er de tijd voor.'

Ze deden het goed, en de volgende ronde verliep ook voorspoedig. Ze stonden gelijk met tafel 9.

'Sudden death,' verkondigde Anna. 'Wat wordt het: K Club of Patrick Guilbaud? Twee mooie prijzen. Maar het gaat uiteraard ook om de eer, en wie wil nou niet de quizkampioen van InvestorCorp zijn?'

De mensen van tafel 6 keken naar die van tafel 9. Darcey ontmoette Neils blik.

'Eerste vraag,' zei Anna. 'Wie heeft Singapore gesticht?'

Iedereen keek naar Darcey. 'Jij gaat daarnaartoe,' zei Laura een tikkeltje jaloers. 'Jou kennende heb je alles over Singapore gelezen.'

Met een grijns schreef Darcey het antwoord op.

'Allebei goed beantwoord,' zei Anna nadat ze de antwoorden had bekeken. 'Sir Stamford Raffles. Een makkelijke vraag, want zelfs ik wist dat.'

De stand bleef maar gelijk. De andere werknemers wilden graag naar de bar, maar de spanning aan de tafels 6 en 9 was om te snijden.

'Ik heb even overlegd,' zei Anna. 'En nu willen we strafschoppen gaan nemen. Dus kies maar een persoon uit die de volgende vraag moet beantwoorden.'

'Darcey,' zei John meteen.

'O nee!' riep ze uit. 'Het gaat vast over entertainment, en daar weet ik niks van. Laat Thelma het maar doen.'

'Er komen vast van die raar-maar-waar-vragen, Darcey,' zei Walter. 'Daar ben jij goed in.'

Ze kreunde.

'We zijn het er allemaal over eens. Jij bent 'm.'

John trok haar overeind, en ze liep naar Anna. Zoals ze al had verwacht, kwam Neil Lomond van tafel 9 aan Anna's andere kant staan.

Met een glimlach zei Anna: 'Darcey McGonigle tegen Neil Lomond.' Ze schraapte haar keel. 'Om de beurt een vraag, wie de meeste goed heeft van de drie. Kop of munt?'

'Kop,' zei Darcey toen Anna het muntje opgooide.

'Munt,' zei Anna. 'Jij mag kiezen, Neil.'

'Ik wil graag eerst,' zei hij.

Anna pakte een kaart van de stapel. 'Op welke dag schiep God de zon, de maan en de sterren?'

Zonder aarzelen antwoordde Neil: 'De vierde.'

'Goed!' Nadat het gejuich aan tafel 9 was verstomd, vroeg Anna: 'Darcey, de hoeveelste president van de Verenigde Staten was George W. Bush?'

Darcey sloot haar ogen en ging aan het tellen. Haar vader had haar alle Amerikaanse presidenten uit het hoofd laten leren om haar geheugen te trainen. Maar sindsdien waren er presidenten bij gekomen. 'De drieënveertigste?'

'Goed!' riep Anna uit, en deze keer werd er aan tafel 6 gejuicht. 'Neil, wie was de Griekse godin van de overwinning?'

'Te makkelijk!' riep Thelma. 'Dat weet iedereen!'

'Nike,' antwoordde Neil.

Anna knikte en vroeg Darcey vervolgens: 'Waarom staan de grotten van Lascaux bekend?'

Opgelucht antwoordde Darcey: 'De schilderingen.'

'De stand is 2-2,' zei Anna. 'Neil, laatste vraag: het product Marmite is vernoemd naar een Frans voorwerp. Welk?'

Plotseling rezen er beelden uit het verleden voor Darcey op. Ze stond in de keuken van hun huis in Londen in het keukenkastje te kijken en vroeg Neil waarom er in vredesnaam een potje Marmite in stond. Ze zei dat dat spul niet te vreten was. Hij zei dat hij er gek op was en er zowat op was grootgebracht. Zij had gezegd dat het dan wel kon zijn vernoemd naar een kookpot, maar dat zij er nooit iets van in háár kookpotten zou doen. Waarop hij had gezegd dat ze toch nooit kookte en een kusje in haar hals had gedrukt.

Ze deed haar ogen weer open en keek recht in die van Neil. Meteen wist ze dat hij het zich ook herinnerde, en ze wachtte totdat hij het goede antwoord zou geven.

'Saus,' zei hij.

Stomverbaasd keek Darcey hem aan.

'Het spijt me,' zei Anna terwijl er gekreun klonk aan tafel 9. 'Het antwoord is: kookpot.'

Neil haalde zijn schouders op.

'Darcey, je kunt nog winnen voor tafel 6,' zei Anna. 'Wat betekent het woord hypocaustum?'

Darcey keek Neil aan. Ze wilde niet winnen omdat hij expres een fout antwoord had gegeven. Hij had zich dat incident met de Marmite vast nog herinnerd, vooral omdat hij na dat kusje had gevraagd hoe het zou zijn als hij haar insmeerde met Marmite om dat vervolgens weer af te likken. En toen had zij gezegd dat ze niet met zoiets smerigs wilde worden ingesmeerd, maar misschien wel met iets anders... Omdat het zomer was, had hij roomijs voorgesteld. En in de diepvries had een beker Häagen-Dazs gestaan. Het was een heel erotische ervaring geworden, en ze hadden erg moeten lachen omdat het ijs op haar lichaam smolt. Het was dolle pret geweest, en toen had ze gedacht dat ze van hem hield. Maar dat was een vergissing geweest, al ging het erg goed in bed.

'Darcey?' vroeg Anna.

Darcey keek naar de mensen aan haar tafel. John zag er gespannen uit, Laura stak haar duimen op, Thelma had haar ogen gesloten, en Walter en Dec duimden.

'Vloerverwarming,' zei Darcey.

Anna keek verbaasd. 'Dat is goed.' De mensen aan tafel 6 sprongen juichend op, en die aan tafel 9 troostten elkaar.

'Mijn complimenten,' zei Neil.

'En de mijne ook,' zei Anna. 'Ik had niet gedacht dat je die laatste vraag zou weten.'

'Het kwam van heel ver,' zei Darcey.

Neil stak zijn hand uit. 'Gefeliciteerd.'

Met een frons nam ze zijn hand aan. 'Jij wist het antwoord ook,' mompelde ze terwijl Anna iedereen bedankte voor hun komst. 'Marmite, toen we... Dat herinner je je toch nog wel?'

'Wat moet ik me herinneren?' Hij hield nog steeds haar hand vast.

'Ik...' Onderzoekend keek ze hem in de ogen. 'Marmite. En Häagen-Dasz.'

'Sorry.' Schouderophalend liet hij haar hand los. 'Ik weet niet waar je het over hebt. Goed, vroeger leefde ik daar zowat op, maar dat is lang geleden.'

Ze knikte. 'Ja...'

'Nou, gefeliciteerd,' zei hij. 'Ga maar gauw naar je tafel, ze willen je feliciteren. Volgens mij is John Keneally erg blij dat hij mag gaan golfen.'

Inderdaad was John opgetogen. Toen hij Darcey omhelsde, zei hij dat hij niet wist waar hij blijer om was: dat ze Lomond hadden verslagen of dat hij kon gaan golfen. De meisjes waren blij met de schoonheidsbehandeling. Darcey was blij dat ze hun dit plezier had kunnen doen, maar zelf had ze een nare smaak in haar mond over de onterechte overwinning.

Opeens trilde haar mobieltje, en ze viste het uit haar zak.

'Met mij,' zei Tish.

'Wacht.' Darcey ging naar buiten, waar het stil was. 'Wat is er?' vroeg ze, huiverend in het briesje.

'Zit je?' vroeg Tish. 'Er is iets heel merkwaardigs gebeurd: pap is terug.'

19

Van de tweehonderd mensen die voor de bruiloft waren uitgenodigd, zouden er honderdzesenzeventig komen. Al hun Amerikaanse vrienden en vriendinnen waren al druk bezig de reis naar Ierland te regelen. Nieve wist dat Gail het allemaal reuze spannend vond en stuurde haar alle mailtjes door van de weddingplanner. Van een afstand vond ze het altijd makkelijker om met haar moeder om te gaan. Gail was naar het kasteel gaan kijken en had gezegd dat iedereen overdonderd zou zijn, zo mooi was het.

Nieve vond dat iedereen inderdaad maar beter diep onder de indruk kon zijn, want ze deed ontzettend veel moeite om iets geweldigs van de bruiloft te maken. Bij het diner konden de gasten kiezen uit van alles en nog wat, ook vegetarisch en halal. En voor degenen die waren uitgenodigd voor het etentje vooraf, had ze presentjes gekocht: hartvormige hangertjes voor de dames en manchetknopen voor de heren.

Ze nam de lijst met namen nog eens door. Rosa en Carol, de meisjes met wie Darcey en Nieve over het vasteland van Europa hadden gezworven, zouden komen. Rosa had gemaild dat ze het fantastisch vond Nieve weer eens te zien, en dat ze altijd wel had geweten dat Nieve het ver zou schoppen, en dat ze blij was dat Nieve nu ook nog ging trouwen. Het was een ellenlange, blije mail, heel uitputtend om allemaal te moeten lezen. Nieve kon zich niet herinneren dat Rosa vroeger ook zo opgetogen en kletserig was. Carol had een keurig, handgeschreven kaartje gestuurd. Rosa kwam met haar echtgenoot, Carol kwam alleen.

Na een poosje sloot ze het document met de gasten af en keek naar de koers van Ennco. The Bear en The Stuffer hadden gelijk gehad, de koersen stegen, en die van Ennco ook. Algauw zouden ze weer op het oude niveau zijn, en hopelijk hoger. Eigenlijk vond ze de aandelenkoersen bijhouden opwindender dan het regelen van de bruiloft. Dat kwam natuurlijk omdat een bruiloft slechts één dag duurde, en de winst die ze zou behalen na verkoop van de aandelen was blijvend.

Ze rekte zich uit. Het zou vervelend zijn om niet meer voortdurend de vinger aan de pols te kunnen houden, maar even ertussenuit zou prettig zijn. Ze was nog nooit een hele maand weggeweest van het werk, en ze verheugde zich erop, maar vond het ook een naar idee. Aidan echter stond te popelen om naar Ierland te gaan, en hij had ook voorgesteld nog een poosje rond te reizen. Er echt even helemaal uit zijn, had hij gezegd. Hij vond dat ze iets in te halen hadden, want toen hun leeftijdgenoten met rugzakken rondtrokken, hadden zij het daarvoor te druk gehad bij Jugomax. Een maandje eenvoudig leven zou haar goeddoen, dacht hij. Ze snapte niet hoe hij daarbij kwam. Ze had hem eraan herinnerd dat ze met Darcey had rondgetrokken, en dat hij nu toch wel moest weten dat ze het niet fijn zou vinden om in een hotel te verblijven dat niet minstens vijf sterren had, badkamers met marmer en in elke kamer een snelle internetverbinding.

Tien jaar, dacht ze. Zo lang zijn we al samen, het duurt al langer dan menig huwelijk. We kunnen best rondtrekken van het ene vijfsterrenhotel naar het andere. Wij gaan het niet verpesten, wij houden van elkaar.

Ze klikte de gastenlijst weer aan. Honderdzesenzeventig gasten, maar onder hen geen Darcey McGonigle. Darcey had niet eens gereageerd. Dat ergerde haar, dat haar vroegere hartsvriendin niet de moeite had genomen te reageren.

'Hoi Nieve.' Murphy Ledwidge, een collega, slenterde haar werkkamer in. 'Hoe gaat het?'

'Goed.'

'Op onze afdeling gaat het altijd goed,' zei Murphy opgewekt. 'Zeg, heb je gezien dat we in *BusinessWeek* staan?'

Nieve schudde haar hoofd.

'Een profiel van onze baas en zijn team. Er wordt ook iets gezegd over onze afdeling. Ze zeiden dat die uitstekend werd geleid door een vooraanstaande zakenvrouw.'

'Echt?' vroeg Nieve gestreeld.

'Kijk maar op internet.'

'Fijn dat er ook eens aandacht aan óns wordt besteed,' zei Nieve. Murphy lachte. 'Ja, want meestal noemen ze de afdeling compliance alleen als er iets mis is.'

'Zolang ik hier aan het roer sta, gaat er niets mis,' reageerde ze zelfverzekerd.

'Hoe is het met de voorbereidingen voor de bruiloft?' vroeg hij, terwijl hij een paar paperassen verplaatste op het bureau in de hoek.

'Achtentachtig procent komt,' zei ze.

'Het wordt vast geweldig.'

'Dat hoop ik.' Ze vertrok haar gezicht tot een grimas. 'De weddingplanner weet wat ze doet, maar er zijn zoveel kleine dingetjes die mis kunnen gaan...'

Murphy grijnsde. 'Dat is de lol ervan.'

'Dat meen je niet!' riep ze uit. 'Je weet toch dat ik daar niet tegen kan, dat er iets misgaat?'

'Op je werk misschien,' beaamde hij. 'Maar kom op, Nieve, til er toch niet zo zwaar aan. Je ziet er moe uit, je hebt zelfs wallen onder je ogen.'

'Nietes.' Ze keek in het spiegelende staal van de archiefkast.

'Het zijn spannende tijden,' zei Murphy. 'En je hebt vast dagelijks contact met die weddingplanner. Laat ze toch eens hun gang gaan.'

Nieve glimlachte. 'Je hebt vast gelijk.'

'Trouwens, Duke en ik verheugen ons er al op. We hebben pakken van groen fluweel gekocht.'

'Nee toch!' Met gespeelde ontzetting keek ze naar hem op.

'Natuurlijk,' zei hij. 'We gaan naar Ierland, en ik heet Murphy, een echte Ierse naam. Dan moet ik ook in het groen.'

'De meeste Ieren lopen niet in het groen rond, hoor,' zei ze. 'Ik denk dat je een teleurstelling te wachten staat.'

'Nee, hoor,' reageerde hij. 'Ik heb onderzoek gedaan naar mijn voorouders, en die komen uit Tipperary. Is dat ver van dat kasteel?'

'Een paar uur met de auto,' antwoordde ze.

'O, vlakbij dus.' Hij keek blij.

Ze glimlachte. Murphy was altijd kinderlijk enthousiast. Ze vroeg zich af wanneer zij haar enthousiasme was kwijtgeraakt voor dingen die niet met geld te maken hadden.

'We gaan vier dagen op zoek naar familie,' vertelde hij. 'En dan kom ik terug om je rijk over te nemen.'

'Het is geen rijk,' zei ze.

'Nee, maar je vindt het vreselijk om het over te dragen.'

'Sorry,' zei ze.

'De boel stort heus niet in omdat jij er niet bent,' zei hij. 'Echt niet.'

Ze lachte. Ze was dol op Murphy, die haar altijd wist op te vrolijken.

Haar computer liet een piepje horen, en ze zag dat een transactie niet correct was ingevoerd. Ze was daar nog mee bezig toen Paola Benedetti op de deur klopte. Paola was een paar jaar jonger dan Nieve en leek uiterlijk op haar, met haar lengte, haar donkere haar en goede smaak op kledinggebied. Paola werkte ook op de afdeling compliance.

Toen Nieve opkeek, merkte ze dat Paola er vermoeid uitzag en dat haar buikje dikker werd nu ze al vijf maanden zwanger was.

'Ja?' vroeg Nieve.

'Sorry.' Paola klonk nerveus. 'Freddies school heeft gebeld. Hij is ziek, ik moet hem gaan ophalen.'

Peinzend keek Nieve Paola aan. Dit was al de tweede keer in deze maand dat Freddie Benedetti ziek was geworden op school.

'Is er iets mis met hem?' vroeg ze.

'Nee, hoor,' ontkende Paola nadrukkelijk. 'Hij heeft een groeispurt. Niets bijzonders, maar ik moet hem wel ophalen.'

'We zijn bezig met een diagnostische toets.' Nieve keek op het scherm. 'Het komt nu niet zo goed uit.'

'Daar heb ik begrip voor,' zei Paola. 'Natuurlijk haal ik de uren in.'

'Weet je...' Nieve tikte met een pen op het bureaublad. 'Je bent wel erg vaak weg.'

'Mijn zoon heeft me nodig,' zei Paola.

'Maar het is niet eerlijk tegenover je collega's,' zei Nieve. 'We zijn een team. We moeten optreden als een team.'

'Dat doe ik ook!' riep Paola uit. 'Echt waar. Maar dit is een noodgeval.'

Nieve slaakte een zucht. Dit was wat haar zo stoorde aan mensen met kinderen. Dit was waarom ze er zelf nog geen wilde. Met niet goed verhulde ergernis keek ze Paola aan. 'Nou, ga dan maar.'

'Ik haal de uren heus in,' herhaalde Paola.

'Uiteraard,' zei Nieve.

Nieve was laat thuis vanwege de incorrecte transactie. Ze had moeten controleren of er verder niets mis was. Na afloop was ze een kopje koffie gaan drinken in de kantine, waar ze tot haar verrassing Mike Horgan, de directeur, in een tijdschrift had zien bladeren. Ze had hem begroet, hij had naar haar gelachen en gevraagd hoe het ging, en zij had geantwoord dat alles op rolletjes liep. Ze had iets laten vallen over *BusinessWeek*, en hij had zelfingenomen geglimlacht en gevraagd hoe het was met haar plannen om transacties beter te kunnen controleren. Ze had verteld dat ze het allemaal had besproken met Harley, de chief financial officer, en dat ze hoopte binnenkort iets van hem te horen. Hij had geknikt en gezegd dat ze de laatste tijd veel op haar bordje kreeg met het regelen van de eerste emissie, en dat ze een uitstapje naar Ierland absoluut had verdiend. Zij had gezegd dat ze zich er erg op verheugde en dat ze blij was dat de koers van het aandeel weer steeg. Mike had gegrinnikt en gezegd dat dit nog maar het begin was. En dat als ze ze vasthield, ze een gefortuneerde dame zou worden. Dat alles had haar een fijn gevoel gegeven over zichzelf en over Ennco, en ze was dan ook in een zonnig humeur toen ze door de deur kwam.

Aidan zat in de woonkamer met zijn voeten op de salontafel naast een pizzadoos en een blikje bier naar een aflevering van *The Simpsons* te kijken op de breedbeeld-tv.

'Sorry dat ik zo laat ben,' zei ze. 'Ik raakte in gesprek met Mike Horgan.'

'Hoe is het met Machtige Mike?' vroeg Aidan.

'Machtig,' zei ze. Ze keek naar de lege pizzadoos. 'Is er nog iets voor mij over?'

'Ik dacht dat je op dieet was vanwege de bruiloft,' zei hij. 'Je zei toch dat je alleen nog maar sla ging eten?'

'Jawel, maar dan moet jij me steunen,' reageerde ze. 'En het ruikt hier erg lekker naar pizza.'

'Ik weet wel iets anders lekkers,' merkte hij grijnzend op.

'Eerst iets eten.'

Aidan stond op van de bank en duwde haar er zachtjes op neer. 'Rust jij maar fijn uit,' zei hij. 'Dan maak ik een van mijn befaamde clubsandwiches voor je.'

'Graag!'

'En ik pak een ijskoud biertje uit de ijskast.'

'Wacht eens...' zei ze. 'Waarom word ik ineens zo in de watten gelegd? Moet ik me ergens zorgen over maken?'

'Kom op, lieverd, je hebt hard gewerkt, en dan ook nog al dat geregel voor de bruiloft... Je ziet er moe uit.'

Nieve geeuwde. 'Ik ben ook moe,' gaf ze toe. 'Het klinkt vast raar uit mijn mond, maar ik verheug me op een maandje luieren.'

'Mooi zo.' Aidan verdween in de keuken. 'Ik hoop dat je eindelijk inziet dat je ook eens van het leven moet genieten.'

'Jawel,' zei ze, 'maar ik weet niet of ik dat wel kán.'

Ze zakte onderuit op de bank en legde haar voeten op de salontafel. Met een glimlach keek ze naar de tv en vroeg zich af hoe het zou zijn om bij zo'n familie te horen. Of zoals die van Rosa. Nieve was de naam van Rosa's man al vergeten, en ze kon zich Rosa nauwelijks voorstellen als moeder van drie kinderen. Ze herinnerde zich een voorval van vroeger, toen Rosa haar broertje in de bus had laten zitten omdat ze met haar neus in een boek had gezeten. En nu zorgde ze voor drie kinderen? Nieve vond eigenlijk dat aanstaande ouders eerst een examen zouden moeten afleggen voordat ze aan kinderen begonnen.

Carol had niets over kinderen geschreven, en omdat ze alleen naar de bruiloft zou komen, veronderstelde Nieve dat ze nog single was en geen kinderen had.

'Hier.' Aidan zette een rijkelijk belegde sandwich voor haar neer. Vervolgens trok hij het lipje van een bierblikje en overhandigde haar dat.

Dankbaar nam ze een paar slokken. 'Lekker koud,' zei ze.

Hij grijnsde breed. 'Op alle andere gebieden heb je een dure smaak, maar een biertje gaat er altijd wel in.'

'Houd je mond,' reageerde ze minzaam. 'Thuis drink ik bier, en buitenshuis wijn.'

197

'Je hebt post,' zei hij nadat ze een paar slokken had genomen.

'O ja?'

'Nog twee mensen die op de bruiloft komen.'

'Echt?' Ze keek geërgerd. 'Ze hadden uiterlijk vorige week moeten reageren.'

'De ene is een tante van mij die in Wales woont en alle besef van tijd en ruimte kwijt is,' zei Aidan. 'En de ander...'

Het viel Nieve op dat zijn stem ineens anders klonk. 'De ander is zíj, hè?' Ze stak haar hand uit. 'Geef eens?'

Hij gaf haar een envelop met een keurig kaartje erin. Er stond op dat Darcey aanwezig zou zijn op de bruiloft van Nieve Stapleton en Aidan Clarke. Meer niet.

'Nou, daar heeft ze lang over gedaan,' mopperde Nieve. Ze keek op de achterkant. 'Geen e-mailadres, geen telefoonnummer.'

Aidan haalde zijn schouders op.

'Ze komt dus alleen,' ging Nieve verder. 'Blijkbaar is ze nog steeds hopeloos met mannen.'

'Dat ze alleen komt, hoeft nog niet te betekenen dat ze geen vriend heeft,' wees Aidan haar terecht. 'Ze is ooit getrouwd.'

'En gescheiden.'

Aidan keek bezorgd. 'Ik had liever gewild dat je haar niet had uitgenodigd.'

'Je hoopte dat ze niet zou komen.'

'Natuurlijk hoopte ik dat,' zei hij. 'Zelfs als we als vrienden uit elkaar waren gegaan... Het blijft merkwaardig mijn ex-vriendin uit te nodigen.'

'Zet je daar toch eens overheen,' zei Nieve terwijl ze het kaartje terugstopte in de envelop. 'Ze was mijn beste vriendin, en ze moet weten dat ik er niet met je vandoor ben gegaan om haar te pakken. En ik wil ook niet sentimenteel zijn, maar ik zou het prettig vinden als ze erbij is. Bovendien zijn we sindsdien allemaal volwassen geworden, en zij is altijd al een verstandige meid geweest.'

Aidan knikte, hoewel hij zich niet op zijn gemak voelde. Goed, ze waren volwassen, maar soms voelde hij zich net een joch van zeventien dat was verdwaald in een volwassen wereld. Hij kon zich niet voorstellen hoe het zou zijn om tegenover Darcey te staan.

20

Darceys eerste ingeving was onmiddellijk naar Galway te gaan om te kijken wat er aan de hand was, maar daarvoor was het al te laat. Aarzelend bleef ze voor de pub staan en vroeg zich af waarom haar vader ineens zulke onverwachte dingen deed. Vroeger leek hij altijd zo verstandig, maar kennelijk was hij hopeloos als het ging om emoties.

Ze ging dichter bij de buitenverwarming staan en koesterde haar schouders in de warmte. Eerst zet hij ons leven op de kop door weg te gaan, dacht ze, en nu weer door terug te komen. Minette zou hem toch zeker niet meer willen? Niet na al die jaren. Ooit zou ze daar wel bereid toe zijn geweest, maar nu had ze een eigen leven opgebouwd. Net zoals Martin een leven had opgebouwd met Clem en Steffi. Waarom ging hij dan nu weer terug naar zijn eerste vrouw? Jezusmina, ze kenden hem nauwelijks meer!

'O, daar ben je!' John en Thelma kwamen naar buiten. 'We waren naar je op zoek. Wat doe je hier buiten, je rookt toch niet?' John schudde een sigaret uit een pakje en stak hem op.

'Telefoongesprek,' legde Darcey uit. 'Ik wilde het goed kunnen horen.'

'Goed hoor, die laatste vraag,' zei Thelma. 'Je weet echt alles.'

'Niet altijd,' zei Darcey.

'Het gezicht van Lomond toen hij die vraag over Marmite kreeg!' John schoot in de lach. 'Alsof hij nog nooit van dat spul had gehoord!'

Darcey hield haar mond.

'Nou, ik verheug me al op het golfen,' ging John verder. 'En het is fijn een tegenstander in het stof te doen bijten.'

'Wat heb je tegen Neil?' vroeg Darcey.

'Hij heeft een te hoge dunk van zichzelf,' antwoordde John meteen. 'Hij denkt dat hij alles weet. En hij is veeleisend.'

'Ik vind hem leuk,' zei Thelma. 'Mooie ogen.'

John snoof.

'Ik ben niet de enige die hem leuk vindt, hoor,' zei Thelma. 'Sally, Mona en Mylene zijn weg van hem.'

'Jezusmina!' riep Darcey uit. 'Je wilt toch niet zeggen dat bijna al het vrouwelijke personeel voor hem gevallen is?'

John snoof alweer.

'Maar híj schijnt Anna Sweeney wel te zien zitten,' ging Thelma verder. 'Hij lachte heel zwoel naar haar.'

'Zwoel?' vroeg Darcey.

'Nou ja, zo zou niemand naar jou lachen, Darcey,' zei Thelma. 'Ze weten wel beter. Maar Anna geniet ervan.'

'Hm, misschien moet ik maar eens een kijkje gaan nemen,' zei Darcey.

Thelma grijnsde breed. 'Jij hebt toch niet ook een oogje op hem, hè?'

'Ha!' riep Darcey misprijzend uit, en ze beende de pub in.

Thelma had gelijk, Neil en Anna zaten naast elkaar aan een hoek van de bar, Anna naar hem toe gebogen zodat hij goed uitzicht had op haar decolleté. Neil keek echter niet naar Anna's borsten, maar in Anna's ogen, en zij lachte om alles wat hij zei. Het zag er heel intiem uit.

Zou het iets kunnen worden, vroeg Darcey zich af. Ze verdienden allebei een aardige partner. Vooral Anna. Ze was een geweldige moeder voor Meryl, maar ze was ook goed in haar werk. En Neil was een fatsoenlijke kerel, die graag een gezinnetje wilde. Met Darcey had dat niet gekund, en met Anna zou hij meteen een gezin hebben.

Na een paar minuten wilde Darcey plotseling weg. Ongemerkt trok ze gauw haar jasje aan en glipte naar buiten.

De maandag daarop belde Anna om te vragen waarom Darcey ineens weg was gegaan, en Darcey vertelde over het telefoontje van Tish en zei dat ze daarna geen zin meer had gehad in feestelijkheden. Ze zei dat ze vrijdagavond naar Galway ging om poolshoogte te nemen. Anna was het met haar eens dat het bizar was dat Martin opeens op de stoep had gestaan, en zei dat Darcey zich er beter buiten kon houden.

'Dat kan niet,' reageerde Darcey. 'Hij heeft haar gekwetst, en ik kan niet lijdzaam toekijken terwijl hij dat nog eens doet.'

'Waarom denk je dat hij haar weer zal kwetsen?' vroeg Anna.

Darcey moest toegeven dat Minette tegenwoordig veel sterker in haar schoenen stond, maar ze wist ook dat haar moeder toch nog kwetsbaar was.

Toen Darcey vrijdagavond over het tuinpaadje liep, het speciale belletje gaf zodat Minette zou weten dat zij het was en vervolgens haar sleutel in het slot stak, nam ze zichzelf voor geen preek af te steken tegen haar moeder. En zich volwassen op te stellen tegenover haar vader, mocht die aanwezig zijn.

Minette was echter alleen. Darcey zoende haar op beide wangen en krulde zich daarna op in de stoel tegenover die van Minette. Ze wilde niet beginnen met vragen waar haar vader was, of die al terug was naar Clem en Steffi, en het kostte haar grote moeite die vragen binnen te houden. En toen zei Minette uit zichzelf dat Martin even weg was, maar straks zou terugkomen.

Darcey ging rechtop zitten. 'Hoe kún je?' vroeg ze op hoge toon. 'Die lul!'

'Zo praat je niet over je vader,' zei Minette.

'Jij hebt wel ergere dingen gezegd,' bracht Darcey haar in herinnering.

'Weet ik.'

'Wat moet hij hier? Wat is er gebeurd?'

Het was vreemd dat Minette er tegen Darcey openhartiger over sprak dan ze met de tweeling had gedaan. Darcey had de tweeling elke dag gebeld, maar die wisten er niet meer over te vertellen dan dat Martin bij Minette logeerde.

Volgens Minette had Clem een verhouding met een jongere man. Dat verbaasde Darcey niet. Eerst had Clem het misschien als een wapenfeit beschouwd om een oudere man weg te kapen, maar op den duur poetste je een leeftijdsverschil van vijfentwintig jaar niet zomaar weg.

'Ze is ook nog zwanger,' zei Minette.

'Je meent het!' Darcey zette grote ogen op.

Minette slaakte een zucht. 'Niet van je vader, hoor. Van die ander, ook een leraar. Clem heeft hem leren kennen tijdens een avontuurlijk weekend voor kinderen.'

'Goh, dat mens is echt gevaarlijk!' riep Darcey uit. 'Zo heeft ze pap ook opgepikt.'

'Ze moest het hem wel vertellen, want het kind kan onmogelijk van hem zijn. En die ander wil er niks van weten.'

'Wil ik dat allemaal wel over mijn vader weten?' vroeg Darcey zich hardop af.

'*C'est la vie*,' zei Minette schouderophalend.

'Maar waarom is hij nu hier?'

'Hij weet niet wat hij moet doen. Hij wil erover nadenken, zonder haar erbij. Hij kan haar moeilijk de deur uit zetten. Hij is behoorlijk van slag, de dokter heeft een lichte depressie geconstateerd...'

'Ja, als ik hem was, zou ik ook een lichte depressie krijgen,' smaalde Darcey.

'Hij is met ziekteverlof, en hij wist niet waar hij naartoe moest.'

'Jezus, mam!' riep Darcey ongeduldig uit. 'Je hebt niks meer met hem te maken, jullie zijn gescheiden. Wat moet hij in godsnaam hier?'

'Hij belde op,' zei Minette. 'Vanuit een hotel. En toen zei ik dat hij wel hier mocht komen.'

'Oké, je bent dus zo gek als een deur.'

'Het heeft niets te betekenen,' reageerde Minette. 'Ik help hem alleen maar.'

'Je helpt de man die je heeft laten stikken!' riep Darcey uit. 'Die je heeft gedumpt voor iemand die mijn zusje wel had kunnen zijn! Waarom zou je hem helpen?'

'Omdat ik medelijden met hem heb.'

'Wat een onzin! Hij gebruikt je gewoon, net als vroeger.'

Minette reageerde daar niet op.

'Sorry, ik bedoelde niet dat hij je altíjd heeft gebruikt. Alleen... Hij maakt misbruik van je goede inborst.'

'Misschien vind ik dat helemaal niet erg,' zei Minette. 'Misschien vind ik het wel fijn om nodig te zijn.'

'Hij heeft je niet nodig!' riep Darcey uit. 'Hij kan best voor zichzelf zorgen. Hij is een man. Manipulatief, onbetrouwbaar, bereid om gebruik te maken van andermans zwakte. En alleen maar op zichzelf gericht, net als alle andere mannen.'

Peinzend keek Minette haar dochter aan. 'Denk je zo over mannen? Alle mannen?'

'Nou ja, ik generaliseer een beetje,' verzuchtte Darcey. 'Maar niet heel erg.'

'Ik vind het jammer dat je er zo over denkt,' zei Minette. 'Ik vind het jammer dat je zulke ervaringen hebt gehad en dat je nu alle mannen over één kam scheert. Want niet alle mannen zijn zo. Maar als jij denkt van wel, is het geen wonder dat je huwelijk op de klippen is gelopen.'

'We hebben het nu niet over mijn huwelijk,' zei Darcey. 'We hebben het over het jouwe. En ik zou mijn ex nooit binnenlaten in mijn leven of in mijn huis.' Opeens was ze erg blij dat Neil Lomond haar toch niet was komen afhalen, die dag dat ze naar Edinburgh waren gegaan.

'*Chérie*, ik laat hem niet binnen in mijn leven,' zei Minette. 'Hij is een oude vriend die me inderdaad slecht heeft behandeld, maar die het nu zelf moeilijk heeft. Ik troost hem een beetje. Het is niet fijn om erachter te komen dat je vrouw een ander heeft, en dat ze nog zwanger van die ander is ook. Je vader is al op leeftijd, dus er bestaat weinig kans dat hij nog een ander tegenkomt met wie hij kan opbouwen wat hij met Clem had.'

'Dat alles had hij met ons.' Het klonk verdrietig. 'En daar liep hij zomaar van weg.'

'Je hebt gelijk,' zei Minette. 'En dat kan ik hem niet vergeven. En toch laat ik hem niet verpieteren in een hotel, terwijl hij zich zorgen maakt over wat hij nu moet doen. En zich uiteraard ook zorgen maakt over Steffi.'

'Dan ben je een stuk aardiger dan ik,' merkte Darcey op.

'Nee, niet aardiger,' reageerde Minette met een zucht. 'Alleen maar ouder.'

Darcey maakte een afwerend gebaar. 'Vind je het trouwens erg als ik bij de tweeling blijf slapen? Zij vroegen het, maar ik wilde eerst bij jou langs. Als hij hier is, wil ik niet ook hier logeren. Dat kan ik gewoon niet.'

'Ik vind het best,' zei Minette.

'Dan bel ik ze.' Darcey stond op. 'Mam, ik heb respect voor je besluit, echt waar. Zorg alleen dat je gevoel het niet overneemt van je verstand.'

'Maak je geen zorgen,' reageerde Minette. 'Ik ben Zwitserse, geen Française.'

'Als het om mannen gaat, maakt het niet uit waar je vandaan komt,' zei Darcey.

Toen ze de telefoon pakte, hoorde ze de voordeur opengaan. Minette liep snel de kamer uit, en terwijl Darcey met Tish sprak, hoorde ze stemmen in de gang. Zodra ze had opgehangen, kwam haar vader binnen.

Hij zag er ouder uit. Zijn haar was grijzer en zijn gezicht grauw. Er stond een verdrietige blik in zijn ogen. Hoewel Darcey dat eigenlijk wel verdiend vond omdat hij zijn gezin zoveel had aangedaan, kreeg ze toch medelijden met hem.

'Ik ga naar de tweeling,' zei ze. 'En pap, het spijt me voor je.'

Verrast keken haar ouders haar aan.

'Dank je wel,' zei Martin.

'Ik bel je gauw, mam.'

'Daar verheug ik me op.' Minette zoende haar op beide wangen.

Martin keek Darcey aan. Die haalde haar schouders op en zoende hem toen ook maar op zijn wangen.

Darcey vond het een goed idee om met Tish en Amelie bij te praten onder het genot van een drankje. Dus gingen ze naar een bar die vroeger een genoeglijke pub was geweest, waar je de hele avond op één biertje kon zitten. Maar nu was de boel verbouwd met veel glas en marmer. Op deze vrijdag was het er bomvol.

De drie zusjes bestelden een fles wijn en hadden het geluk dat er net een tafeltje met granieten tafelblad vrijkwam. Ze gingen zitten op de moderne maar nogal ongemakkelijke barkrukken.

Voor de tweede keer vertelde Darcey wat Minette allemaal had gezegd, en dat ze Martin had gezien en dat hij er vreselijk uitzag. 'Toen kon ik niet meer kwaad op hem zijn,' gaf ze toe. 'Mam is een halve heilige dat ze hem in huis heeft genomen.'

'Ik heb best medelijden met haar,' zei Amelie. 'Ze voelt het vast als haar plicht.'

'Ik heb vooral medelijden met Steffi,' zei Tish terwijl ze zichzelf inschonk. 'Wíj waren volwassen toen hij de benen nam, en zij is nog maar een kind.'

'Hij windt mam vast om zijn pink, en dan laat ze hem blijven,' zei Darcey. 'En vroeg of laat belandt hij dan in haar bed.'

Haar zusjes trokken een vies gezicht. Ze waren het er allemaal over eens dat Minette en Martin niet samen in een huis konden wonen zonder bij elkaar in bed te kruipen.

'Ik kon haar wel door elkaar schudden,' biechtte Darcey op. 'Al dat gewauwel over vergeven en vergeten... Goed, ze waren met elkaar getrouwd, maar nu is hij bijna een onbekende. Waarom liet ze hem toch binnen?'

'Stel dat Neil Lomond bij jou voor de deur stond,' zei Tish, 'en vroeg of hij een nachtje mocht blijven slapen omdat er iets vreselijks aan de hand was... Wat zou je dan doen?'

Darcey verstarde met het glas wijn aan haar lippen. Toen nam ze gauw een slok en zette het glas neer. Na een poosje zei ze: 'Ik zou zeggen dat hij kon oprotten.'

De tweeling wisselde een blik uit, en toen vroeg Tish: 'Is hij al langsgekomen bij Global Finance?'

Verbaasd keek Darcey haar aan. Het was zo gewoon geworden voor haar om Neil te zien rondlopen op het werk dat het niet in haar was opgekomen dat haar zussen niet op de hoogte waren.

'Jawel,' antwoordde ze achteloos. 'Alleen heet het nu Investor-Corp. Maar het doet me niets, hoor, dat hij daar werkt. Ik geloof zelfs dat hij iets heeft met een collegaatje.'

'O, Darcey...' Amelie vertrok haar gezicht tot een grimas. 'Dat moet pijnlijk zijn.'

'We zijn toch gescheiden?' reageerde Darcey. 'Nee, het is niet pijnlijk.'

'Nee?'

'Nou ja, het is een beetje onwennig,' gaf ze toe. 'En dat collegatje is een goede vriendin van me.'

'Darcey...' Tish sloot abrupt haar mond.

'Wat?'

'Een vriendin van jou met een man uit jouw leven? Alweer?'

Darcey schoot in de lach. 'Dit is iets heel anders. Ik ben blij voor ze. Zij is een schat, en hij... Nou ja, hij is vast geweldig met een vrouw die goed bij hem past. Daarom vind ik het niet erg. Echt niet.'

'Koester je dan helemaal geen gevoelens meer voor hem?' vroeg Amelie.

'Jeetje, we waren het er toch over eens dat mam ook niks meer voelde voor pap?' reageerde Darcey. 'Waarom zou ik dan nog iets voelen voor Neil? En hij is er niet vandoor gegaan met een kind half zo oud als ik!'

Tish lachte. 'Da's waar.'

'Dus je vindt het niet erg?' Amelie klonk niet erg overtuigd.

'Echt niet,' bevestigde Darcey. 'Maar,' voegde ze eraan toe om van onderwerp te veranderen, 'ik vind het niet fijn om naar Nieves bruiloft te gaan.'

'Hè?' Verwonderd keek de tweeling haar aan.

Darcey was zelf ook verwonderd. Ze had niet op de uitnodiging willen reageren. Die had ze laten liggen in een bureaula totdat ze er nog eens naar had gekeken en had gezien dat ze de volgende dag uiterlijk had moeten zeggen of ze kwam of niet. Nog steeds snapte ze niet wat haar had bezield om een kaartje te sturen waarmee ze bevestigde dat ze aanwezig zou zijn. En toch had ze dat gedaan. Zodra ze het kaartje op de post had gedaan, had ze er spijt van gekregen. Ze had nog overwogen een ander kaartje te sturen om te zeggen dat ze helaas verhinderd was, maar dan zou ze zo besluiteloos en slap overkomen. Het ergste was nog dat ze had geschreven dat ze aanwezig zou zijn op het etentje vooraf. Dat werd gegeven in een plaatselijk restaurant en zou heel informeel zijn, voor mensen die van ver kwamen plus een paar oude bekenden. Ze vroeg zich af wie die oude bekenden zouden zijn, waarschijnlijk vriendinnen van school of zo. Toch zweette ze peentjes wanneer ze er alleen maar aan dácht.

'Wat stom van je!' riep Amelie toen Darcey het allemaal had uitgelegd. 'Waarom heb je dat nou gedaan?'

'Ze dacht zeker dat ze het wel aankon, en ze wilde dat mens laten zien dat ze er totaal niet mee zat,' zei Tish.

Dankbaar keek Darcey haar aan. De tweeling was eerst een hele steun geweest toen ze het hadden gehoord van Aidan en Nieve, maar al snel hadden ze gezegd dat ze zich er maar eens overheen moest zetten. Darcey had hun dan ook niet verteld over de ring in Aidans binnenzak die ze nooit had gekregen.

'Weet je, we zijn niet bepaald gelukkig in de liefde,' merkte Amelie op. 'Mam en pap, en jij en Aidan, en dan ook nog met Neil... En wij zijn helemaal hopeloos.' Theatraal haalde ze haar schouders op. 'Twee voor de prijs van één!'

'Nee, hè?' vroeg Darcey ontzet.

'Niet echt.' Tish grijnsde breed. 'Maar het is lastig om een tweeling te zijn, dat verpest het vaak met vriendjes.'

'Willen jullie eigenlijk wel trouwen?' vroeg Darcey.

'Ooit,' antwoordde Amelie met een zucht. 'Maar we kunnen nooit eens een man lang genoeg vasthouden.'

'Och ja...' reageerde Darcey bedrukt. 'We bakken er niets van.'

Ze liet zich van de barkruk glijden en ging naar de toiletten, waar ze keek naar de jongere, mooiere meisjes die zichzelf nog mooier maakten voor de enorme spiegels. Hoe deden andere meisjes dat toch, hoe kwamen zij aan de juiste man?

Toen ze even later terugliep naar hun tafel, werd er opeens een hand op haar schouder gelegd en hoorde ze een man haar naam zeggen. Ze draaide zich om en zag een collega van Aidan bij Car Crew staan.

'Denis!' riep ze uit zodra ze zich zijn naam had herinnerd. 'Hoe is het met jou?'

'Goed, hoor,' antwoordde hij. 'Maar jij... Goh, je ziet er geweldig uit.'

Ze schoot in de lach. 'Dank je wel.'

'Ik meen het echt,' zei hij. 'Stijlvol en zo.'

'Dank je wel,' zei ze weer. 'Jij ziet er trouwens ook goed uit.'

'Ik werk nu voor een softwarebedrijf,' vertelde hij. 'Ik word goed betaald, en er is een fitnessruimte. Hoe is het met jou? Ik hoorde dat je was vertrokken naar Frankrijk of Duitsland of zoiets.'

'Naar Londen,' zei ze. 'Maar nu ben ik weer terug.'

'Zeg, als je je soms verveelt... Als je een keer iets wilt afspreken of zo...'

Ze glimlachte. 'Lief van je, Denis, maar ik woon in Dublin. Ik ben een weekendje thuis.'

'Ik heb ook altijd pech,' zei hij met een grijns. 'Alle mooie meisjes hebben altijd iets beters te doen.'

'Of ze moeten ergens anders zijn,' zei ze. 'Leuk je weer eens te zien.'

'Vond ik ook,' zei hij. Hij haalde een visitekaartje uit zijn zak. 'Als je me nodig hebt, hier staat mijn telefoonnummer op.'

'Dank je wel,' zei ze alweer.

Met een brede lach liep ze terug naar het tafeltje. 'Kijk,' zei ze, terwijl ze het kaartje aan haar zusjes liet zien. 'Ik hoef niet te treuren om de mannen uit het verleden. Ik kan een nieuwe krijgen als ik door een bar loop.'

'Ons zusje, de mannenverslinder,' zei Tish. Allemaal moesten ze verschrikkelijk giechelen.

21

Nieve maakte al sinds haar aankomst in Californië gebruik van dezelfde advocatenpraktijk, en hoewel die was gespecialiseerd in bedrijfsrecht, maakte ze er toch maar een afspraak.

Nadat ze vijf minuten in de wachtkamer had gezeten, kwam Corr Bryant haar met een lach halen. 'Nieve, leuk je weer eens te zien.'

Ze lachte terug. Corr was een uitstekende advocaat. Hij was lang, met brede schouders, en altijd gekleed in keurige pakken en witte overhemden met dure manchetknopen. Hij straalde zelfvertrouwen uit.

Achter hem aan liep ze naar zijn werkkamer, waarvan de luxaflex was gesloten tegen de felle zon. Daar bood hij haar een kopje espresso aan van het apparaat dat op een glanzend houten kastje stond.

'Vorig jaar gekocht,' zei hij terwijl hij een kopje voor zichzelf inschonk, nadat ze had gezegd dat ze liever een glaasje water wilde. 'Heerlijke koffie!'

'Slaap je 's nachts nog wel?' vroeg ze.

'Als een roos. Dat komt omdat ik me nooit zorgen maak. En, Nieve, wat kan ik voor je doen?'

Corr had haar geholpen toen ze nog bij Jugomax werkte, en was een hele steun geweest bij alle problemen die waren ontstaan toen dat bedrijf failliet ging. Hij had haar het gevoel gegeven dat zulke dingen nu eenmaal gebeuren, en dat het niet aan haar lag. Weer een ervaring rijker, had hij gezegd, maar het leven gaat door, het is niet het einde van de wereld. Voor Nieve had het wel het einde van de wereld geleken. Ze had nauwelijks kunnen geloven dat een bedrijf met een goed bedrijfsplan, een bedrijf dat echte producten verkocht, zomaar failliet kon gaan, net zoals al die internetbedrijven die in gebakken lucht handelden. Ze was ontzet geweest over de snelheid waarmee het was gegaan. De banken die zich hadden teruggetrokken, Jugomax dat plotseling niets meer voorstelde. Eerst had ze gedacht dat ze het wel zouden redden, maar dat was niet zo. Op een dag was de directeur niet meer komen opdagen, en toen had zij Max moeten bellen, en die had gezegd dat hij niet bereid was er nog meer geld in te steken.

'Misschien zijn we onze tijd ver vooruit,' had hij gezegd tijdens het telefoongesprek waarin hij haar had laten weten dat het voorbij was. 'Voor mij was het een gok. Als het werkte, zou dat prima zijn geweest. Maar zo is het ook best.'

'En ik dan?' had ze gevraagd. 'En ik dan, en Aidan, en de andere werknemers?'

'Ik heb gedaan wat je vroeg.' Het had kil geklonken. 'Ik heb voor een baan gezorgd, je hebt je kans gekregen, en het is niet mijn schuld dat het op niets is uitgelopen. Als je Lilith nu nog gaat vertellen over Spaanse huishoudsters, zal ze alleen maar denken dat je een ontevreden werknemer bent. Ze zal er geen enkele aandacht aan besteden.'

'Je bent blij dat het verkeerd heeft uitgepakt!' had ze uitgeroepen. 'Je wilde helemaal niet dat ik zou slagen!'

'Onzin,' had hij gezegd. 'Je hebt met mijn geld gespeeld. Uiteraard wilde ik dat je zou slagen. Maar ik ben ook blij dat ik nu niks meer met je te maken heb, Nieve, want eerlijk gezegd vind ik je een grote bitch.'

Gek dat hij haar altijd wist te kwetsen. Ze was geen bitch. Ze wist wat ze wilde en daar ging ze voor, maar dat betekende nog niet dat ze een bitch was. Ze was gewoon iemand met een doel voor ogen, en het stoorde haar dat ze daarom voor bitch werd uitgemaakt.

Ze duwde die gedachten weg en keek naar Corr, die net een beetje suiker in zijn kopje deed.

'Ik wil graag advies,' zei ze.

'Kom maar op.' Hij lachte erbij. 'Ben je van plan iets op te zetten met dat geld van Ennco?'

Verrast keek ze hem aan.

'Je blijft daar toch niet?' vroeg hij. 'Iedereen vraagt zich af wat jullie met de poet gaan doen.'

'Kom nou toch, we zijn maar kleine jongens.'

'Kleine jongens? Nee, hoor.'

'Nou ja, hier is iedereen een kleine jongen als er geen miljarden omgaan in het bedrijf.'

'Misschien heb je wel gelijk,' zei hij. 'Maar toch zit je er straks warmpjes bij. Vertel maar eens waar je mee zit.'

'Ik ga niet zelf een bedrijf oprichten,' zei ze. 'In elk geval nu nog niet.'

'Jammer. Maar toch kan ik je wel een paar adviezen geven over het beheer van je geld,' zei hij. 'Niet dat je dat nodig hebt.'

'Het gaat over het geld,' gaf ze toe. 'Maar het is ook persoonlijk.'

'Daar weet ik weinig van.'

'Ik ga trouwen.'

'Gefeliciteerd.'

'En ik zat te denken aan huwelijkse voorwaarden.'

'Aha.' Corr knikte. 'Wie is de gelukkige?'

'Aidan.' Het verwonderde haar dat Corr dat vroeg, want hij had Aidan een paar keer ontmoet.

'Dus je wilt een huwelijk op huwelijkse voorwaarden met de man met wie je al eh... tien jaar samenwoont?'

Ze trok een gezicht. 'Ik weet het... Weet je, er staat heel veel geld op het spel, en toen dacht ik...' Ze zuchtte eens diep. 'Ik hou echt van hem, maar tegenwoordig lopen er zoveel huwelijken op de klippen, en als dat ons gebeurt, wil ik niet ook al dat geld kwijt zijn.'

'Heel begrijpelijk,' zei Corr.

'Ik vind het verschrikkelijk,' biechtte ze op. 'Hij is altijd lief voor me geweest, maar...'

'Je wilt je overal tegen indekken. Dat begrijp ik. Zoals ik al zei, weet ik daar niet veel van, ik ben expert op het gebied van bedrijfsrecht. Jeetje, Nieve, wat een rotsituatie. Als je niet zou gaan trouwen, en jullie uit elkaar zouden gaan en hij mijn cliënt was, zou ik uit zijn naam geld van je kunnen eisen.'

'Weet ik.'

Hij klikte een paar keer met de muis, en de printer kwam zoemend tot leven.

'Deze advocaat kan ik je aanraden,' zei hij toen hij haar het geprinte vel papier gaf. 'Expert op het gebied van familierecht.'

'Dank je.' Ze stopte het opgevouwen papier in haar tasje.

'Gaat alles goed tussen Aidan en jou?' vroeg hij.

'O ja,' antwoordde ze. 'Ik ben alleen maar voorzichtig. Het gaat om heel veel geld, en...'

'En Aidan zou het over de balk smijten als hij de kans kreeg.'

'Corr!'

'Zoiets had je al eens over hem gezegd. Dat hij geen hoofd heeft voor zaken, en geen flauw benul van wat hij met geld moet doen.'

Ze knikte. 'Klopt. Weet je, toen we naar de Verenigde Staten verhuisden, dacht ik dat hij hetzelfde wilde als ik. Maar toen puntje bij paaltje kwam, deed hij geen moeite echt hogerop te komen. Zodra bij Jugomax alles was geregeld, wilde hij leuke dingen gaan doen. Hij snapt niet dat je moeite moet doen en wachten totdat zich een kans voordoet. Hij gaat niet voor het grote geld.'

'Misschien vindt hij geld niet zo belangrijk.'

'Nu maak je een geintje!' riep Nieve uit.

'Het is een schokkende gedachte,' gaf Corr toe. 'Sommigen zijn nu eenmaal tevreden met minder. Maar jij en ik, Nieve, wij zijn nooit tevreden. Daar is niks mis mee, al begrijpen sommigen dat niet.'

'Weet ik,' zei ze. 'Sommige mensen geven je een rotgevoel omdat je graag wilt slagen.'

'Geeft Aidan je dat gevoel?' vroeg hij. 'Niet dat ik relatietherapeut ben, hoor, maar in dat geval moet je misschien iets anders overwegen dan huwelijkse voorwaarden.'

'Normaal gesproken niet,' zei Nieve. 'Alleen, hij wil dat we het rustig aan doen als we straks dat geld van Ennco hebben, en ik vind juist dat we het moeten gebruiken om meer geld te genereren. Ik snap niet wat daar mis mee is. Waarom zou ik me rot voelen omdat ik dat graag wil?'

Hij grinnikte. 'Ik ben het met je eens dat geld heel belangrijk is.'

'Dat wist ik wel.' Ze lachte naar hem. 'Daarom wil ik er ook voor zorgen dat wat van mij is, van mij blijft. Wat er ook gebeurt.'

'Ga maar eens praten met Leeza Bartlett,' raadde hij haar aan.

'Die zorgt wel dat het in orde komt. Ik zal haar vast telefonisch op de hoogte brengen.'

'Dank je wel.' Ze stond op.

'En als je besluit iets op te zetten, bel me dan.'

'Doe ik,' beloofde ze.

Ze liep het gebouw uit en de parkeerplaats op. Het dak van haar rode Acura schitterde in de zon. Aan de ene kant vond ze dat ze verraad had gepleegd tegenover Aidan door een advocaat te raadplegen, maar aan de andere kant was dat wel verstandig. Liefde overwint dan wel alles, maar je moet ook voorbereid zijn op de toekomst. Want je weet nooit wat de toekomst voor je in petto heeft.

Toen ze die avond thuiskwam, was Aidan er al. Hij had de barbecue aangestoken, dat rook ze meteen. Wat ben ik toch een lelijk mens, dacht ze, ik denk aan het ergste terwijl hij juist zo lief is.

Hij zat op een tuinstoel een boek te lezen, met op het tafeltje naast zich een koud biertje.

'Ben je vlees aan het verkolen?' vroeg ze.

'Dat leek me gezellig.' Hij sloeg het boek dicht. 'Het is al eeuwen geleden dat we zoiets hebben gedaan, en het is een prachtige avond.'

'Inderdaad.' Ze schopte de schoenen met de hoge hakken uit en stroopte haar kousen af. Met dit mooie weer zou ze liever geen panty dragen, maar bij Ennco hielden ze niet van blote benen. Vervolgens ging ze op een andere tuinstoel zitten en wroette met haar tenen in het stoffige gras.

'Zo, hoe was het op de geldboerderij?' vroeg Aidan.

'De koers is gestegen,' antwoordde ze.

'Ik heb een voorstel,' zei hij. 'Zodra je het geld in handen krijgt, kunnen we een cruise om de wereld maken.'

'Dat kan niet,' reageerde ze. 'Net zoals ik ook niet ineens naar Ierland kan verhuizen. Ik moet minstens een halfjaar bij het bedrijf blijven.'

'Je zit mooi aan ze vast, hè?' klaagde Aidan. 'Je kunt de aandelen niet verzilveren, en je kunt er niet weg.'

'Ze willen niet dat we allemaal opstappen,' reageerde Nieve. 'Logisch, toch?'

'Jawel, maar jij hoort niet bij de effectenmakelaars. Jij bent alleen maar toezichthouder.'

'Alleen maar?' Geërgerd keek ze hem aan. 'Dat is een verantwoordelijke baan, Aidan. Ik moet ervoor zorgen dat alles gaat volgens de regels. We willen niet zo'n ramp als bij Enron. Soms denk ik weleens dat je niet begrijpt hoe belangrijk mijn werk is. Ik word genoemd in de *Business Week* van deze week, hoor.'

'Sorry,' zei hij snel. 'Zo bedoelde ik het niet.'

'Ik vond het anders knap beledigend.'

'Kom op.' Hij stond op. 'Ik zal de hamburgers maar eens op het rooster leggen.'

Hij liep de keuken in en kwam even later terug met de hamburgers, die hij op de barbecue legde.

Nieve bleef even kijken en kwam toen bij hem staan. 'Sorry,' zei ze.

'Je moet eens wat meer ontspannen, schat.' Hij keerde een hamburger en keek haar toen aan. 'En, wat voor strategie heeft Ennco voor de toekomst?'

'Groei, groei, groei.'

'En dan?'

'Jezus, weet ik het!' Gespannen keek ze hem aan. 'Wat heb je ineens tegen het bedrijfsleven? Ik ben niet achterlijk, hoor. Tegenwoordig praat je alleen nog maar over het ervan nemen en kinderen krijgen. Ik dacht dat er wel meer was tussen ons.'

'Klopt,' reageerde hij ernstig. 'Dat weet je zelf ook wel. En lieverd, ik wil je heus niet dwingen tot dingen die je niet wilt. Ik wijs alleen maar op de opties.'

'En daar houd je maar niet over op!' tierde ze. 'Elk gesprek gaat verdomme over het hippiebestaan tegenover het zakenleven! Dit zou een fijne tijd moeten zijn, maar jij verpest het allemaal. En ik heb toch al genoeg aan mijn hoofd met het regelen van de bruiloft!'

'Het is niet mijn bedoeling je onder druk te zetten.' Hij legde de lange vork neer en nam haar in zijn armen. 'Ik wil dat je gelukkig bent. Ik hou van je, moet je weten. Ik wil alleen maar dat je later geen spijt krijgt.'

Ze liet haar hoofd tegen zijn schouder rusten. 'Echt, ik krijg nergens spijt van.'

'Als de bruiloft te veel spanningen opwekt... Nou, dan trouwen we toch niet?' zei Aidan zacht.

Ze deinsde achteruit. 'Je wilde toch trouwen? Ben je van gedachten veranderd?'

'Doe niet zo mal! Maar lieverd, het moet iets fijns worden, geen belasting. Dus als het voor jou te zwaar is...'

Ze slikte iets weg. 'Ik wil met je trouwen,' zei ze. 'Dat wil ik al heel lang.'

'Nou, laat die weddingplanner dan doen waarvoor ze wordt betaald, en relax zelf.'

Ze knikte peinzend. Alleen, ze vond het fijn om onder druk te staan. Dat wist hij. Waarom wilde hij dan van haar dat ze relaxte? Waarom stelde hij voor de bruiloft af te gelasten? Huiverend legde ze haar hoofd weer tegen zijn schouder, nog steeds gespannen als een veer.

22

Het weekend voordat Darcey naar Singapore zou gaan, raakte ze in paniek omdat ze niets had om aan te trekken, dus ging ze shoppen. Hoewel de zomer Dublin nog niet had bereikt, stonden de etalages vol luchtige zomerjurkjes en grappige sandaaltjes. Terwijl Darcey door Grafton Street liep, vroeg ze zich af hoe het zou zijn om weer een bloemetjesjurk te hebben. Na het bloemetjesjurkje van die fatale avond toen ze dacht dat ze zich zou gaan verloven, had ze haar kledingstijl radicaal veranderd. Ze droeg nu meestal zwarte of beige pakjes naar haar werk, en in haar vrije tijd een spijkerbroek met een topje.

Ze vond het niet fijn om iets anders te gaan dragen dan zwart of beige, maar ze had iets nodig voor een stad waar het warm en vochtig was. Waarschijnlijk beschikten de kantoorgebouwen in Singapore over airconditioning, maar buiten zou ze bijna smelten in de kleren die ze had.

Ze stapte naar binnen bij Brown Thomas, waar ze langs de rekken vol kleding in tere pasteltinten liep, en vond toen een aanvaardbaar pakje van beige linnen. Ze kocht er zes witte blousejes bij. Geen opwindende keus, maar wel veilig. Vervolgens paste ze schoenen van Marc Jacobs met hoge hakken. Ze was gek op dure schoenen. Natuurlijk niet in zoete kleurtjes, maar wel met hoge hakken omdat haar benen dan slanker leken, al liep dat niet erg fijn en bestond de kans dat ze zou vallen. Ze was niet meer zo onhandig als vroeger, maar ook bepaald niet gracieus.

'Deze hebben we ook in het paars,' zei de verkoopster.

'Nee, deze zijn prima.' Ze waren roodbruin met borduursel in gouddraad. Dat was genoeg versiering voor een zakenvrouw, vond ze.

Toen ze met haar tasjes de winkel uit liep, botste ze tegen iemand op. 'Sorry!' zei ze gauw.

De lange vrouw met bruin haar, die ook haar handen vol tassen had, bood eveneens haar excuses aan, maar fronste toen opeens haar wenkbrauwen. 'Darcey? Darcey McGonigle?'

Darcey knikte, en toen herkende ze de vrouw. 'Carol Jansen?'

Carol lachte stralend. 'Wat leuk je weer eens te zien!' riep ze uit.

'Hoe is het met jou?' vroeg Darcey terwijl ze tegenover elkaar op de stoep stonden. 'Je ziet er goed uit.'

'Dank je,' zei Carol. 'Ik ben afgevallen.'

'Nu je het zegt...' Carol was op school te zwaar geweest, en volgde altijd een dieet dat niet werkte.

'Ik heb een kindje gekregen,' zei Carol. 'En toen stond ik voor de keus het extra gewicht van de zwangerschap te laten zitten, of radicaal af te vallen.'

'Het staat je goed,' zei Darcey.   .

'Jij bent anders ook veranderd,' zei Carol. 'Jij bent ook afgevallen. En wat zit je haar leuk!'

'Dank je. Het is veel werk, maar het moet maar.' Darcey lachte.

'Waar zouden we zijn zonder schoonheidsmiddeltjes?' reageerde Carol. 'Niet dat jij veel nodig hebt, jij hebt een goed gezicht.'

'Onzin,' zei Darcey.

'Nee, echt,' zei Carol. 'Ik ben altijd jaloers geweest op je hoge jukbeenderen.'

'Echt?'

Carol knikte.

'Dat wist ik niet. Leuk om te horen.'

'Heb je tijd?' vroeg Carol. 'Zullen we even koffie gaan drinken en een beetje bijpraten?'

Intuïtief keek Darcey op haar horloge. 'Graag.'

Ze liepen Wicklow Street in en zaten even later achter het raam van een cafeetje, waar Darcey cappuccino bestelde en Carol muntthee.

'Wat gezond,' mopperde Darcey.

'Ik moet mijn lijn in de gaten houden,' legde Carol uit.

Darcey deed suiker in haar cappuccino en deed haar best niet aan haar heupomvang te denken.

'Zie jij nog weleens mensen van vroeger?' vroeg Carol. 'Ik ben ze allemaal uit het oog verloren toen ik in Engeland ging studeren.

Ik ga bijna nooit naar Galway, ook niet voor een schoolreünie of zo. Weet je, ik ben op zoek naar iets leuks om te dragen naar de bruiloft van Nieve Stapleton. Jij gaat zeker ook?' Ze liet haar blik afdwalen naar Darceys tasjes. 'Laat dan maar eens zien wat je daar hebt. We willen niet in hetzelfde verschijnen, toch?'

'O, maar dit is niet voor de bruiloft,' zei Darcey, die zich afvroeg of Nieve al hun vroegere vriendinnen soms had uitgenodigd. Iedereen van school, iedereen van hun studietijd? 'Maar eigenlijk zou ik ook nog iets moeten kopen voor de bruiloft.'

'Ik tut me niet vaak op,' bekende Carol. 'Maar deze keer moet dat wel. Het was een dure kaart, en ik heb dat kasteel altijd al eens willen zien. Er stond iets over de renovatie in de *Sunday Times*. En omdat ik freelance verslaggever ben, zou ik er ook iets over kunnen schrijven.'

'Je was altijd al de boekenwurm.'

'Ik schrijf geen boeken, hoor, gewoon stukjes.' Carol keek er beschaamd bij.

'Ik geloof niet dat ik je naam ooit ben tegengekomen,' zei Darcey peinzend.

Fluisterend vertelde Carol: 'Ik houd het geheim, maar ik ben dus Vraag het aan Sam.'

Met een lege blik keek Darcey haar aan. 'Vraag het aan Sam?'

'In een roddelblad, de *Irish*...'

'O, een probleemrubriek!' riep Darcey verwonderd uit.

'Ongelooflijk, hè?'

'Maar dan heb ik over je gehoord! Je bent geweldig populair!'

'Nou ja, ik ben beter in het oplossen van andermans problemen dan in het oplossen van mijn eigen problemen.'

'Heb jij problemen?' vroeg Darcey. 'Ik vond je altijd zo standvastig.'

'Jezus, Darcey, iedereen heeft problemen!'

'Klopt,' zei Darcey. 'Wat is jouw probleem? Of wil je dat niet zeggen?'

'Och, na mijn studie heb ik er een zootje van gemaakt,' vertelde Carol. 'Ik raakte zwanger.'

Meelevend keek Darcey haar aan.

'Ze is helemaal top,' zei Carol.

'Vast wel, als ze op jou lijkt,' reageerde Darcey gemeend.

'Gelukkig heeft ze mijn genen gedeeltelijk geërfd.' Het klonk grimmig. 'Haar vader is Tommy Brennan. Herinner je je hem nog? Hij ging ook in Engeland studeren. Gek, hè, vertrek je helemaal uit Galway en dan val je op iemand van thuis.'

Darcey herinnerde zich de donkere jongen met de sombere blik nog goed. Ze hadden hem toen eng gevonden omdat hij veel rookte en in zwart leer gekleed ging.

'Nou, hij was dus totaal niet eng,' zei Carol. 'Eigenlijk was hij een doodgewone jongen. Saai zelfs. Toen ik zwanger was, wilde hij trouwen. Goh, wat heb ik me bij hem verveeld. Een paar jaar geleden zijn we gescheiden.'

'Dat spijt me voor je.'

Carol haalde haar schouders op. 'Och, zulke dingen gebeuren. Hij heeft nu iemand anders. De dag na de bruiloft van Nieve gaan ze trouwen.'

'O.'

'Och, het gaat prima met Julie en mij, gewoon met z'n tweetjes,' reageerde Carol luchtig. 'Ze doet me aan jou denken: een echte perfectionist.'

'Ik ben geen...' Darcey giechelde toen ze de uitdrukking op Carols gezicht zag. 'Nou ja, misschien een beetje.'

'En hoe is het met jou?' vroeg Carol.

'Ik werk voor een financial.'

'Dat verbaast me niets. Je kon altijd al goed rekenen. Voor jou zagen we een gouden toekomst weggelegd.'

'Ja?'

'O ja, Rosa en ik hadden het er vaak over. Ze zei dat je ooit het licht zou zien en dat je dan niet meer net zou doen alsof je niks kon.'

Toen Darcey bloosde, schoot Carol in de lach.

'Je wilde altijd middelmatig zijn,' zei ze. 'Ik hoop dat je een heel belangrijke baan hebt.'

'Niet echt,' zei Darcey schouderophalend. 'Nou ja, misschien een beetje belangrijk. Volgende week moet ik voor mijn werk naar Singapore.'

'Zie je wel!' Carol straalde. 'Jij boft maar. Ben je daar kleren voor aan het kopen?'

Darcey knikte.

'Nou, vergeet niet terug te komen met leuke spulletjes. Het is daar een hemel op elektronicagebied, maar onlangs heb ik nog iets geschreven over de op maat gemaakte kleding die je daar kunt krijgen. Zoiets zou je moeten aantrekken op Nieves bruiloft. Fel roze of fuchsia zou je geweldig staan.'

'Dat is niks voor mij,' reageerde Darcey lachend. 'Maar ik zal erover denken.'

'Doe dat. Dan kunnen we er meteen zeker van zijn dat we niet hetzelfde aanhebben. Zeg, ga jij met iemand? Anders zouden we samen kunnen gaan.'

'Eh...'

'O, je bent getrouwd, hè?' zei Carol voordat Darcey de kans kreeg te reageren. 'Dat heb ik van iemand gehoord.'

'O ja?'

'Maar ik weet niet meer van wie.' Carol fronste haar voorhoofd. 'We zijn gescheiden,' zei Darcey.

'Goh, we doen het niet erg best, hè?' merkte Carol op. 'Ik bedoel, van ons viertjes zijn er nu al twee gescheiden. Heb je kinderen?'

Darcey schudde haar hoofd.

'Dat wordt vaak als prettig beschouwd omdat een scheiding zo ingrijpend is, maar ik ben juist erg blij met Julie. Ze is zo intelligent, niemand zou kunnen raden dat haar vader een sul is. Ik dacht erover haar mee te nemen naar de bruiloft, maar als jullie allemaal komen, zou ze zich een beetje buitengesloten kunnen voelen. En ik ga ook naar het etentje vooraf, dus moet ik wel ergens blijven slapen. Ga jij ook naar dat etentje? Rosa zal ook wel uitgenodigd zijn, en misschien Millie Smith, en Lindsey hoe-heet-ze-ook-weer...'

'Ik... ik ben Nieve een beetje uit het oog verloren, dus ik zou niet weten wie ze allemaal heeft uitgenodigd,' zei Darcey.

'Jammer,' reageerde Carol. 'Op school waren jullie onafscheidelijk.' Ze fronste haar wenkbrauwen. 'Hebben jullie ruzie gehad? Er staat me vaag bij dat iemand iets heeft gezegd...'

Het verbaasde Darcey dat Carol niet wist waarom het tot een breuk was gekomen. Ze had altijd gedacht dat iedereen het erover zou hebben, het was niet in haar opgekomen dat de meesten het te druk hadden met hun eigen problemen. 'Dat vertel ik je een andere keer,' zei ze. 'Lang verhaal. In elk geval heb ik haar al in geen jaren meer gesproken, dus eerlijk gezegd verbaasde die uitnodiging me.'

'En neem je iemand mee?'

Darcey schudde haar hoofd. 'Ik dacht erover iemand mee te vragen voor de gezelligheid, maar... Nou ja, als jij ook alleen gaat, kunnen we net zo goed samen gaan.'

'Veel leuker,' zei Carol. 'Er valt vast veel te lachen.'

'Vast.'

'Ik lach me altijd dood op een bruiloft,' biechtte Carol op. 'Al dat sentimentele gedoe, terwijl je wéét dat het waarschijnlijk tot een scheiding komt.'

'Nieve woont al jarenlang met hem samen,' zei Darcey.

'Echt? Waarom trouwen ze dan nu pas?'

Darcey haalde haar schouders op.

'Het zal leuk zijn haar weer eens te zien.'

Darcey deed haar best enthousiast te kijken.

'Nou, dan zie ik je daar. Zeg, we moeten contact houden.'

'Absoluut,' zei Darcey, en ze overhandigde Carol een visitekaartje.

'Manager business development,' las Carol hardop. 'Ik ben onder de indruk.'

'Kom op, ik ben maar gewoon een gescheiden loonslaaf met problemen.'

Carol schoot in de lach. 'Maak je geen zorgen, ik los je problemen wel op voor het oog van miljoenen lezers.'

'Ha, net wat ik nodig heb. Iedereen mag weten dat ik een stomme muts ben.' Maar Darcey moest nog lachen toen ze naar buiten gingen.

De avond voor vertrek bleef ze tot laat op haar werk. Eigenlijk hoefde dat niet, maar ze wilde alles nog een laatste keer controleren omdat sommige producten of diensten van InvestorCorp nieuw voor haar waren. En ze wilde ook kijken of de batterij van haar laptop wel was opgeladen, en of ze het snoer in de laptoptas had gedaan. Haar mobieltje moest ook worden opgeladen, maar dat kon ze die nacht thuis doen.

Ze had die dag verwacht dat Neil wel even bij haar zou komen, maar ze had niets van hem gehoord. Alleen Minette had gebeld om haar een goede reis te wensen. Darcey hield Minette goed op de hoogte van alles wat er op het werk gebeurde, maar ze had maar niet verteld dat ze bang was dat Neil haar wilde laten struikelen. Minette vond het fijn dat Darcey en Neil ondanks alles wat er was gebeurd toch goed konden samenwerken. Heel volwassen, had ze gezegd. Waarop Darcey had gereageerd met een opmerking dat ze zich dan wel volwassen opstelde, maar dat ze Neil niet in huis zou nemen terwijl hij op zoek was naar woonruimte, en had Minette Martin al de deur uit gezet? Minette vond dat Darcey daar niets mee te maken had, en toen had Darcey haar excuses aangeboden en gezegd dat haar moeder het zelf moest weten, maar dat zij het allemaal niet fijn vond.

'Maak jij je nou maar druk om je eigen zaken,' had Minette pinnig gezegd, en toen had Darcey het onderwerp maar niet meer aangeroerd.

Terwijl ze de laptoptas dicht ritste, hoopte ze dat ze het niet zou verpesten in Singapore. Ze keek ook nog even of haar mailprogramma een out-of-office-reply zou sturen.

Vervolgens liep ze door de verlaten ruimte naar de lift. Ze vond het niet erg om hier alleen te zijn. Anna wel, die kreeg dan altijd visioenen van gestoorde mannen met bijlen. Toch was Darcey blij dat het niet donker was, want in het donker werd ze bang. Gelukkig werkte de verlichting hier met een sensor, zodat niemand ooit van licht verstoken hoefde te zijn.

Ze drukte op de liftknop en hoorde hem naar de zesde verdieping komen. De ping klonk luid in de stilte. Ze stapte in, drukte op de knop voor de begane grond en keek naar zichzelf in de spiegel. Ze had naar de kapper gemoeten, dacht ze terwijl ze een lokje achter haar oor stopte. Dat had ze willen doen op de dag dat ze Carol Jansen tegen het lijf was gelopen, en toen had ze er verder niet meer aan gedacht. Nou ja, dan moest ze maar naar de kapper in het hotel in Singapore.

Ze was nog bezig met haar haar toen het licht plotsklaps uitging.

Ze verstarde van schrik. Toen kwam de lift met een schokje tot stilstand, waardoor ze op de grond viel. Daar bleef ze met angstig bonzend hart wachten totdat het licht zou aanfloepen.

Maar dat gebeurde niet.

Toen ze besefte dat ze haar ogen stijf dichtgeknepen hield, deed ze ze langzaam open. Eigenlijk zou er noodverlichting moeten zijn, dacht ze terwijl ze rondkroop. Wat stom dat er geen noodverlichting is! Ze ademde hijgend, en ze sprak zichzelf streng toe dat ze zich niet zo moest aanstellen. Maar ze was nu eenmaal behept met een irrationele angst voor het donker.

Ze spitste haar oren, maar het was doodstil. Ze ging er helemaal van trillen.

'Het is gewoon maar een stroomstoring,' zei ze hardop. Het galmde griezelig. Op de tast zocht ze naar de telefoon in de lift. Ze wist niet naar wie ze dan zou moeten bellen, maar ze hoopte dat de hoorn opnemen voldoende was.

Er klonk geen toon. De tranen prikten in haar ogen, en ze haalde diep adem om rustig te worden.

Toen dacht ze ineens aan haar mobieltje. Ze zocht in haar tas, en toen ze het apparaatje had gevonden en openklapte, was ze erg blij met het zwakke schijnsel van het scherm. Het mobieltje moest worden opgeladen, maar hopelijk kon ze er toch iemand mee bellen. Anna zou wel weten wat er aan de hand was, Anna zou weten wat ze moest doen. Ze drukte op de sneltoets en hoorde de telefoon overgaan.

'Hallo?'

'Anna!' riep ze uit, net voordat de verbinding werd verbroken.

Met trillende vingers belde Darcey nogmaals.

'Darcey?'

Weer werd de verbinding verbroken. Darcey kon wel gillen. Het was verschrikkelijk om opgesloten te zitten in een donkere lift. Wat moest ze doen? Er zou pas morgenochtend iemand komen. De beveiliging controleerde alleen buiten. Er was niemand in het gebouw op dit moment.

Ze moest rustig blijven en diep nadenken. De telefoon werkte niet en er was geen stroom. Er moest dus iets aan de hand zijn, en daar zou iets aan worden gedaan. Zodra er weer stroom was, zou de lift weer werken. En de telefoon. Het kon hoogstens nog een paar uur duren. In het ergste geval zou ze moeten overnachten in de lift, en er was voldoende zuurstof voor een nacht.

Alleen moest ze om acht uur in het vliegtuig zitten, en haar koffer stond thuis.

Ineens kwamen de gevreesde tranen toch, en ze veegde ze weg. Was er nou maar licht, dan zou het een stuk minder erg zijn...

De laptop! Als ze die aanzette, zou ze een beetje licht hebben. Ze haalde hem uit de tas, zette hem op de grond en klikte hem aan. Het vertrouwde geluid van het opstarten was heel geruststellend.

Jammer dat er geen draadloos internet was, anders had ze Anna kunnen mailen, of de hulpdiensten. Ze zat hier vast in het donker, en ze wilde naar huis. Had ze haar mobieltje maar eerder opgeladen, en had ze het snoertje maar hier waarmee je het aan de laptop kon koppelen. Dan had ze kunnen bellen. Het was heel frustrerend om hier te zitten, omringd door communicatiemiddelen, en er geen gebruik van te kunnen maken.

Ze probeerde de lifttelefoon nogmaals, maar hoorde nog steeds geen toon.

Het was halfelf. Waarschijnlijk zat ze hier nog uren vast en zou ze het vliegtuig naar Singapore missen. Alles zou in het honderd lopen. Ze zou niet bekend komen te staan als de vrouw die de Aziatische markt had veroverd, maar als de stomme muts die vast was komen te zitten in de lift en een potje had gemaakt van een belangrijke zakenreis.

In een laatste wanhoopspoging zette ze haar mobieltje weer aan, want misschien zou een sms'je nog net gaan. Heel in het kort schreef ze dat ze vastzat in de lift en verstuurde dat bericht, net voordat het mobieltje het begaf. Misschien zou het sms'je Anna bereiken, of misschien ook niet. Darcey kon er alleen maar het beste van hopen.

Met haar rug tegen de liftwand liet ze haar hoofd op haar knieen rusten.

Een uur later meende ze iets te horen. Ze had patience gespeeld op de laptop en nog eens gekeken naar de gegevens van de cliënten die ze had aangebracht bij Global Finance. En ze had haar best gedaan niet te denken aan het flesje cola dat ze aan haar bureau had gedronken, en dat nu zwaar op haar blaas drukte.

Ze spitste haar oren. Hoewel ze zich meestal niet liet leiden door haar fantasie, ging ze zich toch afvragen of er misschien een grote ramp was gebeurd. Misschien had een bom de halve stad verwoest. Stel dat er terroristen hadden toegeslagen en zij de enige overlevende was? Angstig geworden durfde ze niet te reageren op een geluid totdat ze zeker wist wat het was. Iemand riep haar naam. Het was Anna Sweeney.

Opgelucht riep ze: 'Anna, ik ben hier!'

'Darcey?'

'Hier! In de lift!' riep Darcey zo hard ze kon.

Even later hoorde ze Anna weer, nu van veel dichterbij.

'Anna, ik zit vast in de lift! Tussen de vierde en de vijfde verdieping, geloof ik.'

'We halen je er wel uit,' zei Anna.

'Het is zo donker...' Darceys stem trilde.

'Arme stakker. Maak je geen zorgen, we bellen de hulpdiensten om je eruit te helpen.'

'Fijn.'

'Gaat het een beetje met je?'

'Jawel, maar ik zou graag ergens anders zijn.'

'We halen je er heus gauw uit.'

'Wat is er aan de hand?' vroeg Darcey.

'Een graafmachine,' antwoordde Anna. 'Je weet toch dat ze buiten met iets bezig zijn? Nou, er is een stroomkabel kapot getrokken. Hele wijken zitten zonder stroom.'

'Gaat het goed met je, Darcey?'

Die stem herkende ze: het was Neil Lomond. Ze vertrok haar gezicht tot een grimas. 'Jawel,' antwoordde ze.

'De brandweer komt eraan,' zei hij.

Jezusmina, dacht ze, waarom is hij nou hier, net nu ik in zo'n malle situatie ben beland?

'Gaat het echt wel met je?' vroeg hij.

'Nou ja, het is geen vijfsterrenhotel,' antwoordde ze.

'Denk maar dat je meespeelt in *Speed*,' raadde Anna haar aan.

'Een opwekkende gedachte,' reageerde Darcey, maar de paniek was al aardig gezakt.

Ze hoorde Neil lachen. 'Jij zou geweldig zijn geweest achter het stuur van die bus,' zei hij.

Hoewel ze nog trilde, moest ze toch lachen. 'Vast.'

Een halfuur later vertelde Anna dat de brandweer er was, en toen hoorde Darcey ook meer geluiden. Na een paar minuten werden de deuren geforceerd en werd er met een zaklamp in haar gezicht geschenen.

'Je zit bijna op de vierde verdieping, meid,' zei de brandweerman. 'We halen je er zo uit.'

'Hier.' Gauw klapte ze de laptop dicht, stopte die in de tas en overhandigde alles aan de brandweerman.

'We halen liever jou eruit,' zei hij.

'Maar dit zijn belangrijke spullen, die heb ik nodig.'

'Kom maar.' Hij stak zijn hand uit en hielp haar uit de lift. Eenmaal in de gang werd ze vastgehouden door nog een krachtige hand.

'Dank je.' Ze keek op in Neils bezorgde ogen.

'Gaat het?' vroeg hij.

Ze knikte, ineens niet meer tot spreken in staat en dankbaar voor Neils sterke arm om haar heen. Die voelde vertrouwd en heel geruststellend.

'O, Darcey!' Anna omhelsde haar. 'Ik ben zo blij dat je in orde bent!'

'Het was niets, hoor. Niks aan de hand.' Trillend bevrijdde Darcey zich uit iedereens armen.

'Wat deed je hier nog zo laat?' vroeg Neil.

'Toen ik in de lift stapte, was het nog niet zo laat,' antwoordde ze. 'Nog voor tienen.'

'Echt, Darcey, waarom hang je in vredesnaam rond op kantoor wanneer je in alle vroegte het vliegtuig moet nemen?' vroeg Anna. 'Ben je soms niet goed wijs?'

'En waarom verbrak je steeds de verbinding?' vroeg Neil. 'En dat sms'je was ook raadselachtig. Eerst dachten we dat het een grap was.'

'De batterij van mijn mobieltje was bijna leeg, en het signaal in de lift was erg zwak,' legde Darcey uit. Ze zuchtte eens diep. 'Nou ja, het is allemaal goed afgelopen.' Ze balde haar vuisten in een poging het trillen te bedwingen.

Achter de brandweermannen en de beveiliger met de sleutel liepen ze het gebouw uit. Anna hield Darceys arm vast, en Neil liep aan Darceys andere kant, maar zonder haar aan te raken.

Buiten was het donker, en achter de ramen van de huizen was kaarslicht te zien. Ook een café was met kaarsen verlicht.

'Wil je iets drinken?' vroeg Neil.

Darcey knikte. 'Ik kan wel iets gebruiken. Maar eerst moet ik naar de wc.'

Toen ze terugkwam van de toiletten, zaten Neil en Anna al aan een tafeltje met hun drankjes. Anna bestelde voor Darcey een glas wijn.

'Gezellig,' zei Darcey. Ze nam een grote slok.

'Sfeervol, met die kaarsen,' was Anna het met haar eens. 'Gaat het echt wel met je?'

'Tuurlijk. Zo lang duurde het allemaal niet, en ik wist zeker dat het goed zou komen.'

'Goh, ik zou in paniek zijn geraakt,' merkte Anna op.

'Nou, ik was wel blij toen jullie er ineens waren,' reageerde Darcey. 'Gelukkig had ik mijn laptop bij me en kon ik nog een beetje werken.'

'Heb je gewérkt in de lift?' vroeg Anna ontzet.

'Een beetje,' bevestigde Darcey. 'Ik maakte me druk of ik wel zou worden gevonden.'

'Ik zou doodsbang zijn dat ik daar de hele nacht moest blijven,' biechtte Anna op.

'Welnee,' zei Neil. 'De stroomvoorziening zou dan allang zijn hersteld.'

'Ik maakte me vooral zorgen dat ik morgen het vliegtuig niet zou halen,' zei Darcey.

'Ben je wel in staat om op reis te gaan?' vroeg Anna. 'Ik bedoel, het moet toch een hele schrik zijn geweest...'

'Natuurlijk ga ik naar Singapore!' riep Darcey uit. 'Doe toch niet zo mal, Anna. Het spijt me dat je je zorgen hebt gemaakt om mij, maar het was een bof dat je er zo snel was. Ik dacht dat je thuis zou zijn.'

'Neil en ik hadden iets te bespreken,' zei Anna. 'Dat deden we hier. We wilden net weggaan toen je belde.'

'O.'

'Ik maakte me zorgen. Neil dacht dat je misschien niet naar buiten kon door de elektronische deur.'

'Wie had kunnen denken dat je vastzat in de lift?' zei hij.

Darcey hief het glas. 'Fijn dat jullie er waren. Bedankt.'

'Graag gedaan,' zei Anna.

'Het zou niet best zijn geweest als er morgen een uitgedroogd lijk in de lift had gelegen,' merkte Neil op. 'Niet voor mij en niet voor het bedrijf.'

Darcey schoot in de lach.

Op dat moment ging Neils mobieltje. 'Excuseer me,' zei hij, en hij liep weg van de tafel.

Met opgetrokken wenkbrauwen keek Darcey Anna aan. 'Iets te bespreken?' vroeg ze. 'In een café, op maandagavond?'

'Och, dat houdt het ontspannen.' Anna keek Darcey aan. 'Je hebt gelijk, hij is een lieverd.'

'Weet ik,' reageerde Darcey. 'Daar viel ik toen op.' Ze huiverde, niet goed wetend of dat nog van de schrik was of van de herinnering aan Neils arm om haar heen.

23

Terwijl Darcey in Dublin uit de lift werd gered, had Nieve een bespreking met de chief financial officer van Ennco. Harley Black had
een van de mooiste werkkamers van het hele gebouw, een hoek-
kamer met heel veel raam, dik blauw tapijt op de grond met in het
midden een enorm bureau. Overal stonden planten, en de muren
hingen vol moderne kunst. Er waren monitoren, en klokken die
aangaven hoe laat het in de verschillende tijdzones was. Er was ook
een barretje, maar Harley dronk nooit onder kantoortijd. Nieve
deed dat ook nooit, dus dronk ze een espresso. Nieve was voortdurend moe en kon zo'n oppepper goed gebruiken. Ze kreeg er wel
trillende handen van, maar ze kon er ook helderder van denken.

'Het ziet er goed uit,' zei Harley terwijl hij door de spreadsheets
bladerde. 'Alles ligt op koers, en tenzij jouw traders hebben ge-
knoeid, gaat het uitstekend met Ennco.'

Nieve keek geërgerd. 'Ik heb alles en iedereen onder controle,'
reageerde ze. 'Alles klopt aan mijn kant. Jij moet ervoor zorgen dat
de leningen dit kwartaal worden terugbetaald, jij moet ervoor zorgen dat alle kleine details zijn geregeld.'

'Rustig maar,' zei Harley. 'Dat is allemaal in orde. De accoun-
tants zijn tevreden, ze hebben niets gevonden wat niet in de haak
is.'

'Ik verwachtte ook niet dat er iets zou worden gevonden,' merkte Nieve op. 'Er zijn voldoende veiligheidsmaatregelen genomen.'

'En we hebben genoeg slimme mensen die die kunnen omzeilen,'
zei Harley.

'Zoiets zouden mijn mensen nooit doen,' reageerde Nieve kalm.

'Je stelt te veel vertrouwen in jouw kant van de zaak,' zei Harley. 'Maar goed, over de traders hoef je je ook geen zorgen te maken omdat het grote geld in corporate finance zit. Heb je gezien
wat die jongens afgelopen jaar hebben binnengehaald?'

'En de hedgefunds dan?' zei Nieve.

'Die hadden een wel heel sneu jaar.'

'Ja, maar daarvoor waren ze de stuwende kracht achter dit bedrijf, dus doe nou maar niet zo uit de hoogte.'

Ze keken elkaar kwaad aan, en toen lachte Harley. 'Je springt geweldig in de bres voor je mensen.'

'Jij ook.'

'Zou jij ooit vertrekken?'

Waarom vragen ze me dat toch altijd, dacht Nieve. Niemand vroeg dat ooit aan een man, alleen aan een vrouw, ook als die zo toegewijd was als zij. 'Alleen om zelf iets te beginnen,' antwoordde ze.

'Overweeg je dat?'

Nieve haalde haar schouders op. Eigenlijk had ze zelf geen flauw idee. Misschien had Aidan gelijk en werd het tijd het rustiger aan te doen. Maar ze kon zich geen leven voorstellen zonder al deze spanningen.

'Er gaan geruchten dat een paar lui erover denkt op eigen houtje een fund management op te zetten.'

Weer haalde Nieve haar schouders op. Dat gevaar hoorde erbij wanneer je op de markt opereerde. Vroeg of laat besefte iedereen dat ze meer konden verdienen als ze voor zichzelf werkten. Dus deden ze dat. Ze stapten op bij het bedrijf waar ze naam hadden gemaakt en probeerden hun cliënten mee te nemen. 'Dat kan nog niet,' zei ze achteloos. 'We zitten met gouden handboeien vast aan Ennco.'

'Jawel, maar je kunt al wel het voorbereidende werk doen,' zei Harley.

Nieve kneep haar ogen tot spleetjes. 'Denk jíj er soms over?'

'Nee,' antwoordde Harley. 'Mike en ik zitten er samen in. We vallen elkaar niet af.'

'Ben je bezig anderen op te sporen?' vroeg Nieve. 'Kijken wie er misschien wil deserteren?'

'Dat moeten we weten,' zei Harley. 'Sommigen denken misschien dat het een goed idee is weg te gaan. Maar dat is niet zo.'

'Ik peins er momenteel niet over,' zei Nieve. En als ik dat wel deed, zou ik dat jou niet aan de neus hangen, dacht ze erbij.

'Het is belangrijk voor de koers van het aandeel dat er geen goede mensen opstappen,' zei Harley. 'Mike wil dat het team bij elkaar blijft.'

'In dat geval moet hij ervoor zorgen dat iedereen wil blijven,' zei Nieve. 'Kom op, Harley, het is hier prettig werken, dat weten we allemaal.'

'Het zal anders zijn als we beursgenoteerd staan,' zei Harley. 'Dan moeten we op onze tellen passen.'

'Waar gaat dit over?' vroeg ze, ineens bang geworden. 'Is er iets niet in orde?'

'Welnee,' zei hij. 'Ik wil er alleen zeker van zijn dat er niets mis kán gaan.'

'Als jij jouw werk goed doet en ik het mijne, gaat er niks mis,' zei ze terwijl ze opstond.

Hij grijnsde breed. 'Mike is op je gesteld,' zei hij. 'Hij vindt je een noeste werker.'

'Dat ben ik ook.'

'Hij heeft plannen met jou.'

'O ja?'

'Dus blijf bij ons. Dit is nog maar het begin.'

Ze ging terug naar haar eigen werkkamer en maakte een back-up van haar dossiers. Daar was ze net mee klaar toen Paola binnenkwam, met een bezorgde uitdrukking op haar gezicht. Nieve zuchtte eens; ze had haar buik vol van dat nerveuze en onzekere gedoe.

'Sorry,' begon Paola.

'Wat is er nu weer?' Het klonk gelaten.

'Niets ergs, hoor, maar mijn afspraak bij de gynaecoloog is verschoven van morgenmiddag naar morgenochtend. Volgens mij komt jou dat nog beter uit ook.'

'Best.'

'Nou, tot straks dan,' zei Paola. 'Ik ga nu lunchen.'

Nieve keek op haar horloge. 'Is dat niet wat aan de late kant?'

'Ik heb doorgewerkt,' zei Paola. 'Er moest iets af.'

'Je moet goed eten,' merkte Nieve streng op. 'Je bent zwanger.'

Er verscheen een verbaasde uitdrukking op Paola's gezicht.

'Ik wil niet dat je later zegt dat er iets is met het kind omdat je de lunch moest overslaan,' ging Nieve verder. 'Je moet het beter regelen.'

'Het heeft niets met regelen te maken,' zei Paola. 'Het hangt af van de traders.'

Schouderophalend zei Nieve: 'Laat maar. Pas goed op jezelf.'

'Doe ik.' Paola vertrok weer.

Zodra de deur achter haar was dichtgevallen, slaakte Nieve een diepe zucht. Het speet haar dat ze niet gezelliger kon zijn tegen zwangere vrouwen, maar zo zat ze nu eenmaal niet in elkaar. Ze moest maar haar best doen een beetje aardig te zijn tegen Paola; als ze dat kon.

Later die avond was ze die hele Paola al vergeten, maar het gesprek met Harley Black bleef maar door haar hoofd spoken. Er was iets merkwaardigs aan geweest, het klopte niet helemaal, maar ze kon niet goed haar vinger leggen op wat er mis was. Het was alsof Harley haar zowel had gevleid als gewaarschuwd. Ze snapte het niet. Zou iedereen van plan zijn bij Ennco weg te gaan zodra ze de aandelen konden verzilveren? Niemand had haar iets aangeboden, ze hadden alleen, net zoals Harley, gevraagd of ze plannen had om voor zichzelf te beginnen. Niemand had gevraagd mee te mogen doen. Maar ze was niet van plan voor zichzelf te beginnen, het zou veel te veel werk zijn om relaties op te bouwen. Goed, ze werkte ook hard voor Ennco, en dat bracht ook spanningen met zich mee, maar ze kende het bedrijf door en door. Ze zou haar werk slaapwandelend nog kunnen doen.

Aidan besefte dat er iets was omdat ze niet kon stilzitten tijdens de film op tv die ze zo graag wilde zien.

'Misschien moet ik de accounts nog eens doornemen,' zei ze nadat ze had uitgelegd dat het gesprek met Harley haar maar niet losliet. 'Misschien is er toch iets niet helemaal in orde.'

'Harley is toch jullie accountant? Hij zou moeten checken,' reageerde Aidan.

'Aan zijn kant zal alles wel in orde zijn,' zei ze. 'Maar misschien heeft een van de traders iets gedaan wat ik over het hoofd heb gezien.'

'Niet erg aannemelijk.'

'Nee...'

'Rustig nou maar.' Hij sloeg zijn arm om haar heen. 'Denk nou eens even niet aan Ennco, Mike Horgan en Harley Black. Denk liever aan onze grote dag.'

Ze nestelde zich tegen hem aan. 'Je hebt gelijk, Harley moet alles controleren. Hij is briljant als chief financial officer. Het is zíjn werk om dat te doen.'

'Precies,' zei Aidan. 'Kom, dan zal ik je bewijzen dat er belangrijker dingen zijn in het leven.' Hij maakte met één hand de haakjes van haar beha los.

Ze giechelde. 'Op momenten als deze weet ik weer waarom ik er met jou vandoor ben gegaan.'

Maar die nacht, toen ze naast elkaar in het gigantische bed lagen, moest ze toch weer denken aan de toekomst van Ennco. Ik heb eruit gehaald wat ik wilde, dacht ze, en als het bedrijf straks geen miljoenen winst meer maakt, zou me dat niets moeten uitmaken.

Maar het maakte haar wel uit. Ze had al eens gewerkt voor een bedrijf dat failliet ging, en zoiets wilde ze niet nog eens meemaken. Nee, Ennco kon niet failliet gaan, het was een groot bedrijf, het maakte veel winst en daardoor werd zij binnenkort zeer rijk.

Ze klopte het kussen op en kroop tegen Aidan aan, die zijn arm om haar heen sloeg en zei dat ze moest gaan slapen. Nog later echter, toen Aidan heerlijk sliep, stond ze toch op en zette de computer aan. Ze keek naar de traders en naar de winsten, en kon niets ontdekken wat niet klopte. Ze kon natuurlijk elke transactie apart bekijken, maar daar zou ze dagen mee bezig zijn, en diep vanbinnen was ze ervan overtuigd dat er geen problemen waren, want anders zou ze die allang hebben gezien. Toch vond ze het jammer dat ze niet net zo handig met cijfers was als Darcey McGonigle. Als er ook maar iets niet klopte, zou het Darcey zijn opgevallen. Op school had ze vaak het antwoord op een som al geweten voordat ze de berekeningen had gemaakt, en ze had altijd gelijk gehad.

Het speet Nieve dat Darcey en zij geen vriendinnen meer waren, en niet alleen vanwege Ennco. Ze had graag met iemand gepraat over inderdaad Ennco, maar ook over Aidan, over alles. Over de huwelijkse voorwaarden die Leeza Barrett had opgesteld, en die Aidan nog moest tekenen. Over eventuele kinderen. Over het rustig aan doen. Daar was Darcey altijd goed in geweest. Niet dat ze nu iets zou hebben gezegd waar Nieve iets aan had, maar het zou fijn zijn er met iemand over te kunnen praten.

Maar eigenlijk had Nieve toch het liefst de cijfers van Ennco aan Darcey willen voorleggen. Gewoon om er echt honderd procent zeker van te zijn dat alles oké was. Wanneer Darcey ergens een slecht gevoel over had gehad, bleek later altijd dat ze gelijk had. Maar goed, waarschijnlijk was er helemaal niets aan de hand en hoefde Nieve niet in paniek te raken. Niet dat ze dat ooit aan iemand zou laten merken.

Er is niks aan de hand, dacht ze toen ze de computer uitzette. Ik heb geen fout gemaakt, ik heb niets verpest.

Ze trok de bureaula open waar de reacties op de uitnodiging voor de bruiloft lagen en nam ze allemaal door.

Nog een paar weken, dacht ze. Nog een paar weken en dan sta ik tegenover mensen die ik in geen jaren meer heb gesproken. Eerst had haar dat geweldig geleken, maar nu vroeg ze zich af of het wel zo fijn zou zijn. Wanneer ze naar de reacties keek, zag ze de mensen voor zich zoals ze toen waren. Maar mensen veranderden. Zij was ook veranderd.

Die anderen zouden echter niet zo gefortuneerd zijn als zij. Aan die gedachte moest ze zich maar vastklampen. Er bestond niets belangrijkers dan geld. Wat er ook voor flauwekul werd beweerd over liefde, het draaide allemaal om geld.

24

Toen de volgende dag de wekker ging, kreunde Darcey. Ze had slechts een uurtje geslapen, maar wel heel diep. Anna en Neil hadden de avond daarvoor aangeboden haar per taxi naar huis te brengen, maar ze had gezegd dat dat niet nodig was, dat er niets met haar aan de hand was en dat ze meteen zou gaan slapen. Maar eenmaal thuis had ze eerst warme chocolademelk uit een pakje gemaakt, lang niet zo lekker als die van Minette, en gecontroleerd of ze echt wel alles had ingepakt wat ze nodig had. En ondertussen wachtte ze tot dat hulpeloze gevoel eens wegtrok.

Toen ze eenmaal onder haar donzen dekbed was gekropen, had ze de slaap niet kunnen vatten. Dus was ze maar weer opgestaan, had het licht van de badkamer aangeknipt en de deur naar de slaapkamer op een kier gezet omdat ze het niet fijn vond in de donkere slaapkamer, die eigenlijk helemaal niet zo donker was omdat de dunne gordijnen het licht van de straatlantaarns doorlieten.

Toch had ze nog steeds niet kunnen slapen. Ze had steeds moeten denken aan die angstige momenten in de pikdonkere lift, en wat er zou zijn gebeurd als Anna en Neil haar niet hadden gered. En ze had ook moeten denken aan het vliegtuig dat ze moest halen, en dat als ze de volgende dag een beetje fris wilde zijn, ze nu toch echt moest gaan slapen. Maar ook al had ze het kussen nog zo vaak opgeklopt, het was haar niet gelukt de slaap te vatten. Steeds weer hadden gedachten aan de gebeurtenissen van die avond door haar hoofd gespookt.

Ze had geboft dat Anna en Neil haar waren komen bevrijden. En het was fijn dat haar vriendin en haar baas goed met elkaar konden opschieten. Al was het nog steeds vreemd om aan haar ex te denken als aan haar baas.

Anna is een goede vriendin, had ze in het schemerduister gedacht. Ze was echt beter geworden in het uitkiezen van vriendinnen en minnaars. Het was altijd prima gegaan met haar 'schatjes in ieder stadje', en Anna was veel aardiger dan Nieve.

Zodra ze eenmaal aan Nieve had gedacht, had ze helemaal niet meer kunnen slapen. Dus was ze maar weer opgestaan om nog eens naar de uitnodiging voor de bruiloft te kijken. Ze leek wel gek om te gaan. Maar misschien zou het niet zo'n nachtmerrie worden als ze samen met Carol ging. Helemaal niet gaan zou nog erger zijn. En eindelijk kon ze toegeven dat ze Aidan graag wilde zien. Ze wilde weten hoe hij was geworden, ze wilde bevestiging dat ze niet meer van hem hield. Maar diep vanbinnen was ze bang dat ze dat nog wel deed.

Nadat ze weer in bed was gestapt, was ze toch in een soort halfslaap gevallen, vol dromen waarin ze met Nieve, Aidan, Anna of Neil neerstortte in een lift terwijl ze zwarte olijven aten. Net voordat de lift op de grond neerkwam, schrok ze dan wakker.

Uiteindelijk was ze echt in slaap gevallen, niet lang voordat ze moest opstaan. Ze vond het een vals trucje van haar lichaam.

Toch stond ze klaar toen de taxi kwam voorrijden, en zag er fris uit in een donker broekpak met een eenvoudig roomkleurig topje. Ze had zelfs tijd om een kopje koffie te drinken voordat ze moest instappen in het vliegtuig naar Londen, waar ze in een lounge voor de businessclass ontspannen kon wachten op haar aansluiting naar Singapore. Langzamerhand verdwenen de angstige herinneringen aan de uren in de lift, en ze dacht ook niet meer aan haar stommiteit om naar de bruiloft van Nieve te gaan en haar grote liefde te zien trouwen met een ander.

De vlucht naar Singapore duurde dertien uur.

Eerst keek Darcey naar een paar comedy's en vervolgens naar *Lost in Translation,* in de hoop dat de film geen indicatie zou zijn voor het verloop van haar zakenreis. Ze verdiepte zich ook nog in het boek dat ze in de gauwigheid op het vliegveld had gekocht: *Wiskundige problemen.* Uiteindelijk liet de doorwaakte nacht zich gelden; haar ogen vielen dicht. Ze had ooit gelezen dat op zulke lange vluchten de verwarming hoger werd gezet om de passagiers in slaap te doen vallen, en hoewel ze niet wist of dat gerucht op waarheid berustte, wist ze wel dat ze alleen nog maar wilde slapen. Dus zette ze haar stoel zo ver mogelijk achterover en trok een dekentje over zich heen. In een mum van tijd was ze vertrokken, en ze werd pas wakker toen de landing werd ingezet.

Haar bagage verscheen als eerste op de band, en verheugd graaide ze haar spullen van de band en liep verder, tot ze het bordje zag met haar naam dat de haar beloofde chauffeur ophield. Achter hem aan stapte ze naar buiten, de vochtige hitte in.

Bijna meteen brak het zweet haar uit, en ze was blij in de auto met airconditioning te kunnen stappen.

Terwijl de chauffeur koers zette naar haar hotel in het financiële district, vertelde hij trots dat de stad erg was gegroeid, en dat de regering die fijn schoon, veilig en welvarend hield. Darcey, die gewend was aan taxichauffeurs die op de overheid mopperden, was geamuseerd. Toen de chauffeur tot haar verbazing een andere auto liet invoegen, voelde ze zich echt in een heel andere cultuur beland.

Zodra ze de hoge kantoortorens zag opdoemen, vroeg ze zich af of ze hier ook iemand zou leren kennen, iemand die de plaats kon innemen van Louis-Philippe of Rocco. En zou ze zich ook weer laten betoveren door de schoonheid van een stad? En zou ze niet alles verpesten? Het was heel belangrijk om cliënten aan te brengen bij InvestorCorp. Daar draaide het allemaal om.

In de marmeren foyer met een klaterend fonteintje was het druk. Darcey voelde zich log tussen al die elegante, Aziatische vrouwen in zwarte pakjes en witte blouses, hun zwarte haar netjes uit hun gezicht vastgezet. Wat zijn ze klein en mooi, dacht ze, en wat ben ik lomp bij hen vergeleken.

'U heeft een kamer op de twintigste verdieping,' zei de receptioniste, die ook weer zo klein en gracieus was. 'Ik zal u naar de lift brengen. Uw bagage wordt gebracht.' Ze ging Darcey voor naar de lift en drukte op de knop.

Toen Darcey in de lift stapte, moest ze iets wegslikken. Het was nog geen vierentwintig uur geleden dat ze opgesloten had gezeten in een lift. Gelukkig waren deze liftwanden van glas, zodat als er iets gebeurde, ze in elk geval nog iets kon zien. Toch was ze erg blij toen de lift op de twintigste verdieping stopte.

De kamer was prachtig, met uitzicht over de haven en de stad. Wat bof ik toch, dacht ze terwijl ze naar het glanzende water keek. Ik heb werk waardoor ik op dit soort plekken kom. Ik heb succes, wat kan een mens zich nog meer wensen?

Ze zette een kopje groene thee en dronk dat op, gehuld in de pluizige hotelbadjas, denkend aan hoe geweldig haar stedentrips in Europa altijd waren geweest, en hoe anders deze zou zijn. Ze hoopte van harte dat ze het net zo goed zou doen als vroeger, en hoopte heel even dat ze weer Werknemer van het Jaar zou worden en dat Neil Lomond haar de prijs moest uitreiken.

Een fijne gedachte. Pas toen het lege kopje uit haar hand viel, besefte ze dat ze in slaap was gevallen.

De volgende morgen had ze een afspraak in een van de schitterende glazen kantoortorens. Ze droeg het beige broekpak en een van de witte blouses die ze voor deze reis had gekocht. Zodra ze de hitte in stapte, vroeg ze zich af wanneer alles hopeloos zou gaan kreuken.

Maar zoals ze al had vermoed, was het heerlijk koel in het gebouw. En ook al moest ze naar de negenentwintigste verdieping in een lift die sterk leek op die bij InvestorCorp, toch bleef ze zelf ook koel. Na een moeilijk begin omdat ze niet goed wist wanneer de beleefdheidsfrasen konden overgaan in zaken, begon ze aan haar pitch.

Haar eventuele cliënten luisterden aandachtig naar wat ze vertelde over de producten, maar ze werd een beetje nerveus van hun uitdrukkingsloze gezichten en de knikjes, en het gebrek aan vragen. Het was ook niet fijn dat ze na afloop van haar presentatie de koppen bij elkaar staken en druk gingen praten. Maar het was wel fijn toen ze zeiden dat ze geïnteresseerd waren en nog het een en ander moesten overleggen.

Bij haar tweede afspraak ging het precies hetzelfde, al voelde ze zich weer erg ongemakkelijk in de lift. En bij de derde afspraak was ze al helemaal gewend. Opeens had ze vrede met wat ze deed, met de mensen die ze leerde kennen en met de stad, die dan ook erg mooi was.

De vierde en laatste afspraak van die dag vond weer plaats in zo'n kantoortoren. Ze voelde zich al helemaal op haar gemak, en vroeg zich af waarom ze zo moeiteloos kon spreken tegen volslagen onbekenden, terwijl ze bij mensen die ze kende vaak stond te hakkelen, of het verkeerde tegen hen zei.

Het hoofd asset allocation bij Asia Holdings was een Engelsman. Hoewel Darcey zich langzamerhand wel op haar gemak voelde bij de zakenlui van Singapore, was het toch prettiger om iemand te spreken met wie ze grapjes kon maken, en die niet met een uitdrukkingsloos gezicht naar haar keek. Ontspannen zong ze de lof van InvestorCorp.

Jason White was gemakkelijk in de omgang. Hij wist precies wat hij wilde en stelde de juiste vragen. Hij vertelde dat hij vroeger weleens met InvestorCorp te maken had gehad, maar dat hij het bedrijf uit het oog was verloren sinds hij was overgeplaatst naar Singapore. En dat hij graag weer tot samenwerking wilde komen.

Darcey was blij met de positieve respons die ze had gekregen, en niet alleen van hem. En ze was nog blijer toen Jason haar vroeg met hem uit eten te gaan.

'Leuk,' zei hij nadat ze op zijn uitnodiging was ingegaan. 'Ik was al bang dat je andere plannen zou hebben.'

Opeens wist ze niet goed of het een zakelijk etentje zou worden of iets anders. Maar wat deed dat ertoe?

'Ik reserveer een tafel in een restaurant aan de Esplanade,' zei Jason. 'Zal ik je komen ophalen?'

Ze schudde haar hoofd. 'Ik zie je daar wel.'

Hij schreef het adres op zijn visitekaartje. 'Het is niet ver, maar kom toch maar met de taxi.'

Ze knikte. Mijn eerste dag, dacht ze, vier presentaties en een uitnodiging. Goh, ik ben hier goed in!

Het restaurant lag aan het water, met een prachtig uitzicht op de verlichte kantoortorens en het water spuwende beeld van de Merlion.

'Ik ben blij dat je bent gekomen,' zei Jason, die al op haar wachtte aan hun tafel. 'Ik was bang dat je door de jetlag zo moe zou zijn dat je in slaap was gevallen.'

'Ik heb ook geslapen,' bekende ze. 'Heel stom, want ik heb de afgelopen nacht redelijk goed geslapen. Maar eenmaal terug in het hotel ging ik even op bed liggen, en voor ik het wist, was het tijd om te gaan. Sorry als ik je heb laten wachten.'

'Och, nog geen kwartiertje,' zei hij hoffelijk.

'Meestal ben ik wel op tijd.'

'Dat vermoedde ik al. Je maakt een efficiënte indruk.'

Ze trok een gezicht. 'Efficiënt zijn op zakelijk gebied is prima, maar op persoonlijk gebied klinkt het behoorlijk dwangmatig.'

'En daar is niks mis mee,' zei hij terwijl hij de menukaart oppakte. 'Wat wil je eten? Eigenlijk moet je hier de krab nemen, die is beroemd.'

Het was een aangename avond en de krab was inderdaad heerlijk. Jason vertelde over het wonen en werken in Singapore, de fijne en de vervelende kanten daarvan, en over wat hij miste en wat dat gemis compenseerde. Hij vertelde dat hij na zijn scheiding naar Singapore was gegaan. 'Mijn vrouw vond dat ik te hard werkte,' merkte hij zuur op. 'Terwijl ik dacht dat ik goed bezig was door van alles op te bouwen, voor ons. Maar zij klaagde dat ik haar verwaarloosde. Ik heb het gevoel gekregen dat je het vrouwen nooit naar de zin kunt maken. Ze willen een prettig leven, met alles erop en eraan, maar ook dat we steeds voor ze klaar staan, dat we er voortdurend voor ze zijn.'

Met een grijns zei Darcey: 'En mannen willen een kok in de keuken en een hoer in bed. En zodra ons lijf last krijgt van de zwaartekracht, worden we ingeruild voor een nieuw model.'

Daar moest hij om lachen.

'Heb je hier een vriendin?' vroeg ze achteloos.

Hij schudde zijn hoofd. 'Ik heb een tijdje iets gehad met een meisje uit Singapore,' antwoordde hij. 'Ik gaf veel om haar, maar uiteindelijk werkte het niet.' Hij nam een slokje bier. 'Het is hier echt geweldig, maar soms een beetje eenzaam.'

'Dat begrijp ik.'

Hij vroeg om de rekening. 'Zo lijkt het net alsof ik je naar mijn appartement wil lokken,' zei hij.

'Eigenlijk wel een beetje.'

'En?'

'Ik heb een drukke dag achter de rug,' zei ze. 'En ondanks dat dutje ben ik behoorlijk moe. Ik denk niet dat het leuk zou worden.'

'Volgens mij is het met jou altijd leuk,' reageerde hij.

Met een lach stond ze op, en toen ze samen het restaurant uit liepen, sloeg hij zijn arm om haar middel.

'Het zou geen goed begin van onze zakelijke relatie zijn als ik met je naar bed ging,' zei ze terwijl ze een eindje bij hem weg stapte.

'Weet ik,' zei hij. 'Maar wel een geweldig begin van een persoonlijke relatie.'

Een poosje bleef ze zwijgend naast hem lopen. Ze had zich afgevraagd of ze in Singapore iemand zou leren kennen, en nu was dat gebeurd. Jason was een aardige man. Hij zou een schatje in een stadje kunnen zijn. Een vriendelijk gezicht, iemand om mee te lachen, om mee te vrijen. Niet iemand om van te gaan houden, maar dat zou ze dan ook niet gauw doen. Ze kon toch niet meer van een man houden. Maar eigenlijk wilde ze ook niet met hem naar bed alleen maar vanwege het vrijen. Nog niet. Misschien ooit.

'Ik ga niet met je mee,' zei ze. 'Ik vond het heel leuk om met je te eten, ik mag je echt heel graag, maar...'

'Maar?'

'Ik ben er nog niet klaar voor,' legde ze uit. 'Ik weet wel dat het gewoon een fijne nacht zou zijn, zonder consequenties en zo... Het is heel verleidelijk, maar nu nog niet.'

Hij knikte. 'Morgen?'

'Nee, Jason.' Ze glimlachte zuur. 'Ik heb een fijne avond gehad en ik vind je erg aardig. Maar deze keer niet.'

'Deze keer? Je bent van plan terug te komen?'

'Natuurlijk.'

Hij grijnsde. 'Het had geweldig kunnen zijn.'

'Ja.' Ze keek hem aan. 'Misschien... Och, gewoon nu nog niet. Sorry.'

'Het geeft niet. Ik waardeer je eerlijkheid.'

'Ik hoop dat ik het op zakelijk gebied nu niet heb verpest?'

'Welnee,' reageerde hij lachend. 'Het was een prima pitch. Je hoort nog van ons.'

'Dank je.'

Ze hief haar arm om een taxi aan te houden. Eenmaal terug in het hotel bleef ze een uur voor het raam zitten kijken naar de fonkelende lichtjes voordat ze in bed stapte.

En weer kon ze niet slapen. Ze moest steeds aan Jason White denken, en waarom ze hem had afgewezen, terwijl hij toch een ideaal 'schatje' zou zijn geweest. Waarom had ze niet met hem naar bed gewild, ook al vond ze hem nog zo leuk? Waar was ze anders naar op zoek, een vaste relatie of zo? Ze snoof bij de gedachte. Daar kon geen sprake van zijn, dat was niets voor haar. Ze had met Jason mee moeten gaan. Ze was klaarwakker, na een stevig potje vrijen had ze vast heel goed kunnen slapen.

De volgende dag had ze weer veel afspraken, en 's avonds ging ze eten met een paar mensen van een bedrijf waar ze een presentatie had gehouden. Het was een leuke avond geworden in de gezellige buurt van Boat Quay, met later nog een paar drankjes in Molly Malone's Irish pub. De Singaporezen vonden het geweldig om haar mee te nemen naar een Ierse pub, en zij vond het grappig dat haar landgenoten overal ter wereld Ierse pubs begonnen. Het was een plezierige avond en ze had echt het gevoel dat ze een band had met deze mensen, dat ze niet alleen maar beleefd tegen haar waren.

De dag daarna was meteen haar laatste in Singapore, met maar één afspraak die ook weer goed verliep. Na afloop ging ze op advies van iedereen die ze had leren kennen naar Orchard Street om te shoppen.

Het was maar goed dat ze niet eerder naar dit winkelcentrum was gegaan. Iemand had haar verteld dat de Singaporezen ontzettend graag shopten, en nu begreep ze dat helemaal. Overal zag ze schoenen en tassen van designermerken. Haar blik werd vooral getrokken door een paar donkerpaarse schoenen met een lila strikje op de wreef, met daarnaast een bijpassend tasje.

In Dublin had Darcey geen paarse schoenen willen kopen, en de hakken van dit paar waren ontzettend hoog, hoger dan ze gewend was. Maar deze schoenen hadden iets waardoor ze er niet voorbij kon lopen.

In dit licht, met al die kleuren en geluiden om haar heen, leken deze schoenen een uiterst goede aankoop. Ze pasten bij het eenvoudige jurkje dat ze net bij Prada had gekocht. Gewoonlijk kocht ze niets van designermerken omdat de kleding haar nooit paste, maar dit jurkje leek voor haar te zijn gemaakt. En ze had toch al iets duurs willen aantrekken naar de bruiloft van Nieve en Aidan.

Als ze zou gaan, natuurlijk. Dat stond nog helemaal niet vast. Toen ze de afgelopen nacht wakker had gelegen, waren er drie redenen in haar opgekomen om wel te gaan. Ten eerste wilde ze niet dat Nieve zou denken dat ze er nog mee zat, of dat ze misschien báng was om te gaan. Ten tweede was ze heel nieuwsgierig naar hoe het zou zijn om Aidan weer eens te zien. En ten derde vroeg ze zich af hoe hij op haar zou reageren. Al wist ze niet goed waarom ze dat wilde weten. Als hij haar straal negeerde, zou ze zich dan gekwetst voelen? En wat kon hij nu nog zeggen wat ze niet wilde horen? In elk geval, wat er ook gebeurde, het kon geen kwaad die schoenen aan te schaffen, en gedecideerd trok ze haar creditcard.

Een halfuur later kwam ze Takashimaya uit met in de ene tas het jurkje en in de andere de schoenen en het tasje, en ze vroeg zich af waarom ze in vredesnaam spullen had gekocht die ze in Dublin nooit zou aanschaffen.

Terug in haar hotelkamer, toen ze haar koffer pakte, ging de telefoon. Het was de receptioniste, die haar eraan herinnerde dat ze over een halfuur een afspraak had in het wellnesscentrum. Gauw trok Darcey een badpak aan. Nadat ze haar badjas om zich heen had geslagen, zette ze op badstoffen slippertjes koers naar waar ze zich zou laten verwennen. Omdat het centrum slechts vijf verdiepingen hoger lag, ging ze met de trap, hoewel ze vond dat ze zich nu maar eens over haar angst voor liften heen moest zetten.

Het was heerlijk in het wellnesscentrum. Er klonk rustgevende Aziatische muziek, het rook er naar geurige oliën, en bij de receptie klaterde een fonteintje. Meteen voelde Darcey zich weer log en lomp, maar ze liet zich braaf meenemen naar een kamertje waar ze werd gemasseerd en ingewreven met olie totdat ze het gevoel had dat ze zweefde op een aromatherapiewolk. Dromerig vroeg ze zich af of ze Anna Sweeney zou kunnen overhalen ook zoiets te laten installeren bij InvestorCorp voor de gestreste werknemers. Ze was zich niet bewust geweest van stress totdat ze merkte hoe ontspannen ze zich ineens voelde.

Ze vond het een vreselijke gedachte om het harde leven weer in te moeten, en ze stelde dat moment nog even uit door zich uit te strekken op een ligbed in een ruimte die slechts door kaarsen werd verlicht. Ze sloot haar ogen en viel vrijwel onmiddellijk in slaap.

Ze schrok niet wakker. Ze opende gewoon haar ogen en voelde zich heerlijk ontspannen. Ze was totaal niet moe meer. Ja, ze ging Anna absoluut bepraten om ook zoiets te organiseren in het gebouw van InvestorCorp!

Ontspannen liep ze langs de receptie, lachte vriendelijk naar de receptioniste en zette koers naar de trap. Ze had nog tijd genoeg voor een lunch voordat ze naar het vliegveld moest, en droomde al van een overheerlijk dessert. Toen ze haar hand uitstak naar de trapleuning, miste ze om de een of andere reden de bovenste tree. Haar voet schoot uit het slippertje, ze probeerde zich nog vast te grijpen, maar viel toch van de trap.

Ze wist niet wat pijnlijker was, haar gekwetste trots of haar bezeerde pols. Daar lag ze geschrokken te denken dat ze inderdaad log en lomp was, anders zou haar zoiets niet zijn overkomen. Toen er een pijnscheut door haar arm trok, slaakte ze een gil en brak het klamme zweet haar uit. Ze hoopte dat het niets ergs was, want per slot van rekening was het geen gigantische trap. Maar toen keek ze naar haar hand, die al aardig aan het opzwellen was, en merkte ook nog dat ze haar pols niet kon bewegen.

Nee, hè, dacht ze, ik ben toch niet zo stom geweest om mijn pols te breken? Voorzichtig voelde ze er even aan en slaakte meteen weer zo'n gil.

Ze kon hier niet blijven liggen. Ze moest overeind komen en haar arm laten behandelen. Maar zodra ze pogingen ondernam om te gaan staan, werd het duidelijk dat ze haar enkel had verstuikt of zoiets, want die kon haar gewicht niet dragen.

Dit gebeurt niet echt, dacht ze nadat ze diep had ingeademd. Ik moet gewoon even wachten, dan trekt de pijn wel weg.

Ze bleef zitten aan de voet van de trap met de badjas strak om zich heen getrokken. Ze moest haar best doen niet te gaan janken.

Moest ze huilen omdat het zo'n pijn deed of omdat deze succesvolle reis eindigde als grote flop? Of omdat ze echt niet wist hoe ze die trap weer op moest komen om hulp te vragen in het wellnesscentrum?

Ze kreeg het koud en trok de badjas nog steviger om zich heen. Ze kon hier niet blijven zitten. Het was niet waarschijnlijk dat iemand ooit gebruik maakte van de trap, het kon uren en uren duren voordat ze werd gevonden. Ze moest hier weg, maar op elke beweging volgde weer zo'n pijnscheut.

Uiteindelijk lukte het haar om op haar billen treetje voor treetje omhoog te komen totdat ze de overloop had bereikt. Daar trok ze zichzelf op en wist de deur van de vijfentwintigste verdieping open te trekken.

De receptioniste keek ontzet toen Darcey naar binnen strompelde. Ze belde meteen een dokter en hielp Darcey in een van de gemakkelijke stoelen. Vervolgens legde ze Darceys pijnlijke enkel op een taboeretje en zei dat ze die hoog moest houden.

'Het spijt me verschrikkelijk,' bleef Darcey maar zeggen terwijl de therapeutes om haar heen krioelden met warme gele dekentjes en kopjes jasmijnthee. 'Het was mijn eigen schuld dat ik struikelde. Ik ben ook altijd zo vreselijk onhandig.' Ze veegde de tranen weg die over haar wangen biggelden. Het was gruwelijk om in het middelpunt van de belangstelling te staan omdat ze zoiets stoms had gedaan.

Dokter Tay was de rust zelve. Heel professioneel bekeek hij Darceys pols en enkel en zei toen dat ze haar pols vermoedelijk had gebroken, maar dat haar enkel verstuikt was. Hij trof meteen maatregelen om haar naar het ziekenhuis te laten brengen voor nader onderzoek.

In het ziekenhuis was iedereen ook heel rustig en professioneel. Er moesten foto's worden gemaakt van haar pols en enkel, maar de verpleegkundige zei dat het haar zeer zou verbazen als die allebei gebroken zouden blijken te zijn. Wat een pech, vond ze. Soms hadden kleine ongelukjes toch wel nare gevolgen, vond ze.

Terwijl Darcey op de uitslag wachtte, deed ze haar best zichzelf ervan te overtuigen dat de pijn in haar pols al minder werd, en dat ze met een paar pijnstillers gewoon het ziekenhuis uit kon lopen.

Maar toen keek ze op de klok aan de muur en besefte dat als ze niet gauw het ziekenhuis uit liep, ze haar vlucht zou missen.

Op dat moment kwam de dokter bij haar en liet haar de foto's zien. 'Goed nieuws en slecht nieuws,' zei hij opgewekt. 'Maar vooral goed nieuws. Uw enkel is verstuikt maar niet gebroken. Zodra de zwelling wegtrekt, zou alles in orde moeten zijn, hoewel u hem wel een poosje zult moeten ontzien. Helaas is uw pols gebroken. Geen ernstige breuk, maar er moet toch iets aan worden gedaan, een kleine operatie waardoor hij beter en sneller zal genezen dan wanneer we hem gewoon in het gips doen. U moet uw pols ongeveer tien dagen in een gipsen spalk houden en daarna kunt u overstappen op een lichtgewicht spalk van kunststof.'

'Hoelang gaat dat duren?' vroeg ze.

'Het hele genezingsproces? Helaas neemt dat veel tijd in beslag, maar u zou hem moeten kunnen bewegen over...'

'Ik bedoel de ingreep,' viel ze hem in de rede. 'Over een halfuur moet ik op het vliegveld zijn.'

Hij glimlachte. 'Dat zal niet gaan,' zei hij. 'Zoals ik al zei, is het een operatie. We maken een incisie in uw pols en bevestigen een schroefje. De eerstkomende tijd kunt u een vliegreis wel vergeten.'

'Maar...' Hulpeloos keek ze naar hem op.

'Zijn er belangrijke redenen om snel terug te gaan naar...' Hij keek in haar dossier. 'Naar Ierland?'

Eigenlijk niet, dacht ze, afgezien van het vele werk dat ze moest doen.

'Nou ja, ik...'

'U moet dit in orde laten maken,' zei de dokter streng. 'Als we dit nu niet doen, krijgt u later problemen.'

'O,' zei ze. 'Dan moet het maar gebeuren.' Ze zuchtte eens diep. 'Ga uw gang dan maar.'

Liggend op de brancard keek Darcey op naar het plafond. Een paar dagen geleden was ze bang geweest om bij InvestorCorp bekend te staan als de vrouw die vast was komen te zitten in de lift. Nu zag het ernaar uit dat ze bekend zou staan als de vrouw die terugkwam uit Singapore met haar pols in het gips. Wat ben ik toch een oen, dacht ze.

Het was geen enkel probleem de hotelkamer nog een paar dagen aan te houden. Het personeel zorgde goed voor haar en kwam steeds kijken of ze geen pijn had en of alles er was wat ze nodig had. Maar eigenlijk wilde ze het liefst naar huis. Ze moest ervoor zorgen dat alles was geregeld voor de potentiële klanten, zodat wanneer ze belden, InvestorCorp alles meteen in orde kon maken. En ze verlangde naar haar eigen huis en haar eigen spulletjes.

Toen ze Anna Sweeney belde, werd ze verbonden met de voicemail. Ze sprak een berichtje in waarin ze vertelde dat ze een ongelukje had gehad en een vlucht had geboekt voor over een paar dagen. Ze zei ook dat Anna zich geen zorgen hoefde te maken en dat ze maar niet moest terugbellen omdat Darcey waarschijnlijk toch zou slapen.

Darcey had pijnstillers meegekregen waardoor het leek alsof de pijn van verre kwam. Ze lag op bed, maar bleef nooit lang genoeg wakker om echt tv te kunnen kijken. Gek hoor, was ze de halve wereld rond gevlogen om heel veel te slapen...

Even na middernacht schrok ze wakker van de telefoon. Nadat ze een paar keer met haar ogen had geknipperd, drong het tot haar door dat het kamermeisje moest zijn binnengekomen om de tv uit te zetten, de gordijnen te sluiten en een lampje aan te knippen. Op het nachtkastje lag een kaartje met een telefoonnummer dat ze moest bellen als ze iets nodig had. Na er even naar gekeken te hebben, nam ze de telefoon op.

'Het spijt me dat ik u moet storen, mevrouw McGonigle,' zei de receptioniste. 'Maar er is hier een heer van het bedrijf waarvoor u werkt, en hij vroeg of ik even wilde kijken of u wakker was.'

'Iemand van InvestorCorp? Hier?' vroeg Darcey verwonderd.

'Meneer Lomond,' antwoordde de receptioniste.

'O.'

'Hij heeft ook een kamer genomen,' ging de receptioniste verder.

'O...' zei Darcey. 'Stuur hem maar naar boven.'

'Ik stuur wel iemand met hem mee,' zei de receptioniste. 'Blijft u maar liggen.'

Darcey glimlachte. 'Dank u wel.'

Ze hing op en pakte het tasje dat naast het bed stond. Gauw haalde ze een borstel door haar haar, in de wetenschap dat het niet erg zou helpen en dat ze er vreselijk uit moest zien. Helaas kon ze vanuit bed niet in een spiegel kijken, dat was zeker niet feng shui. Nou ja, dacht ze, Neil heeft me vaak genoeg gezien wanneer ik net uit bed kwam. Wat maakt het ook uit?

Toen er op de deur werd geklopt, riep ze: 'Binnen!'

'Uw gast, mevrouw,' zei de piccolo.

'Hoi.' Verontschuldigend keek ze op naar Neil.

Die keek met open mond naar haar goed ingepakte pols en enkel. 'Wat is er met jou gebeurd?' vroeg hij terwijl hij naar binnen liep en op de rand van het bed ging zitten.

Ze legde uit wat haar was overkomen, al had ze liever gehad dat ze was overvallen of zoiets, in elk geval iets spannenders dan van de trap vallen na een bezoekje aan een wellnesscentrum. Zo klonk het net alsof ze onder werktijd had lopen lanterfanten, en was gevallen omdat ze niet had opgelet – wat inderdaad het geval was geweest.

'Moet je nog een keer worden geopereerd wanneer je thuis bent?' vroeg hij.

Schouderophalend antwoordde ze: 'Hopelijk niet. Het is geen erg nare breuk, en de dokter zegt dat het er goed uitziet, al zal het nog wel een poosje duren voordat alles weer normaal is. Gelukkig is het mijn linkerpols, dus ben ik niet heel erg onthand.'

'En je enkel?'

'Alleen maar verstuikt,' zei ze. 'Het moet allemaal nog bont en blauw worden. Of misschien is het dat al.'

'Waarom keek je niet uit waar je liep?'

'Och, je kent me toch?' antwoordde ze. 'Ik struikelde of zoiets. Dat gebeurt me vaker, ik kan er niets aan doen.'

'Ik bedoelde het ook niet als kritiek,' reageerde hij. 'Goh, je hebt het de laatste tijd niet makkelijk, hè? Eerst zit je opgesloten in de lift en dan kukel je de trap af.'

'Meestal kom ik ongeschonden terug van zakenreisjes,' zei ze. 'En normaal gesproken zit ik ook nooit vast in liften.'

'Misschien breng ik ongeluk,' opperde hij.

'Wie weet?' Ze kneep haar ogen dicht en deed ze toen weer open.

'Kom op, Darcey,' zei hij, en even leek het erop dat hij haar in zijn armen wilde nemen, maar dat deed hij toch maar niet. 'Het komt allemaal goed.'

'Weet ik.' Ze zuchtte en keek hem toen nieuwsgierig aan. 'Wat doe jij eigenlijk hier?'

'Nou, je bent een werknemer die een ongeluk heeft gehad,' antwoordde hij. 'Ik kom kijken of alles goed met je gaat. Uit het berichtje aan Anna konden we niet goed opmaken wat er precies aan de hand was. We waren bezorgd.'

'Dat was niet nodig,' zei ze. 'Je had ook even kunnen bellen.'

'Je had tegen Anna gezegd dat ze dat niet moest doen,' bracht hij haar in herinnering.

'Toen was ik nog erg roezig,' legde ze uit. 'Echt, je had niet hoeven komen. Ik red me prima.'

'Darcey, dat je je prima kunt redden wil nog niet zeggen dat je geen hulp nodig hebt.'

Ineens kreeg ze een brok in de keel. 'Maar de kosten van jouw vlucht zullen een flinke deuk in mijn budget maken.' Het klonk zakelijker dan de bedoeling was.

'Denk je tegenwoordig op die manier?' vroeg hij met een frons. 'Draait alles om je budget en je werk?'

'Denk je niet dat InvestorCorp dat doet?' vroeg ze. 'Dan moet jij dat toch ook doen?'

'Eh... Hoor eens, ik ben dan wel je baas, maar ik ken je ook persoonlijk,' zei hij. 'En bovendien vind ik dat er sowieso iemand had moeten komen om te kijken of alles in orde was. Als Anna was gekomen, had je dat fijn gevonden.'

'Maar ik vind het fijn dat je bent gekomen,' zei ze. 'Echt waar. En ik wil heus niet net doen alsof ik je niet ken of dat je niets voor me betekent, alleen... Nou ja, ik wil mijn werk graag goed doen, en nu...' Ze keek naar hem op en lachte flauwtjes. 'Nou ja, zoiets is beter dan als je me uit de gevangenis zou moeten halen omdat ik drugs had gesmokkeld of zo.'

'Daar moet je geen grapjes over maken,' zei hij.

Berouwvol zei ze: 'Ik kan op het ogenblik niks anders dan grapjes maken.'

Hij knikte afwezig en vroeg toen nieuwsgierig: 'Is dat zo?'

'Is wat zo?'

'Dat ik nog iets voor je beteken. Zoiets zei je daarnet.'

'Jezusmina, Neil, ik heb toch van je gehouden?'

Hij trok zijn wenkbrauwen op. 'Ik meen me te herinneren dat je zei dat je nooit van me had gehouden.'

'Je weet best wat ik bedoel.' Ze kneep in haar neus. 'Ik dacht dat ik van je hield, maar dat was niet zo. Maar dat wil nog niet zeggen dat ik niet... Verdikkeme, Neil, ik voel me nog steeds schuldig!'

'O.'

'En ik voel me ook schuldig bij de gedachte dat je helemaal hiernaartoe bent gekomen omdat we lang geleden getrouwd waren.'

'Och, meisje toch,' zei hij. 'Je analyseert te veel.'

'Vergeet niet dat ik op dit moment onder de verdovende middelen zit,' reageerde ze. 'Ik kan niet helder denken.'

'Goed dan, ik vergeef het je.'

'Hoe is het met Anna?' vroeg ze opeens.

'Goed,' zei hij. 'Zoals ik al zei, is ze bezorgd om je.'

'Zeg maar tegen haar dat ik weliswaar gewond ben, maar nog lang niet verslagen.'

'Doe ik.' Hij grijnsde erbij.

'Anna is ontzettend lief,' zei Darcey plotsklaps. 'Je moet niet met haar spelen.'

'Ik speel niet met haar.'

'Ze is mijn beste vriendin, je mag haar niet kwetsen.'

'Waarom zou ik haar kwetsen?' vroeg hij. 'Zeg, ik laat je nu maar alleen, dan kun je lekker gaan slapen, en dan kun je des te eerder met mij terug naar huis.'

'Blijf je dan hier?' vroeg ze. 'Totdat ik naar huis kan?'

'Natuurlijk blijf ik hier,' antwoordde hij. 'Je dacht toch niet dat ik helemaal hiernaartoe zou komen om met lege handen terug te gaan? Zo zijn we niet getrouwd!'

Ze keek hem alleen maar aan.

'Dat had ik anders moeten verwoorden,' gaf hij toe.

Er verscheen een brede lach op haar gezicht.

25

Toen ze een paar dagen later in een wagentje door de luchthaven werd gereden, vond Darcey het toch wel erg fijn dat er iemand voor haar zorgde. Normaal gesproken deed ze het liefst alles zelf en op haar eigen manier, maar met een gebroken pols en een verstuikte enkel was dat onmogelijk. Ze kon geen gewicht op haar ene been zetten, en met die pols kon ze niet op krukken lopen. In haar eentje zou het een nachtmerrie zijn geweest.

Neil was geweldig. Hij regelde alles, zelf hoefde ze het zich alleen maar gemakkelijk te maken in haar vliegtuigstoel. En toen de stewardess de passagiers een glaasje champagne aanbood, stond hij erop dat ze er eentje nam.

'Maar wat vieren we dan?' vroeg ze terwijl ze klonken.

'Ik heb je verslag gelezen en je hebt het prima gedaan. Ik verwacht er veel van. En we klinken omdat we eindelijk naar huis gaan.'

'Het spijt me echt.' Voorzichtig nam ze een slokje champagne. 'Dat je vanwege mij de halve wereld rond bent gevlogen.'

'Door jou te komen redden, voelde ik me belangrijk,' reageerde hij met een grijns. 'En weet je, iedereen heeft weleens een ongelukje.'

'Weet ik,' beaamde ze. 'Maar de laatste tijd overkomen ze mij wel erg vaak. Vastzitten in de lift, van de trap vallen... Stom van me. Ik ben ook zo onhandig.'

'Soms wel, ja...' beaamde hij. 'Weet je nog die keer toen we naar Covent Garden gingen en je struikelde over de keitjes...'

'En de hak van mijn enige paar mooie schoenen brak en ik op mijn snufferd viel?' onderbrak ze hem. 'En ik op blote voeten naar huis moest? Ja, dat herinner ik me nog.'

Ze moesten er allebei om lachen, maar ineens voelde Darcey zich er ongemakkelijk bij en keek ze uit het raampje. Het vliegtuig taxiede de startbaan op en de stewardess kwam de glaasjes ophalen.

Darcey sloeg de *Newsweek* open die ze op het vliegveld had gekocht. Eigenlijk had ze een roddelblaadje willen kopen, maar omdat Neil erbij was, die per slot van rekening haar baas was, wilde ze professioneel overkomen.

Neil ging lezen in een spannende thriller. Darcey vroeg zich af of hij zelf ook wel zo'n superheld zou willen zijn. Eigenlijk wist ze niet waar hij stiekem van droomde. Ze wist niet echt wat hij wilde met zijn leven. Had hij zijn doel bereikt door directeur bij een wereldwijd opererend bedrijf te worden? Of had hij heel andere ambities?

Eigenlijk is hij wel míjn held, dacht ze, nu hij zo'n lange reis heeft gemaakt om me te redden. Ook al hoefde ik niet te worden gered.

Ze leunde achterover toen ze eindelijk opstegen. Gered worden door haar ex betekende dat ze dertien uur naast hem moest zitten. En dat vond ze niet zo'n fijne gedachte, ook al was hij nog zo aardig.

Ze was bang dat die dertien uur zouden leiden tot een intimiteit die ze niet wilde. Ze was bang dat ze het over het verleden gingen hebben. Maar hij las in zijn boek of speelde spelletjes op de console die bij de stoel hoorde. Hij negeerde haar, ze zeiden alleen iets tegen elkaar onder het eten. De stewardess was zo vriendelijk geweest Darceys kalkoenfilet in hapklare brokjes te snijden, en terwijl Darcey at, deed ze haar best iets te bedenken waarover ze zouden kunnen praten.

'Heb je Meryl al eens gezien?' Meteen kreeg ze spijt. Waarom vroeg ze Neil naar Anna's dochter? Misschien had Anna hem nog niet over Meryl verteld. Ooit zou ze dat moeten doen, maar misschien wachtte ze het juiste moment af.

'Nee,' antwoordde Neil.

'Anna is een geweldige moeder.'

'Dat geloof ik graag.'

'Echt waar, hoor.' Darcey vond dat hij moest weten hoeveel Meryl voor Anna betekende. 'In het begin was het moeilijk, maar ze redt het prima.'

Hij fronste zijn voorhoofd. 'Meryl is toch acht? Toen ze werd geboren, werkte jij nog niet bij Global Finance. Hoe weet je dan dat het moeilijk was voor Anna?'

'Jeetjemina, wij vrouwen praten over dingen.' Ongeduldig keek ze hem aan. 'We bespreken van alles en nog wat.'

'Ik dacht dat dat niks voor jou was,' merkte hij op. 'Vrouwen-praatjes. Dingen delen.'

'Anna en ik delen alles,' reageerde ze vastberaden. 'En we rod-delen heel wat af.'

'Echt?'

'Ja.'

'Is ze een roddelaarster?'

Darcey giechelde. 'Soms.'

'Want al dat luchtige is niets voor jou,' zei hij. 'Je doet wel je best, maar het ligt je niet zo, toch? Luchtige gesprekjes.'

'Och...'

'Ik mag Anna graag,' zei hij. 'Maar meestal is het geen goed idee om een verhouding te beginnen met iemand van het werk.'

'Je hebt één slechte ervaring gehad,' zei ze. 'Daar moet je je niet door laten weerhouden.'

'Toch pas ik goed op niets te beginnen met iemand van het werk.'

'Zeg...' Ze had geen persoonlijke vragen willen stellen, maar ze was toch wel erg nieuwsgierig geworden. 'Heb je nog serieuze re-laties gehad?'

'Met Megan. Ik was bijna met haar getrouwd.'

'O.' Verbaasd vroeg ze: 'En waarom heb je dat dan niet gedaan?'

'Omdat het echt helemaal goed moet zitten,' antwoordde hij. 'Ik moet het heel zeker weten. En bij Megan wist ik het niet heel zeker.'

'O.'

'En jij?' vroeg hij.

Ze schudde haar hoofd. 'Een relatie staat niet op mijn verlang-lijstje.'

Toen hij niets meer zei, schoof ze heen en weer op haar stoel.

'Gaat het?' vroeg hij.

'Jawel, maar ik zou wel een dutje willen doen wanneer het blad is weggehaald.'

'Goed idee.'

'Dank je wel,' zei ze opeens.

'Waarvoor?'

'Dat je me bent komen halen. Ik zei dan wel dat ik me prima kon redden, maar dat was niet zo. Dank je wel, dus.'

'Graag gedaan,' zei Neil voordat hij zich weer verdiepte in zijn thriller.

Het was al avond toen ze, na te zijn overgestapt op Heathrow, eindelijk aankwamen in Dublin. Darcey was uitgeput en haar pols deed flink pijn. Neil zei niets over de donkere kringen onder haar ogen, maar hij zei wel dat hij haar naar huis zou brengen. Dat kon ze niet weigeren, en ze protesteerde ook niet toen hij de taxi betaalde en zei dat hij zou helpen haar bagage naar boven te dragen. Weigeren zou niet alleen stom zijn, maar ook bot en onaardig. Neil was een rots in de branding geweest, het zou een belediging zijn hem niet binnen te laten in haar appartement, ook al vond ze dat niet helemaal prettig.

Ze maakte de deur open en hij trok haar uitpuilende koffertje op wieltjes de lobby in.

'Je had een grotere koffer moeten meenemen,' merkte hij op.

'Ik heb meestal niet veel bij me,' zei ze terwijl ze op de liftknop drukte. 'Maar deze keer heb ik dingen gekocht.'

In de lift kneep ze haar ogen stijf dicht en opende ze meteen weer.

Neil had het gezien en grijnsde breed. 'Het zou de laatste druppel zijn als we kwamen vast te zitten in de lift,' zei hij.

Ze glimlachte flauwtjes. 'Voordat ik vast kwam te zitten, was ik niet echt panisch voor liften. Het zal wel even duren voordat het over is. Weet je, als ik in het hotel gewoon de lift had genomen, was dit niet gebeurd.'

'Ik wist niet dat je aan claustrofobie leed,' zei hij.

'Normaal gesproken niet,' reageerde ze. 'Het is het donker dat me de das omdoet.'

'Ik wist ook niet dat je bang was in het donker.' Hij fronste zijn voorhoofd.

'Ik was niet...' Niet op haar gemak keek ze hem aan, net toen de lift stopte op haar verdieping. 'Ik werd pas bang na de scheiding.'

'O.' Achter haar aan stapte hij de lift uit en volgde haar door het gangetje naar haar voordeur.

Ze deed de deur open en strompelde naar binnen.

Neil kwam achter haar aan en keek verwonderd om zich heen. 'Wat netjes,' zei hij toen ze de gordijnen open had getrokken.

'Pardon?'

'Het is hier zo netjes, zo opgeruimd,' zei hij. 'Verbazend netjes zelfs. Zo was het bij ons nooit.'

'Als je alleen woont, is het niet moeilijk om alles netjes te houden,' zei ze.

Neil lachte. 'Kom op, jij was de grote sloddervos,' bracht hij haar in herinnering. 'Ik zocht me soms suf naar sokken of zo.'

'Alleen maar omdat ik de was niet meteen opruimde,' reageerde ze.

'O ja, je stopte alles in de wasmachine,' zei hij. 'En dan werd alles blauw of roze omdat je het niet had gesorteerd. En je liet alles dagen over de radiator hangen, zodat het zo stijf werd als een plank.'

'Ik ben nu eenmaal niet zo huishoudelijk aangelegd.'

'Jawel, dat ben je wel!' riep hij uit. 'Het is hier voorbeeldig!'

Ze grijnsde breed. 'Ik ruim altijd op voordat ik op reis ga,' biechtte ze op. 'Je zou het hier moeten zien zoals het gewoonlijk is.'

'Gelukkig maar,' reageerde hij. 'Ik zou het vervelend vinden als je onherkenbaar zou zijn veranderd. Het was toch al een schok om jou weer te zien.'

'Hoezo?'

'Je haar, je kleding, alles!' riep hij uit. 'Darcey, je ziet er uit als een zakenvrouw. Ik moet bekennen dat je me de adem benam.'

'Doe niet zo gek,' zei ze niet op haar gemak. 'Zo goed zie ik er nou ook weer niet uit.'

'Het heeft niets met mooi te maken, maar met een zelfverzekerde houding,' legde hij uit. 'Toen ik je die eerste keer zag achter je bureau, toen leek je zo zelfverzekerd...'

'Ik zat met mijn ogen dicht,' zei ze.

'Precies. Je zat met je ogen dicht, maar je zag er niet uit alsof je sliep of zo. Je zag er gewoon zelfverzekerd uit.'

'Nou, ik ben blij dat ik een goede indruk heb gemaakt,' zei ze. 'Want ik was bang dat je een heel verkeerde indruk van me had gekregen.'

'Je had je geen zorgen hoeven maken,' stelde hij haar gerust.

'Nee? Terwijl ons bedrijf net was opgekocht? We vreesden allemaal voor onze baan.'

'Ik was echt niet van plan je te ontslaan.'

'Terwijl dat toch heel gemakkelijk zou zijn geweest.'

'Je zou me voor de rechter hebben gesleept wegens onrechtmatig ontslag,' zei hij. 'En we hebben al eens samen voor de rechter gestaan.'

Ze haalde haar schouders op. Eigenlijk hadden ze niet voor de rechter gestaan, de scheiding was vlug en netjes geregeld, ook omdat er geen kinderen waren en ze niets van elkaar hadden geëist.

'Wil je een kopje koffie?' vroeg ze om de stilte die was gevallen te verbreken.

Hij schudde zijn hoofd. 'Ik ga maar eens naar huis.'

Ze knikte. 'Dank je wel. Voor alles.'

'Graag gedaan. En kom niet te gauw weer op je werk. Neem een paar daagjes vrij.'

'Ik zal morgen naar de dokter gaan,' beloofde ze. 'En dan zie ik wel.'

'Darcey, het is vast niet makkelijk met zo'n enkel,' zei hij. 'En op het vliegveld heb je al bijna iemand omver gemept met dat gips.'

'Ze stond in de weg.' Ze giechelde. 'Nou, we wachten maar af wat de dokter gaat zeggen. Ik bel Anna wel. Maar ik hoop echt dat ik die formulieren van al die Singaporezen kan doen. Ik heb grote verwachtingen van ze, vooral van Asia Holdings.' Ze bloosde bij de gedachte aan Jason White. Als ze was ingegaan op zijn uitnodiging de nacht bij hem door te brengen, was ze daar geweest en zou ze niet van de trap zijn gevallen.

'Maak je daar geen zorgen over,' zei Neil, die niet had gezien dat ze bloosde. 'Alle relevante informatie heb je al per e-mail verstuurd. Ik neem het wel over.'

Ze aarzelde.

'Ik ga je cliënten niet afpikken,' merkte hij op. 'Het is overduidelijk wie ze heeft aangebracht.'

'Daar zat ik niet mee,' reageerde ze. 'Alleen, dat is míjn werk.'

'Maak je toch niet zo druk. Neem alsjeblieft een paar dagen vrij,' zei hij. 'Ook als je niet van de trap was gekukeld, was het een vermoeiende reis.'

'Eh... Ja.'

'Nou dan. Zeg, ik ga.' Hij pakte zijn koffer op. 'Ik zie je wel weer op het werk.'

'Ja,' zei ze. 'Tot dan.'

Het appartement leek heel stil toen hij weg was. Ze sleepte haar koffer de slaapkamer in en zette hem open. Toen ze de paarse schoenen zag, besefte ze dat ze haar ene voet er nooit in zou kunnen krijgen. Geen supermooie schoenen voor de bruiloft, dus. Ze zou boffen als ze in gympen paste. Maar op gympen wilde ze absoluut niet naar de bruiloft. Misschien moest ze toch maar afzeggen, dat zou een hele opluchting zijn.

Nou ja, het had geen zin daar op dit moment over na te denken. En ze was te moe om uit te pakken. Dus deed ze de koffer weer dicht en schoof hem onder het bed. Uitpakken kon wel wachten. De was doen kon ook wachten. Ze ging een kopje thee drinken, en daarna kon ze eindelijk in haar eigen bed slapen.

26

Zoals Darcey al had verwacht, zei de huisarts dat ze het een paar daagjes rustig aan moest doen, en dat ze haar enkel vooral niet moest belasten. Normaal gesproken had ze moeite met rust nemen, maar nu was ze uitgeput vanwege de vermoeiende reis en de voortdurende pijn. Dus belde ze Anna, en die leefde met haar mee en zei dat ze zo lang als nodig was thuis moest blijven, en dat ze de volgende avond zou langskomen.

'Ik dacht dat ik niet meer zo onhandig was,' zei Darcey somber toen Anna en zij in de woonkamer de sushi aten die Anna had meegebracht, met een wijntje erbij. 'Ik stoot zelfs niet meer zo vaak tegen de bureaus aan op het werk. Maar nu vraag ik me af of ik toch niet net zo onhandig ben als vroeger. Naast al die mooie dames in Singapore leek ik wel een olifant.'

'Dat van de lift was stomme pech. En van de trap vallen kan iedereen gebeuren.' Anna zei bijna precies hetzelfde als Neil.

Darcey snoof.

'Er vallen dagelijks mensen van de trap!' zei Anna.

'Weet ik. Ik wou alleen maar dat het mij niet was overkomen, en dat Neil het niet nodig had gevonden meteen naar Singapore te vliegen om me te redden,' zei Darcey. 'Ik voelde me net een prinses die gered moet worden door een ridder, in dit geval mijn baas. Weet je, ik was echt blij hem te zien.'

'Douglas zei dat hij moest gaan,' vertelde Anna.

'O.'

'Maar Neil zou sowieso zijn gegaan.'

'Denk je?'

'Hij maakte zich erg ongerust.'

'Trouwens, hij was geweldig. Ik was vergeten dat hij zo goed kan organiseren.'

'Organiseren? Neil?'

Darcey knikte. 'Vroeger werd ik er gek van, zo netjes is hij. Hij vouwde zijn sokken op! En wanneer hij op zakenreis moest, was hij urenlang bezig met controleren of alles echt goed was geregeld.'

'Net zoals jij,' merkte Anna op.

'Ik vouw geen sokken op!' Ontzet keek Darcey Anna aan.

'Maar je controleert wel alles.'

'Dat hoort bij het werk.'

'Ik denk dat je het van hem hebt overgenomen.'

Darcey haalde haar schouders op. 'Misschien. Ik heb hem vaak genoeg uitgezwaaid wanneer hij zonder mij op zakenreis ging.'

Anna kneep haar ogen tot spleetjes.

'Kom op, Anna!' riep Darcey uit. 'Ik heb je er alles over verteld. Hij ging op reis zonder mij. Zakenreisjes, dat weet ik nu ook wel.'

'Als je dat toen had geweten, zou je dan zijn gescheiden?'

'Hoe moet ik dat nou weten?' antwoordde Darcey bozig. 'Het is al zo lang geleden. Ik ben veranderd, en hij vast ook.'

'Denk je er ooit over om weer met hem verder te gaan?'

'Jeetjemina!' Geërgerd keek Darcey Anna aan. 'We zijn nu eenmaal gescheiden, al jaren geleden. Meestal wil je de ander dan nooit meer zien.' Ze stak haar hand op toen Anna iets wilde zeggen. 'We spreken elkaar nu vanwege het werk, en eigenlijk gaan we er heel goed mee om. Maar als een gescheiden stel elkaar niet de ogen uitkrabt, betekent dat niet dat ze weer met elkaar verder willen.'

'Ik vroeg het me alleen maar af,' zei Anna. 'Goh, wat wind je je erover op.'

'Ik wind me helemaal niet op!' beweerde Darcey verhit.

Peinzend keek Anna haar aan. 'Weet je wel heel zeker dat je echt geen gevoelens meer voor hem koestert?'

'De enige gevoelens die ik nog heb, zijn gevoelens van schaamte om wat er is gebeurd, en omdat hij moest komen.'

Anna zweeg.

'Koester jíj soms gevoelens voor hem?' vroeg Darcey na een poosje.

'Ik vind hem erg aardig,' zei Anna terwijl ze nog eens inschonk. 'Hij is een aardige man.'

'Ja,' zei Darcey. 'Klopt, hij is aardig. Niet dat het uitmaakt, maar ik hoop dat je je best doet. Jullie verdienen elkaar.'

Anna schoot in de lach. 'O, Darcey, je snapt er echt niks van, hè?'

'Wat snap ik niet?' vroeg Darcey op haar hoede.

'Niks.' Anna nam een slokje wijn.

De volgende dag nam Darcey de trein naar Galway. Ze had Minette telefonisch verteld dat ze een ongelukje had gehad, en haar moeder had erop gestaan dat ze een paar dagen naar huis zou komen.

'In je eentje kun je je zo niet redden,' had ze vastberaden gezegd.

Dat kon Darcey niet ontkennen. Het was bijna onmogelijk om te douchen en het gips droog te houden. Het was bijna onmogelijk om haar haar te doen. Die ochtend had ze het laten wassen en stylen bij de kapper, en ze vroeg zich al af hoeveel geld ze de komende weken kwijt zou zijn aan kappers. Alles was ontzettend lastig met maar één hand. Bovendien kon ze nog steeds niet goed lopen. Het was dus een aantrekkelijke gedachte om naar huis te gaan en zich door Minette in de watten te laten leggen. Maar als haar vader nog in huis was, wilde ze niet bij haar moeder logeren.

'Hij is hier niet meer,' had Minette zacht gezegd.

'O?' Darcey had de avond daarvoor Amelie gesproken, en die was er zeker van geweest dat Martin nog bij Minette zat.

'Hij is vandaag vertrokken. We hebben het er nog over,' had Minette gezegd.

Dus had Darcey een weekendtas gepakt en was ze per taxi naar het station gegaan, waar ze in de trein naar Galway was gestapt. Er was meer beenruimte in de trein dan in het vliegtuig, en die extra ruimte had ze wel nodig.

Minette kwam haar afhalen op het station en klakte met haar tong toen ze Darcey zag met al dat gips en die zwachtels. 'Je zei dat je was gevallen,' zei ze. 'Maar kijk nou eens! En je hebt wallen onder je ogen.'

Darcey had inderdaad niet goed geslapen, en de trein had meer geschud dan ze had verwacht. Ze had hoofdpijn, steken in haar enkel en jeuk onder het gips om haar pols.

Zodra ze thuis waren, beval Minette haar op de bank te gaan liggen terwijl zij warme chocolademelk ging maken.

'O, mam.' Dankbaar nam Darcey de mok aan. 'Dit is zo lekker, zo troostrijk. Maar het is niet erg best voor mijn figuur.'

'Het zal je goeddoen,' reageerde Minette. 'En begin nou niet over verzadigde vetten en dat soort nonsens. Drink en geniet!'

Darcey nam kleine slokjes van de romige chocolademelk en merkte dat de hoofdpijn wegtrok. Het was fijn om thuis te zijn en te worden vertroeteld door Minette, net als vroeger, toen Darcey een klein meisje was en uit bomen viel en zo. Ze zuchtte eens tevreden en nestelde zich in de kussens die Minette op de bank had gelegd. Toen trok ze het dekentje een beetje op. Het fijne aan thuis zijn was dat je niet hoefde na te denken. Je hoefde je niet druk te maken over het eten, of over of er nog genoeg melk in de ijskast stond... Doordat haar moeder nu voor haar zorgde, voelde ze zich meteen stukken beter.

'Bien, chérie,' zei Minette met een glimlach. 'Vertel nou maar eens wat er is gebeurd.'

Darcey vertelde het hele verhaal, en ze prees iedereen die voor haar had gezorgd de hemel in.

'De reis terug moet lastig voor je zijn geweest.' Minette fronste haar voorhoofd. 'Reizen is nooit makkelijk, maar met al die kwetsuren...'

Zo achteloos mogelijk vertelde Darcey dat Neil haar was komen halen.

'Neil? Jóuw Neil?' vroeg Minette verwonderd.

'Hij is niet "mijn" Neil,' reageerde Darcey bits. 'Hij is naar Singapore gegaan omdat hij mijn baas is. Trouwens, hij heeft iemand anders.'

'Tss.' Minette schudde haar hoofd. 'Dat hoeft niet per se gunstig te zijn.'

'Wat niet?' vroeg Darcey, die de hoofdpijn al voelde terugkomen.

'Dat hij weer gevoelens voor je koestert.'

'Hij koestert geen gevoelens voor me.'

'Weet je dat wel heel zeker?'

'Net zo zeker als jij weet dat pap weg is en niet meer terugkomt,' zei Darcey met een uitdagende blik.

'Ja, dat weet ik heel zeker,' reageerde Minette.

'Nou, en ik weet zeker dat Neil geen gevoelens koestert voor mij.'
Minette kneep haar ogen tot spleetjes.

'Verdorie, mam!' Darcey keek haar moeder kwaad aan, dronk toen de mok leeg en zette die op het tafeltje naast de bank. 'Dat was heerlijk. Dank je wel. En vergeet Neil nu maar, want die speelt geen enkele rol. Vertel me liever hoe het nou zit met pap.'

Minette vertelde dat Martin had besloten terug te gaan naar Cork om het met Clem over hun toekomst te hebben.

'Hebben ze dan een toekomst?' vroeg Darcey. 'Ze is immers zwanger van een ander. Dat lijkt me geen goede basis om verder te gaan.'

'Daar hebben je vader en ik het uitvoerig over gehad,' zei Minette. 'Hij wilde weten hoe je zoiets kon vergeven.'

'Vast.' Darcey klonk niet blij.

Maar Minette zei dat ze niet zo hard moest zijn. Goed, hij was bij hen weggegaan, maar hij hield echt van Clem. En hij vond het onverdraaglijk om Steffi niet elke dag te zien.

'Zo bezorgd om óns was hij anders niet,' merkte Darcey op.

Minette bracht haar in herinnering dat zij allemaal volwassen waren geweest, en dat hij hen toch al niet dagelijks had gezien. Toen was het heel verdrietig geweest, maar nu was ze gelukkig. Misschien was het allemaal niet zo gelopen zoals ze had verwacht, maar toch was ze tevreden met haar leven.

'Waarom nam je hem dan terug?' vroeg Darcey.

'Dat heb ik niet gedaan,' antwoordde Minette. 'Hoor eens, hij was heel erg verdrietig en ten einde raad. Hoe kon ik hem dan de deur wijzen?'

'Je bent niet goed bij je hoofd. Waarschijnlijk dacht pap dat je dolblij zou zijn omdat hij weer bij je op de stoep stond.'

'Dan kwam hij er algauw achter dat hij dat verkeerd had gedacht,' zei Minette. 'Maar ik denk niet dat hij zoiets dacht. Daar was hij veel te verdrietig voor. Hij had alleen oog voor zijn eigen ellende.'

'Hij is nog steeds een egoïstische klootzak,' zei Darcey.

Minette haalde haar schouders op. 'Beter dat hij weggaat met plannen voor de toekomst en een wat optimistischer kijk op de wereld dan als egoïstische klootzak, toch?'

Darcey schoot in de lach. 'Soms ben je veel te lief.'

'Nee, hoor.' Minette glimlachte. 'Soms ben ik gewoon praktisch.' Ze pakte Darceys mok en ging ermee naar de keuken, waar ze hem afspoelde en in de vaatwasser zette. 'Trouwens,' zei ze toen ze terug was in de woonkamer, 'Martin is heel lang een belangrijk persoon geweest in mijn leven. Het klinkt je misschien vreemd in de oren, maar ik heb niet langer de pest aan hem, en het kon me niets schelen dat hij weer wegging. Ik had liever gehad dat alles anders was gelopen, maar toen hij zich in al zijn ellende tot mij wendde, kon ik niet anders dan hem helpen.'

'Je bent dan ook veel liever dan ik,' merkte Darcey op.

'Oefening baart kunst.'

'Mis je het niet, dat je niemand hebt?' vroeg Darcey nieuwsgierig.

'Mis jij dat?'

Darcey staarde haar moeder aan. 'Dat kun je niet met elkaar vergelijken,' zei ze. 'Ik ben veel jonger dan jij, ik ga naar mijn werk en ik heb een sociaal leven. Als ik wil, kan ik nieuwe mensen leren kennen. Er zijn mannen in mijn leven, alleen niet hier in Ierland.'

'Ik heb ook een sociaal leven,' wees Minette haar terecht. 'En ik zit heus niet de hele dag in mijn eentje achter de geraniums.'

'Sorry, je hebt gelijk. Jij hebt vast een leuker sociaal leven dan ik.'

'Ik zou graag willen dat mijn kinderen goed terechtkomen,' merkte Minette somber op. 'Niet één van jullie is getrouwd!'

'Een huwelijk is ook niet alles.'

'Weet ik.' Minette zuchtte eens. 'Maar toch zou het fijn zijn.'

De volgende dag was het opeens heel warm en zomers. Darcey en Minette gingen een hele poos in de tuin zitten, maar op een gegeven moment werd Darcey rusteloos. Ze werd gek van het stilzitten, zei ze.

'Maar je bent toch van Singapore naar Dublin gereisd, en vervolgens naar Galway?' zei Minette. 'Je zit helemaal niet stil, *ma petite*.'

'Maar toen heb ik ook alleen maar op mijn gat gezeten.' Darcey bewoog haar arm. 'Ik word hier echt helemaal gek van.'

'Kom mee naar binnen, dan blaas ik er koele lucht op met de föhn.'

Darcey strompelde naar binnen, waar Minette koele lucht onder het gips blies.

'O, heerlijk!' riep Darcey uit.

Minette moest om haar lachen.

'Ik heb afleiding nodig,' zei Darcey. 'Ik weet wel iets, maar ik weet niet wat jij ervan vindt...'

Minette trok haar wenkbrauwen vragend op. 'Wat ben je dan van plan?'

'Ik wil naar een kasteel,' antwoordde Darcey.

'Een kasteel? Welk kasteel?'

'Het kasteel waar Nieve gaat trouwen.'

'Wat?'

'Het is maar een uurtje rijden,' zei Darcey. 'Naar het plaatsje Rathfinan. Ik wil graag dat plaatsje en het kasteel zien.'

'Maar waarom?'

'Ik heb gezegd dat ik op de bruiloft zou komen,' legde Darcey uit. 'Al had ik nog niet echt besloten daadwerkelijk te gaan.' Schaapachtig keek ze haar moeder aan. 'En toen kocht ik in Singapore heel mooie schoenen, en toen vond ik dat ik toch maar moest gaan. Maar nu denk ik dat ik afzeg. Ik zou er niet uitzien op gympen! Toch zou ik graag willen zien hoe het daar is. Misschien kom ik dan tot een definitief besluit.'

'Je hoeft niets te zien om te weten dat het geen goed idee is om naar de bruiloft te gaan.'

'Het was ook geen goed idee om pap hier te laten logeren,' zei Darcey. 'Maar je hebt het overleefd, en dit overleef ik ook wel.'

Met een zucht liet Minette het maar rusten. En een uurtje later hielp ze Darcey in de kleine rode Punto en reden ze weg.

Darcey moest vaak op de kaart kijken om Rathfinan te vinden. Het lag ten noorden van Galway, behoorlijk ver van de bewoonde wereld. Terwijl ze over een landweggetje reden en ze de geur van versgemaaid gras opsnoven, herinnerde Darcey zich dat Martin zijn gezin lang geleden naar afgelegen plekjes had gebracht waar ze heerlijk konden rondrennen, en waar ze hadden gepicknickt in de schaduw van eikenbomen. Soms gingen ze als gezin, maar Nieve was vaak mee geweest, en dan hadden ze samen op de achterbank gezeten en gezeurd: 'Zijn we er bijna? Zijn we er nu dan bijna?' Ze hadden heel goed geweten dat volwassenen daar niet tegen kunnen.

Had Nieve haar keus op Rathfinan Castle laten vallen omdat het haar herinnerde aan die fijne tijd, vroeg Darcey zich af terwijl ze tegen Minette zei dat ze bij de volgende afslag naar links moesten. Of was het gewoon toeval?

Voor het kasteel bracht Minette de auto tot stilstand. Het was geen groot kasteel, maar wel indrukwekkend zoals het stond afgetekend tegen de lucht, met de kantelen en op elke hoek een vierkante toren. Het stond op vlak terrein met weinig bomen, en er stroomde een riviertje. Ook hier rook het heerlijk naar versgemaaid gras.

'Mooi,' zei Darcey toen ze door de spijlen van het hek keek. 'Ik kan me best voorstellen dat er een partytent op het gazon staat, en dat Nieve rondloopt in een prachtige bruidsjurk.'

'Blijkbaar is het niet geopend voor publiek,' merkte Minette op terwijl ze tegen het hek duwde.

'Het is een elektronisch hek, dat kun je niet zomaar openen,' zei Darcey. 'Jammer, ik zou graag even binnen hebben gekeken. Een soort voorpremière.'

'Waarom zou je dat willen?'

'Gewoon,' zei Darcey. Zonder enig resultaat trok en duwde ze aan het hek. Toen zag ze ineens een man over het gras lopen, met zo te zien een geweer onder de arm.

'Merde,' zei ze.

'We doen toch niks?' zei Minette.

'Nou ja, misschien is hij zo iemand die eerst schiet en dan pas vragen stelt.'

'Doe niet zo mal. We leven in de eenentwintigste eeuw. En we zijn in Ierland, niet in Texas.' Minette bleef rustig staan terwijl de man op hen af liep. Hij was van middelbare leeftijd en had een landelijke pet op, hoewel hij verder gekleed ging in een geruit overhemd en spijkerbroek, met aan zijn voeten sportschoenen.

'Kan ik iets voor u doen?' vroeg hij beleefd.

Darcey hield haar blik op het geweer gevestigd. 'Het spijt ons als we u storen,' zei ze.

'Storen?' Er blonken pretlichtjes in zijn ogen. 'U stoort me niet, hoor. In het huis zou ik u niet kunnen horen rammelen aan het hek. Toevallig liep ik een beetje rond, en toen zag ik u.'

'Nou ja, sorry dat we u hebben afgeleid,' verbeterde Darcey zichzelf. 'We keken alleen maar.'

'Er is niet veel te zien.'

'Niet met het hek dicht,' beaamde Minette. 'Weet u, over een paar weken vindt hier een bruiloft plaats en mijn dochter is daarvoor uitgenodigd. Ze wilde vast even kijken.'

'O ja, Stapleton en Clarke,' zei hij.

Darcey vroeg zich af waarom het ineens zo echt klonk wanneer iemand anders die namen uitsprak. 'Ja,' zei ze, 'Stapleton en Clarke.'

'En hoort u bij de bruid of de bruidegom?' vroeg hij.

'Goede vraag.' Ze lachte er zuur bij. 'Ik ken ze allebei goed.'

'Ik zou ze graag eens willen spreken,' zei hij. 'Ze stellen zoveel eisen...'

'Dat klinkt echt als Nieve,' onderbrak Darcey hem.

'Bloemen willen ze.' Hij keek naar de uitgestrekte grasvlakte. 'Op het terrein. Dit is geen kasteel met bloemen, het is een gewóón kasteel.'

Minette schoot in de lach. 'Hoe kan een kasteel nou gewoon zijn?' vroeg ze.

Ook hij moest lachen. 'Voor mij is het gewoon. We wonen hier al jaren, het is mijn thuis.'

'Bedoelt u dat u in een kasteel woont terwijl u geen popster bent?' vroeg Darcey. 'Dan hebt u het zeker ver geschopt in het bedrijfsleven.'

'Het kasteel is mijn bedrijf.' Hij krabde eens onder zijn pet. 'Zou u eens willen binnenkomen om een kijkje te nemen?'

'Mag dat?' vroeg Minette opgetogen.

'Waarom niet?' Hij toetste een paar getallen in en het hek schoof open. 'Welkom op Rathfinan Castle. Ik ben Malachy Finan.'

'Allemachtig,' bracht Darcey uit. 'Is dit uw voorouderlijk kasteel? Is het al generaties lang in uw bezit?'

'Eigenlijk niet,' antwoordde hij. 'We hebben het kasteel vanwege de naam gekocht.'

'Een grappig toeval.'

Minette en Darcey liepen door het hek.

'Kunt u wel helemaal naar het kasteel lopen?' vroeg hij met een blik op de zwachtel om Darceys enkel.

'Ik loop nogal langzaam,' zei ze.

'Ik zal u niet opjagen,' reageerde Malachy.

'Ik loop wel met u mee, dan kan Darcey erachteraan komen,' zei Minette. 'Ik ben trouwens Minette McGonigle, en dit is mijn dochter Darcey.' Met die woorden beende ze in de richting van het kasteel.

Darcey strompelde achter de twee aan, en deed haar best op te vangen wat Malachy allemaal vertelde. Hij had in het onroerend goed gezeten, had daar goed aan verdiend, maar op een gegeven moment had hij er genoeg van gekregen. Toen bleek dit kasteel te koop te staan, en zijn twee broers en hij waren er wel in geïnteresseerd geweest. Met geleend geld hadden ze het kasteel gerenoveerd, en nu was het een gewild conferentieoord. Voordat Malachy en Minette buiten gehoorsafstand kwamen, hoorde Darcey nog dat er ongeveer om de twee weken iets werd georganiseerd. Het was dus zowel een bedrijf als een thuis. En deze bruiloft zou de eerste zijn, want eigenlijk waren ze niet zo gek op zulke feestelijkheden. Waarschijnlijk zou het tevens de laatste bruiloft zijn, want het was veel meer gedoe dan een conferentie.

Wat is het hier mooi, dacht ze terwijl ze over het vochtige gras strompelde. Zo vredig en fraai, zonder sprookjesprinsesserig te zijn. Ze snapte heel goed waarom Nieve haar oog op dit kasteel had laten vallen. Zoiets had ze zelf ook kunnen doen...

Maar zoiets had ze niet gedaan. Ze was in Gretna Green getrouwd, met na afloop een glaasje in de plaatselijke pub om het te vieren. Trouwens, iets als Rathfinan Castle zou ze toch niet hebben kunnen betalen. Ze wist niet wat het kostte om een heel kasteel af te huren, maar goedkoop kon het niet zijn. Echt iets voor Nieve, dacht ze. Altijd het beste van het beste.

Bij de ingang stonden Malachy en Minette op haar te wachten. Daarom versnelde Darcey haar pas, ook al deed dat pijn aan haar enkel.

'Gaat het?' vroeg Malachy.

Ze knikte.

'Willen jullie een rondleiding?'

Weer knikte ze. Hoewel ze eerlijk gezegd liever had willen uitrusten. Toch liep ze achter de anderen aan door een doolhof van kamers. Er was een enorme zaal met een grote open haard, een gigantische eetzaal, en er waren nog heel veel andere vertrekken. Allemaal waren ze schitterend gerestaureerd en mooi ingericht. Uiteindelijk kwamen ze bij een kamer die toegang bood tot een terras waar gietijzeren stoeltjes en tafeltjes stonden. Ze keek er verlangend naar.

'Wil je soms even gaan zitten?' vroeg Minette.

Darcey knikte.

'Ik haal de kussentjes wel,' zei Malachy. 'Er is momenteel geen congres, daarom liggen ze binnen. Momentje, graag.'

Toen hij weg was, keken Minette en Darcey uit over de goed onderhouden tuin naar de rivier.

'Schitterend, hè?' zei Minette.

Darcey knikte.

'Het is Nieves grote dag,' ging haar moeder verder. 'Daar wil je niet bij zijn.'

'Och...' Darcey glimlachte. 'Misschien wordt het nog leuk. Carol Jansen komt ook. Doet die naam een belletje rinkelen?'

'O ja, aardig meisje. Goed van de tongriem gesneden. Slim.'

'We waren allemaal slim,' reageerde Darcey. 'Maar achteraf was Nieve de slimste.'

'Ze gebruikte je,' merkte Minette op.

Verrast keek Darcey haar aan.

'Ze gebruikte jou om die geweldige baan te krijgen. Ze heeft je gedurende je hele schooltijd gebruikt. En toen kaapte ze Aidan onder je neus weg.'

Darcey slaakte een zucht. 'Dat kan ik haar niet vergeven. Maar hij heeft ook schuld. Per slot van rekening liet hij zich kapen.'

'Hij was zwak,' zei Minette. 'Net als zoveel mannen. Jij bent veel meer waard dan zij, het was stom van hem jou te laten gaan.'

'Dank je.' Liefdevol keek Darcey haar moeder aan. Het was fijn om iemand te hebben die aan haar kant stond. Het verwonderde haar echter dat Minette zo heftig klonk. Haar moeder had het niet vaak over Nieve, maar dat kon ook komen doordat Darcey haar dat niet toestond.

Malachy kwam terug met de kussentjes, die hij op de stoelen legde. 'Ik heb Andrea gevraagd thee te komen brengen,' zei hij. 'Als er nog iets is wat jullie willen, moeten jullie het haar maar zeggen. Andrea is mijn schoonzusje, ze werkt hier ook.'

'Dank u wel.' Darcey ging opgelucht zitten. 'Maar doet u alstublieft geen moeite voor ons. We nemen al zoveel tijd in beslag.'

'Dat vind ik niet erg, hoor.' Hij lachte er opgewekt bij. 'Ik pronk graag met het kasteel.' Hij wendde zich tot Minette. 'Wilt u nog meer zien?'

Minette ging gretig op zijn aanbod in, en ze verdwenen naar binnen.

Met gesloten ogen koesterde Darcey zich in het zonnetje. Hier, op deze plek, was het moeilijk om niet aan de bruiloft te denken. Ze wilde ernaartoe, dat wist ze nu zeker. Maar waarom ze dat ineens zo zeker wist, kon ze niet zeggen. Wat was er veranderd?

'Thee?'

Darcey schrok op uit haar gedachten door de komst van een lange vrouw van ongeveer haar eigen leeftijd, die een blad met een zilveren theepot, een zilveren melkkannetje, een zilveren suikerpot en porseleinen kopjes en schoteltjes neerzette.

'Dank je wel.'

Andrea was beeldschoon, met een prachtige, gave huid, donkerblauwe ogen en donker haar, dat ze uit haar gezicht droeg. Ze was een stuk jonger dan Malachy, en Darccy begon zich al af te vragen hoe oud zijn broer was, en of hij erg veel moeite had moeten doen voor zo'n jonge en mooie vrouw. Nou ja, machtige en rijke mannen konden iedereen krijgen. En dat maakte het zo pijnlijk dat Aidan, die totaal niet over macht of geld beschikte, een vrouw als Nieve had gekregen, want Nieve was altijd uit geweest op macht en geld. Eigenlijk had Darcey verwacht dat Nieve haar best zou doen om Max uit Liliths armen te weken. Maar misschien was Max dan toch slimmer geweest dan Nieve.

Ze wist nog steeds niet hoe ze het vond dat Aidan en Nieve niet eerder waren getrouwd. Om de een of andere reden maakte dat het nog kwetsender, nog pijnlijker. Wanneer ze de afgelopen tien jaar aan hen had gedacht, was dat altijd als getrouwd stelletje. Ze had zich afgevraagd of ze kinderen hadden. Aidan wilde graag kinderen, hij was dol op kleintjes. Ze hadden het erover gehad. Maar misschien hadden Aidan en Nieve al kinderen, een kleine Nieve en een kleine Aidan. Dat wist ze niet. Eigenlijk wist ze helemaal niets. En omdat ze alles wilde weten, ging ze naar de bruiloft.

'Dag lieverd.'

Minette en Malachy waren weer op het terras verschenen. Minette ging naast Darcey zitten. 'Het is zo prachtig,' zei ze. 'Schitterend gerestaureerd, *fantastique*. De slaapkamers zijn heel mooi, met fijne badkamers.'

Darcey lachte.

'Wilt u hier soms logeren na de bruiloft?' vroeg Malachy. 'Voor sommige gasten zijn kamers gereserveerd, maar uw naam komt niet voor op de lijst. Als u wilt...'

'Nee, dank u,' zei Darcey snel.

'Het lijkt mij een goed idee,' zei Minette. 'Dan hoef je niet in het holst van de nacht per taxi terug naar Galway. Misschien kun je ook blijven slapen na het etentje vooraf.'

'Er is vast wel iemand die me naar huis wil brengen,' zei Darcey. 'Na het etentje en na de bruiloft.'

'Nou ja, het aanbod blijft staan,' zei Malachy. 'Ik vind alles best.'

'Dank u.' Darcey knikte. 'Mam, we moeten eens gaan. We hebben meneer Finans tijd al genoeg verspild.'

'Ik heb geen haast, hoor,' zei Malachy. 'Kopje thee, Minette?'

Toen Minette dat aanbod accepteerde, besefte Darcey dat ze hier nog heel lang zouden blijven.

'Je was aan het flirten,' zei Darcey tegen Minette toen ze twee uur later onderweg naar huis waren.

'Ik? Doe niet zo gek!'

'Mam, je sprak met een aangedikt Frans accent. Je flirtte met hem!'

'Tss.' Minette haalde haar schouders op. Vervolgens verscheen er een lach op haar gezicht. 'En wat dan nog? Ik heb al in geen jaren meer geflirt. Het was leuk.'

'Is hij wel beschikbaar om mee te flirten?' vroeg Darcey.

'Oui,' antwoordde Minette. 'Hij is niet getrouwd. Ook nooit geweest. De twee broers wonen ook in het kasteel, en zij zijn allebei getrouwd. Andrea, die ons thee bracht, is zo'n echtgenote. De andere werkt bij een advocatenkantoor in Galway. Ze zijn ook betrokken bij de leiding over het kasteel, evenals de volwassen kinderen.'

'En die wonen allemaal in dat kasteel?' vroeg Darcey.

'Lorcan is de oudste, en hij en zijn vrouw wonen in de poortwachterswoning op het terrein,' vertelde Minette. 'Phelim is de jongste, en hij en Andrea wonen in het kasteel. Het kasteel is groot, zo vaak kom je elkaar er niet tegen.'

'Nou, mij lijkt het verstikkend,' merkte Darcey zuur op.

Minette gniffelde. 'Ik heb alleen maar een beetje met hem geflirt, hoor. Jij loopt weer veel te ver op de zaken vooruit. Zoals altijd.'

'Ja, hoor, heel leuk.'

'Ik meen het.' Minette stopte voor het verkeerslicht en keek Darcey aan. 'Jij wilde met Aidan trouwen. Jij wilde met Neil trouwen. Je bent nooit tevreden met het hier en nu, je wilt altijd meer.'

'Tegenwoordig niet.' Darcey dacht aan Louis-Philippe, Rocco, Francisco en Jose. En aan Jason White in Singapore. 'Ik ben veranderd. Totaal veranderd.'

'Omdat het moest,' reageerde Minette. 'Maar vanbinnen... vanbinnen wil je altijd meer.'

'Vanbinnen wil ik iets te eten,' zei Darcey. 'Kom, mam, het licht staat op groen. Gassen, ik kom om van de honger.'

Minette snoof en reed verder. Maar ze wierp vaak even een tersluikse blik op Darcey, die met een uitdrukkingsloos gezicht voor zich uit keek.

27

Het vliegtuig landde op Shannon op een prachtige zomerdag, met een strakblauwe lucht en een warm zuidenwindje. Nieve stond ervan versteld dat Ierland zo mooi kon zijn. Eigenlijk had ze grauwe luchten en een ijzige wind verwacht. Terwijl ze met hun zware koffers en de kledinghoes met Nieves dure bruidsjurk door de douane gingen en de aankomsthal in, voelde het alsof ze in een warme omhelzing terechtkwam.

'Ik zie onze namen nergens.' Geërgerd keek ze naar de borden die taxichauffeurs omhoog hielden. 'Lorelei zei dat ze een limousine zou regelen.'

Aidan deed er het zwijgen toe. Pas in het vliegtuig had Nieve iets over die limousine gezegd, en het stak hem dat ze zoiets voor hem had verzwegen, waarschijnlijk expres. Nieve wist best dat hij een limousine in Ierland overdreven zou vinden, en dat hij niet wilde worden afgehaald door iemand in uniform. Maar er waren zoveel anderen die door zo iemand werden afgehaald, dat hij zeker alleen stond in zijn afkeer van te dure en te grote auto's.

'Nieve!'

Met een ruk draaide ze zich om. Daar stond Gail in een elegant roze mantelpakje enthousiast te zwaaien.

'Je liep zomaar langs ons heen,' zei Nieves moeder.

'Ik verwachtte jullie niet.' Nieve drukte een plichtmatig kusje op Gails wang. 'We hebben een auto geregeld.'

'Weet ik,' zei Gail. 'Lorelei heeft me dat verteld. Ik zei dat dat niet nodig was en dat pap en ik jullie wel zouden afhalen.'

'Is pap hier ook?' Nieve keek om zich heen.

'Je kent je vader, die kan nog geen minuut stilstaan. Hij is gaan rondlopen... O, daar zul je hem hebben.' Gail lachte naar Stephen die er net aan kwam drentelen.

'Nieve, lieverd.' Stephen omhelsde haar en gaf Aidan een schouderklopje. 'En hoe is het met de aanstaande bruidegom?'

'Prima,' antwoordde Aidan.

'We verheugen ons er ontzettend op,' zei Gail. 'Het wordt echt geweldig.'

'Nou en of,' reageerde Nieve. 'Ik heb er hard genoeg voor gewerkt. Maar waarom heb je mijn auto afbesteld?'

'Alleen voor vandaag,' antwoordde Stephen. 'Ik wilde jullie zelf afhalen.'

'Jawel, maar het zou leuk zijn geweest als de buren hadden gezien...'

'Maar schat, er zijn geen buren,' bracht Stephen haar in herinnering. 'We hebben je toch een foto gestuurd van het nieuwe huis? Met al dat land eromheen?'

Een paar jaar geleden waren Stephen en Gail verhuisd. Dat had Nieve verbaasd, want ze had gedacht dat ze het naar hun zin hadden in de bungalow die toch een stuk beter was dan het twee-onder-een-kaphuis naast de familie McGonigle.

'Jawel, maar ik besefte niet dat het zo afgelegen lag.'

'Het ligt niet afgelegen, maar de weg is smal en ons huis is het eerste, dus niemand zou de auto zien,' vertelde Gail. 'Bovendien heeft je vader net een nieuwe auto waarmee hij graag wil pronken.'

Achter Gail en Stephen aan liepen Nieve en Aidan naar buiten het parkeerterrein op. Trots liet Stephen hun een glanzende bordeauxrode BMW zien.

'Mooie wieldoppen,' merkte Aidan bewonderend op.

'Jezus, pap, wat opzichtig,' zei Nieve. 'Hoe kun je zoiets in 's hemelsnaam betalen?'

'Volgens mij heb je nog niet helemaal door dat hier veel is veranderd,' reageerde Stephen terwijl hij de bagage in de kofferbak legde. 'Ik heb goed geboerd, lieverd. Echt heel goed.'

Nieve keek van hem naar de auto. Zevenentwintig jaar geleden had hij bepaald niet goed geboerd. Toen was hij werkeloos geworden en daarom hadden ze moeten verhuizen. Hij was depressief geworden bij de gedachte nooit meer een baan te hebben. En wanneer haar ouders af en toe in Amerika op bezoek waren, hadden ze niets gezegd over deze veranderingen ten goede. Ze wist dat hij een baantje had gekregen bij een kleine garage buiten de stad als een soort manusje-van-alles.

'Ik snap niks van auto's,' zei hij terwijl ze de grote weg op reden. 'Maar ik kan goed verkopen. De garage is nu een belangrijke dealer, en ik ben de regionale salesmanager.'

Nieve knipperde met haar ogen. Ze wist dat haar vader verkoper was, maar dat had ze beschouwd als een onbelangrijk baantje, zonder vooruitzichten. Dat had ze kennelijk verkeerd ingeschat.

'Geweldig, meneer Stapleton,' zei Aidan.

'Inderdaad.' Stephen grijnsde breed. 'Zoals het nu gaat, gaat het geweldig. Ik verdien geld als water, en ik ga nog lang niet met pensioen!'

Aidan schoot in de lach.

'Maar het gaat toch niet iedereen zo voor de wind?' vroeg Nieve.

'Nee,' beaamde haar vader. 'Maar de meesten hebben het tegenwoordig goed. En dat is maar goed ook!'

'Stinkend rijk zijn is beter,' merkte Nieve op.

'Nou, je bent zelf nu toch stinkend rijk?' zei Stephen. 'Tenminste, dat zou je moeten zijn met al dat dure gedoe.'

'Wat bedoel je?' vroeg Nieve.

'Kastelen, partytenten, genodigden per vliegtuig laten overkomen, de duurste champagne, een duur etentje vooraf. Vooraf nog wel!'

'Dat is gebruikelijk in Amerika,' legde Nieve uit. 'Een informeel etentje voor goede vrienden en mensen die van ver komen.'

'Dat klopt, Stephen,' beaamde Gail. 'Ik heb erover gelezen. Zo'n etentje is heel modern.'

'Hoor eens, ik heb er geen problemen mee,' reageerde Stephen. 'Als ze het geld wil laten rollen, moet ze dat doen. Indien nodig kunnen we altijd bijspringen.'

'Hoezo?' vroeg Nieve.

'Nou, als er iets niet goed gaat met je baan,' legde Stephen uit.

'Hou toch op,' zei Nieve. 'Zeg jij maar niks over niet goed gaan met een baan.'

'Werkeloos worden was het beste wat me ooit is overkomen,' zei Stephen. 'Toen besefte ik dat uiteraard niet. Maar als het niet was gebeurd, werkte ik nu vast nog in die fabriek voor een kwart van wat ik nu verdien. Dus eigenlijk was het een zegen.'

'Nou ja, het is een prettige ontwikkeling.' Nieve klonk nog steeds verbaasd.

Stephen lachte. 'Je had vast niet gedacht dat je vader ooit in een BMW zou rijden, hè?'

Zwijgend bleef Nieve kijken naar het drukke verkeer en de vele industrieterreinen en kantoorgebouwen waar ze langs reden. Nu begreep ze wat er werd bedoeld met dat Ierland was veranderd. Maar ondanks de duidelijke welvaart had ze toch het prettige idee dat niemand hier zo fortuin had gemaakt als zij. Gail moest niet denken dat ook maar iemand in Galway meer succes had dan haar dochter.

'Uiteraard zie ik ze nog maar weinig,' antwoordde Gail toen Nieve naar hun vroegere buren vroeg. 'Ik weet wel dat de dochter van Helen Coyle nu in Nieuw-Zeeland zit, en dat Conor Smith een baan heeft in Johannesburg. Er zijn er veel die in het buitenland zitten omdat het te duur is om terug te verhuizen naar hier. Maar Bernie Robertson doet het heel goed in Galway.'

'Wat doet ze dan?' vroeg Nieve. 'Voor zover ik me kan herinneren, was ze zo lui als een varken.'

'Ze doet metamorfoses,' antwoordde Gail. 'Je zou haar eens moeten zien, een en al glamour.'

'Hoerig, zul je bedoelen,' reageerde Nieve.

'O nee!' Gail schudde haar hoofd. 'Heel smaakvol en mondain. Ze is visagiste, en weet alles van mode. Veel mensen hier wenden zich tot haar om advies. Weet je, ze verzorgt jouw make-up voor de bruiloft.'

'Wát?' Ontzet keek Nieve haar moeder aan. 'Maar ik dacht dat Lorelei...'

'Ze maakt gebruik van allerlei mensen, maar niet uit Galway,' legde Gail uit. 'Ik vond het niet nodig om nog weer iemand over te vliegen, vooral omdat je die visagiste toch niet persoonlijk kent. Bernie heeft haar bedrijf Elegant Expressions genoemd.'

'Allemachtig!' riep Nieve uit. 'Ik betaal me blauw voor het beste van het beste, niet voor vage kennissen die alles gaan verpesten!'

'Bernie deed de make-up voor de film die ze afgelopen jaar in

Kerry hebben gedraaid,' zei Gail. 'Als ze goed genoeg was voor Nicole Kidman of wie ook de grote ster was, is ze ook goed genoeg voor jou. Bovendien is het fijn als mensen uit de streek goed werk verrichten.'

'Ik heb geen probleem met mensen uit de streek,' reageerde Nieve kortaf. 'Ik vind het gewoon niet fijn als het een soort gunst is omdat jij ze toevallig kent.'

'O, trouwens, Audrey McGuiness gaat trouwen,' zei Gail alsof Nieve niets had gezegd.

'O?'

'Met een Let. Aardige man. Ze heeft hem in Dublin leren kennen. Hij is eigenaar van een keten in gezonde fruitsapjes. Heel succesvol. Het gaat haar dus voor de wind.'

'Het gaat mij ook voor de wind, en ik ga ook trouwen.' Dit gesprek ging helemaal de verkeerde kant op, vond Nieve. Waarom was Gail toch zo positief over al die anderen terwijl ze nog niet half zoveel succes hadden als Nieve? Typisch Gail. Die zeurde altijd door over wat anderen hadden bereikt, zodat Nieve steeds maar weer haar best moest doen om hen te overtreffen.

Maar dat hoefde nu niet meer. Ze had een enorme voorsprong op Bernie, Audrey en natuurlijk op Darcey. Eigenlijk wilde ze Gail vragen of die wist hoe het met Darcey ging, maar dat durfde ze niet.

'Ja, kindje, met jou gaat het ook goed en jij gaat ook trouwen,' zei Stephen. 'Je moeder bedoelde niet dat het met die meisjes beter gaat dan met jou. Jij bent zo'n groot succes, iedereen zal alles willen weten over jouw bruiloft.'

'Denk je?'

'Natuurlijk.' Gail draaide zich om en lachte naar Nieve. 'Hoor eens, schat, bij jou verbleken ze allemaal. Iedereen heeft het over je.'

'In dat geval had je ons beter kunnen laten afhalen door de limousine. Zoiets hadden ze misschien verwacht.'

'Geld verspillen heeft geen zin,' zei Stephen. 'Bovendien zijn limousines behoorlijk ordinair. Een paar jaar geleden lag dat anders, en toen kreeg je helikopters... Maar de meesten vinden dat niet stijlvol.'

Nieve wilde iets zeggen, maar bedacht zich. De hele verdere rit bleef ze zwijgen.

Om het huis van haar ouders lag een groot stuk land, en het huis had uitzicht over de baai.

'Geweldig,' zei Aidan toen hij was uitgestapt. 'Een schitterend uitzicht. Op een mooie dag als vandaag is het helemaal prachtig.'

'In Palo Alto is elke dag mooi,' zei Nieve.

Aidan lachte. 'Daarom is het ook zo bijzonder als het hier ook mooi weer is.'

Nieve trok een gezicht, en hij grijnsde naar haar en drukte toen een kus op haar voorhoofd.

'Kom maar mee,' zei Gail. 'Ik heb de logeerkamer voor jullie in gereedheid gebracht.'

Het was een schitterend huis. Het was geverfd in warme kleuren, het was ruim en leek totaal niet op het huis naast dat van de familie McGonigle. Nieve vond het fijn voor haar vader dat alles uiteindelijk zo goed had uitgepakt. Als iemand dat verdiende, was het haar vader wel. Toch zou ze het de directie van de fabriek nooit vergeven dat ze hem hadden ontslagen, ook al was dat achteraf een zegen gebleken, zoals haar vader beweerde.

'Er kan uiteraard verandering in komen,' zei Stephen na een opmerking van Aidan dat de zaken duidelijk beter gingen dan hij had gedacht. 'Maar nu gaan de zaken uitstekend, en daar moeten we maar van genieten.'

Datzelfde zei hij ook toen ze die avond in een restaurant aten waar je geweest moest zijn.

Na het eten probeerde Nieve de rekening te betalen, maar daar wilde haar vader niet van horen. Terwijl ze er ruzie over maakten, lukte het Stephen de ober zijn creditcard in handen te drukken. Eenmaal weer buiten zei hij dat hij niet kon toestaan dat Nieve ergens voor betaalde zolang ze onder zijn dak verbleef. Ze had al genoeg onkosten met die extravagante bruiloft, vond hij.

Dat ontroerde haar, maar ze vond het niet prettig dat alles niet ging zoals ze het zich had voorgesteld. Ze had gedacht dat zij zou betalen in zulke dure restaurants. Ze wilde wapperen met haar creditcard. Ze wilde haar jurkje van Vera Wang achteloos op bed leggen, zodat haar moeder het kon zien. Gail had ook met ingehouden adem moeten kijken naar de Balenciaga-tas van Nieve. Maar Gail had alleen maar gezegd dat het een leuke jurk was, en de tas had ze niet eens opgemerkt. Waarom zou ze ook? Zelf liep ze immers met een tasje van Chloé.

'Laatst heb ik met Lorelei de gastenlijst doorgenomen,' zei Gail toen ze thuis nog even op de patio zaten. 'En daar zag ik Darcey McGonigle op staan.'

'Ik moest haar wel vragen,' zei Nieve. 'Ze was mijn beste vriendin.'

'Dat wás ze, ja,' reageerde Gail. 'Maar nu zijn jullie geen vriendinnen meer.'

'Ik moest haar wel vragen,' herhaalde Nieve. 'Ik heb ook anderen gevraagd met wie ik vroeger bevriend was. Ze zouden zich afvragen waarom Darcey er niet bij was.'

'Je zou kunnen zeggen dat ze niet kon komen.'

'Maar ik weet niet met wie ze nog contact heeft!' riep Nieve uit. 'Als ik vertelde dat ze niet kon komen en ze zou horen dat ik dat heb gezegd terwijl ik haar niet eens heb uitgenodigd...'

'Wie kan het schelen?' vroeg Gail.

'Mij!' antwoordde Nieve. 'Bovendien wil ik dat ze ons ziet trouwen. Ze moet zien dat Aidan en ik heel veel van elkaar houden en dat het niet mijn schuld was dat hij haar heeft gedumpt.'

Niet op zijn gemak schuifelde Aidan met zijn voeten. Meelevend keek Stephen hem aan.

'Vind je niet dat je een beetje hard bent tegen die arme meid?' vroeg Stephen zacht. 'Per slot van rekening heb jij de kerel, het geld en alles. En zij...'

'Ze is gescheiden,' viel Nieve hem in de rede.

Aidan leek nu nog minder op zijn gemak. 'Misschien is het daarom beter dat ze er niet bij is,' zei hij.

'Ze kon toch al nooit een man aan zich binden,' zei Nieve. 'Daar kan ik toch niets aan doen? Daar kan ze me echt niet de schuld van geven.'

'Misschien neemt ze het mij kwalijk,' opperde Aidan.

'We zijn allemaal ouder en wijzer,' zei Nieve. 'Toen waren we nog bijna kinderen. Sindsdien zijn we verstandig geworden.'

'Ik hoop het maar,' mompelde Stephen. 'Ik hoop het van harte...'

Een paar uur later, toen ze samen in het grote logeerbed lagen, keek Nieve Aidan aan en vroeg: 'Hou je van me?'

'Natuurlijk hou ik van je.'

'Meer dan van Darcey?'

'Nieve! Wat een domme vraag!'

'Hou je meer van mij dan van Darcey?' vroeg ze weer.

'Ik heb nooit van Darcey gehouden,' antwoordde Aidan. 'Ik gaf om haar. Ze intrigeerde me. Maar ik heb nooit van haar gehouden.'

'Hoe kun je dat zeggen?'

'Ik was toen zo jong. Ik wist niet wat liefde was.'

'Ben je klaar voor een huwelijk met mij?' vroeg ze.

'Al jaren.'

'Waarom zijn we dan niet eerder getrouwd?' vroeg ze.

'Jij wilde niet.'

'Weet je wel zeker dat het aan mij lag en niet aan jou?'

'Ik heb altijd al met je willen trouwen,' reageerde hij ernstig. 'Vanaf het moment dat ik je voor het eerst zag. Echt waar.'

'Echt?'

'Echt.'

'En je verandert niet van gedachten als je Darcey weer ziet?'

'Ben je nou helemaal van lotje getikt?' zei hij op heftige toon. 'Ik heb Darcey in de steek gelaten vanwege jou.'

'En je hebt daar nooit spijt van gehad?'

'Waarom zou ik?'

Nieve schudde haar hoofd. 'Ik weet het niet...' zei ze. 'Nu ik weer hier ben, vraag ik me af of...'

'Hou daar dan maar mee op,' zei hij terwijl hij zijn arm om haar heen sloeg. 'Wen er maar aan dat je over een paar dagen Nieve Clarke bent.'

Ze giechelde. 'Ik ga echt mijn naam niet veranderen.'

'Dat vraag ik ook niet van je.' Hij drukte een kusje op haar borst. 'Ik weet dat je de mijne bent, en meer heb ik nooit gewild.'

De volgende dag hadden Nieve en Lorelei afgesproken bij Rathfinan Castle om nog het een en ander door te nemen. Stephen en Aidan waren samen kleiduiven gaan schieten. Eerst had Aidan gedacht dat Nieve hem er wel bij zou willen hebben, maar algauw besefte hij dat ze liever zelf alles regelde.

'Niet dat ik jou er niet bij wil betrekken,' had ze tijdens het ontbijt gezegd. 'Maar omdat het toch gaat zoals ik wil, heeft het weinig zin als je erbij bent. Toch?'

Hij had daarom moeten lachen, en zij ook. Alles ging altijd zoals zij dat wilde. En dat vond hij nooit erg. Dus was hij opgewekt meegegaan met Stephen, terwijl zij in Gails auto naar het kasteel was gereden.

Gail daarentegen had het niet goed opgevat dat ze werd buitengesloten. Tenslotte was zij degene geweest die met Lorelei had moeten overleggen wanneer er probleempjes waren geweest. Dus zou het alleen maar terecht zijn als ze mee mocht. Maar Nieve had volgehouden dat dit iets was tussen haar en de weddingplanner. Ze zei niet hardop dat ze geen nee zou durven zeggen wanneer haar moeder erbij was.

Gail had snibbig gezegd dat ze toch naar de schoonheidsspecialiste zou gaan en dat het haar niets uitmaakte. Nieve had gezegd dat ze blij was dat haar moeder iets ontspannends ging doen. En allebei hadden ze zich afgevraagd waarom ze zoveel beter met elkaar konden opschieten wanneer er een oceaan tussen hen lag.

Het was weer zo'n stralende dag. Nieve zette de autoradio aan en zong mee met alle bekende nummers. Gek, dacht ze, alles is hier veel blauwer of groener dan in Californië. Daar was het ook mooi, maar het was ook prettig om weer thuis te zijn. Tijdelijk, uiteraard. Ze nam een scherpe bocht en dacht dat het dan wel fijn was om weer eens in Ierland te zijn, maar dat de wegen hier hopeloos waren.

Ze miste de afslag naar het kasteel en moest keren op het smalle landweggetje, doodsbang dat er een auto om de bocht zou komen die op de hare zou inrijden. Gelukkig gebeurde dat niet. Ze hoorde alleen het loeien van koeien en het zingen van de vogels in de hoge heggen.

Bij de kasteelpoort was een intercom. Ze drukte op het knopje en zei wie ze was. Langzaam gleed het hek open.

Toen ze voorreed bij het kasteel, kwam een lange vrouw de treden af om haar te begroeten. Ze droeg een zachtblauw Chanelpakje, had haar honingblonde haar opgestoken, en daarbovenop een enorme zonnebril gezet.

'Hé, ha-ai,' zei ze. 'Ik ben Lorelei.'

Nieve had uitsluitend via e-mail contact met haar gehad, en verwachtte eigenlijk een professioneler begroeting. Verrast zei ze: 'Dag, ik ben Nieve.'

'Ja, dat raadt je de koekoek,' zei Lorelei. 'Ik herken je van de foto bij de mail. In het echt zie je er leuker uit.' Haastig voegde ze eraan toe: 'Niet dat die foto niet deugt, maar in het echt is het toch vaak anders, hè? Je wordt een prachtige bruid. Je hebt een goed gezicht.'

'Dank je.' Nieve voelde zich ineens erg gespannen. Dit meisje was totaal niet wat ze had gedacht. Ze gedroeg zich veel te familiair. Hoe kon zo iemand de bruiloft regelen die Nieve voor ogen had?

'Echt, hoor,' ging Lorelei verder. 'Hoor eens, Nieve, jouw bruiloft wordt de mooiste ooit.'

'Ja?' Het klonk weifelend.

'Maak je maar niet druk,' zei Lorelei opgewekt. 'Het komt allemaal goed. Malachy heeft de bibliotheek voor ons in orde gemaakt. Goh, ik heb zoveel om je te laten zien! Kijk nou maar niet zo bezorgd.' Ineens klonk haar stem niet meer zo vriendelijk. 'Ik ben hier heel goed in, ik weet precies wat ik doe.'

Gelaten liep Nieve achter Lorelei aan de treden op.

'De gang,' zei Lorelei. 'Hier komen bloemen, en hier en hier ook.' Ze maakte een weids gebaar. 'Witte rozen. Ik weet dat je liever rode hebt, maar omdat het hier toch al zo donker is... We willen niet dat het eruitziet als een mausoleum.'

Nieve knikte.

'En hier in de hoek komt een strijkkwartet. Ze spelen smaakvolle nummers, vooral Vivaldi. Ja, dat is een cliché, maar wel het beste voor de gelegenheid.'

Met snelle stap liep ze verder.

'Het is niet ver naar de achteruitgang,' zei ze. 'Er komen van die rode touwen om de gasten de weg te wijzen.'

Even later zei ze: 'In deze ruimte wordt de receptie gehouden. Daar komt nog een strijkkwartet met hetzelfde repertoire. De gasten krijgen champagne geserveerd. Als we echt pech hebben en de regen met bakken uit de hemel komt, moeten ze hier blijven en in de ruimte hiernaast. Maar als het net zo'n mooie dag wordt als vandaag, gaan we hierdoor en daardoor en *voilà*! Dan staan we buiten.'

Ze ging Nieve voor, en even later stonden ze buiten op de plavuizen achter het kasteel, waar ook gietijzeren tafels en stoeltjes stonden.

'Uiteraard komen daar witzijden kussentjes op,' vertelde Lorelei. 'En witte linten. Het wordt echt helemaal tof. En er komt een loper naar de partytent daar.' Ze gebaarde naar het land dat zich voor hen uitstrekte. 'Ik weet dat we het hebben gehad over alles in het kasteel doen, maar in de zomer willen mensen buiten zijn. Bovendien is het behoorlijk somber binnen. Dus komt er een plankier met een rode loper erop. Als het regent, wordt de loper elk uur vervangen. Aan weerskanten komen bloemen. Witte rozen, niks beter dan witte rozen, veel chiquer dan een kleur. En je wilde toch dat alles chic was?'

'Ja, maar ik wil ook kleur.' Nieve wilde de regie niet helemaal kwijtraken aan de weddingplanner. 'Ik heb je nog gemaild over kleuren, dat ik geen geel wilde.'

'Dat is luid en duidelijk overgekomen,' reageerde Lorelei. 'En op de tafels in de partytent komen boeketten met kleur. Prachtige boeketten, een soort tropische mix. Maak je daar maar geen zorgen over, schat.'

'O.'

'Ik ken die bruidjes,' zei Lorelei. 'Vooral bruiden zoals jij, die precies weten wat ze willen. Kom op, dan gaan we naar de bibliotheek.'

De vierkante ruimte met wanden vol boeken stond vol met dingen voor de bruiloft. Lorelei had echt van alles uitgestald. Op de grote tafel in het midden stonden glazen en boeketten, en er lagen vorken, messen, lepels, borden, servetringen, opgevouwen tafellakens en servetjes. Er stonden ook stoeltjes met kussentjes en linten, en de cadeautjes voor degenen die waren uitgenodigd voor het etentje vooraf.

'Mooi,' mompelde Nieve terwijl ze naar een medaillonnetje keek.

'Ik ben blij dat ze je goedkeuring kunnen wegdragen.' Lorelei zette alles anders neer, Nieve raakte ervan in de war. 'Zo gaat de gedekte tafel eruitzien.' Lorelei was klaar, en toen zag Nieve een porseleinen bord met een zilveren randje, met daarnaast het zilveren bestek, een linnen servetje in een zilveren houdertje, en de mooie glazen, precies zoals ze dit alles had gezien op de foto's. Ernaast stond ook nog een menukaart met een foto van Aidan en haarzelf erop. Het was schitterend.

Lorelei schoof ook nog een antieke stoel aan. 'Het tropische boeket is er nog niet,' zei ze tegen Nieve. 'Maar dat wordt ook top.'

'Al het andere is prachtig,' zei Nieve. 'Precies zoals ik het me had voorgesteld.'

Lorelei straalde. 'Uiteraard. Je was heel duidelijk.'

'Jawel, maar toch verbaast het me dat alles zo perfect is.'

'Moppie, daar betaal je me toch voor? En goed ook.'

'Klopt. Dus ik hoef me geen zorgen te maken over de partytent?'

'Nee, hoor. Kom, dan gaan we buiten kijken, op de plek waar de tent komt te staan. Dan krijg je vast een indruk.'

Ze liepen de zon weer in.

'En je draagt een Vera Wang?' vroeg Lorelei met een blik op Nieves jurk.

Nieve knikte.

'Van het ontwerp dat je me hebt gestuurd?'

'Natuurlijk.'

'Want dat fluwelen lintje komt terug op de plaatskaartjes,' zei Lorelei. 'Ik wilde het even zeker weten, zodat ze naar de drukker kunnen.'

'Klinkt goed.'

'En je draagt ook die sluier met het tiaraatje?'

Nieve knikte. Ze had zich afgevraagd of ze niet zonder sluier kon, met bloemen in haar haar. Een sluier leek erg kinderlijk, en ze was al in de dertig en hokte al tien jaar met haar aanstaande echtgenoot. Maar ze had altijd al verlangd naar een sluier.

'Het wordt beeldig,' zei Lorelei.

'De diamantjes op de tiara zijn echt.'

'Jezus!'

Nieve vond het fijn dat Lorelei zo onder de indruk was. 'Het is een cadeautje van mezelf voor mezelf,' zei ze.

'Mooi cadeautje!'

'Och, het is geen erg grote tiara,' zei Nieve snel. 'Hij ziet er duurder uit dan hij is.'

Waarom doe ik ineens zo bescheiden, dacht Nieve. Wat kan mij het schelen als die meid denkt dat ik geld over de balk smijt? En waarom zou ik daar niet over mogen opscheppen?

'Wat mij betreft, mag je een reuzentiara op,' zei Lorelei. 'Dit wordt de mooiste dag van je leven.'

'Precies,' reageerde Nieve met een grijns.

'Tot nu toe wordt jouw bruiloft mijn grootste,' merkte Lorelei vertrouwelijk op toen ze op de plek waren gekomen waar de partytent moest staan. 'De laatste jaren worden bruiloften steeds groter, maar de jouwe overtreft alles. Nou ja, misschien niet die van beroemdheden, maar ik doe geen beroemdheden. Deze is veel fijner. En voor mij is zoiets ook top. Wat zullen ze onder de indruk zijn als ik vertel dat ik Stapleton-Clarke heb gedaan!'

Nieve werd helemaal warm vanbinnen.

'Ken je hem al lang?'

'Wie?' vroeg Nieve.

'De bruidegom.'

'O, Aidan,' zei Nieve. 'Ik ken hem al jaren. We wonen al jaren samen. Daarom moet dit een geweldige bruiloft worden.'

'We moeten de gastenlijst nog doornemen,' zei Lorelei. 'En plannen maken voor het etentje vooraf. Er moet geoefend worden in de kerk. De kerk van Rathfinan is maar klein, dus die zal stampvol zitten. Het zijn maar een paar stapjes naar het altaar. Maar iedereen moet weten wat hij of zij moet doen.' Ze keek op de lijst. 'Je bruidsmeisjes heten Mischa en Courtney, ze komen uit Amerika overvliegen en ze logeren in het kasteel.'

Nieve knikte. 'Ze komen twee dagen van tevoren aan.'

'De avond voor het etentje gaan ze naar Glenkilty Spa,' vertelde Lorelei. 'Opdat ze er fris en uitgerust uitzien. En hun jurken zijn ook Vera Wang?'

Weer knikte Nieve.

'Ik ben dol op haar ontwerpen,' zei Lorelei. 'Ooit wil ik ook trouwen in een jurk van haar.'

'Dat kan ik me indenken,' reageerde Nieve. 'Mijn jurk is geweldig.'

Ze sloot haar ogen en dacht aan de prachtige bruidsjurk. Hij was uiterst smaakvol, zoals alles van Vera Wang. Nieve had haar dromen gevolgd en geen soepel vallend gevalletje gekozen, maar eentje met een wijde rok met daaronder een petticoat. De jurk was zowel meisjesachtig als betoverend, en zag er heel duur uit. Dat was hij dan ook.

'Ik heb hier zo'n lol aan,' zei Lorelei. 'Trouwens, buiten komt ook een orkestje, en natuurlijk een dansvloer. Er komen overal anti-muggenlampen, zodat het eruit gaat zien als een sprookjesgrot. Echt, het wordt de mooiste dag van je leven.'

'En de catering?' vroeg Nieve.

'O ja... Je hebt de menukaart al gezien. Ik wachtte op jouw goedkeuring om die naar de drukker te sturen. De cateraar is helemaal top, iedereen wil ze hebben. Het was een bof dat ik ze kon vastleggen, meestal zijn ze maanden van tevoren volgeboekt.'

'We hebben ze ook maanden van tevoren geboekt,' bracht Nieve haar in herinnering.

'Nou, jaren dan.' Lorelei grijnsde. 'Als je het er nog mee eens bent, is het voorafje zalm met pastrami. Het is echt heerlijk. En dan een keuze uit gegrilde tonijn met een groene currysaus, lamskoteletjes of nasi himpit met rijstnoedels, groenten en chili. Als dessert vers fruit, gevolgd door petits fours. Daar is nog niets over beslist, maar ik stel voor die met banaan, chocola, kiwi en abrikoos te nemen. De cateraar is zich ervan bewust dat er gasten met allerlei culturele achtergronden komen, dus er wordt niets met varkensvlees gepresenteerd, en al het vlees is halal, precies zoals je had gevraagd.' Ze lachte stralend naar Nieve. 'Uiteraard hebben we hele kratten Moët besteld, en zoals je had gevraagd ook pouilly fumée en sauvignon blanc, en als rode wijn cabernet en shiraz. De oude en de nieuwe wereld verenigd.'

'Er valt, geloof ik, niets te klagen,' merkte Nieve op.

'Ik doe gewoon mijn werk,' reageerde Lorelei. 'Ik wist wat je wilde, dat had je me in je mailtjes verteld.'

Eigenlijk had Nieve verwacht dat ze de hele dag op Lorelei zou moeten kankeren. Ze bloosde dan ook.

'Weet je, het is mijn doel dat de bruid alleen maar hoeft te komen en er stralend uitziet. Ze mag zich nergens zorgen over maken,' zei Lorelei. 'Nieve, je hebt betaald voor het beste van het beste, en dat krijg je dus ook.'

'Jawel,' zei Nieve. 'Maar soms krijg je niet waarvoor je hebt betaald.'

'Bij mij wel,' reageerde Lorelei. 'Kom op, een glaasje zal je goeddoen. Ik heb al iets klaargezet, en het komt voor míjn rekening! Maak je dus geen zorgen.'

'Dat doe ik niet,' zei Nieve terwijl ze achter Lorelei aan terugliep naar het kasteel.

De weddingplanner verdween naar binnen om even later terug te komen met een fles champagne en twee glazen. 'Op een prachtige bruiloft,' zei ze terwijl de kurk in de lucht vloog.

'Op een prachtige bruiloft,' herhaalde Nieve.

Ze gingen op het terras zitten en keken uit over het gazon.

'Bloemen,' zei Nieve opeens. 'Er moeten bloeiende planten komen.'

Lorelei trok een gezicht. 'Dat is me helaas niet gelukt,' zei ze. 'De kasteeleigenaar zei dat hij niet van bloeiende planten houdt. We mogen dus niets planten in het gazon. Er komen plantenbakken.'

'Hij kan toch een nieuwe grasmat laten leggen?' Nieve was blij dat er eindelijk iets te mopperen viel.

'Dat stelde ik ook voor, maar hij liet zich niet ompraten.'

Nieve dacht erover de man onder druk te zetten. Maar de champagne had een ontspannend effect. Plantenbakken waren vast ook goed. 'Och, wat maakt het ook uit?' zei ze.

'Precies! Echt, Nieve, het wordt helemaal top! En het etentje vooraf ook. We hebben gereserveerd in het beste restaurant van de streek. Veel vis, maar ook vegetarisch. Uiteraard informeler dan het bruidsdiner, maar dat hoort ook zo.'

'Ik vertrouw je volledig,' zei Nieve.

'Fijn.' Lorelei hief het glas. 'Zo hoort het ook.'

Nieve was niet van plan de hele middag champagne te drinken op Rathfinan Castle, maar toch gebeurde dat. En toen drong het ineens tot haar door dat ze niet in staat was naar huis te rijden.

'Maak je niet druk,' zei Lorelei. 'Mijn partner Archie zet me af in de stad. Hij is nu nog een paar dingen aan het regelen, maar straks komt hij hier en kan hij ons naar huis brengen.'

'Maar de auto dan?' jammerde Nieve. 'Die is van mijn moeder. Ze zal ontzettend kwaad worden als ik die hier laat staan.'

'Archie en ik overnachten in Galway. Morgen kun je met hem meerijden om de auto op te halen. Maak je maar niet druk.'

Nieve maakte zich er wel druk om, maar met al die champagne viel het ook wel weer mee.

Gail vond het niet fijn dat haar auto nog bij het kasteel stond, maar ze was blij met de fles champagne die Nieve voor haar had meegenomen.

'Ik snap best dat je het met champagne hebt gevierd,' zei ze toen Nieve wankelend de trap op liep naar haar kamer.

Aidan moest lachen. 'Je bent het niet gewend om 's middags champagne te drinken,' zei hij. 'Eén drupje champagne en je bent straalbezopen.'

'Het was niet één drupje,' zei Nieve met dubbele tong. 'Het was een hele fles. En we hadden reuze lol.'

'Fijn.' Het kwam er warm uit. 'Het wordt tijd dat je eens leert dat je in het leven ook lol kunt hebben.'

'Maar ik heb altijd lol!'

'Nou ja, een ánder soort lol. Iets anders dan grafieken en cijfertjes.'

'Daar ben ik dol op.' Er ontsnapte haar een boertje, en daar moest ze erg om giechelen.

'Dat weet ik,' zei hij. 'Maar het is ook fijn om eens een ander soort lol te hebben. Vandaag raakte je de regie kwijt en je had het toch leuk.'

'Kom eens hier,' zei ze. 'Dan zal ik je eens laten zien wat er gebeurt als ik de regie in handen neem.'

Lachend tilde hij haar op en legde haar op bed, waar ze meteen in slaap viel.

De volgende ochtend had ze bonkende hoofdpijn en voelde haar mond als de bodem van een vogelkooi. Kreunend stond ze op, en ze bleef wel een kwartier onder de krachtige straal van de douche staan. Ze was niet meer gewend aan grote hoeveelheden alcohol. Ze dacht aan vroeger, toen Darcey en zij rustig samen een goedkope fles rioja soldaat hadden kunnen maken in een tentje aan het strand, zonder enig nadelig gevolg. Wat is er met me gebeurd, vroeg ze zich af toen ze uit de douche kwam. Ben ik een saaie tuttebel geworden? Later, toen ze de biologische muesli at die ze had meegenomen uit Amerika, dacht ze dat ze misschien geïndoctrineerd was om haar lichaam te beschouwen als een tempel waarin je niets slechts of verslavends mocht stoppen.

Weer kreunde ze. In Palo Alto dronk ze wijn uit de streek. En margarita's en bier. Alleen niet veel en niet vaak. Ze leefde daar gezond.

'Blijf jij maar thuis,' zei Aidan. 'Ik haal de auto van je moeder wel op. Stephen kan me naar het kasteel brengen.'

'Ik kan best zelf gaan,' zei Nieve.

'Doe niet zo mal. Bovendien kan ik dan ook eens zien waar we gaan trouwen.'

'Dat is pas over tien dagen,' zei ze. 'Ik wilde er samen met jou naartoe.'

'Weet ik, en dat gaat ook gebeuren. Maar nu ga ik alleen.'

Nieve knikte, en kreeg daar meteen spijt van. Haar hoofd voelde als een wiebelend brok beton op haar schouders.

Aidan vond het prettig om met Stephen naar Rathfinan te rijden. Hij mocht Stephen graag. Ze praatten over auto's en autoverkopen totdat ze bij de poort kwamen.

'Wauw,' zei Stephen. 'Gail had al gezegd dat het indrukwekkend was, maar zoiets had ik niet verwacht.'

'Nieve heeft me foto's laten zien,' zei Aidan. 'Maar in het echt is het toch anders.'

Stephen drukte op het knopje van de intercom, en even later

schoof het hek open. Langzaam reden ze over de oprijlaan naar het zestal auto's dat naast het kasteel geparkeerd stond. Ze stapten uit de BMW en keken bewonderend omhoog.

Piepend zwaaide een deur open, en een vrouw begroette hen hartelijk. 'Ik ben Andrea Finan,' zei ze. 'Welkom! Willen jullie nog even rondkijken voordat jullie de auto meenemen?'

Aidan knikte, en even later liepen Stephen en hij door de vertrekken die Nieve en Lorelei de dag daarvoor hadden geïnspecteerd. Opeens leek de bruiloft wel erg dichtbij te komen voor Aidan, en onwillekeurig huiverde hij.

'Koud?' vroeg Stephen.

Aidan schudde zijn hoofd. 'Het is binnen behoorlijk somber, maar goed, alles speelt zich buiten af. Er komt een partytent.' Hij liep de bibliotheek in, waar alles nog net zo op tafel lag als toen Nieve hier was geweest. Hij pakte een kussentje op in een witzijden hoesje. Een mooi kussentje, en al die borden en dat bestek waren ook mooi. Nieve had verteld dat ze alles had gekocht, niet gehuurd. Ze wilde geen gebruikte spullen. Maar Aidan vroeg zich af wat ze in 's hemelsnaam moesten met tweehonderd borden en glazen. Het was maar goed dat Nieves portemonnee geen bodem kende. Dit moest haar heel wat kosten. En toen hij de menukaart las, voelde hij zich schuldig omdat hij zelf geen bijdrage leverde aan dit alles.

Hij vond het niet erg dat ze meer verdiende dan hij. Echt niet. Hij wist dat ze een workaholic was, en dat ze haar succes afmat aan het saldo op haar bankrekening. Ze had altijd gezegd dat hij heel andere maatstaven hanteerde, maar pas nu, bij het zien van al die weelde, drong het tot hem door hoe anders hij was.

Hij vroeg zich af waarom ze van hem hield. Hij wist wel waarom hij van haar hield. Dat had hij geweten zodra hij haar die eerste keer had gezien. Omdat ze mooi was natuurlijk, en zo energiek, en omdat ze in zichzelf geloofde. En uiteraard ook omdat ze goed was in bed, heel ondeugend. Het was misschien niet fijn dat ze nooit eens de tijd nam om van het leven te genieten, om eens echt te ontspannen, maar hij had iemand als zij nodig om hem te motiveren. Toen hij nog met Darcey was, had hij zich tevreden gevoeld. Hij had er toen over gedacht om een andere baan te nemen, maar dat hield eigenlijk in dat hij graag een paar jaar door Australië en Nieuw-Zeeland zou trekken. Darcey zou vast met hem mee zijn gegaan. Maar Nieve niet. Nieve moest een doel hebben, en Aidan wist dat het beter voor hem was om met een doelbewust iemand te zijn. Maar hier in de bibliotheek van Rathfinan Castle drong het pas goed tot hem door hoe doelbewust Nieve eigenlijk was.

'Is er iets?' vroeg Stephen, die uit een van de ramen had staan kijken.

'Och, ik was aan het denken,' antwoordde Aidan.

'Denk er wel aan dat mijn dochter mijn alles is,' merkte Stephen ineens fel op. 'Ze is slim en heeft heel veel opgebouwd, helemaal zelf. Als je haar kwetst, vermoord ik je.'

Aidan trok zijn wenkbrauwen op.

'Ze is een gevoelig meisje,' zei Stephen. 'Soms kan ze een beetje hard overkomen, maar ze is niet zo hard als het lijkt. Toen ik werkeloos werd, zei ze dat ze geen zakgeld meer hoefde, en als ik iets wilde lenen, moest ik het maar zeggen, want haar spaarvarken zat vol.' Aangedaan schraapte hij zijn keel. 'Ze is mijn meisje, en ik wil niet dat ze wordt teleurgesteld.'

'Ik ben al tien jaar met Nieve,' reageerde Aidan. 'En ik heb haar nog niet teleurgesteld.'

'Weet ik,' zei Stephen. 'Maar samenwonen is iets heel anders dan getrouwd zijn. En mijn dochter is mijn alles. Je boft maar met haar. Vergeet dat niet.'

'Sommigen vinden dat zij boft met míj,' zei Aidan, die de toon van dit gesprek niet erg prettig vond.

'Hoor eens, je bent een prima kerel en je maakt haar gelukkig. Maar zij is heel rijk.'

'Je wilt toch niet beweren dat ik met Nieve trouw vanwege haar geld?' Aidan werd echt kwaad. 'Ik heb haar geholpen te worden wat ze is. Ik was er voor haar wanneer het moeilijk was.'

'Maar ik begrijp dat het juist Nieve was die ervoor heeft gezorgd dat het beter ging.'

'Ik stond achter al haar beslissingen. Ik ben haar wederhelft, niet een... een accessoire!' Woedend keek Aidan zijn aanstaande schoonvader aan, vervolgens beende hij de bibliotheek uit en ging ijsberen op het terras. Hij wist best dat Stephen dol was op zijn dochter, maar nu haalde hij Aidan wel het bloed onder de nagels vandaan door te suggereren dat hij met haar trouwde om haar geld, niet omdat hij van haar hield. Dat was niet waar, het was oneerlijk en...

Met een ruk draaide hij zich om. Hij was niet alleen op het terras. Aan een van de tafeltjes zat een vrouw met een dampende kop koffie voor zich. Ze bedekte de onderste helft van haar gezicht met haar hand, zodat hij alleen haar hemelsblauwe ogen kon zien. Haar blonde haar viel over haar voorhoofd, en krulde in haar hals.

Met grote ogen keek hij haar aan. En toen sprak hij haast zonder het te merken haar naam uit. 'Darcey?'

Haar ene arm zat in het gips, en die rustte op de tafel. Haar andere hand haalde ze weg van haar gezicht. 'Dag Aidan,' zei ze. 'Welkom thuis.'

28

Hij had altijd al gevonden dat ze een mooie stem had. Daarmee had ze hem betoverd, hoewel ze dat zelf niet had geweten. Een vrouw die er niet heel bijzonder had uitgezien, maar met een uiterst verleidelijke stem. Iemand om te beschermen. Iemand om voor te zorgen. Daarom had hij met haar willen trouwen, om altijd maar weer te worden verleid.

Haar stem was niet veranderd, maar zijzelf wel. Ze zag er heel sereen uit, en met haar hemelsblauwe ogen keek ze hem peinzend aan. Ze nam een slokje koffie en zette het kopje weer terug op het schoteltje.

Hij was de eerste die iets zei. 'Wat doe jij hier?'

'Ik drink koffie.'

Hij vroeg zich af of ze nerveus klonk. Ze zag er in elk geval niet zenuwachtig uit.

'Ik bedoelde waarom je híer bent.' Het kwam er feller uit dan de bedoeling was. 'Waarom uitgerekend híer? Je weet toch dat we... dat ik... dat...'

'Jemig, Aidan, uiteraard weet ik dat Nieve en jij hier gaan trouwen. Ik ben toch uitgenodigd?'

Nee, ze was niet nerveus. Ze klonk eerder krachtig. Zo had hij haar nog nooit gehoord. 'Ben je daarom hier? Om een kijkje te nemen?'

Ze trok haar wenkbrauwen op. 'Waarom zou ik?'

'Weet ik niet,' zei hij. 'Ik dacht alleen...'

'Dat ik hier ben, heeft niks met jou te maken,' viel Darcey hem gauw in de rede. 'Maak je geen zorgen, zo belangrijk ben je nou ook weer niet.'

Hij kneep zijn ogen tot spleetjes omdat ze ineens wél nerveus klonk. 'Maar je komt toch op de bruiloft?'

Ze haalde haar schouders op.

'Ik wil liever niet dat je komt,' ging hij verder. 'Waarom zou je?'

'Nieve wil dat ik kom.'

'Ze heeft heel veel vrienden en kennissen uitgenodigd. Ze wilde jou niet voor het hoofd stoten.'

Darcey zette grote ogen op. 'Goh, dat is een hele verandering.'

'Kom op, Darcey.' Hij keek haar met een smekende blik aan. 'Je bent er nu toch wel overheen?'

'Dat zou het voor jou wel makkelijker maken, hè?' merkte ze pinnig op.

'Je bent hier toch niet om herrie te schoppen?' vroeg hij. 'Ik heb Nieve verteld dat je dat niet zou doen.'

'Zeg, ik heb wel iets beters te doen, hoor!' Ze schoot in de lach. 'Je bent me de moeite toch niet waard.'

'Ik heb gehoord dat het erg slecht met je ging toen het uit was.'

'Je moet niet alles geloven wat ze zeggen,' reageerde ze kalm. 'Dit zal een hele schok voor je zijn, maar weet je, mensen komen er wel weer bovenop als ze gedumpt zijn.'

'Ik heb iets heel anders gehoord...'

Met een kille blik keek ze hem aan.

'Nou ja, misschien heb ik het verkeerd begrepen,' zei hij. 'Maar ik hoorde dat je totaal van slag was.'

'Ik was verdrietig,' zei ze. 'Je ging ervandoor met mijn beste vriendin. Natuurlijk voelde ik me gekwetst. Maar dat is nu lang geleden. En dus kom ik op de bruiloft om Nieve en jou het beste te wensen en te hopen dat jullie krijgen wat jullie verdienen.'

Hij vroeg zich af waarom hij haar niet vertrouwde. Haar stem klonk warm en hartelijk, en toch had hij het gevoel dat alles wat ze zei, een dubbele betekenis had.

'Dus eh... Alles is in orde?'

'Ja, hoor.' Ze lachte naar hem.

'Zeg, Darcey...' Hij draaide zich om naar het kasteel, want hij dacht dat hij Stephen hoorde. Shit. Als Stephen hem hier betrapte met Darcey... Wat zou hij daarvan denken? Na wat Stephen had gezegd over Aidan vermoorden als hij Nieve kwetste, zou het niet best zijn als hij zijn aanstaande schoonzoon aantrof met zijn ex. Ook al was het gewoon dom toeval.

'Ik moet naar binnen,' zei hij gauw. 'Stephen mag ons niet samen zien.'

'Aidan...'

'Echt, ik moet gaan.' Hij klonk ongerust. 'Dat moet.'

Hij snelde weg door de deur, en Darcey slaakte een zucht van verlichting. Haar handen trilden zo dat ze geen slokje koffie durfde te nemen. Nooit had ze kunnen vermoeden dat ze Aidan Clarke hier tegen het lijf zou lopen. Toen Minette had gezegd dat ze terug moest naar het kasteel omdat ze haar lippenstift daar had laten liggen, had Darcey plagerig gevraagd of het soms een smoesje was om Malachy Finan weer te zien.

'Nee hoor,' had Minette onschuldig geantwoord. 'Ik heb mijn lippenstift daar echt laten liggen, en het is nog wel een dure van Clarins.'

'Maar mam, hij kan wel overal zijn. Het is zo'n groot kasteel...'

'Ik wil toch zoeken,' had Minette koppig volgehouden.

Eerst had Darcey niet mee gewild, maar Minette had volgehouden. En toen Minette en Malachy overal aan het zoeken waren, was Darcey op het terras gaan zitten om koffie te drinken.

Ze had wel stemmen gehoord, maar ze had gedacht dat het de broers van Malachy waren.

Toen Aidan opeens naar buiten was gestapt, had ze gedacht dat ze zou flauwvallen. Haar hart was wild tekeer gegaan en ze had haar hand voor haar mond geslagen. Ze had hem onmiddellijk herkend. Goed, hij zag er ouder uit, steviger ook. En aantrekkelijker met die gebronsde huid, het moderne kapsel en de dure spijkerbroek en het dure jasje.

Eerst had ze maar niets gezegd, en toen ze dan toch iets had durven zeggen, klonk het alsof iemand anders had gesproken. Ze was blij dat hij ook geschrokken was. En dat ze hem had kunnen kwetsen. Misschien. Ze had er nog buikpijn van. Ze had hem gezien, en hij was nog steeds knap en hij had haar hart op hol doen slaan. Ze huiverde in het middagzonnetje.

Met de nodige moeite wist Aidan Stephen te overreden dat het geen zin had naar buiten te gaan, en dat ze beter konden teruggaan naar huis. Nieve en Gail konden weleens boos worden als ze niet op tijd thuis waren voor de lunch. Aidan wist dat Stephen van eten hield en bang was voor zijn echtgenote. Hij wist ook dat hij brabbelde als een waanzinnige terwijl ze naar de auto liepen. Het was dan ook een hele opluchting toen Stephen wegreed.

Toch kon hij Darcey niet uit zijn hoofd zetten. Hij zag haar nog voor zich, zo elegant aan dat tafeltje. Met haar arm in het gips en haar enkel verpakt in zwachtels. Ze was dus nog steeds even onhandig...

Hij had wel degelijk van Darcey gehouden. Ze had hem altijd al geïntrigeerd met haar intelligentie en haar onkunde wat dagelijkse dingen betreft. Hij vond het geweldig dat ze in allerlei talen had kunnen zeggen dat ze van hem hield. Hij had zich heel beschermend gevoeld, en dat was fijn geweest.

Maar toen had Nieve op de stoep gestaan. Nieve hoefde hij niet te beschermen. Het was fijn geweest om beschermer te zijn, maar het was nog fijner om te worden meegesleurd door Nieves enthousiasme. Hoewel hij af en toe vond dat ze het weleens rustiger aan mocht doen. Ze mocht best een beetje meer op Darcey lijken.

Waarom was hij van zulke heel verschillende vrouwen gaan houden? En waarom liep hij vlak voor de bruiloft zijn geliefde van toen tegen het lijf? Was dat soms een teken?

Darcey vertelde Minette maar niet dat ze Aidan had gesproken. Een kwartier nadat Aidan was weggegaan, kwamen Minette en Malachy het terras op. Darcey trilde nog, maar ze hoefde niets te zeggen omdat Minette maar bleef ratelen over hoe jammer het was dat die lippenstift echt kwijt was, en dat het stom was geweest te denken dat ze die nog zou kunnen vinden.

'Ga een keer met me uit eten, dan kan ik het verlies goedmaken,' zei Malachy.

Minette lachte naar hem. 'Graag, maar niet als goedmakertje. Alleen omdat je graag met me uit eten wilt.'

Malachy schoot in de lach en zei dat ze heel verfrissend was. Hij beloofde haar te bellen. Daar verheugde ze zich al op, zei Minette. En toen werd het tijd om te gaan.

Zwijgend liep Darcey achter haar moeder aan naar de auto. Ze stapten in, Minette toeterde bij wijze van afscheid, en daar gingen ze.

'Gaat het?' vroeg Minette. 'Je bent zo stil.'

'Het gaat prima.'

'Pijn aan je arm?'

'Nee.'

'Je enkel dan?'

'Mam, ik voel me best,' antwoordde Darcey kregelig.

Minette keek haar eens aan. 'Je ziet bleek.'

'Niet blozend vanwege alle romantiek zoals jij,' merkte Darcey op.

'Jezus!' Minette schakelde en de auto bokte. 'Je bent toch niet jaloers omdat ik het leuk heb met Malachy?'

'Natuurlijk niet!' riep Darcey uit. 'Ik heb je toch altijd aangemoedigd leuke dingen te doen nadat pap zich had ontpopt als een klootzak?'

'Zulke dingen zeg je niet over je vader.'

'Hoezo niet?' vroeg Darcey. 'Hij is een klootzak. Alle mannen zijn rotzakken.'

Minette kneep haar lippen op elkaar. Na een poosje vroeg ze: 'Is het omdat ik je heb meegenomen naar het kasteel? Had ik dat niet moeten doen omdat de bruiloft daar plaatsvindt? In dat geval spijt het me.'

'Welnee.' Darcey schudde haar hoofd. 'Let maar niet op mij, ik heb gewoon een bui.'

'Zet het van je af,' raadde Minette haar aan. 'Het leven is toch al zo kort.'

Maar Darcey had niet alleen last van een slechte bui.

Hij vond dat Darcey er geweldig had uitgezien. Hij wist dat ze zichzelf niet mooi vond, en dat was ze ook niet, maar ze was wel aantrekkelijk. Ze zag er nu beter uit dan toen ze nog in de twintig was. Eigenlijk vond hij haar erg mooi zoals ze daar had gezeten, met haar haar zo blond in de zon, en haar ogen zo hemelsblauw. Het had hem verbaasd dat zijn hart was overgeslagen bij het zien van deze verleidelijke vrouw.

Jezus, in Californië had hij wel meer verleidelijke meisjes gezien met blond haar en blauwe ogen. Hij was immuun geworden voor blonde vrouwen met blauwe ogen. En hij was ook immuun geworden voor Darcey McGonigle. Hij had haar gedumpt omdat hij als een blok was gevallen voor Nieve. Maar door de onverwachte ontmoeting kwamen er allerlei herinneringen naar boven.

Herinneringen aan hun eerste nacht samen, toen ze dingen in het Italiaans tegen hem had gezegd, hetgeen heel erg sexy had geklonken. Die nacht had ze hem betoverd. Sindsdien beschouwde hij vrijen als iets romantisch, niet alleen als iets om zijn gerief te halen. Die nacht had hij nooit kunnen vergeten.

Maar dit alles betekende niet dat hij nog van haar hield. Want dat was niet zo. Nieve had hem echter nooit betoverd. Nieve had zijn hart gestolen en dat moest zo blijven.

Het zijn de zenuwen voor de bruiloft, dacht hij terwijl hij in de keuken zat te luisteren naar Gail en Nieve die het over make-up hadden. Die hele bruiloft wordt me te veel, dacht hij. Daardoor ga ik verlangen naar eenvoudiger tijden. Maar ik heb nooit naar eenvoud verlangd, dacht hij. Niet echt. Ik wilde Nieve, en nu heb ik haar.

Hij keek naar zijn aanstaande bruid. Ze had een frons op haar gezicht. Hij had liever een lach gezien. Het was lang geleden dat hij haar echt had zien lachen.

Het zou fijn zijn om weer in Dublin te zijn, dacht Darcey. Als ze naar de bruiloft ging, zou ze de volgende week pas weer naar Galway moeten. Maar Minette wilde niet dat ze wegging, en de tweeling had door de telefoon gezegd dat ze wel gek zou zijn om die treinreis nogmaals te maken.

'Neem meer dagen op!' raadde Tish haar aan. 'Ze verwachten heus niet dat je op je werk komt als een soort figurant uit *The Mummy*.'

'Rust toch eens lekker uit,' zei Amelie. 'Goh, ik zou zelf ook wel een paar weken vrijaf willen nemen.'

'Je zou helemaal gek worden,' reageerde Darcey. 'Ik word ook langzaam gek. Sorry, mam,' zei ze toen Minette beledigd keek. 'Maar ik ben gewend om alleen te wonen, en...'

'Ga dan maar terug naar je appartementje,' merkte Minette luchtig op. 'Echt, dat vind ik niet erg.'

Darcey kreunde, en de tweeling giechelde.

'Misschien ben je dan niet meer zo slecht gehumeurd,' zei Minette.

'Ben je slecht gehumeurd? Waarom?' vroeg Amelie.

Darcey deed er het zwijgen toe.

'Nou, jij zou ook in een slecht humeur zijn als je arm in een mitella zat en je voortdurend moest hinkelen,' zei Tish tegen haar zuster. 'Red je het wel in de grote stad, Darcey?'

'Ja, hoor,' stelde Darcey haar gerust. 'Ik moet trouwens toch terug voor nieuw gips.'

Ze was de dag daarop blij weer thuis te zijn, blij met de stilte. Minette was geweldig geweest, maar Darcey had er genoeg van om te worden betutteld. Ze verheugde zich erop weer naar haar werk te gaan, al zou ze daar ook worden betutteld. Maar dat zou vast niet lang duren en dan was alles weer gewoon. Daar kon ze nauwelijks op wachten, en ze was ook erg benieuwd hoe het was afgelopen met de contacten die ze in Singapore had gelegd.

Vanuit Galway had ze naar kantoor gebeld en gevraagd naar Neil. Helaas had zijn assistente Jenni gezegd dat hij op zakenreis was. Toen had Darcey gevraagd te worden doorverbonden met Anna, maar daar kreeg ze de voicemail omdat Anna een paar dagen weg was. Zouden ze soms samen op pad zijn, had Darcey zich afgevraagd. En zou het dan wel zakelijk blijven?

Neil en Anna. Aidan en Nieve. Darcey en... Darcey en Rocco, Francisco, Louis-Philippe, Jose en heel misschien Jason White. Misschien was het maar beter zo.

Ze pakte een fles wijn uit de ijskast en trok die open. Vervolgens zette ze de tv aan en zapte langs alle kanalen. Het programma over het Engelse gezin in Toscane werd herhaald. Ze nestelde zich op de bank om nogmaals te kijken.

29

Ze zorgde ervoor dat ze extreem vroeg op kantoor was om de meewarige blikken en opmerkingen van de andere werknemers van InvestorCorp te ontlopen. Maar toen ze in de lift stapte, vond ze het vervelend dat er niemand anders instapte. Dat moment van paniek duurde echter maar kort, en toen ze uitstapte op de zesde verdieping, was ze alleen maar opgelucht omdat ze weer terug was.

Meteen las ze al haar brieven door, verwonderd dat er nog zoveel per slakkenpost werden bezorgd. Daarna wierp ze een blik in de verslagen op haar bureau. Langzamerhand druppelden haar collega's binnen, die allemaal even kwamen vragen hoe het met haar ging.

De meesten maakten grapjes over gips, zwachtels en mitella's, en Laura zei dat ze nog steeds last had van haar pols die ze zes jaar geleden had gebroken.

Darcey stond er versteld van dat zoveel collega's weleens iets hadden gebroken. Allemaal kwamen ze daarover vertellen. Het was fijn dat iedereen zo met haar meeleefde, maar die verhalen over gebroken botten kwamen haar na verloop van tijd de strot uit.

Zodra het een beetje rustiger werd, kon ze de honderden mailtjes lezen. Er was er eentje dat ze meteen aanklikte.

Hoi, stond er. Ik belde naar het bedrijf en hoorde dat je een ongeluk had gehad in Singapore! Hopelijk niet na het etentje met mij... Bel me. Jason. O, en je collega's bij investments hebben goed nieuws voor je.

Glimlachend belde ze naar de afdeling investments.

'Ja, vijfentwintig miljoen van Asia Holding,' zei Walter. 'Puik werk, Darcey. En tien van drie van je andere contacten.'

Stralend tikte ze een mailtje terug naar Jason. Ze bedankte hem voor het gestelde vertrouwen in InvestorCorp, en schreef dat het maar een onbenullig ongelukje was geweest en dat ze hoopte binnenkort weer in Singapore te zijn.

De telefoon ging. Het was Douglas Lomax.

'Kun je even langskomen?' vroeg hij.

Haar hart sloeg over. Een telefoontje van de hoofddirecteur was iets om van slag te raken, ook al wist je dat je goed werk had geleverd.

Vijf minuten later zat ze tegenover hem.

'Je had langer vrijaf moeten nemen,' zei hij. 'Je ziet eruit alsof je onder een vrachtwagen bent gekomen.'

'Dat ligt aan al dat gips en die zwachtels,' zei ze. 'Het ziet er veel erger uit dan het is.'

'Ik wilde je even vertellen dat ze erg tevreden over je zijn. Goed gedaan, Darcey.'

'Dank je.'

'Is alles al in kannen en kruiken voor je volgende tripje?'

'Tokio?' Ze lachte breed. 'Nog niet, maar er wordt aan gewerkt. En ik zal mijn best doen daar niet ook van de trap te vallen.'

'Dat was pech,' zei hij. 'Maar verder heb je het er geweldig vanaf gebracht. Bravo.'

Ze bleven nog een kwartiertje praten over haar plannen voor Tokio en het grote succes dat ze in Singapore had geboekt. Als ze het had gekund, zou ze na afloop door de gang zijn gehuppeld. Het was fijn om je werk goed te doen. Daardoor voelde je je blij met jezelf en met je leven.

Toen ze langs Neil Lomonds werkkamer kwam, zag ze dat de deur openstond en dat er nog niemand was.

'Hij komt vanmiddag,' zei Jenni, die haar naar binnen had zien kijken. 'Jemig, Darcey, wat zie je eruit!'

'Dat geeft niet,' reageerde Darcey. 'Ik ben dolblij met de vijfentwintig miljoen dollar van Asia Holding!'

Ze had nog geen zin om achter haar bureau te gaan zitten. Ze was zo blij met haar succes dat ze naar de afdeling investments ging om het er nog eens over te hebben, en vervolgens naar de werkkamer van Anna Sweeney, om te kijken of die al terug was. Maar de deur was dicht. Anna was nog niet terug.

Zou Anna bij Neil zijn? Die gedachte knaagde aan Darcey. Ze had tegen Anna gezegd dat ze het best vond als Anna iets met Neil begon, dus verbaasde het haar dat ze een steek van jaloezie voelde. Ze was niet jaloers omdat Anna misschien iets met haar ex had. Ze was jaloers omdat Anna iemand had en zij niet. Tot voor kort was Darcey er trots op geweest dat ze niet aan vaste relaties deed, en dat zij de regie had bij haar minnaars. Zelfs Robert, haar laatste Ierse vriend, had niet echt dichtbij mogen komen. Hij woonde in Donegal, tweehonderd kilometer van Dublin vandaan, dus had ze hem net zo vaak gezien als sommige van haar minnaars op het vasteland van Europa. Maar sinds een paar maanden herinnerde ze zich weer hoe het was om een emotionele band met iemand te hebben. En hoewel haar relaties altijd op de klippen waren gelopen, miste ze opeens toch die band.

Ineens wilde ze weer zijn wie ze vroeger was geweest. Niet de onhandige Darcey die nauwelijks iets aan haar uiterlijk deed en die hopeloos was met mannen. Nee, de Darcey die hopeloos verliefd was geworden op Aidan, de Darcey die volledig vertrouwen in anderen had. Ze had pech gehad dat Aidan niet te vertrouwen bleek. Daarna had ze niemand meer vertrouwd, en dat was de reden dat haar relaties altijd slecht afliepen. Het had haar echter ook veel hartzeer bespaard. Maar om de een of andere reden vroeg ze zich ineens af of dat eigenlijk wel zo fijn was.

Hoofdschuddend probeerde ze die gedachte kwijt te raken. Vervolgens ging ze weer aan de slag. Ze beantwoordde de mail en werkte aan één stuk door tot twee uur in de middag.

Pas toen haar maag ging knorren, besefte ze hoe laat het al was. Gauw schoof ze haar toetsenbord weg en pakte haar tasje.

Ik heb me over mijn liftangst heen gezet, dacht ze toen ze de begane grond op strompelde. Ik heb er niet eens aan gedacht.

'Hoi Darcey, fijn je weer eens te zien. Hoe gaat het met je?' vroeg Sally, de receptioniste, met een vriendelijke lach.

'Het ziet er erger uit dan het is,' antwoordde Darcey. 'Het gaat goed met mijn enkel. Morgen krijg ik ander gips.'

'Wat naar voor je dat het zo ver van huis is gebeurd.'

'Het deed behoorlijk pijn,' gaf Darcey toe. 'Maar de artsen daar zijn top.'

'Ik hoor dat je veel nieuwe cliënten hebt aangebracht.'

'Het ging daar behoorlijk goed,' beaamde Darcey.

'Ik vind je geweldig,' zei Sally. 'Je bent mijn rolmodel.'

'O.' Verwonderd keek Darcey haar aan.

'Ik heb nu nog geen diploma's, maar ik wil 's avonds gaan studeren,' ging Sally verder. 'Ik wil niet altijd achter de receptie blijven zitten. Ik zou heel graag een baan zoals de jouwe willen.'

'Zet 'm op!' zei Darcey.

'Ik wil dat anderen een hoge dunk van me hebben,' zei Sally. Ze streek een glanzende kastanjebruine krul uit haar gezicht. 'En niet alleen omdat ik mooi ben.'

Darcey lachte. 'Maar je bént mooi!'

'Jawel, maar ik ben liever slim, zoals jij. Iedereen kan er goed uitzien, maar niet iedereen kan nieuwe cliënten aantrekken.'

'Nou, je klinkt erg vastberaden, ik denk dat het je wel zal lukken.'

'Dat hoop ik,' zei Sally.

'Zeg, als ik iets voor je kan doen... Goede raad geven of zo, dan zeg je het maar,' zei Darcey.

'Dank je.' Sally keek blij.

'Tot straks,' zei Darcey. 'Ik ga een broodje halen.'

'Je had iets kunnen laten bezorgen,' merkte Sally op.

'Och, het is niet ver,' zei Darcey. 'En een beetje frisse lucht zal me goeddoen.' Langzaam liep ze naar de deur, en bleef toen stokstijf staan.

'Hoi,' zei Neil, die net binnenkwam. 'Je bent er weer.'

'Ja,' zei ze, verrast hem te zien. 'Dit is mijn eerste dag.'

'Gaat het een beetje?' Onderzoekend keek hij haar aan.

'Ja, hoor,' antwoordde ze. 'Ik ga even een broodje halen.'

'Een late lunch?' Hij keek op zijn horloge.

'Er lag een hele stapel werk waar ik me doorheen moest ploeteren,' legde ze uit.

'Volgens mij kun je wel iets meer gebruiken dan een broodje,' zei hij lachend. 'Kom op, dan gaan we een hapje eten.'

'O, maar er is nog zoveel te doen...' protesteerde ze.

'Allemachtig, Darcey, laat toch eens los,' zei hij. 'Ik wil je toch ook nog spreken over de zakelijke kant van je reis.'

'In dat geval...' Schouderophalend liep ze achter hem aan naar buiten.

Hij zette koers naar het Harbourmaster. Terwijl ze met hem mee liep, genoot ze van het zonnetje op haar gezicht en de geuren die van de rivier kwamen.

Om deze tijd liep het restaurant al leeg, daardoor konden ze een tafeltje bemachtigen aan het raam.

'Zo, wat heb je allemaal uitgespookt?' vroeg Neil nadat ze hadden besteld.

'Ik ben in Galway geweest,' vertelde ze. 'Mijn moeder heeft erg haar best gedaan me vet te mesten.'

Hij grijnsde breed. 'Ik mocht je moeder graag. Haar houding tegenover voedsel is top.'

Darcey glimlachte flauwtjes. 'Ze is gek op koken,' beaamde ze. 'Maar bij ons vliegen de pondjes eraan. Vooral rond de heupen.'

'Volgens mij ben je afgevallen sinds het ongeluk.'

'Nee,' zei ze. 'Eerst misschien wel, maar mijn moeder denkt dat romige chocolademelk het beste geneesmiddel is voor alle kwalen, dus waarschijnlijk ben ik nu dikker dan ooit.'

Hij grinnikte.

Waarom hebben we dit gesprek, dacht ze. Het kan hem heus niets schelen of ik ben afgevallen of aangekomen, en de chocolademelk van mijn moeder interesseert hem vast geen fluit. Ik dacht dat we het over zaken zouden hebben...

'Pardon?' Het drong nu pas tot haar door dat hij een ander onderwerp had aangesneden.

'Ik vroeg naar Asia Holdings,' zei hij. 'Volgens mij heb je een goudmijntje ontdekt.'

Er verschenen blosjes op haar wangen bij de gedachte aan Jason White.

'Darcey?'

'Sorry,' zei ze, en ze begon te vertellen over Asia Holdings. Ze noemde maar één keer de fund manager die de technische aspecten van de portefeuille zo goed snapte.

Verder hadden ze het uitsluitend over zaken.

'Peter Henson laat je groeten,' zei Neil nadat hij koffie had besteld. 'Hij zei dat hij wel had geweten dat je het goed zou doen in Azië.'

'Heb je hem gesproken?'

'Gisteren nog. In New York.'

'O.' Dan was hij dus niet bij Anna geweest. Tenzij die ook naar New York was gegaan, maar dat durfde ze niet te vragen.

'Zo, en wat heb je nog meer gedaan in Galway?' vroeg hij ontspannen.

'Niet veel,' antwoordde ze. 'Mijn moeder heeft iemand leren kennen.' Ineens zweeg ze, toen het tot haar doordrong dat ze op het punt stond hem te vertellen over Malachy Finan, en dus ook over het kasteel, en dan zou ze hem ook moeten vertellen over de bruiloft van Nieve en Aidan. En natuurlijk over het moment dat ze Aidan had gesproken. Haar maag kromp samen.

'Gaat het?' vroeg hij. 'Is er iets met je moeder?'

'Nee, hoor,' stelde ze hem gerust. 'Ik...'

'Vertel het me maar,' zei hij. 'Heeft je moeder iemand leren kennen?'

En toen vertelde ze hem van het kasteel. En hoewel ze dat eigenlijk niet wilde, ook over haar ontmoeting met Aidan.

Ze kende de blik die in zijn ogen verscheen. Die had ze ook gezien toen ze hem voor het eerst over Aidan Clarke had verteld.

Ze herinnerde zich die avond nog goed. Dat was de avond waarop ze hem ervan had beschuldigd iets met Jessica Hammond te hebben. Eerst had Neil alles weggewuifd wat met Aidan te maken had. Hij had gezegd dat hij van haar hield, hij had zijn arm om haar heen geslagen en gezegd dat ze gewoon een beetje aan hun relatie moesten werken. Maar nadat ze hadden gevrijd, had hij naar Aidan gevraagd. En toen ze had uitgelegd dat ze Aidan eigenlijk nooit had kunnen vergeten, had ze een gekwetste blik in zijn ogen gezien, die meteen had plaatsgemaakt voor een bezorgde. Ze had zich schuldig gevoeld omdat ze hem had gekwetst. Toen ze zijn bord in zijn schoot had gekieperd omdat ze erachter was gekomen dat hij met Melinda McIntyre had geluncht, was hij woedend geweest. Maar ook bezorgd. Hij had gezegd dat ze professionele hulp nodig had, en dat hij haar daar graag bij wilde helpen. Maar ze wilde niet geholpen worden. Ze had zich willen wentelen in verdriet. Ze had willen blijven geloven dat haar leven was verpest door het verraad van haar beste vriendin en haar ex.

'Ik hou van je.' Dat had hij toen tegen haar gezegd. 'Ik wil graag iets goeds maken van onze relatie. Maar ik kan niet leven met een vrouw die van een ander houdt.'

'Dan kun je niet leven met mij,' had ze gezegd. 'En ik kan niet leven met jou.'

Het was ongelooflijk pijnlijk geweest. Ze was zich ervan bewust geweest dat ze hem kwetste, maar dat had haar niets kunnen schelen. Want ze had het wel prima gevonden dat een ander eens moest ondergaan wat zij onderging.

Wat heb ik me misdragen, dacht ze terwijl ze hem aankeek. Ik was verschrikkelijk, ik was hem niet waard.

'Het was puur toeval,' zei ze. Ze moest hem uitleggen hoe het kwam dat ze Aidan had gesproken. 'Ik was op het kasteel, en toen stond hij ineens voor mijn neus.'

'En toen heb je hem gesproken?'

Ze knikte. 'Heel eventjes maar. Hij was er een kijkje gaan nemen met Nieves vader. Ik vroeg me af waarom zij er niet bij was.'

Neils gezicht betrok. 'Je dacht stiekem dat ze misschien niet meer van elkaar hielden? Dat het een slecht voorteken was dat hij daar in zijn eentje was?'

'Doe niet zo mal.' Maar Darcey bloosde wel.

'Ik ken jou,' zei hij.

'Nou ja, ik zette er wel vraagtekens bij,' gaf ze toe. 'Ik bedoel, meestal kom je samen kijken.'

'Darcey, ze wonen al tien jaar samen.'

'Dat weet ik, maar...'

'Denk je er nog steeds over om naar de bruiloft te gaan?'

'Ik heb de uitnodiging aangenomen.'

'Jezus, mens!'

'Mijn pols zit dan nog in het gips, maar mijn enkel moet oké zijn. Maar waarschijnlijk pas ik nog niet in mijn mooie schoenen, dus misschien ga ik wel niet.'

'IJdeltuit!'

Ze had hem nog nooit zo nijdig meegemaakt.

'Was je van plan mooi opgedoft naar de bruiloft te gaan, zodat hij zal beseffen dat het een grote vergissing was om bij je weg te gaan? Wil je iets meemaken zoals in een Hollywood-film, waar hij haar dumpt om vervolgens met jou te trouwen? En dan denk je zeker dat daar weinig kans op is omdat je arm in het gips zit? Is dat het?'

'Nee...'

'Ik snap niet dat ik mijn tijd aan jou verspil,' snauwde hij. 'Toen ik met je getrouwd was, was je een egocentrisch monster, en dat ben je nog steeds. Ik snap niet waarom ik dacht dat je zo bijzonder was. Echt, ik zie niks aantrekkelijks in je.'

Hij stond op en schoof zijn stoel ruw weg. 'Laat me maar weten wanneer je naar Tokio gaat,' zei hij. 'Per e-mail.'

Ontzet keek ze hem na. Ze had hem nog nooit zo kwaad gezien, zelfs toen niet.

Hoe durfde hij! Zelf trilde ze van woede. Hoe durfde hij zulke dingen over haar te zeggen? Ze was niet egocentrisch, ze was geen monster. Had Sally daarnet niet gezegd dat ze haar rolmodel was? Wilde niet iedereen op haar lijken? Had ze niet Neils carrière een duwtje omhoog gegeven door haar succes in Singapore? Hoe durfde hij zulke dingen tegen haar te zeggen!

De serveerster kwam bij het tafeltje staan. 'Wilt u de rekening?' vroeg ze.

En nou heeft hij me ook nog met de rekening laten zitten, dacht Darcey. Ze tikte haar pincode in op het apparaatje. En ze had zich nog wel schuldig gevoeld toen die blik in zijn ogen was verschenen... Nou, dat schuldgevoel was nu wel verdwenen.

Maar toen ze terugliep naar kantoor, besefte ze dat ze zich schaamde. Omdat hij iets aan haar had opgemerkt wat haarzelf niet was opgevallen. En dat beviel haar totaal niet.

30

De dag van het etentje vooraf was weer stralend. Nieve was opgelucht en blij dat het zonnetje scheen en hoopte dat het dat nog minstens vierentwintig uur zou blijven doen. In elk geval was de weersvoorspelling gunstig. Dus was ze in een opperbeste stemming toen Lorelei zich kwam melden bij het huis van Nieves ouders. Lorelei had een voorbeeld van een tafelboeket meegenomen, plus een schitterende vaas.

'Cadeautje,' zei ze. 'Omdat je mijn beste bruid ooit bent.'

'Dank je wel. En ik ben alleen maar je beste bruid omdat jij alles zo professioneel regelt.'

'Ik beantwoord graag aan de verwachtingen.' Lorelei schoof de enorme zonnebril op haar hoofd. 'En maak je maar nergens druk om, vandaag gaat alles heel ontspannen. Het restaurant staat voor je klaar, geen probleem. Hoe laat komen je bruidsmeisjes?'

'Over een uurtje,' antwoordde Lorelei. 'Bernie kan elk moment hier zijn om mijn make-up te doen. Zo kunnen we op de dag zelf niet voor verrassingen komen te staan.'

'Goed idee,' vond Lorelei. 'Je zei dat je er een beetje mee zat omdat je haar kent van vroeger of zoiets.'

'Gek, jou vertrouw ik volkomen,' zei Nieve. 'En normaal gesproken vertrouw ik niemand.'

Lorelei omhelsde haar lachend. 'Goh, ik kan niet wachten op morgen,' zei ze. 'Het wordt helemaal top! En vanavond wordt het heel gezellig. De gasten zullen het zeker naar hun zin hebben, en ze zullen blij verrast zijn met hun cadeautjes.'

'Dat hoop ik van harte.' Nieve had Lorelei niet verteld dat ze zich zorgen maakte over de aanwezigheid van Darcey McGonigle. Ze had niets gezegd over een vroegere vriendin die misschien explosief zou blijken te zijn.

Misschien had Aidan toch gelijk. De vorige avond had hij Nieve gevraagd waarom de uitnodiging voor Darcey niet kon worden ingetrokken, en zij had gezegd dat dat wel heel merkwaardig zou zijn.

'Maar je hebt gelijk,' had ze toegegeven toen ze gezellig tegen hem aan kroop. 'Het was niet zo slim van me om haar uit te nodigen.'

'Je had er redenen voor,' had hij gezegd. 'Maar het waren geen goede redenen.'

Nieve had beseft dat Aidan meer moeite had met Darceys aanwezigheid dan hij liet merken. En dat had ze zorgelijk gevonden. Wat kon het hem schelen dat zijn ex erbij was? Wat wist hij over haar wat Nieve niet wist?

'O, nog iets,' zei ze tegen Lorelei. 'Het heeft met een van de gasten te maken.'

Nadat Nieve alles had uitgelegd, verscheen er een frons op Loreleis gezicht. 'Jezus, mens,' zei ze, 'heb je niet al genoeg aan je hoofd zonder die zorgen om de ex van je aanstaande?'

'Jawel.' Nieve werd steeds onrustiger. 'Misschien is het moeilijk te begrijpen, maar ik had haar uitgenodigd om haar iets te bewijzen. Dat Aidan en ik bij elkaar horen. Maar nu denk ik dat Aidan misschien gelijk heeft en dat ze een ongeleid projectiel zou kunnen zijn.'

'Ik houd haar wel in de gaten,' beloofde Lorelei. 'Je hoort haar hoogstens piepen wanneer ik haar tegen de grond werk.'

Nieve giechelde nerveus. 'Ik had haar nooit moeten uitnodigen. Dat was echt stom van me.'

'Nou, maar ik vind het best tof dat je toch iets verkeerds hebt gedaan,' reageerde Lorelei. 'Je bent aldoor veel te efficiënt. Gelukkig heb je dus ook een warme, knuffelige kant.'

'Hè?'

'Het is warm en knuffelig om een oude vriendin uit te nodigen.'

'Helemaal niet,' zei Nieve. 'Het was egoïstisch van me, en nu moet ik ervoor boeten.'

'Welnee, er gebeurt heus niks,' stelde Lorelei haar gerust. 'Hé, de bel! Dat zal Bernie zijn.'

De repetitie in de kerk verliep gladjes. Het oude gebouw zag er warm en vredig uit in de namiddagzon, en de kleuren van de glasin-loodramen speelden over de marmeren vloer. Het enige minpunt was de oorverdovende herrie van de grasmaaier buiten. Maar, zei de priester, de volgende dag zouden er geen grasmaaiers zijn zodat iedereen Nieve en Aidan elkaar luid en duidelijk het jawoord zou kunnen horen geven.

Na afloop, toen ze voor de kerk stonden, kwamen Murphy en zijn partner Duke, nog niet in hun groene pakjes gestoken, naar Nieve toe om haar te omhelzen en te zeggen dat het de mooiste bruiloft aller tijden zou worden. En dat ze in hun huurauto langs het kasteel waren gereden, en dat ze dat geweldig vonden. En dat Ierland precies was zoals ze het zich hadden voorgesteld, en dat Nieve wel gek was om hier niet elke zomer naartoe te gaan.

Courtney en Mischa waren ook diep onder de indruk van het prachtige landschap, en dat er echte schapen en koeien in de wei stonden.

'Wat hadden jullie dan gedacht dat er in de wei zou staan?' vroeg Nieve.

'Geen idee,' antwoordde Courtney. 'Ik heb alleen nog nooit een echt schaap gezien.'

Aidan grinnikte besmuikt en kreeg een por in zijn ribbenkast als beloning van het Amerikaanse meisje.

'Waar zou ik een schaap hebben moeten zien?' vroeg ze. 'Ik woon in Silicon Valley, waar computerchips worden gefokt.'

Toen ze later bij het restaurant kwamen, werden er nog steeds grapjes gemaakt. Iedereen die niet bij de repetitie had hoeven zijn, was er al. Net zoals de kerk, was het restaurant gevestigd in een oud gebouw dat met liefde was gerestaureerd. Het beschikte over een glanzende, eikenhouten vloer, en de tafeltjes waren mooi gedekt.

De eerste die Nieve zag, was Carol Jansen. Ze moest twee keer kijken, zo was haar oude schoolvriendin veranderd. Ze zag er heel modieus uit, mooier dan vroeger. Met een kreet sloeg Nieve haar armen om haar heen.

'Ik ben zo blij dat je bent gekomen!' riep ze uit. 'Ik hoop dat het een geweldige avond wordt!'

'Leuk je weer eens te zien,' zei Carol. 'Rosa is er ook. Ze is in de bar, met haar man. Je zou haar niet herkennen, ze ziet er heel eh, moederlijk uit.'

'En Darcey?' vroeg Nieve gespannen. 'Is zij er ook?'

Carol knikte. Darcey had haar alles verteld, en Carol had met haar meegeleefd. Maar toen ze de uitdrukking op Nieves gezicht zag, kreeg ze ook een beetje medelijden met háár.

'Ja, Darcey is er ook,' antwoordde ze. 'Arme Darcey. Ze is een tijdje geleden van de trap gevallen, waarbij ze haar pols heeft gebroken en haar enkel gekneusd. Ze heeft haar arm in het gips en strompelt zo'n beetje rond.'

'O.'

'Ze is even naar de apotheek voor een pijnstiller,' zei Carol. 'Omdat ze onderweg zo door elkaar is geschud. De wegen zijn tegenwoordig beter dan vroeger, maar toch nog vol hobbels en bobbels.'

'O.' Nieve knikte. 'Zullen we naar binnen gaan?'

Ze liep naar het eetgedeelte van het restaurant, waar ze werd verwelkomd door de eigenaar en zijn echtgenote. Ze voelde zich iets meer ontspannen. Darcey had zich bezeerd en ze zat aan de pijnstillers. Darcey zou geen stomme dingen doen. In elk geval niet deze avond. Maar de volgende dag...

Darcey zat in de pub naast het restaurant. Doordat ze pijnstillers nodig had, had ze even kunnen ontsnappen aan het voortdurende geklets van Rosa, en aan haar gevoelens van angst om ineens tegenover Nieve te staan. Ze wilde er liever niet bij zijn wanneer haar vroegere vriendin arriveerde, daarom had ze haar pijnlijke arm als smoesje gebruikt om zich een poosje te kunnen terugtrekken.

Daar zat ze dus aan de verlaten toog naar het tv-nieuws te kijken, maar er drong niets tot haar door over de bom die in Bagdad was ontploft, of over de verkiezingsuitslag in Italië, of over het financiële schandaal in de Verenigde Staten.

Neil had het bij het verkeerde eind toen hij haar had gevraagd of ze verwachtte dat Aidan Nieve voor het altaar zou dumpen. Ze had er wel over gefantaseerd dat Aidan haar in het restaurant zou zien en onmiddellijk Nieve zou vergeten. Ze had gemerkt dat hij was geschrokken toen hij haar bij het kasteel had gezien. En het was bizar dat hij zo bang was geweest door Stephen met haar te worden gezien. Blijkbaar was hij erg nerveus, en daardoor vroeg ze zich af of alles wel rozengeur en maneschijn was tussen Nieve en Aidan. Hoe langer ze daar zat aan de toog met dat glaasje wijn, des te belachelijker ze zich voelde.

Aidan had haar gedumpt voor Nieve. Kennelijk was het een goede keus geweest, want het stel was al tien jaar bij elkaar. Hij gaf duidelijk om haar, want ze gingen trouwen. Darcey was dus de enige die met haar gevoelens worstelde. Dat worstelen was begonnen toen ze van de bruiloft had gehoord, want daardoor waren allerlei herinneringen naar boven gehaald. Maar het verleden was voorbij, het leven ging door. Goed, ze had foutjes gemaakt, maar dat deed iedereen. En haar leven was best leuk. Ze kon zich maar beter vermannen, het restaurant in lopen en erachter komen dat ze alles inderdaad achter zich had gelaten.

Ze nam nog een slokje witte wijn. Die was inmiddels lauw geworden. Ze hoopte maar dat Nieve goede champagne zou laten serveren.

Toen Nieve Darcey het restaurant in zag lopen, kromp haar maag samen. Darcey zag er geweldig uit, en met tegenzin moest Nieve toegeven dat Darceys broekpak in een neutrale kleur niet erg glamoureus was, maar dat het van een uitstekende snit was. Ze had Darcey nog nooit met een wrong gezien, en was verbaasd dat die stijl zo goed bij haar paste. Pas toen viel het haar op dat haar vroegere vriendin mank liep. En ze had een arm in het gips. Ze zag Darcey een beetje moeizaam plaatsnemen aan de tafel waaraan ook Rosa en Carol zaten. En ze zag Darcey haar cadeautje openmaken en het medaillonnetje aan alle kanten bekijken.

Darcey straalt veel meer zelfvertrouwen uit, dacht Nieve. Ze kijkt niet meer zo bangelijk. Het drong tot Nieve door dat ze had verwacht de oude Darcey te zien, de Darcey van de avond van Aidans verjaardag, met een verkeerde jurk aan en een verkeerd kapsel, en niet goed in haar vel zittend. Deze Darcey zat dan wel in het gips, maar ze leek beter op haar gemak. Vaak had Nieve gedacht dat Darcey haar nodig had om haar te gidsen door het leven. Het was dan ook een beetje een klap toen ze merkte dat Darcey het op eigen kracht had gered.

Tersluiks wierp ze een blik op Aidan, en zag toen dat hij ook naar het tafeltje keek waaraan Rosa, Carol en Darcey zaten. Ze slikte moeizaam. Ze zou graag willen weten wat er door zijn hoofd ging, maar was er ook bang voor.

Na het dessert stond Aidan op om iets te zeggen. 'Ik weet dat ik morgen weer een toespraakje moet houden,' zei hij tegen de gasten. 'Maar dan als meneer Stapleton.'

Er klonk geamuseerd gemompel op.

'Maar deze avond wil ik jullie mede namens Nieve hartelijk welkom heten. Het betekent veel voor ons zoveel vrienden van vroeger te zien, en degenen hier te zien die daar zo ver voor moesten reizen. We hopen dat jullie vanavond veel plezier zullen hebben, maar morgen niet opstaan met een kater... We vinden het fijn om weer eens in Ierland te zijn, en ik hoop Nieve nog een paar weken weg te houden van haar fantastische baan bij Ennco, zodat we hernieuwd kunnen kennismaken met dit schitterende land. Dank jullie wel.' Hij hief het glas.

Rosa stootte Darcey aan, die met een frons naar Aidan keek. 'Kom op, proosten!' fluisterde Rosa.

Darcey knipperde met haar ogen en hief het glas. Ze nam een slokje van de overheerlijke champagne. Maar nog steeds met die frons zette ze haar glas weer neer.

'Wat is er?' vroeg Carol.

'Ik... ik weet het niet,' stamelde Darcey.

'Je bent er niet helemaal bij, hè?' zei Rosa. 'Net zoals vroeger op school.'

'Ja, wanneer je iets uit zat te vogelen,' zei Carol. Bezorgd keek ze Darcey aan. 'Is er iets?'

Darcey fronste haar voorhoofd nog dieper en keek tersluiks naar Nieve, die opgewekt zat te lachen met Aidan.

'Misschien kun je beter even naar buiten gaan.' Carol maakte zich zorgen. Onderweg hiernaartoe had Darcey in de auto gezegd dat Nieve en Aidan niet beseften wat een risico ze hadden genomen door haar uit te nodigen voor dit etentje. Ze had gegrapt dat ze dat vast en zeker hadden gedaan omdat als Darcey iets vreselijks zei of deed, ze haar konden uitsluiten van de bruiloft zodat ze die niet kon verpesten. Carol vroeg zich af of Darcey misschien echt iets van plan was.

'Nee...' Darcey bleef haar blik maar op het aanstaande bruidspaar gericht houden.

'Hé, kom eens met beide voeten op de grond,' zei Rosa.

'Aidan zei iets over Nieves baan,' zei Darcey zacht.

'Nou en?' vroeg Carol.

'Over het bedrijf waarvoor ze werkt.'

'Iets met Co of zoiets,' zei Rosa.

'Ennco,' verbeterde Darcey. 'Hij had het over Ennco.'

Carol knikte. 'Nou en?'

'Nou, toen ik in de pub hiernaast was...'

'Wat deed je in de pub hiernaast?' viel Rosa haar in de rede.

'Ik wilde even iets drinken,' biechtte Darcey op. 'En ik wilde even alleen zijn.'

Carol kneep even in haar arm, en Rosa keek verbaasd.

'Maar dat doet er niet toe,' zei Darcey. 'Het gaat om de naam van dat bedrijf.'

'Wat is daar dan mee?' vroeg Carol.

'Op het nieuws zeiden ze iets over een financieel schandaal in de Verenigde Staten,' antwoordde Darcey. 'Ik luisterde niet echt, maar ik lette wel op de naam van het bedrijf, want misschien doen wij daar wel zaken mee. Dat was niet zo. Ik had nog nooit van dat bedrijf gehoord. Maar ik weet zeker dat het om Ennco ging.'

Carol haalde haar schouders op. 'Je hebt het vast verkeerd verstaan,' zei ze.

'Nee,' beweerde Darcey met stelligheid. 'Het stond op het scherm, onder de beelden van de arrestatie van een hoge piet daar. Ze zeiden dat de koers was gekelderd.'

De drie vrouwen keken elkaar aan en vervolgens naar Nieve, die champagne dronk en stralend om zich heen zat te kijken.

'Denk je dat ze dat weet?' vroeg Rosa.

'Waarschijnlijk niet.' Carol slaakte een diepe zucht. 'Jezus, dat zal een hele klap voor haar zijn.'

'Misschien valt het wel mee,' opperde Rosa. 'Ze zou kunnen worden ontslagen, maar zo te zien heeft ze meer dan genoeg geld achter de hand.'

'Misschien maakt het niet uit,' beaamde Darcey. 'Maar misschien ook wel.'

'Moeten we het haar vertellen?' vroeg Carol. 'Ik bedoel, morgen gaat ze trouwen... Moet ze dit weten?'

'En wie van ons gaat het haar vertellen?' vroeg Darcey op grimmige toon.

Darcey vroeg zich nog steeds af wat ze moest doen toen ze Nieve doelbewust op zich af zag stevenen. Ze waren net klaar met de koffie, en iedereen stond in groepjes te praten. Rosa en Carol waren naar het toilet, zodat Darcey alleen zat. Ze hield haar adem in.

Nieve had al jaren aan dit weerzien gedacht, maar durfde dat nu pas te bekennen. Ze had gedacht aan wat ze zou moeten zeggen om het schuldgevoel kwijt te raken dat ze met zich mee droeg. Want ook al deed ze achteloos over de manier waarop ze Aidan aan de haak had geslagen, en ook al had ze indertijd heel zeker geweten dat Aidan en Darcey niet bij elkaar pasten, toch had ze beseft dat Darcey er kapot van zou zijn. Ze zou graag willen zeggen dat ze het toen verkeerd had aangepakt, dat ze het nu anders zou doen. Ze zou willen zeggen dat het haar speet, maar excuses aanbieden ging haar slecht af.

'Daar ben je dus,' zei ze terwijl ze naast Darcey ging zitten.

'Ja.'

'Ik wist niet of je wel zou komen.'

'Ik ook niet.'

'Je ziet er goed uit.'

'Gezien de omstandigheden.' Darcey hief haar in gips verpakte arm.

'Auto-ongeluk?' vroeg Nieve.

'Van de trap gevallen,' vertelde Darcey.

'Ik dacht net dat je sterk was veranderd, maar als je nog steeds overal vanaf valt, zal het wel niet.'

'O, ik ben veranderd,' zei Darcey. 'En jij ook. Je hebt echt succes.'

Terwijl ze dat zei, en terwijl Nieve vertelde over haar baan bij Ennco, dacht Darcey aan wat ze op tv had gezien, en dat het er voor Nieve als manager compliance niet best uitzag. Ze vroeg zich af of Nieve wel op de hoogte was van het schandaal, en van de onregelmatigheden in de boekhouding. Aan de ene kant zou het haar niet verbazen als Nieve slordig was geweest, maar aan de andere kant dacht ze niet dat Nieve in staat was tot echt grote fraude. En ze wist ook niet of ze er iets over moest zeggen. Nee, het zou niet gepast zijn er op dit moment over te beginnen. Op die manier zou ze Nieves bruiloft verpesten, en zoiets deed alleen een echte bitch. Plotseling schoot haar te binnen dat toen ze die uitnodiging had gekregen, ze niets liever zou hebben gedaan dan inderdaad de bruiloft verpesten...

'Ik merk dat je nog steeds erg afwezig kunt zijn,' zei Nieve.

Darcey keek haar vriendin van vroeger aan en haalde haar schouders op. Wat moest ze doen? Wat moest ze zeggen?

'Als je je voeten een beetje meer op de grond zou hebben, dan had je misschien alles wat ik heb, of meer,' zei Nieve.

'O?'

'Kom op, Darcey, je was erg slim. Je had naar Amerika kunnen gaan om fortuin te maken.'

'Volgens mij had ik dan in de weg gelopen,' merkte Darcey zuur op. 'Want jij had mijn vriend meegenomen, weet je nog?'

'Hoor eens, ik wil het graag uitleggen...'

'Bespaar je de moeite,' onderbrak Darcey haar. 'Zeg alsjeblieft niet dat het liefde op het eerste gezicht was. Daar geloof ik niet in. Ik geloof ook niet dat mensen ineens niet anders kunnen, en ik geloof ook niet dat jij je niet had kunnen terugtrekken.'

'Echt, ik wilde... Ik vind het jammer dat het zo is gegaan. Maar toen Aidan mij eenmaal had leren kennen, wilde hij met mij verder,' zei Nieve.

Darcey knikte. 'Och ja, wat kon je eraan doen?' zei ze. 'Hij wilde met mij trouwen, maar veranderde van gedachten. Dat was zijn goed recht.' Ze had het daarbij willen laten, maar iets dwong haar eraan toe te voegen: 'En hij kan uiteraard weer van gedachten veranderen.'

Met grote ogen keek Nieve haar aan. Ze wilde net iets terugzeggen toen Carol terugkwam en tegen Nieve zei dat ze er geweldig uitzag en dat ze heel blij was met het prachtige medaillon. En tegen de tijd dat Carol was uitgesproken, was Darcey verdwenen.

Darcey leunde tegen de bakstenen muur en wachtte totdat het trillen zou ophouden en de pijn in haar enkel zou wegtrekken. Ze vond dat ze zich, gezien de omstandigheden, redelijk goed had gedragen. Ze was niet gaan razen en tieren, en ze had niet gezegd wat ze o zo graag tegen Nieve had willen zeggen, al jarenlang. Goed, ze had een pinnige opmerking gemaakt, maar verder had ze zich niet laten gaan. Ze had het er redelijk vanaf gebracht.

'Darcey?'

Haar hart sloeg over bij het horen van zijn stem.

'Aidan?'

'Gaat het wel goed met je?'

'Waarom zou het niet goed met me gaan?'

'Nou, omdat Nieve en jij...'

'We hebben even gepraat.' Ze haalde haar schouders op. 'Het was geen erg vriendschappelijk gesprek, maar ik heb haar geen mep verkocht, en zij mij niet, dus er is niets om je zorgen over te maken.'

'Ik heb niets verteld over dat we elkaar hebben gezien bij het kasteel. Jij wel?'

'Houd je dingen voor haar achter? Ben je soms bang voor haar?'

'Doe niet zo gek.'

'Och, je kent me toch? Ik ben nu eenmaal een beetje gek.'

'Niet echt,' zei hij.

'Alleen als het belangrijke dingen betreft.' Ze zuchtte eens. 'Ik ben onnozel geweest over ons en over Nieve en over heel veel dingen waarover anderen nooit onnozel zijn. Ik dacht dat je van me hield, maar dat was dus niet zo.'

'Het was wel zo,' zei Aidan.

Haar hart sloeg over.

'Ik heb het Nieve nooit verteld, maar ik hield echt van je,' zei hij. 'Maar uiteindelijk toch niet genoeg. Maar ik hield wel van je, en we hadden het heel fijn samen. Je betekende veel voor me, maar we waren nog erg jong. Het zou geen stand hebben gehouden.'

Haar hart klopte weer normaal. 'Weet ik. Niemand trouwt met zijn eerste liefde. Dat was juist zo onnozel van me, dat ik dacht dat wij dat wel zouden doen.'

'Het doet er nu niet meer toe,' zei Aidan, 'maar ik was van plan je een aanzoek te doen.'

Ze wilde net vertellen dat ze dat wist omdat ze de ring had gezien, maar besefte toen dat dat wel erg stom zou klinken. Ze zag de ring nog voor zich, in dat doosje, de belichaming van haar dromen. Een verkeerde droom.

'En nu trouw je met Nieve,' zei ze na een poosje.

'Het heeft even geduurd,' reageerde hij. 'Maar nu komt het er dan toch van.'

'Het verbaasde me dat ik een uitnodiging kreeg.'

Niet op zijn gemak keek hij haar aan. 'Dat wilde ze graag.'

'Dat dacht ik al.' Opeens verscheen er een lachje op Darceys gezicht. 'Om op te scheppen?'

Verrast trok hij zijn wenkbrauwen op. 'Waarschijnlijk.'

'Maar misschien zat er meer achter,' merkte Darcey op. 'Misschien wilde ze het me goed duidelijk maken dat jullie een blijvertje zijn.'

Aidan leek verrast te zijn dat Darcey Nieves bedoelingen zo goed had weten in te schatten. 'Waarom heb je de uitnodiging aangenomen?' vroeg hij. 'Dat verwonderde me. Ik heb zelfs tegen Nieve gezegd dat ze je beter niet kon uitnodigen omdat ik bang was dat je de bruiloft zou verpesten.'

'Waarom dacht je dat?'

'Omdat ik had gehoord dat je niet goed kon omgaan met de situatie. Ik dacht dat je het ons misschien nog kwalijk nam.'

Darcey glimlachte. 'Zo lang neem ik iemand niet iets kwalijk, hoor,' zei ze. 'Ik ben gekomen uit nieuwsgierigheid. Ik wilde jullie wel weer eens zien, en...'

Vol verwachting keek hij haar aan. Hij was nog steeds erg knap, vond ze. Misschien nog wel knapper dan toen. Ze stond zo dicht bij hem dat ze dacht dat ze hem kon ruiken. Ooit was hij haar grote liefde geweest. Dat had ze heel lang gedacht, omdat dat zou verklaren waarom al haar andere relaties op de klippen waren gelopen. Maar het zinderde niet tussen hen zoals het had gezinderd tussen Nieve en hem. Dat besefte ze nu. Het had tussen Aidan en haarzelf niet eens zo gezinderd als tussen Neil en haar. Ongelooflijk dat ze dat niet eerder had beseft. Aidan was haar eerste liefde geweest, niet haar grote liefde.

'Ja?'

Hij wachtte tot ze verder zou vertellen, maar ze werd afgeleid door iemand die uit de pub naast het restaurant kwam. En plotseling schoot haar weer te binnen wat ze op het nieuws had gezien en fronste ze haar wenkbrauwen.

'Darcey?' Het drong tot hem door dat er iets mis was.

Moest ze het hem vertellen? Zou hij denken dat ze alsnog wraak nam? Zou het haar deugd doen het te vertellen? Kon ze niet beter gewoon weglopen en wachten tot ze er zelf achter kwamen?

Misschien had ze het niet goed gehoord. En als ze er dan over begon, zou hij haar uitlachen en zeggen dat Nieve helemaal niet werkte bij dat bedrijf. Hij zou medelijden met haar krijgen omdat ze blijkbaar zo graag wilde dat er iets misging. Omdat ze het hun kennelijk toch nog kwalijk nam. Maar dat was niet zo, en voor het eerst hoopte ze dat ze het verkeerd had begrepen.

'Je moet niet denken dat ik...'

'Jezus, vertel het me nou!' viel hij haar ongeduldig in de rede.

En dat deed ze. Toen ze klaar was, dacht ze dat hij flauw zou vallen.

'Wat gebeurt hier?'

Allebei keken ze op toen Nieve het restaurant uit kwam. Gauw stapten ze bij elkaar uit de buurt.

'Ben je hem aan het vertellen dat hij tien jaar geleden een rotstreek heeft uitgehaald? Doe je je best hem terug te krijgen?'

'Doe niet zo raar.' Bezorgd keek Darcey op naar Aidan. 'We hadden het over...'

'O, dat kan ik wel raden!' Nieves ogen schoten vuur. 'Je vertelde hem dat ik een vreselijk mens ben, en dat ik hem heb laten geloven dat hij van me hield en dat hij beter af zou zijn bij mij. Durf je wel, klein loeder, net nu hij op het punt staat met mij te trouwen?'

'Nieve, je zit er helemaal naast...'

'Ik heb nooit begrepen waarom we vriendinnen waren,' ging

318

Nieve verder alsof Darcey niets had gezegd. 'Je had me nodig, hè, omdat je zonder mij zo eenzaam was. Voordat je mij kende, had je geen vriendinnen. Maar je wilde nooit erkennen dat je je optrok aan mij. Nee, je keek op me neer. Al die eerste dag, toen je zei dat ik dat verdomde Franse boek van je niet zou kunnen lezen. Ik was onder de indruk van een meisje dat boeken in vreemde talen kon lezen. Ik dacht dat het goed zou zijn je beter te leren kennen. Maar niemand was goed genoeg of slim genoeg voor jou. Dacht je soms dat ik het niet doorhad dat je mij af en toe een hoger cijfer voor rekenen of taal liet krijgen? Dat je soms expres fouten maakte? Ik wist best dat je op me neerkeek. Maar ik wist ook dat ík uiteindelijk meer succes zou hebben. En zo is het ook gegaan. Ik heb de kerel, ik heb de baan, en ik weet best dat het erop lijkt dat ik het je wil inwrijven, maar dat kan me niets schelen.'

'Nieve...' Darcey was ontzet door Nieves tirade.

'Mijn moeder zeurde me altijd aan m'n kop dat ik meer op jou moest lijken, dat je zo slim was en dat ik net zo mijn best moest doen als jij. Nou, wie heeft er gescoord? Hè?'

'Nieve, lieverd, er is misschien een probleem,' zei Aidan.

'Een probleem?' Tot Nieves spijt sloeg haar stem over. 'Een probleem? Vertel me nou niet dat die bitch je heeft weten over te halen de klok terug te draaien. Ze is altijd al geniepig geweest!'

'Hoe durf je!' Darcey was nu echt kwaad geworden. 'Ik geniepig? Jij bent geniepig geweest door net te doen alsof je mijn vriendin was, door Aidan te vertellen dat ik niet de Ware voor hem was en om er zelf met hem vandoor te gaan!'

'Hou toch op,' snauwde Nieve. 'Uiteindelijk gaan ze allemaal bij je weg. Zelfs je echtgenoot is bij je weg, en daar kun je mij moeilijk de schuld van geven.'

'Kreng!' Darcey hief haar hand alsof ze Nieve wilde slaan, maar Aidan pakte haar arm beet.

'Hou op,' zei hij. 'Waar zijn jullie in vredesnaam mee bezig? We hebben wel belangrijker dingen aan ons hoofd.'

Geen van hen had gemerkt dat de andere gasten op een kluitje in de foyer met gespitste oren stonden te luisteren. Met grote stappen kwam Lorelei naar buiten en posteerde zich tussen Nieve en Darcey in, zodat Aidan Darceys arm moest loslaten.

'Ik heb Nieve afgeraden jou uit te nodigen,' zei Lorelei tegen Darcey. 'En als ze te beleefd is je te vragen weg te gaan, doe ik het wel voor haar. Dus verzoek ik je om nu te vertrekken. Nieve heeft echt geen behoefte aan dit soort gedoe.'

'Darcey is het probleem niet,' zei Aidan.

Geschrokken keek Nieve hem aan, en Loreleis mond viel open.

'Aidan?' Nieve zag spierwit. 'Je gaat me toch niet vertellen... dat je van gedachten bent veranderd nu je haar weer hebt gezien?'

'Nee,' zei Aidan. 'Het heeft niet met de bruiloft te maken, maar met Ennco.'

'Met Ennco?' Daar had Nieve niet van terug. 'Wat is er dan met Ennco?'

'Mike Horgan is gearresteerd,' vertelde Aidan. 'De koers is gekelderd. Het was op het nieuws.'

'Wat?' Het was als uitroep bedoeld, maar kwam eruit als een ongelovig fluisteren.

'Ik heb het op tv gezien,' zei Darcey.

'Staat er een tv in het restaurant?' vroeg Nieve zwakjes.

'Nee, maar wel in de pub hiernaast.'

'Ik wil het met eigen ogen zien.' Nieves stem klonk alweer vaster. 'Waarschijnlijk is het een vergissing. Misschien komt die wel uit jouw koker, Darcy, om me te pesten.'

'Nee,' zei Darcey, 'het is echt.' En ze liet Nieve erlangs zodat deze de pub in kon lopen.

31

Langzamerhand hadden de gasten door dat er iets aan de hand was, en ze dromden het restaurant uit en volgden Nieve de pub in. Daar eiste Nieve dat de tv zou worden afgestemd op een nieuwszender.

'Maar we kijken naar sport,' zei een man op een barkruk.

'Dat kan me niet schelen,' reageerde Nieve. 'Ik wil naar het nieuws kijken.'

'U kunt hier niet zomaar bevelen uitdelen,' merkte de barman op.

Geërgerd keek Nieve om zich heen. Er zaten maar een stuk of vijf mensen in de pub.

'Ik geef een rondje,' zei ze. 'En neem er zelf ook eentje als je de tv even op het nieuws zet.'

Verrast keek de barman haar aan, maar hij richtte wel de afstandsbediening op de tv.

Er stond een verslaggever voor het gebouw van Ennco, het gebouw van staal en glas dat macht en zekerheid uitstraalde. Maar toen werd de camera gericht op Mike Horgan die naar buiten werd gebracht, de granieten treden af en over het plein naar een wachtende patrouillewagen.

'Godallemachtig,' zei Nieve.

Murphy Ledwidge wrong zich tussen de bruiloftsgasten door en kwam bij Nieve staan. 'Wat is er aan de hand?' vroeg hij.

'Er is iets met Ennco.' Zoekend keek ze om zich heen. 'Heeft iemand een mobieltje bij zich?'

'Hier.' Darcey gaf Nieve haar mobieltje.

Razendsnel vlogen Nieves vingers over de toetsen. 'Met wie?' vroeg ze toen er eindelijk werd opgenomen. 'Gene? Gene van payments? Met Nieve Stapleton. Wat gebeurt daar allemaal?'

Terwijl ze naar Gene luisterde, hield ze haar blik strak op het tvscherm gevestigd. Ze verbleekte en kneep haar lippen op elkaar. Aidan sloeg een arm om haar heen. Uiteindelijk klikte ze het mobieltje dicht, maar bleef het apparaatje omklemmen. 'Ik moet frisse lucht hebben,' zei ze. Gevolgd door Aidan beende ze de pub uit.

'Hé!' riep de barman haar na. 'U moet nog betalen voor zeven Guinness!'

'Hier.' Darcey viste geld uit haar tasje. 'Wilt u de tv op de nieuwszender laten staan? We willen graag zien hoe het zich ontwikkelt.'

Volgens de verslaggever ging het om fraude. Mike Horgan had een schuld van vijfhonderd miljoen dollar weten op te bouwen door met geld te schuiven tussen Ennco en een eigen bedrijf. Als die schuld in de boeken van Ennco had gestaan, zou de waarde van het aandeel bij emissie aanzienlijk lager zijn geweest. De fraude was ontdekt door een juniormedewerkster van de afdeling compliance, Paola Benedetti, die vraagtekens had gezet bij een renteafschrijving. Het bedrijf stond onder grote druk, er was zelfs al sprake van dat het om surseance van betaling zou moeten vragen. Mike was in hechtenis genomen, en de politie wilde spreken met andere leden van het senior management.

'Ook met Nieve?' vroeg Carol zich hardop af. 'Maar zij heeft er vast niets mee te maken, we hebben allemaal gezien dat ze ervan schrok.'

'Jezus!' Murphy Ledwidge greep Dukes arm vast. 'Ze hebben het over mijn pensioen! Mijn miljoenen zitten in dat bedrijf! We hebben er allemaal veel geld in zitten. Ik moet naar huis bellen.' Wankelend liep hij de pub uit, gevolgd door de andere medewerkers van Ennco.

Mischa, Courtney en nog een paar van Nieves Amerikaanse vrienden bleven vol ongeloof naar de tv kijken, terwijl de Ieren druk met elkaar praatten.

'Wat zou er met het bedrijf gaan gebeuren?' vroeg Carol.

'En met de bruiloft?' vroeg Rosa.

'Ja, hoe zit het met de bruiloft?' In verwarring gebracht keek Lorelei van de een naar de ander. 'Oké, ik snap dat ze haar baan kan kwijtraken en dat dit niet het juiste moment voor een bruiloft is... Maar ze heeft er een fortuin aan uitgegeven...' Even zweeg ze.

'Shit, ze is me nog heel veel geld schuldig. Het is te hopen dat ze over de brug komt.'

'Het komt allemaal vast in orde,' zei Darcey snel. 'Nieve is niet op haar achterhoofd gevallen, ze heeft heus niet alles op één kaart gezet.'

'Vast niet,' reageerde Lorelei opgelucht. 'En ze heeft al honderdduizend voldaan.'

Darcey, Rosa en Carol keken elkaar eens aan. Al honderdduizend voldaan? Hoeveel meer kostte deze bruiloft? En hoeveel geld had Nieve eigenlijk? En hoeveel zou ze verliezen?

'Het komt allemaal in orde,' zei Aidan in de limousine die hen zou terugbrengen naar het huis van Gail en Stephen. Nieve had erop gestaan deze dag wel een limousine te huren. De chauffeur, die niet had vermoed dat ze zo vroeg al zouden teruggaan, had zijn hamburger half opgegeten moeten achterlaten.

'Hoe weet je dat nou?' snauwde Nieve. 'Surseance van betaling, Aidan! Dat klinkt helemaal niet alsof alles in orde is.'

'Weet ik,' zei hij geruststellend. 'Maar je weet hoe het gaat. Eerst grote paniek en dan komt er iemand orde op zaken stellen. Goed, je raakt vast geld kwijt, maar het komt heus wel op zijn pootjes terecht.'

'Dat hoop ik dan maar.' Ze slikte moeizaam. 'Aidan, als Ennco failliet gaat...' Met grote schrikogen keek ze hem aan. 'Dan raken we alles kwijt. Echt alles. Ik heb de hypotheek nooit afbetaald omdat ik niet dacht dat het belangrijk was. Maar als ik die aandelen niet kan verzilveren... O god!' Ze haalde beverig adem. 'O god!'

'Maak je geen zorgen,' zei hij. 'Zover komt het niet. We raken niet alles kwijt. Je zit nu aan het ergste te denken. Ik durf er iets onder te verwedden dat wanneer we bij je ouders zijn, er al meer nieuws over is. Beter nieuws.'

'Gene vertelde dat de politie het kantoor binnen stormde om Mike te arresteren.' Ze rechtte haar rug. 'En Harley moet allerlei vragen beantwoorden, maar hij zit niet vast. De politie wil weten waar ik ben.' Tranen biggelden over haar wangen. 'Aidan, ze denken dat ik erbij betrokken ben!'

Aidan had haar nog nooit zien huilen. 'Weet je er dan iets van?' vroeg hij.

'Wát?' barstte ze woedend uit. 'Je denkt toch niet dat ik er iets mee te maken heb? Je denkt toch niet dat ik een misdadiger ben?'

'Natuurlijk denk ik dat niet,' zei hij snel. 'Je bent geschokt, je huilt, je kunt nu niet helder denken. Ik vroeg me alleen af of je je over nog iets anders zorgen maakt. Je had het er een keer over dat er iets met de cijfers was...'

'Nee, die keer zat ik er meteen bovenop,' reageerde ze vermoeid. Ze beet op haar lip. 'Harley zei altijd dat ik de traders goed in de gaten moest houden, maar hij heeft nooit iets over zichzelf gezegd!' Ze veegde haar tranen weg. 'Hij was vast op de hoogte, Aidan. Hij wist het, en toch liet hij mij en anderen steeds meer geld in Ennco steken...' Meteen stroomden de tranen weer over haar wangen.

'Stil maar.' Aidan trok haar tegen zich aan. 'Het komt allemaal goed. Beloofd. Maak je nou maar geen zorgen.'

Hij had Nieve nog nooit op deze manier hoeven troosten. Ook jaren geleden niet, toen Jugomax failliet was gegaan en ze allebei zonder werk kwamen te zitten. Toen had ze haar schouders eronder gezet. Hij drukte een kus op haar hoofd. Zij had veel voor hem gedaan, en nu had zij iemand nodig. Hij zou haar niet teleurstellen.

Murphy was aan de telefoon met Karl Spain, die ook op de afdeling compliance werkte. 'Heeft Paola hem betrapt?' vroeg hij ongelovig. 'Onze Paola?'

'Ja. En iedereen vraagt zich af waarom niemand anders van die afdeling iets heeft gemerkt. Daarom willen ze Nieve graag spreken.'

'Shit,' reageerde Murphy. 'Denk je dat ze haar ook willen oppakken?'

'Geen idee. Maar het is hier een echte heksenketel. Overal politie en verslaggevers. Iedereen wil weten wat er precies aan de hand is, maar niemand weet er het fijne van.'

'Op het nieuws hoorde ik dat er surseance van betaling is aangevraagd,' zei Murphy.

'Daar is nog helemaal geen tijd voor geweest,' zei Karl. 'Maar het zal wel moeten. Jezus, man, al mijn geld zit in het bedrijf.'

'Het mijne ook.'

'We hangen,' zei Karl. 'Voor ons is het over en uit.'

'Denk je niet dat het in orde komt?' vroeg Murphy hoopvol.

Karl lachte schamper.

'Hoe moet het nu met de bruiloft?' vroeg Mischa aan Courtney. 'Gaat die nog door?'

'Hoe moet ik dat nou weten?' antwoordde Courtney. 'Ze is vast niet in de stemming.'

'Och, ze heeft vast nog wel iets achter de hand,' zei Mischa. 'Ze is niet achterlijk.'

'O vast, maar hoeveel?'

'Denk je dat ze haar huis moet verkopen?' vroeg Courtney zich hardop af. 'Het is een schitterend huis...'

Mischa keek Courtney bevreemd aan. 'Je wilt er toch zeker geen bod op uitbrengen? Ik kan me nog herinneren dat je indertijd geïnteresseerd was, maar dat je achter het net viste.'

'Als je maar lang genoeg wacht...' merkte Courtney op.

'Wat een rotopmerking!' riep Mischa uit.

'Ja...' Courtney keek beschaamd. 'Ik vind het echt rot voor haar. Maar aan de andere kant... Ze blies altijd zo hoog van de toren, vind je niet?'

'Och, Nieve kennende komt ze er heus wel weer bovenop. Als ik jou was, zou ik geen streken uithalen.'

'Je hebt gelijk,' beaamde Courtney. 'Maar dat huis is echt prachtig...'

Stephen en Gail zaten naar een dvd te kijken toen Aidan en Nieve terugkwamen. Verbaasd keken ze het stel aan.

'Ik moet even op internet,' zei Nieve voordat haar ouders de kans kregen iets te zeggen. 'Ik moet kijken hoe het ervoor staat in Amerika.'

'Wat is er dan?' vroeg Stephen, maar Nieve was de kamer alweer uit.

'Wat is er aan de hand?' vroeg Gail. 'Waarom zijn jullie al zo vroeg thuis?'

'We weten het nog niet precies,' antwoordde Aidan. 'Maar ik zal vertellen wat we wel weten.'

Darcey, Rosa en Carol bevonden zich nog in de pub, samen met Rosa's echtgenoot Roy. Roy was accountant en zei dat het bedrag wel erg goed verborgen moest zijn geweest, omdat het bedrijf dat Ennco had overgenomen de onregelmatigheid anders zeker had moeten vinden. Darcey vond Roy een ontzettend saaie man.

'Hou je mond toch eens, Roy,' zei ze nadat hij het voor de zesde keer had gezegd. 'Het gaat erom dat ze het hebben ontdekt en dat de chief financial officer ervan moet hebben geweten. Ik vermoed dat het erom draait dat iemand van Nieves afdeling het heeft ontdekt, en eigenlijk had Nieve dat moeten doen. Waarschijnlijk denken ze dat ze ervan op de hoogte was.'

'Dat wilde ik nou net zeggen,' zei Roy.

'Wat denken jullie?' vroeg Carol. 'Is Nieve schuldig of onschuldig?'

'Wist ik het maar...' Darcey wist nog goed dat Nieve bereid was geweest Max Christie te chanteren om een baan te krijgen, en dat ze er geen moeite mee had andermans werk te bestempelen als het hare. Ze had Darcey vertalingen laten maken en nooit opgebiecht dat die niet uit haar eigen koker kwamen. Al die dingen bij elkaar deden Darcey vermoeden dat Nieve bij Ennco misschien ook weleens een oogje had dichtgeknepen. En dan had Nieve natuurlijk Aidan afgepikt. Maar echte, misdadige fraude? Dat kon Darcey niet geloven.

'Op school spiekte ze,' merkte Rosa op. 'Bij de examens nog.'

'Nee,' zei Darcey met een frons.

'Kom op, zeg!' Spottend keek Rosa haar aan. 'Al die keren dat ze een hoger cijfer had dan jij? Ze kraste met een speld aantekeningen op haar tafeltje.'

'Nee,' zei Darcey.

'Iedereen wist dat ze spiekte,' zei Carol. 'Wist je dat echt niet, Darcey?'

'Hoor eens, ik weet best dat we tegen elkaar opboksten. Ik weet ook dat ze me wilde overtroeven, maar ze spiekte niet.' Darcey sprak snel. 'Ze had trucjes om zich dingen te herinneren, ezelsbruggetjes en zo. Maar spieken? Nee.'

Rosa en Carol wisselden een blik.

'Ze was slim,' zei Darcey. 'Ze had gewoon pech dat mijn geheugen beter was en dat ik goed examen kon doen, want in willekeurig welke andere klas zou zij altijd de beste zijn geweest.'

'Dus jullie hebben geen ruzie gekregen?' vroeg Rosa. 'Ik hoorde zoiets in het restaurant. En jullie gingen buiten zo tegen elkaar tekeer dat ik de indruk kreeg dat jullie echt de pest aan elkaar hadden.'

Darcey aarzelde. Voor het eerst in tien jaar had ze aan Nieves goede kwaliteiten gedacht. Nieve had altijd voor haar klaargestaan. Ze hadden uren bij elkaar stoom afgeblazen over hun ouders, de docenten, de andere meisjes op school... En in Nieves geval over puistjes, en in Darceys geval over overgewicht. En over hun weinige ervaring met jongens, en over kleren, over van alles en nog wat. Hoewel ze op school tegen elkaar opboksten, voornamelijk omdat Gail haar dochter opjutte, had Nieve Darcey aangemoedigd tijdens haar studie. Ze had altijd gezegd dat een vrouw extra haar best moest doen om vooruit te komen. Ze had afspraakjes met jongens voor Darcey geregeld. Ze had de reisjes naar het buitenland geregeld, waar Darcey dan het woord moest doen. Zonder Nieve zou Darcey te lui zijn geweest om dat soort dingen te ondernemen. Nieve was de stuwende kracht geweest. Darcey moest na die tien jaar maar weer eens inzien dat er ook goede dingen waren geweest.

'Ja, we hebben ruzie gehad,' bevestigde ze. En ze legde uit wat er gebeurd was met Aidan. 'Maar dat wil nog niet zeggen dat ze tot een misdaad in staat is,' besloot Darcey. 'Ze loopt over mensen heen, maar ze is geen misdadiger.'

'En nu ze haar verdiende loon krijgt, is dat vast heel bevredigend voor jou,' opperde Rosa.

Maar Darcey vond het niet bevredigend. Ze had eerder medelijden met Nieve.

Op internet had Nieve alles over Ennco gelezen, en ze had naar nieuwszenders in de Verenigde Staten gekeken. Ze was tot de sombere conclusie gekomen dat haar aandelen Ennco nauwelijks meer waard waren dan een paar postzegels.

Verslagen staarde ze naar het scherm. Ze was geruïneerd, zowel financieel als professioneel. Geen bedrag met zeven nullen voor haar. Geen beloning voor haar harde werken. Ze had nauwelijks spaargeld omdat ze alles had geïnvesteerd in de aandelen die nu waardeloos waren. Als Ennco werd opgekocht, zou ze er ook maar weinig voor terugkrijgen. Bovendien bestond de kans dat ze zou worden gearresteerd wanneer ze terugging naar Amerika. Ze wist dat ze zich geen zorgen hoefde te maken, want ze had niets gedaan wat niet door de beugel kon, al had ze de traders soms even hun limiet laten overschrijden omdat het duidelijk was dat dat in het belang van Ennco was. Maar dat was niet misdadig. Ze had dat bedrag gezien moeten hebben. Paola was het wel opgevallen. Stel dat ze werd aangeklaagd omdat ze de signalen had genegeerd? Ze kon zich geen topadvocaat veroorloven. Ze kon zich helemaal niets veroorloven. Ze was geruïneerd.

Ze sloot haar ogen en begon weer te huilen.

Lorelei belde naar het huis van Gail en Stephen en vroeg of ze Nieve kon spreken. Aidan, die opnam, zei dat ze het maar met hem moest stellen. Lorelei wilde weten hoe het met de bruiloft van de volgende dag moest. De volgende ochtend vroeg zouden de cateraar, de strijkorkestjes, de obers, de bloemisten en nog heel veel anderen bij het kasteel arriveren, plus de grote verrassing: de winnaar van *Idols* zou per helikopter komen. Lorelei wilde weten of dat allemaal nog doorging.

'Uiteraard gaat het door,' zei Aidan, hoewel hij zich op dat moment afvroeg of hij misschien ergens valium kon krijgen om Nieve op de been te houden. 'Bel morgen nog maar eens, dan kan Nieve je zelf te woord staan.'

Zodra hij had opgehangen, ging de telefoon weer. Het was zijn moeder. Ze was gearriveerd in het hotel en wilde hem laten weten dat het er geweldig was, en dat ze zijn vader had gesproken en dat ze samen naar de plechtigheid zouden gaan. Hij had geen moment meer aan hen gedacht. Ze waren natuurlijk niet op de hoogte van de laatste ontwikkelingen, en hij besloot er maar niets over te zeggen. Hij zei dat hij zich erop verheugde hen de volgende dag te zien, en nadat hij had opgehangen, ging hij eens kijken hoe het met Nieve was.

Ze zat nog voor de computer, met haar hoofd op haar arm geleund.

'Zo erg is het allemaal niet,' zei hij geruststellend.

'Het is verdomme een ramp.' Het klonk gesmoord. 'Ik kom hieruit als misdadiger of als sukkel, en ik weet niet wat het ergste is.'

'Toe, lieverd,' zei hij, 'het is een enorme tegenslag. Maar we komen er samen wel uit.'

Ze hief haar hoofd, en toen zag hij dat ze rode ogen had van het huilen.

'We zijn alles kwijt,' zei ze hees. 'Alles. Alles waarvoor ik heb gewerkt. Mijn reputatie, mijn miljoenen, onze toekomst.'

'Onze toekomst is niet afhankelijk van jouw miljoenen,' reageerde Aidan. 'En je komt hieruit met een onaangetaste reputatie. Dit soort dingen is wel vaker gebeurd, en het zal zeker niet de laatste keer zijn. Goed, er bestaan rotte appels, maar jij bent daar geen van. Je bent juist heel goed in je werk.'

'Nee,' zei ze, en weer kwamen er tranen. 'Als ik zo goed was geweest, had ik het zelf gemerkt. En nu ontdekte Paola het. Paola! Een zwangere ondergeschikte! Ze nam voortdurend vrijaf. Ik deed rot tegen haar, ik liet doorschemeren dat ze een luilak was. Maar haar viel op wat mij was ontgaan. Dus doe nou maar niet alsof er nog hoop is.'

'Oké,' zei hij, 'ik snap dat dit niet het juiste moment is. Maar hoor eens, schat, morgen gaan we trouwen. Dat kan niemand ons afpakken. En jij moet goed slapen opdat je er morgen stralend uitziet. Dus ga nu maar naar bed, dan kom ik je straks een warm drankje brengen. Morgen zul je je een stuk beter voelen.'

Met grote ogen keek ze hem aan. 'Ben je soms van lotje getikt?' vroeg ze. 'Wat moet ik met een warm drankje? Ik wil mijn miljoenen. En morgen voel ik me echt niet beter.'

Carol, Rosa en Roy waren teruggegaan naar het hotel. Darcey was met hen meegegaan, hoewel ze zou slapen bij Minette, slechts tien minuten lopen bij het hotel vandaan. Minette zou beledigd zijn als Darcey in het hotel zou overnachten.

'Wat denken jullie?' vroeg Carol nadat ze allemaal een slaapmutsje hadden besteld. 'Gaan we ons morgen optutten of niet?'

'Nou, ze moet maar gewoon trouwen,' vond Rosa. 'Ze zal hem nog hard nodig hebben om in haar levensonderhoud te voorzien.'

'Vrouwen trekken zich nooit terug,' zei Roy.

'Arme Nieve,' merkte Carol op. 'Het wordt niet de dag waarvan ze heeft gedroomd.'

'Ze trouwen om vier uur,' zei Darcey. 'We horen het vast wel als het wordt afgeblazen. Of we kunnen het kasteel bellen.'

'Als het wordt afgeblazen, is dat dikke pech voor die Lorelei,' zei Carol. 'Ze maakte zich toch al zorgen over de betaling.'

'Jeetjemina, ja!' riep Rosa uit. 'Wat denken jullie dat het allemaal kost?'

'Ze hebben zich vast verzekerd,' opperde Darcey optimistisch. 'Als ik zo'n grootse bruiloft zou willen, zou ik me verzekeren.'

Carol schoot in de lach. 'Hoezo? Iets als dit kun je toch niet verwachten?'

'Nee, dommie.' Darcey lachte ook. 'Maar vaak gaan dingen niet zoals je verwacht. Je kunt je het beste overal op voorbereiden.' Ze bewoog haar arm. Er zat dan wel ander gips om, maar het was nog erg ongemakkelijk.

'Onze bruiloft was perfect,' zei Rosa. 'Alles was zoals het moest wezen, en alles liep op rolletjes.'

'Gek,' merkte Carol op. 'Ik dacht altijd dat een huwelijk het beste was wat me kon overkomen. Maar dat was niet zo.'

'Voor mij wel,' zei Rosa.

'Voor mij ook niet,' zei Darcey. 'Maar dat lag aan mij.'

'Hield je nog van Aidan?' Rosa vroeg het zo zakelijk dat Darcey erdoor werd verrast.

Ze gaf niet meteen antwoord. Heel even keerde ze terug naar de dag waarop ze was getrouwd in Gretna Green. Ze zag Neil voor zich, in een kilt. Hij lachte naar haar. Zij lachte ook naar hem. Ze had toen gedacht dat ze van hem hield. Ze had toen geen moment gedacht aan Aidan Clarke, de man van wie ze geloofde dat hij haar grote liefde was.

'Niet toen ik trouwde,' antwoordde ze na een poosje. 'Maar later, toen er problemen ontstonden tussen Neil en mij, toen dacht ik dat inderdaad.' Verwonderd keek ze op. 'Ik denk dat ik iemand de schuld wilde geven. En het was makkelijk om de ineenstorting van ons huwelijk toe te schrijven aan het feit dat ik nog van Aidan hield.'

'Hij is ontzettend knap,' zei Carol. 'Ik kan me voorstellen dat je kapot was toen ze hem van je afpakte.'

'Ze is een bofkont,' zei Rosa.

'Tenzij hij vermoedt dat ze op de hoogte was van de onregelmatigheden bij Ennco,' merkte Darcey op. 'Of als hij niet meer in haar geïnteresseerd is nu ze geen cent meer te makken heeft.'

'Zo'n rotzak is hij toch niet?' vroeg Roy. 'Mannen trouwen meestal niet om het geld.'

'Dat komt omdat de meeste vrouwen geen geld hebben,' zei Rosa.

'Tegenwoordig ligt het allemaal anders,' reageerde Carol. 'Ik verdien goed met stukjes schrijven, Darcey verdient uitstekend, en Nieve zat er wel zeer warmpjes bij. Alle drie zijn we een goede partij.'

Rosa giechelde. 'Darcey en jij zijn allebei gescheiden. Misschien haalt Nieve het altaar niet. Dus geld brengt niet altijd geluk.'

Darcey en Carol keken elkaar aan. Rosa had er vroeger ook al een heel eigen logica op na gehouden. Ze was geen steek veranderd.

Darcey kwam pas na middernacht thuis. Roy had aangeboden haar thuis te brengen, maar Darcey had dat niet nodig gevonden. Daar wilde Rosa weer niet van horen. Ze zei dat ze niet met al die zwachtels en dat gips door de donkere straten kon strompelen als een soort zombie. Dus liet Darcey zich thuisbrengen.

Darcey had Rosa beloofd te bellen zodra ze iets hoorde over de bruiloft, maar toen schoot haar te binnen dat ze haar mobieltje had uitgeleend aan Nieve, en dat Nieve het niet had teruggegeven. Nou ja, Nieve had ook wel iets anders aan haar hoofd gehad.

Uitgeput stapte ze in bed. Haar pols en haar enkel deden pijn. En ze maakte zich zorgen over de dag van morgen.

32

Het was een sprookjesachtig mooie dag. Om zes uur 's ochtends stond de zon al te stralen aan een strakblauwe hemel. De veldbloemen en hagen vormden een kleurige lappendeken, en het rook naar gemaaid gras en wilde rozen.

Minette zat al te ontbijten in de keuken, met de tuindeur open om de heerlijke lucht binnen te laten.

'Ze heeft er een mooie dag voor uitgekozen,' merkte ze op toen Darcey binnenkwam, haar haar door de war na een slapeloze nacht.

'Dat kun je wel zeggen,' reageerde Darcey. Even later vertelde ze wat er was gebeurd, en Minette zette grote ogen op.

'Ik wil niet denken dat Nieve er iets mee te maken heeft,' zei Minette. 'Maar het zou me ook niet verbazen. Nieve nam het vroeger ook al niet zo nauw.'

'Ze sneed weleens een bochtje af,' beaamde Darcey. 'En ze gebruikte anderen. Maar ze is geen dief.'

Er verscheen een flauw glimlachje op Minettes gezicht. 'Nee.'

'Ze wil alleen heel erg graag succes hebben.'

'En daarin is ze geslaagd.'

'Maar om alles nou zomaar weer kwijt te raken...' Darcey zuchtte eens. 'Ik snap best hoe ze zich voelt. Niet dat ik uit ben geweest op zoveel succes, maar ik heb goed geboerd, en als er zoiets aan de hand was bij InvestorCorp, zou ik totaal van de kaart zijn.'

'Zou je de bruiloft afblazen?' vroeg Minette.

'Kom op, dat gebeurt heus niet.' Darcey lachte breed. 'Eerst moet ik worden gevraagd.'

Minette schoot in de lach. 'Klopt. Maar wat nu?'

'We moeten maar rustig afwachten,' antwoordde Darcey.

Ze had net een espresso op toen de telefoon ging.

Minette nam op en gaf de hoorn vervolgens met een duistere blik door aan Darcey. 'Voor jou,' zei ze. 'Aidan Clarke.'

Nadat Darcey diep adem had gehaald, pakte ze de hoorn aan. 'Hallo,' zei ze.

'Hoi Darcey.' Aidan klonk alsof hij zich ellendig voelde. 'Ik wist niet of dit nog wel het goede nummer was.'

'Jawel, hoor,' reageerde ze zo rustig mogelijk. 'Wat kan ik voor je doen? Hoe is het met Nieve?'

'Daar bel ik nou net over,' antwoordde Aidan. 'Ik weet het niet. Ze is bij me weg. Ik hoopte dat jij me zou kunnen helpen.'

Darcey sprak met Aidan af bij het kasteel, over een uurtje. Ze kon al zelf een auto besturen, hoewel haar enkel pijnlijk was. Tien minuten voor de afgesproken tijd kwam ze voorrijden in de van Minette geleende auto. Aidan was er al, hij stond met Malachy Finan op het bordes.

'Is je moeder er niet?' vroeg Malachy toen ze was uitgestapt.

Darcey schudde haar hoofd. 'Ze dacht dat ze maar in de weg zou lopen, maar ze doet je de groeten.'

'Ga maar naar het terras,' zei Malachy. 'Dan zorg ik dat jullie koffie krijgen.' Hij ging hen voor door de nu vertrouwde gangen.

Eenmaal buiten moest Darcey haar ogen met haar hand beschermen omdat de zon zo schel werd gereflecteerd door de enorme witte partytent op het gazon. 'Heb je nog iets gehoord?' vroeg ze Aidan.

Hij zag er beroerd uit. Onder het gebronsde laagje zag hij bleek, en hij had kringen onder zijn ogen. Gelaten schudde hij zijn hoofd. 'Nee, er was alleen een briefje.'

Daar had hij door de telefoon al iets over gezegd, en nu gaf hij het haar. Lang na middernacht was hij in slaap gevallen, en toen hij na een paar uur wakker was geworden, was Nieve verdwenen. Ze had alleen een briefje op het kussen achtergelaten, waarin stond dat ze alleen wilde zijn en dat ze best begreep dat het tussen hen was afgelopen. Ze wenste hem veel geluk en hoopte dat hij iemand anders zou vinden. Ze had geschreven dat Darcey waarschijnlijk nog van hem hield, en dat hij beter af zou zijn met haar.

Darcey slikte toen ze dat allemaal las. 'Waarom doet ze dit?' vroeg ze Aidan. 'Het lijkt wel alsof ze ze niet meer op een rijtje heeft.'

'Ik denk...' Aidan sprak langzaam. 'Ik denk dat je niet de enige bent die het onbevredigend vindt hoe het tussen ons drieën is gegaan. Nieve en ik zijn dan wel vertrokken, maar er heeft altijd een soort schuldgevoel aan haar geknaagd. En ik denk dat ze zich soms afvroeg of ik haar niet ook in de steek zou laten.'

'Kom op, zoiets heeft ze vast nooit gezegd!'

'Nou ja, je weet hoe ze is. Soms vroeg ze zich hardop af hoe het met je zou gaan, en dan vroeg ze me of ik vond dat ik de juiste beslissing had genomen door bij je weg te gaan. Ik vermoed dat het toch aan haar vrat.'

'Zijn jullie daarom nog niet eerder getrouwd?' vroeg Darcey.

Hij haalde zijn schouders op. 'Niet echt. Ze wilde er eerst warmpjes bijzitten. Af en toe vroeg ik me af of ze dat wilde om me te laten zien dat ik de juiste keus had gemaakt...'

'Weet je, Aidan, dit bevalt me niets.' Darcey snoof. 'Zo klinkt het net of je ons kon uitzoeken in de winkel. Het was niet alleen jóúw keus. Wij waren er ook nog!'

Hij lachte. 'Dat vond ik het leukste aan je, dat je me tegensprak.'

'Toch was dat niet leuk genoeg, blijkbaar,' reageerde ze. 'Wat wil je eigenlijk dat ik doe? Waarom heb je mij gebeld? Er zijn toch genoeg anderen die je kunnen helpen?'

'Jij was haar beste vriendin,' zei Aidan. 'En zo denkt ze nog steeds aan je. Dus dacht ik dat jij misschien zou weten waar ze naartoe is gegaan.'

Peinzend schudde Darcey haar hoofd. 'Er was geen bijzondere plek,' zei ze. 'Het leukst hadden we het in het buitenland, in Frankrijk en Spanje. En in Italië, maar vooral ik had het daar naar mijn zin.'

'Ik weet niet wat ik moet doen...' Het klonk verslagen. 'Ze heeft het helemaal bij het verkeerde eind...'

'Misschien zit ze er wat mij betreft niet naast.' Met het briefje nog in haar hand liet Darcey zich op een van de terrasstoelen ploffen.

Aidan nam tegenover haar plaats en keek haar op zijn hoede aan. 'Hoe bedoel je dat?'

'Ik heb je nooit echt kunnen vergeten,' vertelde Darcey. 'Waarschijnlijk wist ze dat. Daarom heeft ze dat in dat briefje geschreven.'

'Volgens mij ben je al heel lang over me heen,' zei hij. 'Je ziet er geweldig uit, en je was laatst behoorlijk kil tegen me.'

Ze glimlachte. 'Och ja, wat moest ik anders? Maar we kunnen ons beter richten op het zoeken naar Nieve.'

'Maak je over ons maar geen zorgen,' reageerde Aidan. 'Al heb ik er wel spijt van dat het zo is gelopen.'

'Ik ook,' zei Darcey. 'Ik denk dat...' Niet op haar gemak keek ze hem aan, maar het moest worden gezegd. 'Ik wil één ding weten. Je was van plan met me te trouwen. Je had zelfs al een ring gekocht.'

Verrast keek hij haar aan. 'Hoe weet je dat?'

'Omdat ik toen op je verjaardag in je jaszak heb gekeken.'

Met grote ogen keek hij haar aan.

'Dat was fout van me,' gaf ze toe. 'Maar dat had ik dus gedaan, en daarom was ik zo verschrikkelijk van de kaart.'

'O, Darcey...'

'Ik was zo ontzettend kwaad op jullie omdat het wel heel erg laag was om me te dumpen terwijl je me ten huwelijk had willen vragen, en zij... Weet je, Aidan, we verschillen erg van elkaar. Daarom kon ik echt niet begrijpen dat je mij liet vallen en er met haar vandoor ging.'

'Jullie zijn allebei heel anders, maar lijken ook weer op elkaar,' zei Aidan. Toen Darcey hem verwonderd aankeek, ging hij verder met: 'Jullie zijn allebei slim en mooi en... en interessant. Jullie weten wat jullie willen. Dat bevalt me in een vrouw. Echt waar. Ik kan het wel gebruiken dat ik een beetje onder de plak zit. Je weet hoe ik ben, een beetje lui. Jij bent slim en mooi, maar niet bazig. En Nieve wel.'

Darcey knikte nadenkend.

'En daarom past ze zo goed bij me. We liggen elkaar. Ik wil voor altijd bij haar zijn. Daarom is het zo ongelooflijk dat ze me dit aandoet.'

Darcey keek naar de partytent. De stoelen waren gehuld in witsatijnen hoesjes, en er stonden talloze kuipen vol bloeiende planten in de tuin. Het zag er allemaal superromantisch uit.

Daar kwam Malachy met de koffie. Toen Aidan zichzelf in-schonk, zag Darcey dat zijn hand trilde. Ze leefde heel erg met hem mee.

'Gaat het?' vroeg hij.

Ze knikte. 'Ja, hoor.'

'Ik besef dat ik je heb gekwetst. Misschien had ik je beter niet kunnen bellen. Maar jij leek me op dat moment de juiste persoon.'

'Och, gekwetst worden we allemaal weleens.' Ze lachte naar hem. 'Ik ben er allang overheen.'

En opeens besefte ze dat dat waar was. Het drong tot haar door dat ze zich om de verkeerde reden gekwetst had gevoeld. Goed, het was afschuwelijk geweest om haar bijna-verloofde en haar beste vriendin kwijt te raken. Maar het gekwetste gevoel waarmee ze had rondgelopen, kwam voort uit woede om het verraad van deze twee personen, niet omdat een daarvan haar grote liefde was. Het kwam ook voort uit schaamte omdat ze aan de dijk was gezet. Terwijl ze naar Aidan keek, zijn blonde haar dat glansde in de zon en een gekwelde blik in zijn ogen, besefte ze dat ze zich eigenlijk al jaren geleden over hem heen had gezet. Waar ze zich niet over-heen had kunnen zetten, was het medelijden dat ze met zichzelf had.

Het was van het grootste belang dat Aidan en Nieve weer bij el-kaar kwamen. Ze waren al tien jaar een stel. Tien jaar! Dat zou toch onmogelijk zijn als ze niet van elkaar hielden? Wat was ze stom geweest om te denken dat dat niet het geval was...

'We moeten haar zien te vinden,' sprak ze vastberaden. 'Ze wil alleen zijn omdat ze dit beschouwt als een falen van haar kant. En ze wil niet falen.'

'Vertel mij wat...' verzuchtte Aidan. 'Kon ik maar met haar pra-ten. Gisteravond was ze in alle staten, ze luisterde naar niemand. Misschien is daar verandering in gekomen.'

'Ik kan haar bellen.' Ineens schoot Darcey die mogelijkheid te binnen. 'Ze heeft mijn mobieltje nog. Ik kan haar daarop bellen. Misschien neemt ze op.'

'Die mobiel van mij heeft hier geen bereik,' zei Aidan.

'Er is binnen vast wel een vaste lijn,' zei Darcey. Ze stond op en liep het kasteel in. Op een tafeltje stond een telefoontoestel. Ze toetste het nummer in. Even later hoorde ze zichzelf zeggen dat ze een bericht moest inspreken. Ze vertrok haar gezicht en hing op.

Nieve hoorde het geluid van een mobieltje, maar het duurde even voordat ze doorhad dat het geluid uit haar tasje kwam. Toen ze het mobieltje eruit had gevist, maakte het al geen geluid meer, en pas toen besefte ze dat het Darceys mobiel was.

Waarschijnlijk had Carol of Rosa Darcey willen spreken over hoe het nu verder zou gaan met de bruiloft. Dat zou iedereen zich wel afvragen. Nou, de bruiloft ging dus niet door. Het had de bruiloft van het jaar moeten worden, een schitterend feest waarbij Nieve kosten noch moeite had gespaard om iedereen jaloers op haar te maken. En in plaats van de grote ster te zijn op Rathfinan Castle, zat ze in haar uppie ergens in een pensionnetje.

Er trok een huivering door haar heen. Het speet haar dat ze was weggelopen. Weglopen was niets voor haar. Ze was zo in de war geweest, zo bang dat iedereen het ergste over haar zou denken... Maar iedereen had altijd al het ergste over haar gedacht. Dat hadden ze gedacht toen Nieve er met Aidan vandoor was gegaan. Max Christie had haar niet nog een kans gegeven na het faillissement van Jugomax, waarschijnlijk omdat hij haar daarvan de schuld had gegeven. Er zouden gasten op de bruiloft zijn die zij als vrienden beschouwde, maar die stiekem dachten dat zij net zo corrupt was als Mike en Harley. En omdat ze was weggelopen, zouden ze zich gesterkt voelen in hun vermoeden. Ze zou moeten teruggaan. Dat wilde ze ook graag, ze verlangde naar Aidan. Maar ze kon niet naar Rathfinan Castle gaan, waar alles klaarstond voor wat de mooiste dag van haar leven had moeten zijn. Dat was te moeilijk, zelfs voor haar.

Darcey en Aidan zaten nog steeds aan een terrastafeltje toen Lorelei arriveerde. Ze droeg weer zo'n Chanel-pakje, maar deze keer stond de enorme zonnebril niet op haar hoofd, maar op haar neus.

'Ha,' zei ze zodra ze Aidan zag. 'De bruidegom. In elk geval is de helft van het gelukkige paar aanwezig. Waar is Nieve? Er is nog een hoop te doen.'

'Eh... We weten niet waar Nieve is,' zei Darcey.

Achter de zonnebril kneep Lorelei haar ogen tot spleetjes. 'De andere vrouw,' constateerde ze bits. 'Wat doe jíj hier?'

'Ze helpt me zoeken naar Nieve,' antwoordde Aidan voor Darcey.

'Ze is weg,' zei Darcey. 'Ze heeft een briefje achtergelaten voor Aidan.'

'Godsamme!' Lorelei schoof de zonnebril op haar hoofd. 'Dat kan ze me niet aandoen!'

'Ze was helemaal ondersteboven van het nieuws over haar bedrijf,' legde Aidan uit. 'Wat kun je ook anders verwachten?'

'Nou, dat ze zich professioneel opstelt, zoals ik,' snauwde Lorelei. 'Ik heb nog nooit zo'n grootse bruiloft gedaan. Voor mij is het een belangrijk evenement. Niet alles draait om romantiek, hoor.'

Darcey lachte spottend. 'Dit is een bruiloft, en bruiloften draaien om romantiek,' zei ze tegen Lorelei. 'Maar volgens mij voelt Nieve zich vandaag niet erg romantisch.'

'Niet als jij haar aanstaande echtgenoot van haar aan het aftroggelen bent.'

Darcey keek kwaad naar Lorelei, en voelde toen Aidans hand op haar arm.

'Darcey helpt me,' zei hij. 'Ik ben op zoek naar Nieve, en ik wil dat de bruiloft doorgaat.'

'Ik ook,' reageerde Lorelei. 'Maar ik zie dat niet gebeuren als jij hier gezellig blijft smiespelen met je ex.'

'Hou toch eens op!' riep Darcey getergd uit. 'Ik wil Aidan helemaal niet. Ik wil de bruiloft niet verstoren. Ik wil alleen maar dat alles in orde komt.'

'Nou, dat lukt je dan niet erg, en het lijkt er ook niet op dat je erg je best doet.' Lorelei bracht haar hand naar haar hoofd. 'Ik heb haar gevraagd een mobieltje te nemen, maar ze zei dat ik haar prima thuis kon bellen. En nu heb ik een uur met de hysterische moeder van de bruid aan de lijn gezeten. Maar wat ik nou weleens zou willen weten: ís er nog wel een bruid over wie die moeder hysterisch kan doen?'

'We vinden haar wel,' zei Darcey. 'En zodra we haar hebben gevonden, komt alles in orde. Doe jij nou maar wat je moet doen.'

'Ik moet bij haar zijn terwijl haar haar wordt gedaan!' snauwde Lorelei. 'Alles staat op zijn kop.'

'Dat haar doet er nu niet toe,' zei Aidan. 'En de make-up ook niet.'

Darcey lachte naar hem, en hij lachte terug.

'Godallemachtig!' riep Lorelei uit. 'Ga me nu niet vertellen dat er niets is tussen jullie. En ga me nu ook niet vertellen dat jij het probleem niet bent. Als het alleen om dat gedoe met het bedrijf zou gaan, zou Nieve hier wel zijn. Maar ze is er niet omdat ze beseft dat er meer aan de hand is. Ik ga maar eens met Malachy praten. We hebben te maken met een groot probleem. Een heel groot probleem.' Ze beende het kasteel in.

'Sorry,' zei Darcey toen Lorelei weg was. 'Blijkbaar zorg ik alleen maar voor extra problemen voor je.'

'Nee hoor, ik ben juist blij dat je er bent,' reageerde Aidan.

'Misschien kan ik beter weggaan,' opperde Darcey. 'Straks denkt iedereen nog...'

'Het kan me niet schelen wat ze denken,' onderbrak Aidan haar. 'Ik ben blij dat we elkaar hebben gesproken. Om heel eerlijk te zijn was je altijd een soort onuitgesproken pijnpuntje in de relatie tussen Nieve en mij.'

'Hoezo?'

'Dat heb ik je toch verteld? Omdat zij zich schuldig voelde, en ik ook.'

'Als jullie je zo schuldig voelen, hadden jullie jaren geleden je excuses moeten aanbieden,' reageerde Darcey.

'Dat hebben we geprobeerd.'

'Nou ja, misschien was ik niet in de stemming om te luisteren,' biechtte Darcey op. 'En nu doet het er niet meer toe. Nu moeten we haar zien te vinden.'

'Denk je dat ze het land uit wil? Dat ze ergens anders naartoe is? Ze heeft alles meegenomen, creditcards, paspoort, geld...'

Darcey schudde haar hoofd. 'Ik weet het niet,' antwoordde ze. 'Sorry. Je vraagt me om hulp en ik weet niets...' Ze slaakte een diepe zucht. 'Ik ben kennelijk niet zo dynamisch en efficiënt als ik dacht.'

'Ben je dynamisch en efficiënt?' vroeg hij. 'Wat doe je dan tegenwoordig?'

'Ik werk bij een financieel bedrijf,' antwoordde ze.

'En die boerderij in Toscane dan?' vroeg hij.

Darcey knipperde met haar ogen.

'Daar had je het heel vaak over,' zei hij.

'Nou ja, misschien gebeurt het ooit,' zei ze. 'Maar ik ben veranderd. Ik hou van mijn werk en ik doe het goed.'

'Ik ben ook veranderd,' zei hij. 'Mijn leven bevalt me wel. Ik hou van Nieve. Zij zou nooit een boerderij in Toscane willen.'

'Nee. Ze wil met jou trouwen,' zei Darcey. 'Daar moeten we haar maar eens aan herinneren.'

'Jij bent toch ook getrouwd geweest?' vroeg hij nieuwsgierig. 'Dat hadden we althans gehoord.'

'Ja, maar dat liep niet goed af.'

'Was daar nog een bijzondere reden voor?'

Ze schudde haar hoofd. 'We pasten waarschijnlijk niet echt bij elkaar.'

Toen hij haar aankeek, besefte ze dat hij zich afvroeg of ze hem wel de waarheid vertelde.

'Ik was niet volwassen genoeg voor een huwelijk,' ging ze verder. 'Ik heb er spijt van. Maar Aidan, mijn leven valt reuze mee. Ik reis veel, ik verdien goed, en ik heb heel veel vrienden.'

'En toch ben je alleen naar de bruiloft gekomen.'

'Och, Rocco zit in Italië, dus...' Ze haalde haar schouders op.

'Italië? Is je vriend Italiaan?'

Ze grijnsde breed. 'Ja. Wat dacht je dan?'

Hij zuchtte eens. 'Ik zei tegen Nieve dat ze je beter niet kon uitnodigen omdat je misschien over de rooie zou gaan. Ik was bang dat je het ons nog steeds kwalijk zou nemen en op wraak zinde. Ik dacht... Jezus, zo klinkt het echt alsof ik het hoog in de bol heb! Ik dacht dat je misschien nog gevoelens voor mij koesterde.'

'Kom op, zeg,' zei ze. 'Dat is nu al zó lang geleden. Ik ben echt wel over je heen.' Belangrijker nog, dacht ze erbij, ik ben over mezelf heen!

Darcey vertrok van het kasteel. Ze had tegen Aidan gezegd dat hij Lorelei ervan moest zien te overtuigen dat deze kink in de trouwkabel niets met Darcey te maken had, maar met het feit dat de hoofddirecteur van Ennco ergens in Californië wegkwijnde in een kerker. Of, waarschijnlijker, wegkwijnde in een luxueus appartement nadat hij op borgtocht was vrijgekomen. En Aidan moest Lorelei ook uitleggen dat Nieve in een paar uur tijd bijna aan de bedelstaf was geraakt.

'Ik weet niet of ik wel iets over de bedelstaf moet zeggen,' had Aidan gereageerd. 'Lorelei maakt zich toch al zo druk over de betaling.'

'Nieve zal haar toch niet veel schuldig zijn?' had Darcey gevraagd. 'Ze zei zelf dat ze al een ton had ontvangen.'

'Volgens mij zit ze vooral met het feit dat de bruiloft waarschijnlijk niet doorgaat,' had Aidan gezegd. 'Dat is geen goede publiciteit voor haar.'

'Nou, ik wens je succes met Lorelei,' had Darcey gezegd. 'Nieve heeft wel een haaibaai van een weddingplanner uitgezocht, zeg.'

'Typisch Nieve. Zeg, als ik iets hoor, bel ik je.'

'Oké, graag,' had Darcey gezegd voordat ze naar huis ging, waar ze Minette aantrof in de tuin. Gauw bracht ze haar op de hoogte en belde toen Rosa en Carol.

'Als Nieve niet komt opdagen en de bruiloft niet doorgaat, heb je dan zin om met ons mee te eten?' vroeg Carol. 'We hebben een tafeltje geboekt in het hotel.'

'Graag,' zei Darcey. 'Maar eigenlijk hoop ik dat Nieve wél komt opdagen.'

Tegen vieren, het tijdstip waarop de huwelijksvoltrekking had moeten plaatshebben, was er nog steeds geen nieuws over Nieve. Aidan had met Lorelei gesproken en die had een beslissing genomen om de schade te beperken. Ze had alle gasten gebeld en gezegd dat er een lopend buffet zou worden gegeven op het kasteel, en dat ze welkom waren. De meesten kwamen opdagen omdat ze dolgraag van het laatste nieuws op de hoogte wilden zijn. Bovendien wisten ze dat Nieve voor uitstekende catering had gezorgd, en dat wilden ze niet missen. En dan was er nog een trekpleister: het roddelen.

Aidan bleef maar bellen naar Darceys mobieltje en kreeg steeds de voicemail. Gail en Stephen belden hotels en pensionnetjes af, maar zonder resultaat.

341

'Het is toch ongelooflijk.' Gail stond in Nieves kamer naar de Vera Wang-bruidsjurk te kijken. Aidan stond tegen de deurpost geleund. 'Waarom komt ze niet gewoon terug? Ze heeft toch niets verkeerd gedaan? Nu is al dat harde werken voor niets, en het heeft haar genoeg gekost ook.'

'Ja...' verzuchtte Aidan.

'Ze zou wel overal kunnen zijn... Ik wou dat ze me eens belde!'

Aidan zei maar niet dat Gail waarschijnlijk de laatste zou zijn die Nieve wilde bellen. Nieve zou vinden dat ze haar moeder verschrikkelijk had teleurgesteld doordat het spectaculaire evenement niet doorging. Maar, dacht hij, misschien ziet Nieve dat wel verkeerd. Gail was niet overstuur omdat de bruiloft niet doorging, maar omdat haar dochter was verdwenen.

'Waarom werd je niet wakker toen ze opstond?' vroeg ze. 'Je bent verdorie haar vriend, haar aanstaande! Je had moeten beseffen dat ze totaal van de kaart was.'

'Daarvan was ik op de hoogte,' reageerde Aidan. 'Ik wist precies hoe ze zich voelde toen ze het hoorde. Het was een enorme schok. En ze was er vooral ondersteboven van omdat ze vond dat ze iedereen teleurstelde. Jou vooral.'

'Wat bedoel je daarmee, mij vooral?'

'Je hebt haar altijd voorgehouden dat ze de beste moest zijn. En daarom ís ze de beste. Ze kan er niet tegen om niet de beste te zijn.'

'Daar kan ik toch niets aan doen?' zei Gail met stemverheffing. 'Ik wilde alleen maar dat ze eruit haalde wat erin zat. Voor haar eigen bestwil.'

Stephen kwam de trap op gestormd. 'Rustig nou maar,' zei hij. 'Dit is niet het einde van de wereld. Het gaat erom dat we haar vinden en haar laten zien dat we van haar houden.'

'Precies,' zei Aidan.

Nieve dacht dat het het beste zou zijn geweest om terug te gaan. Ze had zich in haar bruidsjurk moeten hijsen en gewoon moeten trouwen. Dat zou een echte topper hebben gedaan. Maar zij was weggelopen. Nooit eerder was ze voor iets weggelopen. En nu zat ze in de woonkamer van een maf pensionnetje tv te kijken omdat ze niets anders durfde. Ze was van een topper in een loser veranderd. Normaal gesproken zou ze nooit een kamer in zo'n idioot pensionnetje hebben genomen, maar ze had geen keus gehad. Ze had de kamer, die eigenlijk best mooi was, genomen voor twee nachten, en ze had met contant geld betaald omdat ze niet via haar creditcard opgespoord wilde worden.

De eigenares, een opgewekt type dat Mary Mackle heette, had gevraagd of ze toeristische brochures wilde hebben, maar Nieve had gezegd dat ze moe was en alleen maar wilde slapen. En toen ze zich had uitgestrekt op het bed, was ze inderdaad zomaar in slaap gevallen.

Die middag had ze in de tuin gezeten, in het zonnetje, en gekeken naar de schapen verderop in de wei. Ze had zich afgevraagd of Lorelei nog voor schapen had gezorgd, en ze had zich afgevraagd of de gasten naar het kasteel waren gekomen, en of Aidan hun een glaasje had aangeboden, en of iedereen het over haar had.

Natuurlijk hadden ze het over haar. Waarover anders? Ze had toch zo graag in het middelpunt van de belangstelling willen staan? Maar dan niet op zo'n manier, niet als een loser. Wel als iemand die het ver had geschopt. Iedereen beweerde nu vast dat hoogmoed voor de val komt en zo...

Ze had zich afgevraagd hoe Aidan hiermee omging. Ze vond het verschrikkelijk dat ze hem zomaar in de steek had gelaten. Eigenlijk zou ze hem moeten bellen, maar dat kon ze gewoon niet. Hij zou proberen haar op te beuren, en dat wilde ze niet. Hij zou zeggen dat een stapje terug niet zo erg was, maar zíj vond dat wel erg. Hij zou iets zeggen van na regen komt zonneschijn, maar ze wist heel goed dat deze keer de zon niet meer voor haar zou schijnen. Ze was geruïneerd. Iedereen zei dan wel dat geld niet gelukkig maakt, en dat een goede gezondheid en een liefhebbende familie veel belangrijker zijn, maar zij vond geld minstens zo belangrijk. Zonder geld voelde ze zich verloren.

Jezus, wat was ze toch een oppervlakkig en egocentrisch wezen. Ze was precies wat anderen van haar dachten. Wat Darcey van haar dacht. Zou Darcey dan altijd al gelijk hebben gehad?

Om halfvijf waren een jongetje en een meisje de tuin in gerend, en waren blijven staan toen ze haar hadden gezien. Ze hadden even overlegd en vervolgens was het jongetje op Nieve af gestapt en had verteld dat hij Davey heette en dat hij hier woonde. Het meisje bleek zijn zusje Eimear te zijn, en had verteld dat ze gevechtspiloot wilde worden. Toen had Davey Eimear een duw gegeven, waarop zij haar broertje had geknepen, en even later hadden ze over het gras gerold terwijl Nieve had gezegd dat ze daar onmiddellijk mee moesten ophouden. Ze had de stem opgezet die ze had gebruikt toen ze nog au pair was, en dat had gewerkt. Davey en Eimear waren onmiddellijk opgehouden en hadden haar afwachtend aangekeken.

'Waar is jullie moeder?' had Nieve gevraagd.

'Aan het praten, voor het huis,' had Davey geantwoord.

'Als jullie je niet gedragen, zal ik het haar vertellen,' had Nieve gezegd.

'We zullen heel lief zijn,' had Eimear beloofd. 'Als hij maar niks stoms doet.'

En toen waren ze gaan spelen in de zandbak.

Dit is wat Aidan wil, had Nieve gedacht. Twee kinderen die het samen uitvechten terwijl ik een oogje in het zeil houd. Dat zou hij een fijn leven vinden, hier in Ierland. Misschien is het juist goed voor hem dat ik niet ben komen opdagen. Want eigenlijk wil hij dít, en ik... Ze had naar de kinderen gekeken en iets moeten wegslikken. Ineens had ze niet meer geweten wat ze wilde.

Ze had Mary horen komen aanlopen en had opgekeken toen die haar begroette.

'Wil je iets eten?' had Mary gevraagd.

'Nee, dank je,' had Nieve geantwoord.

'Kopje thee?'

'Nee, dank je.'

'Ik maak het graag voor je. Van het huis.' Mary had stralend naar haar gelachen. 'Ik maak toch ook thee voor mezelf. En ik heb sodabrood. Wil je daar wat van?'

'Nee, dank je, ik heb het hier prima naar mijn zin.'

'Dat is ook goed,' had Mary gezegd. 'Denk er wel aan dat de zon vandaag behoorlijk krachtig is. Je hebt je toch wel ingesmeerd?'

Nieve had zich niet ingesmeerd. Jeetjemina, ze woonde in Californië! Daar scheen de zon pas! Toch was ze even later naar binnen gegaan om met de gordijnen dicht tv te kijken.

De Mackles hadden geen schotelantenne, dus kon ze geen buitenlandse zenders ontvangen. Maar om zes uur schakelde ze door naar het nieuws. Er was niets over Ennco. Typisch Iers, geen belangstelling voor grote gebeurtenissen buiten de grenzen, dacht ze. Maar toen slaakte ze een gesmoorde kreet omdat de kerk van Rathfinan opeens in beeld verscheen.

Een verslaggever deed het woord. 'In ons land hebben we ook te maken met de gevolgen van de onregelmatigheden bij het Amerikaanse bedrijf Ennco. Een belangrijke medewerker, Nieve Stapleton, oorspronkelijk afkomstig uit Galway, zou vanmiddag in Rathfinan in het huwelijk treden. Maar na de arrestatie van de heer Horgan van Ennco is mevrouw Stapleton niet meer gezien. Vrienden en familie maken zich zorgen. Na de huwelijksvoltrekking tussen Nieve Stapleton en Aidan Clarke, eveneens afkomstig uit Galway, zou de bruiloft groots worden gevierd op Rathfinan Castle.'

Het kasteel verscheen in beeld, badend in het zonlicht. Er lag een rode loper naar de partytent, en overal stonden kuipen met witte rozen. Nieve zag mensen in de partytent. Dus Aidan had de feestelijkheden niet helemaal afgeblazen... Ze glimlachte gelaten.

De verslaggever liep naar de partytent, de microfoon in de aanslag.

'Ik sta hier bij Darcey McGonigle, een van de genodigden,' zei hij. 'Mevrouw McGonigle, waar denkt u dat mevrouw Stapleton is? En heeft u nog een reactie op het gerucht dat mevrouw Stapleton ervandoor is met een groot deel van het bedrijfskapitaal?'

Nieve slaakte een kreetje. Kreeg zij nu overal de schuld van? Maar ze was totaal niet op de hoogte geweest... En nu was daar Darcey, die haar reputatie om zeep kon helpen, simpelweg door het gerucht niet te ontkennen.

'Ik weet niet waar ze is.' Darcey keek recht in de camera. 'Niemand weet waar ze is. We zijn allemaal erg bezorgd. We weten dat ze niets met de onregelmatigheden te maken heeft, en we verwachten dan ook dat haar naam binnenkort zal worden gezuiverd.'

Met open mond bleef Nieve naar het scherm kijken, ook toen er allang een ander onderwerp aan de orde was gekomen. Pas na een poos merkte ze dat Mary Mackle naast haar stond.

Tegen zevenen waren alle gasten vertrokken uit het kasteel. Aidan had nog meer hotels gebeld en voelde zich langzamerhand verslagen. 'Ik word nu pas echt ongerust,' zei hij. 'Ze is dan wel verstandig, maar nu ze zo van de kaart is... Ze zal toch niets doms hebben gedaan?'

Nee,' reageerde Darcey geruststellend. 'Zeg, ga mee naar het Radisson, daar heb ik met Carol, Rosa en Roy afgesproken.'

'Ik ga naar het vliegveld,' zei Aidan. 'Kijken of ze misschien een vlucht probeert te boeken. Er gaat vanavond een vlucht naar Amerika, misschien neemt ze die.'

'Wat een gedoe...' verzuchtte Darcey.

'Dat kun je wel zeggen. Maar Nieve is slachtoffer.'

'Nou, dat is dan een heel nieuwe ervaring voor haar,' merkte Darcey op.

Later, toen ze met Rosa, Carol en Roy aan tafel zat, dacht ze aan Nieve in de rol van slachtoffer. Ze had echt medelijden met haar, en ze deed haar best haar eigen gevoelens te analyseren. Deed het haar echt geen deugd dat Nieve haar neus had gestoten? Ze dacht van niet, en dat kwam waarschijnlijk door het lange gesprek dat ze met Aidan had gehad.

Hoewel iedereen geschokt was door wat er bij Ennco was gebeurd, maakte Aidan zich veel drukker over de verdwijning van zijn verloofde dan over die van haar geld. Darcey stond ervan versteld dat hij het verlies van zo'n enorm bedrag wegwuifde, ook al wist ze dat hij niet veel om geld gaf. Toch, ieder ander zou ondersteboven zijn van zoiets.

En daardoor besefte Darcey pas goed hoeveel Aidan van Nieve hield.

Nieve zat nog steeds in de woonkamer van Mary Mackle, maar nu met een laptop voor zich. Mary had haar die aangeboden, zodat ze op internet kon kijken of er nog nieuws was over Ennco. Mary had ook vol medeleven naar Nieves verhaal geluisterd en lelijke dingen gezegd over Mike Horgan en diens handlangers. Dat had Nieve ontroerend gevonden, en ze was blij dat Mary haar voetstoots geloofde.

'Waarom zou ik denken dat je een soort crimineel bent?' vroeg Mary. 'In dat geval zou je wel naar een luxueus hotel zijn gegaan.'

'Waarschijnlijk zou ik ergens zijn waar ik niet gevonden zou worden,' zei Nieve. 'Zoals in dit pensionnetje.'

'Hou toch op, ik zie zo ook wel dat je geen crimineel bent,' reageerde Mary lachend.

Meteen sprongen er weer tranen in Nieves ogen. Daar raakte ze al aardig aan gewend.

'Zeg, je zou dat mobieltje eens moeten opnemen,' zei Mary toen de ringtone weer klonk. 'Je arme verloofde is vast in alle staten.'

'Vast,' zei Nieve terwijl ze doorklikte naar nog weer een artikel over Ennco. 'Maar het is mijn mobieltje niet, waarschijnlijk wordt er gebeld naar degene van wie het wel is.'

'Nou, dan zou ik het maar teruggeven,' zei Mary. 'Iemand wil haar dolgraag spreken.'

'Ik zet het zo meteen wel af.' Met een frons las Nieve het artikel door. 'Nu hebben ze Harley Black ook al opgepakt! Ik wist het wel, ik wíst dat ze samen onder één hoedje speelden. Mike zou dit nooit in z'n eentje voor elkaar hebben gekregen. Die rotzak van een Black! Hij beweerde dat als er iets misging, dat de schuld van mijn afdeling zou zijn! De klootzak! O, sorry...' Verontschuldigend keek ze naar Davey en Eimear, die beschuldigend terugkeken.

'Ze moet iets in het lelijke-woordenpotje doen,' zei Davey. 'Een hele euro.'

Nieve haalde haar portemonnee uit haar tas. 'Ik heb alleen een biljet van vijf euro,' zei ze. 'Als ik dat in het potje doe, heb ik vooruitbetaald voor nog meer lelijke woorden.'

Vragend keek Davey zijn moeder aan, en Mary lachte.

'Weet je, na alles wat er is gebeurd, krijg je een paar lelijke woorden gratis,' zei ze. 'In jouw geval zou ik ook schelden en tieren.'

Tegen negenen kwam Aidan naar het Radisson. Darcey, Rosa, Roy en Carol zaten in de bar. Zodra Darcey hem zag, stond ze op en zwaaide naar hem.

'Nog iets gehoord?' vroeg ze toen hij bij hen kwam zitten.

Verslagen schudde hij zijn hoofd. 'Waarom doet ze me dit aan? Ze moet toch weten hoe ongerust ik ben?'

'Ze denkt altijd alleen aan zichzelf,' zei Rosa. Ze slaakte een gilletje toen Carol haar een por gaf. 'Au! Nou ja, vroeger deed ze dat.'

'Het klopt dat ze dingen vanuit haar eigen standpunt bekijkt,' beaamde Aidan. 'Maar dat betekent nog niet dat ze een egoïst is.'

'Ik vind het heel egoïstisch om ervandoor te gaan zodat jij de rotzooi mag opruimen,' vond Roy.

'Zeg, als jullie alleen maar lelijke dingen over haar kunnen zeggen, stap ik op.' Aidan keek hen kwaad aan.

'We willen haar niet de grond in boren.' Darcey legde haar hand op zijn arm. 'We kennen haar alleen al heel lang, we weten hoe ze is.'

'Dat weten jullie helemaal niet!' Aidan was nog steeds kwaad. 'Jullie weten niet hoe hard ze de afgelopen jaren heeft gewerkt. Jullie weten niet dat we eerst platzak waren, maar dat zij ervoor heeft gezorgd dat we nu een schitterend huis hebben in een uitstekende buurt. Ze heeft gevochten voor wat we hebben, en ik ben haar veel verschuldigd. Ik wil niet luisteren naar praatjes over haar. Jullie doen net alsof jullie haar beter kennen dan ik. We waren bijna getrouwd, en ik wil niet dat jullie zulke lelijke dingen over haar zeggen.'

Iedereen keek beteuterd.

'Sorry,' zei Darcey na een poos. 'Je hebt gelijk. We hebben haar in geen tijden meer gesproken. We baseren onze mening op hoe ze toen was, niet op hoe ze nu is.'

'Verdomme!' Aidan wreef over zijn voorhoofd. 'Ik weet best dat ze een beetje egocentrisch kan overkomen. Zo is ze nu eenmaal. Ik zou graag willen dat ze het wat rustiger aan deed. Ik wilde terug naar Ierland om een gezin te stichten. Dat vond ze goed, maar vanbinnen was ze er misschien niet helemaal klaar voor. Misschien zou het ook zo zijn afgelopen als die ellende bij Ennco niet was gebeurd. Misschien gaf dat haar een excuus.'

'Dat lijkt me niet erg waarschijnlijk,' merkte Rosa meelevend op. 'Als ze de bruiloft had willen afblazen, had ze dat heel anders gedaan. Je kunt niet meer helder denken, Aidan.'

'Geef me je mobiel eens,' zei Darcey. 'Dan probeer ik haar nog eens te bellen. Misschien neemt ze deze keer wel op.'

'Ik had nu op de dansvloer moeten staan.' Nieve keek op haar horloge. 'Eerst zouden er overal strijkorkestjes zitten, en in de avond zou er een grote band komen die jazz zou spelen, en nummers van Glenn Miller. En dat meisje dat *Idols* heeft gewonnen zou optreden, en nog later zou er een deejay zijn.'

'Goh,' reageerde Mary. 'Klinkt goed.'

'Het zou geweldig worden.' Nieve keek uit het raam naar de tuin. 'En het was nog wel zo'n prachtige dag...'

'Het is niet het einde van de wereld,' zei Mary. 'Je kunt het altijd nog eens overdoen.'

Nieve lachte lichtelijk hysterisch. 'Ik kan zoiets niet nog eens betalen.'

'Nou ja, dan een bruiloft zonder tierelantijntjes,' zei Mary. 'Trouwen is iets tussen twee mensen, de rest is maar opvulling.'

Opeens barstte Nieve in tranen uit. Eerst zachtjes, toen met gierende snikken. Mary sloeg haar arm om haar heen en trok haar tegen zich aan.

En toen klonk het mobieltje weer.

'Volslagen nutteloos,' zei Darcey terwijl ze naar de toon luisterde. 'Ik kom vast weer uit op de voicemail. Misschien heeft ze het toestel wel uitgezet en weet ze niet eens dat... O... O, hallo, ben jij dat, Nieve?'

'Nee, met Mary Mackle. Nieve logeert bij me. Met wie spreek ik?'

'Met Darcey McGonigle,' antwoordde Darcey. 'Nieve is eh... een vriendin van me. En dat mobieltje is eigenlijk van mij, dat heeft ze per ongeluk meegenomen. Mag ik haar even spreken?'

'Momentje.'

Er klonk gemompel. Vol verwachting keek Darcey de anderen aan.

'Hallo?'

'Nieve?' Het kwam er opgelucht uit. 'Waar ben je? Gaat het wel goed met je? Aidan is hier, hij is verschrikkelijk ongerust.'

'Het gaat prima met me,' zei Nieve. 'Ik zit in een pensionnetje buiten de stad. Ik ben gaan liften.'

'Nieve!'

'Kom op, dat deden wij vroeger toch ook? Door heel Europa!'
'Jawel...'
'Maar met mij gaat het dus prima. Ik moest er even tussenuit.'

Aidan zat te wippen op zijn stoel en wees naar het toestel om duidelijk te maken dat hij Nieve wilde spreken. Maar Darcey schudde fronsend haar hoofd.

'Je hebt ons allemaal de stuipen op het lijf gejaagd. Vooral Aidan.'
'Is hij daar ook? Bij jou?'
'We zijn hier allemaal: Rosa, Carol, Aidan en ik,' antwoordde Darcey voorzichtig. 'We zijn allemaal erg bezorgd.'
'Zeg maar dat het me spijt.'
'Zeg hem dat zelf maar.'
'Ik heb hem een manier aan de hand gedaan om zich terug te trekken,' zei Nieve snel. 'Ik ben bij hem weg, Darcey. Dat is het beste voor iedereen.'
'Helemaal niet!'
'Hij zou besmet raken. Het maakt niet uit of ik iets met die fraude te maken heb of niet. Zoiets blijft hangen. Hij is beter af zonder mij.'
'Daar denkt hij heel anders over.'

Nieve lachte hees. 'Ik heb gezegd dat hij jou kon krijgen. Dat is toch wat je wilt?'

Darcey slikte moeizaam. 'Maar dat is niet wat híj wil,' zei ze. 'En Nieve, ik wil het ook niet.'
'Echt niet?' Nieve klonk alsof ze dat niet echt geloofde.
'Het is allemaal lang geleden gebeurd,' zei Darcey. 'We zijn veranderd.'

Het duurde een hele poos voordat Nieve weer iets zei. 'Heeft hij nu een hekel aan me?'
'Nee,' antwoordde Darcey. 'Helemaal niet.'
'Waarom niet? Ik heb alles verpest. Ik heb die fraude laten gebeuren. Het is mijn schuld. Ik had het moeten zien. Waarschijnlijk denk jij nou dat ik ervan wist, want jij weet hoe ik aan die baan bij Christie Corp ben gekomen, jij weet hoe... Nou ja, ik neem het je niet kwalijk als je me verdenkt. Maar echt, ik wist er niets van.'
'Dat geloof ik.'
'Waarom geloof je me?' vroeg Nieve. 'Je kent me toch?'

'Daarom juist,' antwoordde Darcey. 'Je bent geen fraudeur.'

'Dank je.' Het klonk bibberig. 'En dank je wel dat je dat op tv hebt gezegd. Het betekent veel voor me dat je zo over me denkt.'

'Het doet er niet toe wat ik denk,' zei Darcey. 'Het gaat erom wat jij denkt en wat Aidan denkt.'

Aidan zat nog steeds druk te gebaren dat hij Nieve wilde spreken.

'Het spijt me,' zei Nieve weer.

'Het geeft niet,' zei Darcey. 'Het spijt ons dat we niet de geweldige dag hebben gehad waarnaar we reikhalzend hebben uitgekeken. Maar och, we hebben toch het glas geheven en op je gedronken.'

'Ik had het niet over de bruiloft, domkopje. Het spijt me van... van Aidan.'

Darcey zei niets.

'Darcey... Ben je daar nog?'

'Jawel,' zei Darcey zacht.

'Echt, ik bedoelde het niet zo slecht. Ik vind het vreselijk dat het zo gelopen is. Het was een rotstreek van me, maar weet je, ik hield van hem.'

'Soms loop je de ware tegen het lijf wanneer je het totaal niet verwacht,' zei Darcey.

'Ik hou echt van hem,' zei Nieve. 'Misschien geloof je dat niet, maar het is wel zo.'

'Dat kun je hem maar beter zelf vertellen.'

'Jezus, Darcey, ik weet het niet, hoor. Ik ben er vlak voor de bruiloft vandoor gegaan! Ik dacht alleen maar aan mezelf. Hij heeft vast de pest aan me.'

'Doe toch niet zo dom, Nieve,' zei Darcey streng. 'Hij is gek op je. Nou, hier komt hij. Jullie moeten er maar samen uit zien te komen.' Ze duwde het mobieltje in Aidans hand en liep weg.

33

'En toen?' Vol verwachting keek Anna Sweeney Darcey aan. Het was middag, en ze zaten in een Italiaans koffietentje tegenover elkaar, met op het tafeltje twee schuimige kopjes cappuccino en twee croissantjes.

'Ik ben naar de toiletten gegaan om een potje te janken,' biechtte Darcey op. 'En toen ik terugkwam, was hij al op weg om haar te halen.'

Eigenlijk was ze niet helemaal uit zichzelf teruggekomen, Rosa en Carol waren haar gaan halen. Ze hadden zich zorgen om haar gemaakt omdat ze zo lang was weggebleven. In het wc-hokje had ze diep nagedacht en was tot de conclusie gekomen dat ze tien jaar van haar leven had verspild. Goed, ze had hard gewerkt en carrière gemaakt, ze wás iemand. Wat dat betreft had ze haar tijd niet verspild. Maar wel doordat ze zich had gewenteld in zelfmedelijden, alleen maar omdat de man van wie ze dacht dat hij haar grote liefde was, haar in de steek had gelaten voor een ander. Daar had ze zich niet overheen kunnen zetten, en daardoor had ze heel wat verpest. Daardoor was ze emotioneel tot stilstand gekomen.

'Is ze met hem meegegaan?' vroeg Anna.

Darcey knikte. 'Het schijnt een innige hereniging te zijn geweest. Allebei in tranen. Ze hebben elkaar eeuwige trouw beloofd.'

'Nou ja, dat is dan wel weer heel romantisch.'

'Het zou nog romantischer zijn geweest als ze eerder met hem had gesproken en ze gewoon waren getrouwd,' reageerde Darcey.

'Zijn ze nou getrouwd?'

'Nee. Ze wilde terug naar Amerika om dat gedoe met Ennco uit de weg te ruimen. Ze zei dat ze pas wilde trouwen als ze een schone lei had. Ze wil weten of er een aanklacht tegen haar bestaat, en mocht die er zijn, dan wil ze in verweer gaan. Aidan wil uiteraard sowieso met haar trouwen, maar Nieve wil per se eerst haar naam zuiveren.'

Darcey had Nieve gesproken op de avond nadat de bruiloft had moeten plaatsvinden. Nieve was Darceys mobieltje komen brengen, en Darcey had opengedaan omdat Minette boodschappen aan het doen was. Het was een hele schok geweest om Nieve op de stoep te zien staan.

Het was een heel andere Nieve geweest, zonder make-up, en met haar donkere haar losjes uit haar gezicht geborsteld. Ze had eruitgezien als de Nieve van voor Max Christie, maar hoewel ze eenvoudig gekleed ging in een spijkerbroek en een T-shirt, vond Darcey haar toch een verrassend mooie vrouw. Waarschijnlijk was Nieve altijd mooi geweest, maar was haar dat nooit zo opgevallen.

Ze had Nieve uitgenodigd om binnen te komen.

'Er is niets veranderd,' had Nieve gezegd terwijl ze om zich heen keek. 'Nou ja, wel een beetje. Andere kleur op de muur, nieuwe meubels, maar... Het voelt nog hetzelfde.'

'Niet iedereen is net zoals jij opgeklommen.'

'Darcey, toe...'

'Ik plaag je niet. Thee?'

Nieve had haar hoofd geschud. 'Nee, dank je. Mijn moeder geeft me voortdurend thee, ik klots helemaal.'

Er was een brede grijns op Darceys gezicht verschenen.

'In elk geval, ik kom je je mobieltje teruggeven, en ik wil je graag bedanken omdat... Omdat je je over Aidan hebt ontfermd, en er niet met hem vandoor bent gegaan.'

'Dat zou ik ook helemaal niet willen. En hij ook niet,' had Darcey geantwoord. 'Hij is dol op je. Je boft.'

'Weet ik.' Nieve had haar schouders opgehaald. 'Ja, nu voelt het niet of ik bof, met alles wat er is gebeurd, maar ik bof wel met hem. Hij was geweldig gisteravond...'

'Hij is trots op je,' had Darcey gezegd. 'Hij bewondert je omdat je zo'n doorzetter bent.'

'Och...' Nieve had een diepe zucht geslaakt. 'Ik weet niet of ik nog wel een doorzetter ben. Het is doodvermoeiend.'

'Je gaat vast je best doen.'

'Misschien,' had Nieve gezegd. 'Maar weet je, ik heb deze keer wel verdomd veel geld verloren.' Ze had iets weggeslikt. 'Ik had mijn droom waargemaakt, ik had alles wat mijn hartje begeerde. En nu is de boel ingestort. Ik vind het heel erg moeilijk om opnieuw te beginnen.'

'Ging je droom dan over geld?' had Darcey gevraagd.

'Voor het grootste gedeelte wel,' had Nieve geantwoord. 'Geld is heel belangrijk voor me. Misschien omdat het een gemakkelijke manier is om aan te tonen dat je iets hebt bereikt. Darcey, ik zou miljoenen verdienen bij Ennco! Miljoenen! Ik, Nieve Stapleton, die ooit kleiner moest gaan wonen omdat haar vader was ontslagen. Ik zou miljoenen op de bank hebben staan. Dat gaf me een echte kick. Ik voelde me geweldig, en daarom werd die bruiloft zo idioot groot. Omdat ik wilde opscheppen.'

'Als ik zoveel geld had, zou ik er ook mee willen opscheppen,' had Darcey toegegeven. 'Maar wat nu met al die spullen? Die weddingplanner ging totaal door het lint. Toen ze doorkreeg dat je 'm gesmeerd was, dacht ik dat ze zou ontploffen. Ik zag haar ervoor aan dat ze je naar het altaar zou slépen, alleen maar om haar bruiloft te laten doorgaan.'

'Het spijt me echt voor haar,' had Nieve gezegd. 'Ze heeft er zoveel werk aan gehad om alles helemaal perfect te laten zijn, en ik heb alles verpest. Bovendien ben ik haar nog heel veel geld schuldig, want ik had niet alles vooruit betaald, voor het geval er toch iets niet in orde zou zijn. Maar goed, dat is nu allemaal geregeld.' Nieve had haar keel geschraapt. 'Mijn vader heeft haar betaald. Hij zei dat hij al vanaf mijn geboorte voor mijn bruiloft aan het sparen was. Hij vond het fijn om me dat geld te geven. Ik hoop dat ik die stomme tiara op eBay kan verkopen, dan kan ik het hem terugbetalen.'

'En ben je nu tot de conclusie gekomen dat geld niet gelukkig maakt?' had Darcey gevraagd.

Nieve was in de lach geschoten. Een echte, oprechte lach. 'Nou ja, geld helpt wel erg mee.' Ineens was ze vertrouwelijk geworden. 'Weet je, ik heb in elk geval bewezen dat ik geen kille, harteloze, op geld beluste bitch ben.'

'Pardon?'

'Ik wilde op huwelijkse voorwaarden trouwen met Aidan.'

Darcey had haar wenkbrauwen opgetrokken.

'En toen ben ik naar een advocaat gegaan.'

'En toen?'

'En toen heb ik Aidan niet gevraagd te tekenen. Ik kon het niet over mijn hart verkrijgen.'

Er was een glimlach rond Darceys mond verschenen. 'Dus toch een klein hartje.'

'Misschien. Hij is altijd zo lief dat ik kippenvel krijg als ik eraan denk. Je gaat het hem toch niet vertellen, hè?'

'Natuurlijk niet,' had Darcey geantwoord. 'Trouwens, nu alles weer in orde is tussen jullie, hoef ik hem toch niet meer te spreken.'

'Toen ik ervandoor was gegaan, was ik bang dat jullie ineens zouden inzien dat jullie voor elkaar waren gemaakt.'

'Nou, Nieve, hij heeft me goed duidelijk gemaakt dat dat niet het geval is.'

'Maar jij... Heb jij nog...'

Darcey had ontkennend haar hoofd geschud. 'Ik vond het leuk hem weer eens te zien,' had ze gezegd. 'Toen drong het tot me door dat ik het echt achter me had gelaten.'

Nieve had er niet uitgezien of ze Darcey geloofde.

'Zo, en wat nu?' had Darcey gauw gevraagd.

'Morgen gaan we terug naar Amerika,' had Nieve verteld. 'Er is daar zoveel te regelen. Ik moet met de politie praten over die fraude. Het zit me nog steeds dwars dat een van mijn ondergeschikten die onregelmatigheid heeft ontdekt en niet ik.' Ze had haar gezicht vertrokken tot een grimas. 'Jou zou het meteen zijn opgevallen, Darcey.'

'Dat weet je niet.'

'Kom op, zeg!' Nieve had weer diep gezucht. 'Als jij een boel getallen ziet, zie je een opgeloste puzzel. Het zou je zeker zijn opgevallen, net zoals het Paola opviel. En dan zou jij de klokkenluider zijn geweest, en iedereen zou je hebben toegejuicht, zoals altijd.'

'Ik? Toegejuicht?' Met opgetrokken wenkbrauwen had Darcey haar aangekeken. 'Nieve, jíj werd toegejuicht.'

'Niets van waar,' had Nieve gereageerd. 'Op school, tijdens onze studie... Ook als ik betere resultaten behaalde dan jij, wist ik dat jij het nog beter had kunnen doen. Je was me altijd een stapje voor. Je was geweldig toen ik voor Max Christie werkte en jij die vertalingen voor me maakte. Daar heb ik je nooit echt voor bedankt.'

'Je hebt me oorbelletjes gegeven,' herinnerde Darcey haar.

'En toen pikte ik je vriend in.'

Darcey had diep ademgehaald. 'Ja, dat deed je. En ik weet dat je mijn gevoelens voor hem nog steeds niet helemaal vertrouwt, maar uiteindelijk was het wel het beste,' had ze na een poosje gezegd. 'Ik heb er de laatste tijd veel over nagedacht. Dat kon natuurlijk ook niet anders. Nieve, ik was hopeloos verliefd op Aidan. Hij was mijn eerste echte vriend. Maar wie trouwt er nou met haar eerste vriend? Bijna niemand. Ik vond dat het zo geweldig was met hem, dat het voor altijd zo moest blijven. Maar zo gaat dat niet.'

'Darcey, hij wilde met je trouwen.'

'Weet ik. En het zou een vergissing zijn geweest.'

Onderzoekend had Nieve haar aangekeken. 'Denk je dat echt?'

'Ja,' had Darcey vol overtuiging geantwoord. 'Dat denk ik echt.'

Deze keer had Nieve niet meer zo ongelovig gekeken.

'Echt waar,' had Darcey nog maar eens bevestigd.

'Dank je,' had Nieve gezegd. 'Dank je wel, voor alles.'

'En het komt allemaal goed,' had Darcey gezegd. 'Met jou komt het altijd weer goed.'

Er was een bezorgde blik in Nieves ogen verschenen. 'Deze keer misschien niet.'

'Nou, ik denk van wel. En je hebt altijd Aidan nog.'

Nieve had geknikt. 'Ja, toen de droom in duigen viel, stond hij voor me klaar. Dat bedoelde je zeker toen je vroeg of geld gelukkig maakt. Nou, Aidan heb ik niet gekocht, en hij is waar mijn leven om draait.'

Anna lepelde het schuim van haar cappuccino. 'Zijn jullie nu weer vriendinnen?'

'Zeg, wat denk je wel?' Darcey trok een gezicht. 'Ze heeft wel mijn vriend afgepakt!'

'Maar na alles...'

Darcey schoot in de lach. 'Ik meende het toen ik zei dat ze daar waarschijnlijk goed aan had gedaan. Uiteindelijk zou het toch op de klippen zijn gelopen.'

'Denk je?'

'Ik weet het niet.' Darcey werd weer ernstig. 'Misschien zouden we een geweldig stel zijn geweest. Maar dat zullen we nooit weten. Ik wil niet meer steeds denken aan wat geweest had kunnen zijn. Ik moet leren leven met hoe het is. En om je de waarheid te zeggen is hij stapelgek op haar. Het maakt niet meer uit of ze hem heeft afgepakt of niet. Ze passen bij elkaar, en ik heb mezelf voor de gek gehouden door het tegendeel te denken.'

Die middag was Darcey druk bezig met haar e-mails. Er was er eentje van Rocco waarin stond dat de nieuwe manager business development voor Italië aardig was, maar lang niet zo aardig als Darcey. Hij vroeg of ze binnenkort van plan was weer eens naar Milaan te komen. Er was een nieuw restaurant geopend waar het eten werkelijk voortreffelijk was, en daar wilde hij graag met haar naartoe.

Ze glimlachte. Een reisje naar Milaan zou fijn zijn. Het zou ook fijn zijn Rocco weer eens te zien. Maar haar gevoelens voor hem, en voor al haar 'schatjes', waren veranderd. Het was leuk hen te hebben gekend, ze had hen echt nodig gehad. Maar ze wist niet goed of ze hen nu ook nog nodig had. Ze wist niet goed meer wat ze wilde. De afgelopen maanden was er iets veranderd; dingen die eerst heel belangrijk voor haar waren, waren dat niet meer.

'Druk?'

Geschrokken keek ze op van het scherm. Ze had hem niet meer gesproken sinds hij haar de rekening in het Harbourmaster had laten betalen. Ze was toen ontzettend kwaad op hem geweest, maar nu wilde ze geen ruzie meer met hem.

'Hoi.'

'Heb je even?'

'Ja, natuurlijk.'

'Het gaat over je volgende reis.'

'Ja?' Verdomme, dacht ze, na dat gedonder in Singapore durft hij me niet naar Tokio te laten gaan. Misschien gaat hij liever zelf.

'Er is iets veranderd.'

Haar maag kromp samen. 'O?' vroeg ze achteloos.

'Die lui in Amerika hebben iemand uit Japan aangenomen. Hij heeft daar al contacten, dus als we jou naar Japan sturen, is het alsof we het wiel opnieuw willen uitvinden...'

'Jezusmina!' riep ze uit. Uit angst voor de toekomst klonk ze scherper dan de bedoeling was. 'Wat is er toch mis met jullie? Stippel een strategie uit en houd je daaraan!'

'Ik snap best dat dit niet de beste manier is om ermee om te gaan. Daarom willen we graag dat je naar Edinburgh gaat zodat het kan worden besproken.'

'Alweer?'

'Ja. Als je geen bezwaar hebt.'

'Wanneer?'

'Volgende week?'

Ze raadpleegde haar agenda. 'Oké. Laat het me wel op tijd weten, hè?'

'Waarschijnlijk wordt het begin van de week. Ik stuur je nog een mailtje ter bevestiging.'

Ze knikte.

'Gaat het een beetje?' vroeg hij.

Weer knikte ze, en toen lachte ze bedeesd naar hem. 'Eh... Er is nog iets...'

'Ja?' Op zijn hoede keek hij haar aan.

'Toen we laatst in het Harbourmaster waren... Toen hadden we het over Aidan en Nieve, en over de bruiloft. Jij zei toen dat ik egocentrisch was en alleen aan mezelf dacht...'

'Daar heb ik spijt van,' viel hij haar in de rede. 'Ik ging over de schreef.'

'Nee,' zei ze. 'Dat deed je niet. Ik wil graag even zeggen dat je gelijk had. Ik dacht inderdaad alleen aan mezelf. Misschien doe ik dat al veel te lang. En dat spijt me.'

'O.'

'Dus kunnen we dat incident nu vergeven en vergeten? Per slot van rekening moeten we samenwerken. Er is heel veel te doen, en ik wil liever op een vriendschappelijke manier met je omgaan.'

'Uiteraard.' Hij keek haar aan alsof hij haar nog nooit had gezien.

'Fijn,' zei ze. 'Nou, ik verheug me al op het reisje naar Edinburgh.'

Hij bleef daar maar staan. Pas na een hele poos vroeg hij: 'Ben je nog naar de bruiloft geweest?'

'Pardon?'

'De bruiloft. Ben je geweest?'

'Heeft Anna het je niet verteld?'

Hij schudde zijn hoofd. 'Ik heb haar de afgelopen paar dagen niet gesproken.'

Darcey fronste haar voorhoofd.

'Nou?' vroeg hij.

'Er is geen bruiloft geweest.'

Verwonderd keek hij haar aan.

Ze legde uit wat er bij Ennco was gebeurd, en wat voor gevolgen dat had voor Nieve. 'Hopelijk komt het allemaal goed,' besloot ze haar verhaal.

'En jij hebt er vrede mee?'

'Natuurlijk,' antwoordde ze.

'Zeker weten?'

'Heel zeker.'

'Goh...' Hij draaide zich om. 'Dus wonderen gebeuren écht!'

Toen ze die avond thuiskwam, zette ze de ramen wijd open om frisse lucht binnen te laten. Ze ging midden in de woonkamer staan en vroeg zich af of het niet eens tijd werd haar appartement leuk aan te kleden. Niet dat het haar niet beviel zoals het was, maar sinds ze hier was komen wonen, had ze niets meer veranderd. Deze zachte kleuren waren prima, maar misschien werd het tijd voor een beetje meer kleur. Paars, dacht ze, net als die schoenen die ik in Singapore heb gekocht.

Ze liep de slaapkamer in en haalde ze uit de kast. Aarzelend stak ze haar voeten erin. Haar voet was nauwelijks meer dik, de schoenen pasten. Misschien kan ik ze ergens anders dragen, dacht ze. Misschien tijdens een afspraakje met een nieuwe vriend. Iemand met wie het echt klikt, niet iemand voor wie ik eigenlijk niet veel voel.

Ze liep terug de woonkamer in. Ze voelde zich rusteloos. Dat kwam natuurlijk omdat alles op zijn kop was komen te staan na het ongeluk in Singapore en vervolgens Nieves bruiloft die geen bruiloft was. Daarom vond ze het zo moeilijk om de oude, vertrouwde routine weer op te pakken. Bovendien had ze zich verheugd op het reisje naar Tokio, maar dat ging nu hoogstwaarschijnlijk niet door. Ze vermoedde dat ze het er goed vanaf zou hebben kunnen brengen, maar tegen een Japan-deskundige kon ze natuurlijk niet op. Neil Lomond zou de beste op Japan zetten. Een ervaren iemand tegenover een ijdele en egocentrische bitch... Ze was gewoon geen partij.

Misschien vond hij haar geen bitch meer. Misschien was hij erachter gekomen dat ze aan het veranderen was.

Toen hij pas in Dublin was, had ze het best gevonden dat hij haar beschouwde als het niet helemaal sporende blondje dat hem zoveel verdriet had gedaan. Maar na Singapore had ze het idee gekregen dat ze een beetje naar elkaar toe waren gegroeid. Ze vond het geen prettig idee meer dat hij de pest aan haar had. Als hij haar niet naar Japan liet gaan omdat hij een afkeer van haar had, zou ze dat echt erg vinden. Had ze in dat geval nog toekomst bij InvestorCorp? Ze had zich plotseling echt helemaal over Aidan Clarke heen gezet. Misschien moest ze dat ook doen met Neil Lomond. Misschien moest ze opnieuw beginnen.

Misschien wilde ze wel niet meer steeds de halve wereld rondreizen. Het was een interessante ervaring geweest, maar eigenlijk bleef ze liever in Europa.

Een olijvenboomgaard in Toscane, dacht ze, misschien is dat toch mijn grote droom.

34

De zon scheen in Palo Alto toen Nieve en Aidan thuiskwamen.
Met haar handen diep in de zakken van haar wijde witte broek gestoken wachtte Nieve op de stoep terwijl Aidan afrekende met de
taxichauffeur. Toen de taxi wegreed, zwaaide Sienna Mendez naar
haar vanuit haar voortuintje. Nieve slikte iets weg en zwaaide toen
terug.

Sienna, die anders nauwelijks een woord met Nieve wisselde,
draafde op haar af. 'Hoe is het met je?' vroeg ze. 'Ik heb het op het
nieuws gezien. Gaat het wel goed met jullie?'

Echt Amerikaans, dacht Nieve, recht op de man af. 'Ik weet het
niet,' antwoordde ze. 'Uiteraard is het behoorlijk traumatisch.
Maar omdat we weg waren, hebben we geen goed overzicht. Morgen ga ik naar kantoor, dan hoor ik vast meer.'

'Het komt vast allemaal goed,' zei Sienna.

'Dank je,' reageerde Nieve. 'Heb je er zelf nog iets over gehoord?'

Sienna schudde haar hoofd. 'De nieuwszenders laten niets heel
van Mike Horgan. Een paar van je collega's hebben interviews gegeven. En investeerders haken uiteraard af. Tja, wat kun je eraan
doen?'

'Ik weet het niet...' verzuchtte Nieve. 'Nou ja, ik kan nu maar
beter gaan uitpakken.'

'Hoe was de bruiloft?' Tersluiks keek Sienna naar de kledinghoes met de Vera Wang-jurk erin. 'Zorgde dit gedoe niet voor donkere wolken?'

Even keek Nieve Aidan aan. 'Nee, helemaal niet,' antwoordde ze
vastberaden. Ze sloeg de jurk over haar arm en trok de Diana von
Fürstenberg-koffer naar het huis.

'Waarom heb je het haar niet verteld?' vroeg Aidan terwijl hij de
voordeur openzette.

'Waarom zou ik?' vroeg Nieve. 'Bovendien, ik vóél me getrouwd.'

Aidan schoot in de lach. 'En je schone lei dan?' vroeg hij.

'Zodra alles in orde is en is gebleken dat ik nergens schuld aan heb, dan gaan we trouwen. Maar niemand mag weten wat er is gebeurd.'

'Daar komen ze heus wel achter,' zei hij. 'Dat horen ze wel van onze Amerikaanse vrienden.'

'Nou ja, dat zien we dan wel weer.'

'Ik zou gewoon hebben doorgezet,' merkte hij op.

'Dat weet ik. Maar zo wil ik niet trouwen,' reageerde Nieve. Toen hij iets wilde zeggen, drukte ze haar vinger tegen zijn lippen. 'Niet dat ik per se een grootse bruiloft wil, maar ik wil wel dat tussen ons alles oké is. Het moet iets betekenen.'

'Het betekende toch al iets?'

'Jawel,' antwoordde ze. 'Maar daar gaat het niet om. Ik kon niet net doen of alles in orde was terwijl dat niet zo was. Dat was me te veel. Maar ik beloof dat we binnenkort gaan trouwen.'

'Nieve?'

'Ja?'

'Het hoeft allemaal niet perfect te zijn,' zei hij. 'Je hoeft geen schone lei. We hebben geen weddingplanner nodig. Trouwen is iets tussen twee personen die van elkaar houden.'

Met open mond keek ze hem aan, en in haar ogen blonken tranen.

'Hé!' riep hij uit. 'Het spijt me, ik bedoelde niet...'

'Er is niets om spijt van te hebben.' Er klonk een snik in haar stem. 'Je moet geen spijt hebben omdat jij weet wat er in het leven echt belangrijk is. Je moet geen spijt hebben omdat je achter me blijft staan, ook toen ik in Ierland de kluts volledig kwijt was. Ik bof verschrikkelijk met jou, Aidan. Ik geloof niet dat ik je ooit voldoende op prijs heb gesteld.'

'Natuurlijk wel,' zei hij.

'Nee. Ik dacht dat ik de belangrijkste was, omdat ik al zoveel geld verdiende. Maar jij bent er voor me. Altijd.'

'Weet ik.'

'Ik hou van je,' zei ze.

'En ik zal altijd van jou houden,' zei hij terwijl hij haar in zijn armen nam en over de drempel droeg.

Er waren allemaal gerechtelijke onderzoeken gaande bij Ennco. De bureaus lagen bezaaid met paperassen, en niemand mocht zonder toestemming inloggen op een computer. Volgens Paola Benedetti had het bedrijf surseance van betaling aangevraagd, maar was er al een bod binnengekomen van Decker Benson, een belangrijke concurrent, en het zag ernaar uit dat Ennco zou worden overgenomen. Het was een nominaal bod en niet echt interessant voor aandeelhouders, maar voor het personeel betekende het iets meer vastigheid.

'Je hebt het goed gedaan, Paola,' zei Nieve terwijl ze wachtte tot ze ondervraagd zou worden.

'Stom toeval,' reageerde Paola. 'Ik had dat rapport niet eens in moeten kijken. Ik wilde iets printen, klikte iets verkeerd aan en toen trok dat rapport ineens mijn aandacht.'

'Een gelukkig toeval,' zei Nieve.

Paola haalde haar schouders op.

'Maar niet alleen een gelukkig toeval,' ging Nieve verder. 'Want toen je het eenmaal had gezien, besefte je meteen dat er iets mis was. En toen heb je gedaan wat je moest doen.'

'Dank je,' zei Paola.

'Ze zullen je na de overname wel willen behouden,' merkte Nieve op. 'Misschien openen ze wel een crèche, speciaal voor jou.'

Paola trok een gezicht. 'Ze zullen jou ook willen houden.'

'Ik weet het niet, hoor,' reageerde Nieve.

Vijf uur later, na een diepgaand verhoor, wist ze niet zeker meer of ze ooit nog wel voor een financial wilde werken. De onderzoekers wilden vooral graag weten waarom Paola de fraude had ontdekt en niet Nieve. Voor de zoveelste keer vroeg Nieve zich af hoe vaak ze nog zou moeten vertellen dat Harley Black de verantwoordelijkheid droeg over dat gedeelte, en dat Paola daar niets te zoeken had gehad.

Na afloop praatten Murphy Ledwidge en zij na over de toekomst.

'Ik vind het verschrikkelijk dat al dat geld voor mijn neus is weggekaapt,' zei Murphy. 'Toen ik nog geen geld had, deed ik mijn best het te krijgen. En nu was het zo dichtbij...'

'Ik leef met je mee.' Nieve had thee voor hen gezet. 'Ik dacht al dat er nooit geld geweest is, dat het maar een droom was.'

'Voor ons is er inderdaad geen geld,' beaamde Murphy. 'Wist je dat er doodsbedreigingen zijn geuit aan Mikes adres?'

'Nee!' Ontzet keek ze hem aan.

'O ja,' zei hij. 'En als ik de kans kreeg...' Hij haalde zijn schouders op. 'Nou ja, misschien ook niet. Maar hij verdient het dat hem iets vreselijks overkomt.'

'Dat ben ik met je eens.'

'Wanneer ik die zakenlui hoor zeggen dat hij het bedrijf heeft opgebouwd en dat hij zo geweldig is...' Murphy trok een gezicht. 'Dankzij ons is hij rijk geworden, en hij zou zich nog verder hebben verrijkt. Het was helemaal niet nodig om het bedrijf te tillen.'

'Wanneer zou het zijn uitgekomen dat hij er een dubbele boekhouding op nahield?'

'Ooit,' zei Murphy. 'En als het niet was uitgekomen, zou hij waarschijnlijk die schuld hebben voldaan, en dan had er geen haan naar gekraaid.'

Nieve zuchtte eens diep. 'Dat dacht ik ook al. Ik vind ook dat het toch min of meer mijn schuld is, want ik dramde maar door dat Paola de uren moest inhalen die ze kwijt was aan oppassen op haar kind, of bezoekjes aan de gynaecoloog... Als ik dat niet had gedaan, had ze niet alles nog eens doorgenomen.' Even zweeg ze. 'Nou ja, ooit moest het uitkomen. Een bedrijf hoort niet te frauderen. Maar het is jammer dat het uitgerekend op dát moment uitkwam.'

'Voor zoiets bestaat geen juist moment,' meende Murphy.

'Toch heb ik het idee dat het een les voor me is. Er gaan geruchten dat ze Paola tot hoofd van de afdeling compliance willen benoemen.'

Murphy lachte. 'Je vraagt je af of die nieuwe lui beter zullen zijn dan de vorige.'

'Ik vraag me af of ik hier ooit nog aan de slag zal komen.' Ze zette haar lege kopje neer en keek haar collega somber aan.

Weer lachte Murphy. 'Niet zo pessimistisch! Natuurlijk komen we weer aan de slag. Waarschijnlijk komen er van de week nog aanbiedingen.'

'Dat hoop ik dan maar,' zei Nieve. 'Maar eerlijk gezegd weet ik niet of ik de energie kan opbrengen om opnieuw te beginnen.'

Murphy zei dat ze uiteraard over voldoende energie beschikte, en dat ze uitstekend was in haar werk, en zo dynamisch.

Maar Nieve vroeg zich af of dat nog wel zo was.

Tegen het weekend was ze uitgeput. Ze wist nu zeker dat ze nergens van kon worden beschuldigd, en Decker Benson, de nieuwe eigenaar, had gezegd dat ze na de overname waarschijnlijk wel een rol zou kunnen spelen op de afdeling compliance. Ze had gedacht dat ze daar blij mee zou zijn, maar toen Aidan die avond thuiskwam, zei ze dat ze niet zeker wist of ze dat wel wilde.

'Gek, hè?' zei ze terwijl ze samen op de schommelbank op het terras zaten. 'Ik heb dat geld nodig. Wij hebben dat geld nodig. En toch kan het me eigenlijk niet zoveel schelen.'

'Lieverd, we hebben geld nodig, maar niet zo heel veel,' zei hij. 'Vergeet niet dat ik ook een goedbetaalde baan heb. Met mijn salaris kunnen we de hypotheek betalen.'

'Ze nemen mijn Acura in beslag,' merkte ze somber op.

'Nou en?'

'Ik kan toch niet zonder auto?'

'We hebben altijd de Prius nog.' Hij grijnsde breed. Toen werd hij opeens ernstig. 'We zouden terug kunnen gaan naar Ierland,' opperde hij.

Ze trok haar knieën op en keek hem peinzend aan. 'Dat is een optie,' zei ze. 'Maar zoals ik al zei, is Ierland tegenwoordig erg duur. Het zou prima zijn als ik nog gewoon kon kopen wat ik wilde, maar zoals het er nu naar uitziet, kunnen we ons nog geen kippenhok in de stad veroorloven.'

'Je zou weer thuis zijn,' zei hij. 'Dat is misschien beter voor ons.'

'Als je echt terug wilt naar Ierland, ga ik met je mee,' zei ze. 'Ik wil wat jij wilt. Maar om heel eerlijk te zijn, voel ik me nu hier thuis. In Ierland voelde ik me als een vreemdeling. Ik wil niet terug, ik heb het hier naar mijn zin. Ik wil ons gezin hier stichten. Ooit.'

'Een gezin?'

'Nog niet,' zei ze snel. 'Ik ben er nog niet helemaal klaar voor. Weet je, een goede baan is fijn, maar mensen die van je houden, zijn nog veel fijner. En we krijgen vast heel slimme kinderen.'

Hij lachte. 'Nou en of!'

'Kom op,' zei ze. 'Laten we vast een beetje gaan oefenen.'

'Daar dacht ik nou ook net aan,' zei hij, en achter haar aan liep hij naar binnen.

Ook al was ze moe, en ook al voelde ze zich heerlijk loom na het vrijen, toch kon ze de slaap niet vatten. Sinds die dag met het verschrikkelijke nieuws over Ennco had ze niet meer echt goed geslapen, en ze begon zich al af te vragen of ze ooit weer lekker zou kunnen slapen. Ze duwde het dekbed van zich af.

Aidan bewoog. 'Gaat het?' mompelde hij.

'Ja, hoor,' antwoordde ze. 'Maar ik kan niet slapen.'

Hij legde zijn hoofd weer op het kussen.

Ze sloop naar haar werkkamer en zette de computer aan.

Ze had geen toegang meer tot het systeem van Ennco. Maar dat is misschien ook niet zo erg, dacht ze terwijl ze naar de homepage keek die door Decker Benson al in een nieuw jasje was gestoken. Waarschijnlijk heb ik veel te lang naar die rapporten zitten turen. Jammer dat het de verkeerde waren...

Maar goed, ze had haar eigen rapporten nog. Daar hadden de onderzoekers niet naar gevraagd, en dat had haar verbaasd. Dat hadden ze wel moeten doen. Niet dat het iets uitmaakte, deze keer droeg ze echt geen schuld.

Er stonden nog allemaal mailtjes en andere informatie op haar computer. Daarvan zou ze hen in kennis stellen. Echt waar, nadat ze eerst alles elders had opgeslagen.

Ze kopieerde de hele boel op een dvd. Vervolgens verstuurde ze een paar mailtjes en sloot de computer af. En toen ze weer in bed stapte, viel ze meteen in slaap.

35

Ze hadden afgesproken bij de gate, maar Darcey zag Neil in het koffietentje zitten waar ze zoals gewoonlijk espresso ging drinken. Ze wist niet goed of ze moest zwaaien, maar toen keek hij op en zag haar. Meteen kwam hij bij haar zitten.

'Goedemorgen,' zei hij.

'Hoi,' zei ze.

Ze dronk haar kopje in één slok leeg en zette het terug op het schoteltje.

'Dat spul is vast niet goed voor je maag,' zei hij.

'Mijn maag kan veel hebben,' stelde ze hem gerust. 'En ik heb zo vroeg op de ochtend de kick wel nodig.'

'Ik zie dat je uit het gips bent.'

'Gisteren gebeurd,' vertelde ze.

'Hoe is het nu met je pols?'

'Prima, dank je.'

Misschien vond hij haar geen bitch meer, maar ze merkte wel dat er iets was veranderd tussen hen. Er hing een soort spanning die ze niet goed begreep. Ze keek op haar horloge.

'Nog tijd zat,' zei Neil.

'Weet ik.' Toch stond ze op, want plotseling wilde ze alleen zijn. 'Ik ga naar de wc, ik zie je wel bij de gate.'

Onderweg kocht ze een krantje, en toen hij bij de gate kwam, was ze verdiept in een artikel over Ennco dat was overgenomen door Decker Benson. Hij schraapte zijn keel, en met een vragende blik keek ze op. 'Ja?'

'Ik vroeg me af hoe het met ze zou zijn. Heb je nog iets gehoord?'

'Nieve heeft een mailtje gestuurd,' antwoordde ze. 'Ze denkt dat haar niets te verwijten valt. En misschien kan ze na de overname gewoon terugkomen, maar ze weet nog niet of ze dat wel wil.' Ze glimlachte. 'Blijkbaar heeft ze voorlopig haar buik vol van financials.'

'Terwijl jij dus nog steeds carrière maakt, en zij het nakijken heeft,' merkte Neil op.

'Zo denk ik niet.'

'Nee?'

'Natuurlijk niet!'

'Doet het je niet een heel klein beetje plezier dat boontje om zijn loontje is gekomen?' vroeg hij. 'Het meisje dat je leven heeft verpest? Ben je daar echt niet blij om?'

Ze bleef zwijgen.

'Je hebt ooit gezegd dat je graag zou zien dat zíj eens alles kwijtraakte wat haar dierbaar was.'

'Het hangt ervan af of je weet wat je echt wilt,' reageerde ze peinzend. 'En of je wel merkt dat je dat bent kwijtgeraakt.'

Het speet haar dat ze de uitdrukking op zijn gezicht niet goed kon duiden. Daar was ze nooit erg goed in geweest.

'Kom op, we gaan,' zei ze toen de stilte tussen hen ongemakkelijk werd.

Hij knikte, en samen gingen ze door de gate.

Tijdens de vlucht zeiden ze niet veel, en ook niet in de auto onderweg naar het bedrijventerrein. Darcey was ervan overtuigd dat er spanningen tussen hen waren, en opeens werd ze bang dat Neil niets tegen haar wilde zeggen omdat hij wist dat ze zou worden ontslagen. Of dat ze op een zijspoor zou worden gezet. Ze gaven de voorkeur aan die kerel uit Japan. Misschien wilden ze nog meer nieuwe mensen binnenhalen. Of misschien wilde hij niet samenwerken met zijn ex. Hij bekleedde een hogere functie dan zij... Hoe dichter bij hun bestemming ze kwamen, des te misselijker voelde ze zich. Ze moest haar handen afvegen aan haar rok omdat ze zo klam waren geworden.

'Darcey, leuk je weer eens te zien!' Gordon Campbell lachte haar stralend toe toen ze in de vergaderzaal verscheen. De anderen, met een kop koffie in de hand, knikten naar haar.

'Koffie? Thee?' vroeg Gordon.

'Koffie, graag,' antwoordde ze. 'Zwart, zonder suiker.'

Hij schonk voor haar in en gebaarde dat ze kon gaan zitten. De anderen namen ook plaats aan de grote tafel.

'Zo, Darcey,' begon Gordon. 'Je hebt uitstekende resultaten geboekt. Nieuwe cliënten hebben zich aangemeld.'

'Ja.' Ze knikte. 'Gisteren heeft Media Holdings ons twintig miljoen toevertrouwd.' Daar was ze erg blij mee geweest. Media Holdings was het eerste bedrijf dat ze een bezoekje had gebracht, toen ze nog onzeker was. Eigenlijk had ze niet verwacht dat dit bedrijf met hen in zee zou gaan.

'Dus de enige waarvan we nog niets hebben gehoord...'

'Is Orchard Investments,' vulde ze aan. 'Maar gisteren heb ik Tricia Lim gesproken, en ik denk dat het eind van de maand rond is.'

'En ben je al hersteld van je val?' vroeg Michael Banks.

Ze kniktc. 'Het leek erger dan het was. Maar dank jullie wel, ik was erg blij om Neil te zien.'

'Je durft toch wel weer voor ons op reis, hè?' vroeg Alec Burton.

Wat een stomme vraag, dacht ze. Die hoge pieten konden soms zo neerbuigend doen... 'Natuurlijk.'

'Nou, Darcey, daar wilden we het net over hebben,' zei Gordon. 'Over je toekomst bij ons.'

Meteen werd ze weer bang. Hij klonk veel te serieus, alsof hij met slecht nieuws op de proppen zou komen. Dat zou hoogst oneerlijk zijn. Ze had haar werk goed gedaan, daar kon geen misverstand over bestaan. Ze dacht aan het harde werken van voor de overname, toen ze nog manager business development was voor Global Finance, en daarna, toen ze zich had moeten aanpassen aan InvestorCorp. Ze was bang dat er ondanks alles iemand zou zijn die ze geschikter vonden voor dit werk. Ze was altijd bang dat er iemand geschikter zou zijn, altijd bang dat ze erachter zouden komen dat ze eigenlijk nergens voor deugde. Maar ineens, terwijl ze daar zo zat, besefte ze dat ze wel degelijk goed was in haar werk.

'En dus...'

Oeps, ze had helemaal niet naar Gordon geluisterd.

'Dus vinden we dat we jou die baan moeten aanbieden.'

Ze knipperde met haar ogen. Welke baan? Had ze maar beter opgelet... Het zou stom staan als ze ernaar vroeg.

'En, wat vind je ervan?'

Vol verwachting keek iedereen haar aan.

Ze slikte moeizaam.

'Een hele verandering,' merkte Neil op, die haar in de gaten had gehouden. 'Director new business.'

Maar dat was toch zíjn baan? Ze fronste haar voorhoofd.

'Ik vind het prima om Douglas te vervangen bij InvestorCorp in Dublin,' zei Neil. 'En jij lijkt me de ideale vervanger voor mij.'

Goh, dus dat had ze allemaal gemist... 'Ik eh... Wat gebeurt er dan ook weer met Douglas?' vroeg ze.

'Die gaat terug naar Edinburgh,' antwoordde Gordon.

'Neil lijkt me een uitstekende vervanger,' meende Michael. 'En jij lijkt me uitermate geschikt als zijn opvolger.'

'Nou?' Gordon klonk vol verwachting.

'Nou, ik eh... Ik ben zeer vereerd,' zei ze. 'Eerlijk gezegd kan ik het nog niet helemaal bevatten.'

'Hoezo niet?' vroeg Michael. 'Het is wat je verdient.'

Het is wat ik verdien, dacht ze. Ik verdien... Allemachtig, ik word manager new business! Een belangrijke baan! Waarom dacht ik toch dat ik ontslagen zou worden? Ik doe mijn werk goed. Alleen denk ik altijd van niet. Nou ja, ik weet best dat ik het goed doe, maar manager new business... Ik?

Ze begon te lachen en hield daar ineens weer mee op, bang hysterisch over te komen. 'En waar werk ik dan?'

'Hier,' antwoordde Gordon.

Ze knikte. Dat leek haar prima. Goed, ze zou uit Dublin moeten vertrekken, met achterlating van haar mooie appartement en al haar vrienden, maar dat zou misschien goed voor haar zijn. Ze voelde zich immers rusteloos, en misschien trok dat dan weg. In haar persoonlijke leven was ook veel veranderd. Door Aidan en Nieve weer te zien, en door alles een plaatsje te geven, was er een last van haar af gevallen. Het was tijd voor verandering.

'Dus je gaat op ons voorstel in?' vroeg Gordon Campbell.

Het voelde nog steeds onwerkelijk. Ze vond dat ze het niet verdiende, omdat ze in dit werk was gerold zonder het echt te wíllen, zoals Nieve. Goed, ze zou geen miljoenen in haar schoot geworpen krijgen, maar het was wel een topbaan. Ze was een geslaagde vrouw! Ze deed haar best haar opwinding niet te tonen, het moest eruitzien alsof ze dergelijke promoties was gewend. Alsof zoiets haar toekwam.

'Uiteraard,' antwoordde ze. 'Ik vind het zo geweldig dat ik niet weet wat ik moet zeggen.'

'Prima.' Neil stond op, ging de zijkamer in en kwam terug met een emmer waar een paar flessen champagne in stonden. 'Gefeliciteerd, Darcey,' zei hij terwijl hij de eerste fles ontkurkte. 'Op de nieuwe director new business van InvestorCorp!'

'Dank je.' Haar handen trilden. 'Iedereen bedankt. Ik... Het spijt me dat ik het niet beter kan verwoorden. Ik ben er echt blij mee!'

Een paar uur later, rozig na drie glazen champagne en alle opwinding, nam ze samen met Neil het vliegtuig terug naar Dublin. In de auto wisselden ze nauwelijks een woord, en ook niet terwijl ze wachtten totdat ze konden instappen, maar toen ze eenmaal in het vliegtuig zat, keek ze hem aan en vroeg waarom hij niets had gezegd.

'Ik dacht dat je het wel zou kunnen raden,' zei hij terwijl hij de gordel vastmaakte. 'Het was toch overduidelijk?'

'Overduidelijk?' Ze worstelde met haar gordel. Degene die hier eerder had gezeten was zeker vijf keer zo dik geweest als zij. Door al die champagne lukte het haar niet de gordel goed af te stellen.

'Jezus, laat mij maar.' Neil schoot haar te hulp.

'Dank je.'

'Iedereen weet dat Douglas graag terug wil naar Edinburgh,' zei hij terwijl hij achteroverleunde. 'En tenzij ik iets doms zou uithalen, was ik zijn meest geschikte opvolger. Iedereen zei dat jij het zo goed had gedaan, dus vermoedde ik dat je wel zou hebben gesnapt dat we jou promotie wilden aanbieden.'

'Waarom zou ik dat denken?' vroeg ze. 'Oké, ik kan het best aan, maar ik ben niet het type om manager te zijn. Ik ben maar een gewone meid, een loonslaafje.'

Hij schoot in de lach. 'Je bent wel degelijk het managertype,' zei hij. 'Soms beangstigt me dat zelfs.'

'Vast,' merkte ze schamper op.

'Darcey, je hebt me al vaak de stuipen op het lijf gejaagd.' Hij glimlachte er flauwtjes bij.

Omdat ze niet wist wat ze daarop moest zeggen, hield ze haar mond maar. Het vliegtuig begon te taxiën en weldra stegen ze op.

Boven de Ierse Zee floepte het lampje aan dat iedereen de gordels om moest doen en klonk er een aankondiging dat het slecht weer was en dat er turbulentie werd verwacht.

Darcey keek naar Neil, die verdiept was in de krant, en trok haar gordel toen strakker. Het vliegtuig schokte hevig en haar adem stokte.

'Gaat het?' vroeg Neil. Hij vouwde de krant op en stopte die in het zakje voor hem. Weer schokte het vliegtuig.

Ze knikte en keek naar de overkant van het gangpad. Een priester bij het raampje sloeg een kruis toen het vliegtuig schuin ging hangen. De vrouw achter hem slaakte een kreetje.

'Ik heb hier toch zo'n hekel aan,' merkte Neil gespannen op. 'Ik weet dat het niet erg is, maar ik vind het verschrikkelijk dat ik de regie kwijt ben.'

'*Que sera sera,*' merkte Darcey op.

'Onze huisfilosoof.' Hij omklemde de armleuningen.

Ze haalde haar schouders op. 'Het is net zoiets als vastzitten in een lift. Of het komt goed, of het komt niet goed. Je er zorgen over maken, maakt geen enkel verschil.' Ze slaakte een gilletje toen ze opeens leken te vallen.

'Het zou een hele klap voor InvestorCorp zijn als ze de oude en de nieuwe manager new business tegelijkertijd kwijtraakten.' Neil deed zijn best luchtig te klinken.

Ineens schoot Darcey in de lach. 'Het kan een complot van de concurrentie zijn.'

Weer leek het vliegtuig in een vrije val te raken. 'Op dit soort momenten vertellen mensen elkaar hun diepste geheimen,' zei Neil.

'Daar hebben we nog tijd genoeg voor,' zei ze. 'Zodra de zuurstofmaskers voor onze snufferd bungelen, kun je me vertellen dat we eigenlijk nooit gescheiden zijn of zoiets.'

Toen hij haar aankeek, zag ze weer die uitdrukking op zijn gezicht die ze niet goed kon duiden.

'We zíjn toch gescheiden?' vroeg ze op scherpe toon. 'Ik bedoel, dat is toch niet jouw grote geheim? Ik heb de akte gezien, die leek niet nep te zijn.'

'Natuurlijk zijn we gescheiden.' Het klonk geërgerd. 'Waarom zeg je zulke stomme dingen?'

'Nou, ik kon geen ander duister geheim bedenken,' merkte ze zuur op. 'Heb je eigenlijk wel een duister geheim?'

Hij schudde zijn hoofd.

'Zie je wel?' zei ze. 'Wel tragisch eigenlijk, dat we niet samen een groot, duister geheim hebben.'

Het vliegtuig schudde hevig, en allebei vertrokken ze hun gezicht tot een grimas.

'Weet je, ik heb geen duister geheim, maar ik wil je wel mijn excuses aanbieden,' zei Neil.

'Waarvoor?'

'Omdat ik je ijdel en egocentrisch heb genoemd.'

'Daar heb je je excuses al voor aangeboden.'

'Jawel, maar ik voel me er nog steeds rot over. Je bent niet ijdel en je bent niet egocentrisch. Ik had dat niet moeten zeggen.'

'Neil, ik ben misschien niet ijdel, maar dat komt ook omdat ik niet betoverend mooi ben. Ik ben wel egocentrisch. Ik denk alleen maar aan mezelf, al had ik dat eerst niet door. Ik vond mezelf een diepe denker en zo. Maar eigenlijk dacht ik dus uitsluitend aan mezelf. Ik vond dat ik slecht behandeld was omdat mijn beste vriendin me een rotstreek had geleverd en de man van wie ik hield niet bezeten was van mij. Zielig, hè?'

'Het zat wel wat ingewikkelder in elkaar,' zei Neil.

'Niet echt,' reageerde ze. 'Goed, er waren wel meer dingen die ik niet echt aankon. Maar toen leerde ik jou kennen, en jij was geweldig. En onvolwassen als ik was, verpestte ik alles. Ik had niet met je moeten trouwen. Ik zou je daarvoor mijn excuses moeten aanbieden, het was heel egoïstisch van me. En je had ook wel gelijk toen je zei dat ik ijdel ben. Ik was niet van plan Aidan voor de bruiloft weg te kapen van Nieve, maar ik wilde er wel pico bello uitzien, zodat hij me mooier zou vinden dan Nieve. En dat was ijdel.'

'Wauw.' Hij grijnsde breed. 'Je biecht heel wat op.'

'Ja.'

'Ben je niet een beetje te hard voor jezelf?'

'Nee.'

'Het was niet verschrikkelijk om met jou getrouwd te zijn,' zei hij.

Ze glimlachte. 'Dank je. De mens heeft de neiging meer aandacht te besteden aan rottige dingen dan aan fijne.'

Hij knikte. 'Zoals die keer in Schotland, tijdens de kerstdagen.'

Het had toen gesneeuwd. Ze was helemaal uit haar bol gegaan omdat het zo mooi was geweest, zo echt Kerstmis. Op kerstavond waren ze gaan wandelen door het park dat bij het hotel hoorde. De sneeuw had geknerpt onder hun schoenen, en de maan had alles in een betoverend schijnsel gezet.

Ze waren op een boomstam gaan zitten en hadden 'White Christmas' gezongen. Toen ze had geklaagd dat ze het koud had, had hij haar in zijn armen genomen en gevoeld of haar achterste inderdaad bijna bevroren was, en toen had hij gezegd dat hij wel maniertjes wist waardoor ze het heel warm zou krijgen...

Ze bloosde bij de herinnering en hoopte dat hij het was vergeten. Ze deed haar best haar gezicht in de plooi te houden. Het was allemaal goed en wel om elkaar excuses aan te bieden, maar echt aardig zijn tegen elkaar was iets heel anders. Ze wilde niet denken aan vrijpartijen met hem. Jemig, hij was haar báás! Bovendien had hij iets met haar beste vriendin. Bij de gedachte aan Anna kwam ze pas echt terug in het heden. Dit alles ligt achter me, dacht ze. Ik ben verder gegaan met mijn leven en Neil ook. In het heden is geen plaats voor het verleden.

Weer schokte het vliegtuig. Ze slikte moeizaam.

'Denk je dat ze alsnog gaan trouwen?' vroeg Neil, daarmee haar gedachten onderbrekend.

'Hè?'

'Nieve en Aidan.'

'Ik denk het wel.' Ze haalde haar schouders op. 'Eigenlijk kan het me niet meer schelen. Echt niet.'

Hij knikte. 'Sorry. Ik snijd het onderwerp alleen maar aan omdat het afleidt van de turbulentie.'

'Vooruit dan maar,' zei ze. 'Voor het geval we neerstorten en je moet sterven zonder antwoord op je vragen te hebben gekregen.

Ik heb met Aidan gesproken en ik heb met Nieve gepraat. En ik denk niet dat we ooit nog elkaars beste vriendin worden, maar ik heb geen hekel meer aan haar.'

'En aan hem?'

'Ik heb ook geen hekel aan hem.'

'Hou je nog van hem?'

Die vraag bleef een poosje tussen hen in hangen.

'Ik hield van het idee,' antwoordde ze toen. 'Ik vond het fijn dat ik zou gaan trouwen met de man van mijn dromen, en ik dacht dat mijn leven volmaakt zou zijn als we maar samen waren. Ik gebruikte hem als excuus voor alles wat er misging. Maar hij is veranderd, en ik ook. Uiteraard hou ik niet meer van hem.'

Het vliegtuig sidderde en schokte als nooit tevoren. Ook al vond ze het niet erg om te vliegen wanneer het hondenweer was, zoiets als dit had ze nog nooit meegemaakt. Misschien had de piloot wel een vreselijke fout gemaakt, en was deze vlucht naar Dublin straks het laatste nieuws.

Onwillekeurig omklemde ze de armleuningen, en voelde toen Neils warme hand onder de hare. 'Sorry,' zei ze.

'Zo steunen we elkaar.'

Net zo plotseling als het sidderen, schudden en schokken was begonnen, hield het weer op. Het vliegtuig vloog gelijkmatig verder.

Even later bood de piloot zijn excuses aan en zei dat het nu eenmaal onvermijdelijk was geweest en dat het in Dublin mooi weer was.

Darcey legde haar hand weer in haar schoot en maakte de gordel ietsje losser, maar niet helemaal los.

Neil liet de armleuning los en strekte zijn vingers. 'Dat was zenuwslopend,' zei hij.

'Gelukkig temperde de champagne de doodsangst een beetje,' reageerde ze.

En toen floepte het lichtje weer aan dat ze de gordels moesten vastmaken. Achterdochtig keken ze ernaar, maar deze keer betekende het dat de landing zou worden ingezet.

'Zullen we een hapje gaan eten?' stelde hij voor nadat ze waren uitgestapt. 'Om het te vieren?'

'We hebben het al gevierd,' bracht ze hem in herinnering. 'We hebben geluncht met champagne.'

'Nee, sufkopje, ik bedoelde vieren dat we niet als zwartgeblakerd wrak op de landingsbaan liggen.'

Ze lachte. 'Daar was weinig kans op.'

'Nee?' Hij keek haar vragend aan.

Ze haalde haar schouders op. 'Waarom ook niet? Waar had je gedacht?'

Ze gingen naar Roly's in Ballsbridge, waar Darcey Neil ervan weerhield nog meer champagne te bestellen. 'Eén glaasje wijn is voldoende voor me,' zei ze. 'Tegenwoordig kan ik niet meer goed tegen drank.'

Dus bestelde hij voor haar een sauvignon blanc voor bij haar salade, en voor zichzelf een pinot noir voor bij zijn steak.

'Ik snap niet waarom ik zo'n honger heb,' zei hij terwijl hij brood uit het mandje pakte. 'We hebben goed geluncht. Volgens mij is het omdat we aan de dood zijn ontsnapt.'

'Doe niet zo maf.' Ze grijnsde. Zelf nam ze geen brood.

'Wat leef je toch gezond,' merkte hij op. 'Weinig alcohol, gezonde voeding. Het viel me op dat je tijdens de lunch niet veel hebt gegeten.'

'Och, ik doe mijn best een beetje evenwicht in mijn leven te brengen,' zei ze. 'Alles met mate.'

'Maar misschien soms een beetje saai?'

'Niet echt. Het is te doen.'

Hij knikte.

'Zeg, nu we zijn ontkomen aan de dood, en jij me geen ijdel monster meer vindt, moet je me maar eens vertellen wat je de afgelopen tien jaar allemaal hebt uitgespookt,' zei ze na een slokje van de heerlijke wijn. 'Jij weet alles van mij, maar ik niks van jou.'

Hij vertelde over zijn carrière, de tijd die hij in het buitenland had doorgebracht, en over de promotie voor het werk dat zij nu ging overnemen. Zijn stem klonk warm, net als toen op dat feestje met Kerstmis, toen ze met hem had gedanst en hij had gezegd dat hij haar mooi vond. Ze wist nog hoe ze zich had gevoeld toen hij zijn arm om haar heen had geslagen. Veilig. Toen was ze Aidan en Nieve ineens vergeten, en had ze niet meer gedacht aan hoe het had moeten zijn.

Waarom hield ik niet van hem, vroeg ze zich af. Hij gaf om mij. En ik gaf ook om hem. Hij maakte me gelukkig. Waarom hield ik dan niet van hem?

Ineens kreeg ze een heel naar gevoel in haar maag, net zoals toen het vliegtuig zo'n last had van turbulentie.

Ze hád van hem gehouden. Ze had van hem gehouden toen hij haar had gevraagd met hem te trouwen, en ze had van hem gehouden toen ze naar Gretna Green waren gegaan. Ze had van hem gehouden toen ze spelletjes met Häagen-Dasz hadden gespeeld, en toen ze hadden gevrijd in dat ijskoude bos in Schotland. Maar zij had besloten dat ze niet echt van hem hield toen het allemaal niet meer zo soepeltjes had gelopen, toen hij het druk had gehad op zijn werk en haar alleen had moeten laten wanneer hij naar vergaderingen had gemoeten. Omdat ze doodsbang was geweest dat hij iemand anders tegen het lijf zou lopen, zoals met Aidan was gebeurd. En dus had ze besloten dat ze nooit van hem had gehouden. Dat ze met hem was getrouwd omdat ze toch met iémand moest trouwen. En toen was het afgelopen geweest met zijn liefde voor haar, en dus had ze tegen zichzelf kunnen zeggen dat ze daar blij om was omdat zij nooit echt van hem had gehouden.

Maar ze had tegen zichzelf gelogen. Nu hield ze niet van hem, maar toen had ze wel degelijk van hem gehouden.

'Darcey? Is er iets?'

Ze schudde haar hoofd, maar ze ontweek zijn blik omdat hij niet mocht zien dat ze in verwarring was gebracht.

'En toen kwam Megan,' zei hij.

'Megan?'

'Het meisje met wie ik bijna ben getrouwd,' bracht hij haar in herinnering.

'O god, ja. Megan.'

'Mooie meid. Maar helaas uit Glasgow.' Zijn ogen fonkelden.

'Nou ja, je kunt niet alles hebben.' Ze lachte naar hem.

Zoiets had ze al eens tegen hem gezegd, ook in een restaurant. In Londen, niet lang nadat ze waren getrouwd. Hij had gezegd dat het enige wat niet volmaakt was aan haar, een gebrek was aan een vader die multimiljonair én stokoud was. Het was een vrolijke avond geweest. Ze herinnerde zich die nog goed. Niet de naam van het restaurant, maar wel waar het was geweest, vlak bij King's Road. Een leuke tent die hij iets te zoetsappig had gevonden; echt iets voor meiden. Ze had gezegd dat zij een meisje was, en dat ze hier dus op haar plaats was. Hij had gezegd dat ze een bijna volmaakt meisje was, vanwege het gebrek aan die steenrijke, hoog bejaarde vader. En toen had ze gezegd dat je niet alles kon hebben. Daar hadden ze om gelachen, en zij had geklaagd dat haar vader een klojo was omdat hij Minette in de steek had gelaten. Ze had er nog bij willen zeggen dat mannen allemaal klojo's waren omdat ze opeens aan Aidan had moeten denken, maar toen had ze in Neils ogen gekeken en gedacht dat híj haar nooit in de steek zou laten. Op dat moment was ze bang geworden dat iemand hem zou afpakken.

Ze sloot haar ogen om de herinnering kwijt te raken.

'Gaat het echt wel?' vroeg hij. 'Doet je pols pijn?'

Het drong tot haar door dat ze hard in zijn arm kneep. Ze deed haar ogen open. 'Ik voel me best,' zei ze, en het klonk net alsof er iemand anders aan het woord was. 'Alleen een beetje moe.'

'Wil je liever weggaan?' vroeg hij.

Eigenlijk wilde ze dat wel. Maar ze schudde haar hoofd en zei nogmaals dat er niets aan de hand was, en vroeg toen hoe hij het vond om in Dublin te blijven, en of hij dat altijd al had gewild.

'Het is nooit een doel geweest om in Dublin terecht te komen,' antwoordde hij. 'Maar het is een prettig kantoor en de mensen zijn aardig. Ik vind het prima.'

'Gek, jij blijft in Dublin en ik ga naar Edinburgh,' zei ze.

'Nou ja, zo gaat dat in het bedrijfsleven,' zei hij. 'Misschien heb ik er over een poosje genoeg van, en jij ook, en dan treffen we elkaar onder de olijfbomen in Toscane.'

'Tegenwoordig droom ik van andere dingen,' reageerde ze.

'Vast. Van zakenpakjes en zakenlunches, en vergaderingen waarbij het er heftig aan toe gaat.'

'Ik vind het nog steeds niks voor mij,' biechtte ze op. 'Maar als anderen...'

'Anderen vinden dat je ervoor geknipt bent,' stelde hij haar gerust.

'Vond jij me geknipt voor die baan?' Nieuwsgierig keek ze hem aan.

Hij knikte. 'Ik vind het ongelooflijk dat die onnozelaars van Global Finance je niet al veel eerder promotie hebben gegeven,' zei hij. 'Je trekt zoveel nieuwe cliënten aan... Fenomenaal! We konden het eerst niet geloven.'

'Gek, hè?' Ze giechelde, en dacht dat dat aan de wijn lag. 'Gek hoe alles zich ontwikkelt.'

'Je gaat het heel goed doen,' zei Neil. 'Ik... ik ben trots op je.'

'Dank je.' Ze wilde hem aanraken. Ze wist zelf niet waarom. Ze wilde zijn hand in de hare houden. Even vroeg ze zich af of er nog eelt op zijn linkerhand zou zitten, van toen hij in zijn jonge jaren aan karate had gedaan.

Er klonk het geluid van een binnenkomend sms'je, en hij opende zijn mobiel.

'Van Anna,' zei hij terwijl hij bezig was met de toetsen. 'Ze vraagt zich af hoe je omgaat met het grote nieuws.'

'Wist Anna er al van?'

'Uiteraard. Ze is immers manager HR? Ik heb geschreven dat ik haar nog wel bel.'

Waarom zou hij Anna bellen? Een zakelijk telefoontje? Of niet? Darcey voelde zich misselijk bij de gedachte aan Neil en Anna die het over háár hadden. Neil zou zeggen dat het in orde was gekomen en dat Darcey de baan in Edinburgh had aangenomen. En Anna zou opgelucht zijn dat Darcey niet meer in de weg liep, want ook al waren ze dikke vriendinnen, het was toch ongemakkelijk om iets te beginnen met Darceys ex.

Dit gebeurt niet, dacht Darcey terwijl ze met haar eten speelde en kleine slokjes wijn nam. Ik ben niet jaloers op Anna. Ik vind het niet erg dat zij en Neil iets hebben. En het kan me ook niet schelen dat Neil en ik alleen maar samen uit eten zijn gegaan omdat hij mijn baas is.

O nee, hij is mijn baas niet meer, dacht ze. We zijn gelijken. Ik ben net zo'n hoge piet als hij. En morgen zijn al die nare gevoelens vast verdwenen.

36

Darcey wist niet hoeveel mensen er naar de Excise Bar in Dublin zouden komen op deze laatste vrijdag dat ze hier nog zou zijn. Ze had iedereen uitgenodigd en het barpersoneel gevraagd een gedeelte te reserveren voor de werknemers van InvestorCorp. Toch was ze bang dat er slechts een handjevol mensen zou komen, en dat het er in 'hun' gedeelte verlaten zou uitzien. Maar om acht uur was het een gezellige drukte. Ongeveer driekwart van alle werknemers was gekomen om afscheid van haar te nemen.

'Natuurlijk zijn ze er.' Anna keek haar aan alsof ze vond dat Darcey niet goed bij haar hoofd was. 'Waarom zouden ze niet komen?'

'Er is vanavond voetbal,' antwoordde Darcey. 'En je weet hoe dol iedereen daarop is.'

'Jawel, maar ze willen liever iets vieren met jou,' reageerde Anna.

Darcey grijnsde. 'Nou ja, ik ben wel in de stemming om iets te vieren.'

'Verheug je je op Edinburgh?' vroeg Anna.

'O ja!' riep Darcey uit. 'Ik vind het ook eng, hoor. Eigenlijk zweet ik peentjes. Maar ik ga mijn best doen.'

'Goed zo, meisje!'

'Ik moet vergaderen met die kerel die naar Tokio gaat,' vertelde Darcey geamuseerd. 'Dat kan interessant worden.'

'Waarschijnlijk is hij doodsbang voor je,' zei Anna. 'De belangrijke vrouw uit Dublin die nu de baas is.'

'Denk je?'

'O, ja.'

Darcey schoot in de lach. 'Ik geloof er geen woord van, maar toch bedankt.'

'Ha, Darcey!' Walter gaf haar een schouderklopje. 'Goed gedaan. Ik hoop dat je een megasucces wordt.'

'Dank je,' reageerde ze.

Die avond moest ze dat nog vaak zeggen tegen allerlei mensen die haar het beste kwamen wensen. Het ontroerde haar dat ze allemaal leken te denken dat ze deze promotie had verdiend, en het kwam als een aangename verrassing dat ook mensen met wie ze in het verleden de degens had gekruist, kwamen zeggen dat ze het uitstekend zou doen. Sally van de receptie deelde haar vertrouwelijk mee dat ze had gesolliciteerd naar een baan bij client services, en dat ze maandag op gesprek moest komen.

'Wees vooral positief,' raadde Darcey haar aan. 'Je kunt het! En denk eraan dat je me altijd kunt bellen voor goede raad.'

Sally knikte en zei dat ze dat zeker zou doen, en dat ze hoopte ooit ook zo hoog op te klimmen. Darcey zei lachend dat ze dat ook hoopte.

'Fijn dat je die baan hebt gekregen,' zei John Kennealy later. 'Maar wie moet je vervangen in het team van de quiz?'

Giechelend antwoordde ze: 'Neil Lomond!'

'Hm...' reageerde John. 'Nou ja...' Hij liet zijn blik over de menigte dwalen. 'Misschien als vervanger, voor noodgevallen.'

Ze volgde Johns blik en zag Neil zich een weg door de menigte banen.

'Hoi,' zei hij. 'Sorry dat ik zo laat ben. Ik moest nog het een en ander doen.'

'Geeft niks,' zei ze. 'Leuk je te zien. Wil je iets drinken?'

'Laat maar,' antwoordde hij. 'Gareth bestelt al iets voor me.' Hij grinnikte. 'Volgens mij wil iedereen de baas graag iets aanbieden.'

'Nee, het is een vriendelijk gebaar,' wees ze hem terecht. 'Het kan niemand iets schelen dat je de baas bent.'

'Dat geloof ik ook,' zei hij. Op dat moment kwam Gareth, die bij accounts werkte, eraan met Neils drankje. 'Proost!'

De avond ging als in een roes voorbij. Darcey dronk champagne en vroeg zich af of ze er een smaak voor ontwikkeld had omdat ze nu een hoge piet was. Ze genoot van de luchtige gesprekjes om haar heen. Ze hoorde twee jonge medewerkers zich hardop afvragen of je echt superslim moest zijn om op te klimmen, en bemoeide zich met hun gesprek door te zeggen dat je alleen maar heel graag moest willen slagen. Later vroeg ze zich stilletjes af wat haar had bezield dat te zeggen, want zelf was ze nooit echt uit geweest op succes.

Tegen sluitingstijd waren er niet veel mensen meer, alleen Anna, Neil en zijzelf, en wat jongelui die wilden gaan stappen. Neil en Anna vonden het echter wel welletjes geweest, en ook Darcey wilde niet mee.

'Ik ben daar te oud voor,' zei ze. 'Ik kan er niet meer tegen. Ik ga gewoon naar huis en naar bed.'

'Wil je dat we met je meegaan?' vroeg Neil.

'Naar bed?' vroeg ze lachend.

'Nee, in de taxi. Om er zeker van te zijn dat je veilig thuiskomt.'

Ze schudde haar hoofd. 'Dat lijkt me niet nodig. Je mag wel kijken terwijl ik instap.'

Dus liepen ze met haar mee naar de taxistandplaats en bleven daar wachten totdat er een taxi kwam aanrijden.

'We hoeven niet echt afscheid te nemen,' zei Anna toen Darcey het portier had opengezet. 'Je komt vast nog heel vaak langs, en ik mail je natuurlijk alle roddels.'

'Graag!' zei Darcey. 'En ik bel je maandag om te vertellen hoe het allemaal gaat.'

'Veel geluk,' zei Anna. 'Want dat verdien je.'

'Ja,' zei Neil instemmend. 'Dat verdien je zeker. We houden contact. Waarschijnlijk stuur je me allemaal doelen die onmogelijk te halen zijn.'

'Absoluut!' zei ze.

Hij omhelsde haar ook. Dat voelde vertrouwd, en ze moest iets wegslikken toen ze instapte.

Om twee uur 's ochtends barstte er een hevig onweer los. Ze had heel lang voor de spiegel in de slaapkamer gezeten, waar ze de make-up verwijderde en moisturizer opbracht, niet goed wetend waarom alles ineens zo anders was. En toen besloot ze warme chocolademelk te maken. Niet uit een pakje, maar met de chocola die Minette haar altijd meegaf na een bezoekje. Helaas had ze geen room in huis, maar zonder zou het ook wel smaken. Langzaam roerde ze in het pannetje en snoof de heerlijke geur vast op.

Minette, Tish en Amelie vonden het fijn voor haar dat ze naar

Edinburgh ging. Ze waren het erover eens dat deze promotie een geweldige kans was en dat ze die had verdiend. Minette wees erop dat het weinig verschil maakte of Darcey een vlucht nam vanuit Edinburgh of vanuit Dublin, en ze merkte ook op dat het Darcey waarschijnlijk goed zou doen om een tijdje in het buitenland te verblijven, maar dat het niet voor eeuwig was.

Darcey had gezegd dat Minette haar zeker uit de weg wilde hebben, zodat ze fijn kon blijven flirten met Malachy Finan zonder bang te hoeven zijn dat haar jongste dochter plotseling langs zou komen. Minette had daarop gezegd dat ze uitsluitend in het kasteel flirtte, waar haar dochters het niet konden zien. En toen had Darcey gevraagd of het misschien serieus aan het worden was met Malachy.

'Maak je maar geen zorgen,' had Minette luchtigjes geantwoord. 'Maar ik heb wel lol!'

Terwijl Darcey slokjes van de warme chocolademelk nam en naar de bliksemflitsen keek die de donkere nachthemel verscheurden, dacht ze dat het maar goed was dat Minette lol had met iemand met een eigen kasteel. Ze vroeg zich ook af of Minette achteraf vond dat het een zegen was dat Martin haar in de steek had gelaten. Ze wist dat het nog erg moeizaam ging tussen Martin en Clem, maar dat eraan werd gewerkt.

Ze slaakte een diepe zucht. Het was gemakkelijk om van alles uit te stippelen, maar dan greep het leven soms ineens in. Voor haar ouders was het niet gegaan zoals ze hadden gedacht. En voor Anna ook niet. Of voor Nieve, of voor Aidan. Zelfs niet voor Neil. Geen van hen had gekregen wat ze hadden verwacht. De vraag was of dat nu goed was of slecht. Wist ze dat maar...

Ze schrok toen haar mobieltje geluid maakte. Gauw zette ze de halflege mok neer en nam op.

'Hoi Darcey.' Het was Nieve. 'Hopelijk slaap je nog niet?'

'Verrassend genoeg ben ik nog wakker,' antwoordde Darcey zodra ze zich had hersteld. 'Maar het is wel heel erg laat. Is er iets?' Plotseling werd ze bang dat er toch iets was gebeurd. Dat er iets was aangetroffen zodat Nieve net als Mike en Harley kon worden aangeklaagd. Dat Nieve zonder het te weten bij de fraude betrokken was geweest. Ineens voelde ze zich misselijk.

'Nee, hoor, alles gaat prima,' stelde Nieve haar gerust. 'Alles gaat heel, heel erg goed. Dat wilde ik je even vertellen.'

'O?'

'Aidan en ik zijn vandaag getrouwd.'

'Nieve!'

'Uit het onderzoek is mijn onschuld gebleken,' vertelde Nieve. 'Dus overlegden Aidan en ik over de bruiloft. We dachten erover een eenvoudige plechtigheid thuis te houden met een paar goede vrienden erbij, maar toen vond ik het toch weer iets groots hebben. En dat wil ik niet. Dus zijn we gewoon getrouwd, met z'n tweetjes, zonder gedoe eromheen.'

'Gefeliciteerd.' Darcey was oprecht blij voor Nieve. Voor hen allebei, eigenlijk. Allemachtig, waarom had ze zoveel energie verspild aan hatelijke gedachten? Wat had dat voor nut?

'Gek, hoor, ik zeg aldoor maar mevrouw Nieve Clarke, alsof ik een schoolmeisje ben,' zei Nieve. 'Ik had niet kunnen denken dat het zoveel voor me betekende.'

'Ik ben blij dat je gelukkig bent,' zei Darcey. 'En ik ben ook blij dat je naam gezuiverd is.'

'Nou, anders ik wel!' Het kwam recht uit Nieves hart. 'Echt, het bracht allemaal heel veel stress met zich mee. Maar uiteindelijk is alles goed gekomen. En dat wilde ik je ook even vertellen.'

'Hebben de nieuwe eigenaren je een baan aangeboden?'

'Uiteindelijk niet,' antwoordde Nieve. 'Wel aan Paola. Jij zou goed met haar kunnen opschieten, ze is net zo doelbewust als jij. Zwanger, maar vastberaden.'

'Ik snap het verband niet helemaal,' merkte Darcey op. 'Ik ben heus niet zwanger, hoor.'

'Ik bedoel dat ze me aan jou doet denken. Stilletjes, maar niet echt. Snap je?'

'Misschien.'

'In elk geval, zij heeft de baan, en ik begin aan een andere carrière!'

'O?'

'Je vindt het vast geweldig,' zei Nieve.

'Dat hoop ik.'

'Ik ben bezig een boek te schrijven.'

'Pardon?'

'Een boek. Ik heb al een contract.'

'Wat voor contract? Wat voor boek?'

'Over Ennco,' vertelde Nieve opgetogen. 'Op een avond bekeek ik alle dossiers nog eens, en toen drong het tot me door dat ik over allerlei achtergrondinformatie beschik. Toen heb ik mijn advocaat gemaild, en die bracht me in contact met een literair agent. Er bestaat veel interesse. Ik weet dat ik dit kan, ik ben altijd al goed geweest in gegevens verzamelen. En nu schrijf ik over alweer een bedrijfsschandaal, en weet je? Het verdient ontzettend goed. Niet wat ik eerst zou krijgen als Ennco naar de beurs zou zijn gegaan, maar toch een boel. Dus alles ziet er weer goed uit.'

'Ik sta versteld,' zei Darcey. 'Jij komt altijd weer op je pootjes terecht.'

'Maar daar moet ik wel wat voor doen,' reageerde Nieve zuur.

Darcey lachte.

'Er is sprake van dat er een gedramatiseerde versie van wordt gemaakt voor de televisie,' ging Nieve verder. 'Ik ben dus goed bezig. Straks kan ik mijn vader het bedrag teruggeven dat hij voor Lorelei moest ophoesten.'

'Dat zou ik niet doen,' zei Darcey.

'Waarom niet?'

'Ik denk dat hij het fijn vond dat hij je kon helpen. Dat gaf hem vast een goed gevoel.'

Daar moest Nieve even over nadenken. 'Misschien heb je wel gelijk,' zei ze toen. 'Zo heb ik het nooit bekeken.' Ze grinnikte. 'Jemig, Darcey McGonigle heeft inzicht in de menselijke ziel!'

'Hou je kop.' Maar het klonk niet boos.

'Wil je Aidan nog spreken?' vroeg Nieve.

Even aarzelde Darcey.

'Toe maar,' zei Nieve.

Darcey hoorde dat het toestel van hand verwisselde, en toen hoorde ze Aidans stem. Ze feliciteerde hem met het huwelijk, en hij bedankte haar voor wat ze in Galway had gedaan. Toen zei ze dat ze elkaar nog weleens ergens zouden zien, misschien op een filmpremière of zoiets, en daar moest hij om lachen. Hij vertelde dat Nieve als een bezetene aan het schrijven was, en dat de toekomst er rooskleurig uitzag.

'Ik hoop dat jullie gelukkig worden,' zei Darcey oprecht gemeend.

'Dat hopen we voor jou ook,' zei Aidan.

Bijna vertelde ze hem van haar promotie, maar ze wilde niet de indruk wekken dat ze Nieve aan het overtroeven was. Dus nam ze gewoon afscheid en klikte het toestel dicht.

Eindelijk waren ze dan getrouwd. Als ze nog fantasietjes had over Nieve die werd gearresteerd, waardoor er geen sprake van een huwelijk meer kon zijn, dan moest ze die maar vergeten.

Zoals gewoonlijk had Nieve van een ramp een triomf gemaakt. Zo zou het altijd gaan, dacht Darcey, want zo stak Nieve nu eenmaal in elkaar.

En ik, dacht ze. Ben ik het tegenovergestelde van Nieve? Is het mijn lot om van een triomf een ramp te maken? Ze dacht aan haar mislukte huwelijk en kneep haar ogen stijf dicht. Ze treurde niet meer om Aidan. Nu kon ze niet om Neil gaan treuren. Het leven ging door. En zij ging naar Edinburgh.

De chocolademelk was koud geworden. Ze spoelde de mok af onder de keukenkraan en liep naar de balkondeur. Het regende niet meer, maar de donder rommelde nog. Ze schoof de deur open en keek uit over de stad. Ze was dol op onweer, op de flitsen en de knallen. Dat alles vond ze opwindend. Ze genoot ook van de gesprekken erover, dat iedereen steeds weer versteld stond over de natuur die in staat was tot zo'n overweldigende voorstelling.

Het is net als menselijke plannen, dacht ze. Als de natuur dat wil, gooit ze die in duigen.

Er kwam wind door de open deur, en paperassen werden van de tafel geblazen. Zacht vloekend schoof ze de deur weer dicht. Een hechte band met de natuur was prima, en ook het hebben van diepe gedachten in het holst van de nacht, maar je moest wel een beetje oppassen.

Ze kroop over de vloer om alle nota's en reclamefolders op te rapen die ze de afgelopen weken op tafel had gedumpt. En toen pakte ze een kartonnetje op, en meteen drong het tot haar door dat het het kraslot was dat Nerys haar lang geleden als verjaarscadeautje had gestuurd. Ze had nog niet gekrast omdat ze zeker wist dat ze toch niets zou winnen.

'Misschien gaat het vanavond anders,' mompelde ze voor zich

uit. Er waren veranderingen in haar leven, een verandering van baan, een verandering in haar denkpatroon. Misschien was haar lot ook veranderd en zou ze eindelijk eens iets winnen.

Ze pakte een muntje uit haar tas en hield dat boven het kraslot. Eigenlijk veranderden dingen niet. Niet echt. Ze was nog steeds degene die geen wensje deed op haar verjaardag, degene die nooit eens iets won in de loterij. Zij moest hard werken voor wat ze wilde. Niets werd haar zomaar in de schoot geworpen.

Nog een laatste, harde donderklap waarvan de ramen rinkelden. Kom op, dacht ze, kras nou maar. Misschien krijg ik drie sterretjes en mag ik meedoen aan de trekking.

Ze kraste geen drie sterretjes, ze kraste honderd euro. Meteen wist ze wat ze daarmee ging doen: vrolijk gekleurde T-shirts kopen om haar garderobe mee op te fleuren.

37

In Milaan was het warm. Het was niet haar bedoeling geweest hier terug te komen, maar er was de plotselinge mogelijkheid een pitch te houden bij een geslaagde popster die een huis aan het Comomeer had gekocht. Zijn financieel adviseurs hadden een gesprek met InvestorCorp aangevraagd. Robin Barrymore, degene die verantwoordelijk was voor de Europese cliënten, was net vader geworden en had nog vrij. Hij had wel naar kantoor gebeld en gezegd dat hij best bereid was tot een gesprek met de adviseurs van de popster, maar Darcey had gezegd dat hij rustig aan het vaderschap moest wennen en dat zij wel zou gaan. Pas toen ze had opgehangen, besefte ze dat het Robin waarschijnlijk niets kon schelen om een paar dagen minder van de baby te genieten. Misschien was hij wel groot fan van die popster!

Helaas zou het gesprek niet plaatsvinden in de villa van de popster, maar in de van airconditioning voorziene kantoren van de financieel adviseurs, die haar stevig ondervroegen over Investor-Corp. Ze stelden diepgaander vragen dan ze gewend was.

'Hij is al eens bedrogen,' zei Antonio Mantovani toen ze daar iets over zei. 'Alles moet zijn zoals je zegt. Onze cliënt wil nooit meer hoeven werken.'

Daar kon Darcey inkomen. Hoewel ze zich moeilijk kon voorstellen dat de woeste ster van de jaren zeventig voortaan een rustig leventje wilde leiden met als enige verzetje het uitzicht over een Italiaans meer.

Ze had geen positief gevoel over het gesprek, en het verbaasde haar dan ook toen Antonio en zijn collega haar uitnodigden om die avond met hen te gaan eten. Ze kozen een echt goed restaurant uit, niet dat waar ze meestal met Rocco naartoe ging. Het werd een aangename avond, en ze was het met de anderen eens dat de popster een prachtig stukje van de wereld had uitgekozen om van zijn pensioen te genieten. En dat zoiets veel prettiger moest zijn dan voortdurend op tournee gaan met zijn band.

Omdat de volgende dag een vrijdag was, besloot ze niet meteen naar het kille Edinburgh te gaan, maar zichzelf te trakteren op een weekendje in haar lievelingsstad. Het weekend werd nog fijner toen de adviseurs belden om te vertellen dat de popster met InvestorCorp in zee wilde. Ze bedankte hen uitbundig, klikte het mobieltje dicht en stak haar vuist triomfantelijk in de lucht.

Ze maakte een wandelingetje door de stad, en ging toen nog even shoppen. Jaloers keek ze naar de goedgeklede mannen en vrouwen die er prima uitzagen, ook al vielen de mussen zowat van het dak, en was het eigenlijk veel te warm om te flaneren.

Na de lunch dacht ze erover om Rocco te bellen en iets af te spreken. Maar ze stelde het steeds uit omdat ze vond dat het een stap achteruit zou zijn, en ze wilde juist voorwaarts.

Toen ze door een beschaduwd zijstraatje liep, werd haar aandacht getrokken door de etalage van een makelaar. Ze bleef staan om naar de foto's te kijken van nieuwe, oude en half ingestorte panden die in de omgeving te koop stonden. En opeens besloot ze te gaan kijken naar panden in de buurt van het meer.

Een uur later stond ze in een veld voor een pand dat bijna een ruïne was. De zon brandde op haar schouders, en het dorre gras kietelde haar kuiten. Het leek waarschijnlijk in niets op de villa van de popster, maar ze herinnerde zich wel dat toen ze foto's van zijn huis had gezien, ze de kriebels had gekregen om eens naar huizen te gaan kijken. Ook al was het in Lombardije en niet in Toscane. Dit huis was een ware ruïne, met onkruid dat door het dak groeide en met scheef hangende luiken voor de ramen.

'Er moet het een en ander worden gerestaureerd,' zei de makelaar. 'Maar het pand staat op een schitterende locatie. Vanuit de bovenramen kun je het meer zien.'

Het huis had inderdaad iets, maar ze wist niet of ze wel de juiste persoon was om het in zijn oude glorie te herstellen. Bovendien had ze de hypotheek op haar appartement in Dublin nog niet afbetaald. Ze wist ook nog niet goed wat ze met dat appartement moest doen. Ze zou het kunnen verhuren, maar ze vond het geen fijn idee dat iemand anders daar zou rondlopen. InvestorCorp had een tijdelijke regeling getroffen voor de verblijfskosten in Edinburgh, maar de gedachte aan iets permanents daar drukte ze weg. Het was vast niet slim om geld te gaan lenen om een Italiaanse ruïne te kopen. Maar, dacht ze terwijl ze om het pand heen liep, het is prachtig, er is zeer zeker iets van te maken. Jammer dat ze met dat kraslot honderd euro had gewonnen en niet een paar ton...

Ze besefte dat de makelaar haar in de gaten hield. Waarschijnlijk denkt hij dat ik volslagen gek ben, dacht ze, net zoals dat gezin dat zelf olijven wilde telen. Dat het zo ontzettend moeilijk had gehad in dat afgelegen plaatsje, en dat er bijna aan onderdoor was gegaan. Maar uiteindelijk was het allemaal goed gekomen. Ze hadden zelfgebakken brood gegeten dat ze in hun eigen olijfolie hadden gedoopt. Ze hadden gezegd dat hun droom werkelijkheid was geworden.

Misschien is míjn droom geen ruïne in Toscane, maar een hoge piet zijn bij InvestorCorp, dacht ze terwijl ze naar de makelaar toe liep. Misschien heb ik al die tijd niet geweten wat mijn droom eigenlijk is.

Ze liet de makelaar vertellen over andere panden, en gaf hem haar e-mailadres en telefoonnummer zodat hij haar op de hoogte kon houden. Om hem niet al te veel valse hoop te geven, zei ze dat het meer iets voor de toekomst was. Maar de makelaar zei lachend dat iederéén in Italië wilde wonen, en dat het haar goed zou doen om te wandelen in de Italiaanse zon, en dat hij het haar zou laten weten wanneer er iets veelbelovends op de markt zou komen.

Darcey lachte en knikte, en was blij toen ze kon ontsnappen naar het hotel. Ze nam het zichzelf kwalijk dat ze naar een pand was gaan kijken dat ze toch niet ging kopen. Maar al met al was het toch een plezierige middag geweest.

Ze nam een douche en ging gehuld in de dikke badjas aan het raam zitten. Ze had uitzicht op een appartementencomplex, ze kon mensen op het balkon zien zitten. Ze vond het leuk hen te zien eten, ze vond het een aantrekkelijk idee dat ze zoveel buiten deden. Maar ze kreeg ook honger van al die heerlijke geuren, dus bladerde ze in het menu van de roomservice. Ineens vond ze het een beetje zielig om op haar kamer te eten, dus trok ze een spijkerbroek aan en een knalroze T-shirt dat ze had gekocht van het kraslotgeld. Haar haar was nog vochtig van het douchen, maar ze had geen zin het te drogen. Voor één avondje kon ze wel met een warrige bos lopen.

Het restaurant op de eerste verdieping, met een balkon dat uitkeek over een binnenplaats, was halfvol. Een ober bracht Darcey naar een tafeltje bij het balkon en overhandigde haar de menukaart. Ze bestelde spaghetti carbonara en een halve literfles frascati. Vervolgens ging ze in het Italiaanse roddelblaadje zitten lezen dat ze eerder die dag had gekocht.

Even later genoot ze al lezend van de heerlijke spaghetti en de frisse wijn. Zonder erbij na te denken was ze domweg gelukkig.

'Hoi.'

Ze had net een hap spaghetti genomen, die ze haastig wegwerkte. 'Wat is er?' vroeg ze. 'Wat doe jíj hier?'

'Er is niks,' antwoordde Neil Lomond. 'Mag ik erbij komen zitten?'

Ze knikte en legde haar vork neer.

'Sorry als ik stoor,' zei hij.

'Je stoort helemaal niet.' Ze sloeg het tijdschrift dicht en schoof het weg. 'Is er iets? Heb je geprobeerd me te bellen? Sorry, maar ik had mijn mobieltje uitgezet.'

'Er is niks,' herhaalde hij. 'En als ik op zo'n mooie plek was, zou ik mijn mobiel ook uitzetten.'

Vragend keek ze hem aan.

'Stoor je niet aan mij,' zei hij. 'Eet alsjeblieft door.'

'Ik was bijna klaar.'

'Sorry.' Maar hij zag er niet uit alsof iets hem speet, want hij grijnsde breed. 'Jij bent de enige die ik ken die op een elegante manier spaghetti kan eten.'

Ze glimlachte flauwtjes. 'Niet echt. Daarom bestel ik altijd spaghetti met een bleke saus.'

'Nou ja, maar je krijgt die slierten wel aan je vork,' zei hij. 'Ik heb even naar je gekeken, en ik was diep onder de indruk.'

'Dank je. Zeg, ik wil niet onbeleefd zijn, maar wat doe je hier eigenlijk?' Ze voelde aan haar haar, in de wetenschap dat het waarschijnlijk alle kanten op stond.

Hij trok de stoel tegenover de hare uit en nam plaats. Ze schonk een glas wijn voor hem in.

'Hoe bevalt Edinburgh je?' vroeg hij.

'O, best,' zei ze. 'Er werken mensen die deugen. Ik kan goed met ze opschieten, en op het ogenblik ben ik een strategie voor volgend jaar aan het uitstippelen.' Ze glimlachte. 'Dit reisje werd me in de schoot geworpen, ik ben heus niet van plan weer de wereld af te reizen. Maar het is fijn om hier weer te zijn.'

'Je lievelingsstad,' zei hij.

Ze haalde haar schouders op. 'Ja, eigenlijk wel.' Weer glimlachte ze. 'Vanmiddag ben ik huizen gaan kijken. Nou ja, we reden erlangs, we zijn alleen uitgestapt bij een ruïne.'

Met opgetrokken wenkbrauwen keek hij haar aan. 'Toch de olijven?'

Ze schudde haar hoofd. 'Nee, daar ben ik nog niet klaar voor. Misschien ooit. Ik zou natuurlijk ontslag kunnen nemen bij InvestorCorp, mijn appartement verkopen en verhuizen naar Italië en daar op zoek gaan naar een baan. Maar dat zou alleen een verandering van locatie betekenen. Zoiets wil ik pas als ik mijn leven wil veranderen.'

'Alleen op die manier?'

'Tenzij ik de lotto win.' Ze grijnsde erbij. 'Je weet maar nooit... Laatst heb ik met een kraslot honderd euro gewonnen.'

'Je zei altijd dat je nooit eens iets won.'

'Ik win ook nooit iets,' reageerde ze zuur. 'Ik vroeg me al af of het soms een voorteken was. Alleen geloof ik niet in voortekens.'

'Als je ontslag zou nemen bij InvestorCorp, wat zou je hier dan gaan doen?' vroeg hij.

Ze haalde haar schouders op. 'Dat weet ik dus niet. Misschien net zoiets als ik nu doe. Er moet immers brood op de plank komen. En ik ben niet zoals Nieve, die alles wat ze aanraakt in goud verandert.'

Vragend keek hij haar aan, dus vertelde ze hem over het telefoontje in het holst van de nacht. 'Ze is dus bezig een boek te schrijven over de graaicultuur,' zei ze. 'Het wordt vast een bestseller.'

'Vind je het echt niet erg dat ze getrouwd zijn?' vroeg hij.

'Het heeft lang geduurd voordat ik wat dan ook van hen niet erg vond, maar nu maakt het me allemaal niets meer uit.'

'Wanneer kwam je daarachter?' vroeg hij.

Met grote ogen keek ze hem aan. 'Dit is echt een absurd gesprek, Neil,' zei ze. 'Ik heb je al weken niet gesproken, en nu vraag je in mijn hotel in Milaan of ik nog hou van mijn eerste vriend. Hoe wist je eigenlijk dat ik in Milaan was? En waarom kwam je ineens aan mijn tafeltje zitten? Wat is er toch aan de hand?'

'Doe me een lol,' zei hij, 'en vertel het.'

Ze zuchtte diep. 'Ik wist het gewoon. Als ik aan hem denk, voelt het niet meer alsof er een mes wordt omgedraaid in mijn hart. Als ik aan haar denk, word ik niet meer woedend. Als ik aan hen samen denk, wil ik niet meer haar ogen uitkrabben of me wenend in zijn armen storten. Ik vind het wel verdrietig dat ik mijn leven heb verpest door me er niet eerder overheen te zetten, maar ik ben blij dat het nu zover is. Ik hou niet van hem. Waarschijnlijk hou ik al jarenlang niet meer van hem, maar wilde ik dat niet toegeven. Maar ik heb me er dus overheen gezet.' Ze glimlachte. 'Ik heb dat nog nooit hardop gezegd. Het is heel bevrijdend. Ik hou niet meer van hem, ik heb me eroverheen gezet.' Ze lachte hardop. 'Ja, absoluut. Ik ben er helemaal overheen.'

'Maar ik heb me nooit over jou heen gezet.'

Ineens wist ze niet wat ze moest zeggen, dus zei ze maar: 'Pardon?'

'Je hebt heel goed gehoord wat ik zei,' zei hij.

'Jawel, maar ik weet niet of ik het wel goed heb begrepen.'

'Natuurlijk heb je het goed begrepen.'

'Oké. Je zei dat je je nog niet over mij heen had gezet. En dat vind ik raar.'

'Dat snap ik,' reageerde hij. 'Maar het is wel zo, Darcey. Ik heb je nooit kunnen vergeten. Als ik aan je denk, voelt het alsof er een mes wordt omgedraaid in mijn hart. En soms word ik woedend. En hoewel er niemand is wiens ogen ik zou willen uitkrabben, begrijp ik het wel.'

'Neil!'

'Gek, hè?'

'Maar je had je bijna verloofd met een ander... En je hebt iets met Anna... En je wist het niet meer van de Marmite!'

Verwonderd keek hij haar aan. 'Wat?'

'Toen bij de quiz,' legde ze uit. 'Het Franse woord voor kookpot. Dat was je vergeten.'

'Nee, hoor.'

'En daarom heb je verloren. Ik dacht dat je het je wel zou herinneren, omdat het voor ons iets had betekend. Maar je wist het niet meer.'

'Häagen-Dasz,' zei hij zacht. 'Daarna.'

Ze slikte iets weg. 'Ik vroeg het, en jij zei dat je niet wist waar ik het over had.'

'Wat had ik anders moeten zeggen?'

'Maar waarom?' vroeg ze.

'Had ik je moeten laten weten dat ik het me nog goed herinnerde?' vroeg hij op scherpe toon. 'Had ik je moeten laten weten dat ik nog om je geef?'

Zonder iets te zeggen staarde ze hem aan. Toen streek ze door haar haar en deed haar best de plukken te temmen.

Hij keek ernaar. 'Je haar zit prima zo,' zei hij. 'Ik vind het leuk.'

'Neil, dit is te gek voor woorden. Ik weet niet wat ik moet zeggen.'

'Sorry. De laatste tijd weet ik ook vaak niet wat ik moet zeggen.'

'O?'

'Het kwam doordat ik je weer zag,' zei hij. 'Doordat ik je weer sprak. Ik merkte dat je briljant bent in je werk. Ik besefte dat je alles min of meer een plaats had gegeven, en het speet me dat je dat niet eerder had gedaan, toen we nog getrouwd waren. Ik had je gemist.'

'Neil, het is al acht jaar geleden!'

'Het lijkt veel korter.'

'Nee,' zei ze zacht. 'Helemaal niet.'

'Ik word er gek van!' ging hij verder. 'Ik vond dat ik er eens met je over moest praten. Ik vond dat alles eens op een rijtje moest worden gezet.'

'En Anna dan?' vroeg ze opeens. 'Anna is mijn vriendin. Jij hebt met haar gespeeld terwijl ik nog zo had gezegd dat je dat niet moest doen. Als wij... Als wij... Dan zou ik net als Nieve zijn. Dan zou ik haar vriend afpakken.'

'Anna heeft me hiernaartoe gestuurd,' vertelde Neil. 'Ze zei dat ik mijn gevoelens ontkende. En ik zei dat dat onzin was en dat ze zich er niet mee moest bemoeien, dat ik precies wist wat ik voelde, maar ze wilde niet luisteren en stuurde me hierheen.'

'Maar ik dacht dat jullie...'

'Heel in het begin dacht ik dat het iets kon worden. Maar net zo heel in het begin besefte zij dat dat onmogelijk was. Dat wist ze omdat ze had gemerkt dat ik jou nog niet was vergeten. Dat ik nog stapelgek op je was. En ook al ontkende ik dat in alle toonaarden, en ook al zei ik dat ik op zoek was naar een ander, toch hield ze vol dat jij het helemaal was voor mij.'

'Maar ze had me gevraagd hoe ik het zou vinden als jullie iets met elkaar zouden hebben!'

'Ze kwam er algauw achter dat ik na jou nooit meer een langdurige relatie had gehad. Ze is een heel slimme en gevoelige vrouw, en onder andere omstandigheden zou het misschien hebben gewerkt. Maar ze wist nog voordat het tot mij was doorgedrongen dat het onmogelijk was.'

Een poosje keek ze hem zwijgend aan. 'Daar heeft ze me niets over verteld.'

'Ze dacht dat jij je gevoelens ook ontkende. En ze dacht ook dat als ze daar een opmerking over zou maken, jij je kont tegen de krib zou gooien.'

'Arme Anna,' zei Darcey nadenkend. 'Ze wil zelf ook zo graag iemand.'

'Ze zei al dat je zoiets zou zeggen. En ze zei dat ze niet zomaar iemand wil, maar dat ze wacht op de ware.'

'Misschien,' zei Darcey. 'Maar soms denk je dat je de ware hebt gevonden, maar dat blijkt dan niet zo te zijn. En dan krijg je vreselijk spijt omdat je dat niet eerder hebt ingezien.'

Neil zweeg. Pas na een hele poos zei hij: 'Het spijt me als ik je voor het blok heb gezet. Anna zei dat ik hiernaartoe moest gaan. Ze zei dat ik misschien voor gek zou staan, maar dat ik het toch moest doen. En ik heb het gedaan. En het spijt me dubbel omdat we ook moeten samenwerken, en als ik het mis had, heb ik die relatie nu ook verpest.'

'We hebben een prima zakelijke relatie,' zei ze.

'Ik voelde me erg vernederd door je gedrag bij ProSure,' vertelde hij. 'Ik was blij dat je daar wegging, ik was blij dat we gingen scheiden, en ik was heel erg blij dat ik die treurige periode achter me kon laten. Ik hield mezelf voor dat ik ergens aan was ontsnapt. En dat is in zekere zin ook zo. Maar later dacht ik dat ik er misschien beter voor had kunnen vechten. Voor jou. Ik besefte weer waarom je met me was getrouwd, en dat Aidan niets meer voor je betekende. Maar ik liet je gaan omdat ik meende dat dat het beste was, en daar heb ik altijd spijt van gehad.'

'Hou alsjeblieft op,' zei ze. 'Zo klinkt het alsof jij overal schuld aan hebt.'

'Ik weet best dat het niet alleen mijn schuld is dat het zo is gelopen. Maar ik vind ook dat ik het anders had kunnen oplossen.'

'O, Neil, dat denk ik nou ook.' Ze glimlachte flauwtjes. 'Ik had alles in mijn leven anders moeten oplossen. En ik had vooral aardiger moeten zijn tegen jou. Ik had je niet moeten kwetsen en vernederen. Ik voelde me gekwetst en vernederd, maar dat betekent nog niet dat ik jou ook moest kwetsen en vernederen. Maar dat deed ik wel en daar heb ik verschrikkelijke spijt van. Echt waar. Ik heb me schandelijk gedragen, en dat rechtvaardigde ik door mezelf voor te houden dat ik ook schandelijk was behandeld. Maar er was geen rechtvaardiging voor mijn gedrag. Ik kan alleen maar zeggen dat ik alles niet goed had verwerkt, en dat ik toen niet echt mezelf was. Hoe dan ook, ik had niet met je moeten trouwen. Ik hield niet voldoende rekening met jouw gevoelens, en ik was echt een misselijk mens. En dat spijt me.'

'Je hoeft me je excuses niet aan te bieden,' zei hij.

'Toch wel,' zei ze. 'Ik moet de verantwoordelijkheid op me nemen voor wat ik heb gedaan en voor hoe ik het heb gedaan. Pas toen die bruiloft in het water viel, besefte ik dat ik zelf mijn leven verpestte en dat het allemaal een grote vergissing was.'

'Je bent veranderd,' reageerde hij. 'Ik wist niet dat iemand zo sterk kon veranderen. Je hebt een vreselijke periode achter de rug, maar je hebt je erdoorheen geslagen, en nu gaat het goed met je. Een geweldig verhaal. Ik had het alleen graag anders gezien.'

'Waarom heb jij je niet over mij heen kunnen zetten?' vroeg ze.

'Dat weet ik niet,' antwoordde hij. 'Misschien omdat ik me je herinner wanneer je net wakker bent geworden. Met je haar alle kanten op, net zoals nu, en met een wazige blik in je ogen. Kwetsbaar en toch sterk. En omdat je je allerlei triviale dingen herinnert die opeens heel nuttig blijken te zijn. En de manier waarop je lacht, of huilt. En...'

'Hou op!' Ze streek door haar warrige haardos. 'Jezus, zeg nou niet allemaal dingen waardoor het lijkt of ik geweldig ben, terwijl ik eigenlijk de grootste sufkop aller tijden ben. Het was je goed recht om me ijdel en egocentrisch te noemen, want dat was ik allemaal. En zeg nou niet dat je er nog steeds niet overheen bent.'

'Sorry,' zei hij terwijl hij haar doordringend aankeek. 'Maar ik ben hier om mijn ex mijn liefde te verklaren, ook al wil ze dat helemaal niet horen.'

'Je houdt niet van me,' zei ze. 'Het is net zoiets als met mij en Aidan. Je denkt maar dat je van me houdt. Maar dat is niet zo. Het is een gewoonte om dat te denken.'

'Misschien heb je gelijk,' zei hij. 'Weet je, ik was blij met de scheiding. Opgetogen zelfs. Een heel jaar lang heb ik niet aan je gedacht. En toen leerde ik Megan kennen. Ze was echt top, een geweldige vrouw, iedere man zou blij zijn zo iemand te krijgen. Ik dacht dat ik blij met haar was, tot ik op een ochtend wakker werd en besefte dat dat niet zo was. Ik kon niet met haar trouwen omdat ze jou niet was.'

'Neil, hoor eens, je houdt niet van me. Echt niet. Ik denk dat Anna Sweeney er deze keer helemaal naast zit. Je had hier niet moeten komen. Je kunt maar beter teruggaan naar Dublin om met haar te trouwen, want zij past veel en veel beter bij je dan ik.'

'Maar ze is niet jij,' wierp hij tegen.

'Gelukkig maar!' riep ze uit.

'Nou, ik heb mijn best gedaan,' zei hij met een gelaten lachje. 'Het spijt me echt dat ik je avond heb verpest.'

'Ik... Je hebt niets verpest.'

'Je spaghetti is koud geworden. Ik heb je avond dus wel degelijk verpest.'

'O ja, daar heb je gelijk in.' Ze keek naar de koud geworden slierten op haar bord.

'Nou, denk je dat we nog goed kunnen samenwerken?' vroeg

hij. 'Niet dat het veel uitmaakt, want jij zit in Schotland en ik in Ierland. Maar af en toe zullen we elkaar toch moeten spreken. Zijn we daar professioneel genoeg voor?'

'Tuurlijk!'

'Mooi zo!' Zijn ogen lachten bijna mee. 'Fijn.'

'Nou, dag dan maar.' Ze glimlachte er flauwtjes bij. 'Bedankt voor je komst en zo, en voor alles wat je voor me hebt gedaan. Ik zie je vast gauw weer.'

'Vast.'

Een poosje bleven ze elkaar niet op hun gemak aankijken, toen stond ze op en drukte op zijn beide wangen een zoen. 'Ciao,' zei ze.

'Ciao.' Weer lachte hij. 'Trouwens, leuk T-shirt. Zo kleurig.' Vervolgens draaide hij zich om en liep weg.

Zodra hij het restaurant uit was gelopen, liet ze zich op haar stoel neerploffen. Ze trilde helemaal. Ze kon nog nauwelijks geloven dat hij dat allemaal had gezegd. Ze kon nog nauwelijks geloven dat hij nog gevoelens voor haar koesterde, en dat hij alles had opgebiecht. Ze kon nog nauwelijks geloven dat Anna had gezegd dat hij hiernaartoe moest gaan, en dat Anna echt geloofde dat zijn gevoelens oprecht waren. Het was te mal, te emotioneel. En daar hield ze niet van. Het was net zoiets als de wensen op verjaarskaarten die uitkwamen, of krasloten waarmee je iets won, of dromen van een nieuw bestaan in een ander land. Dat soort dingen overkwamen haar niet.

En toen herinnerde ze zich dat ze een prachtig huis in Italië had bekeken. En dat ze iets had gewonnen met een kraslot. En dat hij het T-shirt dat ze van het geld had gekocht, leuk vond.

Ze stond op en rende het restaurant uit. Ze holde de trap af en door de koele lobby van het hotel. Neil stond bij een pilaar, hij leunde er net niet tegenaan. Hij stond met zijn rug naar haar toe uit te kijken over de verlaten straat.

'Neil!'

Hij draaide zich om en keek haar vragend aan.

'Zeg het nog eens,' zei ze.

'Wat wil je dat ik nog eens zeg?'

'Over wat je gevoelens zijn.'

'Niet nog eens. Dat kan ik niet,' zei hij. 'Het was al moeilijk genoeg. Ik...'

'In één zinnetje.' zei ze. 'Eén keertje. Vat het allemaal samen in één zin.'

'Ik hou van je,' zei hij.

Ze slikte iets weg. Toen ze haar mond opende, kwam er geen geluid uit.

Hij legde zijn handen op haar schouders. 'Ik hou van je,' zei hij weer.

Ze beet op haar lip.

Hij lachte. 'Ik hou van je.'

Deze keer lachte zij ook. 'E ti amo.'

Hij keek recht in haar ogen. 'Nou moet jij het drie keer zeggen.'

'Ti amo. Je t'aime. Te quiero. Ik hou van je.'

En toen kuste ze hem.

Iedereen in de lobby keek naar hen en glimlachte begrijpend, want ze waren in Italië, en Italië is de perfecte plek voor de liefde. En toen Darcey Neil nog eens kuste, wist ze heel zeker dat het deze keer wel goed zou gaan.